北京市社科规划项目重点课题
北京市社会科学院重大课题

北京专史集成

主编 王岗

北京政治史

本书主编 王 岗

人民出版社

《北京专史集成》课题组成员

总顾问：刘牧雨

总策划：戚本超

主　编：王　岗

特聘学术顾问（以姓氏笔划为序）：王钟翰、陈高华、林甘泉、赵其昌、徐苹芳、曹子西、龚书铎、蔡美彪、戴　逸

名誉顾问：陈之昌

执行策划：王　岗、李宝臣、刘仲华、章永俊

编委会主任：李宝臣

编　委：王　玲、尹钧科、阎崇年、王灿炽、吴建雍、于德源、李宝臣、孙冬虎、袁　熹、王　岗、吴文涛、郑永华

分卷主编：（见各卷）

课题组成员：王　岗、尹钧科、吴建雍、于德源、李宝臣、袁　熹、邓亦兵、孙冬虎、吴文涛、何　力、郑永华、刘仲华、张雅晶、赵雅丽、章永俊、何岩巍、许　辉、张艳丽、董　焱、王建伟

课题组特邀成员：张　泉、齐大芝、赵志强、徐丹俍、李建平、韩　朴、谭烈飞、马建农、姚　安、邓瑞全、郗志群、宋卫忠等

本书主编：王 岗

本书撰稿人员（以姓氏笔划排序）：王 岗、许 辉、李宝臣、赵雅丽、常越男、章永俊

序

　　北京的历史文化，源远流长，博大精深，是中华民族优秀传统
文化的结晶。北京市社会科学院历史研究所自成立以来，就一直从
事北京历史文化的研究工作，30 年来，在全所科研人员的共同努
力之下，取得了一些北京历史文化研究成果，其中，又以曹子西先
生主编的《北京通史》为代表，在学术界和社会上都产生了较好的
影响。而《北京通史》的问世，又为进一步深入研究北京历史文化
奠定了一个较为坚实的基础。

　　2006 年，北京市社会科学院的领导对北京历史文化的研究工作
加大扶持力度，提出把《北京专史集成》列入院科研重大课题，使
得我院的北京历史文化研究从整体上进入了一个新的阶段。在此之
前，历史研究所的科研人员已经开始对北京专史进行研究，如王玲
女士撰写有《北京与周围城市关系史》，尹钧科先生撰写有《北京
郊区村落发展史》，于德源先生撰写有《北京农业经济史》，吴建
雍等人合写有《北京城市生活史》、《北京城市发展史》，等等，这
些专史的问世把北京历史文化的研究逐步引向深入。但是，要想形
成一套体系完备的专史研究系列，显然仅仅依靠个人的研究力量是
不够的，必须组成一支力量相对强大的科研队伍，才能够完成系列
专史研究的繁重工作。

　　正是在这种情况下，北京市社会科学院领导组织历史研究所的
全体科研人员对《北京专史集成》课题进行了认真的论证。特别是
课题总顾问刘牧雨院长和课题总策划戚本超副院长对课题中研究项
目的编写原则和立项次序都给予了精心指导。经过论证，初步确定
了《北京专史集成》课题的第一批研究项目，即：

1. 北京政治史；
2. 北京经济史；
3. 北京农业史；
4. 北京手工业史；
5. 北京商业史；
6. 北京军事史；
7. 北京文化史；
8. 北京文学史；
9. 北京美术史；
10. 北京学术史；
11. 北京著述史；
12. 北京戏剧史；
13. 北京风俗史；
14. 北京考古史；
15. 北京民族史；
16. 北京宗教史；
17. 北京佛教史；
18. 北京道教史；
19. 北京伊斯兰教史；
20. 北京基督教史；
21. 北京教育史；
22. 北京城市发展史；
23. 北京建筑史
24. 北京园林史；
25. 北京陵寝史；
26. 北京地理学史；
27. 北京交通史；
28. 北京城市生活史；
29. 北京建置沿革史；
30. 北京对外交流史：
31. 北京水利史；
32. 北京饮食史；
33. 北京服饰史；
34. 北京环境变迁史；
35. 北京音乐史；
36. 北京名胜史。

这些研究项目，只是北京专史庞大体系中的一小部分，今后随着科研工作的不断深入，专史的项目也会不断增加。《北京专史集成》经过历史研究所论证之后，院领导又组织全院的专家学者对这个重大课题进一步加以论证，并且提出了很好的意见，对专史的撰写工作有很大帮助。

《北京专史集成》中的每部专史的容量，视其内容的多少，大致在30万字左右，有些内容较多的，字数可以多一些，反之，则会少一些。各部专史的时间跨度，一般始于远古，迄于新中国建立。有些部专史在撰写过程中，时间会有所下延。如《北京建置沿革史》，必须延续到新中国建立之后，才能够对今天北京政区的沿革状况有全面的叙述。各部专史的地域范围，也不是严格局限在今天的北京政区，而是根据不同朝代政区划分的变化而随之变化，如汉唐时期的幽州，辽代的南京析津府，金代的中都大兴府，元代的大都路，明清时期的北京顺天府，等等。政区范围的大小虽然会不断变化，但是其核心地区仍然是今天的北京。

《北京专史集成》的撰写，有很多难以处理的地方。例如，"专"和"史"的关系。"专"是指专门、专业，如在《北京宗教

史》中，"专"是指宗教或是宗教学，而"史"则是指在北京历史
上曾经发生或是出现过的、与宗教有关系的事件或人物，当然也包
括相关的典制。如在《北京宗教史》中，我们所研究的佛教史，主
要的着眼点不仅仅是在北京地区的禅宗、律宗、净土宗等佛教流派
的发展、变化，更重要的，是着眼于这些佛教流派所产生的社会影
响、其代表人物的社会活动、历代统治者和社会各界对这些宗教派
别的态度，以及由此而产生的重要宗教事件，等等。我们认为，要
想处理好"专"与"史"的关系，一方面，要掌握相关专业的基
础知识；另一方面，又要对当时的历史状况有准确的认识，掌握宗
教之外的政治、经济、文化等各方面的历史资料。只有这样，我们
才能够正确认识不同历史时期宗教产生、发展和兴衰的变化历程。
其他专史的撰写工作也是如此。

　　再如，"全国"和"地方"的关系，换言之，即"全局"和
"区域"的关系。在北京成为全国的政治和文化中心之前，所有的
北京史都是"地方史"，其所产生的历史影响也有着明显的"区
域"性质。但是，当北京成为全国首都之后，在北京发生的许多史
事除了具有"地方"和"区域"的性质之外，又具有了"全国"
或是"全局"影响的特质。如"戊戌变法"、"五四运动"等，其
影响范围之广，影响力之持久，显然不是局限在北京地区的。此
外，由于北京的统治中心地位，有些发生在其他区域（甚至国外）
的重大历史事件，也会对北京产生巨大的影响。如近代史上的"鸦
片战争"、"太平天国运动"、"辛亥革命"，这些重大事件的始发地
虽都不在北京，但其对北京的巨大影响甚至超过了在北京地区发生
的一些事件。因此，如何处理好"全局"与"局部"的关系，在
北京历史文化研究中确实是一个难度很大的问题。

　　《北京专史集成》课题立项后，得到了学术界和相关领导的大
力支持。首先，是有一批德高望重的著名史学前辈在年事很高、工
作繁忙的情况下，热情支持本课题的研究工作，慨然担任特聘学术
顾问，并且对北京专史的撰写工作提出了珍贵的指导意见；有些史
学前辈还在百忙之中审阅了部分书稿的内容。其次，是北京市哲学
社会科学规划办公室的陈之昌主任和李建平副主任对本课题的重
视，使《北京专史集成》得以被列为市社科规划重点课题。再次，
本课题的出版工作得到了人民出版社领导的大力支持，在出版经费
较少的情况下，得以立项出版。特别是资深历史学编审张秀平女士
和诸多编辑人员，认真审阅全部书稿，并且提出了许多宝贵的修改

意见，为各部专史的出版付出了辛勤的劳动。

北京市社会科学院历史研究所的一批批老专家学者们为北京历史文化的研究奠定了较好的基础，他们的退休对北京文史研究带来了一些影响。但是，许多已经退休的老专家仍然坚持工作在科研第一线，笔耕不辍。《北京专史集成》中的一些项目就是以他们作为骨干带领年轻同志完成的。一批批青年学子陆续来到所里，他们在科研能力上尚需锻炼，在学术见识上亟待积累，但是，他们有朝气，有吃苦耐劳的干劲，有新的更加开阔的视野，假以时日，他们在《北京专史集成》研究中的成果将会越来越多。我相信，在院领导的大力支持下，在社会各界的热心帮助下，在历史研究所全体新、老科研人员的共同努力下，持之以恒，《北京专史集成》将会为北京历史文化研究不断增添新的科研成果，为首都的社会发展和文化建设不断做出新贡献。

值此北京市社会科学院建院 30 周年、《北京专史集成》开始出版之际，是为之序。

王岗

2008 年 10 月

前　言

　　什么是政治，中国著名政治家和革命领袖毛泽东曾有一句名言："政治是不流血的战争，战争是流血的政治。"（见《毛泽东选集》第二卷《论持久战》）曾经做过美国总统的尼克松对于他所推崇的西方民主政治则形容为："民主政治是各种集团、各种力量以及各种利益之间的极其复杂的妥协过程。"（见其所著《领袖们》第九章）两位领袖和政治家的见解是十分精辟的，战争和妥协都是政治活动的常用手段，前者是在战争时期对政治的评价，而后者则是在和平时期对政治的评价。中国古话"道洽政治，泽润生民"（见《尚书》中《周书·毕命第二十六》），则更加言简意赅，更加全面。也就是说，统治者要用大家都公认的道理来为天下百姓谋福利。说得很到位，真正做到却不容易。

　　什么是政治史，政治史就是对以往人们政治活动的记录。而这种记录，是人们从古到今最为关注的一个方面。在中国古代，从孔夫子作《春秋》到司马迁写《史记》，从无名氏的《竹书纪年》到司马光的《资治通鉴》，这些历史名著为我们提供了撰写政治史的典范。国外史学家关于政治史的著述也是汗牛充栋，如古希腊的著名史学家希罗多德的《历史》、修昔底德的《伯罗奔尼撒战争史》，古罗马的塔西佗所撰写的《历史》和《编年史》等，皆是脍炙人口的政治史名篇。换言之，在古代中外历史学家的撰述中，泰半为政治史著作。古人为什么要写这些政治史著作？目的是很明确的，就是要"究天人之际，通古今之变"，"以史为鉴"，吸取历史教训，指导当前的政治实践。这是中国史学的优良传统。

　　君臣关系，在以往古代政治史中是占有较大比重的议题，民主与专制，则是当代政治史中不可缺少的议题。从人类政治史的总体发展历程来看，先是经历了原始民主政治的发展阶段，然后进入奴隶主专制和封建专制的发展阶段，最后进入当代的资本主义民主政治和社会主义民主政治的发展阶段。在当代人们的普遍观念中，民主是必须发扬的，应该肯定的；而专制是必须废弃的，应该否定的。但是，民主并不是在任何情况下都能够发挥最佳政治效用的，在中国古代，民主是百姓的权力，而专制则是政治家（包括帝王和政府官员）的权力，二者是处在一个矛盾统一体中的两个侧面，既是对立的，又是你中有我的融合体。政治的最终目的就是保持社会整体秩序的稳定，而在许多历史发展时期，例如中国古代，对于巩固社会秩序而言，专制所能够起到的作用，要远远超过民主。小国寡民的城邦国家可以实行民主，而幅员辽阔、人口众多的统一王朝在当时的客观条件下却不得不实行专制，以保证行政效率的最优化状态。

在中国古代，凡是明君或者暴君在位的时期，皆是专制发挥重要作用的时期，不仅百姓，就连众臣也没有发表政治见解的地方。而当昏君或者庸君在位的时期，就会出现大臣秉政的情况。明君的专制，带来国家发展的强盛，而暴君的专制，却会导致国家的灭亡。以三国时期的曹、刘为例，曹操是一位雄才大略的明君（死后被尊为魏武帝），独断专行，虽未在君王之位，"挟天子以令诸侯"却已经行使帝王的权力，是君王驾驭臣下的政治格局。而刘备是一位徒具虚名的庸君，必须靠诸葛亮和关羽、张飞兄弟的支撑才得以维持割据的局面，是君王依赖臣下的政治格局。换言之，昏君或是庸君在位，是政治上相对"民主"的时期，大臣们可以发挥其政治才干。当然，明君在位时期，也会有一些"民主"（如唐太宗对魏征的纳谏），不过是在君王认同下的"民主"。大臣们行使政治权力，对君王而言是"民主"的，但是对百姓而言仍然是"专制"，君王的专制和大臣的专制并没有本质的区别。

有一些学者认为，在中国历史上有三次思想大解放的"民主"时期；第一次是春秋战国时期；第二次是魏晋南北朝时期；第三次是"五四"运动时期。而同样也有三次文化专制时期，第一次是秦朝的秦始皇统一全国的时期，大行"焚书坑儒"；第二次是西汉的汉武帝在位时期，"罢黜百家，独尊儒术"；第三次是清朝的康雍乾时期，大行"文字狱"。但是，有一个不容否定的事实是，凡是在思想大解放的"民主政治"时期，却正是中国历史上政治最黑暗的时期——春秋战国时期，是各国诸侯为了争夺权势和财宝而"争城以战、杀人盈城，争野以战、杀人盈野"的黑暗时期。魏晋南北朝时期，是北方少数民族大举迁入中原，百姓流离失所，中原文化"不绝如缕"的时期。而"五四"时期更是清朝政府垮台后北洋军阀连年混战的黑暗时期。与之形成鲜明对照的是，秦始皇、汉武帝和康、雍、乾等五位帝王统治的"专制"时期，正是这些朝代发展的最鼎盛时期。换言之，三次思想大解放的时期，正是中国的政治统治失控的无序时期，而秦始皇、汉武帝和清朝三帝在位的"专制"时期，又正是中国的皇权统治最强大的时期。这种历史发展进程所表现出来的复杂性，给人们进行政治史的评价带来了许多的困难。

《北京政治史》作为一部学术著作，其研究的时间跨度是很长的，从北京历史上有人类活动开始，一直到新中国建立，其间生活在北京地区的无数人们的政治活动，实在是太丰富了，既有数不清的重大政治事件在这里发生，也有数不清的著名政治人物在这里活动，还有数不清的政治典制在这里产生，几十万字的叙述很难涵盖如此丰富的内容。就编写体例而言，我们仍然采用了传统的以朝代更替为框架的方法。在中国，朝代的变更与政治局势的发展关系极为密切，这是其一。我们从事研究的基本史料与以往人们的相关研究成果也主要是以朝代变更为依据的，这是其二。我们以往的史学专业划分和学术素养也主要是以不同朝代为断限的，这是其三。因此，本书的撰写共分为"先秦时期的燕蓟"、"秦汉魏晋北朝时期的幽州"、"隋唐时期的幽州"、"五代及辽代的燕京"、"金代的中都"、"元代的大都"、"明代的北京"、"清前期的北京"、"清后期的北京"及"民国时期的北京（北平）"等十个部分。每个部分都有其政治发展变化的特点，又相互关联，大致可以体现北京政治史发展变化的脉络。

有几点值得一提：首先，是这部书的时间跨度。《北京政治史》的断限，截止到新中国的成立，而不是到建国50周年或是60周年。因为我们在此之前编写《北京通史》时，曾经把建国40年的历史写成《通史》的第十卷。在编写过程中就感到，作为一项科研工作，特别是历史研究工作，是十分严肃认真的。而编写当代的北京历史，尤其是北京政治史，还有许多方面的条件不够成熟。一方面，是对当代史料的把握上，还有许多困难，在未能全面把握相关重要史料的情况下，很难客观叙述和评价当代北京政治史的发展历程。另一方面，我们撰写当代北京政治史的目的，就是要总结历史经验和教训，以便指导今后的政治实践。但是，当代60年的发展速度飞快，其变化之大超过了以往的几百年甚至几千年，要及时总结这段时期的历史经验和教训，以我们目前的政治见识和学术素养而言是没有把握的。我们的原则是，做不好的事情就暂时不要做。因此，我们把当代北京政治史这一部分很有价值的内容暂时放弃了，只编写到新中国的成立，这不能不说是一个不得已而如此的遗憾。

其次，是这部书的主要内容。《北京政治史》是以重大历史事件为纲领而贯穿全书的。我们在开始编写本书之前，曾经有过一个设想，即把本书分为三个部分，第一部分是对重大历史事件的概述，第二部分是对著名历史人物的评价，第三部分是对重要政治典制的研究。经过课题组的认真研讨，最终形成了目前的框架。一方面，是著名的历史人物和重要的典章制度都与重大历史事件有着或多或少的联系，如果分成三个部分，内容中间难免有相互重复的地方。另一方面，三个部分的内容实在太多，政治事件中的朝代兴衰、都城迁移、宫廷政变、政治改革、战和关系，等等；著名人物中的明君、暴君、昏君，忠臣、奸臣、权臣、弄臣，等等；重要典制中的制度优劣、因循与变革、效绩与考评，等等，确实是几十万字的著作所无法容纳的。因此，我们把对著名人物的评价、对重要典制的研究都融入到重大历史事件之中，今后如果有机会，我们还会对北京历史上的著名人物和重要典制进行专题研究。

再次，是这部书的空间范围。《北京政治史》是以历代政区的划分范围作为研究范围的，由于历代政区的划分不断变化，因此我们的研究范围也是随时发生变化的。在中国古代，随着朝代的变更，不同朝代对政区的划分也不断发生变化，其总的发展趋势，是从粗略向精确的转变。在先秦时期，一个很小的政治单位和一个很大的政治单位都可以被称为"国"，到了春秋战国时期，列国兼并，政区扩大，才又有了"郡县"的划分。北京地区到了周代，据历史文献记载，有了燕、蓟两国。此后，燕国将蓟国兼并，其疆域不断扩张，远远超过了今天北京政区的范围。及秦灭六国，在燕地设置郡县，一直延续到汉唐时期。从辽代开始，北京地区成为陪都，到金代成为首都，历经元、明、清，一直都是政治和文化中心，只是政区范围在不断缩小，辽南京道比金中都路大，金中都路比元大都路大，而元大都路又比明清顺天府大。在政区范围不断缩小的情况下，其政治影响却在不断扩大。换言之，对北京政治史的研究，越往前推，其空间范围也就越大，我们没有必要受到今天北京市政区的局限。

　　还有一点值得注意的是，自从元代大都城变成全国的统治中心之后，许多在全国都有重大影响的历史事件皆在此发生，许多顶级的政治人物都长期在此活动，因此，这个时期的政治史就不仅带有区域政治史的特点，而且带有了全国政治史的性质。换言之，自元代以来的北京政治史，在其发展进程中，既带有地方的政治特色，也带有中央的全国色彩，这一点，与其他地方的区域政治史是有所不同的。例如，在政治史中占有重要地位的宫廷政变，在北京没有成为都城之前是不必涉及的，而在成为都城之后，就必须加以叙述和评价。从元代到清代，宫廷政变时有发生，有些直接影响到了中国历史的发展进程。又如，中央政府的政治体制，在北京没有成为都城之前也是不必涉及的，而在成为都城之后，就不得不加以述评。中央官制从三省变为一省，又从一省变为内阁与六部并行，也是在这个时期变化完成的。以上这些内容，为我们的研究和叙述带来了更多的亮点，同时也增加了更大的难度。

　　北京的政治发展历程实在是太漫长了，内容也极丰富，从黄帝及其后裔们在燕蓟地区的活动，到安禄山发动叛乱震撼整个大唐王朝，直到元明清以来成为全国的政治和文化中心，更是发生了无数影响中国和世界历史进程的重大政治事件，《北京政治史》作为一部地方政治史著作，用几十万字来加以叙述显然是不够的，难免挂一漏万。而作为一部地方政治史著作在目前的学术界还不多见，还有许多值得进一步研究和思考的问题，例如，对"洋务运动"、对"戊戌变法"、对"义和团运动"等等，皆是北京政治史中的重要内容，也是学术界至今仍然在争论的热点问题。人们常用"抛砖引玉"作为自谦，我们这部著作也只能称为引玉之"砖"，真诚地希望有更多研究北京政治史的著作面世，让我们共同迎来区域史研究繁荣与发展的新局面。

目　录

元　代

明　代

清前期

清后期

民国时期

先秦时期

第一章　北京历史上最早的
人类及其组织活动

北京是人类发源地之一，是中华文明的摇篮之一。研究北京的政治史，必须首先了解活动在这里的人类及其生活、组织活动，这是后世军事争战、王朝更替和反抗起义等政治事件的切入点。

一、旧石器时代北京的人类活动

北京地区古人类化石和旧石器时代遗物的最早发现始于周口店的北京猿人遗址。

北京猿人遗址的发掘使人们对生活于北京地区的古人类有了丰富的了解。北京人这时正处于由猿人向直立人过渡的旧石器时代初期。

继北京人之后，1967年在龙骨山的南山坡上，距北京人洞穴约70米处发现了新洞人遗址，洞内有厚厚的堆积物和灰烬，并有哺乳动物化石及新洞人牙齿化石，证明新洞人是生活在北京地区的古人类，处于由原始群向母系氏族过渡的社会发展阶段。

继新洞人之后，1930年在北京人居住的猿人洞顶部，发现了距今约一万七千年左右，属于旧石器时代晚期的山顶洞人，出土了石器、骨针、装饰品、人类骨骼化石、肢骨以及大量动物化石。种种遗存发现证明，山顶洞人从体质形态、大脑发育以及审美观念上已相当进化，处于母系氏族公社的社会发展阶段。

为了进一步探索北京人及其后的古人类在北京地区的活动踪迹，中国科学院古脊椎动物、古人类研究所和北京市文物研究所组

1

成考察队，从 1990 年开始在北京地区进行广泛的考古调查。初步调查表明：北京地区除周口店外尚有旧石器时代不同时期的人类劳动、生息过，迄今为止发现可能属于旧石器时代的旷野地点或遗址 38 处，其中，王府井东方广场遗址出土的 700 余件石制品如石核、石片、石屑、石锤、石钻、刮削器和雕刻器等，皆以燧石为主要原料。骨制品如骨核、骨片、骨器等上面有人工砸击和刻划痕迹，其中一片还附着赤铁矿粉。此外还有烧骨、烧石、木炭和灰烬等人类用火遗迹以及牛、马、鹿、兔、鸵鸟等哺乳动物化石，这是北京市区的最古老的旧石器时代晚期古人类遗址，意义重大。

二、新时器时代北京的人类活动

1966 年，在北京西郊门头沟区东胡林村西侧发现了东胡林人墓葬，出土了人骨化石和文化遗存，表明生活在距今约一万年左右的北京地区的人类已经进入了新石器时代，即学会了磨制石器，会制造陶器，并且已经开始离开山洞，来到平原上开始了农业定居生活，标志着人类进化历史的重大转变。

继东胡林遗址之后，1984 年考古工作者在平谷县发现了新时期时代早期的上宅和北埝头遗址，在房山区北拒马河西岸与河北涞水县接壤的镇江营也发现了新时期时代文化遗存，在昌平雪山村发现的遗址一期距今六千多年，已经掌握制陶技术，出土陶器以红陶为主，与仰韶文化、红山文化相近，表明北京地区古人类已经进入母系氏族公社发展阶段。遗址二期距今约四千年，以磨光黑衣灰陶为主，与龙山文化相近，表明北京地区古人类已经进入父系氏族公社阶段。遗址三期为夏家店下层文化，表明北京地区古人类已经进入夏商周奴隶社会阶段。

三、军事民主制时期北京的人类活动

距今六七千年左右北京地区的人类已经处于原始社会末期向奴隶社会过渡的历史阶段，原始社会的父系氏族公社逐渐解体，历史进入了军事民主制阶段，氏族酋长和军事首领的权力加强，不断占有氏族公社的公共财产，并且通过战争掠夺财产，因此部落联盟之间战争不断，并通过战争建立起联盟。在战争中，一些军事首领将自己的部落所居作为据点，加强防范，形成了后来的都邑雏形。部落和部落之间还结成了联盟，以壮大力量，在战争中取胜。在古史传说时代，中国的北方有一个强大的氏族部落崛起，这就是传说中的黄帝部落。黄帝部落与炎帝部落结成联盟，在北京以西的涿鹿打败了九黎部落，杀死了其酋长蚩尤。后来，炎帝部落又侵凌其他部落，引发了炎、黄两个部落"战于阪泉之野"，经过三次激战，黄帝部落打败了炎帝部落。据《史记·五帝本纪》记载，黄帝部落迁徙往来无常处，北京地区的黄帝陵就在北京东部平谷县，《帝京景物略》卷三记载："世传黄帝陵在渔子山。今平谷县东北十五里，冈阜窿然，形如大塚，即渔子山也。其下旧有轩辕庙云。"到颛顼时，部落势力已"北至于幽陵"。尧时更"申命和叔，宅朔方，曰幽都"。[1]舜时势力已经统治幽州地区，"虞舜以天德嗣尧，布功散德，制礼朔方，幽都来服"。[2]舜并"流共工于幽州。"幽陵、幽都、幽州成为北京地区最早的名称，《晋书·地道记》即云："舜以冀州南北广大，分燕地北为幽州，因幽部以为名"。《辽史》卷四十《志》第十《地理志·南京道》亦载："南京析津府，本古冀州之地。高阳氏谓之幽陵，陶唐曰幽都，有虞析为幽州。"禹时将天下划为扬州、荆州、豫州、青州、兖州、雍州、幽州、冀州、并州等九个行政区划，其范围大至包括今河北北部及辽宁一带。其后，幽州之名频繁出现，[3]并从此与北京政治史密切相联起来。

注释：

（1）《尚书·尧典》。《史记·五帝本纪》亦载。

（2）《大戴礼记·少闲篇》。

（3）《钦定日下旧闻考·世纪》记载：《十道志》：夏殷省幽并冀。《周礼》：职方氏丈天下之图，辨九州之国，使同贯利，东北曰幽州。《周礼全解》：冀在商离而为二，故有冀而有幽。在周离而为三，故有冀又有幽并。《周礼疏》曰：周之冀州小于禹贡时冀州，以其北有幽州并州，故知也。《尔雅》：燕曰幽州。《尔雅疏》：禹别九州，有青、徐、梁，而无幽并营，是夏制也。周礼有青并幽，而无徐梁营，是周制也。此有徐幽营而无青梁并，疑是殷制也。

第二章 夏商西周时期的
北京政治

一、夏商时期的北京政治

根据考古发现，夏商时期北京地区文化遗存有昌平雪山村遗址三期即夏家店下层文化、平谷县刘家河、房山区琉璃河等遗址，通过这些遗存我们可以弥补这一时期北京历史文字记载的阙如，勾勒出夏商时期北京地区居民或部族的活动情况。最有代表性的是夏家店下层文化，其遗址分布范围十分广泛，北越过西喇木伦河，东至辽西，西至北京以西，以京津地区以及燕山南北一代最为集中。从夏家店下层文化遗存，结合甲骨金文以及文献记载可见，夏商时期北京地区活跃着许多部族，主要包括肃慎、燕亳、孤竹、山戎等。据文献记载，孤竹国在今河北上卢龙一带，山戎族则活跃于燕山南北，燕亳在北京及其周围地区。不同部族毗邻而居，因此产生不同的文化以及政治。

夏商时代活跃于北京地区的方国是晏国，即周初分封召公时的古燕国。晏国在周灭商之前一直臣服于商，它与孤竹国、山戎等交错而居，是隶属于大邑商的方国，与商王朝来往密切，必须向商王纳贡，臣服于商，向商王朝进贡，并有联姻关系。甲骨文中卜辞中常出现"妇晏"，表明晏国常有女子嫁入商朝，二者之间联姻通婚，并且常出现"晏来"，表明晏国人经常来商王朝，或为进贡马匹、或为进献女子，故此商代甲骨文中有很多占卜的卜辞，如"贞，晏乎取白马氏"即是晏国将盛产的白马作为贡物缴纳给商王朝的证明。从出土情况看，晏国的居民主要从事农业生产，畜牧业亦甚发达，并且手工业也有陶器、石器、青铜器等，特别是平谷刘家河墓葬出土的鼎、鬲、爵、卣、斝、盉等成套的青铜彝器，表明青铜彝器作为奴隶主贵族制度在青铜器上的"物化"，用以表明奴隶制等级制度。就以器的多寡与不同的组合形式来显示不同地位、身份的贵族的价值的列鼎制上，晏国与商代具有一致性；但夏商时代作为方国的晏国的等级制度尚不甚严格，因为在商代盛行以斝、爵配对组合，一般奴隶主贵族墓葬常出一斝一爵。而至西周则盛行鼎、簋组合，天子九鼎八簋、诸侯七鼎六簋、卿大夫五鼎四簋、士三鼎二簋，"列鼎"制度便成为西周奴隶主贵族"列等级、别贵贱"的重要标志。西周初年将召公分封到燕国后，亦需严格遵守，不能僭越。

二、周初分封与燕的建立

商代后期，生活在渭水流域的周族经古公亶父、季历、文王而发展起来。文王去世后，武王即位，将国都从丰迁到镐，以利图商大业。商纣王攻打东夷失败，商朝国力衰弱，《左传·昭公十一年》载："纣克东夷而陨其身。"周武王于是联合庸、蜀、羌、髳、微、卢、彭、濮等国，进攻商都朝歌，商纣王军队前线倒戈，纣王兵败自刎，武王建立西周王朝。

武王伐纣是商朝灭亡周朝兴起的标志，其年代一直是学术界关注的热点。有一件青铜的铭文提供了重要依据，这就是 1976 年 3 月出土于陕西临潼县、有西周第一青铜器之誉的利簋。簋腹内底铸铭文 4 行 32 字，关键是"武王征商，惟甲子朝，岁鼎克闻，夙有商"，大意是：周武王征伐商纣，在甲子那天岁星当头的早晨灭亡了商。辛未那天武王在阑地，赏赐青铜给有司（官名）利，用作祭祀祖先檀公的宝器。这段铭文的重要意义在于印证了《尚书·牧誓》、《逸周书·世俘》及《史记·殷本纪》等古代文献中关于武王克商在甲子日，又恰逢岁星当空的记载。2000 年 11 月 9 日，夏商周断代工程重大成果《夏商周年表》公布，得出武王克商年代为公元前 1046 年、公元前 1044、公元前 1027 年三解，并根据"既死霸"等月相术语选定公元前 1046 年为周武王克商的首选之年。

为了控制大邑商，周王朝统治者采取了分封制，将自己的子弟、功臣、亲戚分封到各地，授予他们土地和人民，建立统治据点，"封建亲戚，以藩屏周"。据《左传·昭公二十八年》记载："昔武王克商，广有天下，其兄弟之国者十有五人，姬姓之国者四十人。"最重要的封国有：封齐国于姜尚，封鲁国于周公，封唐国（即后晋国）于叔虞，封召公奭于燕，如《史记·周本纪》所云："武王追思先圣王，乃褒封神农之后于焦，黄帝之后于祝，帝尧之后于蓟，帝舜之后于陈，大禹之后于杞。于是封功臣谋士，而师尚父为首封。封尚父于营丘，曰齐，封弟周公旦于曲阜，曰鲁，封召公奭于燕……余各以次受封。"

召公封地初在北燕，《史记·燕召公世家》记载："召公奭，与周同姓，姓姬氏，周武王之灭纣，封召公于北燕。"《世本》亦载"召公居北燕"。周武王克商后把同姓重臣召公封在北部边境，目的是用作抵御商族势力及少数民族侵扰的屏障，即如《左传·昭公九年》记载周詹桓伯对晋国说明周初北方疆界时所云："王使詹桓伯辞于晋曰：我自夏以后稷、魏、芮、歧、毕，吾西土也。及武王克商，蒲姑、商奄，吾东土也。巴、濮、楚、邓，吾南土也。肃慎、燕亳，吾北土也。"可见，燕国作为周初召公的封地，与齐国一样，政治经济地理位置上都是西周王朝统治北方和东北各族南下的必经之路，北方各族经北京沿太行山东麓南下，即可直达中原地区，对中原各国政权构成直接威胁。因此，周初将忠臣重臣召公分封于此，以便建立周之北土屏藩。召公受封以后，仍然留守西周王室，周成王时，任太保，与周公旦分陕而治，陕以东的地方归周公旦管理，陕以西的地方归他管理。他支持周公旦摄政当国，支持周公平定叛乱，《史记·燕召公世家》记载："其在成王时，召王为三公：自陕以西，召公主之；自陕以东，周公主之。成王既幼，周公摄政，当国践祚，召公疑之，作君奭。召公之治西方，甚得兆民和。召公巡行乡邑，有棠树，决狱政事其下，自侯伯至庶人各得其所，无失职者。召公卒，而民人思召公之政，怀棠树不敢伐，哥咏之，作甘棠之诗。"所封之燕国由长子"克"带领六个部族就封，为事实上的第一代燕侯，《史记·燕召公世家索引》记载："召公以元子就封，而次子留周室代为召公，至宣王时，召穆其后也。"故召公后世分为两支：一是其长子就封，成为燕国国君，后世传承。二是次子留守周王室继承召公爵禄，历代承继，周宣王时的召穆公虎即是召公后裔。

三、燕蓟分合与琉璃河遗址

燕国始封地在哪里？按照《史记·周本纪》所记"封召公奭于燕"以及《燕召公世家》所云"封召公于北燕"，则燕即北燕，是西周分封时已经存在的古国之一，分封召公于此即是为了加强对这一地区的控制。1986年北京在房山琉璃河董家林古城和黄土坡发现了一座具有一定规模的商周古城遗址，据郭仁、田敬东先生《琉璃河商周遗址为周初燕都说》中认为，"该城的结构，与河南郑州商城的结构基本相同"，并据此分析董家林古城的建筑年代"亦应郑州商城相差不多"，约在商代后期西周初期。此古城即应是古燕国的遗存，也就是夏商时期的晏国，证明了周初燕国始封地在今北京境内。

随着燕国势力发展，燕灭蓟，将其地归于燕，并以蓟为都城。实则蓟乃古国名，与古燕国同时存在。古燕国封授给召公的同时，也将古蓟国分封给帝尧之后，《史记·周本纪》即云："封帝尧之后于蓟。"[1]后来由于燕盛蓟弱，蓟被燕吞灭，《史记·周本纪》正义中对此记载说："蓟燕二国俱武王立，因燕山、蓟丘为名，其地足自立国，蓟微燕盛，乃并蓟居之，蓟名遂绝焉。"后世文献对于燕蓟分合所记颇多，虽有歧义，但多认为召公受封于燕，都城在蓟，如：《史记正义》载："召公始封盖在北平无终县，以燕山为名。后渐强盛，乃并蓟徙居之。"《史记索隐》"召公奭始食于召，后王封之北燕，在今幽州，蓟县故城是也"。《通志·都邑略》亦载："北燕都蓟，幽州治。至召公始封之地逼近山戎，六国时寖大，并渔阳、上谷、右北平、辽东西诸郡地，是为北燕。盖别于南燕、东燕而名之也。"

那么蓟城的具体方位如何？蓟城的地理位置应该在今北京城区西南，此已为文献记载和考古发现所证。《汉书·地理志》广阳国蓟县下注载："故燕国，召公所封。"北魏郦道元《水经注·湿水注》记载："湿水又东北迳蓟县故城南……又东迳燕王陵南陵有伏道，西北出蓟城中……昔周武王封尧后于蓟，今城内西北隅有蓟丘，因丘以名邑也，犹鲁之曲阜，齐之营丘矣。"湿水即温榆河，穿越蓟城，蓟城就是尧后人的封国，《史记·周本纪》正义记载："今幽州蓟县，古燕国也。"唐陆德明《经典释文》亦云："封黄帝之后于蓟，音计，今涿郡蓟县是也，即燕国之都也。"隋之涿郡，在唐天宝元年改为范阳郡，郡内的蓟县在今北京城区西南位置。这些文献记载也得到考古发现的佐证：20 世纪 50 年代在蓟丘以南不到四公里处（广安门南七百米外），曾发现战国遗址，出土了用于宫廷建筑的饕餮纹半瓦当，这是燕国宫殿建筑常用的建筑构件。1956 年在配合永定河引水工程的考古发掘工作中，发现 151 座春秋、战国至东汉时的陶井，陶井分布最密集的地区是宣武门至和平门一带，共 130 座。1965 年在配合市政工程的考古发掘中，发现 65 座战国至汉代陶井，陶井分布在北京城区西南的陶然亭、白云观、姚家井、广内白纸坊、宣武门内南顺城街、和平门外海王村等处。根据上述一系列考古发现，专家们推测蓟城应在发现陶井最密集的今北京城西南部宣武门至和平门一带。这一地区曾是稠密的居民聚居区，水井密集，并有宫廷建筑，应该是燕国蓟城所在地。[2]

琉璃河遗址范围非常之大，包括琉璃河乡北部的洄城、刘李店、董家林、黄土坡、立教、庄头等地，其东西长约 3.5 公里，南北宽约 1.5 公里。遗址分为遗址居住、墓葬和古城区三部分，有各种房子、窖穴、陶窑、各种陶器、骨器、蚌器、石器等人类生活遗迹。墓葬区有二百余座墓葬，分为大型中型小型三种，小型墓一般长 2.5 米，宽 1.2 米，随葬品少；中型墓一般长 3.5 米，宽 2 米，一棺一椁，随葬品较为丰富；大型墓则迥异于中小型墓葬，体现了燕国人之间社会地位差别。如 1046 号墓全长 16 米，墓室为长方形竖穴，墓口长 4.2 米，宽 2.8 米，墓底距地表深 8.7 米，墓道夯土坚硬。墓边有一个陪葬坑，即 1100 号车马坑，南北长 6.1 米，东西宽 5.7 米，坑底距地表深 1.9 米，葬马十四匹，车五辆，随葬车马表示墓主人身份之高，地位之贵，非一般燕国贵族所可比拟。位于的西南部的 M1193 为燕侯之墓，出土了大量刻有封燕铭文的青铜器，如伯矩鬲、复尊、复鼎、攸簋等。复尊腹部有十七字铭文"匽侯赏复门衣、臣、妾、贝用作父乙宝尊彝"，则更是反映了燕国的阶级关系，其他诸如匽侯舞戈、匽侯戈中的匽侯皆指西周初分封到今北京地区的燕侯，由此证实了这里便是西周早期燕国的政治中心。从墓葬也可反映出燕国不可逾越的等级制度。距燕侯墓区之东百余米的是燕侯宗族显贵墓。这些墓的葬俗与燕侯墓相同，不殉人，没有腰坑，其中 M253 的董鼎、圉卣的铭文都记载了这一支系曾作为燕侯的代言人去成周参加周王的典礼，向召公奉献食物等事件，如董鼎铭文"匽侯令董馈太保于宗周，庚申，太保赏董贝，用作太子癸宝尊彝"中的太保即召公奭，周初燕国的受封者。表明他们与燕侯的关系相当密切，其身份应为燕侯宗族中的重要成员和直系亲属，无疑也是姬姓周人。距燕侯墓区 420 米，位于墓地北区的西南角的异族贵族墓，其中有两座墓附有车马坑，墓中多存在殉人、殉狗、墓底设腰坑的情况，与周人的葬俗明显不同。墓室较周人显贵小，距燕侯墓区远，青铜礼器不配套，数量少，花纹简单，车马坑的两座墓多随兵器，显然是较周人显贵地位低，有征战能力的殷遗民首领。分布在燕侯墓附近的周人及异族中的次贵族墓出土了较多的青铜礼器和兵器，包括中型墓中少见的带有铭文的乙公簋和扬鼎。其中六座墓簇拥着燕侯墓，实行与燕侯墓同样的葬俗，既无腰坑，也不殉狗，推测是周人中的次贵族。个别墓里出现个别的商式陶器，表明燕侯需要异族人充实军队。墓地中数量最多者为燕国平民墓，除 M65 出土一件铜爵，余墓多以陶器和装饰品随葬，发表资料中有确切墓室记载的有 42 座，只有 6 座墓出有青铜兵器，推测其身份应是平民，可能包括燕国军队的士兵。大型墓是燕侯墓，自然是姬姓周人，为第一等级；属于显贵阶层的稍大的中型墓中，燕侯的宗亲者的墓室最大，随葬的青铜礼器也是配套的，并且图案华贵，等级高于异族贵族；属于次贵族阶层的中型墓中，距燕侯最近，与燕侯有某种血亲者，墓室最大；小型墓中，燕侯墓附近的小型墓墓室较大。商人是第二位的，贵族阶层墓中有商文化墓，或与商文化关系极为密切的墓。墓地中四分之一的面积是周人的，而四分之三是商人及其他异族，说明周人在燕国政权中，虽权势极大，但为数不多，这正与周初以小邑周统治大邑商、"封建亲戚，以藩屏周"的政治现实相吻合。

注释：

（1）《礼记·乐记》则云："武王克殷反商，未及下车，而封黄帝之后于蓟。"与《史记》所载不同，但是都证明了蓟曾是西周初年一个封国的事实。

（2）北京市文物管理处写作小组：《北京地区的古瓦井》，《文物》1972年第 2 期。

第三章　春秋战国时期燕国政治

西周王朝自平王于公元前 770 年迁都洛邑后，史称东周，分为春秋和战国两个阶段。东迁后周王室衰微，从"天下共主"沦落为托庇于诸侯大国的附庸。春秋时期，中原地区诸侯争霸，除了几个大国之外，还有几十个诸侯国在激烈的战争中被鲸吞蚕食，到战国时出现了齐、楚、燕、韩、赵、魏、秦七雄称霸局面，而燕在各大国中实力最弱。但燕国地处最北端，势弱而位重。燕国与戎狄交错，又与燕、赵、中山强国为邻，到战国中晚期，燕国与邻国争战愈演愈烈，在经历了由弱到强、由盛而衰的过程之后，公元前 222 年为秦国所灭。

一、春秋时期的燕国政治

召公奭被封于燕，自己留辅王室，而令其长子就封，成为第一代燕侯。西周、春秋时期，燕的疆域主要包括今北京地区和辽宁西部的大凌河流域，都城在蓟（今北京）。同中原各国来往较少，国力一直不强。西周时期的燕国，共有 11 代燕侯。公元前 770 年，周平王迁都洛邑，历史进入春秋时代。从周初召公分封，到春秋初年，燕国历经十七世而至燕庄公，燕国政治情况发生了很大变化。

这主要是由于春秋战国时期，活动在燕国北部的山戎族势力已发展得颇为强大。山戎南临燕国，东近齐国，西接赵国，强大、剽悍的山戎为了扩大自己的生存空间，时常长驱直入燕、齐、赵的边区进行掳掠和骚扰，成为这三个诸侯国的世代边患，时有"病燕"、"伐齐"的战事发生，而其中尤以"病燕"为甚，文献中"山戎越燕伐齐"、"山戎病燕"等记载屡见不鲜。以山戎为主的北方少数民族的侵扰对燕国构成极大威胁，农牧业生产和人民生活受到很大破坏。

到公元前664年，燕桓侯（前697—前691年）时发生了"桓侯徙临易"之政治事件，被迫将都城南迁到河北的临易（今河北省雄县，或疑为今易县）西北，燕国的权力中心逐步向南迁移，且国力日衰。《史记·燕召公世家》记载："桓侯卒，子庄公立。庄公十二年，齐桓公始霸。二十七年，山戎来侵我，齐桓公救燕，遂北伐山戎而还。燕君送齐桓公出境，桓公因割燕所至地予燕，使燕共贡天子，如成周时职；使燕复修召公之法。"《史记·齐太公世家》也记载燕庄公二十七（周惠王十三年，前664年）"山戎侵燕，燕告急于齐。齐桓公救燕，遂伐山戎，至孤竹而还，燕庄公送桓公入齐境。桓公曰：非天子，诸侯相送不出境，吾不可无礼于燕。于是分沟割燕君所至与燕，命燕君复修召公之政，纳贡于周，如成康之时"。《史记·匈奴列传》载："山戎越燕而伐齐，齐公与战于齐郊。"此亦春秋时齐燕关系中的一段美谈，《括地志》记载燕留故城云："燕留故城在沧州长芦县东北十七里，即齐桓公分沟割燕君所至地与燕，因筑此城，故名燕留。"燕既北迫于蛮貉，复又南边于强齐，是一个南北受敌的严峻局面。春秋中期初年的齐桓公北伐山戎救燕，使燕一度缓解了来自北方戎狄的威胁，同时由于齐桓公时与燕修好，故而来自强齐的威胁尚未形成，燕国此后曾享受了一段平静的岁月。

燕国在春秋时不仅要借助齐国力量来解除山戎诸族的侵凌之患，且国内政治亦须借助齐国的力量。至春秋晚期齐景与燕惠、悼之世，由于燕惠公于其六年宠信奸佞而酿成内乱逃亡奔齐，齐景公便借纳惠公为名，于前536年和前530年两次邀约中原霸主晋国，联兵大举伐燕，《史记·燕召公世家》记载，"惠公元年，齐高止来奔。六年，惠公多宠姬，公欲去诸大夫而立宠姬宋，大夫共诛姬宋，惠公惧，奔齐四年，齐高偃如晋，请共伐燕，入其君。晋平公许，与齐伐燕，入惠公。惠公至燕而死。燕立悼公"。齐、晋大军逼近燕都临易城南，燕国被迫迁都回蓟，燕齐之间关系恶化。

其后，燕国政治随着春秋列国政治形势的演变而变化，但燕国并未出现如三家分晋般国土分裂，也未出现田氏代齐之法统易姓，从《燕召公世家》我们可以看出春秋时期各国政治以及燕国政治大概："悼公七年卒，共公立。共公五年卒，平公立。晋公室卑，六卿始强大。平公十八年，吴王阖闾破楚入郢。十九年卒，简公立。简公十二年卒，献公立。晋赵鞅围范、中行于朝歌。献公十二年，齐田常弑其君简公。十四年，孔子卒。二十八年，献公卒，孝公立。孝公十二年，韩、魏、赵灭知伯，分其地，三晋强。十五年，孝公卒，成公立。成公十六年卒，愍公立。愍公三十一年卒，厘公立。是岁，三晋列为诸侯。"在燕国境内行使最高权力者，始终是召公家族——即由被分封至燕国的召公后裔所形成的家族，可以称之为"姬姓燕王家族"，只是最高统治者称号发生了由侯而公而后称王的变化。燕侯的名号，初称"侯"（克罍、克盉，克——桓侯），中称"公"（庄公——文公），后称"王"（易王——燕王喜）。公元前323年（燕易王十年），魏公孙衍发起燕、赵、中山、魏、韩"五国相王"以抗秦，燕国至此方与赵国、中山国一起称王，《钦定日下旧闻考·世纪》记载："《史记·燕世家》：自召公以下九世至惠侯。自惠侯以下八世至庄公始称公，自庄公以下十九世至易王始称王。自易王至燕王喜凡七世，灭于秦。《索引》曰：燕四十二代，有二惠侯，二宣侯，三桓侯，二文侯。盖国史微，失本谥，故重耳。《正义》曰：召公封燕后三十六世与六国俱称王。"由侯而公而王的变化表明，燕国作为西周封国，与齐晋诸侯一样逐渐与西周政治疏离，但是燕国内部政治又不同于齐晋，姬姓家族治统一脉相承，直至为秦所灭。

二、战国时期燕国的政治

在西周推翻商朝的政治和社会背景下，燕国属于周王室统治者将征服的土地分封给王室成员的政治实体。其后，春秋诸侯争霸的过程中，周王室本身逐渐丧失了一度行使的大部分政治权力，而燕国的国土面积大大扩大，当战国来临时，成为七个大国之一，尽管有宗法制的残余束缚，燕国也基本上成为完全独立的国家。在战国时期，燕国农业的改进也带来了人口的增长，城市大为增加，而且规模扩大，设计复杂，如考古发掘所显示的，城墙非常长，这一切都表明战争的日益加剧，并且利于在频繁战争中取得主动和优势。从公元前722年——前464年的259年中，只有38年没有战争，而且在公元前463年至前222年的242年中，没有战争的年份不少于89年。[1]这是对于春秋和战国两个时期战争的比较，虽然数字上春秋时多且频繁，且卷入国家多，但是规模上整体而言比较小，时间较短，亦不十分激烈，这对于燕国的发展十分有利。这时期，燕国仍然实行车战，步兵尚未发展起来，直到公元前 307 年毗邻的赵国赵武灵王实行了胡服骑射，从山戎等游牧民族那里学会了作为步兵的一个重要补充手段的骑射术，同时作为战争中远距离射击的重要武器"弩"也被发明出来，这极大促进了燕国军事技术的改进，促进了城墙城池等防卫技术的改进以及战术的改进，因此这一时期，燕齐、燕赵之间的战争颇多，规模亦大。同时作为北端的燕国，则成为地处极西部边陲的秦国灭六国计划中最后考虑的对象，是其连横政策极力争取的对象，也是六国中其他国家合纵中极力争取的对象，这期间燕国除了与赵国、齐国发生冲突外，仍有残存发展的机会。

1. 燕国与合纵连横策略

战国七雄中，齐国地处最东，楚国地处最南，燕国地处最北，据《战国策·燕策》记载，燕地"东有朝鲜、辽东，北有林胡、楼烦，西有云中九原，南有呼陀、易水"。燕国东与朝鲜为邻，南与齐国交界，西与赵国为邻，北与戎狄杂处，地理位置十分重要。但战国时期燕国并不如其他六国那样显赫突出，战国时期社会变革所经历的变法改革运动在燕国也实行得不是很彻底，且由于地处边远而常处于后进状态，因而在七雄之中属于力量薄弱者。尽管如此，燕国却由于自己独特的地理位置而发挥着重要的作用，它常常处于"有所附而无不重"的地位，常常"南附楚则楚重，西附秦则秦重，中附韩、魏则韩魏重"，可以说在大国争霸兼并斗争中，燕国由于地处最北端，所受侵扰除赵、齐外，其他各国对于燕国都是采取拉拢的态度，因而燕国的背向是各国在争霸战争中取胜的重要砝码。纵观战国时期各国关系，既有联合又有矛盾，燕齐矛盾最为激烈。据《战国策·燕国》记载，公元前 380 年，齐攻燕，取燕桑丘（河北徐水县东南），后得赵魏汉三家救助才得以解困。

燕国在战国时期充分利用了合纵连横的策略。合纵连横是战国时期各国外交政策的泛指，凡弱国联合进攻强国，为合纵，凡随从强国去进攻其他弱国，则为连横。到战国后期，秦国最大，合纵则指齐、楚、燕、赵、韩、魏等国联合抗秦，连横就指这些国家中的某几国跟从秦国进攻其他国家。公孙衍、张仪、苏秦、庞煖即当时著名的纵横家。秦利用纵横家来瓦解六国的联合，收到实际的效益，而六国纵横家过于夸大计谋策略的操作，最后还是不能和以雄厚武力为后盾的秦相抗衡。合纵偶尔出现，随即瓦解。

由于燕国能够利用六国之间的矛盾，因此虽弱却备受重视，且存国时间长。据《史记·燕召公世家》记载，"厘公三十年，伐败齐于林营。厘公卒，桓公立。桓公十一年卒，文公立。是岁，秦献公卒。秦益强。文公十九年，齐威王卒。二十八年，苏秦始来见，说文公"。苏秦游说燕文侯说："燕东有朝鲜、辽东，北有林胡、楼烦，西有云中、九原，南有呼沱、易水，地方二千余里，带甲数十万，车六百乘，骑六千匹，粟支数年……夫安乐无事，不见覆军杀将，无过燕者。大王知其所以然乎？夫燕之所以不犯寇被甲兵者，以赵之为蔽其南业。秦赵五战，秦再胜而赵三胜，秦赵相毙，而王以全燕制其后，此燕之所以不犯寇也。且夫秦之攻燕也，蹃云中、九原，过代、上谷，弥地数千里。虽得燕城，秦计固不能守也。秦之不能害燕亦明矣。今赵之攻燕也，发号出令，不至十日而数十万军军于东垣矣。渡呼沱，涉易水，不至四五日而距国都矣。故曰秦之攻燕也，战于千里之外；赵之攻燕也，战于百里之内。夫不忧百里之患，而重千里之外，计无过于此者。是故愿大王与赵从亲，天下为一，则燕国必无患矣。"燕文侯认为苏秦所言甚是，"子言则可，然吾国小，西迫强赵，南近齐，齐赵强国也。子必欲合纵以安燕，寡人请以国纵"。于是，燕文公派苏秦游说各国，合纵抗齐，以减缓齐国对燕的威胁，同时也联合秦国来巩固提高自己的地位，而秦国也把争取燕国作为牵制齐国的砝码，两国甚至联姻以示亲善，《史记·燕召公世家》记载："予车马金帛以至赵，赵肃侯用之。因约六国，为纵长。秦惠王以其女为燕太子妇。"公元前324年，齐宣王趁燕文公之丧攻燕，夺取燕国十座城市，"二十九年，文公卒，太子立，是为易王。易王初立，齐宣王因燕丧伐我，取十城。苏秦说齐，使复归燕十城"。公元前323年，燕易王参加了魏国发起的"五国相王"之举，与韩、赵、魏、中山同时称王，燕国君主称王，标志着燕国在政治地位上已经与齐、秦等大国相等，"十年，燕君为王"。燕易王还占领了蓟城西南的武阳城（今河北省易县城东南四公里处），燕昭王时期称为燕下都。

2. 燕王哙让位与政治危机

燕易王死后，子哙即位为燕王。公元前319年，燕王哙支持公孙衍合纵的建议，与齐、楚、赵、韩支持魏国改用公孙衍为相，逐张仪至秦。公元前318年，参加了楚怀王为纵长的魏、赵、韩、楚五国合纵攻秦战争，结果五国联军在函谷关被秦兵击败，据《战国策·燕策》记载，"燕王哙既立，苏秦死于齐。苏秦之在燕也，与其相子之为患难，而苏代与子之交。及苏秦死，而齐宣王复用苏代。燕哙三年，与楚、三晋攻秦，不胜而还"。不久，燕王哙任用子之为相国，"子之相燕，贵重、主断"，权势渐重，觊觎燕国君主地位，他通过苏代、厝毛寿游说燕王哙让位。前316年，燕王哙听信厝毛寿等人劝言，仿效远古圣王尧舜禅让之制，把王位让给老臣相邦子之，引起了政治风波，据《史记·燕召公世家》记载，"苏代为齐使于燕，燕王问曰：'齐王奚如？'对曰：'必不霸。'燕王曰：'何也？'对曰：'不信其臣。'苏代欲以激燕王以尊子之也。于是燕王大信子之。子之因遗苏代百金，而听其所使"。子之又通过厝毛寿等人劝说燕王，曰："不如以国让相子之。人之谓尧贤者，以其让天下于许由，许由不受，有让天下之名而实不失天下。今王以国让于子之，子之必不敢受，是王与尧同行也。"燕王因属国于子之，子之大重。又挑拨太子平与燕王哙关系，"禹荐益，已而以启人为吏。及老，而以启人为不足任乎天下，传之于益。已而启与交党攻益，夺之。天下谓禹名传天下于益，已而实令启自取之。今王言属国于子之，而吏无非太子人者，是名属子，而实太子用事也"。燕王哙为支持子之，将三百石俸禄以上大官的印玺全部收回，另由子之擢贤任用，"王因收印自三百石吏已上而效之子之。子之南面行王事，而哙老不听政，顾为臣，国事皆决于子之"。

子之相国引起燕国贵族和百姓的不满，公元前314年，子之行新政三年，终于爆发了政治危机，"三年，国大乱，百姓恫恐"。将军市被与太子平聚众谋攻子之。诸将谓齐愍王曰："因而赴之，破燕必矣。"齐王因令人谓燕太子平曰："寡人闻太子之义，将废私而立公，饬君臣之义，明父子之位。寡人之国小，不足以为先后。虽然，则唯太子所以令之。"太子平与将军市被围攻子之，不克。之后，将军市被及百姓又反攻太子平，结果将军市被被杀。此次政治叛乱致使燕国"构难数月，死者数万，众人恫恐，百姓离志"。孟轲谓齐王曰："今伐燕，此文、武之时，不可失也。"于是齐王派子章率临淄等五都之兵和齐国北部的丁壮趁机伐燕，由于燕国军民痛恨子之，所以"士卒不战，城门不闭"。齐军大胜，"杀子之而醢其身"又杀死燕王哙，"毁其宗庙，迁其重器"。

燕哙王让位子之之乱，地处燕国南部的中山国也乘机派相国司马赒"亲率三军之众，以征不义之邦"[2]。据1977年河北平山县三汲村发掘的战国时期中山国墓地一号墓出土了中山王嚳铜壶铭文记载："择燕吉金，铸为彝壶，节于裡口，可法可尚，以飨上帝，以祀先王。"据铭文所载，当时中山国也参加了伐燕的战争，并占领大片燕国疆土，此铜壶即是燕昭王即位后第三年，中山国王命令相邦（相国）司马赒选择从燕国掠夺的上等铜"吉金"精心铸造的一件酒器，叫做彝壶，按照裡祀的礼仪规定装酒，用于祭祀上帝和祖先，并用以纪念中山国司马赒与齐国联合伐燕的功绩。此铜壶铭文填补文献记载阙漏之憾，因为铭文多处记载了燕王哙让位子之事件，认为这是"臣宗易位"、"上逆于天，下不顺于人"之举，燕王哙"为人臣而反臣其宗，不详莫大焉"，燕王哙与子之"不用礼仪、不辨顺逆，故邦亡身死。"

因此，燕王哙让位子之事件，既无助于燕国内政治理，反而引起国内动乱与外国入侵干涉，燕国政治危机，几乎亡国，对燕国的社会安定与经济发展起到了严重的破坏作用。

3. 燕昭王图治与燕国强盛

齐大胜燕，破坏了各国间的均势，引起各国不安。公元前312年，秦、魏、韩出兵救燕，败齐于濮水之上。公元前311年，赵武灵王召燕公子职于韩，派兵护送回燕，立为燕昭王，《史记·赵世家》记载，"齐破燕，燕相子之为君，君反为臣。十一年，王召公子职于韩，立为燕王，使乐池送之"。燕昭王继位后，深知秦国任用商鞅而富国强兵，楚国魏国任用吴起而战胜弱敌，齐威王、宣王任用孙膑、田忌而国力大振，诸侯朝齐。他认识到要振兴燕国，报齐国入侵和杀父之仇，必须从延揽人才入手。于是他卑身厚币以招贤者，谓郭隗曰："齐因孤之国乱，而袭破燕。孤极知燕小力少，不足以报。然诚得贤士以共国，以雪先王之耻，孤之愿也。先生视可者，得身事之。"郭隗以"千金市骏骨"故事，建议燕昭王以重金招纳贤才，曰："王必欲致士，先从隗始。况贤于隗者，岂远千里哉！"意即：现在大王决心招贤纳士，不妨把我当作'千里马尸骨'，以此为始，那么，比我贤能的人一定会前来替大王效力，燕国何愁不兴？燕昭王采纳了郭隗的建议，在燕下都武阳台东南约4.5公里处"金陵堤"外"为隗改筑宫而师事之"。为郭隗修建了一座黄金台，请郭隗住在黄金台上的招贤馆，赐黄金万两，拜郭隗为师，并派人到各地张榜招贤，于是"士争凑燕"，"乐毅自魏往，邹衍自齐往，剧辛自赵往"。燕昭王对于"诸天下之士，其欲破齐者，大王尽养之；知齐之险阻要塞、君臣之际者，大王尽养之"。[3]

燕昭王对奔燕者皆委以重任。例如乐毅，中山人，魏国名将乐羊后裔，擅长用兵。乐毅由赵经魏入燕后，即得到燕昭王重用。燕昭王以乐毅为亚卿，主持国政，"察能而授官"，改革官吏制度，燕王之下设相国和将军，分掌政治、军事大权，还实行郡县制，设上谷、渔阳、右北平、辽西、辽东五郡，郡下辖县，郡守和县令都由国王任命，建立了有效的政治运行体系；同时，据《战国策·燕策》记载"燕王吊死问生，与百姓同其甘苦"。燕昭王即位之初，因北方东胡族强大，被迫将秦开送往东胡做人质。秦开借机掌握了东胡的风土人情、军事地理等情况。燕国军力强大后，将其召回，并以其为将，于燕昭王十二年（前300年）率军北击东胡，深入三千余里，打败东胡，打开了燕国进入东北南部的通道。之后，又乘获胜余威，进兵辽东。燕国随即在辽东地区设置辽东郡，郡治襄平城（今辽阳市老城区）。并率军民修筑了西起造阳，东至辽东的北长城。经过二十八年励精图治，原本弱小的燕国成为一时之强，"燕国殷富，士卒乐佚轻战"。

对外方面，为了孤立齐国，燕昭王采取与秦、楚、三晋联合的策略，公元前296年，燕昭王与赵国联合灭掉中山国；同时对齐国表面采取顺从和好的关系，令其弟为质于齐。公元前287年，即燕昭王二十五年，齐国在攻宋前派苏秦联络赵、魏、韩、燕与齐国联合攻秦，燕国派兵两万参加了伐秦战争。但是燕国参战目的主要是敷衍齐国，以免其识破自己报雪先王之仇的企图，其他各国也缺乏攻秦的决心，齐国本身也只是想借此施压，以防齐国攻宋时秦国救助，所以"五国伐秦，无功，罢于成皋。"[4]公元前286年，齐国趁五国伐秦之际攻灭宋国，引起秦、楚、赵、燕的震动，为防止齐国继续扩张势力，公元前285年，秦王和楚王在宛（河南南阳）相会，和赵王在中阳相会，公元前284年，秦王和魏王在宜阳相会，和韩王在新城（山西朔县）相会，同年燕昭王"以乐毅为上将军，与秦、楚、三晋合谋以伐齐"，齐兵大败，诸侯皆罢兵，乐毅则率兵乘胜追击，直抵齐都临淄，齐湣王逃往到莒，《史记》卷八十《乐毅列传》记载："乐毅于是并护赵、楚、韩、魏、燕之兵以伐齐，破之济西，诸侯罢兵归，而燕军独追，至于临淄。齐湣王之败济西，亡走，保于莒。乐毅独留徇齐，齐皆城守。"乐毅率军攻入临淄，"尽取齐宝财物、祭器输之燕"，将"大吕陈于元英，故鼎反于历室，齐器设于宁台，蓟丘之植，植于汶篁"。燕昭王大悦，

"亲至济上劳军，行赏乡士，封乐毅为昌国君。于是燕昭王收齐卤获以归，而使乐毅复以兵平齐城之不下者。乐毅留徇齐五岁，下齐七十余城，皆为郡县以属燕，唯独莒、即墨未服"。

齐愍王逃入莒，"燕军闻齐王在莒，并兵攻之。因坚守，距燕军，数年不下"。淖齿杀湣王于莒，后来王孙贾与莒人又杀淖齿，立湣王子法章为齐襄王。燕于是引兵东围即墨（今山东平度东南），"即墨大夫出与战，败死。城中相与推田单……立以为将军，以即墨距燕"。乐毅遂采取围而不攻策略，命燕军撤至两城外九里处设营筑垒以待时机，双方相持达五年。

其间，不断有人在燕昭王面前进谗言，说乐毅久攻不克，与齐相峙，目的是想要南面称王，燕昭王于是置酒大宴群臣，进谗言者亦在其中。燕昭王对群臣说到："先王之举国以礼贤者，非贪土地以遗子孙也。遭所传德薄，不能堪命，国人不顺。齐为无道，乘孤国之乱以害先王。寡人统位，痛之入骨，故广延群臣，外招宾客，以求报仇。其有成功者，尚欲与之同共燕国。今乐君亲为寡人破齐，夷其宗庙，报塞先仇，齐国固乐君所有，非燕之所得也。乐君若能有齐，与燕并为列国，结欢同好，以抗诸侯之难，燕国之福，寡人之愿也。"[5]燕昭王将进谗言者斩首，同时对乐毅妻子大加赏赐，赐乐毅妻以后服，乐毅子以公子服，赐乐毅"辂车乘马，后属百两"，封乐毅为齐王。乐毅惶恐不敢受，并愿以死明志。齐人因此服其义，诸侯因此畏其信，乐毅因此竭诚为燕效力，燕国至此达到鼎盛。

4. 田单破燕与燕国灭亡

公元前279年，燕昭王死，燕惠王立，燕惠王"与乐毅有隙。田单闻之，乃纵反间于燕，宣言曰：齐王已死，城之不拔者二耳。乐毅畏诛而不敢归，以伐齐为名，实欲连兵南面而王齐。齐人未附，故且缓攻即墨以待其事。齐人所惧，唯恐他将之来，即墨残矣"。田单派人去燕国散布谣言，说乐毅不能攻破齐国两个城池，是因为他别有野心，想要联合诸侯国在齐国称王，同时散布说齐国人对乐毅非常钦佩。如果是别的大将而不是乐毅伐齐，则即墨就不是像现在这样对峙，而是难保了，于是燕惠王"以为然，使骑劫代乐毅，乐毅因归赵。燕人士卒忿"。田单还派人"宣言曰：吾唯惧燕军之劓所得齐卒，置之前行，与我战，即墨败矣"。即齐军最怕燕军把俘虏的鼻子割掉后再反派他们和齐军作战。结果"燕人闻之，如其言。城中人见齐诸降者尽劓，皆怒，坚守，唯恐见得"。骑劫中计而把齐军俘虏鼻子割掉而后派回去与齐军作战，即墨守军见到投降燕军的后果，愤怒至极，担心被燕军俘虏，决心拼死守卫即墨，士气大增。田单又纵反间计，曰："吾惧燕人掘吾城外冢墓，僇先人，可为寒心。"即齐国惧怕燕人在城外挖齐国人的祖坟，毁坏齐国先人的尸骨，这会令齐人胆颤心寒。结果骑劫又中计，令燕军"尽掘垄墓，烧死人。即墨人从城上望见，皆涕泣，俱欲出战，怒自十倍"。齐国见到祖坟被掘，先人尸骨被焚，悲愤流涕，欲与燕军决一雌雄。

至此，田单"知士卒之可用，乃身操版插，与士卒分功，妻妾编于行伍之间，尽散饮食乡士。令甲卒皆伏，使老弱女子乘城，遣使约降于燕，燕军皆呼万岁"。田单又以重金收买燕军将领，"尽收民金，得千溢，令即墨富豪遣燕将，曰：即墨即降，顾无略吾族家妻妾，令安堵"。燕将因为受礼而"大喜，许之。燕军由此益懈"。田单已完成战前的准备工作，他决定由坚守防御转入反攻。公元前278年，田单以火牛阵大败燕军，《史记·田单列传》记载此次大战的详细情形说到："田单乃收城中得千余牛，为绛缯衣，画以五彩龙文，束兵刃于其角，而灌脂束苇于尾，烧其端。凿城数十穴，夜纵牛，壮士五千人随其后。牛尾热，怒而奔燕军，燕军夜大惊。牛尾炬火光明炫耀，燕军视之皆龙文，所触尽死伤。五千人因衔枚击之，而城中鼓噪从之，老弱皆击铜器为声，声动天地。燕军大骇，败走。齐人遂夷杀其将骑劫。"燕军扰乱奔走，齐人追亡逐北，"所过城邑皆畔燕而归田单。兵日益多，乘胜，燕日败亡，卒至河上"。齐国趁势收复失陷的70余城，并把襄王从莒迎回临淄，田单被封平安君。

燕齐之战后，燕从此国势不振。其后，燕又与赵国发生多次战争，均屡败于赵。公元前251年（燕王喜四年）双方发生了鄗代之战。燕王喜派丞相栗腹以给赵王祝寿为名，出使赵国，侦探赵国虚实，回国后向燕王建议，赵国青壮年在长平均被秦将白起坑杀，国内尽是孤儿寡妇，无力再战，乘此良机攻赵必胜，结果燕王喜不顾昌国君乐间劝阻，[6]发兵攻赵，《战国策·燕策三》记载此战曰："燕王喜使栗腹以百金为赵孝成王寿，酒三日，反报曰：'赵民其壮者皆死于长平，其孤未壮，可伐也。'王乃召昌国君乐间而问曰：'何如？'对曰：'赵，四达之国也，其民皆习于兵，不可与战。'王曰：'吾以倍攻之，可乎？'曰：'不可。'曰：'以三，可乎？'

曰：'不可。'王大怒。左右皆以为赵可伐，遽起六十万以攻赵。令栗腹以四十万攻鄗，使卿秦以二十万攻代。赵使廉颇以八万遇栗腹于鄗，使乐乘以五万遇卿秦于代。"燕人大败，栗腹被杀，卿秦被俘。燕王喜连忙派乐间以书谢罪曰："寡人不佞，不能奉顺君意，故君捐国而去，则寡人之不肖明矣。敢端其愿，而君不肯听，故使使者陈愚意，君试论之。语曰：'仁不轻绝，智不轻怨。'君之于先王也，世之所明知也。寡人望有非则君掩盖之，不虞君之明罪之也；望有过则君教诲之，不虞君之明罪之也。且寡人之罪，国人莫不知，天下莫不闻，君微出明怨以弃寡人，寡人必有罪矣。虽然，恐君之未尽厚也。以故掩人之邪者，厚任之行也；救人之过者，仁者之道也。世有掩寡人之邪，救寡人之过，非君心所望之？今君厚受位于先王以成尊，轻弃寡人以快心，则掩邪救过，难得于君矣。且世有薄与故厚施，行有失而故惠用。今使寡人任不肖之罪，而君有失厚之累，于为君择之也，无所取之。国之有封疆，犹家之有垣墙，所以合好掩恶也……寡人虽不肖乎，未如殷纣之乱也；君虽不得意乎，未如商容、箕左之累也……今以寡人无罪，君岂怨之乎？愿君捐怨，追惟先王，复以教寡人！"但是，乐间、乐乘因"怨不用其计"，二人最终留在赵国。公元前242年，即燕王喜十三年，燕国乘赵国以庞煖代替廉颇之机，派剧辛攻赵，结果庞煖大败燕军，剧辛被杀。

燕在与赵国的多次战争中屡败，国势更加衰弱。而秦则乘燕、赵之间发生大规模战争之机，不断攻取三晋之地。公元前228年秦破赵，兵临易水，直接威胁到燕国。次年，燕太子丹派荆轲入秦刺杀秦王未遂。秦派王翦、辛胜击溃燕、代联军于易水以西。又次年，王翦拔取燕都蓟，燕王喜迁都辽东。喜采纳代王嘉建议，杀太子丹以献秦，以求缓解秦燕仇恨。但秦仍未停止进攻，公元前222年，秦将王贲攻取辽东，俘燕王喜，燕亡。公元前221年，秦灭韩、魏、楚、燕、赵后，便派将军王贲从燕地南攻齐国，俘虏齐王建，灭齐，一统天下。

注释：

（1）许倬云：《变迁中的古代中国》。

（2）张政烺：《中山王響壶及鼎铭考释》，《古文字研究》第一辑，中华书局1979年。

（3）《吕氏春秋》卷18《审应览》。

（4）《战国策》卷21《赵策四》。

（5）《资治通鉴卷第四·周纪四赧王中·三十六年》。

（6）即墨之战后，燕惠王十分后悔，令乐毅子乐间袭其父乐毅昌国君爵位，这是燕国封君制度中的特例。

秦汉魏晋北朝时期

第一章　秦汉时期的幽州政治

秦始皇在位第十七年（前230年）至二十六年（前221年）十年中，先后灭掉韩、赵、魏、楚、燕、齐，结束了战国七雄割据称雄的局面，建立起统一的中央集权的封建国家。对于燕国政治史而言，公元前222年秦灭燕，标志着燕国从西周初年分封的诸侯国，经过春秋战国时期的称霸战争而发展成为独立的王国之一，至此成为统一中央集权下新的行政体制——郡县制的组成部分，都城蓟城亦从诸侯国领地中心转变为统一国家控制北方的军事重镇和交通枢纽。这是燕国政治史上极具革命性的变化。

一、秦统一中央集权下幽州政治

1. 荆轲刺秦王与秦灭燕

公元前238年，22岁的秦王政开始起用了李斯、魏缭等一些政治家，军事家，不断向各国进攻，开始了统一中国的战争。他拆散了燕国和赵国的联盟，使燕国丢了好几座城。燕太子丹年轻时在秦国作人质，他见秦王政决心兼并列国，又夺去了燕国土地，就偷偷逃回燕国，物色到了刺客荆轲，准备派荆轲刺杀秦王嬴政，替燕国报仇。公元前228年，秦将王翦破赵，占领了赵国都城邯郸，虏赵王，尽收其地，进兵北略地，至燕南界，燕国面临灭亡的威胁。公元前227年，当秦军逼近时，燕太子丹十分恐惧、焦急，就去找荆轲。据《战国策·燕策》记载，太子丹对荆轲说："秦兵且暮渡易水，则虽欲长侍足下，岂可得哉？"荆轲答曰："微太子言，臣愿得谒之，今行而无信，则秦未可亲也。夫今樊将军，秦王购之金千斤，邑万家。诚能得樊将军首，与燕督亢之地图献秦王，秦王必说见臣，臣乃得有以报太子。"太子丹曰："樊将军以穷困来归丹，丹不忍以己之私，而伤长者之意，愿足下更虑之！"荆轲知太子不忍，乃遂私见樊于期，曰："秦之遇将军，可谓深矣。父母宗族，皆为戮没。今闻购将军之首，金千斤，邑万家，将奈何？"樊将军仰天太息流涕曰："吾每念，常痛于骨髓，顾计不知所出耳！"轲曰："今有一言，可以解燕国之患，而报将军之仇者，何如？"樊于期乃前曰："为之奈何？"荆轲曰："愿得将军之首以献秦，秦王必喜而善见臣。臣左手把其袖，而右手揕其胸，然则将军之仇报，而燕国见陵之耻除矣。将军岂有意乎？"樊于期偏袒扼腕而进曰："此臣日夜切齿拊心也，乃今得闻教！"遂自刎。太子闻之，驰往，伏尸而哭，极哀。既已，无可奈何，乃遂收盛樊于期之首，函封之。于是太子预求天下之利匕首，得赵人徐夫人之匕首，取之百金，使工以药淬之。燕国有勇士秦武阳，年十二，"杀人，人不敢与忤视。乃令秦武阳为副。荆轲有所待，欲与俱，其人居远未来，而为留待。顷之未发，太子迟之。疑其有改悔，乃复请之曰：'日以尽矣，荆卿岂无意哉？丹请先遣秦武阳！'荆轲怒，叱太子曰：'今日往而不反者，竖子也！今提一匕首入不测之强秦，仆所以留者，待吾客与俱。今太子迟之，请辞决矣！'"

于是"太子及宾客知其事者，皆白衣冠以送之"至易水之畔（现河北易县），高渐离击筑，荆轲和而歌，为变徵之声，士皆垂泪涕泣。又前而为歌曰："风萧萧兮易水寒，壮士一去兮不复还！"复为慷慨羽声，士皆瞋目，发尽上指冠。于是荆轲遂就车而去，终已不顾。既至秦，持千金之资币物，厚遗秦王宠臣中庶子蒙嘉。蒙嘉向秦王说："燕王诚振怖大王之威，不敢兴兵以拒大王，愿举国为内臣。比诸侯之列，给贡职如郡县，而得奉守先王之宗庙。恐惧不敢自陈，谨斩樊于期头，及献燕之督亢之地图，函封，燕王拜送于庭，使使以闻大王。唯大王命之。"秦王嬴政闻之大喜，乃朝服，设九宾，见燕使者咸阳宫。荆轲奉樊于期头函，而秦武阳奉地图（燕国最肥沃的土地督亢，在河北涿县一带）匣，按照次序觐见，当"至陛下，秦武阳色变振恐，群臣怪之"，荆轲连忙上前谢罪说："北蛮夷之鄙人，未尝见天子，故振慑，愿大王少假借之，使毕使于前。"秦王谓轲曰："起，取武阳所持图！"轲既取图奉之，"发图，图穷而匕首见。因左手把秦王之袖，而右手持匕首揕之。未至身，秦王惊，自引而起，绝袖。拔剑，剑长，操其室。时恐急，剑坚，故不可立拔"，秦王于是"还柱而走"。因事出突然，群臣惊愕，不知所措。按照秦法规定，群臣上殿不得带兵器，诸郎中可以带兵器，但均需在殿下等候，没有传召不得上殿，所以遇此急难，来不及下诏，群臣手无寸铁，只能"以手共搏之"，侍医夏无且便以手中药囊投向荆轲，荆轲用手一扬，药袋飞到一边。就在这一眨眼的工夫，左右大声喊道："王负剑！王负剑！"秦王拔剑刺向荆轲，砍断了荆轲的左腿。荆轲站立不住，倒在地上，仍将匕首刺向秦王，结果"不中，中柱"，秦王复击轲，荆轲身负八处剑伤，他自知难以成功，倚柱而笑，大骂："事所以不成者，乃欲以生劫之，必得约契以报太子也。"左右既前，斩荆轲。

荆轲刺秦，这是燕国贵族作为政治竞争者而重整旗鼓之举，其结果未遂，却给秦国进攻燕国提供了借口，公元前226年，秦王政派大将王翦领兵攻燕。王翦领兵攻下了燕都蓟（北京大兴西南），占领了燕国的大半，燕王喜逃到辽东（辽宁辽阳市西北），杀太子丹，把太子丹的头献给秦军求和，前222年（秦王政二十五年）秦灭燕。

公元前221年秦灭齐，结束了战国时期诸侯割据、战争连年不断的政局，建立了第一个统一的多民族中央集权封建专制的国家。国家的统一，顺应了历史发展的潮流，对社会经济发展起到了积极的促进作用。蓟城虽然从过去的燕国的领地中心转变为秦王朝的北方军事重镇和交通枢纽，但仍是北方地区的政治、军事和经济中心。

从西周初年分封诸侯国开始，直至秦灭燕，燕国共历燕召公（？—前865年）、燕惠侯（前864年——前827年）、燕厘侯（前826年——前791年）、燕顷侯（前790年——前767年）、燕哀侯（前766年——前765年）、燕郑侯（前764年——前729年）、燕穆侯（前728年——前711年）、燕宣侯（前710年——前698年）、燕桓侯（前697年——前691年）、燕庄公（前690年——前658年）、燕襄公（前657年——前618年）、燕前桓公（前617年——前602年）、燕宣公（前601年——前587年）、燕昭公（前586年——前574年）、燕武公（前573年——前555年）、燕前文公（前554年——前549年）、燕懿公（前548年——前545年）、燕惠公（前544年——前536年）、燕悼公（前535年——前529年）、燕共公（前528年——前524年）、燕平公（前523年——前

493 年）、燕孝公（前 492 年——前 455 年）、燕成公（前 454 年——前 439 年）燕闵公（前 438 年——前 415 年）、燕简公（前 414 年——前 373 年）、燕后桓公（前 372 年——前 362 年）、燕后文公（前 361 年——前 333 年）、燕易王（前 332 年——前 321 年）、燕王哙（前 320 年——前 312 年）、燕昭王（前 311 年——前 279 年）、燕惠王（前 278 年——前 272 年）、燕武成王（前 271 年——前 258 年）、燕孝王（前 257 年——前 255 年），至前 222 年燕王喜（前 254 年——前 222 年）时为秦所灭。

2. 郡县制下的燕国

秦始皇统一之后，实行中央集权，首先确立至高无上的皇权。在秦统一前，夏商周三代最高统治者称作王，至战国中期则一些诸侯国的国君也自称为王。秦始皇认为王的称号不足以体现自己的威严，不更改名号，便"无以称成功，传后世"，于是命令群臣议定更定名号，最后选定了"皇帝"二字作为最高统治者的称号，同时规定了皇帝专用的名词、术语，确立了至高无上的皇权。秦始皇自称"始皇帝"，他的后继人则称为二世皇帝、三世皇帝……一直延续下去，传之无穷。从此，"皇帝"便取代了"王"，成为中国最高统治者的称号，并为历代统治者所沿用。其次，建立起一套完整的官僚架构以辅助皇帝统治帝国的辽阔疆域。在确立了至高无上的皇权之后，在中央设立三公九卿，使之成为皇帝的直接控制下的政治体制核心。所有官吏均由皇帝任免，概不世袭，相互配合，相互监督，分别掌管全国的各类事务。在地方上废除分封制，实行郡县制度，这样从中央到地方形成一种严密的金字塔式的政治结构，以此将全国行政大权牢牢掌握在中央，掌握在皇帝手中。

秦灭燕以后，燕地对秦朝来说，是一个边远地区。旧燕国的军队虽被消灭了，可是为数众多的燕旧贵族尚存在，随时准备推翻秦王朝在这里的统治，恢复旧国。公元前 221 年（秦始皇二十六年）秦刚刚统一天下之时，秦始皇曾就如何控制边远地区、加强中央集权征求群臣意见。丞相王绾等认为"诸侯初破，燕、齐、荆（楚）地远，不为置王，毋以填（镇）之，请立诸子"。他建议始皇实行分封制，分封诸子到燕国、齐国、楚国原有诸侯国的封地为王，以此加强对北、东、南地区的控制，对此，群臣皆以为很合适。但廷尉李斯则认为"置诸侯不便"，他主张全国设立郡县，如此则天下"皆为郡县，诸子、功臣以公赋税重赏赐之，甚足易制。天下无异意，则安宁之术也"。秦始皇也认为天下因为有分封诸侯王"共苦战斗不休"，如今若再实行西周时期的分封制，将来无疑会重蹈群雄割据导致西周灭亡的覆辙："又复立国，是树兵也，而求其宁息，岂不难哉！"秦始皇认为李斯所云有道理，于是采纳了李斯建议，废分封而行郡县制。全国设三十六郡，是地方上最高的行政机构，郡设郡守、郡尉、监御史，分长行政、军事、监察，直接隶属中央，由皇帝任免，不得世袭；郡下设若干县，大县设县令，小县设县长，县令、县长由皇帝任免；县下设乡官、亭长、里正等行政机构。郡县制的推行，对于结束诸侯割据的局面，对于维护国家的统一，都具有重要的意义。

据北魏郦道元《水经注·㶟水》中记载，秦在旧燕国地区设置了六郡："秦始皇二十三年灭燕，以为广阳郡。"即在原燕国的都城蓟及其以南地区至燕下都武阳（今河北易县）一带，新置广阳郡，郡治在蓟城（今北京城西南）。广阳郡以北基本沿袭燕国旧制，即沿长城一线，自西而东，仍设置上谷（治沮阳，今河北省怀来县大古城）、渔阳（治渔阳，今北京市怀柔县梨园庄）、右北平（治无终，今天津市蓟州）、辽西（治阳乐，今辽宁义县）、辽东（治襄平，今辽宁辽阳）五郡。唐杜佑《通典·州郡》记载："秦灭燕，以其地为渔阳、上谷、右北平、辽西、辽东五郡。"北宋乐史《太平寰宇记·河北道·幽州》记载："始皇灭燕，置三十六郡，以燕都及燕之西陲为上谷郡。"尽管记载有异，但是秦在燕国旧地设置郡县则是事实，其中上谷、渔阳、右北平、广阳四郡下所设诸县在今北京境内者则可据文献记载确知，包括蓟、良乡、涿县北部、沮阳东部、居庸、上兰、军都、渔阳、无终西部。这些置县之地多为军事关隘之地，如良乡县境内有大防山和独鹿山，军都县内有军都山和居庸塞，居庸塞孔道北部有居庸关，孔道南部有军都关，上谷郡内有治水即今永定河，自西北流经蓟城；军都山南麓的湿余水即今温榆河，经蓟城北部向东南流经渔阳郡而与沽水即今白河汇合。而且良乡县南的鸣泽是秦始皇每年要祭祀的小山川之一。这些都是秦始皇控、防止燕国旧贵族倡乱的要塞。可见，秦时的蓟虽不再是诸侯国的都城，而成为一郡的治所，但它仍是旧燕国地区的政治、军事和经济、文化的中心。

3. 修驰道筑长城

秦始皇三十六年（前 215 年）为防止六国旧贵族倡乱，下令迁徙原关东六国的贵族豪富于关中、巴蜀等地，以防止他们的分裂复辟活动，仅迁至咸阳者即达十二万户。又明令禁止民间收藏武器，收缴销毁六国散藏于民间的兵器，以弱黔首之民，"收天下兵，聚之咸阳，销以为钟镶，金人十二，重各千石，置廷宫中。一法度、衡石、丈尺。车同轨，书同文字……徙天下豪富于咸阳十二万户"。同时，为了加强对六国故地的控制，秦始皇从统一后第二年（前220年），下令在所灭之国"坏城郭，决通堤防"，即平毁各诸侯国之间所设堤防、沟堑、城郭要塞，以减少割据、分裂、倡乱的屏障，以都城咸阳为中心，修建由咸阳通向燕齐和吴楚地区的驰道，《汉书》卷五十一《贾山传》记载，"为驰道于天下，东穷燕、齐，南极吴、楚，江湖之上、濒海之观毕至。道广五十步，三丈而树，厚筑其外，隐以金椎，树以青松"。后来又修筑了由咸阳经云阳（今陕西淳化西北）直达九原（今内蒙古包头西）的直道，可直接控制内蒙古范围内的广大地区。又采取了"车同轨"措施，统一全国车轨轨距，铲除了交通障碍，因此一旦发生倡乱即可快速控制。

秦始皇在位的十一年中，曾五次沿着驰道巡游全国。始皇三十二年（公元前215年）第四次巡游时，就到过旧燕国地区，大约经今太行山东麓北上，渡治水（今永定河）至蓟，再经无终，到达辽西郡的碣石（今河北昌黎北）。始皇就是在"巡北边"即沿旧燕国北长城一线至今内蒙地区，再南至上郡回到咸阳途中病卒的。

秦始皇还修筑长城，即将燕国南部的易水长城拆除，将蓟城南部通往恒山、邯郸的原燕赵的关隘消除，这样所筑驰道从咸阳往东经函谷关（河南灵宝县东北）经洛阳经河北邺城（河北临漳县西南）经邯郸直达蓟城，并且可以通过蓟城向东延伸到无终、碣石（今河北昌黎县北）、襄平，往西经军都县（昌平西南），出居庸关经平城（山西大同）到内蒙九原，从平城往南经太原郡和河东郡，过临晋关（陕西大荔县东）西南行即可达咸阳。从九原郡西南行经云阳（陕西淳化县）折东南行也可到达咸阳，形成了以咸阳为中心的北部交通网络，蓟城正处于华北平原通向华北北部、东北、西北地区的要冲，是秦始皇控制东北部的枢纽。

为了便于据守六国故地，抵御匈奴进攻，公元前221年起，派将军蒙恬率三十万大军北逐匈奴，并将旧秦、赵、燕长城修缮连接起来。在蒙恬号召下，经过十几年时间，集中了三十万人，沟通了公元前300年建造的秦长城、公元前353年建造的魏长城、前300年建造的赵长城以及约前290年建造的伸向辽东的燕长城，从今甘肃临洮到辽东地区建立起一道军事屏障，绵延万余里，《史记·蒙恬传》中记载，蒙恬"筑长城，因地形，用制险塞，起临洮，至辽东，延袤万余里。于是渡河，据阳山，逶蛇而北，暴师于外十余年，居上郡"。蒙恬居于上郡（今陕西榆林南）指挥军队，将进入北京地区北面的匈奴人被赶出长城之外。万里长城这样的筑垒工程为燕国以后政治中心地位的建立提供了军事优势。

4. 制定严刑峻法

秦始皇奉行先秦法家学派提出的"以法治国"的主张，以原来秦国的法律为基础，吸收六国法律中适用的成分，制定了细密、严峻的法律，以建立"尊卑贵贱，不逾行次"的等级秩序，"职臣遵分，各知所行"的官僚秩序，"六亲相保，终无寇贼"的社会秩序，"禁止淫佚，男女絜诚"的家庭秩序。即建立封建地主阶级的统治秩序，以确保中央集权政治制度的正常运作。据湖北云梦睡虎地秦简记载，除商鞅沿袭李悝《法经》制定的六篇刑律外，秦还颁布了大量单行法规，仅律名就有三十一种之多，如《田律》、《仓律》、《关市律》、《军爵律》等，涉及国家政治、军事、司法、农业、手工业、商业和家庭婚姻等各个方面，"皆有法式"。刑法严峻，有死刑、肉刑、徒刑、流刑、财产刑、夺赎刑、夺爵和废七种。为杜绝犯罪，秦律采取轻罪重罚，如五人偷盗，赃物超过一钱便要被砍掉左脚，若诽谤他人将会被处以灭族的重刑，由此减缓百姓的犯罪和反抗行为。这无疑对燕国地区的政治稳定起到了一定作用。

5. 文化经济统一措施

公元前 221 年，李斯"同文书……周遍天下"，以秦国通行的文字为基础制定小篆，作为标准文字，颁行全国。文字的简化和标准化使得书写更加方便，利于政令的统一，利于政治的统一和文化的统一，这在燕国历史上因为文字的统一而与天下各国具有了政治和文化相互沟通的基础，从而利于燕国政治经济文化交流和经济活动，避免了闭塞和落后。秦始皇又下令统一全国的斗、桶、权、衡、丈、尺等度量衡标准，废止战国时代的各国货币，统一全国币制，《汉书·食货志》云："秦并天下，币为二等：黄金以溢为名，上币；铜钱质如周钱，文曰'半两'，重如其文。而珠玉龟贝银锡之属为器饰宝臧，不为币。"燕国原来通行的金属货币刀币被废除，采用秦发行的圆形方孔钱。这些文化经济措施的统一，利于赋税制和俸禄制的统一，以确保国家赋税收入，维持官僚机构的运转；利于消除诸侯割据势力的影响，结束政治上的分裂状况，利于原燕国地区的政治稳定。

6. 秦末农民起义与汉定燕蓟

公元前 210 年 7 月（或 8 月）秦始皇在沙丘（河北南部平乡附近）突然患病身亡，这时他的长子、皇位继承人扶苏正在北部与蒙恬将军留守边陲。李斯、赵高利用欺诈和威胁的手段将弥留之际秦始皇写给扶苏命他前往咸阳即位的信件扣下，并另拟令次子胡亥即位的假诏和一封谴责蒙恬和扶苏令其自杀的假信，结果胡亥即位为秦二世。公元前 209 年（秦二世元年），又大发徭役，其中自河南征发的一支约九百人，由县尉押赴渔阳（今北京怀柔梨园庄）戍边。这支被征发的农民在行到蕲县大泽乡（今安徽宿县东南）时，遇连日大雨，道路不通，耽误了行期。按秦法误期当斩，面临被杀死的境地，九百名被征发的农民在陈胜、吴广的领导下，杀死监押的县尉，揭竿而起，从此拉开了秦末农民起义斗争的序幕，原六国贵族也乘机起兵复国。公元前 209 年，陈胜派武臣为将军，率领张耳、陈余三千人攻取燕赵之地，"不战以城下者三十余城，至邯郸"。8 月，武臣攻克邯郸，自立为赵王，脱离了陈胜、吴广的节制。武臣为扩充实力又以旧燕上谷卒史韩广为将，继续北上攻略燕地，9 月，占据燕地蓟城。韩广在旧燕贵族拥立下自立为燕王。公元前 208 年（秦二世二年）九月，秦以王离为统帅，自上郡率数十万大军东向，围赵王歇（歇为赵旧贵族，时武臣已死）于钜鹿（今河北平乡）。秦将军章邯率二十余万大军自中原地区北渡黄河，修甬道，自黄河北至钜鹿以南，为王离供运军粮。这时钜鹿危急，赵一再派人向各反秦势力求援。燕王韩广即派将军臧荼率军前来救赵。次年，在钜鹿会战，救赵各路军以项羽率领的楚军为主力，大败秦军。秦将王离被虏，苏角被杀，涉间自焚，章邯南逃。公元前206 年，臧荼等各路将领共推项羽为"诸侯上将军"，为反秦联军的统帅。项羽在殷墟（今河南安阳）接受了章邯的投降后，举兵而西，入函谷关，直至咸阳，这时刘邦已先于项羽而入关灭秦。当时刘邦的军力较小，只有十万人，项羽有四十万人，军力强大，号称西楚霸王，但项羽以霸主的身份大封随他入关的主要将领和关东已复国的贵族为十八诸侯王国。其中燕王韩广部将臧荼因从楚救赵，随项羽入关拥戴有功，被封为燕王，都蓟。项羽将原燕王韩广改为辽东王，都无终。公元前206年（汉高祖元年）四月，臧荼逐韩广赴辽东，韩广不承认项羽的分封，并以武力抗拒臧荼入蓟。双方战于蓟，臧荼击败韩广，韩广败走辽东，至八月臧荼入无终（今天津蓟县）擒杀韩广，尽占韩广的辽东地区，建立新的燕国，仍以蓟为国都。公元前205年，韩信率汉军直逼燕赵，灭赵后，接受广武君李左车的建议，遣使至燕，臧荼被迫降汉，刘邦仍以臧荼为燕王。臧荼派骑兵协助汉军，平定了齐楚等地。

二、西汉大一统下幽州地区政治

公元前202年（汉五年）二月，刘邦灭项羽，即帝位，建立了西汉王朝。西汉初年，由于战争破坏，经济凋敝，史称"自天子不能具钧驷，而将相或乘牛车，齐民无藏盖"，[1]高祖刘邦遂采取"兵皆罢归家"、"以有功劳行田宅"措施恢复社会生产。[2]同时为了控制地方政权，他吸取秦朝灭亡教训，结合西周分封和秦郡县制，对地方实行郡、国并行制度。因此，汉初年，以功臣封王者有7人，即楚王韩信（从齐王徙）、梁王彭越、九江王英布、长沙王吴芮、赵王张耳、韩王信、燕王臧荼。这些异姓诸王有庞大的军队，封地大则百城，小亦有三四十城，且境内物产富庶，七王封地总面积已经超过了朝廷直辖郡县的面积，造成了危害统一的极大隐患。

对于燕地而言，从高祖元年（前206年）臧荼立为燕王起，至新莽建国元年（公元9年）广阳王刘嘉被贬为扶美侯、赐姓王氏止，共有十二位燕王、广阳王，除臧荼、卢绾和高后八年（前180年）时封为燕王的吕通外，其余九位皆为同姓王。

汉高祖五年（前202年）七月，"燕王臧荼反，上自将征之，九月，虏荼"。燕王臧荼举兵反汉，攻下代郡（今河北蔚县西南），九月，汉高帝刘邦亲率大军平息叛乱，丞相樊哙，将军郦商、周勃、灌婴，代相张苍，太仆夏侯婴，护军中尉陈平等随行。闰九月"乃立卢绾为燕王"，统治旧燕国地区，燕蓟地区成为汉王朝的封国。燕王卢绾，丰邑人（江苏丰县），与沛县相邻，卢绾与刘邦同里，两人同日生，少时同学，"壮又相爱"。后卢绾随刘邦起兵于沛，常随刘邦身边，四处征战，屡立战功，官至太尉，楚汉战争中被封为长安侯，备受刘邦亲睐，"常随刘邦左右，出入卧内，群臣莫敢望，虽萧（何）、曹（参）等，特以事见礼，至其亲幸，莫及卢绾",[3]刘邦在灭臧荼后,"乃下诏,诏诸将相列侯,择群臣有功者以为燕王,群臣知上欲王绾,皆曰:太尉,长安侯卢绾常从平定天下,功最多,可王。上乃立绾为燕王"。[4]卢绾作为异姓诸侯王,因为与刘邦为乡亲,又因为屡立战功,所以刘邦将其与同姓诸侯王一样对待。

西汉时期,异姓诸侯王的封地和人口常常是"夸州兼郡,连城数十,宫室百官同制京师",[5]俨然成为国中之国,不仅不受地方刺史的管辖,且地方官吏常常反而依附于这些诸侯王,从而对中央集权的专制统治造成了极大的威胁和破坏。随着西汉政治的稳定,诸侯王势力的发展逐渐构成了对中央集权下帝王权力的威胁,因此汉初逐步消灭异姓诸侯王的势力就成为中央政权亟待解决的问题。刘邦在逐步铲除异姓诸侯王同时,"惩秦孤立而亡",认为同姓是"天下一家",是最可靠的屏藩、匡扶汉室的中坚力量,于是将宗室子弟分封各地为同姓诸侯王以加强中央对地方的控制,他与大臣们刑白马盟誓曰:"非刘氏而王者,若无功上所不置而侯者,天下共诛之。"汉高祖六年(前201年)十二月,刘邦剥夺韩信楚王封号,降为淮阴侯,把楚国分为荆、楚二国,以同宗刘姓为王;同年又将韩王信迁至太原,立其兄刘仲为代王,七年,韩王信反叛,投向匈奴,刘邦因此废其封国;九年(前198年)将赵王张敖降封为宣平侯;[6]十一年(前196年)诛淮阴侯韩信,三月擒杀梁王彭越,立子刘恢为梁王,子友为淮阳王;秋七月淮南王英布反叛,十二年兵败被诛,立子长为淮南王。至此,异姓诸侯王中只有封国偏远,又夹于汉与南越之间的缓冲地带的长沙王吴芮和燕王卢绾。卢绾见跟随刘邦征战的功臣陆续被除,相继为同姓王取代,感觉到孤立、紧张、危险。

汉高祖十一年(前196年)秋天,代国相陈豨在代地谋反,刘邦亲自率兵往邯郸,自南面讨伐陈豨,同时命令燕王卢绾率兵自东北围剿陈豨。陈豨派遣使者求助匈奴,卢绾则派遣使者张胜前往匈奴游说,以断绝陈豨外援。张胜到达匈奴后,遇到逃亡到匈奴的前燕王臧荼之子臧衍,臧衍为张胜剖析陈豨灭亡对于燕国存亡的利害关系说道:"公所以重于燕者,以习胡事业。燕所以久存者,以诸侯数反,兵连不决也。今公为燕欲急灭豨等,豨等已尽,次亦至燕,公等亦且为虏矣。公何不令燕且缓陈豨而与胡和?事宽,得长王燕,即有汉急,可以安国。"[7]卢绾在听到张胜归报之后,觉得臧衍所言有理,他担心刘邦灭陈豨后,会进而消灭他,于是就又派遣张胜再赴匈奴，互为声援，又暗中派遣范齐前往陈豨处，"欲令久亡，连兵勿决"，暗地支持陈豨抗拒刘邦。汉高祖十二年（前195年）刘邦遣相国樊哙带兵击败陈豨，陈豨被斩，其降将向刘邦告发燕王卢绾与陈豨通谋之事，刘邦遣使召燕王卢绾来长安，卢绾托病不从，刘邦又遣使辟阳侯审食其与御史大夫赵尧前往燕国迎接卢绾，卢绾深知此次危机来临，对其亲信说道："非刘氏而王，独我与长沙耳。往年春，汉族淮阴；夏，诛彭越，皆吕后计。今上病，属任吕后。吕后妇人，专欲以事诛异姓王者及大功臣。"于是仍然闭门称病，拒赴长安。刘邦又从匈奴降兵得知卢绾使臣张胜仍在匈奴，遂断定卢绾谋反，于是十二年二月，刘邦命相国樊哙为将军，率军北上攻燕，同时颁布诏令："燕吏民非有罪也，赐其吏六百石以上爵各一级。与绾居，去来归者，赦之，加爵亦一级。"[8]这使得卢绾势力受到分化，樊哙得以兵获大胜，"破其丞相抵燕南，定燕地，凡县十八，乡邑五十一"。[9]正在樊哙率兵捷报频传之际，刘邦病重，朝中有人对刘邦说，樊哙乃吕后党羽，想要在刘邦死后，挟兵尽诛诸刘邦姬妇人及其子赵王如意。刘邦大怒，派遣陈平前往燕国收樊哙兵权，并以周勃代樊哙为将，周勃率汉军攻陷蓟城，俘获卢绾大将抵、丞相偃、太守陉、太尉弱、御史大夫施等，屠戮浑都（即昌平县），并接连攻下了上谷、渔阳、右北平、辽西、辽东等郡。在沮阳击破卢绾军队后，又追至卢绾长城。卢绾率宫人、家眷、数千骑兵逃到长城，希望能得到高祖刘邦的赦免，但是到四月，刘邦病死，卢绾感到希望已绝，于是率众出长城亡命匈奴。匈奴封卢绾为东胡卢王，但常加欺凌，卢绾欲归汉，又担心吕后加害，一年后，忧虑之下病死于匈奴。

平定燕王之乱同时，汉高帝十二年（前195年）二月，改封第八子刘建为燕王，都蓟城。刘建在燕15年，高后七年（前181年）九月燕王建薨，"（高祖）十一年燕王卢绾亡入匈奴，明年立建为燕王，十五年薨"，谥号灵王。建子幼小，为吕后所杀，刘建绝后，燕国国除，由国改为燕郡。高后八年（前180年）吕雉封其侄孙吕通为燕王，同年吕后病死，诸吕被杀，吕通亦未幸免。前179年，高祖从祖昆弟琅玡王刘泽因与齐王刘襄共同合谋发兵长安擒杀诸吕集团，刘泽并与诸将共立代王刘恒为文帝。文帝元年将刘泽自琅邪王徙为燕王，刘泽在燕2年薨，谥曰敬王，子刘嘉继位为燕王。景帝前元三年（前154年）时爆发了"吴楚七国之乱"，以吴王刘濞为首纠集了胶西、楚、赵、济南、淄川、胶东七国联兵叛乱。同时还有多国响应，燕是西汉诸侯国中的大国，又地处北方屏藩，它的态度在汉室与七国对峙中非常重要，但刘嘉并没有参予属于同辈兄弟刘濞的叛乱，使燕与中央政权保持一致。七国之乱后，西汉中央政权对诸侯国采取了一系列限制的措施，参予叛乱的七国绝大多数被废除，另设了一批新的诸侯国，采取"以亲制疏"的政策，继续推进削藩，规定诸侯王不再治民，只征租税，削减官吏，改丞相为相，这样便结束了自西周以来被认为是合法的诸侯割据的制度。刘嘉在位26年薨，谥曰康王。景帝前元六年（前151年）刘嘉子刘定国嗣位，他荒淫无耻、草菅人命，他想诛杀肥如（今河北卢龙西北30里）令郢人，于是郢人等告发了定国的奸情，定国怕事彻底败露，派人逮捕并杀害郢人，企图灭口。汉武帝元朔二年（前127年），郢人昆弟重新上书详述了定国乱伦之事，这时中大夫主父偃也告发定国之事，诸大臣皆言定国禽兽行为，乱人伦，逆天道当诛，武帝允许定国自杀，国除，燕国复改为燕郡。武帝元狩五年（前118年），武帝复设燕国，次年（前117年）四月立三子刘旦为燕王，仍都蓟城。

与异姓诸侯王相比，这些受封的刘氏同姓诸侯王大多年幼，不堪担负治理王国的重任，因此规定由朝廷派遣重臣担任相国，辅助这些年幼的同姓诸侯王。高祖时分封的同姓诸侯王已经长大成人，他们逐渐构成对中央政权的威胁，因此，文帝、景帝、武帝开始，逐渐开始了削弱同姓诸侯王势力，如文帝采取贾谊"众建诸侯而少其力"的建议，把齐国一分为六，把淮南一分为三，以此削弱地方诸侯王势力。景帝亦采取晁错的削藩建议，把吴赵等诸侯国分为若干小国，景帝平定"七国之乱"后，中元五年（前145年）令废除诸侯王治民之权，同时削减其属官和势力，改为由朝廷委派的王国相国治民，规定："诸侯王不得复治国，天子为置吏，改丞相曰相，省御史大夫、廷尉、少府、宗正、博士官、大副、谒者、郎诸官长丞皆损其员。"[10]这样，一些侯国内的诸侯王只是享有按照封户食租而无治理百姓之权，有力地加强了中央集权的统治。武帝元封五年（前106年），增设了许多郡，除长安附近七郡归司隶部校尉监察外，其他地区分为十三部（州），又每个州部由皇帝派一名刺史，每年八月至十二月定期巡视郡国内的政治治理情况，然后上报皇帝。汉武帝又采纳主父偃"令诸侯得推恩分子弟，以地侯之"的推恩令，[11]令诸侯王将自己所分户邑分封给子弟。在此政策下，大的封国如"齐分为七，赵分为六，梁分为五，淮南分为三。皇子始立者，大国不过十余城"。(12)封国增多，领地变小，同姓诸侯王对抗中央政权的力量由此削弱。

刘旦"为人辨略，博学经书杂说，好星历数术、倡优、射猎之事，招致游士"。把刘旦封在燕蓟这样一个北御匈奴、屏藩汉室的北方重镇，足见武帝对刘旦的喜爱、寄予厚望和对幽州地位的重视。但年长就国的燕王刘旦不甘心做一个诸侯王，元封元年（前110年）齐怀王闳早薨、征和二年（前91年）七月戾太子刘据因巫蛊事件自杀之后，武帝所余四子中惟刘旦最年长，所以旦认为"自以次第当立，上书求入宿卫"实求太子之位，武帝察觉其野心，"上怒，下其使狱"。后"坐臧匿之命"而削减燕国封地良乡、安次、文安三县。刘旦自恃年长才高，结果适得其反，不仅没得太子之位，还使武帝恶旦，丢失三县封地，削弱了燕国的势力。后元二年（前87年）武帝病，立年仅八岁的弗陵为太子，并由霍光等拥立为帝，是为昭帝。昭帝赐诸侯王玺书，刘旦不肯受，还派幸臣寿西长、孙纵之、王孺等之长安，以问礼仪为名，问帝崩何病，立者谁子，年几岁。又以在郡国请立武帝祠祭来试探昭帝的态度同时透露了他的野心。昭帝在始元元年（前86年）春二月封燕王、广陵王及鄂邑长公主各万三千户，钱三千万的赏赐，旦不但不谢还怒曰：我当为帝，何赐也！并进一步与中山哀王子刘长，齐孝王孙刘泽等共谋诈言在武帝时受诏、"得职吏事、修武备，备非常"，与刘泽谋为奸书，曰：少帝非武帝子，大臣所共立，天下宜共伐之，同时刘旦在燕招募不法之徒，征敛民间铜铁制造铠甲兵器、按天子礼仪多次检阅燕国车骑、材官等军队，征调百姓，大举围猎文安县，训练士卒马匹。郎中韩义几次规劝无效，刘旦反倒将韩义等15人杀死。瞧侯刘成在得知刘泽等人的阴谋，告之青州刺史隽不疑，不疑收捕了刘泽，昭帝派大鸿胪丞治，供出了刘旦，昭帝下诏"燕王与天子至亲，不予追究"，而刘泽等皆伏诛。经过这次变故，刘旦并未收敛。后来，刘旦的姐姐鄂邑盖长公主和左将军上官桀、御史大夫桑弘羊等与大将军霍光有隙，知道燕王对霍光怨恨已久，便暗自与燕交通，数记疏光过失与旦，令上书告之。昭帝识破了他们的阴谋，更亲信霍光，而疏远上官桀等人。公元前81年，上官桀与骠骑将军上官安与霍光争权，勾结燕王刘旦密谋诛霍光、废昭帝，"迎立燕王为天子，且置驿书，往来相报，许立桀为王，外连郡国豪杰以千数"。元凤元年（前80年）九月，盖长公主舍人之父、稻田使者燕仓察觉并告发了盖长公主等人与燕王刘旦勾结谋篡王位之举，昭帝立即命田千秋发兵以谋反罪诛杀上官桀、桑弘羊，盖长公主自杀。昭帝派人赐燕王玺书曰："今王骨肉至亲，敌吾一体，乃与他姓异族谋害社稷，亲其所疏，疏其所亲，有悖逆之心，无忠爱之义。如使古人有知，当何面目复奉斋酎见高祖之庙乎！"[13]刘旦得书会意，以绶自绞，谥号刺王，太子建废为庶民，燕国改置广阳郡，治仍在蓟城。汉宣帝在燕国除后六年本始元年（前73年）五月复改广阳郡为广阳国，复封刺王刘旦子刘建为广阳王，在位二十九年，元帝初元四年（前45年）卒，谥号顷王。刘建有5子，太子刘舜元帝初元五年（前44年）继任广阳王，刘舜性情平和，广布德泽，仗义疏财，又是个表里一致，单纯而直爽的人，他在西汉诸侯王中的行为被誉为美德，是一位不多的君主，成帝阳朔元年（前24年）薨，谥曰穆王。成帝阳朔二年（前23年）太子刘璜继任广阳王，刘璜有子5人，太子刘嘉、方乡侯刘常得、方城侯刘宣、当阳侯刘益、广城侯刘婧。刘璜于哀帝建平四年（前3年）薨，谥曰思王，子刘嘉嗣位为广阳王。治所在蓟，所领四县中蓟、广阳、阴乡三县在今北京境内，涿郡治所在涿，所领二十九县中良乡、西乡二县在今北京境内，上谷郡治所在沮阳，所领十五县中军都、居庸、夷舆、昌平四县在今北京境内，渔阳郡治所在渔阳，所领十二县中渔阳、狐奴、路、平谷、安乐、犀奚、犷平七县在今北京境内，北平郡治所在平刚，所领十六县中只有无终县西部在今北京境内。据西汉官府的统计，广阳国下辖蓟、方城、广阳、阴乡四县，有户二万零七百四十，人口七万零六百五十八。平帝元始五年（公元5年）春正月袷祭明堂，广阳王刘嘉等28位诸侯王，120位列侯及宗室子弟900余人助祭。少帝居摄三年（公元8年）王莽废孺子婴为定安公，篡汉位定国号曰"新"，以十二月朔癸酉为始建国元年，贬诸侯王号皆为公，四裔诸王皆为侯。刘嘉以献符被王莽认为忠诚，故封为扶美侯，并赐姓王氏。王莽建国元年（9年），广阳国除，改为广阳郡，又改蓟为伐戎。

这样，从西汉立国开始直至王莽新朝以及更始政权时期，总计231年期间，蓟城曾四度成为诸侯王国的都城，时间跨度长达198年，其余33年间曾四度作为郡治所在，共有十二位燕王，三位异姓王，九位同姓王。燕王刘旦在位期间，骄奢淫逸，其城池、宫殿、墓葬等皆僭越天子规制。他在封国内筑墙为城，城门皆设城楼，并驻守军队，内辟里市及铸造兵甲铁器作坊，城内建宫城，亦筑城楼；宫城内有朝宫曰万载宫，有朝殿曰明光殿，全然不顾王权规制。刘旦亦不顾封国治边安民的封王使命，经常在万载宫与群臣嫔妃寻欢作乐，从墓葬所出土的陶器、铁器、铜器、玉器、玛瑙、漆器、丝织品等器物即可看出燕王生活之奢侈浮华。其墓葬亦多僭越天子之制。1974 年在北京丰台区大葆台发掘出土了西汉广阳王墓葬，即仿天子规制而建，由封土、墓道、甬道、内外回廊、黄肠题凑、前室（椁室）、棺椁几部分组成，椁室中有黄肠题凑和后室扁平立木二椁，又有二层楸木棺木及三层楠木棺木，符合《庄子·天下篇》所载"天子棺椁七重"的天子之制。同时还出土的有铜鎏金龙头枕饰，龙眼用圆水晶，龙角、龙牙、龙舌用青玉制作，整个龙头作张口吐舌状；玉器中的镂空龙凤玉璧以及墓主身着的玉衣片等都是帝王丧制，作为封国燕国国王来享受则僭越天子之制，尽显其骄横以及对中央皇权的藐视。此外，这种厚葬所需亦耗费了大量民力物力财力，单就墓葬而言，仅黄肠题凑所用木材即达 15000余根，而五层棺木所用楠木亦达 100 余块，此外还有大量随葬品，等等都加重了人民的负担；此外，燕国地区除广阳王封国外，还有贵族官僚的封邑存在，如汉武帝死时遗诏封大司马、大将军霍光为博陆侯，其侯国封地亦建有城池，如 1958 年在平谷县北城子附近即发现有古城以及比较集中的墓葬区，直至汉宣帝地节二年（68年）霍光死，其子霍禹袭封，地节四年（前 66 年）霍禹谋反被诛，所封侯国才被撤除，但平帝元始二年（2 年）又封霍光从父兄弟曾孙霍阳为博陆侯，食邑达千户。这些封侯骄奢淫逸，横行无忌，对百姓带来诸多欺压和负担。此外，幽州蓟城地区的豪强势力也不断壮大，他们剥削、掠夺、兼并农民土地，造成严重的贫富分化现象，农民饥寒交迫，辗转流离，这种情况可以从西汉中期晚期墓葬中反映出来。1963 年昌平县白浮村发现了西汉中期墓葬，在第 4 号、第 8 号、第 23 号、第 73 号墓出土的大量随葬品中除了陶器外还有大量的铜器，主要是装饰品如兽面形、琵琶形铜带钩以及铜铃、五铢钱等，而同时期其他 28 座墓葬中却不见铜器随葬品。王莽政权前后时期的墓葬，除了 25 号墓中发现一面铜镜和一些铜钱，5 号、28 号、43 号、46 号、55 号墓葬中有铜钱，而另外 7 座墓葬中只有陶器随葬。[14] 此外怀柔县城北 21 座墓葬中出土随葬品有108 件陶器、8 件铜器铁带钩、10 剪贴刃器、6 件铜器、2 方铜印、100 余枚五铢钱、1 枚水晶佩饰，21 号座墓中有漆器随葬、5 号墓中有铜带钩随葬、4 座只有陶器随葬品。109、110 号墓坑出土的铜刷柄，表面鎏金，110 号墓中发现的 20 余枚表面鎏金的铜菱形饰物，陶器中相当数量形制精美并带有彩绘花纹和刻纹。[15]从昌平半截塔村发现的16座西汉墓中，14号汉墓出土铜带钩1件，4号、6号、9号、20号墓中有半两钱和五铢钱，其他11座墓只有陶器随葬，[16]而且陶器数量上多寡不一、质量上优劣不等，亦可反映出贫富差异。同时出土的不同墓葬中随葬品种类、数量、质量的差别，正是墓主人生前社会地位差异以及由此带来的财富差异的反映，且这种贫富差异从西汉中期日益加剧。

以上从随葬品而言，出土墓葬中包裹尸体的棺椁更可以反映出这种贫富分化的情况。怀柔县城北的21座西汉中期墓葬中均有棺、有椁，有兵器、有铜带钩等随葬品，应该属于中上层人物的墓葬。北京彭庄汉墓群，台地上的是砖墓室，有大型砖室和单室之别，台地下坡100米处是瓦棺墓葬和土坑墓葬，密集简陋，土坑葬中有的甚至以苇席裹尸。[17]昌平县史家桥发现的17座西汉初期墓葬中，有3座墓葬中有棺无椁，其中1座甚至是瓮棺墓葬，即用3件红陶瓮合为二节，覆盖尸身。[18]以上两墓中贫穷百姓死而无力购置棺木裹尸而葬，这无疑是悬殊的贫富分化的反映，它的直接后果是导致阶级矛盾的加剧，导致了燕地百姓为反对剥削和压迫而奋起反抗，这种反抗从西汉最强盛的汉武帝时就已经开始出现，并与当时南阳、楚、齐、赵地人民的反抗斗争汇聚一起，至汉昭帝、宣帝时甚至发生"燕、赵之间有坚卢、范主之属"攻打城邑、杀死郡县官吏、夺取武器的情况，成为导致西汉灭亡的重要推动力之一。

三、东汉时期幽州地区的政治

1. 燕蓟农民起义

西汉末年，各地农民起义不断，燕蓟地区农民租税繁重，尤其是蓟城以北上谷、渔阳一带因为长期驻兵抵抗匈奴骚扰而使得百姓徭役和赋税更加沉重，这在汉武帝时已经十分严重，《汉书》卷六十四上《徐乐传》记载时人徐乐上书武帝指出天下之患不是来自汉初异姓或同姓诸侯王那样的地方诸侯王叛乱，而是来自百姓的反抗，即"天下之患，在于土崩，不在瓦解"。这种瓦解不是拥有强大兵力所能控制的。

汉武帝天汉二年（前99年），燕地发生了坚卢、范主领导的农民起义，与齐、楚、南阳等地农民起义相呼应，自立名号，攻城略地，捕杀都尉太守，严惩欺压百姓之官吏。起义后被武帝派兵镇压，但是并未被扑灭。至汉昭帝、宣帝时期，各地农民起义频发。西汉后期中央集权衰弱，地方豪强势力增大，公元9年，外戚王莽夺取帝位，建立新朝，托古改制，推行新政。新政的推行加剧了土地兼并和阶级矛盾，至天凤四年（17年），绿林起义爆发，天凤五年赤眉起义爆发，幽州燕蓟地区的饥民在铜马农民起义军的推动下聚众多达数万，少则数千，发动了推翻王莽新朝的反抗斗争。

2. 刘秀起兵称帝

王莽地皇三年（22年），南阳郡春陵乡豪强刘演、刘秀兄弟在宛（河南南阳）起兵，率七八千春陵兵武装反抗王莽，同时联合新市、平林、下江起义军反抗王莽。地皇四年（23年）二月，新市、平林、下江起义军拥立汉宗室刘玄登基，称为更始皇帝，建都宛，王莽派大司徒王寻、大司空王邑率兵42万攻打宛，六月，刘秀在昆阳（河南叶县北）与王凤诸部起义军联合大破王莽军队，九月，更始军击破长安，王莽被杀，新朝灭亡。

就在此时，更始政权内部发生分裂，更始帝杀刘演，十月，更始帝迁都洛阳，派刘秀以破虏将军行大司马事持节北渡黄河，抚慰河北诸州郡，刘秀借此机会笼络各地官僚、豪强。当时驻守幽州上谷郡（治沮阳，今河北怀来县境）的太守耿况因为不受更始政权的信任，于是遣子耿弇前往觐见更始帝，正遇赵缪王子刘林诈称邯郸卜者王郎乃汉成帝子刘子舆，在邯郸立为天子，起兵反抗更始帝，耿子于是在卢奴（今河北定县）投靠刘秀。更始二年（24年）正月，刘秀为王郎势力所迫，进驻蓟城，与耿况相会于昌平。刘秀在蓟城招兵无人响应，欲率兵南归，受到耿弇劝阻，仍然留守蓟城迎击王郎，在王郎重金悬赏和广阳王子刘接起兵蓟城以应王郎的不利形势下，刘秀出逃蓟城至冀州信都（治今河北冀县），受太守任光容留。后刘秀得到冀州地方官僚和大族豪强的拥立，拥兵已达数万，于进驻幽州的王郎交战。在渔阳太守彭宠、上谷郡太守耿况各突发骑兵二千相助下，更始二年（24年）四月包围邯郸，五月初一日斩杀王郎。

刘秀军队取得的重大胜利却遭到了更始皇帝的更大猜忌，他命刘秀罢兵回长安接受萧王封号，又派苗曾为幽州牧、韦顺为上谷太守、蔡充为渔阳太守前来接管幽蓟，以阻断刘秀上谷、渔阳的援助。刘秀拒绝接受，驻守邯郸，与更始政权决裂。更始三年（25

年），刘秀授予吴汉、耿弇为大将军，令北归幽州发十郡（涿郡、广阳、代郡、上谷、渔阳、辽西、辽东、玄菟、乐浪）兵攻打更始政权，吴汉斩幽州太守苗曾，耿弇斩上谷太守韦顺、渔阳太守蔡充，率幽州各郡精兵援助刘秀，攻降铜马、高湖诸部起义军，兵力增加到数十万，又破赤眉军部署，势力壮大。同年冬，赤眉军入关攻打更始，刘秀派邓禹率精兵二万进攻关中，同时率兵攻灭河北尤来、大枪、五幡等起义军。更始三年（25 年）六月，刘秀在今河北柏乡县北称帝，史称东汉，改元建武。十月，赤眉军占领长安，更始帝被杀。十一月，刘秀在洛阳称帝，这对于中国政治史的意义非常重大。它意味着从夏商周三代以来，国家政治中心从长安转向洛阳，由此中央政府可以更方便地从经济上得到供应，从而利于军事上的四面扩展。但东汉王朝的历史证明，洛阳虽有利于经济上供应，却不利于军事上的固守，因此在东汉以后，经过三国直至隋统一前的混战割据，人们又将政治中心转移到长安，经过唐朝繁盛的发展，长安和其他大都市都得以重新发展而再次奠定自己的政治地位次序，恰逢这个时期北方异族的国家的崛起如辽金，使燕地逐渐成为政治军事的中心。

3. 彭宠张丰之乱

更始时期，燕地划归幽州，州牧以蓟为驻地。东汉建立后，地方建制和行政区划大体沿袭了西汉旧制，全国除京师附近为司隶校尉部统领外，其他地区设十二州，州置州牧，州以下郡、国并行，为二级政区。后州牧改为刺史。东汉末年，又改为州牧。州之下为郡（国），幽州下属十一个郡（国），其中的广阳、涿、上谷、渔阳、右北平五郡（国）的全部或部分地区，在今北京市境内。

在东汉建立过程中，幽州上谷、渔阳两郡的突骑立下了汗马功劳，幽州成为兵家必争之地。占据幽州，既可以控制河北，又可以南图青州、徐州等，西图并州、河内、关中之地，因此，当幽州刺史苗曾被杀后，刘秀以亲信偏将军朱浮为大将军，兼幽州牧，驻守蓟城。光武帝建武二年（公元 26 年）二月，渔阳太守彭宠于幽州举兵反叛，《后汉书·彭宠列传》记载彭宠"拜署将帅，自将二万余人攻朱浮于蓟，分兵徇广阳、上谷、右北平"。彭宠之乱对东汉政权构成了严重威胁，刘秀当时无力分兵平定彭宠，至八月，刘秀方遣游击将军邓隆率军助朱浮讨彭宠，解救蓟城之危。邓隆军抵达潞水（今潮白河）之南，朱浮率幽州军队屯于雍奴（今天津武清县境）以为邓隆军队后援，两军相距百里，彭宠引渔阳重兵以黄河为天险迎击邓隆，又派三千轻骑断邓隆后路，大破邓军，朱浮退守蓟城。

建武二年（26年）四月，刘秀封其叔父刘良为广阳王，复广阳国，以蓟为王都，刘良未就封国。据《后汉书·光武本纪》载，建武三年（27年），涿郡太守张丰自称无上大将军，与渔阳彭宠联兵反叛，"攻幽州牧朱浮于蓟。三年三月，彭宠陷蓟城，自立为燕王"。朱浮上书刘秀求援，《后汉书·朱浮列传》记载："今彭宠反衅，张丰逆节，以为陛下必弃捐它事，以时灭之。既历时越，寂寞无音。从围城而不救，放逆虏而不讨，臣诚惑之。今秋稼已孰，复为渔阳所掠。张丰狂悖，奸党日增，连年拒守，吏士疲劳，甲胄生虮虱，弓弩不得驰，上下焦心，相望救护，仰希陛下生活之恩。"而光武帝则因军资不足而无力发兵救援朱浮，蓟城被围数月，粮尽，人相食。幸得上谷太守耿况发兵相助，朱浮突围南逃，至良乡兵叛倒戈，朱浮只身逃奔洛阳。彭宠攻破蓟城，自称燕王，又分兵攻打右北平、上谷，占据了二郡数县。为长期割据一方，彭宠又北通匈奴，南结割据势力张步等以抗拒刘秀。建武四年（公元28年）四月，刘秀平定五校农民军，五月至卢奴（河北定县），准备亲征彭宠，被大司徒伏湛劝止。刘秀遣建义大将军朱佑、建威大将军耿弇、征虏将军祭遵、骁骑将军刘喜讨伐涿郡的张丰，涿郡功曹孟厷执张丰以降祭遵，涿郡收复；耿弇派兵攻打彭宠，彭宠派遣其弟彭纯赴匈奴求助，匈奴单于派遣左南率七八千骑兵骚扰汉军以助彭。又自率渔阳数万军队，欲分兵夹击祭遵、刘喜。但匈奴援军在军都被耿况之子耿舒截击败退，耿况乘机收复军都，祭遵进屯良乡（今房山窦店），刘喜进屯阳乡（今河北涿州长安城）。彭宠退出蓟城，据守渔阳。建武五年二月，彭宠为其苍头所杀，子密投降刘秀，祭遵率军入据渔阳，渔阳遂平。

4．刘虞施政与公孙瓒割据

建武五年（29年），光武帝为加强对地方的控制，诏令裁撤冗员，削减郡县，合并十个郡国以及四百余县、邑、道、侯，幽州郡国所辖县邑，合并70余所。建武十三年（37年），广阳郡并入上谷，并州的代郡也划归幽州。和帝永元八年（96年）九月复设广阳郡，上谷郡的昌平、军都隶属于广阳，出现了幽州刺史与广阳郡共治蓟城局面。到顺帝永和五年（140年），据《后汉书·郡国志》

记载，幽州刺史统辖的郡国达到十一个，县、邑、侯国达九十所，其中有五郡十四县在今北京境内，即：广阳郡治所在蓟，所辖五县中蓟、广阳、昌平、军都在今北京境内；涿郡治所在涿，所辖七县中良乡在今北京境内；上谷郡治所在沮阳，所辖八县中居庸在今北京境内；渔阳郡治所在渔阳，所辖九县中渔阳、狐奴、潞、平谷、安乐、奚、犷平七县在今北京境内；右北平郡治所在土垠，所辖四县中无终在今北京境内。

东汉晚期，政治黑暗，吏治腐败，汉灵帝时幽州地区土地兼并日益发展，贫富分化严重，民生凋敝，百姓流离失所，阶级矛盾日益尖锐。《后汉书·蔡邕列传》记载蔡邕上书说道："幽冀旧壤，铠马所出，比年兵饥，渐至空耗。今者百姓虚县，万里萧条。"幽州蓟城地区"岁常割青"、"处处断绝，委输不至"，民不聊生。至汉灵帝中平元年（184年），巨鹿人张角带领下爆发了大规模的黄巾军起义，同时起义的有青、徐、幽、冀、荆、扬、兖、豫八州的数十万群众，蓟城一带的起义人民捕杀了幽州刺史郭勋和广阳太守刘卫。此一时期，乌桓的势力也侵入上谷、渔阳、右平等地，然"乌桓数被征发，死亡殆尽，今不堪命，皆愿作乱"。汉灵帝中平四年（187年），渔阳人前中山相张纯与前太守张举等联合幽州的乌桓首领结成军事联盟，"始寇幽、冀二州"，张纯劫略蓟中，燔烧城郭，房略百姓，杀护乌桓校尉箕稠、右北平太守刘政、辽东太守阳终等，规模达十余万指之众，占据了幽州，并南下攻打冀、青二州，冀州、青州、徐州。东汉政府拜刘虞为幽州牧（治所在蓟城）治理幽州。据《后汉书·刘虞列传》记载，刘虞威信素著，恩积北方。中平六年（189年）刘虞到蓟城，"罢省屯兵，务广恩信"，招抚乌桓诸部，悬赏斩杀张纯，"纯走出塞"，幽州局面得以控制。同时，刘虞"劝督农植，开上谷朝市之利，通渔阳盐铁之饶，青徐士庶避难归虞者百万余口"，"民悦年登，谷石三十"。幽州地区局势缓和下来，在中原地区军阀混战中相安一隅。

汉少帝昭宁元年（189年），董卓作乱，天下群雄奋起讨伐，幽州又陷入了军阀割据的状态。汉献帝初平二年（191年），袁绍与冀州牧韩馥以及山东军阀欲拥立刘虞遭拒，此时董卓挟持汉献帝至长安，刘虞遣使表示效忠，汉献帝遣刘虞之子、侍中刘和潜返幽州，请刘虞发兵迎归洛阳，刘和在南阳被袁术拘禁，令刘和致书刘虞发兵，刘虞信以为真，派遣数千骑兵前往南阳，准备与袁术同赴长安迎汉献帝东归洛阳。出身辽西今支（今河北迁安）名门，驻守蓟城的汉奋武将军、蓟侯公孙瓒识破袁术，劝止不听，于是派其弟公孙越率千余骑兵赴南阳，企图唆使袁术夺取刘和兵力，刘和偷逃幽州，但中途为袁绍俘获。公孙越随袁术部将孙坚与袁绍作战而亡，公孙瓒起兵攻打袁绍，争夺冀州。初平三年（192年）春，公孙瓒与袁绍大战，因轻敌而败退蓟城，十二月龙凑之战又败，退守蓟城。公孙瓒仗恃兵力不从幽州牧刘虞号令，擅自发兵与袁绍相抗，败退蓟城后又不断侵扰百姓，刘虞暗中削其军饷，并于初平四年（193年）冬拟率幽州屯兵十万攻打公孙瓒，计为公孙纪所泄，公孙瓒逃往，之后集结军队大败刘虞，追赶刘虞至居庸县（北京昌平县境），围城三日而陷，"执虞并妻子还蓟"。公孙瓒破禽刘虞后，尽有幽州之地，名义上拥立幽州刺史段训，实则为据有幽州的一方军阀。

5. 袁绍据幽与曹操统一河北

公孙瓒不思体恤民众，当时幽州连遭旱灾，百姓无以为食，而公孙瓒却贮藏数百万斛稻谷，并奢侈挥霍，此举使得他遭到了平民百姓和士人官僚及大族豪强的反抗。汉献帝兴平二年（195年），原刘虞旧属鲜于辅等推举燕国阎柔为乌桓司马，率州兵及胡汉兵马数万人与公孙瓒的渔阳太守邹丹战于潞县之北（今北京通县东），据《后汉书·公孙瓒列传》记载，"斩丹等四千余级"，后来鲜于辅、阎柔与冀州袁绍结盟，迎回刘虞之子刘和，乌桓峭王派遣七千骑兵与袁绍、鲜于辅公攻打公孙瓒，斩获二万余人，重挫公孙瓒，幽州代郡、广阳、上谷、右北平各地豪强趁势杀死公孙瓒所置长官，与鲜于辅、刘和合击公孙瓒，公孙瓒退守易京城。汉献帝建安三年（198年），袁绍自冀州攻打公孙瓒，公孙瓒遣其子公孙续求助黑山张燕农民军。建安四年春（199年），黑山军张燕与公孙续率十万大军分三路救助公孙瓒，公孙瓒遣使密约以火为号，内外夹击，但密书为袁绍所获，袁绍如期引火为号，公孙瓒以为援兵至，遂率兵出城，被袁绍伏兵大败，退回易京城，见无法逃生，引火自焚，袁绍据有幽州、冀州、青州、并州四地，派长子袁潭为青州刺史，次子袁熙为幽州刺史，外甥高干为并州刺史，自己镇守冀州。建安五年（200年）九月，曹操发兵十万与曹操战于官渡，然自恃兵众，骄傲轻敌，刚愎自用，被曹军大败，冀州郡县亦多降曹，建安七年（202）年，袁绍忧虑而死，其部将拥立袁绍少子袁尚为主，镇守冀州，但内部袁尚与袁潭却分裂斗争不已。建安九年

（204 年）八月，曹操乘袁尚与袁潭相攻之际大破袁尚，攻陷邺城，袁尚投靠幽州刺史袁熙。建安十年（205 年）五月，曹操攻袁谭于南皮，斩获袁谭及其部将郭图，荡平冀州，幽州阎柔、鲜于辅归曹操，袁熙部将焦融"自号幽州刺史，驱率诸郡太守令长，背袁向曹"，南在蓟城倒戈反袁，袁尚、袁熙逃奔辽西乌桓。八月，曹操发兵幽州，斩杀袁绍残余赵犊等，又渡潞河（今潮白河）北上，解救被三郡乌桓包围在渔阳犷平（今北京密云县东北）的鲜于辅，三郡乌桓溃逃塞外。建安十二年（207 年）五月，曹操发兵北击乌桓，八月大破乌桓蹋顿部，得降兵二十余万，袁尚、袁熙败走辽东，被辽东太守公孙康所斩，献给曹操。至十一月，曹军还至易水，缘郡乌桓归附。

至此，从汉献帝兴平二年（195 年）公孙瓒据有幽州成为一方军阀，至建安十二年（207 年）五月，幽州蓟城地区结束了十一年的军阀混战，曹操"挟天子"而统一了北方广大地区。汉献帝建安十八年（213 年）曹操在削平关中、幽州、并州后，幽州、并州及所属郡县并入冀州，之后废除了幽州渔阳郡。

注释：

（1）《史记》卷 30《平准书》。

（2）《史记》卷 8《高祖本纪》。

（3）《汉书》卷 93《卢绾列传》。

（4）《汉书》卷 93《卢绾列传》。

（5）《汉书·诸侯王表第二》序。

（6）张敖，张耳之子，秦末从其父起兵，封成都君。秦将章邯围攻巨鹿（今河北平乡西南），张耳与赵王歇坚守，张敖北收代地，兵万余人声援。汉高祖五年（前 202 年），嗣其父为赵王，娶高祖长女鲁元公主，女为惠帝皇后。八年，高祖过赵时，执子婿礼甚恭，反遭辱骂。赵相贯高等以此谋刺高祖，未遂。次年事发，被牵连入狱。后因贯高极力辩白，得赦，尚鲁元公主如故，贬爵宣平侯。

（7）《史记》卷 93《卢绾列传》。

（8）《汉书》卷一下《高帝纪》。

（9）《史记》卷 95《樊哙列传》。

（10）《汉书》卷 19 上《百官公卿表》上。

（11）《汉书》卷 64 上《主父偃传》。

（12）《汉书》卷 14《诸侯王表》序。

（13）《汉书》卷 63《燕刺王刘旦传》。

（14）北京市文物工作队：《北京昌平白浮村汉、唐、元墓葬发掘》，《考古》1963 年第 3 期。

（15）北京市文物工作队：《北京怀柔城北东周两汉墓葬》，《考古》1962 年第 5 期。

（16）北京文物工作队：《北京昌平半截塔村东周和两汉墓》，《考古》1963 年第 3 期。

（17）苏天钧：《十年来北京市所发现的重要古代墓葬和遗址》，《考古》1959 年第 3 期。

（18）北京文物工作队：《北京昌平史家桥汉墓发掘》，《考古》1963 年第 3 期。

第二章 魏晋十六国时期的幽州

一、魏晋统治下的幽州

（一） 曹魏时期对幽州的治理

东汉献帝延康元年（220 年）十月，曹丕代汉自立，幽州进入曹魏统治时期。曹魏时期幽州地接边塞，胡汉接触频繁，是北边军事重镇，担负着羁縻防御乌丸、鲜卑的重任，对曹魏防守北边、经营辽东有重要意义。

乌丸（乌桓）与鲜卑长期活动在幽州邻境辽西、并州以及云中一带，时常对幽州构成威胁。东汉建安十二年（207 年），曹操为稳定其势力范围，冒险远征击败支持袁绍的辽西乌丸蹋顿，徙降部及阎柔所领幽、并乌丸万余部居中原，征其王侯大人领部落精锐随战出兵，结束了乌丸对幽州的侵扰。但鲜卑则仍是幽州安全的威胁，"文帝初，北狄强盛，侵扰边塞，乃使（田）豫持节护乌丸校尉，牵招、解俊并护鲜卑"。[1]

田豫本为渔阳雍奴人，善于理政，"（田）豫以戎狄为一，非中国之利，乃先构离之，使自为雠敌，互相攻伐。"[2]田豫"为校尉九年，其御夷狄，恒摧抑兼并，乖散强猾。凡逋亡奸宄，为胡作计不利官者，豫皆构刺搅离，使凶邪之谋不遂，聚居之类不安"。牵招曾为袁绍领乌丸突骑，又被曹操拜为乌丸校尉，熟谙边情。牵招任职时，"是时，边民流散山泽，又亡叛在鲜卑中者，处有千数。招广布恩信，招诱降附。建义中郎将公孙集等，率将部曲，咸各归命；使还本郡。又怀来鲜卑素利、弥加等十馀万落，皆令款塞"。[3]因招抚鲜卑之功，牵招后迁任雁门太守，"其治边之称，次于田豫"。[4]

太和二年（228年），田豫领西部鲜卑蒲头、泄归泥出塞大破轲比能之婿郁筑鞬，回师时被轲比能围困马城七日，经素被鲜卑信重上谷太守阎志斡旋，才得以解围。由于此事件，田豫被幽州刺史王雄弹劾扰乱边事，转任汝南太守。王雄继任乌丸校尉，对鲜卑"抚以恩信"，轲比能部因此"诣州奉贡献"，随后又勾结并州步度根叛乱，于是在青龙三年（235年），"（王）雄遣勇士韩龙刺杀比能，更立其弟"，[5]幽、并才得以安定下来。

幽州也是曹魏经营辽东重地，明帝景初元年（237年），辽东公孙渊叛魏，幽州刺史毋丘俭率军领鲜卑、乌丸自幽州征讨，次年太尉司马懿领中军四万配合毋丘俭渡辽水，平定辽东。魏正始三年（242年），高句丽"寇西安平"[6]，五年（244年），毋丘俭"督诸军步骑万人出玄菟，从诸道讨之"，大破高句丽。次年再出兵，"至肃慎氏南界，刻石纪功，刊丸都之山，铭不耐之城"[7]。曹魏对辽东征讨的胜利维护了东北的稳定。

（二）西晋对幽州的统治

1. 西晋对幽州的治理

魏元帝咸熙二年（265年），西晋武帝司马炎代魏建晋，也视幽州为北边要镇，多遣能臣治守。泰始七年（271年）八月，卫瓘"除征北大将军、都督幽州诸军事、幽州刺史、护乌桓校尉"。卫瓘出身儒学之家，为官称职。因代蜀平邓艾、钟会之功，进爵为公，官至大将军、州数、政绩卓著。卫瓘任都督幽州时，"于时幽并东有务桓，西有力微，并为边害。瓘离间二虏，遂致嫌隙，于是乌桓降而力微以忧死"。[8]为更好控制辽东，卫瓘上表分昌黎、辽东、玄菟、带方、乐浪五郡置平州，以幽州刺史兼督领。太康三年（282年）正月，有台辅之望的大臣张华因忤晋武帝意，"乃出华为持节、都督幽州诸军事、领护乌桓校尉、安北将军"。张华本是范阳方城人，其父曾任魏渔阳郡守，时誉为有"王佐之才"。张华在幽州"抚纳新旧，戎夏怀之"。[9]晋惠帝元康年间，因鲜卑侵北平，"以（唐）彬为使持节、监幽州诸军事、领护乌丸校尉、右将军"。唐彬为鲁国邹人，武力过人，擅于弓马，有远见卓识。被辟举入官，得到文帝赏识，晋武帝时伐吴立功成为朝中重臣。"彬既至镇，训卒利兵，广农重稼，震威耀武，宣喻国命，示以恩信。鲜卑二部大莫廆、摘何等并遣侍子入贡"。唐彬不仅积极边事，修复秦长城以巩固军事，"由是边境获安，无犬吠之警，自汉魏征镇莫之比焉"。而且他重视文化，修建学校，"百姓追慕彬功德，生为立碑作颂"。[10]

2. 晋末幽州的动荡

太熙元年（290年）晋武帝死，继位的惠帝成为傀儡，政权争夺引发"八王之乱"。尚书王沈庶子王浚阿附贾后谋害太子，徙封宁朔将军、持节、都督幽州诸军事。八王之乱时，王浚见时局混乱，"为自安之计，结好夷狄，以女妻鲜卑务勿尘，又以一女妻苏恕延"。[11]在内乱中，王浚自据幽州，与并州刺史讨成都王司马颖，后投靠东海王司马越，光熙元年（306年）八月，执掌政权的司马越加封王浚为"骠骑将军，都督东夷、河北诸军事，领幽州刺史"，[12]在幽州势力益张。

永嘉二年（308年），匈奴刘渊在平阳称帝，命石勒征战河北，王浚屡次领鲜卑骑兵击破石勒。永嘉五年（311年），洛阳被匈奴攻破，石勒杀晋宗室、大臣殆尽。王浚据幽州，自诩势力强盛，欲自立朝廷，遣诸军与鲜卑部攻石勒。图谋幽州的石勒谋于张宾，张宾建议说："王浚假三部之力，称制南面，虽曰晋藩，实怀僭逆之志，必思协英雄，图济事业。将军威声震于海内，去就为存亡，所在为轻重，浚之欲将军，犹楚之招韩信也。今权谲遣使，无诚款之形，脱生猜疑，图之兆露，后虽奇略，无所设也。夫立大事者必先为之卑，当称藩推奉，尚恐未信，羊、陆之事，臣未见其可。"[13]石勒因此遣使多赍珍宝，奉表推崇王浚为天子，又交出打算叛投石勒的王浚司马游统的使者，王浚于是相信了石勒的忠诚。

王浚与石勒争夺冀州又导致与并州刘琨的矛盾，"代郡、上谷、广宁三郡人皆归于琨。浚患之，遂辍讨勒之师，而与琨相距。浚遣燕相胡矩督护诸军，与疾陆眷并力攻破（刘）希。驱略三郡士女出塞，琨不复能争"。[14]刘琨势力穷窘，并州人士多避乱归王浚。于是王浚野心勃发，统治苛暴起来，百姓多叛入鲜卑。鲜卑疾陆眷因惧王浚诛杀，在石勒拉拢下也与其反目。失去鲜卑部众支持和并州联盟的王浚更加变本加厉，醉心于僭号称帝。建兴二年（314年），石勒将夺幽州，向出使幽州的舍人王子春询问王浚虚实。子春报告说："幽州自去岁大水，人不粒食，浚积粟百万，不能赡恤，刑政苛酷，赋役殷烦，贼宪贤良，诛斥谏士，下不堪命，流叛略尽。鲜卑、乌丸离贰于外，枣嵩、田峤贪暴于内，人情沮扰，甲士羸弊。而浚犹置立台阁，布列百官，自言汉高、魏武不足并也。又幽州谣怪特甚，闻者莫不为之寒心，浚意气自若，曾无惧容，此亡期之至也。"石勒听后高兴不已，笑着说："王彭祖真可擒也。"[15] 三月，石勒引兵自襄国诈取蓟城，擒王浚至襄国后斩杀。

二、十六国时期的幽州

西晋末年的动荡，招致边郡胡族势力的崛起并迅速卷入对中原的争夺。这些频繁更迭的政治势力集中在北方区域争战，幽州地接胡族势力较为集中的并州及辽西，无可避免地沦为这些政治势力拓展疆土的争夺目标。

（一）后赵对幽州的统治

1. 石勒在幽州的统治

晋末丧乱，各势力对幽州的争夺十分频繁。匈奴刘渊部将石勒拥兵十余万，攻破洛阳后兼并它部势力，开始向幽冀拓展。建兴二年（314年）石勒袭杀王浚，对幽州官吏百姓加以笼络安抚，"浚将佐等争诣军门谢罪，馈赂交错；前尚书裴宪、从事中郎荀绰独不至。勒召而让之曰：'王浚暴虐，孤讨而诛之，诸人皆来庆谢，二君独与之同恶，将何以逃其戮乎！'对曰：'宪等世仕晋朝，荷其荣禄，浚虽凶粗，犹是晋之藩臣，故宪等从之，不敢有贰。明公苟不修德义，专事威刑，则宪等死自其分，又何逃乎！请就死。'不拜而出。勒召而谢之，待以客礼。……勒数朱硕、枣嵩等以纳贿乱政，为幽州患，责游统以不忠所事，皆斩之。籍浚将佐、亲戚家赀，皆至巨万，惟裴宪、荀绰止有书百馀帙，盐米各十馀斛而已。勒曰：'吾不喜得幽州，喜得二子。'以宪为从事中郎，绰为参军。分遣流民，各还乡里。勒停蓟二日，焚浚宫殿，以故尚书燕国刘翰行幽州刺史，戍蓟，置守宰而还"。[16] 为恢复幽州民生，石勒"以幽冀渐平，始下州郡阅实人户，户赀二匹，租二斛"，[17] 较之曹操平定河北之后的税赋政策还轻。[18]

推行修养生息政策很快稳定了幽州局势，从幽州退至并州的晋将刘琨"乃大惧，上表曰：'东北八州，勒灭其七；先朝所授，存者惟臣。勒据襄国，与臣隔山，朝发夕至，城坞骇惧，虽怀忠愤，力不从愿耳'"！不过，石勒以刘翰守幽州，刘翰趁石勒经营襄国，转而引辽西段匹䃅入据蓟城。段匹䃅势力薄弱，于是与刘琨结盟共抗石勒。东晋大兴元年（318年），段匹䃅惧刘琨与令支段氏鲜卑联合图己，缢杀刘琨。刘琨素有声名，谋害刘琨，令段匹䃅部众离心，只能放弃蓟州。随即令支段氏鲜卑段末波占蓟城，幽州转入石氏控制之下。[19]东晋大兴二年（319年）十一月石勒自称大单于、赵王，建都襄国（今河北邢台）。为加强与幽州的联系，诏令"从幽州大导滹沱河，造浮桥，植行榆五十里，置行宫"。[20]十余年间，石勒以幽冀之地为中心迅速征讨，经过持续的进攻，除辽东慕容鲜卑、河西张氏政权，中原之地几乎尽为石勒所有。东晋咸和五年（330年）石勒称帝，在统治区内劝课农桑，尊崇文教，拉拢世家大族，以胡汉分治之术驾驭胡汉臣民，维持了一段较为稳定的政局。

2. 石虎对幽州的统治

后赵建平四年（333年）石勒病死。次年，军功显赫、手握重兵的侄子石虎废夺石弘之位，执掌后赵实权，后于太宁元年（349年）称帝。石虎性情残暴，嗜好征伐。幽州地近辽西段氏鲜卑，辽东慕容皝也与石赵约定共伐段辽，更成为用武之地。后赵建武四年（338年）正月，"会（段）辽遣段屈云袭赵幽州，幽州刺史李孟退保易京。虎乃以桃豹为横海将军，王华为渡辽将军，帅舟师十万出漂渝津；支雄为龙骧大将军，姚弋仲为冠军将军，帅步骑七万前锋以伐辽"。[21]战争一举击溃段辽在辽西的统治，石虎也因此搜罗了一批晋末从幽州逃难至辽西的士族，"徙段国民二万余户于司、雍、兖、豫四州；士大夫之有才行，皆擢叙之"。[22]谋议合攻段辽的慕容皝则被任命为征北大将军、幽州牧，领平州刺史。

石虎乘胜欲进一步攻占辽东，免除幽州东北的后患，乃"以燕王皝不会赵兵攻段辽而自专其利，欲伐之"。[23]慕容皝于是与段辽结盟，建武四年十二月重创石赵将麻秋三万余众。石虎震怒之余，又"以辽西迫近燕境，数遭攻袭，乃悉徙其民于冀州之南"。[24]同时大兴屯田，扫地为兵，加紧攻燕准备，"令司、冀、青、徐、幽、并、雍兼复之家五丁取三，四丁取二，合邺城旧军满五十万。具船万艘，自河通海，运谷豆千一百万斛于安乐城，以备征军之调。徙辽西、北平、渔阳万户于兖、豫、雍、洛四州之地。自幽州以东至白狼，大兴屯田。悉括取民马，有敢私匿者腰斩，凡得四万余匹。大阅于宛阳，欲以击燕"。[25]石赵与慕容皝的争战，使幽州百姓饱受其苦，"慕容皝袭幽、冀，略三万余家而去。幽州刺史石光坐懦弱征还"。[26]

虽然石虎大动干戈谋图夺取辽西、辽东，但慕容皝招集流民，以辽水流域为根基发展，"以寡击众，屡殄强敌，使石虎畏惧，悉徙边陲之民散居三魏，蹙国千里，以蓟城为北境"。[27]慕容皝又奉东晋为宗主国，缚送石赵使者于东晋，东晋于是"以慕容皝为使持节、大将军、都督河北诸军事、幽州牧、大单于、燕王，备物、典策，皆从殊礼。又以其世子俊为假节、安北将军、东夷校尉、左贤王；赐军资器械以千万计"。[28]慕容氏取得东晋支持，使石赵伐燕之举有后顾之忧，为自己蚕食侵吞后赵幽冀之地作好准备。后赵建武十四年（348年），慕容皝子儁继承父业，继续尊奉东晋，得假"大将军、幽评二州牧、大单于、燕王"封号，加紧对幽州的争夺。

（二）前燕对幽州的统治

1. 前燕对幽州的争夺

石赵攻燕连年失败，"众役烦兴，军旅不息，……百姓嗷然无生赖矣"。[29]赵太宁元年称帝仅三月的石虎因政权欲堕，愁怖而死。而后储争权，加速了政权的崩溃，冉闵乘机夺得政权。因幽州历来为兵兴之所，聚集的胡族势力也较为庞大，冉闵为剪除其威胁，驱逐少数民族还边境，"青、雍、幽、荆州徙户及诸氐、羌、胡、蛮数百余万，各还本土，道路交错，互相杀掠，且饥疫死亡，其能达者十有二三。诸夏纷乱，无复农者"。[30]这样的政治混乱导致冉魏政权岌岌可危，势单力穷的冉氏图谋结盟东晋，"遣使临江告晋曰：'胡逆乱中原，今已诛之。若能共讨者，可遣军来也。'朝廷不答"。[31]冉魏恢复中原的统治愿望未获东晋支持，慕容儁部将见机，积极要求夺取幽州。"儁犹豫未决，以问五材将军封弈，对曰：'用兵之道，敌强则用智，敌弱则用势。是故以大吞小，犹狼之食豚也；以治易乱，犹日之消雪也。大王自上世以来，积德累仁，兵强士练。石虎极其残暴，死未瞑目，子孙争国，上下乖乱。中国之民，坠于涂炭，延颈企踵以待振拔，大王若扬兵南迈，先取蓟城，次指邺都，宣耀威德，怀抚遗民，彼孰不扶老提幼以迎大王？'"[32]幽州在地理位置上比慕容氏旧地龙城更为优越，更利于向中原拓展。慕容儁见部众纷纷有南进之心，正应遂自己的吞并之志，因此也大胆出兵。

冉魏永兴元年（350年）二月，慕容儁"使慕容霸将兵二万自东道出徒河，慕舆于自西道出蠮螉塞，俊自中道出卢龙塞，以伐赵。……霸军至三陉，赵征东将军邓恒惶怖，焚仓库，弃安乐遁去，与幽州刺史王午共保蓟。徙河南部都尉孙泳急入安乐，扑灭余火，籍其谷帛。霸收安乐、北平兵粮，与俊会临渠。三月，燕兵至无终。王午留其将王佗以数千人守蓟，与邓恒走保鲁口。乙巳，俊拔蓟，执王佗，斩之。……儁入都于蓟，中州士女降者相继"。[33]冉魏面对慕容氏进攻，节节败退，人心涣散，"燕兵至范阳，范阳太守李产欲为石氏拒燕，众莫为用，乃帅八城令长出降"。[34]短短两月之间，幽州就被慕容氏攻占。慕容儁署置官吏，"因而都之。徙广宁、上谷人于徐无，代郡人于凡城而还"。[35]

慕容儁攻下幽州后，都于蓟，以作为进攻冉魏据点，自己则频繁往返于龙城、幽州，部署军事。东晋永和七年（351年）二月，慕容儁亲驻蓟城，经过半年筹措，又值冉魏东南诸州叛降[36]，更增慕容儁攻取中原的信心，旋即遣大军进攻幽州以南诸州。慕容氏以蓟为据点的南进进展颇为顺利，为巩固后方，将精锐势力迁徙蓟城，"（慕容）恪入中山，迁其将帅、土豪数十家诣蓟"。[37]攻下广固后，慕容氏又"徙鲜卑胡羯三千余户于蓟"。[38]"永和八年三月已巳，燕王儁还蓟，稍徙军中文武兵民家属于蓟。"慕容儁通过将军事中心向幽州转移，以幽州为资借迅速灭亡冉魏。

2. 迁都蓟城

永和八年（352年）十一月，慕容儁自称帝，国号燕，史称前燕。前燕元玺二年（353年）二月迁都蓟城，"燕主儁立其妻可足浑氏为皇后，世子晔为皇太子，皆自龙城迁于蓟宫"。[39]次年慕容儁"以左贤王友为范阳王，……涉为渔阳王"，[40]期望稳定前燕在幽州的统治。然而前燕根基本在塞外，由于石赵政治的衰败而乘机扩展势力到幽冀诸州。迁都蓟城之后，慕容儁又急于军事备战，无暇顾及休养生息，以致人心汹涌，"儁自和龙至蓟城，幽冀之人为东迁，互相惊扰，所在屯结。其下请讨之，俊曰：'群小以朕东巡，故相惑耳。今朕既至，寻当自定。然不虞之备亦不可不为。'于是令内外戒严"。[41]为扩大慕容政权对中原的影响，赢得中原对前燕政权的拥戴，慕容儁于"范阳、燕郡构（慕容）皝庙"，修筑碣石宫，并在宫东门立先祖慕容庞坐骑铜像，亲为铭赞。即使采取不少措施，前燕在幽州的统治仍然不容乐观，幽州刺史乙逸征赴京师蓟城任左光禄大夫，即感叹"实时世之陵夷也"。[42]

前燕迁都蓟城不过短短五年时间，光寿元年（357年）十一月，慕容儁匆忙从蓟城徙都邺城。慕容氏前燕政权中心一再南迁，本来"东胡在燕，历数弥久，逮于石乱，遂据华夏，跨有六州，南面称帝"，[43] 长期居塞外的慕容鲜卑部族军事力量也很有限，又以微弱的国力一再进兵中原。慕容儁死后，其子暐治国无道，西受氐族苻氏逼进，南敌东晋北伐，兵革难息，统治日趋窘迫。前燕建熙十一年（370年），苻秦攻下邺都，前燕诸州郡牧守及六夷渠帅尽降于苻秦。

（三）前秦占据幽州

前秦取代前燕在幽州的统治，"以郭庆为持节、都督幽州诸军事、扬武将军、幽州刺史，镇蓟"。[44] 苻坚任用王猛都督关东六州，整治慕容氏弊政，"远近帖然，燕人安之"，[45] 前秦基业肇于关中，经历多年战乱，中原尤其北部已经民族混杂，形势复杂多变，为此苻坚对巩固关中特别关注，"徙关东豪杰及诸杂夷十万户于关中，处乌丸杂类于冯翊、北地，丁零翟斌于新安，徙陈留、东阿万户以实青州。诸因乱流移，避仇远徙，欲还旧业者，悉听之"。[46] 较之关中，幽州"据东北一隅，兵赋全资，未可轻也"，[47] 对镇守辽西及鲜卑、乌丸、高句丽等，并配合邺城稳定河北和出击代北有重要意义。

据关中而拥幽冀，使前秦具备了统一中原的基础。随着对西南、前凉的征服，前秦建元十二年（376年），"秦王坚以幽州刺史行唐公洛为北讨大都督，帅幽、冀兵十万击代；使并州刺史俱难、镇军将军邓羌、尚书赵迁、李柔、前将军朱彤、前禁将军张蚝、右禁将军郭庆帅步骑二十万，东出和龙，西出上都，皆与洛会"[48]。灭代之后，前秦进驻西域，唯有偏居东南的东晋能与之抗衡了。

前秦倚重幽州之地取得了中原统一的成果，但以关中为政治中心，幽州雄踞关东之北，往往成为叛逆者起兵篡逆的资借。建元十六年（380年）正月，苻坚将曾在洛阳谋反被赦的北海公苻重任命为镇北大将军，镇蓟。同年三月又令徙治和龙的幽州刺史苻洛出镇西南。苻洛"健之兄子也。雄勇多力，而猛气绝人、坚深忌之，故常为边牧。洛有征伐之功而未赏，及是迁也，恚怒"，[49] 其治中平颜劝苻洛起兵："尽幽州之兵，南出常山，……进据冀州，总关东之众以图西土，天下可指麾而定也。"[50] 苻洛帅兵七万从和龙出发，苻重尽发蓟城之兵，与苻洛会师中山，集兵十万之众。苻坚先为之震恐，"遗使让洛，使还和龙，当以幽州永为世封。洛谓使者曰：'汝还白东海王，幽州褊狭，不足以容万乘，须王秦中以承高祖之业。若能迎驾潼关者，当位为上公，爵归本国。'坚怒，遣左将军武都窦冲及吕光帅步骑四万讨之；右将军都贵驰传诣邺，将冀州兵三万为前锋；以阳平公融为征讨大都督"。⁽⁵¹⁾在大军围剿下，五月，苻洛被擒，苻重被吕光追斩于幽州，叛乱得以平息。

苻洛之乱被平后，苻坚"以关东地广人殷，思所以镇静之，……于是分幽州置平州，以石越为平州刺史，领护鲜卑中郎将，镇龙城；大鸿胪韩胤领护赤沙中郎将，移乌丸府于代郡之平城；中书令梁说为安远将军、幽州刺史，镇蓟城"。⁽⁵²⁾为稳定关东形势，大批宗室子弟被分置关东诸州，但造成了关中的空虚，导致淝水之战后鲜卑、氐及羌的叛乱，倾覆了前秦。

（四）后燕对幽州的统治

1. 后燕夺取幽州

前秦建元十九年（383年），苻坚倾国伐晋败于淝水，关中鲜卑、羌、羯等族乘其空虚纷纷举兵。前燕宗室慕容垂在淝水之战后脱离苻坚，与丁零翟斌攻下洛阳。心怀异志的慕容垂表面要扶助苻秦，暗自却欲据幽冀而控制中原，于是劝谕众人："洛阳四面受敌，北阻大河，至于控驭燕、赵，非形胜之便，不如北取邺都，据之而制天下。"⁽⁵³⁾慕容垂帅众东向邺城，打起复国旗号。建元二十年（384年）正月，慕容垂自称燕王，随即自领军攻邺城，七月遣将军平规攻蓟。前秦幽州刺史王永结鲜卑独孤部大人刘库仁重创燕军，十月刘库仁被慕容文诛杀，王永失去援助。次年正月，燕军加紧进攻，王永与平州刺史苻冲屡战屡败，二月焚烧和龙、蓟城宫室后撤退壶关，燕军攻占蓟城。八月燕军又攻下邺城，慕容垂终于夺得幽冀，有了进一步战取中原的资本。

2. 后燕在幽州的恢复措施

燕军攻邺城、幽州的战争十分艰苦，"燕、秦持经年，幽、冀大饥，人相食，邑落萧条"。⁽⁵⁴⁾百姓在战争中饱受荼毒。385年七月，燕建节将军徐岩叛乱，自武邑北袭幽州，守将平规不敌，"岩入蓟，掠千馀户而去"，⁽⁵⁵⁾幽州人口愈发凋零，景况更为凄惨。秦、燕争夺之际，不仅中原几乎无地不战，而且辽东诸郡也被鲜卑、丁零和高丽侵袭。慕容垂以复国为号，其先祖前燕基业又在龙城，幽州是防护龙城旧根基的要镇，也是联系龙城与中原的纽带，对稳定后燕政权安危至关重要，慕容垂因此先后遣亲王、太子为郡牧。十一月，"燕王垂以农为使持节、都督幽、平二州、北狄诸军事、幽州牧，镇龙城。徙平州刺史带方王佐镇平郭。农于是创立法制，事从宽简，清刑狱，省赋役，劝课农桑，居民富赡，四方流民前后至者数万口。先是幽、冀流民多入高句丽，农以骠骑司马范阳庞渊为辽东太守，招抚之"。[56]慕容农领幽州牧镇龙城达五年之久，使幽州经济有所恢复。

淝水之战后，中原陷于混战。随着后燕政权的建立，慕容垂以龙城为基业，开始艰苦的征战。随着前燕与诸割据政权争夺的加剧，渐次将幽州作为另一个重要的政治、军事中心。后燕建兴三年（388年），慕容垂以太子宝"录尚书事，巨细皆委之……又以宝领侍中、大单于、骠骑大将军、幽州牧"。[57]又在四月以太子宝之庶长子盛镇蓟城，修缮旧宫室。尤其在建兴六年（391年），"燕置行台于蓟，加长乐公盛录行台尚书事"。[58]以幽州为一个新的政治、军事中心，加上龙城与邺城，后燕在中原之战中有了稳固的后方。建兴六年（392年）后燕南灭翟魏，次年又西灭以复国为标榜的西燕慕容永，建立了龙城、蓟城、邺城、中山、晋阳五个重要的政治军事据点，成为中原较有实力的割据政权之一。

中原的混战中，后燕也难以维持长久的统治。后燕长乐元年（399年）十二月，崛起于代北的鲜卑拓跋氏就代替了后燕在幽州的统治。

注释：

（1）（2）《三国志》卷二十六《田豫传》。

（3）（4）《三国志》卷二十六《牵招传》。

（5）《三国志》卷三十《魏书·鲜卑传》。

（6）《三国志》卷三十《魏书·东夷列传》。

（7）《三国志》卷二十八《魏书·毋丘俭传》。

（8）《晋书》卷三十六《卫瓘传》。

（9）《晋书》卷三十六《张华传》。

（10）《晋书》卷四十二《唐彬传》。

（11）《晋书》卷三十九《王沈附王浚传》。

（12）《资治通鉴》卷八十六，惠帝光熙元年八月条。

（13）（15）（17）《晋书》卷一百四《载记四·石勒上》。

（14）《晋书》卷三十九《王沈附王浚传》。

（16）（19）《资治通鉴》卷八十九，愍帝建兴二年三月条。

（18）《三国志》卷一《魏志·武帝纪》注引《魏书》："收田租亩四升（五十亩则为二斛），户出绢二匹，绵二斤。"

（20）《初学记》卷二十七引《晋故事》。

（21）（22）《资治通鉴》卷九十六，咸康四年正月条。

（23）《资治通鉴》卷九十六，咸康四年五月条。

（24）《资治通鉴》卷九十六，咸康五年九月条。

（25）（26）（29）《晋书》卷一百六《载记六·石季龙上》。

（27）（28）《资治通鉴》卷九十六，咸康七年二月条。

（30）（31）《晋书》卷一百七《载记七·石季龙下》。

（32）《资治通鉴》卷九十九，穆帝永和七年八月条。

（33）《资治通鉴》卷九十八，穆帝永和六年二月条。

（34）《资治通鉴》卷九十八，穆帝永和六年三月条。

（35）《晋书》卷一百一十《载记十·慕容儁》。

（36）《资治通鉴》卷九十九，穆帝永和七年："八月，魏徐州刺史周成、兖州刺史魏统、荆州刺史乐弘、豫州牧张遇以廪丘、许昌等诸城来降；平南将军高崇、征虏将军吕护执洛州刺史郑系，以其地来降。"

（37）《资治通鉴》卷九十九，穆帝永和七年八月条。

（38）（41）《晋书》卷一百一十《载记十·慕容儁》。

（39）《资治通鉴》卷九十九，穆帝永和九年二月条。

（40）《资治通鉴》卷九十九，穆帝永和十年四月条。

（42）《资治通鉴》卷一百，穆帝升平元年正月条。

（43）（44）（49）（52）《晋书》卷一百一十三《载记十三·符坚上》。

（45）（46）《晋书》卷一百一十四《载记十四·符坚下》。

（47）（48）《资治通鉴》卷一百〇四，孝武帝太元元年十月条。

（50）（51）《资治通鉴》卷一百〇四，孝武帝太元五年四月条。

（53）（57）《晋书》卷一百二十三《载记二十三·慕容垂》。

（54）《资治通鉴》卷一百〇六，孝武帝太元十年四月条。

（55）《资治通鉴》卷一百〇六，孝武帝太元十年七月条。

（56）《资治通鉴》卷一百〇六，孝武帝太元十年十一月条。

（58）《资治通鉴》卷一百〇七，孝武帝太元十六年正月条。

第三章　北朝时期的幽州

一、北魏统治下的幽州

（一）北魏平定幽州

淝水之战后，被前秦灭国的代王涉翼犍之孙拓跋珪乘前秦政权崩溃，于前秦太安元年（386 年）即代王位，同年改国号为魏。拓跋珪势力渐盛，曾支持拓跋珪的舅氏慕容垂深感威胁，遣太子慕容宝攻打拓跋珪无果，慕容垂亲征拓跋珪于平城后病死于归途，后燕国势倾颓。北魏皇始元年（396 年）八月，拓跋珪"大举讨慕容宝，帝亲勒六军四十余万，南出马邑，逾于句注。……别诏将军封真等三军，从东道出袭幽州，围蓟"。[1]东道军攻击幽州，直接威胁后燕旧都龙城，西道军先攻下晋阳，很快直捣燕都中山。皇始二年（397 年）三月，慕容宝弃中原之地逃奔龙城，魏将长孙肥追击不及。慕容宝逃至蓟城，"殿中亲近散亡略尽，惟高阳王隆所领数百骑为宿卫。清河王会帅骑卒二万迎于蓟南……宝尽徙蓟中府库北趣龙城"。[2]慕容会大败追击的北魏渔阳屯将石河头，护慕容宝回归龙城。蹙缩龙城的后燕残余势力又依托蓟城图谋南伐，与北魏相峙。

自前燕鲜卑慕容氏龙兴辽西，在幽州的影响也颇深，因此北魏攻占幽州过程中，遭到附于燕室势力的顽强反抗。范阳卢溥为中州名士，"初，魏奋武将军张衮以才谋为魏主珪所信重，委以腹心。珪问中州士人于衮，衮荐卢溥及崔逞，珪皆用之"。[3]然而崔逞因行事不称拓跋珪之意而遭贬黜，于是"魏前河间太守范阳卢溥帅其部曲数千家，就食渔阳，遂据有数郡。秋，七月，己未，燕主盛遣使拜薄幽州刺史"。[4]天兴二年（399年）八月，"卢薄受燕爵命，侵掠魏郡县，杀魏幽州刺史封沓干"。[5]卢薄起事后奔辽西令支，次年正月，魏材官将军"和突破卢薄于辽西，生获薄及其子焕，传送京师，轘之"。[6]卢薄抗击北魏，势力单薄，历时很短。在他起兵之时，"慕容盛辽西太守李朗，举郡内属"。[7]"十二月，甲午，燕燕郡太守高湖帅户三千降魏。"[8]至此，后燕在幽州的统治日薄西山。

渔阳乌丸库傉官氏在前燕、后燕立有战功，世为显宦，在渔阳部众甚多，因此抗击北魏也最为有力。天兴元年（398年）三月，"渔阳群盗库傉官韬聚众反"，七月，"库傉官韬复聚众为寇"。[9]库傉官氏对北魏的抗争持续近二十年，其中反复降叛，北魏泰常元年（416年）十月，"徒何部落库傉官斌先降，后复叛归冯跋。骁骑将军延普渡濡水讨击，大破之，斩斌及冯跋幽州刺史渔阳公库傉官昌、征北将军关内侯库傉官提等首，生擒库傉官女生，缚送京师。幽州平"。[10]其后北魏屡发幽州兵民伐和龙，终于在太延二年（436年）攻下龙城灭北燕。

（二）北魏在幽州的统治政策

拓跋氏入主中原，逐渐结束了西晋灭亡以来中原的纷乱局面，在幽州的统治也较为稳定长久。北魏初年注重幽州治理，恢复生业，网罗士人推行汉化政治，也因此形成了幽州的士族门阀政治。

幽州长年遭受战争，人口迁徙频繁，经济凋敝。北魏最初占领关东及部分幽州时，因惧当地豪族大户变乱，又为充实京师，"徒六州二十二郡守宰、豪杰、吏民二千家于代都"。[11]明元帝泰常三年（418年），为孤立龙城，剪除幽州鲜卑势力对魏的威胁，"徒冀、定、幽三州徒何（即东部鲜卑）于京师"。[12]除了人口的迁出，灭北燕后，延和元年九月，太武帝"徒营丘、成周、辽东、乐浪、带方、玄菟六郡民三万家于幽州，开仓以赈之"。[13]频繁的人口流动以及对盘踞龙城后燕的战争，不利于幽州稳定，因此北魏君主数次亲临幽州，抚慰百姓，安定民心。泰常七年（422年）九月，魏明帝"因东幸幽州，见耆年，问其所苦，赐爵号。分遣使者循行州郡，观察风俗"。[14]始光四年（427年）正月，魏太武帝"行幸幽州"。灭燕后，太延三年（437年）二月，太武帝又"行幸幽州，存恤孤老，问民疾苦。还幸上谷，遂至代。所过复田租之半"。[15]

任用贤能，恢复生产是北魏初年统治幽州较为注重的策略。上谷沮阳人张衮深受道武帝器重,"太祖为代王,选为左长史",参谋决策。"既克中山,听入八议,拜衮奋武将军、幽州刺史,赐爵临渭侯。衮清俭寡欲,劝课农桑,百姓安之"。[16]魏明帝任用代人尉诺为幽州刺史,"诺之在州,有惠政,民吏追思之。世祖时,蓟人张广达等二百余人诣阙请之,复除安东将军、幽州刺史,改邑辽西公。兄弟并为方伯,当世荣之。燕土乱久,民户凋散,诺在州前后十数年,还业者万余家"。[17]孝文帝时期,施行均田制。燕郡太守卢道将"敦课农桑,垦田岁倍"。[18]孝明帝时期,幽州刺史裴延儁卢修整督亢渠和戾陵堰,"溉田百万余亩",[19]使幽州成为较为富庶的农耕区域。

拓跋鲜卑在进入中原后推行汉化政治,留意收罗有影响的士人参与政治,以促进与当地势力的合作和统治的稳定。拓跋珪"初拓中原,留心慰纳。诸士大夫诣军门者,无少长,皆引入赐见。存问周悉,人得自尽。苟有微能,咸蒙叙用"。[20]占领幽州后,世居大族纷纷被擢用,或征聘中央,或任职本土,逐渐形成把持地方政权的门阀士族。北魏时期幽州的门阀士族以范阳卢氏为代表。神麚四年(431年),太武帝"辟召儒俊,以玄为首,授中书博士。"[21]其子卢度世也拜中书侍郎,孙卢渊任给事黄门侍郎,迁兼散骑常侍、秘书监、本州大中正。孝文帝推行汉化时,"雅重门族,以范阳卢敏、清河崔宗伯、荥阳郑羲、太原王琼四姓,衣冠所推,咸纳其女以充后宫"。[22]此外卢氏还一门尚三主,卢道裕尚献文帝女乐浪长公主,卢道虔尚孝文帝女济南长公主,卢元聿尚孝文帝女义阳长公主。显赫的政治婚姻带给范阳卢氏累世把持地方的特权,成为幽州最有声势的门阀大族,在北魏后期的幽州呼风唤雨,其权势一直维持到北朝政权在幽州统治的结束。其他幽州的门阀士族虽然不及卢氏,同样也曾享有无限风光。这些豪族自产生到衰落,对北朝时期的幽州社会产生了深远影响。

(三) 北魏后期幽州的动荡

北魏后期政治腐败日趋严重,贪暴的官吏聚敛无极,均田制也遭到破坏,繁重的劳役更使民不聊生。太平真君六年(446年)九月,并州卢水胡盖吴反,次年"六月甲申,发定、冀、相三州兵二万人屯长安南山诸谷,以防越逸。丙戌,发司、幽、定、冀四州十万人筑畿上塞围,起上谷,西至于河,广袤皆千里"。这样多的征役加上灾害,幽州百姓的困苦致极。太和八年(485年)八月诏:

"数州灾水，饥馑荐臻，致有卖鬻男女者。……今自太和六年已来，买定、冀、幽、相四州饥民良口者，尽还所亲，虽娉为妻妾，遇之非理，情不乐者亦离之。"[23]幽州受灾害之酷从诏书中可略见一斑。

沉重的剥削和压迫，均田农民"竞弃本生，飘藏他地。或诡名托养，散没人间；或亡命山薮，渔猎为命；或投杖强豪，寄命衣食"。[24]百姓不是亡命山泽，就是庇荫于豪强大户作佃客部曲，此外就是托归沙门，"正光以后，天下多虞，王役尤甚。于是所在编户，相与入道，假慕沙门，实避调役"。[25]大批编户逼于生计聚集在豪族、沙门之下，在极其无奈之时更易聚集成群，揭竿而起。幽州士族卢渊曾上表："关右之民，自比年以来，竞设斋会，假称豪贵，以相扇惑。显然于众坐之中，以谤朝廷。无上之心，莫此之甚。愚谓宜速惩绝，戮其魁帅。不尔惧成黄巾、赤眉之祸。"[26]卢渊的表奏正说明了北魏后期国家对编户农民失控，正是这些无所依靠的平民最终覆灭了北魏政权。

幽州的反抗从小规模的起义开始，由于佛教是当地广泛流传的宗教，于是成为发动百姓的有力号召。太和二十三年（499年）十一月，"幽州民王惠定聚众反，自称明法皇帝，刺史李肃捕斩之"。[27]延昌三年（514年）"幽州沙门刘僧绍聚众反，自号净居国明法王，州郡捕斩之"。[28]受压迫的民众走投无路，只能依靠于佛门口号寻求出路。不过普通百姓的反抗力量终究有限，两次起义都很快被镇压。但是到北魏末年，六镇镇军起义引发了幽州更大的反抗。北魏与柔然夹击六镇起义后，然后强逼六镇二十余万兵民往河北就食。这些兵民路上饥困之苦固难形容，而且河北频遭水旱，"饥馑积年，户口逃散"，[29]就食的兵民无以为生，终于爆发了河北大起义。孝昌元年（525年）八月，柔玄镇兵杜洛周"帅众反于上谷"，次年正月得到安州戍兵响应，攻下居庸关，直逼蓟城。十一月，杜洛周帅众攻陷幽州，带领义军占领幽、定、瀛三州之地。活动于冀、瀛州的怀朔镇将葛荣于武泰元年（528年）二月兼并杜洛周部队，势力大盛，但最终被尔朱荣所扑灭。因为起义的镇兵本身为职业军人，虽然遭到官军强势镇压，但是没有出路的军人只能持续反抗。葛荣失败后仅三月，"葛荣余党韩楼据幽州反"，[30]"有众数万，屯据蓟城"。[31]韩楼起兵持续了将近一年，最终亡于尔朱荣大军与幽州豪族的共同镇压。

二、东魏、北齐、北周在幽州的统治

（一）东魏对幽州的短暂统治

经历北魏末年各族大起义后，北魏政权难以为继。永熙三年（534 年）尔朱荣部将高欢控制洛阳，孝武帝自洛阳奔长安投奔宇文泰，北魏分裂为高欢控制的东魏和宇文泰控制的西魏。两个政权为互相吞并，长年战争。幽州在东魏初年土荒民散，但在十多年里不曾经历战争，经济也有所恢复。尤其山东一带的煮盐业，为东魏所依赖，"自迁邺后，于沧、瀛、幽、青四州之境，傍海煮盐。沧州置灶一千四百八十四，瀛州置灶四百五十二，幽州置灶一百八十，青州置灶五百四十六，又于邯郸置灶四，计终岁合收盐二十万九千七百二斛四升。军国所资，得以周赡矣"。[32] 相较之下，幽州盐业不及其他州丰富。不过幽州地近塞外，是塞外入中原的重要通道，塞外与中原物品交换往往通过幽州与中原商人的贩运得以实现。但是北魏末年兴起的柔然给幽州带来了严重的边患，东、西魏的分裂更给柔然可乘之机。东魏孝静帝元象元年（538 年）五月，"阿那瓌掠幽州范阳，南至易水"。[33] 柔然骑兵进入幽州，直抵河北平原，令东魏惶然。武定三年（545 年）十月，把持大权的高欢上言："幽、安、定三州北接奚、蠕蠕，请于险要修立城戍以防之。"[34] 他亲自督责，关塞莫不严固。

（二）北齐统治下的幽州

东魏武定八年（550 年）五月，高欢子高洋废孝静帝自立，建立北齐，幽州转入北齐统治下。北齐占有河北幽、并、冀之地及河南至淮南的平原，国力颇为强盛。但随着塞外柔然、契丹、奚以及突厥兴起，幽州遭受频繁的侵扰，御敌不暇。契丹与奚在幽州之北，自北魏时就与中原在幽、营州往来贸易，但不时相侵扰。北齐天保四年（553 年）"九月，契丹犯塞。壬五，帝北巡冀、定、幽、安，仍北讨契丹"。[35] 经过两个月的征战，北齐文宣帝重创契丹，契丹于是遣使朝贡。北齐之世，对幽州威胁最大是突厥。天保初年，突厥击败柔然，成为塞外霸主，为防御突厥，天保六年（555 年），"发夫一百八十万人筑长城，自幽州北夏口至恒州九百余里"。次年在长城沿线"率十里一戍，其要害置州镇，凡二十无所".[36]驻守幽州的斛律羡出身名将之家，河清三年（564年）秋，"突厥众十余万来寇州境，羡总率诸将御之。突厥望见军威甚整，遂不敢战，即遣使求款".[37]突厥对幽州以寇掠为主，虽然没有大规模的战争，但为防御突厥深入河北，幽州要构筑军事，置行台，成为一项沉重的负担，但是也造成幽州兵力强盛的局面。

（三）北周统治下的幽州

北齐西与北周相峙，南与梁相攻，又有突厥之袭，北齐末年政治混乱，给北周提供了统一北方的机会。北周建德六年（577年）正月，北周军攻下邺都。在北周军攻邺都时，北齐幽州刺史潘子晃自蓟城帅突骑数万赴援，但行军至博陵邺都就已经失守，于是降周，幽州纳入北周治下。

北周统治下的幽州并不稳定，盘踞营州的高保宁忠于齐室，齐范阳王高绍义出奔突厥，突厥以助其复国为名，联合高保宁屡攻幽州。为剪除突厥的威胁，宣政元年（578年）六月，周武帝不顾北齐初平，匆忙亲伐突厥，然而途中遇疾而崩，随即引发了幽州动荡。范阳士族卢昌期见周武帝死，起兵范阳城，高绍义见机以突厥为援进攻幽州，高保宁也集合契丹、靺鞨等夷夏兵数万来袭幽州。然而，周将宇文神举迅速平定范阳城，又遣兵驰救幽州，高绍义与高保宁才各自撤军。为阻止突厥对幽州攻击，北周一面嫁千金公主与突厥，尊周武帝皇后木杆可汗女为皇太后，一面除于翼"幽定七州六镇诸军事、幽州总管。先是，突厥屡为寇掠，居民失业。翼素有威武，兼明斥候，自是不敢犯塞，百姓安之".[38]通过外交与增强武备，稍稍遏制突厥对幽州的寇掠，百姓暂得安稳。

北周对幽州的统治短暂，但幽州长期为兵家必争之地，又在北魏末年开始负有军事防御之任，是精骑劲兵集中所在。周武帝时外戚杨坚由定州徙亳州总管，心甚不悦，常山太守庞晃劝说："燕、代精兵之处，今若动众，天下不足图也。"[39]北方少数民族的强盛，逐渐改变了中原政权的防御重心，使幽州的军事防御作用备受重视，对中原稳定的意义逐日显现。杨坚辅政时，相州总管尉迟迥起兵讨杨坚，并发书招幽州总管于翼出兵，掌握燕、代精兵的于翼却倒向杨坚。杨坚禅代之后，有功的于翼、于仲文坐事下狱，于仲文狱中陈书："当群凶问鼎之际，黎元乏主之辰，臣第二叔翼先在幽州，总驭燕、赵，南邻群寇，北捍旄头，内外安抚，得免罪戾。"念及于翼在幽州发挥的作用，杨坚因此赦免于氏，释放归家。

注释：

（1）（6）（7）（8）（9）（11）（20）《魏书》卷二《太祖纪》。

（2）《资治通鉴》卷一百〇九，安帝隆安元年三月条。

（3）（5）《资治通鉴》卷一百一十一，安帝隆安三年八月条。

（4）《资治通鉴》卷一百一十一，安帝隆安三年六月条。

（10）（12）（14）《魏书》卷三《太宗纪》。

（13）（15）《魏书》卷四《世祖纪上》。

（16）《魏书》卷二十四《张衮传》。

（17）《魏书》卷二十六《尉古真附尉诺传》。

（18）《魏书》卷四十七《卢玄附卢道将传》。

（19）《魏书》卷六十九《裴延儁传》。

（21）《魏书》卷四十七《卢玄传》。

（22）《资治通鉴》卷一百四十，齐明帝建武三年正月条。

（23）《魏书》卷七《高祖纪上》。

（24）《北史》卷四十六《孙绍传》。

（25）《魏书》卷一百一十四《释老志》。

（26）《魏书》卷四十七《卢玄传附卢渊传》。

（27）（28）《魏书》卷八《世宗纪》。

（29）《北史》卷十五《常山王遵传附晖传》。

（30）《魏书》卷十《孝庄帝纪》。

（31）《魏书》卷八十《侯渊传》。

（32）《魏书》卷一百一十《食货志》。

（33）《北史》卷九十八《蠕蠕传》。

（34）《北齐书》卷二《神武帝纪下》。

（35）（36）《北齐书》卷四《文宣帝纪》。

（37）《北齐书》卷十七《斛律金附羨传》。

（38）《周书》卷三十《于翼传》。

（39）《隋书》卷五十《庞晃传》。

隋唐时期

第一章　隋时期的幽州

一、隋初幽州防御突厥的战争

北周大定元年（581年）二月，外戚杨坚废年幼的静帝，建立隋朝。幽州自北朝末以来日渐发展为防御塞外胡族的军事重镇，随着隋王朝的建立以及政权巩固的需要，幽州在抵御突厥、恢复营州的战争中发挥着越来越重要的作用。

幽州邻近东北诸族与突厥，突厥的影响几乎遍及整个东北亚，契丹、奚、霫、室韦诸族都臣服于突厥，协从突厥频频进寇幽州。盘驻营州的北齐遗臣高保宁也对幽州构成严重威胁，"高祖为丞相，遂连结契丹、靺鞨举兵反。高祖以中原多故，未遑进讨，以书喻之而不得"。[1]高宝宁与突厥互相勾结，乘隋文帝立国未稳之机大举进犯，"隋主既立，待突厥礼薄，突厥大怨。千金公主伤其宗祀覆没，日夜言于沙钵略，请为周室复雠。沙钵略谓其臣曰：'我，周之亲也。今隋公自立而不能制，复何面目见可贺敦乎！'乃与故齐营州刺史高宝宁合兵为寇"。[2]开皇二年（582年），幽州属郡乃至隋北部、西北全线遭到突厥进攻，"五月，己未，高宝宁引突厥寇隋平州，突厥悉发五可汗控弦之士四十万入长城"。[3]突厥势如破竹，"时柱国冯昱屯乙弗泊，兰州总管叱列长叉守临洮，上柱国李崇屯幽州，皆为突厥所败"。[4]

突厥的进攻给幽州和隋王朝带来巨大压力，开皇元年，"（摄图）因与高宝宁攻陷临渝镇，约诸面部落谋共南侵。高祖新立，由是大惧，修筑长城，发兵屯北境，命阴寿镇幽州，虞庆则镇并州，屯兵数万人以为之备".[5]隋王朝在幽州总管辖区增置了大量军镇。于翼在北周时"除幽定七州六镇诸军事、幽州总管"[6],虽开皇元年幽州总管辖下州及军镇数目不能明确,但在开皇三年七月,周摇被"拜为幽州总管六州五十镇诸军事",[7]与于翼相比,周摇所管仅少一州,但军镇增至五十,显然在开皇初年为防守突厥和高宝宁,幽州总管辖下增加了大量兵力。

幽州对突厥的反击直到开皇三年才得以实现,四月隋文帝"命卫王爽等为行军元帅,分八道出塞击之。……幽州总管阴寿帅步骑十万出卢龙塞,击高宝宁。宝宁求救于突厥,突厥方御隋师,不能救。庚辰,宝宁弃城奔碛北,和龙诸县悉平。寿设重赏以购宝宁,又遣人离其腹心;宝宁奔契丹,为其麾下所杀"。[8]幽州总管阴寿成功剿灭高宝宁势力,营州被纳入隋统治下,幽州的军事防御也依托营州向外开拓。幽州对突厥的反击,对镇抚东北诸族影响很大,"突厥犯塞,(李)崇辄破之。奚、霫、契丹等慑其威略,争来内附"。[9]随着幽州军事防御的巩固和增强,邻近幽州的东突厥突利可汗臣服于隋。开皇十九年(599年)二月,"突厥寇边,以(燕荣)为行军总管,屯幽州",[10]"突厥突利可汗因长孙晟奏言都蓝可汗作攻具,欲攻大同城。诏以汉王谅为元帅,尚书左仆射高颎出朔州道,右仆射杨素出灵州道,上柱国燕荣出幽州道以击都蓝"。[11]第二年燕荣以行军总管"起为幽州总管",[12]这种临时行军统帅与常备驻守职务的转换,也说明了幽州对突厥战争中无可替代的作用。经过持续战争,开皇末年突厥对幽州的威胁不复如昔,突厥势力开始向西北转移。

二、炀帝对幽州的经营

炀帝继位后,推进国家政权的统一巩固。大业三年(607年),炀帝巡行塞外,作《饮马长城窟行示从征群臣》:"肃肃秋风起,悠悠行万里。万里何所行,横漠筑长城。岂台小子智,先圣之所营。树兹万世策,安此亿兆生。讵敢惮焦思,高枕于上京。"[13]诗中流露他积极经营边防的宏伟目标。在炀帝构画的蓝图中,幽州占据着重要的位置。

首先,沟通幽州,防御漠北。并州向来是隋王朝防守北边重镇,也是隋王朝关中本位政策的重心所在,为沟通幽州与并州的联系,大业三年四月,隋炀帝"发河北十余郡丁男凿太行山,达于并州，以通驰道"。五月，"车驾顿榆林郡。帝欲出塞耀兵，径突厥中，指于涿郡，恐启民惊惧，先遣武卫将军长孙晟谕旨。启民奉诏，因召所部诸国奚、霫、室韦等酋长数十人咸集……于是发榆林北境，至其牙，东达于蓟，长三千里，广百步，举国就役，开为御道"。[14]驰道以幽州为中心，东西走向的驰道东自柳城，经北平郡、渔阳郡、涿郡，再西到马邑郡。南北走向的驰道自河内郡经魏郡、博陵郡，至涿郡。次年又修筑北边至幽州的长城工事，"大业四年，燕、代沿边诸郡旱。时发卒百余万筑长城。帝亲巡塞表"。[15]

其次，以幽州为基地征辽东，"炀帝将有事于辽东，以涿郡为冲要"，[16]积极维护东北防御。突厥势力衰落后，高句丽与隋王朝关系日趋紧张，与契丹、靺鞨等族屡犯营州。"开皇初，频有使人朝。及平陈之后，汤大惧，治兵积谷，为守拒之策。"[17]开皇末年两国关系更加恶化，[18]乃至开皇十八年高丽公然进寇辽西，隋亦讨伐不成。[19]高丽进逼渐引发隋的警惕，"开皇之末，国家殷盛，朝野皆以高丽为意"。[20]炀帝时高句丽又积极谋求与突厥联合，大业三年五月炀帝驾临塞北，"先是，高丽私通使启民所，启民推诚奉国，不敢隐境外之交。是日，将高丽使人见"，炀帝"敕令牛弘宣旨谓之曰：'朕以启民诚心奉国，故亲至其所。明年当往涿郡。尔还日，语高丽王知，宜早来朝，勿自疑惧。存育之礼，当同于启民。如或不朝，必将启民巡行彼土。'"而"高元不用命，始建征辽之策"。[21]除高丽外，契丹等族也开始构成威胁，"（开皇四年）沙钵略可汗既为达头可汗所困，又畏契丹，遣使告急于隋，请将部落渡漠南，寄居白川道"。[22]大业元年（605年），"契丹寇营州，诏通事谒者韦云起护突厥兵讨之，启民可汗发骑二万，受其处分"。[23]

隋王朝对经营辽东渐提上日程，大业四年（608年），"将兴辽东之役，自洛口开渠，达于涿郡，以通运漕。毗督其役。明年，兼领右翊卫长史，营建临朔宫"。[24]随后招集大军，囤积军需，"诏总征天下之兵，无问远近，俱会于涿。又发江淮以南水手一万人，弩手三万人，岭南排镩手三万人。于是四远奔赴如流。五月，敕河南、淮南、江南造戎车五万乘送高阳，供载衣甲幔幕，令兵士自挽之。发河南、北民夫以供军须。秋，七月，发江、淮以南民夫及船运黎阳及洛口诸仓米至涿郡"。[25]

再次，炀帝在幽州大兴工程，不仅为伐辽东，也与安定山东高齐旧地大有关系。幽州为军事重镇，对山东安定有重要意义。北周并吞北齐不过四年之后就被隋所取代，对控制山东一直是北周以来就特别关注的问题。北周平齐时幽州卢昌期响应高绍义的起义，就突出表现山东地方势力的强大与不稳固。隋建立以后，幽州、并州、营州合为冀州[26]。为强化隋在山东统治，遣汉王杨谅镇守，"汉王谅有宠于高祖，为并州总管，自山以东，至于沧海，南距黄河，五十二州皆隶焉"。然而事与愿违，杨谅占据山东广大区域，仁寿四年（604年）八月起兵反炀帝，"从谅反者凡十九州。王頍说谅曰：'王所部将吏，家属尽在关西，若用此等，则宜长驱深入，直据京都，所谓疾雷不及掩耳；若但欲割据旧齐之地（胡注：南距大河，北尽燕、代，皆高齐之地也），宜任东人。'"[27]山东较浓的分裂意识给杨谅篡逆提供了机会，然而他未能好好利用终致失败。鉴于山东所存在的割据分化心态，而涿郡"东滨海，南控三齐"，[28]自然是控制山东的要地。杨谅谋反时，炀帝为防止幽州总管窦抗与杨谅响应，密诏李子雄取而代之，"（李）子雄遂发幽州兵步骑三万，自井陉西击谅"。[29]大业三年（607年）夏四月，炀帝为安抚山东，"诏曰：'古者帝王观风问俗，皆所以忧勤兆庶，安集遐荒。自蕃夷内附，未遑亲抚，山东经乱，须加存恤。今欲安辑河北，巡省赵、魏。所司依式。'"[30]

涿郡居于边陲，通过运河以及驰道，分别从水陆两道连通洛阳、并州、关中以至江淮，从地理上具备了沟通地域之间联系、经济流通以及军事控制的条件，形成了对山东广大地域的有效控御。尤其在隋末，涿郡对御边及征讨叛乱多有贡献。大业九年（613年）逢杨玄感作乱之际，"于时突厥颇为寇盗，缘边诸郡多苦之，诏（薛）世雄发十二郡士马，巡塞而还……仍领涿郡留守"。[31]隋末义军风起云涌，"李密逼东都，中原骚动，诏世雄率幽、蓟精兵将击之"。[32]

隋继南北朝以后再次统一中原，故而建设稳固的边防体系和增进各地域之间的连通、促进统一观念的推广为其孜孜以求的目标，涿郡既是防御东北的军事要点，又可以控守山东，诚如北宋富弼所言："燕蓟之地……此中原险要，所恃以隔绝匈奴者也。吕氏中曰：燕、蓟不收，则河北不固；河北不固，则河南不可高枕而卧。"[33]经过炀帝不惜民力的营造，涿郡以驰道沟通北边、西北军事重镇，通过运河连通南方富庶之地，成为东北军事重镇。

三、幽州政治势力的变化

隋结束了长期分裂，在统治上开始收束东汉末年以来发展的门阀士族势力，选举权收归中央，罢州中正，这一政策非常明显地削弱了幽州的豪族势力。在幽州声名最为卓著的世家大族范阳卢氏，显于东晋、西魏、北齐的范阳祖氏，燕国刘氏，上谷寇氏，他们均被迫流向中央任职，也因此失去了对地方政权的把持，政治势力衰弱成为必然。

幽州范阳卢氏的兴衰体现了这种转变。仕于北齐的卢氏大多在北周时失势，周武帝宣政元年（578 年），"幽州人卢昌期、祖英伯等聚众据范阳反，诏神举率兵擒之。齐黄门侍郎卢思道亦在反中，贼平见获，解衣将伏法"。[34]宇文神举平定范阳后，卢氏在幽州地方势力遭到了很大的打击，一改往昔呼风唤雨的面貌。即使排除卢昌期之乱给范阳卢氏带来的负面影响外，卢氏宗族出仕不同的政权，以及渐渐任职中央，形成的分化流动也导致卢氏在幽州家族势力弱化。卢氏一些支房如卢辩、卢柔、卢诞、卢光则随孝武帝入关，得到北周赏识，继而在隋保持了地位。如卢贲父子，"卢贲，字子徵，涿郡范阳人也。父光，周开府、燕郡公。贲略涉书记，颇解钟律。周武帝时，袭爵燕郡公，邑一千九百户。后历鲁阳太守、太子小宫尹、仪同三司。平齐有功，增邑四百户，转司武上士。时高祖为大司武，贲知高祖为非常人，深自推结。宣帝嗣位，加开府"。[35]卢思道本仕齐为黄门侍郎，"以母疾还乡，遇同郡祖英伯及从兄昌期、宋护等举兵作乱，思道预焉。周遣柱国宇文神举讨平之，罪当法，已在死中。神举素闻其名，引出之，令作露布。思道援笔立成，文无加点，神举嘉而宥之。后除掌教上士。高祖为丞相，迁武阳太守，非其好也"。卢思道在隋朝颇受重视，但是"自恃才地，多所陵轹，由是官途沦滞"。[36]其弟卢昌衡"开皇初，拜尚书祠部侍郎……陈使贺彻、周濆相继来聘，朝廷每令昌衡接对之……仁寿中，奉诏持节为河南道巡省大使，及还，以奉使称旨，授仪同三司，赐物三百段……大业初，征为太子左庶子，行诣洛阳，道卒"。[37]卢恺"开皇初，加上仪同三司，除尚书吏部侍郎，进爵为侯，仍摄尚书左丞"。"自周氏以降，选无清浊，及恺摄吏部，与薛道衡、陆彦师等甄别士流"。[38]卢楚"大业中，为尚书右司郎，当朝正色，甚为公卿所惮。及帝幸江都，东都官僚多不奉法，楚每存纠举，无所回避。越王侗称尊号，以楚为内史令、左备身将军、摄尚书左丞、右光禄大夫，封涿郡公，与元文都等同心戮力以辅幼主"。[39]以文化传家的士族被迫追随政治中心而流动，据毛汉光先生研究，范阳卢氏在唐朝时期多迁入长安，或者东都洛阳，表现出明显的中央化趋势，在地方的势力渐渐薄弱。[40]

　　同样在幽州的其他世家大族也有相似命运。范阳祖氏的一部分宗族在东晋时南迁，如祖逖、祖约兄弟，而祖莹一支则仕于魏、齐。其子孙后仕于北周、隋，但是已经不如先祖显赫。祖珽在北齐因政治斗争打击，遭灭族之祸，祖伯英参与卢昌期叛乱，祖氏在幽州势力再次受到打击，在北周及隋仕宦更显寥落。祖珽子君彦"容貌短小，言辞讷涩，有才学。大业末，官至东平郡书佐。郡陷于翟让，因为李密所得。密甚礼之，署为记室，军书羽檄，皆成于其手。及密败，为王世充所杀"。[41] 祖珽族弟崇儒"涉学有辞藻，少以干局知名。武平末，司州别驾、通直常侍。入周，为容昌郡太守。隋开皇初，终宕州长史"。[42]

　　隋幽州士族失去把持地方的特权，任官从地方转向中央，也和幽州作为边防军镇的特点有一定关系。隋继承北周制度，在幽州置总管府。总管府制强调军事作用，尤其在隋初，幽州总管多以骁将领任。在带有强烈军事色彩的统治下，传统的世家大族失去了可以左右地方的机会。在燕荣任幽州总管时，"范阳卢氏，代为著姓，荣皆署为吏卒以屈辱之"。[43] 燕荣对士族的打击，更使幽州大族在原籍难以立足，势力衰减，只能通过走中央仕途来谋求一席之地，以维持大族门风。

注释：

（1）《隋书》卷三十九《阴寿传》。

（2）《资治通鉴》卷一百七十五，太建十三年十二月条。高宝宁同高保宁。

（3）《资治通鉴》卷一百七十五，宣帝太建十四年五月条。

（4）《资治通鉴》卷一百七十五，宣帝太建十四年十二月条。

（5）《隋书》卷五十一《长孙晟传》。

（6）《周书》卷三十《于翼传》。

（7）《隋书》卷五十五《周摇传》。

（8）《资治通鉴》卷一百七十五，长城公至德元年四月条。

（9）《隋书》卷三十七《李崇传》。

（10）（11）《资治通鉴》卷一百八十七，开皇十九年二月条。

（12）（43）《隋书》卷七十四《燕荣传》。

（13）《全隋诗》卷一。

（14）《资治通鉴》卷一百八十，炀帝大业三年五月条。

（15）《隋书》卷二十四《五行志》。

（16）《隋书》卷七十三《郭绚传》。

（17）《隋书》卷八十一《高丽传》。

（18）《隋书》卷八十一《高丽传》：开皇十七年，文帝对高丽降玺书大加谴责，"王既人臣，须同朕德，而乃驱逼靺鞨，固禁契丹……太府工人，其数不少，王必须之，自可闻奏。昔年潜行财货，利动小人，私将弩手，逃窜下国。岂非修理兵器，意欲不臧，恐有外闻，故为盗窃？时命使者，抚尉王藩，本欲问彼人情，教彼政术。王乃坐之空馆，严加防守，使其闭目塞耳，永无闻见。有何阴恶，弗欲人知，禁制官司，畏其访察？又数遣马骑，杀害边人，屡驰奸谋，动作邪说，心在不宾……王专怀不信，恒自猜疑，常遣使人，密觇消息"。

（19）《隋书》卷81《高丽传》："高祖闻而大怒，命汉王谅为元帅，总水陆讨之，下诏黜其爵位。时馈运不继，六军乏食，师出临渝关，复遇疾疫，王师不振。及次辽水，元亦惶惧，遣使谢罪，上表称'辽东粪土臣元'云云。上于是罢兵，待之如初，元亦岁遣朝贡。"

（20）《隋书》卷一百七十五《刘炫传》。

（21）《隋书》卷六十七《裴矩传》。

（22）《资治通鉴》卷一百七十六，长城公至德三年七月条。

（23）《资治通鉴》卷一百八十，炀帝大业元年八月条。

（24）《隋书》卷六十八《阎毗传》。

（25）《资治通鉴》卷一百八十一，炀帝大业七年二月条。

（26）《资治通鉴》卷180文帝仁寿四年正月条："受禅之初，民户不满四百万，末年，逾八百九十万，独冀州已一百万户。胡注曰：隋以信都郡为冀州，此以古冀州之域而言之也。然禹之冀州，兼有幽、并、营三州地，其界比他州为最大……《隋志》以信都、清河、魏、汲、河内、长平、上党、河东、绛、文城、临汾、龙泉、西河、离石、雁门、马邑、定襄、楼烦、太原、襄国、武安、赵、恒山、博陵、河间、涿、上谷、渔阳、北平、安乐、辽西等郡为冀州，则其地亦兼有幽、并、营三州地，故其户最多。"

（27）《资治通鉴》卷一百八十，文帝仁寿四年八月条。

（28）（33）《读史方舆纪要》卷十《直隶一》。

（29）《资治通鉴》卷一百八十文帝仁寿四年。

（30）《隋书》卷三《炀帝纪》。

（31）（32）《隋书》卷六十五《薛世雄传》。

（34）《周书》卷四十《宇文神举传》。

（35）《隋书》卷三十八《卢贲传》。

（36）《北史》卷三十《卢玄传附卢思道传》。

（37）《隋书》卷五十七《卢昌衡传》。

（38）《隋书》卷五十六《卢恺转》。

（39）《隋书》卷七十一《卢楚传》。

（40）参见毛汉光《中古社会史论》第330页。

（41）《隋书》卷七十六《祖君彦传》。

（42）《北齐书》卷三十九《祖珽传》。

第二章　唐前期对幽州的统治

一、幽州与唐初政局

　　唐初幽州对李唐王朝建立有重要意义。幽州曾为隋征辽基地，隋末群雄竞起时极具竞争力，"天下盗起，涿郡号富饶，伐辽兵仗多在，而仓庾盈羡，又临朔宫多珍宝，屯师且数万"。幽州虎贲郎将罗艺乘机"杀异己者渤海太守唐祎等，威动北边，柳城、怀远并归附。黜柳城太守杨林甫，改郡曰营州，以襄平太守邓皓为总管，艺自称幽州总管"。[1]罗艺管控幽州，受到多股势力的青睐，"初，宇文化及遣使招罗艺，艺曰：'我，隋臣也！'斩其使者，为炀帝发丧，临三日。窦建德、高开道各遣使招之，艺曰：'建德、开道，皆剧贼耳。吾闻唐公已定关中，人望归之。此真吾主也，吾将从之，敢沮议者，斩！'会张道源慰抚山东，艺遂奉表，与渔阳、上谷等诸郡皆来降"。[2]时值李唐初立，幽州是李唐争夺河北的关键。武德二年十月李唐对罗艺给予格外宠遇，"使持节幽州总管上柱国燕公艺，早悟机权，夙展诚节。立功燕代，镇守边要，驭控遐荒。忠绩既宣，宜加宠昵。可赐姓李氏，封燕郡王，食五千户"。[3]从此李艺领幽州为李唐奔走效劳。

　　高开道、窦建德及其余部刘黑闼是李唐夺取河北的劲敌，突厥支持各股势力与李唐对抗。武德三年（620年）十一月，梁师都"遣其尚书陆季览说处罗可汗曰：'比者中原丧乱，分为数国，势均力弱，所以北附突厥。今（刘）武周既灭，唐国益大，师都甘从亡破，亦恐次及可汗。愿可汗行魏孝文之事，遣兵南侵，师都请为乡导。'处罗从之。谋令莫贺咄设入自原州,泥步设与师都入自延州,处罗入自并州,突利可汗与奚、霤、契丹、靺鞨入自幽州,合于窦建德,经滏口道来会于晋、绛。兵临发,遇处罗死,乃止"。[4]武德中,"(高)开道与突厥连兵数入为寇,恒、定、幽、易咸被其患"。[5]李艺镇守幽州"素有威名,为北夷所惮",[6]顺利协助李唐一一击破各股割据势力,扫平河北。幽州受到李唐高度重视,武德五年八月,"以洺、荆、并、幽、交五州为大总管府"[7]。

然而幽州的地位随着河北平定渐渐走向低落,转由李唐直接控制。武德五年十一月"黑闼引突厥入寇,(李)艺复以兵与皇太子建成会洺州,遂请入朝。帝厚礼之,拜左翊卫大将军"。[8]李艺被征入朝,显然是河北的战事已近尾声,"及刘黑闼重反,王珪、魏徵谓建成曰:'殿下但以地居嫡长,爰践元良,功绩既无可称,仁声又未遐布。而秦王勋业克隆,威震四海,人心所向,殿下何以自安?今黑闼率破亡之余,众不盈万,加以粮运限绝,疮痍未瘳,若大军一临,可不战而擒也。愿请讨之,且以立功,深自封植,因结山东英俊。'建成从其计,遂请讨刘黑闼,擒之而旋"。[9]李建成平定刘黑闼既有在河北树立政治权威的要求,又有接纳地方势力目的的野心。李唐不欲李艺独霸幽州,所以李艺解甲入朝很可能受了李建成影响。通过李建成的活动,李唐轻易接管了幽州势力,成为李建成培植势力争夺权势的筹码。

为进一步控制幽州,唐王朝使幽州总管(都督)实际职任权力下降,逐渐名望化,多由长史代职其任。第一任都督李瑷"素懦,朝廷恐不任职,乃以右领军将军王君廓辅行"。[10]实际上掌权的为长史,如李瑷事变之际,召燕州刺史王诜赴蓟,与之计事。"胡注:武德六年,李艺自幽州入朝,王诜为长史,实掌州事,幽州人素信服之。瑷欲反,故召与之计事。"[11]李瑷虽为宗室镇守,但无实权,正反映了唐中央名义上树立权威,实际上要直接控制幽州、防止割据的意图。王君廓以诛李瑷之功得授幽州都督,"朝廷以边将不习时事,拜玄道为幽州长史,以维持府事"。[12]这种方式成为以后唐王朝惯用的模式,以宗室亲王遥领幽州都督[13],亲王威望崇高,但无实权可以割据地方,而地方官员又无名望,缺乏号召力。

从河北平定后,幽州已经转入中央政权直接控制下。但是事未止此,遥远的宫廷风波也吹及边陲的幽州,李瑷和李艺都因幽州与太子的牵连相继获罪。似乎幽州因与太宗政治对手的渊源而得到特别的关照,也从此失去了武德初年的重要地位。从幽州行政制度的变迁可以窥知这一点：《旧唐书·地理志》卷 39 载略："武德元年，改为幽州总管府。管幽、易、平、檀、燕、北燕、营、辽等八州。六年，改总管为大总管，管三十九州。七年，改为大都督府，九年，改大都督为都督，管幽、易、景、瀛、东盐、沧、蒲、蠡、北义、燕、营、辽、平、檀、玄、北燕等十七州。（贞观）八年，都督幽、易、燕、北燕、平、檀六州。"幽州都督辖区的伸缩，在武德和贞观年间有极其明显的差别，不言而喻不仅由于政变的影响，幽州的地位变化另有其他因素。

防范山东豪杰的影响，控制河北是唐初一直奉行的政策，"（刘）黑闼重反，高祖谓太宗曰：'前破黑闼，欲令尽杀其党，使空山东，不用吾言，致有今日。及隐太子征闼，平之，将遣唐俭往，使男子十五以上悉坑之，小弱及妇女总驱入关，以实京邑"。[14]自武德九年对幽州的清洗，剪除了所谓的异己势力后，太宗对河北的排斥依旧，"太宗尝言及山东、关中人，意有同异，（张）行成正侍宴，跪而奏曰："臣闻天子以四海为家，不当以东西为限。若如是，则示人以隘狭"。[15]

对山东豪杰的担忧似乎一直弥漫在唐初执政中，幽州对山东之地的重要性使唐中央有意识去削弱其力量，制造平稳的大环境。能够体现唐中央这一政策的是贞观以后幽州明显逊色于营州发挥的作用。贞观十七年，太宗欲讨高丽而征询于长孙无忌，"以今日兵力，取之不难，但不欲劳百姓，吾欲且使契丹、靺鞨扰之，何如？"长孙无忌亦不抱乐观态度："陛下少为之隐忍，彼得以自安，必更骄惰，愈肆其恶，然后讨之，未晚也。"[16]贞观十八年七月，"下诏遣营州都督张俭等帅幽、营二都督兵及契丹、奚、靺鞨先击辽东以观其势"。[17]太宗关注辽东而采取极其谨慎的态度，唯恐引起隋末一样的动乱，因此以营州取代幽州发挥作用，这样使得战事都远离河北。而且形势也朝着太宗的构想去发展，贞观初年幽州之外的蕃族纷纷来降，"初，突厥突利可汗建牙直幽州之北，主东偏，奚、霫等数十部多叛突厥来降"。[18]贞观四年四月，突厥颉利可汗被俘，"突厥既亡，营州都督薛万淑遣契丹酋长贪没折说谕东北诸夷，奚、霫、室韦等十馀部皆内附"。[19]贞观末年又设置大量羁縻州府，"十一月，庚子，契丹帅窟哥、奚帅可度者并帅所部内属。以契丹部为松漠府，以窟哥为都督；又以其别帅达稽等部为峭落等九州，各以其辱纥主为刺史。以奚部为饶乐府，以可度者为都督；又以其别帅阿会等部为弱水等五州，亦各以其辱纥主为刺史。辛丑，置东夷校尉官于营州"。[20]经过贞观年间举措，改变了幽州隋末以来军事重镇的面貌，悠然安定的农耕风貌逐渐成为了幽州的常景。

二、武后至玄宗时期幽州势力的扩张

（一）幽州对蕃族的战争

贞观二十一年，薛延陀及吐蕃兴起，太宗放弃了平辽东的目标。高宗总章元年（666年）唐王朝平定高丽，对辽东的经营及营州大量羁縻州府的设立，使幽州丧失军事重镇的作用。然而武后执政时期，突厥复兴及蕃族构乱，幽州与东北防线出现危机。最为严重的是万岁通天元年（696年）五月松漠都督李尽忠与归诚州刺史孙万荣的叛乱，唐对营州的羁縻统治崩溃，且契丹侵扰深入到赵定，整个河北震恐。唐王朝征集数十万大军进讨均以失败而告终。六月在突厥出兵和奚兵叛离的情况下，契丹才被剿灭，契丹残余以及奚、习部落降于突厥。[21]随后突厥径幽州寇河北，"河北积年丰熟，人畜被野，斩啜虏赵、定、恒、易等州财帛亿万，子女羊马而去。河朔诸州怖其兵威，不敢追蹑。……默啜还漠北，拥兵四十万，据地万里，西北诸夷皆附之，甚有轻中国之心"。[22]

契丹叛乱事件后，唐廷失去了对营州的控制，不得不将大量归附部落内迁幽州[23]，并重建幽州军事防御。[24]圣历二年（699年），"河南、北置武骑团以备突厥"。[25]又大量在幽州都督府辖内增置镇兵，"檀州密云郡，有威武军，万岁通天元年置，管兵万人，马三百匹"。[26]"经略军，置在范阳城内，延载元年置。"[27]清夷军，"妫川郡城内，垂拱中刺史郑崇古奏置，管兵万人，马三百匹"。[28]又为增强以幽州为中心的军事防御功能，"夏，四月，以幽州刺史张仁愿专知幽、平、妫、檀防御……以拒突厥"。[29]虽然唐廷对幽州军事开始关注，但蕃族对幽州的攻击愈演愈烈，景云元年（710年）十二月，"奚、霫犯塞，掠渔阳、雍奴，出卢龙塞而去。幽州都督薛讷追击之，弗克"。[30]先天元年（712年）六月，"幽州大都督孙佺与奚酋李大酺战于冷陉，全军覆没"。[31]十一月"乙酉，奚、契丹二万骑寇渔阳，幽州都督宋璟闭城不出，虏大掠而去"。[32]到睿宗时，幽州防御蕃族景况仍不容乐观，武后以来所做的努力并未解决问题。

表一　　　　　　　　　　唐代幽州羁縻州府表

州名	族称	初置时间	变更情况	属县领户
顺州	东突厥突利可汗部	贞观四年（630）	初于幽州境置，贞观六年侨治营州，天宝元年改为顺义郡，侨治幽州。	领宝义县，天宝时户1064，口5157。
瑞州	东突厥乌突汗达干部	贞观十年（636）	初于营州境置，咸亨中改为瑞州，万岁通天二年（698）迁于宋州，神龙初属幽州都督。	领来远县，天宝时户195，口624。
燕州	粟末靺鞨突地稽部	武德初置	隋属辽西郡，寄治于营州，武德六年，自营州南迁，寄治于幽州城内。开元二十五年，移治所于幽州北桃谷山。天宝元年，改为归德郡。乾元元年，复为燕州。	武德初领辽西、泸河、怀远三县。寻废泸河，贞观元年废怀远。天宝时户2045，口11603。
慎州	粟末靺鞨乌素固部	武德初置	初隶营州，万岁通天二年，移于淄、青州安置。神龙初，复旧，隶幽州。	领逢龙县。天宝时户250，口984。
夷宾州	靺鞨愁思岭部	乾封中于营州境置	万岁通天二年，迁于徐州。神龙初，还隶幽州都督。	领来苏县，户130，口648。
黎州	粟末靺鞨乌素固部	载初二年（690）置	初析慎州置，属营州都督，万岁通天元年迁宋州，神龙初还，属幽州。	领新黎县，天宝时户569，口1991。
鲜州	奚饶乐府部	武德五年	初析饶乐都督府置，属营州都督，万岁通天元年迁青州，神龙初还，属幽州。	领宝从县。天宝时户107，口367。
崇州	奚可汗部	武德五年	初分饶乐郡都督府置，隶营州都督，贞观三年更名为北黎州，八年复故名。	领昌黎县，天宝时户200，口716。
归义州	奚李诗琐高部	开元二十一年（733）	隶幽州都督	领归义县，开元二十一年领部落5000帐。
归化州	奚族部落		初于营州置，后南徙，隶幽州都督府。	领怀远县。

（续表）

州名	族称	初置时间	变更情况	属县领户
玄州	契丹李去闾部	隋开皇初置	万岁通天二年，移于徐、宋州安置。神龙元年，复旧。后隶幽州。	领静蕃县。天宝时户618，口1333。
威州	契丹内稽部	武德二年	武德二年，置辽州总管，自燕支城徙寄治营州城内。贞观元年，改为威州，隶幽州大都督。	领威化县，天宝时户611，口1869。
昌州	契丹松漠部	贞观二年（628）	初隶营州都督。万岁通天二年，迁于青州安置。神龙初还，隶幽州。	领龙山县。初领户132，口487。天宝时户281，口1088。
师州	契丹室韦部	贞观三年（629）	初隶营州都督。万岁通天元年，迁于青州安置。神龙初，改隶幽州都督。	领阳师县。初领户138，口568。天宝户314，口3215。
带州	契丹乙失革部	贞观十九年（645）	隶营州都督。万岁通天元年，迁于青州安置。神龙初，放还，隶幽州都督。	领孤竹县。天宝时户569，口1990。
归顺州	契丹松漠府弹汗州部	开元四年（745）	天宝元年，改为归化郡。乾元元年，复为归顺州。	领怀柔县。天宝时户1037，口4469。
沃州	契丹松漠部	载初中	初析昌州置，隶营州。州陷契丹，乃迁于幽州，隶幽州都督。	领滨海县。天宝时户159，口619。
信州	契丹失活部	万岁通天元年（696）	初隶营州都督。二年，迁于青州安置。神龙初还，隶幽州都督。	领黄龙县。天宝时户414，口1600。
青山州	契丹曲据部	景云元年（710）	初析玄州置，隶幽州。	领青山县。天宝时622，口3215。
凓州	降胡	天宝初置		领县一。领户648，口2187。
归义州	新罗	总章中置	属幽州。	领归义县。领户195，口624。

（续表）

州名	族称	初置时间	变更情况	属县领户
安东都护府	高丽	总章元年九月（668）	总章元年十二月，分高丽地为九都督府，四十二州，一百县，置安东都护府于平壤城以统之。上元三年二月，移安东府于辽东郡故城置。仪凤二年，又移置于新城。圣历元年六月，改为安东都督府。神龙元年，复为安东都护府。开元二年，移安东都护于平州置。天宝二年，移于辽西故郡城置。至德后废。	初置领羁縻州十四：新城州都督府、辽城州都督府、哥勿州都督府、建安州都督府、南苏州、木底州、盖牟州、代那州、仓岩州、磨米州、积利州、黎山州、延津州、安市州户1582。

幽州防御蕃族的失利，固然归咎于贞观以来政策影响，而"朝廷方多故，不暇讨"，[33]使幽州对蕃族反击受制。开元二年（714年）"突厥可汗默啜复遣使请婚"，五月"吐蕃使其宰相尚钦藏来献盟书"。[34]玄宗对军事多所变革，同时任用和亲招抚手段维持与蕃族关系。至开元末，幽州取得了反击蕃族的一系列胜利。

开元初年幽州确立节度制，[35]弥补行军制弱势，[36]也揭开了将得以专兵，培植个人势力的序幕。开元八年（720年）八月诏曰："敕幽州刺史邵宏于幽、易州选二万灼然骁勇者充幽州经略军健儿，不得杂使，租庸调资课并放免。"[37]其次为加强幽州军事拱卫，开元五年（717年）复置营州[38]，并在"营州置平卢军使"，又于开元七年（719年）"升平卢军使为平卢军节度，经略河北支度、管内诸蕃及营田等使，兼领安东都护及营、辽、燕三州"。[39]玄宗开元年间幽州防御两蕃的军事多所更章，但对两蕃以招抚为主要手段。击败突厥后两蕃降服，"（开元五年三月）丁巳，以辛景初女封为固安县主，妻于奚首领饶乐郡王大酺。""十一月己亥，契丹首领松漠郡王李失活来朝，以宗女为永乐公主以妻之。"[40]但受唐王朝册封的蕃王屡因权臣可突干内逼而失位，唐廷亦对此无可奈何。[41]

开元二十年（732年）春"以朔方节度副大使信安王祎为河东、河北行军副大总管，将兵击奚、契丹；壬申，以户部侍郎裴耀卿为副总管……信安王祎帅裴耀卿及幽州节度使赵含章分道击奚、契丹，含章与虏遇，虏望风遁去……己巳，祎等大破奚、契丹，俘斩甚众，可突干帅麾下远遁，馀党潜窜山谷。奚酋李诗琐高帅五千馀帐来降。祎引兵还。赐李诗爵归义王，充归义州都督，徙其部落置幽州境内"。[42]开元二十年对两蕃的战争不仅扭转了唐王朝长期以来东北防御不振的局面，而且调整了防御两蕃的格局，"幽州节度增领卫、相、洺、贝、冀、魏、深、赵、恒、定、刑、德、博、棣、营、鄚（莫）十六州及安东都护府"[43]，形成了以幽州节度为中心的东北防御体系，幽州节度的势力而因此不断壮大。

自幽州成为两蕃防御中心后，唐王朝与两蕃和战发生了前所未有的转变。张守珪开元二十一年（733 年）由陇右调任"幽州长史、营州都督、节度、营田、采访、海运等使"，[44]集多种使职为一身，使幽州节度拥有实力实现对两蕃的强大攻势。张守珪任幽州节度使后捷报频传，"幽州节度使张守珪斩契丹王屈烈及可突干，传首。时可突干连年为边患，赵含章、薛楚玉皆不能讨。守珪到官，屡击破之"。[45]张守珪以杰出战绩挽回唐王朝久失的颜面，"会范阳节度使张守珪以斩可突干功，帝欲以为侍中。九龄曰：'宰相代天治物，有其人然后授，不可以赏功。国家之败，由官邪也。'帝曰：'假其名若何？'对曰：'名器不可假也。有如平东北二虏，陛下何以加之？'遂止"。[46]但是玄宗也给予了隆重褒奖，"二十三年春，守珪诣东都献捷，会籍田礼毕酺宴，便为守珪饮至之礼，上赋诗以褒美之。遂拜守珪为辅国大将军、右羽林大将军、兼御史大夫，余官并如故。仍赐杂彩一千匹及金银器物等，与二子官，仍诏于幽州立碑以纪功赏"。[47]对两蕃取得多次胜利后，归附的两蕃随同张守珪击败突厥使其不复为患，受到影响的渤海靺鞨也表示归附，使唐王朝进一步取得对两蕃的优势。张守珪又对两蕃采取更为积极的进攻，所谓"契丹尤近边鄙，侵轶是虑，式遏成劳，臣庶常情，惟欲防御，所谓长策，无出此者。陛下独断宸襟，高夺群议，以为顿兵塞下，转粟边军，旷日持久，役无宁岁；若不因利乘便，一举遂平，使迁善者自新，为恶者就戮，事若不尔，无息我人；且令大兵临之，凶徒必溃，不出此岁，当并成擒。臣等初奉圣谋，高深未测，及闻凯捷，晷候不差，而两蕃遗噍，莫不稽颡，缘边戍卒，咸从返耕，卧鼓灭烽，诚从此始"。[48]张守珪的战果鼓舞了唐王朝控制两蕃的信心，此后唐玄宗也愈加肯定幽州节帅对蕃族的防御。

开元二十六年（738年），张守珪因掩盖部将战败之事获罪贬括州刺史，天宝三载（744年）安禄山以平卢节度使兼幽州节度使，乘机培植大批蕃族势力，引发了导致唐王朝走向藩镇割据衰败命运的叛乱。

三、安史之乱及其影响

安禄山最初受到节度使张守珪的重用，对契丹的作战颇著功绩，又善于钻营，"平卢兵马使安禄山，倾巧，善事人，人多誉之。上左右至平卢者，禄山皆厚赂之，由是上益以为贤。御史中丞张利贞为河北采访使，至平卢。禄山曲事利贞，乃至左右皆有赂。利贞入奏，盛称禄山之美。八月，乙未，以禄山为营州都督，充平卢军使，两蕃、勃海、黑水四府经略使"。[49]安禄山同样采用巴结手段获得幽州节度使之位，"三月，己巳，以平卢节度使安禄山兼范阳节度使；以范阳节度使裴宽为户部尚书。礼部尚书席建侯为河北黜陟使，称禄山公直；李林甫、裴宽皆顺旨称其美。三人皆上所信任，由是禄山之宠益固不摇矣"。[50]天宝三载安禄山接替裴宽为范阳节度之后，一方面通过与朝官的勾结，获得玄宗的格外信任，另一方面，安禄山的得势还受到其他多种因素的影响。历来学者多认为安禄山据幽州发动叛乱，是因为安氏受到玄宗宠信，兼统幽州、平卢，任职长达十二年之久，叛乱之前又兼河东节度，从而具备了发动叛乱的种种有利条件。但安禄山势力的壮大，实际上不仅与当时边疆防御形势有关，而且与朝中对边帅的控制以及政治斗争有关。

首先，在天宝以前幽州节度在兵力上并没有特别优势。幽州从武后时期军事受到重视，开元二年（743年）幽州节度使开始节度管内诸军，因为战事需要权任不断扩大，"范阳节度临制奚、契丹，统经略、威武、清夷、静塞、恒阳、北平、高阳、唐兴、横海九军，屯幽、蓟、妫、檀、易、恒、定、莫、沧九州之境，[51]治幽州，兵九万一千四百人。（胡注：经略军在幽州城内，兵三万人。威武军在檀州城内，兵万人。清夷军在妫州城内，兵万人。静塞军在蓟州城内，兵万六千人。恒阳军在恒州城东，兵六千五百人。北平军在定州城西，兵六千人。高阳军在易州城内，兵六千人。唐兴军在莫州城内，兵六千人。横海军在沧州城内，兵六千人。景云元年，以瀛州郑县置郑州。）平卢节度镇抚室韦、靺鞨，统平卢、卢龙二军，榆关守捉，安东都护府，屯营、平二州之境，治营州，兵三万七千五百人（胡注：平卢军在营州城内，兵万六千人。卢龙军在平州城内，兵万人。榆［渝］关守捉在营州城西四百八十里，兵三千人。安东都护府在营州东二百里，兵八千五百人）"。[52] 幽州与平卢为负责东北防御的两大节度，但以分别论之，虽然幽州节度下兵力多于其他西北及北边各节镇。[53] 但在三个大的区域兵力中，幽州节度的兵力在数量上并没有特别优势，反而西北、北边节镇数量明显优于东北，兵力也更为集中。[54]

其次，幽州节度职权的扩大并非始自安禄山，从玄宗开元末年安禄山任幽州节度使前幽州节度使权任便开始扩大，节度使兼领支度、营田、观察等使，对民政、军事兼统是各节镇都普遍存在的现象，非幽州节度使特权。[55] 张守珪"（开元）二十一年，转幽州长史、兼御史中丞、营州都督、河北节度副大使，俄又加河北采访处置使"。[56] 天宝元年（742年），裴宽替任王斛斯为幽州节度使，权力更趋扩大，"天宝元年十月，除裴宽为范阳节度使，经略河北支度营田、河北海运使，后遂为定额"。[57] 虽然安禄山在天宝十三载（754年）正月后"又请为闲厩、陇右群牧等都使"，这是玄宗无奈应允的，并非对安禄山给予的特权。

再次，安禄山兼统幽州与平卢，这种情况在其他节镇也绝不罕见。节镇之间互相兼统以加强军事上的调度，提高作战的效率是当时惯常方法。早在开元三年四月诏命："右羽林军大将军上柱国河东郡开国公薛讷、左卫大将军上柱国太原郡开国公郭虔瓘等……虔瓘可持节充朔州镇大总管，和戎大武及并州以北缘边州军并受节度，仍与张知运、甄道一相知，共为掎角，勿失权宜。（薛）讷便特於凉州住，凉州都督杨执一为副大总管；虔瓘於并州住，并州长史王晙为副大总管。宜排比兵马，精加教练，幽州有事，即令虔瓘将和戎兵马，从常山土门与甄道一计会，共讨凶逆。"[58] 常见的节镇兼统方式是陇右兼知河西节度事、安西兼知北庭节度事、幽州兼知平卢节度事、朔方兼知河东节度事。[59] 按惯例节度使之任本为四年一替换，[60] 唯有幽州节镇节度使久任最为特殊。张守珪任职幽州长达七年之久，对蕃族取胜颇多，深得玄宗之嘉许。开元二十六年张守珪因隐瞒军情、贿赂宦官牛仙童而得罪贬官，如果不是因为东窗事发，以玄宗对其宠任来看，继续任职也并非不可能，所以安禄山久任不完全属于特殊情况。

考察以上因素，安禄山势力膨胀还有其他因素起作用。

首先，唐王朝关中本位政策使朝廷重西北而轻东北，对两蕃多以安抚为先，后则以武力。两蕃盛衰与北边突厥势力起伏相连，往往突厥等族盛则两蕃为害，突厥衰则降服。因此唐朝廷更倾向幽州节帅久任，熟悉情况以保障安抚稳定。[61]安禄山身为胡人，不仅在平卢胡汉混杂区域熟悉边情，而且其胡人出身的背景，也有利于对蕃族的安抚。为充实幽州实力，唐王朝又不断吸收蕃将蕃兵提高战斗力。孙万荣、李尽忠叛乱后，营州大量羁縻州府内迁幽州（参见表一）。设置羁縻州府是太宗以来增强战斗力、笼络外族、减少边患所推行的一大边防策略。尤其玄宗朝府兵颓败，以募兵方式组建边军的情况下，吸收善战的蕃兵可以扩大兵源。况且蕃兵本身为部落兵，内迁之后以从军为职业是理所当然之事，"（开元）八年八月诏：宜差使于两京及诸州且拣取十万人，务求灼然骁勇，不须限以蕃汉，皆放蕃（番）役差科，唯令围（团）伍教练。"[62]开元四年默啜败亡，突厥和契丹、奚族归附，七月"契丹李失活、奚李大酺帅所部来降。制以失活为松漠郡王、行左金吾大将军兼松漠都督，因其八部落酋长，拜为刺史；又以将军薛泰督军镇抚之。酺为饶乐郡王、行右金吾大将军兼饶乐都督"。[63]因忙于西北战事，唐王朝采用和亲安抚政策保持与蕃族的稳定关系，并借助蕃族势力来抵抗突厥，开元八年，"朔方大总管王晙奏请西发拔悉密，东方奚、契丹，期以今秋掩毗伽牙帐于稽落水上"，[64]虽然因路途遥远和消息不及时未实现计划，借用蕃兵势力在幽州战事中是惯用的策略。[65]

这一政策的发展导致了幽州蕃兵势力的扩大，以致节度使难以控制。蕃将势力在张守珪任节度使时就有越主帅权而行事之迹象，"裨将赵堪、白真陀罗等强使平卢军使乌知义度湟水邀叛奚，且蹂其稼，知义辞不往，真陀罗矫诏胁之。知义与虏斗；不胜，还，守珪匿其败，但上克获状。事颇泄，帝遣谒者牛仙童按实，守珪逼真陀罗自杀，厚赂使者，还奏如状"。[66]其中白真陀罗当为蕃将，他以裨将身份而胁迫平卢军使，事后张守珪出于迫不得已而除之，可见当时的蕃将已经难以控制。蕃将多因其部落势力而横行，如"北平军使乌承恩恃以蕃酋与中贵通，恣求货贿"。[67]张守珪后替任的三任节度均不久任，很可能是因为与蕃将关系难以调和造成的。如对乌承恩不法之行"以法按之"的裴宽，在任时"夷夏感悦"，说明幽州节度下蕃兵势力不少，他人朝后"有河北将士入奏，盛言宽在范阳能政，塞上思之，玄宗嗟赏久之"。但裴宽任职不久就被安禄山所代，显然非其不称职之故，河北将士当不是指蕃将而言。从安禄山接任后收买笼络大批胡将的做法来看，裴宽被安禄山所代替很有可能是因为当地蕃将势力的缘故。陈寅恪先生曾分析：河朔地区在武后至玄宗开元年间已经胡化，居住于这一区域的是东北及西北的诸胡种，于是"唐代中央政府若欲羁縻统治而求一武力与权术兼具之人才，为此复杂胡族方隅之主将，则拓羯与突厥合种之安禄山者，实为适应当时环境之唯一上选也。玄宗以东北诸镇付之禄山，虽尚有他故，而禄山之种性与河朔之情势要必为其主因"。[68]以陈先生论述，朝廷任用安禄山这样背景的人物与当时幽州蕃兵势力密切相关。

此外蕃族对唐王朝依附的不稳定，使玄宗更为注重蕃将的忠顺性，安禄山恰好迎合了玄宗的这种心理需要，"（天宝二年）春，正月，安禄山入朝；上宠待甚厚，谒见无时。禄山奏言：'去秋营州虫食苗，臣焚香祝天云："臣若操心不正，事君不忠，愿使虫食臣心；若不负神祇，愿使虫散。"即有群鸟从北来，食虫立尽。请宣付史官。'从之。"[69]安禄山以荒诞之言谄媚玄宗，[70]很大程度迎合了玄宗寄希望于胡将来安定东北的愿望。

其次，唐王朝对西北边镇的控制，加以朝中的权势斗争，牵引到边境节度使势力的消长，对安禄山势力扩大产生了影响。各镇节度使拥重兵引起了朝廷的顾虑，尤以西北节镇兵精马强，"西北边数十州多宿重兵，地租营田皆不能赡"[71]，而且由于府兵制驰坏引起内地与边镇兵势消长的悬殊，"时承平日久，议者多谓中国兵可销，于是民间挟兵器者有禁子弟为武官，父兄摈不齿。猛将精兵，皆聚于西北边，中国无武备矣"。[72]西北节度逼近关中，而幽州节镇则与长安相隔悬远，不易造成直接之威胁。受玄宗宠信的李林甫拜相后开始遥领陇右、河西、朔方三镇节度使，[73]唐王朝以亲王遥领都督、刺史、行军元帅的情况十分常见，唯有李林甫始以宰相身份遥领节镇，正是为了加强对西北节镇的控制。

朝廷对西北节镇的控制使得安禄山有机可乘，一方面通过献媚邀宠，讨得朝中支持，另一方面，朝廷利用安禄山来遏制西北节帅，却无形中放任了其势力的扩大。王忠嗣开元二十八年（740年）代牛仙客领朔方、河东节度使，天宝五载（746年）继皇甫惟明领陇右、河西，"忠嗣杖四节，控制万里，天下劲兵重镇，皆在掌握"。[74]王忠嗣本为大将遗孤，幼养于宫中，得玄宗信任，但他统四节度后却遭到来自朝廷的压力，"安禄山潜蓄异志，托以御寇，筑雄武城，大贮兵器，请忠嗣助役，因欲留其兵。忠嗣先期而往，不见禄山而还，数上言禄山必反。……夏，四月，忠嗣固辞兼河东、朔方节度；许之"。[75]西北节镇与安禄山的矛盾由此可见一斑，而王忠嗣对安禄山的预见得不到朝廷的支持，随即辞去与幽州节度邻近的朔方、河东节度位，可见也洞悉了朝廷意图。天宝六载（747年）十月王忠嗣又被罢职，"上欲使王忠嗣攻吐蕃石堡城，忠嗣上言：'石堡险固，吐蕃举国守之。今顿兵其下，非杀数万人不能克。臣恐所得不如所亡，不如且厉兵秣马，俟其有衅，然后取之。'上意不快。将军董延光自请将兵取石堡城，上命忠嗣分兵助之……延光过期不克，言忠嗣沮挠军计，上怒"。[76]王忠嗣因不从玄宗之命而得罪，继以李林甫使人构陷，于是被解职。[77]

王忠嗣遭贬黜之后，"上闻哥舒翰名，召见华清宫，与语，悦之。十一月，辛卯，以（哥舒）翰判西平太守，充陇右节度使；以朔方节度使安思顺判武威郡事，充河西节度使"。[78]天宝年间西北节镇中胡将得势，节帅的授予很大程度上直接由军中推定，如朔方节度张齐丘受军士攻击，[79]说明军中不易受节帅号令，军将在军中起到了很大的作用。天宝九载（750年），朝廷以高仙芝代河西安思顺，"思顺讽群胡割耳剺面请留，监察御史裴周南奏之，制复留思顺，以仙芝为右羽林大将军"。[80]西北边镇胡将擅长军事，在军中已经形成了一股极大势力，朝廷也只得容让三分。如王忠嗣被解职，天宝六载哥舒翰趁朝觐之际，为王忠嗣请命。

"精兵咸戍北边，天下之势偏重"的情况是唐王朝无法更改的事实，因此设法保持对西北节镇的控制。朝廷对西北节镇的控制是通过以节帅互相制约来实现的，安禄山日益得宠与此有关。天宝六载以后随着大批胡将的擢升，安禄山也扶摇直上，甚至在天宝七载（748年）"六月庚子，赐安禄山铁券"，[81]玄宗对安禄山的宠任超出了常态，当时朔方、河西哥舒翰、高仙芝等破吐蕃也未受此礼遇。这种待遇上的差别，或许更加激化节帅间的矛盾。"（哥舒）翰素与安禄山、安思顺不平，帝每欲和解之。会三人俱来朝，帝使骠骑大将军高力士宴城东，翰等皆集。诏尚食生击鹿，取血瀹肠为热洛河以赐之。翰母，于阗王女也。禄山谓翰曰：'我父胡，母突厥；公父突厥，母胡。族类本同，安得不亲爱？'翰曰：'谚言"狐向窟嗥，不祥"，以忘本也。兄既见爱，敢不尽心。'禄山以翰讥其胡，怒骂曰：'突厥敢尔！'翰欲应之，力士目翰，翰托醉去。"[82]哥舒翰与安思顺也是水火不容，在安禄山叛乱后，"翰之守潼关也，主天下兵权，肆志报怨，诬奏户部尚书安思顺与禄山潜通，伪令人为禄山遗思顺书，于关门擒之以献。其年三月，其年三月，思顺及弟太仆卿元贞坐诛，徙其家属于岭外，天下冤之"。[83]因为哥舒翰与安氏是为不同种族，所以相互之间敌视，唐朝廷也以此使其相互制约。此外安禄山与结为兄弟的朔方节度使安思顺也不睦，天宝末年，安思顺向朝廷举报安禄山："始，安思顺度禄山必反，尝为帝言，得不坐。"[84]陈寅恪先生认为：玄宗虽然极为宠任安禄山，但也兼用安思顺，委以劲兵，盖所以防制安禄山，维持均势。[85]

再者，朝中大臣权势斗争也促进了安禄山获得机会扩充势力，史家曾将安禄山之得势归结为李林甫欲杜绝大臣出将入相，"林甫疾儒臣以方略积边劳，且大任，欲杜其本，以久己权，即说帝曰：'以陛下雄材，国家富强，而夷狄未灭者，繇文吏为将，惮矢石，不身先。不如用蕃将，彼生而雄，养马上，长行阵，天性然也。若陛下感而用之，使必死，夷狄不足图也。'帝然之，因以安思顺代林甫领节度，而擢安禄山、高仙芝、哥舒翰等专为大将。林甫利其虏也，无入相之资，故禄山得专三道劲兵，处十四年不徙，天子安林甫策，不疑也，卒称兵荡覆天下，王室遂微"。[86]当时以蕃人或寒族出任节帅的并非禄山一人，如安思顺，但不及安禄山权势之盛，其原因在于安禄山很好地利用了朝中的权势斗争。安禄山于天宝三载得以平卢节度使兼领范阳节度使，最初就攀结李林甫以求仕进。李林甫对安禄山的提携，是为排挤西北节帅，巩固地位。

随着安禄山势力壮大，两人渐不相容。[87]而杨国忠与李林甫为敌，[88]于是与安禄山相结。[89]天宝十载正月李林甫遥领朔方节度，[90]二月安禄山即求兼河东节度。[91]若非针对李林甫领朔方而采取的举动，则不容怀疑图谋兼并朔方势力是侵夺李林甫的势力，"（天宝十一载）三月，安禄山发蕃、汉步骑二十万击契丹，欲以雪去秋之耻。初，突厥阿布思来降，上厚礼之，赐姓名李献忠，累迁朔方节度副使，赐爵奉信王。献忠有才略，不为安禄山下，禄山恨之；至是，奏请献忠帅同罗数万骑，与俱击契丹。献忠恐为禄山所害，白留后张暐，请奏留不行，暐不许。献忠乃帅所部大掠仓库，叛归漠北，禄山遂顿兵不进"。[92]李献忠事件对李林甫影响颇大，"会李献忠叛，林甫乃请解朔方节制，且荐河西节度使安思顺自代；庚子，以思顺为朔方节度使"。[93]李林甫推荐的安思顺与安禄山的关系并不密切。而李林甫死后，"国忠素衔林甫，及未葬，阴讽禄山暴其短。禄山使阿布思降将入朝，告林甫与思约为父子，有异谋"。[94]

安禄山在李、杨之间依违，终于利用朝臣势力坐大。

在多种因素的交互作用下，安禄山势力坐大，为叛乱作种种准备。"养同罗、奚、契丹降者八千馀人，谓之'曳落河'。曳落河者，胡言壮士也。及家僮百馀人，皆骁勇善战，一可当百。又畜战马数万匹，多聚兵仗，分遣商胡诣诸道贩鬻，岁输珍货数百万。私作绯紫袍、鱼袋、以百万计。"[95]天宝十二载（753 年）兼并突厥部落，壮大兵力，[96]十三载"又请为闲厩、陇右群牧等都使，奏吉温为武部侍郎、兼中丞，为其副，又请知总监事。既为闲厩、群牧等使，上筋脚马，皆阴选择之。夺得楼烦监牧及夺张文俨马牧"。[97]又大肆收买将领，"安禄山奏：'臣所部将士讨奚、契丹、九姓、同罗等，勋效甚多，乞不拘常格，超资加赏，仍好写告身付臣军授之。'于是除将军者五百余人，中郎将者二千余人。禄山欲反，故先以此收众心也"。[98]对外安禄山则加紧攻击奚、契丹，以解除后顾之忧。[99]

在安禄山招兵买马之际，玄宗并非完全不知安禄山所作所为的危害，但是安禄山交结权佞，大兵在握，以三镇势力作乱，后果难料。"上尝谓高力士曰：'朕今老矣，朝事付之宰相，边事付之诸将，夫复何忧！'力士对曰：'臣闻云南数丧师，又边将拥兵太盛，陛下将何以制之！臣恐一旦祸发，不可复救，何谓无忧也！'上曰：'卿勿言，朕徐思之。'"[100]在安禄山大兵在握的情况下，玄宗为了不激化事态，只能对安禄山顺从。[101]但是天宝十四年（755 年）十月，安禄山起兵范阳，揭开了唐王朝走向衰落的序幕。

安禄山从范阳攻河北，所过郡县，望风瓦解，一个月后就攻到了河南。朝廷在几天后收到叛乱的消息，玄宗一时难以置信。值安西四镇节度使封常清入朝，即被任命为范阳、平卢节度使往洛阳对付叛军。封常清领临时拼凑的军队战斗力薄弱，战败后退守潼关。十二月安禄山攻下洛阳后开始称帝，国号燕，但是其后方河北忠于唐室的官兵举兵讨安禄山，尤其常山太守严杲卿与从弟平原太守严真卿相号召，声势巨大。玄宗焦虑中强命哥舒翰在潼关出战，主力被叛军击溃，潼关失守，无奈的玄宗在杨国忠建议下出奔成都。

而断后的太子李亨于至德元载（756 年）七月在灵武即位，以朔方军为主力并请回纥助兵讨叛。安禄山攻陷两京后，其将帅粗猛无远略，矛盾渐生。至德二载（757 年）正月，安禄山被其子安庆绪所杀，但是叛军据有河北，南攻江淮，处于困兽犹斗的状态。肃宗急于收复两京，放弃了李泌先捣叛军老巢范阳的计划，以致叛军以范阳为根据地，以河北为战场，战局僵持不下。半年之后，安庆绪弑杀其父后，为取得安禄山旧将史思明支持，命史思明为范阳节度使。史思明手握重兵渐不服从安庆绪且向唐王朝表示归顺。唐廷"有诏思明为归义郡王、范阳长史、河北节度使，诸子并列卿"[102]。在唐军反攻下，安庆绪退出长安、洛阳，据邺城。乾元二年（759年）三月，史思明自范阳救邺，大败唐九节度军，然后杀安庆绪兄弟，四月在范阳自称大燕皇帝。九月史思明攻战洛阳，唐军反攻失利，但是次年三月史思明为其子史朝义所杀。

代宗宝应元年（762年），在回纥援助下，唐军攻下洛阳，史朝义且战且败，宝应二年（763年）正月逃奔范阳，而范阳守将已降唐，穷途末路的史朝义被唐军追及自缢而死，其余安史将领占据河北。朝廷久已疲敝，惟望姑息："安、史乱天下，至肃宗大难略平，君臣皆幸安，故瓜分河北地，付授叛将，护养孽萌，以成祸根。乱人乘之，遂擅署吏，以赋税自私，不朝献于廷。效战国，肱髀相依，以土地传子孙，胁百姓，加锯其颈，利怵逆污，遂使其人自视犹羌狄然。一寇死，一贼生，讫唐亡百余年，卒不为王土。"[103]

代宗广德元年（763年）前后，将开元二十年幽州节度所领幽、易、平、檀、妫、燕、蓟、沧、卫、相、洺、贝、冀、魏、深、赵、恒、定、邢、德、博、棣、营、莫诸州及顺化、归顺二郡分隶于幽州卢龙、成德、魏博、相卫（昭义）等节度使辖下。宝应元年，"范阳节度使复为幽州节度使，及平卢陷又兼卢龙节度使"。经分割析离，幽州卢龙节度使李怀仙据有幽、涿、蓟、瀛、莫、檀、妫、营、平九州。[104]成德节度使张忠志赐名李宝臣，"（宝应元年）置成德军节度使，领恒、定、易、赵、深五州，治恒州"。广德元年"成德军节度增领冀州"。[105]薛嵩为相卫（昭义军）节度使，"（代宗广德元年）置相卫节度使，治相州……号相卫六州节度使"。[106]"大历元年，相卫六州节度赐号昭义军节度，后田承嗣盗取相、卫、洺、贝四州，所存者二州。"[107]田承嗣为魏博节度使，"（代宗广德元年）置魏博等州防御使，领魏、博、贝、瀛、沧五州，治魏州。是年升为节度使，增领德州"。[108]大历十一年，田承嗣兼并昭义军领州，"魏博节度增领卫、相、洺、贝四州"。[109]

叛乱持续近八年之久，关中以及河北、河南人烟断绝、千里萧条，繁华的两京也因军队掳掠而残破。除了经济上的破坏，安史之乱使皇权尊严扫地，从此后各地藩镇林立，强藩大镇各自称命，中央权势日益蹇蹙。而朝廷既然内困于藩镇，亦不能尽全力于边事，致使吐蕃、回纥等族为患，唐廷顾应不暇。盛世王朝竟然在一场叛乱之后无力回天，惟留下无数叹息与追忆而已。

注释：

（1）《新唐书》卷九十二《罗艺传》。

（2）《资治通鉴》卷一百八十六，武德元年十二月条。

（3）《全唐文》卷一《燕公罗艺封燕郡王赐姓上籍宗正诏》。

（4）《旧唐书》卷五十六《梁师都传》。

（5）《资治通鉴》卷一百八十九，高祖武德四年十一月条。

（6）《旧唐书》卷五十六《罗艺传》。

（7）《旧唐书》卷一《高祖纪》。

（8）《新唐书》卷九十二《罗艺传》。

（9）《旧唐书》卷六十四《隐太子建成传》。

（10）《新唐书》卷七十八《李瑗传》。

（11）《资治通鉴》卷一百九十一，武德九年六月条。

（12）《旧唐书》卷七十二《李玄道传》。

（13）高祖子鲁王灵夔、高宗太子李贤、玄宗子鄂王涓均曾为幽州都督。

（14）《资治通鉴》卷一百九十，武德五年十二月条考异引《太宗实录》。

（15）《旧唐书》卷七十八《张行成传》。

（16）《资治通鉴》卷一百九十七，太宗贞观十七年六月条。

（17）《资治通鉴》卷一百九十七，太宗贞观十八年七月条。

（18）《资治通鉴》卷一百九十二，太宗贞观二年三月条。

（19）《资治通鉴》卷一百九十二，太宗贞观四年七月条。

（20）《资治通鉴》卷一百九十九，太宗贞观二十二年十一月条。

（21）《通典》卷二百《边防十六·契丹》。

（22）《资治通鉴》卷二百〇六，则天后圣历元年九月条引《统纪》云。

（23）表一参考马驰《唐幽州境乔治羁縻州与河朔藩镇割据》（《唐研究》第4卷）。

（24）参见李松涛《论契丹李尽忠、孙万容之乱》、《试论安史乱前幽州防御形式的改变》（《盛唐时代与东北亚政局》上海辞书出版社2003年），李蓉《唐初两蕃与唐的东北策略》（《四川师范大学学报》2003年第2期）。

（25）《资治通鉴》卷二百〇六，则天后圣历二年正月条。

（26）《新唐书》卷三十九《地理志·河北道》。

（27）《唐会要》卷七十八节度使门（每使管内军附）。

（28）《通典》卷一百七十二《州郡二》。

（29）《资治通鉴》卷二百〇七，则天后长安二年三月条。

（30）《资治通鉴》卷二百一十，睿宗景云元年十二月条。

（31）《资治通鉴》卷二百一十，睿宗先天元年六月条。

（32）《资治通鉴》卷二百一十，玄宗先天元年十一月条。

（33）《新唐书》卷二百一十九《奚传》。

（34）《资治通鉴》卷二百一十一，玄宗开元二年五月条。

（35）王永兴《论唐代前期幽州节度》，《学人》第 11 辑。

（36）《册府元龟》卷一百二十四《修武备》："比来缘边镇军，每年更代，兵不识将，将不识兵，岂有缘路疲人，盖是以卒与敌……先以侧近兵人充，并精加简择……专令教练，不得辄有役使。"

（37）《册府元龟》卷一百二十四《修武备》。

（38）《新唐书》卷一百三十《宋庆礼传》。

（39）（43）《新唐书》卷六十六《方镇年表三·幽州》。

（40）《旧唐书》卷八《玄宗纪上》。

（41）《旧唐书》卷一百九十九下《契丹传》。

（42）《资治通鉴》卷二百一十三，玄宗开元二十年正月条。

（44）《隋唐五代墓志汇编》洛阳卷《张守珪墓志》。

（45）《资治通鉴》卷二百一十四，玄宗开元二十二年十二月条。

（46）《新唐书》卷一百二十六《张九龄传》。

（47）《新唐书》卷一百〇九《张守珪传》。

（48）《全唐文》卷二百八十八张九龄《请东北将吏刊石纪功德状》。

（49）《资治通鉴》卷二百一十四，玄宗开元二十九年九月条。

（50）《资治通鉴》卷二百一十五，玄宗天宝三载三月条。

（51）《新唐书》卷六十六《方镇年表三》幽州条：开元二年，玄宗"置幽州节度诸州军管内经略、镇守大使，领幽、易、平、檀、妫、燕六州，治幽州。置营平镇守，治平州"。开元十八年，"幽州节度增领蓟、沧二州。"开元二十年，"幽州节度增领卫、相、洺、贝、冀、魏、深、赵、恒、定、邢、德、博、棣、营、鄚（莫）十六州及安东都护府"。天宝元年，"更幽州节度使为范阳节度使，增领归顺、归德二郡"。《旧唐书》卷三十九《地理志》："归顺州为开元四年所置，安置契丹松漠府弹汗州部落。归德郡本旧燕州，领辽西县，寄治于营州，武德六年内迁幽州城内。归德郡安置黑水粟末突地稽部落。"则幽州节度除上述九州有大量驻军外，其他辖州是供节度使作军需调度之用。

（52）《资治通鉴》卷二百一十五，玄宗天宝元年正月条。

（53）王永兴《唐前期军事史略论稿》：开元、天宝之际边境军事防御格局，西北防御主要由河西、安西、北庭三节度担负，北边由朔方、河东两节度担负，幽州与平卢则构成东北的防线。

（54）据《资治通鉴》卷二百一十五，玄宗天宝元年正月条：安西节度统兵二万四千，北庭节度统兵二万，河西节度统兵七万三千，河东节度统兵五万五千，朔方节度统兵五万四千，陇右节度统兵七万五千，剑南节度统兵三万九百，岭南五府经略统兵一万五千四百。西北、北边诸节度多兼统，且大多节镇辖州、军均集中而数目较少。

（55）按《新唐书·方镇年表》：十大节度节度诸军，兼领支度、营田等使之职权在时间上各不一致，但其设置情况却基本上是以军事防御之闲剧而授命，如河西在景云元年即已经是"诸军州节度支度营田督察九姓部落赤水军兵马大使"，唯采访使一使职晚于幽州节度，而其他所兼各项使职均早于幽州节度。

（56）《旧唐书》卷一百〇三《张守珪传》。

（57）《唐会要》卷七十八《诸使中·节度使》。

（58）《全唐文》卷二十六《命薛讷等讨吐蕃诏》。

（59）据王寿南先生《唐代藩镇与中央关系》统计，开元至天宝十四载之前节镇的兼统情况有：兼统河西、陇右的有四人次：王君㚟约十个月（开元十五年）；盖嘉运约1年（开元二十八年）；王忠嗣11个月（天宝六载）；哥舒翰3年（天宝十二至十四载十一月）。兼统朔方，河东的有三人次：王晙1年（开元二年）；李祎5年（开元二十至二十四年）；王忠嗣约1年（天宝四载至五载四月）。兼统幽州、平卢的有二人次：张守珪7年（开元二十一年至二十七年六月）；安禄山约12年（天宝三载至十四载十一月）。兼统朔方、幽州的有一人次：王晙数月（开元八年）。

（60）《旧唐书》卷四十二《职官二》载："凡诸军镇，使、副使已上，皆四年一替"。

（61）如薛讷、薛楚玉兄弟长期在幽州任职。

（62）《册府元龟》卷一百二十四《帝王部·修武备》。

（63）《资治通鉴》卷二百一十一，玄宗开元四年七月条。

（64）《资治通鉴》卷二百一十二，玄宗开元八年十一月条。

（65）参见章群《唐代蕃将研究》："幽州节度使管辖下的契丹与奚族部落兵，有静析军和保塞军，在开元六年曾投入战争中。"（台湾联经出版社1986年，238页）

（66）《新唐书》卷一百三十三《张守珪传》。

（67）《旧唐书》卷一百《裴宽传》。

（68）陈寅恪《唐代政治史述论稿》上篇第47页。

（69）《资治通鉴》卷二百一十五，玄宗天宝二载正月条。

（70）《册府元龟》卷二十五《帝王部·符瑞》：（开元二十二年）八月，幽州长史张守珪奏："榆（渝）关内有蝗虫食田稼，蔓延入平州界，俄顷有群雀来食此虫，一日食尽，平州稼穑无有伤者。"平州有蝗灾确有其事，而后被安禄山借题发挥而已。

（71）《资治通鉴》卷二百一十四，玄宗开元二十五年七月条。

（72）《资治通鉴》卷二百一十六，玄宗天宝八载五月条。

（73）《旧唐书》卷一百〇六《李林甫传》："林甫既秉枢衡，兼领陇右、河西节度，又加吏部尚书。天宝改易官名，为右相，停知节度事，加光禄大夫，迁尚书左仆射。六载，加开府仪同三司，赐实封三百户，而恩渥弥深。凡御府膳羞，远方珍味，中人宣赐，道路相望。"

（74）《资治通鉴》卷二百一十五，玄宗天宝四载二月条。

（75）《资治通鉴》卷二百一十五，玄宗天宝六载正月条。

（76）《资治通鉴》卷二百一十五，玄宗天宝六载十月条。

（77）《旧唐书》卷一百〇六《李林甫传》："林甫自以始谋不佐皇太子，虑为后患，故屡起大狱以危之，赖太子重慎无过，流言不入。林甫尝令济阳别驾魏林告陇右、河西节度使王忠嗣，林往任朔州刺史，忠嗣时为河东节度，自云与忠王同养宫中，情意相得，欲拥兵以佐太子。玄宗闻之曰：'我儿在内，何路与外人交通？此妄也。'然忠嗣亦左授汉阳太守。"

（78）《资治通鉴》卷二百一十五，天宝六载十一月条。

（79）《资治通鉴》卷二百一十六，天宝九载八月条："八月，朔方节度使张齐丘给粮失宜，军士殴其判官。癸亥，齐丘左迁济阴太守，以河西节度安思顺权知朔方节度事。"

（80）《旧唐书》卷一百〇四《高仙芝传》。

（81）《资治通鉴》卷二百一十六，玄宗天宝七载六月条。

（82）（84）《新唐书》卷一百三十五《哥舒翰传》。

（83）《旧唐书》卷一百〇四《哥舒翰传》。

（85）参见陈寅恪《书杜少陵哀王孙诗后》，《金明馆丛稿二编》。

（86）（94）《新唐书》卷二百二十三上《李林甫传》。

（87）《旧唐书·吉温传》："（李）林甫虽倚以爪牙，温又见安禄山受主恩，……常谓禄山曰：'李右相虽观察人事，亲于三兄（案指禄山），必不以兄为宰相。温虽被驱使，必不超擢。若三兄奏温为相，即奏兄堪大任，挤出林甫，是两人必为相矣。'禄山悦之。"

（88）《新唐书》卷二百二十三上《李林甫传》："（李）林甫薄国忠材屡，无所畏，又以贵妃故善之。及是权益盛，贵震天下，始交恶若仇敌。"

（89）《资治通鉴》卷二百一十六，玄宗天宝九载八月条："（安禄山）请入朝，上命有司先为起第于昭应。禄山至戏水，杨钊兄弟姊妹皆往迎之，冠盖蔽野；上自幸望春宫以待之。"

（90）《资治通鉴》卷二百一十六，天宝十载正月条："正月丁酉，命李林甫遥领朔方节度使，以户部侍郎郎暐知留后事。"

（91）《资治通鉴》卷二百一十六，玄宗天宝十载二月条。

（92）《资治通鉴》卷二百一十六，玄宗天宝十一载三月条。

（93）《资治通鉴》卷二百一十六，玄宗天宝十一载三月条。

（95）《资治通鉴》卷二百一十六，玄宗天宝十载五月条。

（96）《资治通鉴》卷二百一十六，玄宗天宝十二载五月条："阿布思为回纥所破，安禄山诱其部落而降之，由是禄山精兵，天下莫及。"

（97）《旧唐书》卷二百上《安禄山传》。

（98）《资治通鉴》卷二百一十七，玄宗天宝十三载正月条。

（99）《新唐书》卷五《玄宗纪》：十四载三月壬午，安禄山及契丹战于潢水，败之。

（100）《资治通鉴》卷二百一十七，玄宗天宝十三载六月条。

（101）《资治通鉴》卷二百一十七，玄宗天宝十四载二月条："国忠见素言于上曰：'臣有策可坐消禄山之谋。今若除禄山平章事，召诣阙，以贾循为范阳节度使，吕知诲为平卢节度使，杨光翙为河东节度使，则势自分矣。'上从之。已草制，上留不发，更遣中使辅璆琳以珍果赐禄山，潜察其变。璆琳受禄山厚赂，还，盛言禄山竭忠奉国，无有心。上谓国忠等曰：'禄山，朕推心待之，必无异志。东北二虏，藉其镇遏。朕自保之，卿等勿忧也！'事遂寝。"

（102）《新唐书》卷二二五上《史思明传》。

（103）《新唐书》卷二百一十《藩镇魏博·序》。

（104）《新唐书》卷六十六《方镇年表三·幽州》。

（105）《新唐书》卷六十六《方镇年表三·成德》。

（106）（109）《新唐书》卷六十六《方镇年表三·泽潞沁》。

（107）（108）《新唐书》卷六十六《方镇年表三·魏博》。

第三章 安史之乱后的幽州

一、幽州藩镇兵乱

驻守幽州的李怀仙因诛杀史朝义有功，被授予幽州卢龙节度使之职，"李怀仙，柳城胡也。世事契丹，守营州。善骑射，智数敏给。禄山之反，以为裨将。史思明盗河南，留次子朝清守幽州，以阿史那玉、高如震辅之。朝义杀立，移檄诛朝清。二将乱，朝义以怀仙为幽州节度使，督兵驰入……朝义败，将趋范阳。中人骆奉先间遣镌说，怀仙遂降，使其将李抱忠以兵三千戍范阳。朝义至，抱忠闭关不内，乃缢死，斩其首，因奉先以献。仆固怀恩即表怀仙为幽州卢龙节度使，迁检校兵部尚书，王武威郡"。[1]

幽州卢龙藩镇，[2]所辖之地尽为边郡，北届大漠，东北邻契丹、奚两蕃，东南向西则与淄青平卢、成德、河东节度毗邻。与成德、魏博则因利益异同而时有分合，当成德、魏博叛逆之际，幽州卢龙藩镇唯有通过太原这一顺镇来沟通朝廷。幽州卢龙藩镇仍需担负防御两蕃的任务，营州失陷后，将防御线内撤至幽州东部的平州，置卢龙留后以守渝关之险，[3]阻止两蕃内侵。幽州与卢龙节度的兼领源于安史乱前幽、营节度之间相互配合的惯例。卢龙节度之前身平卢节度，"幽州卢龙节度支度营田观察，押奚契丹两蕃经略卢龙军等使、兼幽州大都督府长史，领幽、蓟、营、涿、平、檀、妫、瀛、莫九州"。[4]因军事需要，幽州节度与平卢节度在统辖上一直没有完全分割开来。安史乱后幽州节镇一分为三，幽州卢龙藩镇所领之地又多是边州，为防止两蕃不侵入幽州藩镇内地，尤其要加强平州守卫，于是专设卢龙留后。而幽州节度常常从名称上与卢龙节度使互代，是因平州（卢龙留后）有重要军事意义之故。

唐后期藩镇割据的情况下，藩镇兵变为最常见之事。考察幽州藩镇自李怀仙任节度以后，共二十八任节度使，兵变为实现节度替换的常态。参两唐书及《唐方镇年表》，列幽州藩镇之节度替换以窥政权更替之特征，其中不计实际未至镇或仅有名号者。

表二

节度使	出身与原职	任职时间与离职时间	任职年限	离职原因及去向	加封	备注
李怀仙	柳城胡，安史降将	广德元年正月—大历三年六月	6年	被兵马使朱希彩所杀	检校兵部尚书、兼侍中、武威郡王	降服授职
王缙	宰相	大历三年闰六月—同年闰八月	3月	幽州不受控制，归朝	河南副元帅	朝廷授任
朱希彩	幽州兵马使	大历三年十一月—大历七年	5年	被部将李瑗所杀	试太常卿	杀主帅夺职
朱泚	幽州昌平人，李怀仙部将	大历七年十月—建中二年七月	10年	主动归朝	检校左散骑常侍、怀宁郡王	军中推举
朱滔	幽州昌平人，李怀仙部将	建中二年七月—贞元元年六月	4年	卒于任	兼陇右节度副大使权知河西、泽潞行营兵马事、卢龙节度使	继承兄位
刘怦	幽州昌平人，涿州刺史	贞元元年七月—贞元元年九月	3月	病卒	彭城郡公	接替上任

（续表）

节度使	出身与原职	任职时间与离职时间	任职年限	离职原因及去向	加封	备注
刘济	怦子，权知幽州卢龙军府事	贞元元年九月—元和五年七月	26年	被子总鸩杀	检校尚书仆射、同中书门下平章事	父子继任
刘总	济子，幽州行营都知兵马使	元和五年九月—长庆元年三月	11年	归朝	检校司空、楚国公	窃取父位
张弘靖	宣武节度使	长庆元年三月—同年七月	5月	军乱被囚	检校司空平章事	朝廷授职
朱克融	幽州昌平人，幽州都知兵马使	长庆元年十二月—宝历二年五月	5年	被部将所杀	检校右散骑常侍	军中推举
朱延嗣	幽州昌平人，克融子	宝历二年五月—同年八月	3月	李载义所杀		军中所立
李载义	幽州人，都知兵马使	宝历二年十月—太和五年一月	5年	军乱被逐	检校户部尚书，武威郡王	杀主帅夺位
杨志诚	幽州节度后院副兵马使	太和五年四月—太和八年十一月	4年	军乱被逐	检校尚书右仆射	逐主帅夺位
史元忠	幽州兵马使	太和八年十一月—会昌元年九月	7年	军乱被杀，	检校工部尚书	军中推举
陈行泰	元忠偏将	会昌元年闰九月	不详	部将张绛所杀		杀主帅夺位
张绛	元忠偏将	不详	不详	被张仲武击走		杀主帅夺位

（续表）

节度使	出身与原职	任职时间与离职时间	任职年限	离职原因及去向	加封	备注
张仲武	范阳人，雄武军使	会昌元年十月—大中三年六月	8年	病卒于任	兰陵郡公、司徒、同中书门下平章事	平乱授职
张直方	仲武子，幽州节度副大使	大中三年六月—同年闰十一月	6月	逃归京师	右金吾将军	父子继任
周綝	幽州牙将	大中三年十一月—四年九月	10月	病卒于任		军中推举
张允伸	范阳人，幽州都知兵马使	大中四年十一月—咸通十三年正月	22年	病卒于任	检校散骑常侍、司徒、同中书门下平章事	周綝表请
张公素	范阳人，平州刺史	咸通十三年四月—乾符二年八月	4年	被李茂勋逐归京师	同中书门下平章事	军中推举
李茂勋	回鹘阿布思后裔，卢龙大将	乾符二年八月—乾符三年五月	8月	致仕	左仆射	逐帅夺位
李可举	李茂勋子	乾符三年五月—光启元年六月	9年	部将叛乱自杀	检校侍中、太尉	父子继任
李全忠	范阳人，可举牙将	光启二年七月—同年八月	1月	卒		叛乱夺位
李匡威	全忠子	光启二年八月—景福二年八月	7年	被弟匡筹所逐		父子继任

（续表）

节度使	出身与原职	任职时间与离职时间	任职年限	离职原因及去向	加封	备注
李匡筹	兵马留后	景福二年八月—乾宁元年十二月	2年	被李克用逐	检校司徒	夺兄之位
刘仁恭	深州人，随父客居范阳，为可举镇将	乾宁二年二月—后梁开平元年三月	12年	被子囚废	检校司空、同平章事	叛乱夺位
刘守光	仁恭子	开平元年三月年—后梁均王乾化三年十一月	8年	唐庄宗所灭		夺父之位

据上表来看，幽州藩镇节帅更替基本上为部将发动兵变或军士哗变而实现。幽州藩镇节帅换代频繁，大都通过武力攘夺来实现帅位的更替。在二十八位节度使中，除王缙、张弘靖由朝中授命派遣，但两人基本上没有起到统治作用。此外有朱泚、朱滔兄弟相替，刘怦、刘济父子相代，[5]张仲武传子张直方，李茂勋传子李可举，李全忠传子李匡威。即使是父子相代、兄弟相替也有通过兵变或阴谋来实现的。从幽州藩镇广德元年（763年）李怀仙首任节度至后梁均王乾化三年（913年）李存勖灭刘守光计算，一百五十年间，幽州镇二十八位节帅中，有十九人是在军乱后取得帅位的。[6]据王寿南先生统计，幽州藩镇节帅更替之较之成德、魏博两藩镇更为频繁。玄宗以后，河北道之兵乱最多。据王先生所列《玄宗以后兵乱表》数据统计河北三镇兵乱，其中幽州19起、魏博3起，成德2起，[7]幽州藩镇兵乱远高于其他两镇。除了反叛中央型的动乱外，其他动乱都是发生在藩镇内部，而且以下替上的兵乱居多，表现了藩镇动乱的封闭性与凌上性。[8]

幽州藩镇动乱频繁性和凌上性特征与幽州藩镇军政体制相关。开元年间因突厥入侵，为加强防御在河北道置军，"（四月）辛丑，于定、恒、莫、易、沧五州置军以备突厥（定州置北平军、恒州置恒阳军、莫州置唐兴军、易州置高阳军、沧州置横海军）。"五军均以刺史为军使，"北平军在定州西三里。恒阳军恒州郭下。唐兴军在莫州。横海军在沧州，并开元十四年四月十二日置。各以刺史为使"。[9]此外还有檀州刺史管元惠兼檀州障塞军使。[10]另有妫州清夷军也是同样体制，"清夷军垂拱二年妫州刺史郑崇古奏置"。[11]以上诸州均为边塞要地，这种边镇导致了兵力分散，即边州以刺史兼军将领兵，或者专有军将领兵，使得节帅不能完全控制各州兵力，为兵乱提供了条件。虽然幽州节度本身是兼领诸州军使，[12]在制度上对属州刺史或军将有权决定去留，但是在各州刺史及军将拥有一定兵力情况下，节度使也难以防范个别有野心者的叛乱。

幽州军将兼刺史发动兵变夺权成功者有两例。大历三年平州刺史朱希彩同朱泚、朱滔兄弟杀节度使李怀仙，"大历三年，麾下朱希彩、朱泚、泚弟滔谋杀怀仙，斩阍者以入，希彩不至。黎明，泚惧欲亡，滔曰：'谋不成，有死，逃将焉往？'俄希彩至，共斩怀仙，族其家。希彩自称留后"。[13]朱希彩为平州刺史，领兵自外，所以需要李怀仙身边部将朱氏兄弟的配合，"平州刺史朱希彩为幽州节度，以滔同姓，甚爱之，常令将腹心将亲兵"。[14]从节帅之位被朱希彩所得来看，军乱以朱希彩为主导，朱泚兄弟虽是李怀仙部将，但不是兵变的主谋，[15]不得节帅位也是因为在军中没有势力。懿宗咸通十三年（872 年）张公素也是以平州刺史身份得到帅位的，"公素，范阳人。以列将事（张）允伸，擢累平州刺史。允伸卒，以兵来会丧，军士素附其威望，简会知不可制，即出奔。诏公素为节度使，进同中书门下平章事"。[16]张公素能够顺利取得节帅位，就因为他拥有兵力，也和张直方本身不得军中拥护有关。

以州刺史而夺得节帅之位者为此两例，而值得注意的是均为平州刺史。按平州置有北平军与卢龙军，按幽州卢龙藩镇"一元二府"体制设置，平州有卢龙、渝关之险，是两蕃进攻的重要通道，一直设置较多的兵力，所以容易取得成功。考察其他州刺史发动的兵乱，则少有成功者。如刘济兄刘滩为瀛州刺史，因为继任节度使问题使兄弟反目，"初，刘怦薨，刘济在莫州，其母弟滩在父侧，以父命召济而以军府授之。济以滩为瀛州刺史，许它日代己。既而济用其子为副大使，滩怨之，擅通表朝廷，遣兵千人防秋。济怒，发兵击滩，破之。"[17]刘济弟刘源"为涿州刺史，不受兄教令，济奏之，贬漠州参军，复不受诏。济帅师至涿州，源出兵拒之，未合而自溃。济擒源至幽州，上言请令入觐，故授官以征之"。[18]从以上两例来看，刺史虽能节制军队，但是仅以一州兵力，除非特别部署或出其不意，否则难以成功。通常河朔藩镇节帅防止军将勾结作乱，皆分兵以隶诸将，不使专在一人。幽州藩镇从客观上迫于防御蕃族需要，属下各州刺史、军将领有兵力负责戍防，更多兵力散布在各戍防边州，这就容易导致变乱发生。

以驻外军将而取得幽州节度使位者也有两例，一为雄武军使张仲武，一为纳降军军将李茂勋。"（张）仲武少业《左氏春秋》，掷笔为蓟北雄武军使。会昌初，陈行泰杀节度使史元忠，权主留后。俄而，行泰又为次将张绛所杀，令三军上表，请降符节。时仲武遣军吏吴仲舒表请以本军伐叛……李德裕因奏：'陈行泰、张绛皆令大将上奏，邀求节旄，所以必不可与。今仲武上表布诚，先陈密款，因而拔用，即似有名。'许之，乃授兵马留后，诏抚王纮遥领节度。"[19]张仲武世代为幽州军校，而"绛与行泰，皆是游客，主军人心不附。仲武是军中旧将张光朝之子，年五十余，兼晓儒书，老于戎事，性抱忠义，愿归心阙廷"。[20]张仲武首先获得朝廷支持，以朝廷声威作旗号，也说明幽州军将兵力较为分散，不得不依赖于中央在名誉上予以支持。其次，张仲武能取得成功，和他控制有利的地理位置有很大关系。李德裕《论幽州事宜状》："……幽州雄武军使张仲武已将兵马赴幽州，今日奏事官吴仲舒到臣宅……仲舒云：'幽州军粮并贮在妫州，及向北七镇，若万一人未得，却于居庸关守险，绝其粮道，幽州自存立不得。'"[21]李茂勋则靠阴谋叛乱而取得帅位，"（李茂勋）资沈勇，善驰射，仲武器之，任以将兵，常乘边积功，赐姓及名。陈贡言者，燕健将，为纳降军使，军中素信服，茂勋袭杀之，因举兵，绐称贡言反。公素迎击不利，走，茂勋入府，众始悟，因推主州务，以闻，诏即拜节度使。"[22]

张仲武与李茂勋取得帅位并非因为握有强大兵力，如张仲武领雄武军"只有兵士八百人在，此外更有土团子弟五百人"。虽然"兵马至少"，但是"取得帅位只系人心归向。若人心不从，三万人去亦无益"。[23]在唐后期幽州的节帅更替中，越来越依靠兵士的支持，叶适《水心别集》卷十一《兵总论二》论道："自唐至德以后，节度专地而抗上令，喜怒叛服在于瞬刻，而藩镇之祸，当时以为大论矣。然国擅于将，犹可言也。未几而将擅于兵，将之所为，惟兵之听，而遂以劫制朝廷。故国擅于将，人皆知之，将擅于兵，则不知也。大历、贞元之间，节度使固已为士卒所立，唐末尤甚。而五代接于本朝之初，人主之兴废，皆群卒为之，推戴一出，天下俯首听命而不敢较。而论者特以为其忧在于藩镇，岂不疏哉！"以叶适所言正道出了幽州藩镇在军乱问题上的关键所在。

因节帅亲军军将作乱或军士哗变推举得位者在幽州军乱中占多数。幽州兵乱之频繁，帅位更替之速在河朔三镇中居首，魏博与成德显著之处在于多以兄弟父子相传，尤其是成德传位最为稳固。[24]幽州节帅统治的不稳定性，与幽州节帅出身及对军士控制有很大关系，这导致了幽州节帅统领模式与其他两镇的区别。陈寅恪先生认为：自唐太宗始重用蕃将，以为武力之主要部分。而太宗之所用蕃将为部落酋长，玄宗所任蕃将为寒族胡人。而这一转变是由于太宗时期部落酋长统帅本部落易造成一种特殊势力，对中国形成大患。玄宗以此为鉴，转用寒族胡人，以其统领之诸种不同之部落。[25]安禄山叛乱前抚绥诸胡部落、吞并阿布思同罗部落并畜养为假子称"曳落河"，就有八千余人，发动叛之时有十五万之众，其中蕃兵蕃将势力庞大。[26]安禄山死后史思明又据有其精锐，"安庆绪之北走也，其大将北平王李归仁及精兵曳落河、同罗、六州胡数万人皆溃归范阳，所过俘掠，人物无遗。史思明厚为之备，且遣使逆招之范阳境，曳落河、六州胡皆降。同罗不从，思明纵兵击之，同罗大败，悉夺其所掠，余众走归其国。庆绪忌思明之强，遣阿史那承庆、安守忠往征兵，因密图之"。[27]

按陈寅恪先生观点，蕃族采用部落制军队组织，其优势在于："胡人小单位部落中，其酋长即父兄，任将领。其部众即子弟，任兵卒。即本为血胤之结合，故情谊相通，利害与共。远较一般汉人以将领空名，而统率素不亲切之士卒为优胜。"此种方法为田承嗣所采用，遂创启唐末五代之"衙兵"。[28]田承嗣为安史旧将，魏博藩镇采用亲兵制度即是仿效于蕃族部落制。田承嗣本为汉人，接受部落兵制之长处，但是汉兵不同于部落兵，所以田承嗣在经济上给予极其优厚待遇。这种方式培植起来的"衙兵"是防止军将觊觎帅位，保护藩帅安全与统治的亲兵。魏博虽以汉人出身节帅居多，但有模仿部落制的牙兵组织，节帅依靠牙兵来维持统治不堕。牙兵对帅位的操纵是魏博藩镇的特色，时称"长安天子，魏府牙兵"[29]。三镇以成德之动乱最少，成德节帅出身蕃族者最多，且部将也多是胡族出身，所以其部落制保存最为完整，容易维系统治。[30]

幽州藩镇基本上以土著汉人为节帅，明确为非汉族出身的仅有李怀仙（胡人）、李茂勋、李可举（回纥阿布思后裔），而周綝、史元忠、陈行泰则出身不明。幽州藩镇自首任李怀仙之后即遭汉人出身部将篡代，若按陈寅恪先生部落制稳固性来加以比照，则可以想见幽州藩镇在蕃兵势力的衰弱。幽州统诸州兵有九万一千人，有突厥、同罗、契丹、奚、室韦、胡羯等胡兵，其中安禄山自统八千曳落河精兵为心腹，其余按其系统由胡将统率。安禄山叛乱前以蕃将三十二人以代汉将，自然是因为出身关系，胡汉之间必然存在分歧，但胡将之间也有矛盾冲突，"朝义即皇帝位，改元显圣，密使人至范阳敕散骑常侍张通儒等杀朝清及朝清母辛氏并不附己者数十人。其党自相攻击，战城中数日，民（死）者数千人，范阳才定"。[31]在诛史朝清之后，朝义大将又与蕃将阿史那承庆互相攻杀，"（史朝义）复使张通儒诛朝兴等，以通儒为燕京留守，寻为高鞠仁所杀，又与蕃将阿史那承庆相害，承庆不敌，而奔潞县，鞠仁令城中杀胡者重赏，于是羯胡尽殪，小儿掷于空中以戈承之，高鼻类胡者滥死者甚众"。[32]高鞠仁除与阿史那承庆有冲突外，与后来为幽州节度使的李怀仙也大动干戈，《考异》引《蓟门纪乱》："朝义以鞠仁为燕京都知兵马使，五月甲戌，朝义以伪太常卿（李怀仙）为御史大夫，范阳节度使，燕州颇有甲兵故委腹心。鞠仁闻之，意不悦也……怀仙以蓟县为节度院，虽任节度制，鞠仁五千余人皆不受命。十数日怀仙待之弥厚，每衙皆降阶交接，鞠仁亦不为之屈。既而怀仙命飨军士，中宴，鞠仁疑有变，兵皆惊走，还营披甲。怀仙忧惧无计，遂因其牙将朱希彩，责以惊军中之罪。其夜鞠仁将袭怀仙，遇大雨，迟疑未决。彻明，遂走，单骑至节度门，怀仙已潜备壮士待之。鞠仁趋入，怀仙不改常理，与坐良久，乃问惊军之罪。门已关，顾左右拉杀之，立迓希彩。自暮春至夏中，两月间，城中相攻杀凡四五，死者数千，战斗皆在坊市间巷间，但两敌相向，不入人家剽劫一物，盖家家自有军人之故，又百姓至于妇人小童，皆闲习弓矢，以此无虞。"[33]经过几番激烈攻斗，军中互相杀戮以及逃散，留驻幽州的胡兵被大量消耗。

在战争中，一些胡兵逃离安史叛军队伍，"同罗、突厥从安禄山反者屯长安苑中。甲戌其酋长阿史那从礼帅五千骑，窃廐马二千匹逃归朔方"。[34]在攻战州县之后，安史叛将率胡兵镇守各地，"禄山初以率三千授思明，使定河北，至是河北皆下之，郡置防兵三千，杂以胡兵镇之"。[35]经战乱后，曾为精锐的蕃兵胡将大受损伤。朱滔为逆之际，"上遣中使发卢龙、恒冀、易定兵万人诣魏州讨田悦。王武俊不受诏，执使者送朱滔。滔言于众曰：'将士有功者，吾奏求官勋，皆不遂。今欲与诸君敕装共趋魏州，击破马燧以取温饱，何如？'皆不应。三问，乃曰：'幽州之人，自安、史之反，从而南者无一人得还，今其遗人痛入骨髓。况太尉、司徒皆受国宠荣，将士亦各蒙官勋，诚且愿保目前，不敢复有侥冀。'滔默然而罢。乃诛大将数十人，厚抚循其士卒"。[36]所谓幽州之人，应是指蕃将蕃兵。安史之乱时，因蕃兵蕃将的战斗力强，多南下参与战争，而土著汉兵则留戍幽州。在叛乱平定后，安史所依赖的胡兵能还归幽州十分有限，并且各蕃将领所部瓜分河北土地，也致使幽州原有蕃兵势力分散。

李怀仙得节度之位后大量使用汉人军将，如李怀仙奏朱泚父怀珪"为蓟州刺史、平卢军留后、柳城军使"。朱怀珪虽为汉将，但在李怀仙麾下任要职，其子朱泚、朱滔均为李怀仙牙将。李怀仙占幽州八年后便被朱希彩篡夺帅位，迄至唐末李茂勋夺位，其间一直是汉人军将执掌藩镇，这些情况说明幽州胡将难以匹敌汉将势力，形成了与河朔其他两镇不同的风貌。

幽州藩镇既无严格之部落制军事组织，在一定程度上节帅对部将的控制并不严密，而唯利是图是唐后期职业兵的特色，若节帅无特别手腕维持军将忠心或者服从，就会导致身死族灭之祸。由于幽州藩镇军队缺乏部落兵制的团结性，因此主帅对军士控制手腕成为巩固统治的关键。朱滔"将步骑二万五千发深州，至束鹿。诘旦将行，吹角未毕，士卒忽大乱，喧噪曰：'天子令司徒归幽州，奈何违敕南救田悦！'滔大惧，走入驿后堂避匿。蔡雄与兵马使宗顼等矫谓士卒曰：'汝辈勿喧，听司徒传令。'众稍止。雄又曰：'司徒将发范阳，恩旨令得李惟岳州县即有之，司徒以幽州少丝纩，故与汝曹竭力血战以取深州，冀得其丝纩以宽汝曹赋率，不意国家无信，复以深州与康日知。又，朝廷以汝曹有功，赐绢人十匹，至魏州西境，尽为马仆射所夺。司徒但处范阳，富贵足矣，今兹南行，乃为汝曹，非自为也。汝曹不欲南行，任自归北，何用喧悖，乖失军礼！'众闻言，不知所为，乃曰：'敕使何得不为军士守护赏物！'遂入敕使院，擘裂杀之。又呼曰：'虽知司徒此行为士卒，终不如且奉诏归镇。'雄曰：'然则汝曹各还部伍，诘朝复往深州，休息数日，相与归镇耳。'众然后定。滔即引军还深州，密令诸将访察唱率为乱者，得二百余人，悉斩之，余众股栗。乃复举兵而南，众莫敢前却"。[37]朱滔对幽州藩镇士卒难以驾驭，先以利诱继以威逼方才奏效。正是因与其他两镇兵士组织体制上的差别，造成兵士的不易被控制，使幽州藩镇的军乱和节帅更替尤其频繁。

二、幽州藩镇与中央的关系

1. 幽州藩镇的叛乱战争

纵观唐王朝后期藩镇与中央关系，无一不以其实力作为顺逆中央的基础。河北三镇"相与根据蟠结"，相互呼应，造成跋扈之有利环境。其他跋扈叛逆之藩镇如梁崇义、李希烈、卢从史、李纳、李师古、李师道等莫不与河北三镇相勾结，以利用此一有利环境。杜牧曾感叹道："自河以北，蟠城数百，角奔为寇，伺吾人憔悴，天时不利，则将与其朋伍骇乱吾民于掌股之上。"[38]

幽州藩镇居于河朔藩镇最外围，和成德、魏博相比，在跋扈叛逆的行动中表现出更多的被动性，往往在于藩帅个人的野心，在邻藩叛逆活动鼓动之下，加入叛乱，不同于成德、魏博藩镇往往出于利害关系主动挑起动乱。幽州藩镇在叛逆上表现的被动性，从另一方面来理解，就对唐王朝表现出更多的依顺性。从其表现来看，幽州藩镇与中央王朝的对抗，最明显的表现为建中年间的朱滔之乱和穆宗长庆初年的朱克融之乱。幽州藩镇参与的两次重大叛乱，首谋以成德、魏博、淄青藩镇为先，幽州随后卷入。

建中二年（781年），初即位的德宗决心振作朝廷威风，一改山东、河北藩镇的不臣局面，拒绝成德与淄青两镇自袭领土的要求，开始了一场朝廷与藩镇的混战。"春，正月，戊辰，成德节度使李宝臣薨……初，宝臣与李正己、田承嗣、梁崇义相结，期以土地传之子孙。故承嗣之死，宝臣力为之请于朝，使以节授田悦；代宗从之……至是悦屡为惟岳请继袭，上欲革前弊，不许……悦乃与李正己各遣使诣惟岳，潜谋勒兵拒命。"[39]八月，平卢节度使李正己死，其子李纳欲邀求旌节，于是三镇相结，共抗朝廷，"时平卢节度使李正己已薨，子纳秘之，擅领军务。悦求救于纳及李惟岳，纳遣大将卫俊将兵万人，惟岳遣兵三千人救之。悦收合散卒，得二万馀人，军于洹水；淄青军其东，成德军其西，首尾相应"。[40]

幽州藩镇已于大历八年（773年）表示效顺朝廷，朱泚入朝，以朱滔为留后掌幽州军务。河北三镇中，幽州首先靠拢朝廷。朱泚得位并非主动发动军变而夺得，实际上乱兵无主，才乘乱而被推主，[41]所以也可窥知朱氏兄弟在军中并没有特别强硬的势力作为支持。二朱在统治幽州藩镇上可能有一定的困难，于是不得不借与朝廷接近来稳定人心。在成德、魏博、淄青叛乱时，幽州开始积极参与平叛，"范阳节度使朱滔将讨李惟岳，军于莫州。张孝忠将精兵八千守易州，滔遣判官蔡雄说孝忠曰：'……使君诚能首举易州以归朝廷，则破惟岳之功自使君始，此转祸为福之也。'……孝忠德滔，为子茂和婚滔女，深相结"。在河北三镇互相敌对的情况下，幽州藩镇采取向朝廷归顺的姿态。在平魏博镇之初，有成德内讧以及幽州藩镇参与，战局在不到半年时间内基本稳定。

因朝廷未能满足王武俊与朱滔等人的利益，"武俊怨赏功在（康）日知下，朱滔怨不得深州，二将有憾于朝廷。（田）悦知其可间，遣判官王侑、许士则使于北军，说朱滔曰：'……是国家无信于天下也。且今上英武独断，有秦皇、汉武之才，诛夷豪杰，欲扫除河朔，不令子孙嗣袭。又朝臣立功立事如刘晏辈，皆被屠灭。昨破梁崇义，杀三百余口，投之汉江，此司徒之所明知也。如马燧、（李）抱真等破魏博后，朝廷必以儒德大臣以镇之，则燕、赵之危可翘足而待也。若魏博全，则燕、赵无患，田尚书必以死报恩义……今司徒声振宇宙，雄略命世，救邻之急，非徒立义，且有利也。尚书以贝州奉司徒，命某送孔目，惟司徒熟计之。'滔既有贰于国，欣然从之。乃命判官王郅与许士则同往恒州说王武俊，仍许还武俊深州。武俊大喜，即令判官王巨源报滔，仍知深州事。武俊又说张孝忠同援悦，孝忠不从"。[42]朱滔所据幽州藩镇，在三镇中实力最弱，最期望借助朝廷威望来维持对幽州的统治，但又贪图割据一方的好处，一旦其他两镇以保全其利益为条件，朱滔便弃朝廷于不顾。

建中三年（782年），朱滔与王武俊、田悦、李纳四镇结盟，各自称王，推朱滔为盟主。朱滔于是仿制中央，更新称号，设置官员，俨然一副王侯气派。朱滔兄朱泚早因朱滔之劝诱入朝，在朱滔叛乱后受牵连夺职，寓居京城。建中四年（783年）十月泾源防秋兵在京哗变，德宗在宦官护卫下仓皇出逃奉天，朱泚被无首乱军推拥为主，自号大秦皇帝，大模大样过起皇帝瘾。在朔方节度使李怀光、神策行营军使李晟与河东节度使马燧等入援情况下，唐军转向了优势。然而不久李怀光因迫德宗贬宠臣卢杞而心怀忧惧，被朱泚拉拢，唐王室命运也变得险峻无比。兴元元年（784年）正月，德宗下罪己诏，颁布赦书，除朱泚"盗窃名器"，罪不可赦外，其他诸镇将帅既往不咎，并停罢一切因战事而征收的诸色杂税。据说山东士卒因此感动哭泣，士气大振，平叛的节度使李抱真朝见德宗时报告了这一切，对平贼满怀信心。王武俊、田悦、李纳等果然上表谢罪，而幽州节度使朱滔不甘心如此罢手，联合回纥、契丹南攻，被李抱真说服王武俊击败，退回幽州，次年病死。五月，唐军收复长安，朱泚败走，途中被部将所杀。幽州节镇最初从遵从朝命平叛到卷入其中，终以败局收场，透露了幽州藩镇对其他河朔藩镇的依赖和弱势，这也是幽州藩镇参与叛乱的重要原因。

幽州经过朱滔之乱后，继任的刘怦、刘济父子吸取教训，效顺中央。在宪宗平定淮西和成德后，刘济子总自请归朝，朝廷于是遣张弘靖执掌幽州。然而不习河朔风情的张弘靖处置失当，发生了兵乱逐帅之事，再度引发了幽州叛乱。穆宗长庆元年（821年）七月朱克融乘机窃位，"俄幽州乱，囚弘靖。时克融父洄，号有智谲，以疾废卧家，众往请为帅。洄辞老且病，因推克融领军务。诏以刘悟为节度使驰往，俄而瀛、冀皆附克融，悟不得入。克融纵兵掠易州，败两县；寇蔚州，易州刺史柳公济战白石岭，斩三千级；转寇定州，节度使陈楚破其兵二万。会镇州反，杀田弘正，议者谓二贼均逆，而克融全弘靖不敢害，可悉兵先诛赵，赦燕。朝廷度幽蓟未可复取，乃拜克融检校左散骑常侍，为幽州卢龙节度使"。[43] 朱克融取得节度位本非本人预谋兵乱，但是不遵朝命，攻占从幽州分割出去的瀛州、莫州。成德王廷凑煽动军乱杀田弘正自称留后，并联合魏博史宪诚迫使朝廷授予三镇节钺，朱克融乘机联合两镇对抗朝廷，"时骄主荒僻，辅相庸才，制置非宜，致其复乱。虽李光颜、乌重胤等称为名将，以十数万兵击贼，无尺寸之功"。[44] 于是唐廷"遂并朱克融、王庭凑以节钺授之。由是再失河朔，迄于唐亡，不能复取。朱克融既得旌节，乃出张弘靖及卢士玫"。[45]

朱克融获得节度使位，并非他有预谋地挑起事端，且是借形势便利而得逞其欲。而唐穆宗、敬宗两帝庸碌，惟求苟安，朱克融与成德、魏博相依，因此极为跋扈，宝历二年（826年）"朱克融执留赐春衣使杨文端，奏称衣段疏薄；又奏今岁三军春衣不足，拟于度支请给一季春衣，约三十万端匹；又请助丁匠五千修东都"。[46] 敬宗对朱克融悖逆言行十分担忧，但是宰相裴度对朱克融不以为然："克融家本凶族，无故又行凌悖，必将灭亡，陛下不足为虑。譬如一豺虎，于山林间自吼自跃，但不以为事，则自无能为。此贼只敢于巢穴中无礼，动即不得。"果然两月之后，幽州兵变，杀朱克融及长子延龄，推次子延嗣主政务，随即为衙前都知兵马使李载义所杀，家族均被诛戮。

2. 幽州藩镇的恭顺性

幽州藩镇虽被列入河北跋扈藩镇之列，但节帅向朝廷表示忠顺的人数较其他两镇为多。代宗大历八年朱泚、朱滔兄弟率先向唐中央表示归顺，终以叛乱为结局。其他节帅如刘济、刘总、李载义、张仲武、张允伸，均有为唐皇朝朝伐叛御边的行为，大多服从唐王朝调遣。[47]

自朱滔败归幽州之后，刘怦父子三代保有节度使之位，成为幽州藩镇换代最为平稳的阶段，在三镇中也最为恭顺。朱滔连王武俊、田悦叛乱之际，"（刘）怦时知幽州留后事，遣人赍书谓滔曰：'司徒位崇太尉，尊居宰相，恩宠冠藩臣之右，荣遇极矣！今昌平故里，朝廷改为太尉乡、司徒里，此亦大夫不朽之名也。但以忠顺自持，则事无不济。窃思近日，务大乐战，不顾成败，而家灭身屠者，安、史是也。暴乱易亡，今复何有？怦忝密亲，世荷恩遇，默而无告，是负重知。惟司徒图之，无贻后悔也！'滔虽不用其言，亦嘉其尽言，卒无疑贰。"[48]

刘济继任节度使，在德宪两朝都以效顺的姿态事奉朝廷，"贞元中，朝廷优容藩镇方甚，两河擅自继袭者，尤骄蹇不奉法。惟济最务恭顺，朝献相继，德宗亦以恩礼接之。寻加同中书门下平章事。顺宗即位，再迁检校司徒。元和初，加兼侍中。及诏讨王承宗，诸军未进，济独率先前军击破之，生擒三百余人，斩首千余级，献逆将于阙，优诏褒之"。[49]宪宗元和年间平定藩镇，幽州不仅没有助纣为虐，而且保持较好的合作态度对唐中央平叛助益甚多。此外，刘济积极配合唐廷御边，《故幽州卢龙军节度副大使刘公墓志铭》："贞元初，乌桓诱北方之戎，幸吾阻击，大耸边鄙。公先计后战，陈兵于郊，乃遣单车使者，诱掖教告。繇是诸戎，皆为公用，干不庭方，厥猷茂焉。明年，鲜卑墨乙之犯古渔阳，其后啜利寇右北平，公分命左右军，异道并出……抵青都山下，捕斩首虏以万级，获橐驼马牛羊以万数。十九年，林胡率诸部杂种，浸淫於澶蓟之北，公亲统革车，会九国室韦之师以讨焉。饮马滦河之上，扬旌冷陉之北，戎王弃其国遁去。公署南部落刺史为王而还，登山斫石，著北伐铭以见志。自太行以东，怀和四邻，或归其天伦，或复其地理。"[50]墓志纵多溢美之词，在中原多故的情况下，外族侵犯往往是最为频繁的，[51]刘济也不得不花费大量兵力捍御边疆。刘济子刘总在长庆元年三月主动请求入朝，"总既继父，愿述先志，且欲尽更河朔旧风。长庆初，累疏求入觐，兼请分割所理之地，然后归朝"。[52]幽州藩镇的归顺，一时举朝相庆，以为太平可致。

承朱克融之乱后，李载义诛其子延嗣而代之。李载义本为宗室之后，[53]事朝廷尤忠，"李同捷托为将士所留，不受诏……（太和元年）八月，庚子，削同捷官爵，命乌重胤、王智兴、康志睦、史宪诚、李载义与义成节度使李听、义武节度使张播各帅本军讨之。同捷遣其子弟以珍玩、女妓赂河北诸镇，戊午，李载义执其侄，并所赂献之"。[54]

张仲武以雄武军使平军乱，主动献诚得授节帅之位，"仲武先布款诚，候朝廷指挥，因此拔用，必能尽节，加之恩宠，亦似有名"。[55]张仲武任幽州节度使期间与北边配合，防御回鹘，《全唐文》卷六百九十《赐黠戛斯书》："比闻回鹘深意，常欲投窜安西，待至今秋，朕当令幽州、太原、振武、天德缘边四镇要路出兵……各令邀截，便可枭擒。"

张允伸被军中推举为留后，"卢龙节度使周綝薨，军中表请以押牙兼马步都知兵马使张允伸为留后。九月，丁酉，从之"。[56]张允伸在镇时间长达二十三年，一直保持恭顺态度，"（咸通）十年，徐人作乱，请以弟允皋领兵伐叛，懿宗不允。进助军米五十万石，盐二万石。诏嘉之，赐以锦彩、玉带、金银器等……允伸领镇凡二十三年，克勤克俭，比岁丰登。边鄙无虞，军民用乂。至今谈者美之"。[57]

幽州藩镇对朝廷虽然有叛逆的举动，但是仅以朱滔、朱克融表现最为明显，其他节度使对中央即使不是十分效顺，也基本上未与中央公然决裂。综而观之，幽州藩镇对唐王朝恭顺性受到以下因素影响。

幽州藩帅个人态度在很大程度上决定了幽州藩镇对中央的向背。一般而言，一旦主帅有效顺中央的愿望，而且举措得当，则与中央能保持良好关系。反之则会乘乱起事，甘居跋扈之列。幽州藩镇节帅效顺人数在河北三镇居首，有朱滔、刘总自请入朝，两次由朝廷从中央派遣节度（王缙、张弘靖），其他如刘济、李载义、张仲武、张允伸都多有建功。

除开节帅本身因素，幽州藩镇自身条件也迫使它对中央表示臣服。幽州藩镇居于河朔藩镇最北，白居易论河北诸镇之地位，首推魏博，而以燕赵居其次："魏于山东最重，於河南亦最重。何者？魏在山东，以其能遮赵也，既不可越魏以取赵，固不可越赵以取燕，是燕、赵常重于魏，魏常操燕、赵之性命也。故魏在山东最重。黎阳距白马津三十里，新乡距盟津一百五十里，陴垒相望，朝驾暮战，是二津傥能溃一，则驰入城皋不数日间，故魏于河南间亦最重。今者愿以近事明之。元和中，纂天下兵，诛蔡诛齐，顿之五年，无山东忧者，以能得魏也。昨日诛沧，顿之三年，无山东忧者，亦以其能得魏也。长庆初诛赵，一日五诸侯兵四出溃解，以失魏也。昨日诛赵，一日罢如长庆时，亦以失魏也。故河南、山东之轻重，常悬在魏，明白可知也。非魏强大能致如此，地形使然也。故曰：取魏为中策。"[58] 在唐王朝努力消除河朔藩镇势力之际，对幽州藩镇不及其他两镇重视，到唐晚期中央政治更趋衰落时，对幽州更是置之不理。大和五年"幽州军乱，逐其帅李载义。文宗以载义输忠于国，遽闻失帅，骇然，急召宰臣谓之曰：'范阳之变奈何？'僧孺对曰：'此不足烦圣虑。且范阳得失，不系国家休戚，自安、史已来，翻覆如此。前时刘总以土地归国，朝廷耗费百万，终不得范阳尺帛斗粟入于天府，寻复为梗。至今志诚，亦由前载义也，但因而抚之，俾扞奚、契丹不令入寇，朝廷所赖也。假以节旄，必自陈力，不足以逆顺治之。'帝曰：'吾初不祥，思卿言是也。'即日命中使宣慰"。[59] 三镇中魏博靠近东都，对唐王朝构成的威胁最大。代宗时祸乱方平，对魏博极为宽宥，以公主下嫁，"（田承嗣）既得志，即计户口，重赋敛，厉兵缮甲，使老弱耕，壮者在军，不数年，有众十万。又择趫秀强力者万人，号牙兵，自署置官吏，图版税人，皆私有之。又求兼宰相，代宗以寇乱甫平，多所含宥，因就加同中书门下平章事，封雁门郡王，宠其军曰天雄，以魏州为大都督府，即授长史，诏子华尚永乐公主，冀结其心"。[60] 贞元元年，田承嗣第六子田绪又尚嘉诚公主，"以嘉诚公主降绪，拜驸马都尉"。[61]

而成德镇则积极联合魏博与淄青藩镇维护其地位，"镇冀自李宝臣已来，虽惟岳、承宗继叛，而犹亲邻畏法，期自新之路"。[62] 成德藩镇厚结邻藩，如"宝臣弟宝正娶田承嗣女"，[63]"惟诚者，惟岳之庶兄也，谦厚好书，得众心，其母妹为李正己子妇"。[64] 宪宗元和四年，田季安闻吐突承璀将兵讨王承宗，聚其徒曰："师不跨河二十五年矣，今一旦越魏伐赵，赵虏，魏亦虏矣，计为之奈何？"其将有超伍而言者，曰："愿借骑五千，以除君忧！"季安大呼曰："壮哉！兵决出，格沮者斩！"[65] 朝廷鉴于成德藩镇地处河朔藩镇中间，牵连广漫，不得不加以优宠，也类似魏博得到尚主的殊荣，"士平，以父（王武俊）勋补原王府咨议。贞元二年，选尚义阳公主，加秘书少监同正、驸马都尉"。[66] "（王廷凑）子元逵，为镇州右司马，兼都知兵马使。廷凑卒，三军推主军事，请命于朝……元逵素怀忠顺，顿革父风。及领藩垣，颇输诚款，岁时贡奉，结辙于途，文宗嘉之。开成二年，诏以寿安公主出降，加驸马都尉。"[67]

在三镇之中唯有幽州从未有尚主之例，幽州藩镇所受待遇与另两镇不同，显然与它对朝廷的厉害关系相关。虽然河北三镇有互相勾结的一面，但实力有差别，利害关系有疏密，三镇之中成德更倾向于与淄青平卢、魏博藩镇勾结，而幽州藩镇与魏博、成德藩镇关系较为疏远。德宗建中二年成德李惟岳欲结田悦、李正己抗命，"前定州刺史谷从政，惟岳之舅也……从政往见惟岳曰：'……相公与幽州有隙，朱滔兄弟常切齿于我，今天子必以为将。滔与吾击柝相闻，计其闻命疾驱，若虎狼之得兽也，何以当之！'"[68]元和二年（807年），"秋、八月，刘济、王士真、张茂昭争私隙，迭相表请加罪。戊寅，以给事中房式为幽州、成德、义武宣慰使，和解之"。[69]元和四年（809年）刘济欲讨王承宗而犹豫，"济合诸将言曰：'天子知我怨赵，今命我伐之，赵亦必大备我。伐与不伐孰利？'"部将谭忠为刘济剖析燕与赵以及昭义的关系道："卢从史外亲燕，内实忌之；外绝赵，内实与之。此为赵画曰：'燕以赵为障，虽怨赵，必不残赵，不必为备，'一且示赵不敢抗燕，二且使燕获疑天子。"既然燕赵不和，幽州为朝廷效力才能获得利益，故而谭忠劝说刘济讨伐王承宗："'燕、赵为怨，天下无不知。今天子伐赵，君坐全燕之甲，一人未济易水，此正使潞人以燕卖恩于赵，败忠于上，两皆售也。是燕贮忠义之心，卒染私赵之口，不见德于赵人，恶声徒嘈嘈于天下耳。惟君熟思之！'"济曰："'吾知之矣'。"乃下令军中曰："'五日毕出，后者醢以徇！'"[70]元和十年（816年），幽州受到成德侵犯，"王承宗纵兵四掠，幽、沧、定三镇皆苦之，争上表请讨承宗"。[71]幽州藩镇与邻镇成德向来交恶，一旦时机有利，就会打击对方。受到邻藩威胁之时，幽州藩镇只能依靠中央，借助中央的旗号来增加声势，维护自己的利益。幽州藩镇与其他藩镇关系疏远，也就不得不对唐中央政府产生更多的依赖性。

幽州藩镇在强藩之包围中，成德李宝臣"雄冠山东"，魏博田承嗣子尚公主，朝廷"冀结其心"，淄青李正己"威震邻境"。在强邻包围之下，幽州藩镇唯有通过尊朝廷来崇威望。如朱滔劝兄入朝时说道："天下诸侯未有朝者，先至，可以得天子意，子孙安矣。"所以幽州虽然抗王命，但是并不敢明目张胆从王朝中完全分裂出去，自立朝廷，对唐廷至少要维持表面的服从，承认李唐王朝的正统性。在邻藩对幽州形成威胁的时候，幽州藩镇才能依靠于朝廷的支援，通过效忠朝廷得到一线支持形成对邻藩的威慑。[72]大历八年，朱滔率精兵五千助朝廷防秋，九年朱泚自请入朝，首开藩镇入朝之例。唐中央一直顾忌三镇势力蟠结，幽州藩镇表示效顺自然能得到唐廷的支持。

幽州藩镇辖有九州，其中营、平、蓟、檀、幽、妫北接回鹘，东北接两蕃，不仅内受强藩威胁，防御诸族入侵也是一项繁重的任务。由于外患压力，幽州藩镇也要在一定程度上依靠朝廷的支持，所以对朝廷也就不得不表现出恭顺态度。刘济任幽州节度使时，"奚数侵边，（刘）济击走之，穷追千余里，至青都山，斩首二万级。其后又掠檀、蓟北鄙，济率军会室韦，破之"。[73]武宗时回鹘为患，幽州防御需太原等各路兵马配合，"黠戛斯使云：'今冬必欲就黑车子收回纥可汗馀烬，切望国家兵马应接。'黠戛斯使回日，已赐敕书，许令幽州、太原、天德、振武，各於路邀截出兵"。[74]在北边诸节度配合下，"会回鹘特勒那颉啜拥赤心部七千帐逼渔阳，仲武使其弟仲至与别将游奉寰等率锐兵三万破之，获马、牛、橐它、旗纛不胜计，遣吏献状，进检校兵部尚书"。[75]幽州所处位置使幽州藩镇投入大量精力用于防御，也就更依赖中央支持。

安史之乱后的割据形势，幽州地位受到周边藩镇的很大影响。它作为分裂割据的藩镇，往往与临近强藩巨镇互相勾结，连兵对抗朝廷，保护自己的私利。但在唐王朝对藩镇有一定优势的时候，又相应地表现出妥协和顺从，而不敢彻底与中央决裂独立。另外由于幽州地处唐王朝最东北边境，对外有契丹、奚族以及回鹘的侵袭，对内有相邻强藩的威胁，从而使得幽州藩镇对唐王朝的背顺上受到更多的外部影响，也对唐中央表现出更多的依赖性。

唐中央政策对幽州藩镇顺逆也有直接影响。

肃代两朝为尽早结束动荡局面，对藩镇纵容姑息，"自兵兴以来，方镇武臣多跋扈，凡有所求，朝廷常委曲从之"。[76]大历年间幽州两次兵乱，朝廷不敢加一兵一卒。大历二年（768年）六月朱希彩杀李怀仙，朝廷遣王缙为卢龙节度使，以朱希彩为留后，七月，"王缙如幽州，希彩盛兵严备以逆之。缙晏然而行，希彩迎谒甚恭。缙度终不可制，劳军，旬余日而还"。[77]朱希彩不久就为孔目官李瑗所杀，军中推主朱泚为留后。幽州接连发生军乱而朝廷置身事外，更助长了幽州藩镇的跋扈，"山东虽外臣顺，实傲肆不廷"。⁽⁷⁸⁾

德宗即位初年，有扫平藩镇之志。建中元年（780 年）正月魏博田悦为成德李惟岳请继袭，与李正己连兵拒命，德宗决意讨叛。幽州节度使朱滔与诸军讨伐，进展颇为顺利，但在建中三年（782年）田悦说朱滔、王武俊复叛，导致德宗出奔奉天。兴元元年（784 年）五月，唐军始平叛乱，朱滔逃归幽州。幽州藩镇在叛乱中被成德、魏博出卖，损失惨重，相互关系更加恶化，在三镇中更居劣势。但从此德宗也对讨伐藩镇失去信心，"上还自兴元，虽一州一镇有兵者，皆务姑息"。⁽⁷⁹⁾在德宗优容下，幽州藩镇开始刘怦、刘济、刘总三代执政，父子传代成为了惯例，幽州势力地方化更趋于定势。但是经过与朝廷对抗，幽州藩镇也安守东北，不敢再生事端。贞元十年（794 年）三月，刘济与兄刘澭不和，刘澭率所部归京师，幽州藩镇维持了与朝廷的臣服关系。

德宗努力的失败，给唐王朝命运蒙上更灰暗的色彩。然而其子顺宗短暂在位期间，仍不肯放弃恢复帝室尊严的奋斗，幸运的是继位的宪宗通过兢兢业业的筹划，充分发挥朝中上下对复兴帝国尊严的期望，开始打击河北强藩，中兴王室昔日荣光。元和元年（806年）正月，"上与杜黄裳论及藩镇，黄裳曰：'德宗自经忧患，务为姑息，不生除节帅。有物故者，先遣中使察军情所与则授之。中使或私受大将赂，归而誉之，即降旌钺，未尝有出朝廷之意者。陛下必欲振举纲纪，宜稍以法度裁制蕃镇，则天下可得而理也。'上深以为然，于是始用兵讨蜀，以至威行两河，皆黄裳启之也"。⁽⁸⁰⁾在大臣建议之下，宪宗先扫清西川、浙西，元和七年（812 年）魏博田弘正归顺，形势颇为可喜，于是元和十年（814 年）讨淮西吴元济与成德王承宗。为防止幽州藩镇卷入，宪宗没有征调幽州兵参战，而刘济、刘总父子为自全之计，主动出兵，"承宗再拒命，总遣兵取武强，按军两端，以私馈赏。宪宗知之，外示崇宠，进同中书门下平章事。及吴元济、李师道平，承宗忧死，田弘正入镇州，总失支助，大恐，谋自安。又数见父兄为祟……因上疏愿奉朝请，且欲割所治为三；以幽、涿、营为一府，请张弘靖治之；瀛、莫为一府，卢士玫治之；平、蓟、妫、檀为一府，薛平治之。尽籍宿将荐诸朝"。⁽⁸¹⁾元和十三年（818 年），在宪宗君臣励精图治之下，河北三镇一时穷蹙，幽州节度使刘总也是独木难支，不得不分割幽州之地，举家入朝。刘总入朝携带不少桀骜将官入朝，又建议朝廷分割藩镇，目的在于削弱长期盘根错节的地方势力，使朝廷便于控制。

宪宗虽然取得对藩镇的重大胜利，但是继以穆宗、敬宗两朝理政昏暗，朝廷再失河朔。穆宗长庆元年（821 年）五月刘总入朝之后，以张弘靖出任幽州节度使，因张弘靖镇抚不力，幽州兵乱，朱克融自为节度使，朝廷从此转入对幽州藩镇的消极干预。文宗太和元年（827 年）五月，因为李同捷拒命，欲自代其父为横海节度使，"朝廷犹虑河南、北节度使构扇同捷使拒命，乃加魏博史宪诚同平章事。丁丑，加卢龙李载义、平卢康志睦、成德王庭凑检校官"。[82]文宗朝时朝廷陷入党争与宦官斗争中，对振兴中央权威态度消极，"上（文宗）御延英，谓宰相曰：'天下何时当太平，卿等亦有意于此乎！'僧孺对曰：'太平无象。今四夷不至交侵，百姓不至流散，虽非至理，亦谓小康。陛下若别求太平，非臣等所及。'"[83]在君臣苟且之下，太和五年幽州军乱，牛僧孺建议朝廷置身事外，表现了中央对幽州藩镇的放弃。虽然幽州节度使李载义在宝历二年（826 年）取代朱延嗣后对朝廷表示效顺，但是幽州藩镇处于河朔跋扈藩镇外围，对朝廷安全并无直接影响，况且朝廷也无心振作，幽州藩镇愈来愈脱离朝廷约束。武宗会昌元年（841 年）八月幽州接连发生军乱，"卢龙军复乱，杀陈行泰，立牙将张绛。初，陈行泰逐史元忠，遣监军傔以军中大将表来求节钺。李德裕曰：'河朔事势，臣所熟谙。比来朝廷遣使赐诏常太速，故军情遂固。若置之数月不问，必自生变。今请留监军傔，勿遣使以观之。'既而军中果杀行泰，立张绛，复求节钺，朝廷亦不问"。[84]

唐末中央权威更是江河日下，对藩镇的控制范围日渐缩小，导致唐末藩镇互相吞并、各自为政的局面。在混乱中，幽州藩镇与唐中央渐行渐远。

三、唐末幽州藩镇的衰落

1. 幽州藩镇的对外攻略

黄巢之乱给日薄西山的唐王朝以致命一击，在藩镇眼里中央权威荡然无存，"时藩镇相攻者，朝廷不复为之辨曲直。由是互相吞噬，惟力是视，皆无所禀畏矣"。[85]经过厮杀，唐末形成了以宣武、河东、淮南、淮西等几大藩镇为主的割据局面。其中河东李克用与宣武朱全忠的势力最大，诸多藩镇因利益取向而与这两大藩镇结成了错综复杂的利益关系。原本在唐后期势力强大的河朔藩镇在唐末藩镇陵替之际，却在政治上无所表现，尤其是魏博与成德藩镇仅靠依附大镇支持维持旧日势力范围，于是幽州藩镇在藩镇角逐中渐露头角。

唐末藩镇兼并时期，从李匡威、李匡筹兄弟到刘仁恭、刘守光父子都有对外兼并的野心。但是同当时强藩河东、宣武两大藩镇相比，幽州藩镇对外攻略并没有顺利实现，兼并的范围被迫局限于周边的藩镇，而且在对外兼并的过程中受到河东、朱梁以及魏博、成德的坚决抵制。由于实力上的限制，使得幽州对河北的扩张没有取得显著的成效，最终走向了衰落。

幽州藩镇在唐末五代的动荡中，首要目标是抗衡河东，并在利害相关条件下，寻求邻藩或强藩支持和帮助。河东李克用势力强劲，对河北、关中藩镇构成直接威胁，所以幽州藩镇欲图扩张就必然会导致与河东的冲突。李可举于是联合邻近藩镇的赫连铎、王镕对河东采取行动，"中和末，以太原李克用兵势方盛，与定州王处存密相缔结。可举虑其窥伺山东，终为己患，遂遣使构云中赫连铎乘其背，则与镇州合谋举兵，兼言易、定是燕、赵之余，云得其地则正其疆理而分之"。⁽⁸⁶⁾继李可举之后，李匡威"素称豪爽，属遇乱离，缮甲燕蓟，有吞四海之志"，⁽⁸⁷⁾多次联合据云中的郝连铎、河北诸镇以及朱全忠进攻河东，"赫连铎、李匡威表请讨李克用。朱全忠亦上言：'克用终为国患，今因其败，臣请帅汴、滑、孟三军，与河北三镇共除之。乞朝廷命大臣为统帅。'……（张）浚欲倚外势以挤杨复恭，乃曰：'先帝再幸山南，沙陀所为也。臣常虑其与河朔相表里，致朝廷不能制。今两河藩镇共请讨之，此千载一时。但乞陛下付臣兵柄，旬月可平。失今不取，后悔无及。'……五月，诏削夺克用官爵、属籍，以浚为河东行营都招讨制置宜慰使，京兆尹孙揆副之，以镇国节度使韩建为都虞候兼供军粮料使，以朱全忠为南面招讨使，王镕为东面招讨使，李匡威为北面招讨使，赫连铎副之"。⁽⁸⁸⁾

幽州藩镇虽然有积极进取河东的意图，但由于实力不足，每每倚他镇之联合而行动，在一定程度上抵御了河东李克用对河北的攻势，"赫连铎据云中，屡引匡威与河东争云、代，交兵积年。景福初，镇州王镕诱河东将李存孝。克用怒，加兵讨之。时镕童幼，求援于燕；匡威亲率军应之。二年春，河东复出师井陉，再乞师，匡威来援"。[89]在李匡威援助之下，李克用一时难以在河北取得有利地位，"李克用引兵围邢州，王镕遣牙将王藏海致书解之，克用怒，斩藏海，进兵击镕，……甲午，李匡威引兵救镕，败河东兵于元氏，克用引还邢州。镕犒匡威于槀城，辇金帛二十万以酬之"。[90]

从僖宗乾符年间李克用父子据代州向河北进取，就一直遭到幽州藩镇为首势力的对抗，但到景福二年李匡威被其弟李匡筹所逐，幽州藩镇对河东的抗击形势开始转变。尤其是刘仁恭叛归河东，使得李克用如虎添翼，"幽州将刘仁恭将兵戍蔚州，过期未代，士卒思归。会李匡筹立，戍卒奉仁恭为帅，还攻幽州，至居庸关，为府兵所败。仁恭奔河东，李克用厚待之"。[91]在刘仁恭的协助下，李克用顺利攻克幽州，"刘仁恭数因盖寓献策于李克用，愿得兵万人取幽州。克用方攻邢州，分兵数千，欲纳仁恭于幽州，不克。李匡筹益骄，数侵河东之境。克用怒，十一月，大举兵攻匡筹，拨武州，进围新州"。[92]昭宗乾宁元年（894年）十二月李克用击败李匡筹，以幽州为巡属，"春，正月，辛酉，幽州军民数万以麾盖歌鼓迎李克用入府舍；克用命李存审、刘仁恭将兵略定巡属（幽、涿、莫、妫、檀、蓟、顺、营、平、新武等州）"。[93]

李克用攻克幽州之后，幽州开始纳入刘仁恭统治之下，"李克用表刘仁恭为卢龙留后，留兵戍之；壬子，还晋阳。妫州人高思继兄弟，有武干，为燕人所服，克用皆以为都将，分掌幽州兵。部下士卒，皆山北之豪也，仁恭惮之。久之，河东兵戍幽州者暴横，思继兄弟以法裁之，所诛杀甚多。克用怒，以让仁恭，仁恭诉称高氏兄弟所为，克用俱杀之。仁恭欲收燕人心，复引其诸子置帐下，厚抚之"。[94]事实上刘仁恭与河东维持了一段表面上的依附关系，"初，李克用取幽州，表刘仁恭为节度使，留戍兵及腹心将十人典其机要，租赋供军之外，悉输晋阳。及上幸华州，克用征兵于仁恭，又遣成德节度使王镕、义武节度使王郜书，欲与之共定关中，奉天子还长安。仁恭辞以契丹入寇，须兵扞御，请俟虏退，然后承命。克用屡趣之，使者相继，数月，兵不出。克用移书责之，仁恭抵书于地，谩骂，囚其使者，欲杀河东戍将，戍将遁逃获免。克用大怒，八月，自将击仁恭"。[95]李克用此次进攻失败，直到后梁均王成化三年（913年）其子李存勖才攻下幽州。

刘仁恭与虽然与河东决裂，但是与李匡威不同的是并没有联合河朔其他藩镇展开对强藩之进攻，而是积极对河北藩镇进行兼并，

"义昌节度使卢彦威，性残虐，又不礼于邻道。与卢龙节度使刘仁恭争盐利，仁恭遣其子守文将兵袭沧州，彦威弃城，挈家奔魏州。罗弘信不纳，乃奔汴州。仁恭遂取沧、景、德三州，以守文为义昌留后。仁恭兵势益盛，自谓得天助，有并吞河朔之志，为守文请旌节，朝廷未许。会中使至范阳，仁恭语之曰：'旌节吾自有之，但欲得长安本色耳，何为累章见拒，为吾言之！'其悖慢如此"。[96]昭宗光化元年（898年）三月攻下沧、景、德三州，刘仁恭进一步攻取魏博，昭宗光化二年（899年）正月，"刘仁恭发幽、沧等十二州兵十万，欲兼河朔。攻贝州，拔之，城中万余户，尽屠之，投尸清水。由是诸城各坚守不下。仁恭进攻魏州，营于城北。魏博节度使罗绍威求救于朱全忠。……汴、魏之人长驱追之，至临清，拥其众入永济渠，杀溺不可胜纪。镇人亦出兵邀击于东境，自魏至沧五百里间，僵尸相枕。仁恭自是不振，而全忠益横矣"。[97]

刘仁恭进攻魏博遭到镇州王镕以及朱全忠的阻挠，朱全忠为保有河北对抗河东，加紧对河北诸镇的进攻。昭宗光化三年使王镕服从，"镕以其子节度副使昭祚及大将子弟为质，以文缯二十万犒军。全忠引还，以女妻昭祚"。[98]接着遣大将张存敬会合魏博攻刘仁恭，攻下瀛、景、莫三州，随后又下易、定二州，"由是河北诸镇皆服于全忠（胡注：史言河北诸镇皆羁服于全忠，全忠不能并有其地）"。[99]幽州藩镇在河北的扩张遭遇到朱全忠的强有力压制，但是和魏博、镇冀不同的是刘仁恭仍保持了很大的独立性，对朱全忠在河北的从属构成了很大的威胁。天祐三年（906年），朱全忠欲定河北，"以幽、沧相首尾为魏患，欲先取沧州，甲辰，引兵发大梁。……九月，辛亥朔，朱全忠自白马渡河，丁卯，至沧州，军于长芦，沧人不出。罗绍威馈运，自魏至长芦五百里，不绝于路。又建元帅府舍于魏，所过驿亭供酒馔、幄幕、什器，上下数十万人，无一不备。……时汴军筑垒围沧州，鸟鼠不能通。仁恭畏其强，不敢战。……刘仁恭求救于河东，前后百余辈。李克用恨仁恭返覆，竟未之许，其子存勖谏曰：'今天下之势，归朱温者什七八，虽强大如魏博、镇、定，莫不附之。自河以北，能为温患者独我与幽、沧耳，今幽、沧为温所困，我不与之并力拒之，非我之利也。夫为天下者不顾小怨，且彼尝困我而我救其急，以德怀之，乃一举而名实附也。此乃吾复振之时，不可失也。'克用以为然，与将佐谋召幽州兵与攻潞州，曰：'于彼可以解围，于我可以拓境。'乃许仁恭和，召其兵。仁恭遣都指挥使李溥将兵三万诣晋阳，克用遣其将周德威、李嗣昭将兵与之共攻潞州"。[100]刘仁恭对魏博、镇冀以及易定的吞并因为河东、朱梁的干预而终生失败。

2. 幽州藩镇衰落的原因

幽州藩镇对外扩张并没有取得成效，首先和幽州藩镇本身的实力有很大关系。从幽州实力上来说，尽管李匡威恃"燕、蓟劲兵处，轩然有雄天下之意"，[101]刘守光天祐四年（907年）夺其父位后"尽率部内丁夫为军伍，耳黥其面"，[102]自诩"地方千里，带甲三十万"。在刘仁恭父子统治时期据有幽、涿、瀛、莫、沧、景、德、妫、檀、蓟、顺、营、平、新、武等州，在河北诸镇中地域最为广阔。但是幽州藩镇地处北边，历来藩镇节帅替代频繁，州镇分散，对政权的掌握不如魏镇牢固，如王镕"累世镇成德，得赵人心"。[103]魏博"地广兵强"而"朝廷不能制"，尤其"魏兵皆父子相承数拜年，族姻磐接"，"军府强盛"。[104]而且刘仁恭依附李克用得节度使之位，在内政上骄暴，人心不稳，如妫州高思继兄弟，"为燕人所服，克用皆以为都将，分掌幽州兵；部下士卒，皆山北之豪也，仁恭惮之"。[105]经济上也受之制约，李克用以卢龙为巡属，"租赋供军之外，悉输晋阳"。[106]为了聚敛，"悉敛境内钱，瘗于山巅；令民间用堇泥为钱。又禁江南茶商无得入境，自采山中草木为茶，鬻之"。[107]幽州藩镇情形正如孙鹤所言："公私困竭，太原窥吾西，契丹伺吾北"，[108]以此实力称霸河朔确有困难。

其次，幽州藩镇没有采取政治上的策略，缺乏政治上的号召力，与周边藩镇之间往往以一时利害关系而结盟，难以形成牢固而统一的战斗队伍。幽州藩镇的李可举、李匡威在兼并过程中，主要是联合云州的赫连铎对抗河东，这种联合关系显然是因为幽州无法单独与河东抗衡有关。同时也因种种利害关系的影响不能与其他藩镇形成有效的联盟。就河北的镇定、魏博两镇来说，也不愿看到幽州藩镇的强大，更希望维持割据分裂的局面以保持势力的均衡。昭宗大顺元年（890年）四月，李匡威联合赫连铎上表请讨伐李克用，朝廷中以张浚为统帅征讨河东，结果张浚兵败，"朝廷震恐，全忠方连兵徐、郓，虽遣将攻泽州而身不至。行营乃求兵粮于镇、魏，镇、魏倚河东为扞蔽，皆不出兵；惟华、邠、凤翔、鄜、夏之兵会之。兵未交而孙揆被擒，幽、云俱败"。[109]在利害关系的影响下，幽州藩镇联合他镇对河东的进攻屡屡失败，无法取得与河东抗衡的机会。不仅如此，幽州藩镇的兼并还遭到河东、宣武的多次打击，河东屡破李匡威之兵，昭宗乾宁元年（894 年）十二月在刘仁恭配合下攻入幽州。昭宗光化元年（898 年）正月刘仁恭向魏博进逼，遭朱全忠大将张存敬重创，被迫求救于李克用，最终不得不向朱全忠表示恭顺。

幽州地处边陲，很难与其他藩镇争锋，一方面在自然经济条件下没有特别的优势；另一方面幽州处在大藩镇的包围之下，既不同于河东以扶奖王室为名与关中藩镇联兵抗敌，也没有像朱梁一样稳定河北，快速兼并淮西、淮南、淄青等要地，然后挟天子令诸侯，取得政治上的优势。而幽州藩镇为扩大势力的兼并战争却直接危害了邻藩大镇的利益，所以遇到了重重阻力，不断损兵折将，难以取得成效。

再次，幽州藩镇还担负着防御契丹的任务，这在一定程度上对其兼并扩张也产生不利影响。自唐末以来契丹南进，为患日深，"乘中原多故，北边无备，遂蚕食诸郡，达靼、奚、室韦之属，咸被驱役，族帐寖盛，有时入寇"。[110]刘仁恭镇守幽州时期对契丹防御十分重视，也颇有成效，"卢龙节度使刘仁恭习知契丹情伪，常选将练兵，乘秋深入，逾摘星岭击之，契丹畏之。每霜降，仁恭辄遣人焚塞下野草，契丹马多饥死，常以良马赂仁恭买牧地。契丹王邪律阿保机遣其妻兄述律阿钵将万骑寇渝关，仁恭遣其子守光戍平州，守光伪与之和，设幄犒飨于城外，酒酣，伏兵执之以入。虏众大哭，契丹以重赂请于仁恭，然后归之"。[111]但是契丹为图谋幽州，往往与朱温和李克用结盟，谋求机会对幽州实行吞并，使幽州腹背受敌。

注释：

（1）《新唐书》卷二百一十二《李怀仙传》。

（2）平卢藩镇因安史之乱而失陷后改设为卢龙节度，以幽州节度使兼领。

（3）参考冯金忠《唐代幽州镇组织体制探微》，《中国史研究》2002 年第3 期：在幽州卢龙藩镇存在两套使府僚佐系统，为"一元二府体制"，幽州节度使辖幽、蓟、涿、瀛、莫、檀七州，卢龙节度使辖营、平二州。按王永兴先生之推测幽州节度使治幽州牙城的南部，称为南衙，卢龙节度使府位于幽州牙城之北，称为北衙。卢龙使府固然设置在幽州城内，但在平州设有卢龙留后，多兼任平州刺史和柳城军使。卢龙留后与幽州留后或分置或兼领，但不能视两者为同一。

（4）《唐方镇年表》卷四《幽州》。

（5）刘总鸩杀其父刘济，又杀害兄长刘绲以及父兄旧将数十人。

（6）其中因本人主动发动兵变而得位的有 11 人：朱希彩、刘总、李载义、杨志诚、陈行泰、张绛、李茂勋、李匡筹、刘仁恭、刘守光。被军中推举的有 7 人：朱泚、朱克融、朱延嗣、史元忠、陈行泰、周綝、张公素。平乱而向朝廷请命的有 1 人：张仲武。

（7）参见王寿南《唐代藩镇与中央关系之研究》，第 202—225 页。

（8）张国刚《唐代藩镇研究》，湖南教育出版社 1987 年，第 104、105 页。张国刚先生将唐代藩镇动乱分为四种类型：一是军士哗变，因士兵反抗暴虐或谋求赏赐、贪图眼前经济了利益而发动变乱；二是将校作乱，多为将校觊觎帅位而阴谋兵变夺取帅位；三是反叛中央，公然与中央武装对抗；四是军帅杀其部下，藩帅为除去对自己形成威胁的骄兵悍将而导致动乱。

（9）《唐会要》卷七十八《诸使下》节度使（每使管内军附）。

（10）王永兴《论唐代前期幽州节度》，《文物》1983 年第 3 期；黄明兰《宫文中撰洛阳出土唐管元惠神道碑》：（开元）十四年拜朝散大夫，使持节檀州诸军事檀州刺史兼障塞军使。

（11）《唐会要》卷七十八《诸使下》节度使（每使管内军附）。

（12）《旧唐书》卷一百四十三《李怀仙传》：李怀仙为"幽州卢龙等军节度使"。

（13）《新唐书》卷二百一十二《李怀仙传》。

（14）《旧唐书》卷一百四十三《朱滔传》。

（15）《旧唐书》卷一百四十三《李怀仙传》："怀仙大历三年为其麾下兵马使朱希彩所杀。"其中未提及朱泚兄弟，可见朱泚兄弟并没有发挥主谋作用。

（16）《新唐书》卷二百一十二《张公素传》。

（17）《资治通鉴》卷二百三十四，德宗贞元八年十一月条。

（18）《旧唐书》卷一百四十三《刘济传》。

（19）《旧唐书》卷一百八十《张仲武传》。

（20）《旧唐书》卷一百八十《张仲武传》。

（21）《全唐文》卷七百〇一《论幽州事宜状》。

（22）《新唐书》卷二百一十二《李茂勋传》。

（23）《全唐文》卷七百〇一《论幽州事宜状》。

（24）《新唐书》卷二百一十《藩镇魏博传序》："魏博传五世，至田弘正入朝，十年复乱，更四姓，传十世，有州七。成德更二姓，传五世，至王承元入朝。明年，王庭凑反，传六世，有州四。卢龙更三姓，传五世，至刘总入朝，六月，岹克融反，传十二世，有州九。"成德节帅李宝臣（奚）传二世，在位十九年（宝应元年至建中二年 762—781）。王武俊（契丹）传三世，在位三十八年（建中三年至元和十五年 782—820）。王廷凑（阿布思）传五世，在位共六十二年（长庆元年至中和三年 821—883）。

（25）（28）陈寅恪：《论唐代之蕃将与府兵》，《金明馆丛稿初编》。

（26）《旧唐书》卷二百上《安禄山传》。

（27）《资治通鉴》卷二百二十，肃宗至德二载十二月条。

（29）《新唐书》卷二百一十《藩镇魏博》。

（30）马驰：《唐幽州境侨治羁縻州与河朔藩镇割据》，《唐研究》第四卷。

（31）《资治通鉴》卷二百二十二，肃宗上元二年二月条。

（32）《安禄山事迹》卷上。

（33）《资治通鉴》卷二百二十二，肃宗上元二年三月条考异。《新唐书》卷二百一十二《李怀仙传》记其大略，阿史那承庆作阿史那玉。

（34）《资治通鉴》卷二百一十八，肃宗至德元载年七月条。

（35）《资治通鉴》卷二百一十九，肃宗至德元载十一月条。

（36）《资治通鉴》卷二百二十七，德宗建中三年二月条。

（37）《资治通鉴》卷二百二十七，德宗建中三年二月条。

（38）《新唐书》卷二百一十《藩镇魏博传序》。

（39）《资治通鉴》卷二百二十六，德宗建中二年正月条。

（40）《资治通鉴》卷二百二十七，德宗建中二年八月条。

（41）《资治通鉴》卷二百二十四，代宗大历七年七月条：卢龙节度使朱希彩既得位，悖慢朝廷，残虐将卒，孔目官李怀瑗因众怒，伺间杀之。众未知所从；经略副使朱泚营于城北，其弟滔将牙内兵，潜使百馀人于众中大言曰："节度使非朱副使不可"，众皆从之。泚遂权知留后，遣使言状。

（42）《旧唐书》卷一百四十一《田悦传》。

（43）《新唐书》卷二百一十二《朱克融传》。

（44）《旧唐书》卷一百七十《裴度传》。

（45）《资治通鉴》卷二百四十二，穆宗长庆二年正月条。

（46）《旧唐书》卷一百七十《裴度传》。

（47）魏博仅有田弘正、田布父子，成德有王士真、王元逵、王景崇三任节度对中央恭顺。

（48）《旧唐书》卷一百四十三《刘怦传》。

（49）《旧唐书》卷一百四十三《刘怦传附刘济传》。

（50）《全唐文》卷五百〇一《故幽州卢龙军节度副大使知节度事管内支度营田观察处置押奚契丹两蕃经略卢龙军等使开府仪同三司检校司徒兼中书令幽州大都督府长史上柱国彭城郡王赠太师刘公墓志铭》。

（51）《旧唐书》卷一百九十九下《契丹传》："贞元四年，与奚众同寇我振武，大掠人畜而去。"同书同卷《奚传》："贞元四年七月，奚及室韦寇振武。十一年四月，幽州奏却奚六万馀众。元和元年，其王饶乐府都督、袭归诚王梅落来朝，加检校司空，放还蕃。三年，以奚首领索低为右武威卫将军同正，充檀、苏两州游奕兵马使，仍赐姓李氏。"以上史料基本与墓志相印证。

（52）《旧唐书》卷一百四十三《刘怦传附刘总传》。

（53）《旧唐书》卷一百八十《李载义传》。

（54）《资治通鉴》卷二百四十三，文宗太和元年七月条。

（55）《全唐文》卷七百一十《论幽州事宜状》。

（56）《资治通鉴》卷二百四十九，宣宗大中四年八月条。

（57）《旧唐书》卷一百八十《张允伸传》。

（58）《全唐文》卷七百五十一白居易《罪言》。

（59）《旧唐书》卷一百七十二《牛僧孺传》。

（60）《新唐书》卷二百一十《田承嗣传》。

（61）《新唐书》卷二百一十《田绪传》。

（62）《旧唐书》卷一百四十二《王廷凑传》。

（63）《旧唐书》卷一百四十二《李宝臣传》。

（64）《资治通鉴》卷二百二十六，建中二年正月条。

（65）《资治通鉴》卷二百八十三，宪宗元和四年十一月条。

（66）《旧唐书》卷一百四十二《王武俊附王士平传》。

（67）《旧唐书》卷一百四十二《王廷凑传附王元逵传》。

（68）《资治通鉴》卷二百二十六，德宗建中二年正月条。

（69）《资治通鉴》卷二百三十七，宪宗元和二年八月条。

（70）《资治通鉴》卷二百三十八，元和四年十一月条。

（71）《资治通鉴》卷二百三十九，宪宗元和十年十一月条。

（72）《新唐书》卷二百一十二《朱滔传》。

（73）《新唐书》卷二百一十二《刘济传》。

（74）《全唐文》卷七百〇一《巡边使刘沔状》。

（75）《新唐书》卷二百一十二《张仲武传》。

（76）《资治通鉴》卷二百二十五，代宗大历十年八月条。

（77）《资治通鉴》卷二百二十四，代宗大历二年六月条。

（78）《新唐书》卷二百一十二《朱滔传》。

（79）《资治通鉴》卷二百三十五，德宗贞元十五年十二月条。

（80）《资治通鉴》卷二百三十七，宪宗元和元年正月条。

（81）《新唐书》卷二百一十二《刘总传》。

（82）《资治通鉴》卷二百四十三，文宗太和元年五月条。

（83）《资治通鉴》卷二百四十三，文宗太和六年十一月条。

（84）《资治通鉴》卷二百四十六，武宗会昌元年八月条。

（85）《资治通鉴》卷二百五十五，僖宗中和四年七月条。

（86）《旧唐书》卷一百八十《李可举传》。

（87）《旧唐书》卷一百八十《李匡威传》。

（88）《资治通鉴》卷二百五十八，昭宗大顺元年四月条。

（89）《旧唐书》卷一百八十《李匡威传》。

（90）《资治通鉴》卷二百五十九，昭宗景福二年二月条。

（91）《资治通鉴》卷二百五十九，昭宗景福二年四月条。

（92）《资治通鉴》卷二百五十九，昭宗乾宁元年十月条。

（93）《资治通鉴》卷二百六十，昭宗乾宁二年正月条。

（94）《资治通鉴》卷二百六十，昭宗乾宁二年二月条。

（95）《资治通鉴》卷二百六十一，昭宗乾宁四年七月条。

（96）《资治通鉴》卷二百六十一，昭宗光化元年三月条。

（97）《资治通鉴》卷二百六十一，昭宗光化二年正月条。

（98）《资治通鉴》卷二百六十二，昭宗光化三年八月条。

（99）《资治通鉴》卷二百六十二，昭宗光化三年八月条。

（100）《资治通鉴》卷二百六十五，昭宣帝天祐三年八月条。

（101）《新唐书》卷二百一十二《李匡威传》。

（102）《旧五代史》卷六十七《赵凤传》。

（103）《资治通鉴》卷二百七十一，均王贞明六年十一月条。

（104）《资治通鉴》卷二百六十九，均王贞明元年三月条。

（105）《资治通鉴》卷二百六十，昭宗乾宁二年二月条。

（106）《资治通鉴》卷二百六十一，昭宗乾宁四年七月条。

（107）《资治通鉴》卷二百六十六，太祖开平元年三月条。

（108）《资治通鉴》卷二百六十八，梁太祖乾化元年四月条。

（109）《资治通鉴》卷二百五十八，昭宗大顺元年十月条。

（110）《旧五代史》卷一百三十七《契丹传》。

（111）《资治通鉴》卷二百六十四，昭宗天复三年十二月条。

五代及辽代

第一章 五代时期的幽州

一、刘守光争霸

唐天佑四年，朱温废唐帝自立，国号梁，幽州政权开始了频繁的更迭。

朱梁政权建立之初，视晋阳李克用为其最大对手，使河北诸藩镇暂时维持其割据状态。幽州藩镇在唐末处于刘仁恭控制之下，刘曾在藩镇争夺中企图争霸河北，不过并没有取得成功。开平元年（912年），刘守光囚其父刘仁恭自为幽州节度使后，仍以称霸河北为主要目标。刘守光夺其父之位后，旧部离散，"仁恭将佐及左右，凡守光素所恶者皆杀之。银胡騄都指挥使王思同帅部兵三千，山后八安巡检使李承约帅部兵二千奔河东，守光弟守奇奔契丹，未几，亦奔河东"。[1]其兄刘守文守沧景，闻讯后攻刘守光。兄弟开战，刘守文倚朱温为后盾，刘守光则求助于晋阳李克用。开平三年（914年），刘守文"大发兵，以重赂招契丹、吐谷浑之众，合四万屯蓟州"。[2]刘守光几乎不敌，不过刘守文因轻忽反而落败，刘守光乘胜攻下沧州，终于独统幽州之地。然后进一步谋求称霸河北，在扩张势力的过程中，刘守光遭遇了河北诸镇以及朱梁、河东的阻力。

梁太祖开平四年（915年），为防止赵与晋勾结，梁遣将攻镇、定，王镕被迫求助晋、燕，"镕使者至幽州，燕王守光方猎，幕僚孙鹤驰诣野谓守光曰：'赵人来乞师，此天欲成王之功业也。'守光曰：'何故？'对曰：'比常患其与朱温胶固。温之志非尽吞河朔不已，今彼自为仇敌，王若与之并力破梁，则镇、定皆敛衽而朝燕矣。王不早出师，但恐晋人先我矣。'守光曰：'王镕数负约，今使之与梁自相弊，吾可以坐承其利，又何救焉！'赵使者交错于路，守光竟不为出兵"。[3]刘守光企图坐收渔人之利，号令河北的野心日炽，"卢龙、义昌节度使兼中书令燕王守光既克沧州，自谓得天助，淫虐滋甚。每刑人，必置诸铁笼，以火逼之；又为铁刷刷人面。闻梁兵败于柏乡，使人谓赵王镕及王处直曰：'闻二镇与晋王破梁兵，举军南下，仆亦有精骑三万，欲自将之为诸公启行。然四镇连兵，必有盟主，仆若至彼，何以处之？'镕患之，遣使告于晋王，晋王笑曰：'赵人告急，守光不能出一卒以救之；及吾成功，乃复欲以兵威离间二镇，愚莫甚焉！'"[4]梁太祖乾化元年（911年），刘守光谋求称帝，"燕王守光尝衣赭袍，顾谓将吏曰：'今天下大乱，英雄角逐，吾兵强地险，亦欲自帝，何如？'……又使人讽镇、定，求尊己为尚父，赵王镕以告晋王。晋王怒，欲伐之，诸将皆曰：'是为恶极矣，行当族灭，不若阳为推尊以稔之。'乃与镕及义武王处直、昭义李嗣昭、振武周德威、天德宋瑶六节度使共奉册推守光为尚书令、尚父。守不寤，以为六镇实畏己，益骄，乃具表其状曰：'晋王等推臣，臣荷陛下厚恩，未之敢受。窃思其宜，不若陛下授臣河北都统，则并、镇不足平矣。'上亦知其狂愚，乃以守光为河北道采访使，遣阁门使王瞳、受旨史彦群册命之。……守光命僚属草尚父、采访使受册仪。乙卯，僚属取唐册太尉仪献之，守光视之，问何得无郊天、改元之事，对曰：'尚父虽贵，人臣也，安有郊天、改元者乎？'守光怒，投之于地，曰：'我地方二千里，带甲三十万，直作河北天子，谁能禁我！尚父何足为哉！'命趣具即帝位之仪，械系瞳、彦群及诸道使者于狱，既而皆释之"。[5]七月，刘守光称帝，国号为燕。

称帝之后，刘守光企图进吞河北进一步拓展势力。因当时魏博、镇定势力已经开始衰弱，尤其魏博罗绍威借朱温之手剪除牙兵而导致势力衰微，"朱全忠克相州。时魏之乱兵散据贝、博、澶、相、卫州及魏之诸县，全忠分命诸将攻讨，至是悉平之，引兵南还。全忠留魏半岁，罗绍威供億，所杀牛羊豕近七十万，资粮称是，所掠遗又近百万，比去，蓄积为之一空。绍威虽去其逼，而魏兵自是衰弱。绍威悔之，谓人曰：'合六州四十三县铁，不能为此错也！'"[6]罗绍威死后，梁太祖遣大将屯守魏州，魏博藩镇完全丧失了其独立性。镇定节度王镕则在河东、朱梁、幽沧节度之间往来依附，最后在朱梁和幽州的威胁下，王镕与晋结成了联盟。如此一来，刘守光对河北的侵吞招致了更多的压力。

梁太祖乾化元年，河东李存勖急攻河朔，镇守潞州的梁军大败，扭转了河东在河北的败局。为进一步解除河朔藩镇对河东的威胁，当时晋诸将以为："云、代与燕接境，彼若扰我城戍，动摇人情，吾千里出征，缓急难应，此亦腹心之患也。不若先取守光，然后可以专意南讨。"[7]乾化元年二月李存勖决定亲自攻拔幽州，消除幽州对河东北面威胁。三年（912年）十二月，"晋王督诸军四面攻城，克之，擒刘仁恭及其妻妾，守光帅妻子亡去。癸亥，晋王入幽州"。[8]自此，幽州入于李存勖控制之下。

二、后唐与契丹对幽州的争夺

李存勖攻占幽州后，命大将周德威镇守，"授德威检校侍中、幽州卢龙等军节度使"。[9]幽州对支援李存勖与朱梁争夺至关重要，因此周德威镇守时尽力剪除幽州原有势力，"幽州旧将有名者，往往杀却之"，[10]加强对幽州控制，并以幽州为后卫积极支持李存勖灭梁。梁贞明元年（915年），分魏博为两镇，引起魏博兵变，李存勖乘机出兵，顺利攻占魏博。救魏博不成的梁开封尹刘鄩改袭空虚的晋阳，李存勖追击不及，"周德威闻鄩西上，自幽州引千骑救晋阳"。[11]挫败刘鄩后，"德威将燕兵三万人，与镇、定等军从庄宗于河上，自麻家渡进军临濮，以趋汴州"。[12]幽州兵马成为晋王攻占河北的有力后盾。周德威在随晋王攻占河北时阵亡，幽州镇守大将数次更换。

在晋与梁战于河北之际，契丹晋后方空虚侵逼幽州。后梁贞明三年（917年）二月，新州节度使李存矩骄惰被部下小校所杀，裨将卢文进畏惧帅部下奔契丹，然后引契丹占领新州。新州为晋阳之屏蔽，在河北作战的晋王急令周德威统河东、镇、定大兵反攻，连攻旬日不下。阿保机帅三十万援救，周德威寡不敌众，大败奔归幽州。[13]契丹乘胜进围幽州，"声言有众百万，毡车氄幕弥漫山泽。卢文进教之攻城，为地道，昼夜四面俱进，城中穴地燃膏以邀之。又为土山以临城，城中熔铜以洒之，日杀千计，而攻之不止。周德威遣间使诣晋王告急，王方与梁相持河上，欲分兵则兵少，欲勿救恐失之，忧形于色，谋于诸将，独李嗣源、李存审、阎宝劝王救之"。[14]契丹日强，而幽州为抵御契丹攻入中原的最后屏障，而且是晋攻守河北的后方，因此晋王不惜分兵挽救危急的幽州。李嗣源等帅七万之众会于易州，北行踰大房岭趋幽州，在幽州六十里外遇契丹大军。经过李嗣源、李存审死战，契丹大败，阿保机自北山逃归。幽州之围虽然被解，但是阿保机"以卢文进为卢龙节度使，居平州，岁入北边，杀掠吏民。卢龙巡属为之残弊"。[15]

幽州对契丹防御转为劣势，除了契丹的逐渐强大的原因外，守将周德威犯下了很大错误，"初，幽州北七百里有渝关，下有渝水通海。自关东北循海有道，道狭处才数尺，旁皆乱山，高峻不可越。比至进牛口，旧置八防御军，募土兵守之。田租皆供军食，不入于蓟，幽州岁致缯纩以供战士衣。每岁早获，清野坚壁以待契丹，契丹至，辄闭壁不战，俟其去，选骁勇据隘邀之，契丹常失利走。土兵皆自为田园，力战有功则赐勋加赏，由是契丹不敢轻入寇。及周德威为卢龙节度使，恃勇不修边备，遂失渝关之险，契丹每刍牧于营、平之间"。[16]

契丹占据平州后，进一步侵夺幽州。阿保机在梁贞明二年（916年）称帝，为巩固自己在契丹部落的地位，竭力对外吞并扩张。而唐末契丹对汉文化的吸收，更加促进了他占领幽州的欲望，"初，唐末藩镇骄横，互相吞并邻藩，燕人军士多亡归契丹，契丹日益强大。又得燕人韩延徽，有智略，颇知属文。……延徽始教契丹建牙开府，筑城郭，立市里以处汉人，使各有配偶，垦艺由是汉人各安生业，逃亡者益少。契丹威服诸国，延徽有助焉"。[17]尽管阿保机在后唐时期夺取了幽州之外的平州，有了进攻幽州的有利地理条件，但是几次出击都未取得胜利。后唐同光元年（923年），李存勖在魏州称帝，阿保机顾虑渤海未平，也不敢放肆南侵，"遣使就唐求幽州以处卢文进。……遣其将秃馁及卢文进据平、营州，以扰燕地"。[18]同光四年（926年），庄宗死，遣姚坤告哀于契丹，阿保机于是要求："若与我大河之北，吾不复南侵矣！"被拒绝后囚姚坤，"旬余复召之，曰：'河北恐难得，得镇、定、幽亦可也'。"[19]阿保机夺取幽州的愿望在后唐抵抗下终未实现，但是在阿保机死前，已经完成对东北诸族的征服。其子耶律德光继位后，更是抱着"坐制南邦，混一天下，成圣祖未集之功，贻后世无疆之福"[20]雄心，侵夺幽州成为契丹扩张中原的关键。

辽太宗耶律德光对幽州攻略首先遭到节度使赵德钧挫败。赵德钧本为幽州人，先后效命刘守文、刘守光兄弟，庄宗伐幽州时归效，颇受庄宗赞赏。同光三年（925年）自沧州移镇幽州。唐明宗即位后，倚重幽州，其子延寿尚明宗兴平公主。后唐天成三年

（928 年）四月义武节度使王都反，重贿契丹援助。招讨使王晏球先大败契丹，赵德钧乘胜邀击，"自是契丹为之沮气，更不犯塞"。[21]为抵御契丹不断进攻，"德钧奏发河北数镇丁夫，开王马口至游口，以通水运凡二百里。又于阎沟筑垒，以戍兵守之，因名良乡县，以备钞寇。又于幽州东筑三河城，北接蓟州，颇为形胜之要，部民由是稍得樵牧。德钧镇幽州凡十余年，甚有善政，累官至检校太师、兼中书令，封北平王"。[22]赵德钧镇守幽州劳苦功高，使后唐北境出现了难得的安宁。

后唐长兴四年（933 年）十一月，后唐明宗崩，养子李从珂杀愍帝夺位，引发了政权的分裂。清泰三年（936 年）河东节度使、明宗婿石敬瑭对自以太原地势险要且粮食充足，拒末帝命，求援于契丹，"令桑维翰草表称臣于契丹主，且请以父礼事之，约事捷之日，割卢龙一道及雁门关以北诸州与之"。[23]九月，耶律德光攻雁门，大败唐兵。唐末帝令赵德钧出飞狐口击契丹后路，而"赵德钧阴蓄异志，欲因乱取中原"，[24]领兵与其子赵延寿屯兵团柏谷口按兵不动，"厚以金帛赂契丹主，云：'若立己为帝，请即以见兵南平洛阳，与契丹为兄弟之国，仍许石氏常镇河东。'"[25]然而赵德钧投靠契丹的打算完全落空，十一月"契丹主作册书，命敬瑭为大晋皇帝，自解衣冠授之，筑坛于柳林。是日，即皇帝位。割幽、蓟、瀛、莫、涿、檀、顺、新、妫、儒、武、云、应、寰、朔、蔚十六州以与契丹，仍许岁输帛三十万匹"。[26]

石敬瑭割让燕云十六州之举已遭后代数世诟骂，北宋仁宗时枢密使富弼《河北守御十二策》中言："自石晋割燕蓟入契丹，中国无险可守，故敌骑直出燕南。"[27]契丹夺取幽州后，不仅取得了进攻中原的有利地理条件，而且充实了实力，获得了与中原政权长期抗衡的资本，"石晋未割弃以前，其中番汉杂斗，胜负不相当；既筑城后，远望数十里间，宛然如带，回环缭绕，形势雄杰，真用武之国也"。[28]

石敬瑭以巨大代价换取帝位，但卑屈事辽，臣下不满与辽屡起冲突，招致辽谴责。后晋天福七年（948 年），石敬瑭竟忧郁病亡，子重贵即位，为晋出帝。晋出帝在大臣怂恿下，一改石敬瑭对辽帝恭谨态度，引发与辽矛盾。后唐幽州节度使赵德钧之子赵延寿投降契丹后被授卢龙节度使之位，依然怀着代晋称帝的野心，多次劝辽帝灭晋。后晋天福八年（949 年），出帝与辽矛盾愈来愈激化，十二月后晋平卢节度使杨光远密告辽帝国内饥荒。在赵延寿劝说下，辽帝遣赵延寿领五万兵攻后晋，并许诺立其为帝。后晋开运四年（944年），后晋被灭，辽兵在中原之地掳掠无数，滥杀不止，激起强烈反抗，辽太宗被迫撤军，在归中途病死临城。

在辽帝攻占大梁后，河东节度使刘知远据地自守。天福十二年（947年）二月，刘知远称帝，国号汉。辽太宗撤退病亡后，河南、河北诸州纷纷驱逐契丹，依附后汉。乾祐元年（948年）统一黄河流域不久后，刘知远病死，其子承祐隐帝即位。契丹数次侵入，"横行河北，诸藩镇各自守，无捍御之者，议以郭威镇邺都，使督诸将以备契丹"。[29]郭威曾事刘知远，隐帝拜为枢密使，惯于征战。他至邺都后谨严防守，坚壁清野以待契丹入寇。乾祐三年（950年）十一月，朝中政变，诛杀郭威等武功大臣。在邺都的郭威闻知举家被害，在邺都起兵，攻入大梁，隐帝被乱兵所杀。广顺元年（951年）正月郭威被士兵拥立为帝，国号周。而刘知远弟刘崇任太原尹兼河东节度使，在郭威称帝后也自称帝，是为北汉。

三、后周世宗收复幽州的方略

辽为继续侵入中原，开始扶植北汉政权，刘崇对辽帝的青睐十分欣喜，在对辽帝信中言："本朝沦亡，欲循晋室故事求援"，并"遣使如辽乞兵"。[30]后周广顺元年（951年）九月辽世宗不顾诸部反对，引兵南下助北汉抗后周，至新州诸王作乱，弑世宗。十月，辽穆宗以萧禹厥将兵五万会北汉二万兵攻后周晋州。时值大雪，晋州久攻不下，军粮奇缺，契丹烧营夜遁归晋阳，"士马十丧三四。萧禹厥耻于无功，钉大酋长一人于市，旬余而斩之。北汉主始息意于进取"。[31]

后周北有北汉与契丹为敌，南有南唐诸政权窥视，国势艰危。周太祖革除不少弊政，初步巩固了政权。后周显德元年（954年）正月周世宗新立，北汉刘崇以为有机可乘，请辽兵万余，自将三万攻潞州。周世年宗亲临前线督战，契丹兵临阵而退，北汉兵溃，刘崇自高平被褐戴笠，昼夜逃奔，才回到晋阳。周世宗经高平战捷，"慨然有削平天下之志。会秦州民夷有诣大梁献策请恢复旧疆者，帝纳其言"。[32]然后令臣下上《开边策》，比部郎中王朴献策先攻南唐、巴蜀，然后复幽燕，末攻河东，世宗欣然采纳。

为完成统一大业，周世宗积极整顿朝政，革新军事，恢复经济。显德二年（955年）十月开始周世宗三次亲征南唐，至显德五年（958年）三月，南唐割江淮十四州六十县求和，消除了后周取幽燕的后顾之忧。显德四年（957年）征讨南唐期间，世宗发民夫疏通汴水与淮河，显德六年（958年）二月，又疏通汴水与蔡水，形成以大梁为中心的通达水路系统。在一系列准备后，周世宗开始发收复幽燕的战争。显德六年三月，周世宗命侍卫亲军都虞侯韩通等将水陆军先发，自领兵从大梁出发，"四月，庚寅，韩通奏自沧州治水道入契丹境，栅于乾宁军南，补坏防，开游口三十六，遂通瀛、莫。辛卯，上至沧州，即日帅步骑数万发沧州，直趋契丹之境。河北州县非车驾所过，民间皆不之知。壬辰，上至乾宁军，契丹宁州刺史王洪举城降"。[33] 周世宗自宁州"御龙舟沿流而北，舳舻相连数十里。己亥，至独流口，溯流而西。辛丑，至益津关，契丹守将终廷晖以城降"。另外一路由赵匡胤所领，"先至瓦桥关，契丹守将姚内斌举城降，上入瓦桥关"。[34] 随之莫州、瀛州降周，关南之地为周所有，周世宗"以瓦桥关为雄州，割容城、归义二县隶之。以益津关为霸州，割文安、大城二县隶之"。[35] 攻下莫、瀛二州后，周世宗令先锋都指挥使刘重进先发兵进据固安，本欲直取幽州，因身体不适而被迫返还大梁。周世宗恢复幽燕的抱负因病而沮折，但夺取三关之地，将势力推进到拒马河，为北宋收复幽燕开启了先河。六月周世宗病死，年仅七岁的恭帝即位。

显德七年（960年）正月，镇、定驰奏契丹大军南下，与北汉合兵，殿前都检点赵匡胤帅兵防御，至陈桥驿军士哗变，拥戴赵匡胤为帝，定国号为宋，结束了五代频繁的王朝更代。北宋王朝继续与辽争夺幽燕之地，但是屡以失败告终，幽州也在两朝的战和中，成为契丹与汉文化进一步交流发展的区域。

注释：

（1）《资治通鉴》卷二百六十六，太祖开平元年三月条。

（2）《资治通鉴》卷二百六十七，太祖开平三年五月条。

（3）《资治通鉴》卷二百六十七，太祖开平四年十一月条。

（4）《资治通鉴》卷二百六十七，太祖乾化元年二月条。

（5）《资治通鉴》卷二百六十八，太祖乾化元年四月条。

（6）《资治通鉴》卷二百六十五，昭宣帝天祐三年七月条。

（7）《资治通鉴》卷二百六十七，太祖乾化元年二月条。

（8）《资治通鉴》卷二百六十八，均王乾化三年十二月条。

（9）《旧五代史》卷五十六《周德威传》。

（10）《资治通鉴》卷二百六十九，均王三年二月条。

（11）《资治通鉴》卷二百六十九，均王贞明元年七月条。

（12）《新五代史》卷二十五《周德威传》。

（13）（14）《资治通鉴》卷二百六十九，均王贞明三年三月条。

（15）（17）（18）（19）《契丹国史》卷一《太祖纪》。

（16）《资治通鉴》卷二百六十九，均王贞明三年二月条。

（20）《辽史》卷七十五《耶律觌烈传》。

（21）《契丹国志》卷二《太宗纪上》。

（22）《旧五代史》卷九十八《赵德钧传》。

（23）《资治通鉴》卷二百八十，天福元年五月条。

（24）（25）《资治通鉴》卷二百八十，天福元年十月条。

（26）《资治通鉴》卷二百八十，天福元年十一月条。

（27）《续资治通鉴长编》卷一百五十，仁宗庆历四年六月条。

（28）《契丹国志》卷二十二《四京本末·南京》。

（29）《资治通鉴》卷二百九十八，隐帝乾祐三年四月条。

（30）《契丹国史》卷四《世宗纪》。

（31）《资治通鉴》卷二百九十，太祖广顺元年十二月条。

（32）《资治通鉴》卷二百九十二，世宗显德二年三月条。

（33）（34）（35）《资治通鉴》卷二百九十四，世宗显德六年四月条。

第二章　辽南京的建立

一、辽南京建立及机构设置

（一）辽南京建立的背景

耶律德光助石敬瑭登上帝位后，获得垂涎已久的幽燕之地，加以"契丹当庄宗、明宗时攻陷营、平二州，及已立晋，又得雁门以北幽州节度管内，合一十六州。乃以幽州为燕京，改天显十一年为会同元年，更其国号大辽，置百官，皆依中国，参用中国之人"。[1]辽太祖阿保机从唐末开始争夺幽州，到辽太宗完全占据幽州，建为南京，使幽州地域经历不同政治文化转变。而这种转变，又有着其历史渊源，尤其唐末幽州的地域化，为契丹吞并幽州提供了条件。契丹在攻占幽州的过程中，不断吸收汉政治文化，以幽州为南京，确立系统的官僚机构与制度，实现了从因俗而治到制度化统治的转变。

幽州能被纳入契丹统治下设置为南京，并未遭到强烈抵制，其原因之一在于唐末以来幽州地域化倾向。唐末中央王朝对各地控制日渐松弛，幽州已经长期割据，在此背景下更加游离于中央政治之外。幽州参与了对政权的角逐，但局限于边地，没有得到向中原扩展的时机，于是进一步转向地域化割据发展。唐末李可举、李匡威、李匡筹到刘仁恭、刘守光父子屡争河北不得，转而开始了据地自强的地域化进程，"是时，中原方多故，仁恭得倚燕地强且远，无所惮，意自满"。[2]作为御边型的边镇，幽州在唐末五代与契丹频繁争战，为御边投入甚多。对幽州御边状况，胡三省曾阐释："卢龙诸州，自唐中世以来为一域，外而捍御两蕃，内而连兵河朔，其力常有余。及并于晋，则岁遣粮援继之而不足，此其故何也？保有一隅者其心力专，广土众民其心力有所不及也。"[3]唐末五代时幽州作为典型的御边边镇，注重军事上的防御自保，因而促进幽州形成较为独立的地域意识。在这种地域意识影响下，幽州地域就较容易认同不同政权统治。《金史·世宗纪》载世宗曰："燕人自古忠直者鲜，辽兵至则从辽，宋人至则从宋，本朝至则从本朝，其俗随流，有自来矣。虽屡经迁变而未残破者，凡以此也。"

契丹能将幽州纳入统治之下，是自唐末五代以来长期对幽州侵夺的成果，阿保机则是关键人物。阿保机生于唐咸通十三年（872年），出身于契丹迭剌部世里家族，其七代祖涅礼曾因击败大贺氏家族、掌握契丹军事统帅实权而在开元二十三年（735年）被唐王朝册封为松漠都督，阿保机祖先自此累代被选为迭剌部首长。阿保机生长的时代，是契丹热衷于对外扩张的时代，父祖在征服奚、党项、土吐谷浑起到先锋作用，因此阿保机也受熏陶积极参与攻略邻部的活动。阿保机最初担任契丹可汗的亲兵队长，在征服室韦等部落的战争中崭露头角。唐天复元年（901年）他被选为迭剌部的首长，并担任军事统帅，开始一系列的对外征讨。因为他领导契丹掠取女真、奚以及河北、河东的功劳，阿保机取得了仅次于可汗的于越尊号，并总知军国事。

在阿保机能在对河北、河东的攻取中获取利益，赖于长期以来契丹在幽州内外的活动。契丹长期在幽州之外地域活动，尤其唐之羁縻政策，吸收契丹部落为唐之藩篱，幽州民族隔阂在唐天下一家的观念中淡薄。唐后期对两蕃的安抚，使幽州涌进了大量蕃族势力，[4]也由此促进了幽州对契丹文化的接纳。唐末五代的藩镇混战，使契丹得以逐渐深入幽州，"刘守光末年衰困，遣参军韩延徽求援于契丹"。[5]尔后藩镇势力在争斗中，援引契丹的情况更为普遍。通过参与中原政权的争夺，契丹不断扩张势力，也从幽州掠取了大量人口，"刘守光暴虐，幽、涿之人多亡入契丹。阿保机乘间入塞，攻陷城邑，俘其人民，依唐州县置城以居之"。[6]阿保机以汉制处置汉人，在于壮大自己势力，在搜罗大量汉人后，"谓诸部曰：'吾立九年，所得汉人多矣，吾欲自为一部以治汉城，可乎？'诸部许之。汉城在炭山东南滦河上，有盐铁之利，乃后魏滑盐县也。其地可植五谷，阿保机率汉人耕种，为治城郭邑屋廛市，如幽州制度，汉人安之，不复思归"。[7]

阿保机虽然以汉制待汉人，但是契丹与汉文化的差异仍是难以逾越的，他曾谓后唐供奉官姚坤曰："吾能汉语，然绝口不道于部人，惧其效汉而怯弱也。"[8]即使因俗而治，但是还是屡屡出现了汉将复归中原的事件。后唐明宗天成元年（926年）十月"幽州奏契丹卢龙节度使卢文进来奔。初，文进为契丹守平州，帝即位，遣间使说之，以易代之后，无复嫌怨。文进所部皆华人，思归，乃杀契丹戍平州者，帅其众十馀万、车帐八千乘来奔"。[9]随后契丹卢龙节度使张希崇也回归后唐，"初，卢文进来降，契丹以藩汉都提举使张希崇代之为卢龙节度使，守平州，遣亲将以三百骑监之。希崇本书生，为幽州牙将，没于契丹，性和易，契丹将稍亲信之，因与其部曲谋南归。部曲泣曰：'归固寝食所不忘也，然虏众我寡，奈何？'希崇曰：'吾诱其将杀之，兵必溃去。此去虏帐千馀里，比其知而征兵，吾属去远矣。'众曰：'善！'……希崇悉举其所部二万馀口来奔，诏以为汝州刺史"。[10]到后周显德六年，周世宗北伐，"周师下三关、瀛、莫，兵不血刃。述律闻之，谓其国人曰：'此本汉地，今以还汉，又何惜耶？'"[11]屡发的逃归事件也促使契丹统治者认识到民族文化差异，对汉文化地域的统治缺乏充分的信心，因此对幽州的统治政策也相应地顺应形势而设。

契丹统治体制与汉政治体制相差甚远，汉人是一时难以接受的，阿保机时期对以汉治汉只是一时权宜。而耶律德光获取幽燕后，契丹对汉文化统治区域在短时间内扩大到十六州之多，这些区域的稳定不仅关系到契丹继续南进扩张，而且极易影响契丹本身政权的稳定。后晋开运二年辽太宗侵入中原，"述律太后谓帝曰：'使汉人为胡主，可乎？'曰：'不可。'太后曰：'然则汝何故为汉帝？'曰：'石氏负恩，不可容。'后曰：'汝今虽得汉地，不能居也；万一蹉跌，悔所不及。'又谓群下曰：'汉儿何得一饷眠？自古但闻汉和番，不闻番和汉。汉儿果能回意，我亦何惜与和'"。[12]述律太后对深入中原的担忧和力求妥协，也说明了契丹对中原统治尚缺乏实力与准备。

（二）辽南京机构设置

辽太宗夺得幽州之地使契丹获得了进出中原的门户，也决不肯轻易放弃这一地域的控制。他升幽州为南京，并改元会同，意谓幽燕之地以入于辽而一统之，因此对幽州的统治也格外重视。由于无法照搬契丹体制，只能顺着阿保机时代已经奠定的基础施行蕃汉不同治的模式。阿保机在蕃汉不同治方面开创了一些体例，"神册六年，克定诸夷，上（阿保机）谓侍臣曰：'凡国家庶务，巨细各殊，若宪度不明，则何以为治，群下亦何由知禁。'乃诏大臣定治契丹及诸夷之法，汉人则断以《律令》"。[13]于是辽太宗进一步从体制上完善，"太祖神册六年，诏正班爵。至于太宗，兼制中国，官分南北，以国制治契丹，以汉制待汉人。国制简朴，汉制则沿名之风固存也。辽国官职，分北、南院，北面治宫帐、部族、属国之政，南面治汉人州县、租赋、军马之事。因俗而治，得其宜矣"。[14]对广大幽燕之地，辽太宗确立新的体制，维持了一百八十多年的统治。

辽在南京的政权机构设置，大抵沿袭唐制，后来又兼择宋制，并有所变通，很大程度上为适应对汉地的统治而调整。在中央官制上，"既得燕、代十有六州，乃用唐制，复设南面三省、六部、台、院、寺、监、诸卫、东宫之官。诚有志帝王之盛制，亦以招徕中国之人也"。[15]而州县行政官员"冠以节度，承以观察、防御、团练等使，分以刺史、县令，大略采用唐制"。[16]因为杂采几朝官制，官号免不了有些紊乱。南面官制与北面官制的区别，主要在北面部落以下和南面州县以下。而南北朝官虽称号互异，其执掌多同。并且南面官不全是汉人，契丹人为南面官的颇多。不过凡为南面官的契丹人也被称为汉官，着汉服。[17]

辽五京的建设是为了统治不同的区域，故而每京都设置中央与地方机构，辽帝也经常巡幸驻跸五京，但不久居，于是各京置留守以镇守。南京地处雄要，控制南北，并且"兵戎冠天下之雄，与赋当域中之半"，[18]辽设南京是为统治幽燕汉人区域。在行政设置上南京顺应了幽燕社会基础，参用汉制，但重要官职主要由契丹人担任。任南京留守的契丹大臣对当地的汉官起到监督作用。南京留守通常由宗亲或帝戚担任，以备宋为名镇抚幽燕，实际上更在于防汉。在辽前期，南京留守职务也经常授予汉人，其原因无非以汉治汉，更知晓汉人礼俗而不至于激化矛盾。辽会同元年，赵延寿被任为南京留守、总山南事。此前他任幽州节度使，其父赵德钧亦是在后唐镇守幽州，颇有威望。辽灭晋后，以恒州为中京，赵延寿又被任为中京留守、大丞相、枢密使、燕王。赵氏父子在后唐末年，就奢望契丹之助称帝。辽太宗死后，储位未定，赵延寿自以为有燕赵之地，人心所向，有了觊觎帝位之心。他自称受太宗遗诏"权知南朝军国事”，而东丹王之子兀欲在酒宴上拘禁赵延寿，然后伪造耶律德光遗制即位，即为世宗。赵延寿的野心使辽帝提高了对汉人的警惕，因此转用契丹贵族为南京留守。在辽景宗年间，因韩匡嗣等扶助景宗登位，且在景宗朝的政治斗争中与契丹贵族的矛盾，促使实际执政的萧皇后加强对南京的控制，重用汉臣，再度出现了汉人出掌南京留守的局面。

南京的制度基本以唐、五代及宋制度为楷模，留守、副留守职任据《文献通考》“留守、副留守”条载：“留守司掌管宫钥及京城守卫、修葺、弹压之事，畿内钱谷、兵民之政皆属焉。”[19]留守为一京之首长，举凡守卫、民政、经济、司法均为其执掌，并兼本府尹职。南京指控中原，是辽与中原王朝争战的前沿，军事尤为重要。高勋在穆宗应历年间任南京留守，其时宋积极图谋收复幽燕，“会宋欲城益津，勋上书请假巡徼以扰之，帝然其奏，宋遂不果城。十七年，宋略地益津关，勋击败之，知南院枢密事”。[20]圣宗太平八年（1028 年），任南京留守的萧孝穆“乞于拒马河接宋境上置戍长巡察，诏从之”。[21]管理民政、疏解民困关系到南京的安定，也是留守的重要职责。南京人杨佶为官清简，在治地深得民心，开泰八年（1019 年），“燕地饥疫，民多流莩，以佶同知南京留守事，发仓廪，振乏绝，贫民鬻子者计佣而出之”。[22]至于判决刑狱，镇压民变亦是南京留守职任之内。重熙年间，耶律仁先任南京留守，“下车之后，都邑肃清。又驰奏沿边添置产堡，诏见之。时武清李宜儿以左道惑众，伪称帝及立伪相，潜构千余人，劫敓居民。王侦获之，驿送阙下”。[23]

南京留守府除留守、副留守外，辽还设知留守事、同知留守，为兼领之职。留守下则有留守判官、都总管判官、留守推官等职官。因金继承了辽留守制，据金诸京留守司制度，可以窥知辽南京留守制职官设置品级：“留守一员，正三品。带本府尹兼本路兵马都总管。同知留守事一员，正四品。带同知本府尹兼本路兵马都总管。副留守一员，从四品。带本府少尹兼本路兵马副都总管。留守判官一员，从五品。都总管判官一员，从五品。掌纪纲总府众务、分判兵案之事。推官一员，从六品。掌同府判，分判刑案之事，上京兼管林木事。司狱一员，正八品。”[24]与金不同的是辽五京中只有南京设有兵马都总管府，常以留守兼任。如穆宗应历九年（959 年）以南京留守萧思温为兵马都总管，[25]圣宗开泰九年（1020 年），韩制心为南京留守兼兵马都总管。[26]辽南京在制度设置上还有一个特色，"辽有五京，上京为皇都，凡朝官、京官皆有之；余四京随宜设官，为制不一。大抵西京多边防官，南京、中京多财赋官"。[27]南京以临中原，农耕发达，故而以进财赋为主要功能，诸使职中特置南京转运使司、三司使。《武溪集·契丹官仪》："胡人司会之官，虽于燕京置三司使，唯掌燕、蓟、涿易、檀、顺等州钱帛而。"

二、辽对南京的统治

1. 辽南京的豪族

任南京留守的人选大都因为能够得到辽帝信任，也是跻身于辽朝高层政治势力的权贵。因为辽的世选制度，也使这批人能够几代维持其豪门地位，在南京形成了极具影响的几大豪门家族。一种是因为投靠契丹辽的汉族官僚，为辽的政权建设立有功勋。由于这批汉族官僚拥有一定的汉文化素养和统治经验，对于协助辽统治幽燕能提供帮助，因此逐渐获得了辽统治阶层的认可，上升为一时显赫的政要人物。其代表人物为韩、刘、马、赵四姓家族。尤其韩知古家族是汉族出身官僚跃居契丹政权核心的典型代表，时称"耶律、萧、韩三姓恣横"[28]。韩氏家族成为与帝族、后族比肩的豪门，可谓权势煊赫了，并且韩德让被赐国姓"耶律"，无疑是得到了契丹皇室的推诚接纳，成为心腹股肱。其他一些人物如张孝杰、刘霂、李仲禧、李俨、王继忠、王观等都得到了赐国姓的殊荣。

韩氏成为辽权贵，是汉族豪门得到契丹皇室青睐而发家的典型。韩氏家族发家始于韩知古。韩知古出身普通，也一直郁郁不得志，其子韩匡嗣有机会亲近太祖阿保机，向阿保机推荐了不得志的父亲，从此韩知古追随辽太祖，"总知汉儿司事，兼主诸国礼仪。时仪法疏阔，知古援据故典，参酌国俗，与汉仪杂就之，使国人易知而行。顷之，拜左仆射，与康默记将汉军征渤海有功，迁中书令"。[29]韩知古也算是立国元老功臣，因此其子孙多被选授要职，在辽朝廷中逐渐形成气候。韩知古子韩匡嗣曾任西南面招讨使、上京、南京留守，封秦王。因为这样的地位，作为其子的韩德让"侍景宗，以谨饬闻，加东头承奉官，补枢密院通事，转上京皇城使，遥授彰德军节度使，代其父匡嗣为上京留守，权知京事，甚有声。寻复代父守南京，时人荣之"。[30]韩德让在仕途上扶摇直上，在圣宗朝权势达到了鼎盛。景宗后萧氏对韩德让的忠心格外赏识，倚为心腹。作为萧后母子的辅弼大臣，韩德让"总宿卫事，太后益宠任之。"[31] 韩德让最后官至大丞相，充契丹、汉儿枢密使，总揽军政，加以萧后的宠爱，一般的契丹贵族也之侧目。统和二十二年（1104年），从萧太后南征后，加封为晋王，"赐姓，出宫籍，隶横帐季父房后，乃改赐今名，位亲王上，赐田宅及陪葬地"。[32] 从此韩德让的权势在辽无人能及，甚至在他的私城权州"拟诸宫例"置王府。而他的家族也因为他而更加发达，"隆运兄弟九人，缘翼戴恩，超授官爵，皆封王。诸侄三十余人，封王者五人，余皆任节度使、部署等官"。[33] 宋朝的使臣也曾说："韩氏世典军政，权在其手。"[34] 韩氏家族的权势并不仅在于其掌握了军政权力，而是获得几乎等同于契丹出身的身份。韩德让死后"赠尚书令，谥文忠，官给葬具，建庙乾陵侧。无子，清宁三年，以魏王贴不子耶鲁为嗣。天祚立，以皇子敖卢斡继之"。[35] 韩德让侄子辈也用契丹名字，与皇族、后族通婚，俨然跻身契丹皇室之列，不复以汉人出身视之。

另一韩姓家族韩延徽家族虽然起家与韩知古家族类似，不过远不如后者显赫。韩延徽本为"幽州安次人。父梦殷，累官蓟、儒、顺三州刺史。延徽少英，燕帅刘仁恭奇之，召为幽都府文学、平州录事参军，同冯道祗候院，授幽州观察度支使。后守光为帅，延徽来聘，太祖怒其不屈，留之。述律后谏曰：'彼秉节弗挠，贤者也，奈何困辱之？'太祖召与语，合上意，立命参军事"。[36] 韩延徽果然不负阿保机之望，"教太祖建牙开府，筑城郭，立市里，以处汉人，使各有配偶，垦薮荒田。由是汉人各安生业，逃亡者益少。契丹威服诸国，延徽有助焉"。[37] 阿保机对韩延徽的才干十分欣赏，韩延徽曾一度逃归晋王李存勖，不过惟恐其幕府掌书记王缄妒忌，又回归阿保机帐下，结果"上大悦，赐名曰匣列。'匣列'，辽言复来也。即命为守政事令、崇文馆大学士，中外事悉令参决"。[38] 称帝后官居相位，累迁至中书令。韩延徽对阿保机的影响力，从史料记载来看，他曾寄书晋王李存勖申诉他远离故土的因由及无奈，以老母相托，且言："延徽在此，契丹必不南牧。""故终同光之世，契丹不深入南牧，延徽之力也。"[39] 或许这是一段夸大之辞，不过他为辽太祖佐命功臣却是无可厚非。在太宗朝封鲁国公，为政事令、南京三司使，世宗朝迁南府宰相，于政事仍是兢兢业业。韩延徽子德枢十五岁即被辽太宗赞誉："'是儿卿家之福，朕国之宝，真英物也！'未冠，守左羽林大将军，迁特进太尉。"[40] 以后官至南院宣徽使、门下平章事等职，封赵国公，其子孙也继续朝获得高官显爵。

韩氏家族这样显贵，显然是因为契丹人对汉文化的迫切需要为他们带来了发展的机会。其他能够在辽朝获取权势的其他汉家族也同样如此，并且凭借对幽燕的了解和治理经验而顺应契丹人的统治需要，积极为其效力，成为辽南京的豪门势力。这样的典型例子是赵德钧、赵延寿家族。不同于韩知古、韩延徽家族出身为士人，赵氏父子在辽坐获幽燕以前就已是据守幽州多年，为幽燕之地的实权掌握者。因为赵氏依靠契丹称帝的野心反而丧失对幽州的控制权，辽太宗攻下太原后，赵氏父子被俘，赵德钧受到述律太后奚落，郁郁而终。赵延寿却在其父死后被释放并见获用，原因在于辽太宗"会同改元，参用番汉，以延寿为枢密使，寻兼政事令"。[41] 适逢晋少帝不满于契丹，赵延寿"欲代晋帝中国，屡说太宗击晋，太宗颇然之，乃集山后及卢龙兵，合五万人，使将之，委之经略中国。曰：'得之，当立汝为帝。'又尝指延寿谓晋人曰：'此汝主也。'延寿信之，由是为契丹尽力"。[42] 赵延寿投合了辽太宗的需要，积极为其南进图谋，不过令他失望的是辽太宗并没有兑现他的诺言，赵延寿为实现皇帝梦，居然请托李崧言于辽太宗求为皇太子，不过辽太宗的一番表白却给了他莫大讽刺："'我于燕王，无所爱惜，但我皮肉堪与燕王使用，亦可割也，何况他事！我闻皇太子，天子之子合作，燕王岂得为之也！'因命与燕王加恩。"[43] 为辽太宗攻占中原驱驰效力的赵延寿不过得到了中京留守、大丞相、枢密使、燕王官爵的奖赏，兵权却被削夺。失意的他在辽圣宗驾崩后，伪称受遗诏权知南朝军国事，谋图称帝，不过很快被太宗兄子兀欲（辽世宗）擒获，两年之后死于契丹。从此赵氏失去了辽的信任，虽然有后代继续仕于辽，但也不再显赫。赵氏父子以其在幽州的影响力，在辽获得一席之地，不过因为他们曾经是幽州的统领者，并不甘心彻底依附辽，最终也在寄人篱下的日子里再遭打击。

2. 辽在南京的统治危机

辽景宗以前，契丹一直对中原占有优势。因为连续几朝的储位斗争，保留的大量部族残余政治体制暴露了统治上的弱点，景宗在位时内部争权斗争影响到政权的稳固。北宋开始恢复幽燕的计划，这使得辽朝开始积极防守南京，开始注重对南京的经营。保宁年间，"上（景宗）多（室）昉有理剧才，改南京副留守，决讼平允，人皆便之"。[44] 深受萧皇后宠信的韩德让"代其父匡嗣为上京留守，权知京事，甚有声。寻复代父守南京，时人荣之。宋兵取河东，侵燕，五院糺详稳奚底、统军萧讨古等败归，宋兵围城，招胁甚急，人怀二心。隆运登城，日夜守御。援军至，围解。及战高梁河，宋兵败走，隆运邀击，又破之"。[45] 正是景宗时期对南京的积极经营和坚守，使南京得以抵制了北宋的进攻。在连年的战争中，南京留守耶律休哥"以燕民疲弊，省赋役，恤孤寡，戒戍兵无犯宋境，虽马牛逸于北者悉还之。远近向化，边鄙以安"。[46]

　　景宗朝是辽政治从前期衰败转向中兴的起点，在萧皇后的励精图治下，辽朝取得对北宋战争的优势。辽圣宗时更加倚重南京，成为对北宋采取攻势的重要据点，南京因此也进入了一个新的发展阶段。通过澶渊之盟，南京进入稳定发展时期。与北宋的交往贸易所带来的经济上的繁荣，以及从北宋获得的大量财富收入，都促进了南京的繁荣发达，加之南京是防御北宋的军事重地，南京成为辽中后期政治要地。而通过契丹世选制度，权要在南京的势力也越来越壮大，乃至于与中央政权抗衡。辽圣宗弟耶律隆庆统和中败南京留守，手握重兵，"契丹主暗弱，自其母及韩德让相继死，其弟隆庆尤桀黠，众心附之"。[47] 为防止隆庆谋反，圣宗不得不累加恩赐，开泰元年（1012 年），圣宗曾赐其"铁券"，而隆庆野心勃勃，竟然不惜勾结北宋，辽圣宗召隆庆，"隆庆反侧，辞以避暑不从，辄缮完兵器，遣亲信以私书交结国中贵幸，其亲信录书来告雄州，诉其戎主不能亲睦亲族，国人思汉。帝曰：'此必隆庆教为之。'密谕边臣沮其意"。[48] 开泰元年，圣宗以韩德让子韩制心为辽兴军节度使，镇平州，以制约耶律隆庆。开泰五年（1016 年），隆庆朝见圣宗，返回途中无故身亡，圣宗这才解除了一大威胁。而韩制心则在"太平中，历中京留守，惕隐、南京留守，徙燕王，迁南院大王"。[49]

　　辽以占据南京之利，索要北宋大量财赋，宋仁宗重熙年间，辽又借故使宋增加岁币数目。在稳定的环境和巨额岁币的滋养下，政治日趋腐败。辽道宗统治时期崇信佛教，国政混乱。道宗叔父因拥戴兴宗有功，"封为皇太弟。历北院枢密使、南京留守、知元帅府事"。[50] 耶律重元为南京留守，掌元帅府，燕蓟势力尽在掌握，清宁九年（1063 年），耶律重元父子发动叛乱。这次叛乱牵涉到众多权臣，政治上的清洗使辽朝政治更加衰微。平定叛乱后，道宗多次巡幸南京，但是同时佞佛的道宗也导致了南京佛风大盛，权贵纷纷兴建寺庙。

百姓的贫苦与遭受的灾祸却得不到朝廷的体恤，激发了潜藏的危机，不断爆发农民起义。天庆七年（1117年）二月南京爆发以董庞儿为首的起义。董庞儿又名董才，一周涞水县人，"少贫贱，沉雄果敢"，曾应募为武勇军，与女真作战战败，惧主将诛杀亡命山谷，聚众起义。[51]起义队伍由一千人迅速发展到万余人，"西京留守萧乙薛、南京统军都监查剌与战于易水，破之。三月，庞儿党复聚，乙薛复击破之于奉圣州"。[52]战败的董庞儿于是转战云、应、武、朔、易诸州，正值宋与女真结盟夹攻燕京，董庞儿于是投宋，最后投降女真。

三、辽宋争夺幽燕的和战

自辽占据幽州设为南京后，不但能在幽燕搜刮大量财赋，而且以幽燕进攻退守的有利地势给取代后周的北宋巨大威胁。北宋钱若水曾言："幽燕诸州，盖天造地设以分蕃汉之限，诚一夫当关，万夫莫前也。石晋轻以畀之，则关内之地，彼扼其吭，是犹饱虎狼之吻，而欲其不饱且噬，难矣。遂能控弦鸣镝，径入中原，斩馘华人，肆其穷黩。卷京洛而无敌，控四海以成墟。"[53]宋太祖夺周政权，除契丹虎视在北，另有七八个割据政权环绕，正如太祖言："一榻之外，皆他人家也。"[54]这些不能不使太祖深深担忧，虽然幽燕地位重要，但是辽实为强敌。乾德元年（963年），"龙捷军校王明诣阙献阵图，请讨幽州。帝嘉之，赐以锦袍、银带、钱十万。或言帝将北征，大发民馈运，河南民相惊逃亡者四万家，帝忧之。丙寅，命枢密直学士薛居正驰传招集，逾旬乃复故"。[55]通过这次事件，太祖应该认识到对辽战争的时机并未到来。而且宰相赵普对取幽燕并不赞同，"太祖一日以幽、燕地图示中令（赵普），问所取幽、燕之策。中令曰：'图必出曹翰。'帝曰：'然。'又曰：'翰可取否？'中令曰：'翰可取，孰可守？'帝曰：'以翰守之。'中令曰：'翰死孰可代？'帝不语，久之，曰：'卿可谓远虑矣。'帝自此绝口不言伐燕"。[56]宋太祖对契丹采取了谨慎态度，因此首先将目标定在南征，对幽燕采取积极守御。

太祖能够采用守御之策以蓄精养锐，也因辽朝此时丧失进攻中原之力。辽太宗及世宗南伐，给辽带来严重消耗，天禄五年（951年）九月，世宗一意孤行坚持南伐，行至归化州被弑。其后穆宗昏弱，对周世宗夺取三关漠不关心，辽朝对中原的进攻步伐因此也停滞不前。又因穆宗苛虐左右，被帐下所害，辽朝帝位继承多生变故，由此导致了政治上的衰退。继位的景宗体弱多病，朝政把握在皇后萧氏手中，执政之初对开疆拓土不暇顾及。因辽穆宗对北汉新立的刘承钧擅自行事不满，双方交恶，乘此良机，辽保宁二年（970年）宋太祖于是命曹彬等伐北汉，辽出兵救援，被宋将韩重赟败于定州。不过十一月辽以六万大军攻宋定州，宋军失利。辽宋双方在战争中都没有决胜把握，保宁六年（974年）十一月，"契丹涿州刺史耶律琮致书于权知雄州、内园使孙全兴，其略云：'两朝初无纤隙，若交驰一介之使，显布二君之心，用息疲民，长为邻国，不亦休哉！'辛丑，全兴以琮书来上，上命全兴答书，并修好焉"。[57]辽提出议和提议，正值朝中权臣谋叛，也惟恐宋乘虚而入，所以态度十分积极，为保证和议，"遣使谕北汉主以强弱势异，无妄侵伐。北汉主闻命恸哭，谋出兵攻契丹，宣徽使马峰固谏，乃止"。[58]一年之后，辽宋达成和议，史称"开宝议和"使双方都获得了短暂的修养时间。

短暂的平静在辽保宁十一年（979年）被宋太宗打破。太宗即位初，对辽颇为示好，辽反应也非常积极。在保宁十一年，太宗亲伐北汉，使辽认识到宋的威胁，遣使责问宋兴师之故，宋复言："河东朔命，所当问罪。若北朝不援，和约如旧，不然则战。"[59]辽多次援汉，最终也无法阻挡宋取得胜利。至此北宋已经消灭各割据政权，太宗也欣然有北伐之意。北宋最初进兵顺利，南京告急，辽景宗仓皇中竟打算放弃幽燕。在辽大将耶律休哥与萧皇后劝说下，才遣援兵救南京。在高梁河之战中，宋军溃败，太宗也负箭狼狈逃走，太宗首次收复幽燕的战争以惨败告终。辽挫败北宋第一次北伐后，保住了对幽燕的控制，为保持军事上的优势，辽一改昔日守势，屡屡兴师南下，使宋太宗不暇安枕。在高梁河败归后宋太宗暂时息兵养民，但辽不断的攻势迫使太宗想要扭转被动局面。北宋雍熙三年，宋太宗再遣三路大军北伐，被辽迅速击退。这次北伐失败后，北宋元气大伤，彻底丧失了收复幽燕的机会。

北宋对辽南京的争夺，使辽在南京的统治也难以稳定，因为与宋的战争契丹世袭贵族的军权愈来愈大，威胁到辽帝的帝位。承天太后以多年的政治经验，决定易守为攻，迫使北宋放弃对幽燕的争夺。辽统和二十二年（1004年），辽太后与圣宗亲率大军南下，宋朝京师震动，竟有大臣提议弃都逃避。在宰相寇准力争下，宋真宗御驾亲征，宋军士气振奋，居然挡住了辽军破竹之势。辽宋双方均无决战之意，因此在十二月便达成和议，订立"澶渊之盟"。盟约宋向辽每年纳岁币银十万两，绢二十万匹，在燕京交割。双方各守边境，互不侵扰，为兄弟之国。澶渊之盟结束了辽宋长期战争，互相遣使聘问，维持了燕京较长时期的安宁。

辽末代皇帝天祚帝在位时，辽朝已经在风雨飘摇中。道宗时已经兴起的女真成为辽最具威胁的对手，天庆五年（1115 年），完颜阿骨打建立金国，随即开始攻打辽，天庆十年（1120 年）四月，金攻破上京，辽统治已到末路。没落的北宋虽然已经与辽达成百余年和议的局面，但是看到在金的进逼下已到穷途末路，又重新激发了收复幽燕的愿望，燕蓟之地的人士也纷纷谋图归宋。辽天庆年间，燕京官吏马植奔宋，令北宋喜出望外，赐名赵良嗣。赵良嗣声称："女真恨辽人切骨，而天祚荒淫失道。本朝若遣使自登、莱涉海，结好女真，与之相约攻辽，其国可图也。"[60]这番话深深打动了北宋朝臣之心，一直寄易字画的宋徽宗也亲自召见赵良嗣，赵良嗣立即为徽宗即兴描绘收复幽燕的大好前景："'辽国必亡，陛下念旧民遭涂炭之苦，复中国往昔之疆，代天谴责，以治伐乱，王师一出，必壶浆来迎。万一女真得志，先发制人，后发制于人，事不侔矣。'帝嘉纳之。……图燕之议自此始。"[61]

通过海上之盟，宋金约定夹攻幽。保大元年（1121 年），天祚帝逃到南京，次年中京失陷，天祚帝西逃塞外，留下晋王耶律淳等留守南京。保大二年（1122 年）四月，宋徽宗命童贯帅十五万军巡幽燕，金兵绕道燕京西面，占蔚州，经奉圣州而入燕京。保大四年（1124 年），天祚帝在应州被金将娄室所俘获，辽灭亡。金占据燕京后，虽然宋屡次与金商讨并战争，但还是未能讨回失落契丹近二百年的幽燕，幽州从此沦入金统治之下。

注释：

（1）（6）（7）（8）（11）《新五代史》卷七十二《四夷附录第一》。

（2）《新唐书》卷二百一十二《刘仁恭传》。

（3）《资治通鉴》卷二百六十九，均王贞明三年七月条。

（4）宁欣，李凤先《唐代幽州流动人口》，《河南大学学报》2003 年。

（5）《资治通鉴》卷二百六十九，均王贞明二年十二月条。

（9）《资治通鉴》卷二百七十四，明宗天成元年十月条。

（10）《资治通鉴》卷二百七十六，明宗天成三年八月条。

（12）《契丹国志》卷三《太宗纪下》。

（13）《辽史》卷六十一《刑法志上》。

（14）《辽史》卷四十五《百官志一》。

（15）《辽史》卷四十七《百官志三》。

（16）（27）《辽史》卷四十八《百官志四》。

（17）张正明：《契丹史略》，第150页。

（18）《全辽文》卷七《王泽墓志》，第164页。

（19）《文献通考》卷六十三"留守、副留守"条。

（20）《辽史》卷八十五《高勋传》。

（21）《辽史》卷十七《圣宗纪》。

（22）《辽史》卷八十九《杨佶传》。

（23）《全辽文》卷《耶律仁先墓志》。

（24）《金史》卷五十七《百官三》。

（25）《辽史》卷六《穆宗纪》。

（26）《辽史》卷十六《圣宗纪》。

（28）（34）《宋朝类苑》引《乘轺录》。

（29）《辽史》卷七十四《韩知古传》。

（30）（31）（32）（35）（45）《辽史》卷八十二《耶律隆运传》。

（33）《契丹国志》卷十八《耶律隆运传》。

（36）（38）（40）《辽史》卷七十四《韩延徽传》。

（37）（39）《契丹国志》卷十六《韩延徽传》。

（41）（42）《契丹国志》卷十六《赵延寿传》。

（43）《旧五代史》卷九十八《赵延寿传》。

（44）《辽史》卷七十九《室昉传》。

（46）《辽史》卷八十三《耶律休哥传》。

（47）《续资治通鉴长编》卷七十三，大中祥符三年二月戊子纪事。

（48）《宋会要辑稿·蕃夷》二之四。

（49）《辽史》卷八十二《耶律隆运传附制心传》。

（50）《辽史》卷一百一十二《耶律重元传》。

（51）《三朝北盟会编》卷一引《秀水闲居录》。

（52）《辽史》卷二十八《天祚纪》。

（53）《东都事略》卷三十五《钱若水传》。

（54）《续资治通鉴长编》卷九，开宝元年七月丙午纪事。

（55）《续资治通鉴》卷三，太祖乾德元年十二月条。

（56）《东都事略》卷六。

（57）《续资治通鉴长编》卷十五，开宝七年十一月甲午。

（58）《续资治通鉴长编》卷十五，开宝七年十二月辛未。

（59）（60）《宋史》卷四百七十二《赵良嗣传》。

金　代

　　金朝是从东北地区崛起的少数民族政权，在其崛起之前，社会生产形态还处在较为原始的状态中，但随着反抗辽朝压迫的斗争日益壮大。辽朝统治日趋腐败，金朝的势力不断向南扩张，在联合宋朝出兵夹击的军事行动中，金朝统治者一直掌握着主动权。灭辽之后，金朝迅速巩固了其在东北地区的统治，然后挥师南下，进一步向中原地区扩张，攻灭北宋之后，其统治疆域逐渐到达了江淮一线。在此后的一段时期里，金朝与南宋互有攻守，大致趋于一种平衡状态。在这个历史阶段，金朝统治者一方面逐步巩固其在新占据疆域的统治，另一方面，则开始进行一系列的政治改革，以适应统治中原地区的需要。

　　在金朝的政治改革中，女真贵族之间的矛盾日趋激化，终于引发了完颜亮弑杀金熙宗的政变。这个政治事件不仅没有导致金朝统治的削弱，反而加速了政治改革的步伐，其最直接的结果，就是金海陵王完颜亮把金朝的统治中心从东北地区的金上京（今黑龙江阿城境内）迁移到了中原地区的金中都（今北京）。这个重大的政治举措不仅在金朝的整个历史发展进程中是一个重要的关键转折，而且在北京的历史发展进程中也是一个重要的里程碑。但是，金海陵王并没有就此止步，而是企图进一步实现其一统天下的宏伟政治抱负。可惜的是，在大规模南伐军事行动失败之后，他自己变成了最直接的牺牲品。

　　金世宗的即位使金朝的发展进入了一个新的时期，有些史书称之为"中兴"，正是在这个时期金朝的发展进入了鼎盛阶段。如果说政治改革也有惯性的话，那么，金世宗就是金熙宗和金海陵王政治改革的最大受益者。他的坐享其成，给他带来了好名声。与南宋的和约，显然是受益于前此金朝诸帝不断南伐给宋朝所施加的巨大压力。而金朝境内统治的空前稳定，又与金熙宗、金海陵王大肆杀戮政敌，金海陵王迁移并且营建完成一座辉煌都城的一系列政治举措密切相关。恶名留给了做出许多实事的金熙宗和金海陵王，好名声却留给了坐享其成的金世宗，这就是历史给人们开的一个玩笑。

　　金世宗死后，即位的金章宗仍然是一位"守成"的帝王，在他的身上也失去了带有"野性"的宏伟政治抱负。金朝就是在这样"守成"的几十年时间里度过了最辉煌的时期。及金章宗死后，继承皇位的帝王们已经是一位不如一位了。但是，正是在"庸君"甚至是"昏君"当朝而使金朝国力日渐衰败的时候，北方大草原上却刮起了一股强劲的血雨腥风，一代天骄成吉思汗在迅速统一各个强大游牧部落之后，开始向中原地区扩张其势力。在蒙古军队几次大规模军事南伐威胁的影响下，昏庸的金朝统治者采取了逃跑主义的措施，把都城迁到了黄河南面的汴京（今河南开封），这种措施最终导致政治上的慢性自杀。金中都城很快就落入了蒙古军队的手中，北京的历史进程也随之进入了另一个新的发展时期。

第一章　金中都确立之前的 金代政治概况

　　金朝崛起于东北地区，当其迅速向中原地区扩张时，政治制度十分简略，但行之有效。金攻灭辽朝及北宋，吸收了中原地区的各项政治制度，才使得国家的规模不断扩大，统治日趋巩固，成为北方地区最强大的割据政权。在这个时期，金朝之得以迅速发展，其中的一个重要原因，就是女真统治者能够充分发挥辽朝降臣的政治作用，采纳他们有益的政治主张，迅速实现了"封建化"的过程。而在这个封建化的过程中，女真贵族之间的矛盾冲突趋于激化，出现了多次相互残杀的情况，直到金熙宗的政治改革取得初步成效之后，这种情况仍然在延续着。最终导致了金海陵王弑君篡位，南迁都城。

　　在这个历史发展进程中，虽然金朝的政治中心不是在燕京，但是，这里的政治作用却特别重要。第一，是其至关重要的军事作用被当时的人们（包括金朝、辽朝和宋朝的君臣们）所共同肯定，因此，宋朝在决定与金朝联合灭辽的协议中，得到燕京是最重要的一项条件。第二，是其举足轻重的政治作用得到了当时人们的共识。显然，金朝的统治中心金上京位于东北，要想有效统治中原地区，必须要有一处重要的统治枢纽，燕京正是统治中原的最理想的枢纽。第三，是其在政治发展趋势中所具有的越来越重要的政治地位是其他城市都无法取代的。在金代初年，女真统治者们的政治目标并没有局限在中原地区，而是想要一直扩展到江南地区，对于这种宏大的政治设想而言，要得到实现，必须把统治中心从东北一隅迁移到四通八达之地的燕京。

在这个历史阶段，宋朝曾经得到了燕京，并且为经营燕京付出了巨大人力、物力资源的代价，但是，最终的结果却是不得不再次失去这个关系到整个中原地区安危的军事中心。更为重要的是，宋朝不仅失去了一处战略要地，而且失去在金朝眼中虚幻的强大形象。金朝在再度夺得燕京之后，清楚认识到，宋朝的统治者与辽朝一样，也是不堪一击的，并且随即发动了大规模的军事行动，把宋朝统治者俘虏，占有了整个中原地区。但是，金朝统治者却没有认识到广大民众潜在的巨大的反抗力量，以为只要俘虏了宋朝的帝王，统一天下的大业也就完成了。而在广大民众的拥戴下，南宋君臣以长江天险为屏障，展开了顽强的抵抗，把双方的力量对比拉回到均衡的状态。民心所向永远是权衡政治斗争胜负的准星。

一、金军南下与辽朝的败亡

在辽代末年，东北地区的女真族部落之间开始了兼并战争，其中，又以"白山黑水"之间的生女真（《金史》中作"女直"，以避辽帝名讳）部落最为强大。该部落自金始祖函普四传至献祖绥可时，尚处于游牧生产状态中，"黑水旧俗无室庐，负山水坎地，梁木其上，覆以土，夏则出随水草以居，冬则入处其中，迁徙不常。献祖乃徙居海古水，耕垦树艺，始筑室，有栋宇之制，人呼其地为纳葛里。纳葛里者，汉语居室也。自此遂定居于安出虎水之侧矣"。[1]由此可知，女真部落从游牧生产进入农耕生产阶段，"定居于安出虎水之侧"，始于献祖。

自金献祖再三传，至世祖劾里钵时，是女真部落发展的关键时期，在此之前的景祖乌古乃时期，已经奠定了进一步发展的基业，

"生女直旧无铁，邻国有以甲胄来鬻者，倾赀厚贾以与贸易，亦令昆弟族人皆售之。得铁既多，因之以修弓矢，备器械，兵势稍振，前后愿附者众。斡泯水蒲察部、泰神忒保水完颜部、统门水温迪痕部、神隐水完颜部，皆相继来附"。[2]但是，在金世祖即位后，周围部落纷乱频仍，"袭位之初，内外溃叛，缔交为寇。世祖乃因败为功，变弱为强。既破桓赧、散达、乌春、窝谋罕，基业自此大矣"。[3]女真部落开始变得越来越强大。

自金世祖又五传至金太祖，遂起兵正式反抗辽朝，而这时的辽朝统治者为天祚帝，统治日渐腐败，武功愈益衰微，遂使东北政局发生巨变。女真先占宁江州（今吉林扶余东），再败辽军于出河店（今黑龙江肇源西南），又获达鲁古城（今吉林前郭尔罗斯蒙古族自治县的塔虎城）大捷及护步答冈（今黑龙江五常西）大捷，基本消灭了辽朝的主力军队，一步步向中原地区扩张。在与辽朝的军事对抗中，金太祖建立了军政合一的猛安谋克制度，开始从部落制向郡县制过渡。而与之形成鲜明对照的是，辽朝"降臻天祚，既丁末运，又觖人望，崇信奸回，自椓国本，群下离心。金兵一集，内难先作，废立之谋，叛亡之迹，相继蜂起。驯致土崩瓦解，不可复支，良可哀也"！[4]这种强弱互易的过程，虽然只有短短的几年，但其发展变迁的脉络却是历历犹在目前。

金太祖在出兵对抗辽朝之时，一方面，正式建立了新的政权，他认为："辽以宾铁为号，取其坚也。宾铁虽坚，终亦变坏，惟金不变不坏。金之色白，完颜部色尚白。"[5]于是称国号为大金，改元为收国元年（1115 年）。另一方面，他为了进一步推翻辽朝的统治，于是与中原地区的北宋王朝联系，订立盟约，共同出兵讨伐天祚帝，因为使节往来多走水路，故而史称之为"海上之盟"。由于有了宋军的配合，使得辽朝处于两面受攻的窘迫境地，再加上内部分裂，矛盾激化，辽很快就溃败了。收国二年（1116 年）五月，金军攻占辽东京（今辽宁辽阳），并陆续攻占东北各地，到天辅四年（1120 年）四月，金太祖亲征辽上京，五月即攻占之。这次胜利，标志着辽朝败亡的大局已定。

二、北宋经营燕山府及其失败

金朝军队攻伐辽朝的行动十分顺利，在攻占辽上京之后，又于天辅六年（1122 年）连续攻占了辽中京、辽西京和燕京等重要城市。与此同时，北宋统治者也在调兵遣将，试图收复多年以前被后晋石敬瑭割让给辽朝的燕云十六州，却屡屡受挫，毫无进展。当宋军北伐之初，驻守在涿州（今河北涿州市）的辽朝大将郭药师率所部"怨军"数千人投降，并且作为向导，引宋军直取燕京。但是，宋军的战斗力太差，在辽朝守卫燕京的军队反击之下，溃不成军，迅速败退。直到金军攻占燕京城之后，宋朝统治者才派出使臣前来，商议缮后事宜。

依据金、宋双方最初的"盟约"，宋朝提出在攻灭辽朝之后，将石敬瑭割让的州县归还；[6] 而金朝则提出"得者有之"，[7] 即谁攻取就归谁的意见。但是，随着金朝灭辽战争的顺利进行，而宋朝的军事行动屡屡受挫，一筹莫展，金朝对宋朝的轻蔑越来越甚，宋、金双方从平等伙伴变成宋朝有求于金朝低人一等的状况，于是，商议缮后事宜的主动权就落到了金朝统治者的手中。当辽朝的五京皆被金朝攻占后，金朝遂对原来与宋朝订立的"盟约"予以否定，强硬提出："今更不论元约，特与燕京六州二十四县。"[8] 宋朝政治上腐败无能，军事上不堪一击，也就只好听之任之，能够得到燕京地区已经是欢天喜地了。

从宣和四年（1122年）年初宋、金双方订立夹攻辽朝"盟约"，到年底金军攻占燕京，再到翌年四月，金朝把燕京六州二十四县交割给宋朝。其间双方使臣往来不断，围绕着"盟约"的各项条款反复纠缠，而最终的结果都是宋朝屈从于金朝。首先，是疆域的划分。双方约定，以长城一线为界，以北地区由金朝攻占，以南地区由宋朝攻占。其结果是金朝不仅攻占了长城以北的大片地区，最后又进入居庸关，攻占了燕京。于是出现了宋朝向金朝索要燕京的事情。其次，是"岁币"的交纳。双方约定，在灭辽之后，宋朝把原来交纳给辽朝的"岁币"转交给金朝。金朝之所以把燕京交还给宋朝，就是为了获得这一大笔"岁币"巨额财富。但是金朝在把燕京地区交还给宋朝时，又提出要增收一百万缗的"代税钱"（是"岁币"的两倍），这个要求最后也被宋朝接受了。[9]

宋朝花费了巨额财物，换来的只是一座燕京空城。因为金朝在从燕京撤军之时，已经把这里的财宝掠夺一空，又将城中居民强行迁往辽东。对于这种"赔大本"的买卖，宋朝统治者们居然还觉得占了大"便宜"，要歌功颂德，宋徽宗遂"命王安中作《复燕云碑》"[10]。早在宋朝出兵攻取燕京之前，宋徽宗就已经把这里视为囊中之物，并且设置了燕山府。"燕山府路。府一：燕山。州九、涿，檀，平，易，营，顺，蓟，景，经。县二十。宣和四年，诏山前收复州县，合置监司，以燕山府路为名，山后别名云中府路。"[11]其实，宋朝不仅没有得到山后的云中府各州县，就连燕山府的平、营诸州也仍然掌握在金朝手中。

宋朝在得到燕京之后，并没有认真安排防御行动，而是派毫无军事才干的王安中来主持这里的军政事务。不久，从辽朝投降金朝的张觉又背叛金朝，投降宋朝，王安中先是将其收留，后又在金朝的逼迫下将张觉杀死，"函其首送金"。[12]这种拙劣的做法，一方面给金朝大举南侵提供了很好的借口；另一方面，又使宋朝的国威丧失殆尽，导致了叛辽降宋的郭药师又叛宋降金。在郭药师等降将的引导之下，金朝军队不仅再次顺利攻占燕京，而且一路南下，顺利攻到了汴京，"其后赵趄京城，诘索宫省与邀取宝器服玩，皆药师导之也"。[13]北宋王朝收复失地、经营燕山府的政治、军事举措，乃以彻底失败告终。北宋王朝亦由此而覆亡。

三、辽、宋降臣的政治作用及其影响

金朝统治者在灭辽伐宋的军事行动中，特别注意收纳和任用辽朝和宋朝的政治人才，充分发挥他们的重要作用。金太祖立国之初，所任用的辽朝政治人材，首推杨朴。"有杨朴者，铁州人，少第进士，累官至秘书郎。说阿固达曰：'匠者与人规矩，不能使人必巧。师者人之模范，不能使人必行。大王创兴师旅，当变家为国，图霸天下，谋万乘之国，非千乘不能比者。诸部兵众皆归大王令，力可拔山填海，岂不能革故鼎新？愿大王册帝号，封诸蕃，传檄响应，千里而定。东接海隅，南连大宋，西通西夏，北安远国之民，建万世之磁基，兴帝王之社稷，行之有疑，祸如发矢，大王如何。'阿固达大悦。"[14]于是，金太祖对他言听计从，采取了称帝、立国号、建年号等一系列政治举措。"朴为人慷慨，有大志，多智善谋。建国之初，诸事草创，朝仪制度，皆出其手。"[15]

及金太宗再度攻占燕京，继续南伐，所任用的辽朝降臣，首推刘彦宗。刘彦宗系金太祖初次攻占燕京时的辽朝降臣。"太祖一见，器遇之，俾复旧，迁左仆射，佩金牌。"[16]及金太祖死后，又受到太宗的重用。他的政治才干表现在以下几个方面：第一，劝说金朝统治者大举南侵，攻灭北宋。"大举伐宋，彦宗画十策，诏彦宗兼领汉军都统。蔡靖以燕山降。诏彦宗凡燕京一品以下官皆承制注授，遂进兵伐宋。" 史称所谓"画十策"，即制定进攻宋朝的战略战术。第二，完善金朝的军事制度。"金置元帅府。初，二将入寇，但置节统府。是夏，金人用其臣刘彦宗议，始改元帅府，且置官属。以安班贝勒舍音茂为都元帅，尼堪、斡里雅布为左、右副元帅，达兰、乌舍为左、右监军，阿穆尔及耶律伊都为左右都监，凡七人。"[17]元帅府分两处，一处在燕京，另一处在西京（今山西大同），金朝统治者就是以这两处元帅府作为伐宋的大本营。第三，兴科举，收揽人才。"初，金国知枢密院刘彦宗建议试河北举人于燕山，传檄诸州搜索，又蠲其科役以诱之。命官即竹林寺校试，北人以词赋，南人以经义、词赋及策论。是日，始揭榜，得者甚众。彦宗云：第一番进士，宽取诱之。"[18]由此为金朝收揽了一大批人才。

不论是杨朴还是刘彦宗，或是其他投降金朝的辽、宋大臣，他们都有一个显著特点，就是把原来中原王朝的一系列重要政治举措介绍给金朝统治者。因为金太祖在起兵抗辽之初，虽然已经有了朦胧的立国政治要求，也有了十分原始的猛安谋克制度，但这些相对于建立一个强大的割据政权，还是远远不够的。于是，杨朴、刘彦宗等人才有了发挥其政治才干的用武之地。对于他们提出来的许多政治举措，金太祖、金太宗是能够采纳的，也因此使金朝有了较大的发展。但是也有些政治举措并没有被采纳。如金朝军队在攻占北宋都城汴京（今河南开封）之后，究竟采取什么样的政治举措才能够长期维持其军事成果，是一个难度很大的问题。为此，"知枢密院事刘彦宗上表，请复立赵氏，不听"。[19]其实，刘彦宗提出扶立一个赵氏傀儡皇帝的做法是很高明的，但没有被采纳，于是，金朝统治者先立了一个张邦昌，旋即被杀；再立了一个刘豫，不久被废。[20]都没有很好解决问题，最后归于失败。就算把宋徽宗或是宋钦宗放一个回去作傀儡皇帝，也比赵构在江南另立南宋朝廷要好得多。

与辽朝归降的大臣们相比，宋朝归降的大臣们就很少能够充分发挥其政治才干。这一点显然是与当时的政治环境密切相关的。辽朝大臣在归降金朝之后不久，辽朝就灭亡了，他们所要对付的是宋朝的君臣，没有任何旧瓜葛，可以放手一搏。但是宋朝大臣在投降金朝之后，新的南宋政权继续与金朝展开激烈对抗，并且一直相持不下。在这种情况下，就算他们断绝了故国之思，而要面对面的相互厮杀也是很困难的。政治叛徒在什么时候也不会有好下场。例如当时活跃在燕京一带的郭药师及其"怨军"，先是背叛辽朝，投靠了宋朝，率领宋军攻打燕京。然后又背叛宋朝，投靠了金朝，并且引导金军攻打汴京。功劳也有，苦劳也有，最后却被金朝军队斩尽杀绝，"于松亭关路，无问老幼，皆掊之，并取其财物。由是常胜军之起义八千人皆尽。而药师平日所谓牙爪者，无类矣"。[21]郭药师自己也被软禁起来，叛徒的下场，既可悲，又可恨。

四、燕京行台的作用及影响

在宋、辽、金三朝之间的争斗中，焦点都集中在燕京。早在北宋初年，宋太宗北伐燕京，"太宗自燕京城下军溃，敌追之仅得脱，凡行在服御宝器尽为所夺，从行宫嫔尽陷没，股上中两箭，岁岁必发，竟以前创之故弃天下"，[22]留下了惨痛的回忆。到了北宋末年，宋徽宗派大军再次进攻燕京，面对的契丹统治者已经是朝不保夕的残兵败将，却仍然大败而回，损失惨重。这次惨败，不仅失去了与金朝统治者讨价还价的权利，而且暴露出了不堪一击的致命弱点。于是金朝统治者敢于把燕京及下属六州暂时交还给宋朝，由此换取巨额的财富。一旦时机成熟，就会迅速出兵，夺走燕京。

而辽朝和金朝之间争斗的焦点也是燕京。金朝在起兵攻灭辽朝的战争中，最初关注的范围主要是长城以北地区，也就是许多历史文献所说的"山后之地"。因此在与宋朝订立"海上之盟"的时候，双方夹攻的分界线也是长城一线。及金朝军队陆续攻占了辽上京、中京及东京等地，为了更加稳妥地向宋朝索取"岁币"，又挥师南下，攻占了燕京，标志着辽朝的抵抗彻底崩溃。当时许多女真贵族和投降金朝的辽朝大臣们是不愿意把燕京还给宋朝的，但是他们没有金太祖看得那么清楚。与获得巨额财富相比，暂时把燕京这座空城还给宋朝只是一笔非常合适的"买卖"，历史发展的进程也证明了这一点。

同样的，当金朝攻灭辽朝之后，金、宋之间开始发生对抗，双方争斗的焦点仍然是燕京。宋朝在得到燕京之后，把它作为防御金军入侵的一座军事重镇。金朝在准备向中原地区扩张其势力之时，也把燕京作为攻击的首选之地。但是宋朝并没有在燕京认真准备抵抗金军入侵的工作，没有派出主力部队驻守，只是依赖投降的郭药师"常胜军"，还招降东北的张觉，拒绝向金朝提供已经许诺的粮食，这给金朝留下了发动战争的借口。金朝统治者在擒获辽天祚帝之后，大举向宋朝发动进攻。天会三年（1127年）十月，金军兵分两路，东路军由完颜宗望为主帅，自辽东直取燕京，到同年十二月"丙午，郭药师降，燕山州县悉平"。[23]西路军由完颜宗翰率领，从西京（今山西大同）直攻太原。

在此后的一段时期里，金朝进攻宋朝一直都是采用东、西并进的钳形攻势，并且取得了十分理想的结果。我们若把燕京与西京加以比较，不难看出，燕京的地位更加重要。第一，就地理距离而言，燕京与金首都上京的距离要近得多，也就是说，燕京与东北地区的政治联系更加密切。第二，就军事形势而言，燕京往南到中原地区是一片平原，进可以攻；如果军事行动失利，又能够退回到东北地区，退可以守。第三，燕京早在金代之前就已经成为各个封建政权控制中原地区、监控东北地区的一处枢纽。这种重要的政治、军事地位是当时人们有目共睹的。金熙宗在即位后，于天眷元年（1138年）九月下令："改燕京枢密院为行台尚书省。"[24]这一做法显然是为了进一步发挥燕京的重要作用。

此外，我们通过金朝统治者安排在这里的贵族人物也不难看出燕京的重要性。金朝在第二次攻占燕京之后，主持这里军政工作的是完颜宗望，而辅之以辽朝降臣刘彦宗。及完颜宗望与刘彦宗相继死后，这里又成为完颜宗弼进攻南宋的大本营。完颜宗弼每次大举进攻南宋之后，都要回到这里进行休整。当他死后，金朝统治者还在燕京为他建造了一座祠堂。[25]金海陵王完颜亮在篡位之前，也曾一度在燕京主持过军政事务。这些在燕京主持过工作的女真贵族们，都是在金朝统治集团中举足轻重的人物。金朝统治者派他们镇守燕京，是十分必要的，也是与燕京的重要地位相称的。

注释：

（1）（2）（3）《金史》卷一《世纪》。

（4）《辽史》卷三十《天祚帝纪》。

（5）（7）《金史》卷二《太祖纪》。

（6）石敬瑭割让给辽朝的，为燕、云十六州，而宋、金订立"盟约"之时，宋朝却提出要归还"山后、山前十七州"（见《大金国志》卷二），多出一州。

（8）宋人宇文懋昭《大金国志》卷二《太祖武元皇帝下》。

（9）据宋人李心传《建炎以来系年要录》卷一所载："（宣和）五年春，金人求燕地租赋，使者三返。遂命龙图阁直学士赵良嗣持御笔誓书至军前，许岁赂银、绢五十万匹、两，代租货一百万缗，而请燕山地。"据《金史》卷七十四《完颜宗望传》可知，宋朝给金朝的"岁币"为银二十万两、绢三十万匹。有些文献认为宋朝交给金朝的"岁币"为银绢三十万匹两，又有说是四十万匹两，当以五十万匹两为是。

（10）《宋史》卷二十二《徽宗纪》。

（11）《宋史》卷九十《地理志》。

（12）《宋史》卷三百五十二《王安中传》。

（13）《宋史》卷四百七十二《郭药师传》。

（14）宋人徐梦莘《三朝北盟会编》卷三《政宣上帙》。

（15）宋人宇文懋昭《重订大金国志》卷二《太祖武元皇帝下》。

（16）《金史》卷七十八《刘彦宗传》。

（17）宋人陈均《九朝编年备要》卷三十《钦宗皇帝》。这两处元帅府，原称枢密院，"初，金人之始用兵也，右副元帅宗杰建枢密院于燕京，以刘彦宗主之；左副元帅宗维建枢密院于西京（即云中府），以时立爱主之（彦宗初见元年正月辛卯，立爱初见元年八月末），金人呼为东朝廷、西朝廷"。见宋人李心传《建炎以来系年要录》卷二十八《建炎三年》。

（18）宋人李心传《建炎以来系年要录》卷十四《建炎二年》所引宋人赵子砥《燕云录》。

（19）《金史》卷三《太宗纪》。

（20）据《金史》卷三《太宗纪》记载，天会五年（1127年）三月，"立宋太宰张邦昌为大楚皇帝"。天会八年（1130年）九月，"立刘豫为大齐皇帝，世修子礼，都大名府"。

（21）《三朝北盟会编》卷四十六《靖康中帙》。

（22）见清人厉鹗《辽史拾遗》卷六所引宋人王铚《默记》。

（23）《金史》卷三《太宗纪》。

（24）《金史》卷四《熙宗纪》。

（25）据元人熊梦祥《析津志辑佚》中的"祠庙"门所载："京师之玉虚观，有故太师梁忠烈王之祠堂在焉。王讳宗弼，太祖武元皇帝第八子也。其勋名则已表铭旌，当书国史矣，不待此而后著。"

第二章　金中都的确立及其影响

　　金中都的确立，是与金朝的政治体制改革密切相关的。金朝自太祖开国称帝，定国号，建年号，只是从形式上采用了中原王朝的政治举措，此后，历经金太宗、金熙宗的一系列改革举措，制定官制，建造都城，大兴礼乐，从形式向主体内容逐渐深化，初步完成了从原始部落民主制向封建制的进化过程。如果说金上京的确立和营建，标志着金朝政治体制改革初见成效，那么，金中都的确立和营建，则标志着金朝政治体制改革取得了决定性的胜利。因为金中都的营建，不仅仅是一座城市的规模扩张，而且是一种政治模式在现实世界的再现。作为一个封建割据王朝的统治中心而言，这种政治模式的再现，具有十分深远的政治意义。

　　金中都的确立，又是金朝国体不断发展壮大的必然结果。在中国古代作为统治中心的都城，乃是各朝代统治者从事政治活动的核心地区，随着各朝代疆域的不断变化，都城的位置也随之加以调整。先秦时期的周朝在崛起之初，政治活动的核心地区是在关中。随着灭商战争的顺利进行，周朝的疆域不断向东扩张，占有了整个中原地区，于是统治中心随之调整，营建东都洛邑。金朝的发展也是如此，金朝崛起之初，政治活动的核心地区是在东北的白山黑水之间，于是出现对金上京的营建。当金朝攻灭北宋之后，其政治势力已经扩展到了整个中原地区，但是，其从事政治活动的核心地区仍然是在东北。在这种情况下，为了保证对中原地区的控制，金朝统治者先后扶立了张邦昌、刘豫两个傀儡政权，进行间接统治。及金朝对中原地区的统治逐渐巩固之后，国体不断扩大，其从事政治活动的核心地区也就从东北地区向华北地区转移。金中都的营建，就是这种政治势力不断扩大的必然结果。

金中都的确立还证明了，古今中外所有疆域辽阔的政权，其统治中心（即都城）都要符合一些必须具备的客观条件。第一，是充足的城市用水资源。一座规模较为宏大的都城，必是有较多居民生活的城市，因此城市用水就成为先决条件。人群离开了水源是无法生存的，古代燕京的城市用水是很充沛的。第二，是便利的交通环境。作为一个泱泱大国，不论是在政治上、军事上、经济上还是文化上，与周围地区都有着千丝万缕的联系，才能够保证其统治中心的各项功能能得以正常运行，而燕京正是华北地区交通最为便利的城市之一。第三，是优越的攻防系统。一个政权的都城，是最容易受到敌方攻击的地方，因此要有比其他城市更为坚固的防御体系。同时为了对周围地区便于控制，也必须位于战略要地。燕京城南面一片平原，便于控制局势；北面群山耸立，便于防守，占有十分优越的军事地位。在中国古代，能够具备其中一项条件的城市有很多，能够具备两项条件的也不少，但是，能够三项皆具备的就很少了。因此海陵王选择金中都作为统治中心，显然是一个十分明智的政治决策。

一、金朝政体的改革变化及其影响

金朝政治体制的初具规模始于金太祖，他为了反抗辽朝的压迫，最大限度调动女真各部落的军事力量，实行了军政合一的猛安谋克制度。至于其他的各项制度，如祭天礼仪，有些文献记载是在杨朴的帮助下实行的，[1]也有些文献认为是在金太宗的时候才开始实行的。[2]其实不同文献所说的并不矛盾，杨朴帮助金太祖所实行的祭天仪式，用的是女真旧俗，而金太宗即位之后实行的祭天仪式则是辽、宋等封建政权的模式。显然，女真族统治者在刚开始实行封建礼仪制度时，是很不适应的。"金主旻豁达有大度，知人善任，能与其下同甘苦。初称帝时，国相前跪奏事，泣止之曰：'今日皆诸君之力，吾初贵，未易改旧俗也。'诸帅皆感泣再拜。"[3]

金太宗即位后，特别是在攻灭北宋之后，金朝的政治制度中开始包含了更多中原王朝的封建因素。太祖时的杨朴、刘彦宗等谋士皆是辽朝降臣，故而其政治体制的模式，基本上也是仿照的辽朝制度。攻灭北宋之后，获得了大批宋朝的礼器、典籍等，又得到了许多政治体制的相关信息，这就为金朝的政治体制改革提供了更加丰富的模仿原型。但是金太宗在执政时期一方面要向中原地区进一步扩张，并且巩固其在新占领区的统治；另一方面又要处理好与整个女真贵族集团之间的利益关系，也就无法在国家政治体制的改革方面有大的作为。在当时最让金太宗头疼的政治大事就是皇位继承人的选择。在这个问题上，一直到他死前不久才有了结果，也就是确定金熙宗对皇位的继承权。[4]

金熙宗即位之后，深深感到政治体制改革对于金朝发展的重要意义。首先，就是皇权至高无上与女真贵族专权的矛盾冲突需要得到解决。在这个问题上，自金太祖以来所实行的，就是嫡长子继承与兄终弟及制度的混用，使得每一个有着皇家血统的女真贵族都会觊觎帝王的宝座，都想分享帝王的权力。"初，太祖旻有约，兄终弟及，复归其子。及晟病，其长子宗盘自以人主之元子欲为储嗣。旻之子宗干言己乃武元长子，当立。宗维言己于兄弟年长功高，当继其位。晟不能决者累日。"[5]金熙宗的即位，显然是这些女真贵族相互争夺皇权，相持不下的结果。而在金熙宗即位之后，这种潜在的矛盾和威胁仍然存在。在这些女真贵族们的眼里，金熙宗不过是一位15岁的少年。

就是这位尚未成年的少年天子，即位之后却采取了一系列十分"成熟"的政治举措。天会十四年（1136年），追封九代祖先以帝王谥号，并排定太庙祖先的位次。翌年又将金太宗扶立的傀儡皇帝刘豫废去。天眷元年（1138年）改元之后，一方面颁行女真小字，营建京城宫殿，"以京师为上京，府曰会宁，旧上京为北京"。[6]进行一些基础性工作，另一方面，则是对金朝的官制进行全面改革。金熙宗所能够采用的政治体制，是以辽朝为主，参之以宋朝，并且还有一些包含女真旧俗的政治因素糅合在一起的东西，因此有些东西是较为混乱的，如主管军事行动的官僚机构，初称枢密院，又称元帅府，还被称为行台。但是，其主体框架，仍然是自隋唐以来中原各封建王朝所实行的"三省六部"制。

金熙宗的政治体制改革，是一场深刻的社会变革，牵扯到了许多女真贵族的权利，特别是我们上文提到的皇权与贵族特权之间的矛盾冲突。如果这个矛盾无法解决，金朝的政治改革是无法顺利进行的，而解决矛盾的最彻底的办法，就是剥夺女真贵族们所拥有的军政特权。在处理这个问题的方法上，金熙宗采用了强硬的、甚至说是过激的举措。据史称，金熙宗是太祖嫡孙，而当时在朝廷中专横跋扈的主要是太宗一系的贵族，于是金熙宗对这些女真贵族们采用了毁灭性的打击。天眷二年（1139年）七月，"宋国王宗磐、衮国王宗隽谋反，伏诛"。同年八月，"行台左相挞懒、翼王鹘懒及活离胡土、挞懒子斡带、乌达补谋反，伏诛"。[7]以"谋反"的罪名将宗磐、宗隽、挞懒、鹘懒等人一举诛杀，而且可以牵连到一大批太宗一系的女真贵族，堪称干净利落地除去了令人头疼的政敌，确实有其高明之处。但是金熙宗毕竟年轻，对于这种做法将会产生的不利影响没有考虑透彻，才最后导致了他个人的悲剧。

二、金海陵王篡位政治评价

金熙宗在树立绝对皇权的过程中，采用的是诛杀异己女真贵族的办法，这个办法虽然十分有效，很快就树立了皇帝的绝对权威，但同时也产生很大的负面影响，使得许多女真贵族人人自危，终日惶惶，这就造成了政治上的潜在不安定因素。然而金熙宗并没有认识到这种潜在威胁的有害作用。他在除去完颜宗磐等主要政敌之后，并没有就此罢手，而是继续随意诛杀那些身边的人们，包括了女真贵族、后妃，以及大臣们。仅见于《金史·熙宗纪》的记载即有：皇统四年（1144年）七月，杀魏王完颜道济；皇统九年（1149年）十月，杀胙王完颜元；同年十一月，又杀皇后裴满氏、德妃乌古论氏及夹古氏、张氏等。其所诛杀的大臣有：皇统六年（1146年）六月，杀宇文虚中和高士谈；翌年四月，杀完颜宗礼，六月杀田毂、奚毅、邢具瞻、王植、高凤廷等人。

对于金熙宗的滥杀行为，有些是有道理可讲的，有些则是无辜的。如完颜宗礼被杀，是因为金熙宗酗酒后的行为。还有一些则是受人利用的。如完颜元的被杀，系因完颜亮（即海陵王）的阴谋，"时亮包藏窥伺之意，胙王元者，徽宗次子，帝之弟也。时太子未立，以次当立，亮欲先除去以为己计，因河南兵叛有妄称皇弟者，亮诬元以语相符合，并诬阿林、达兰、塔斯等，实相连结，乃譖于帝，悉置之重法"。[8]连自己的皇后和兄弟都敢滥杀的人，谁在他身边不感到害怕呢？正是利用了这一点，完颜亮与金熙宗身边的侍卫们一起发动了一次宫廷政变，"十二月丁巳，忽土、阿里出虎内直。是夜，兴国取符钥启门纳海陵、秉德、辩、乌带、徒单贞、李老僧等人至寝殿，遂弑熙宗。秉德等未有所属。忽土曰：'始者议立平章，今复何疑。'乃奉海陵坐，皆拜，称万岁"。[9]完颜亮成为这次宫廷政变的最大受益者。

对于这次宫廷政变，有几点值得研究。第一，政变的主谋人到底是谁。第二，完颜亮的作用到底有多大。第三，政变的结果如何。关于第一点，据相关文献分析，政变的主谋人不是完颜亮，而是唐括辩和完颜秉德。"是时熙宗在位久，悼后干政，而继嗣未立，帝无聊不平，屡杀宗室，箠辱大臣。秉德以其故怀怨，乃与唐括辩、乌带等谋废立"。[10] 当时完颜秉德的身份是左丞相，唐括辩的身份是尚书左丞，又是金熙宗的女婿，都是朝廷中的实力派人物。因此，弑杀金熙宗的阴谋，其主谋者为完颜秉德和唐括辩，而不是完颜亮。关于第二点，相关文献也有踪迹可寻。当完颜秉德等人决定发动政变之时，曾经考虑过帝王的候选人问题，金熙宗的弟弟完颜元也曾被列为候选人，只是由于完颜亮的陷害，完颜元被杀。直到完颜秉德等人杀死金熙宗之后，还在犹豫不决，并没有直接推举完颜亮为皇帝。因此，在完颜亮称帝之前，他只不过是一位宫廷政变的参与者。由于完颜秉德并没有篡位的野心，才使得完颜亮成为了政变的最大受益者。

关于第三点，也是最重要的一点，直接关系到对海陵王完颜亮的评价问题。完颜亮在得到皇位之后，仍然坚持了金熙宗政治改革的大方向，而且向前推进了一大步。在对待女真贵族的问题上，海陵王的做法与金熙宗一样，甚至可以说是有过之而无不及。他在即位后，立刻采取各种名目，把那些在政治上有巨大影响的、资历十分显赫的女真贵族大加杀戮。天德二年（1150年）四月，"海陵遣使杀东京留守宗懿、北京留守卞。及迁益都尹毕王宗哲、平阳尹禀、左宣徽使京等，家属分置别所，止听各以奴婢五人自随。既而使人要之于路，并其子男无少长皆杀之。……太宗子孙死者七十余人，太宗后遂绝"。[11] 此后不久，"海陵已杀太宗子孙，尤忌斜也诸子盛强，欲尽除宗室勋旧大臣。……杀斜也子孙百余人，谋里野子孙二十余人"。[12] 经过金海陵王的几次大杀戮，能够与皇权相抗衡的女真贵族已经很少见到了。

在政治体制改革方面，金海陵王更是超过了此前的太祖、太宗、熙宗三朝，取得了有创造性的突破。"海陵庶人正隆元年罢中书门下省，止置尚书省。自省而下官司之别，曰院、曰台、曰府、曰司、曰寺、曰监、曰局、曰署、曰所，各统其属以修其职。职有定位，员有常数，纪纲明，庶务举，是以终金之世守而不敢变焉。"[13] 在金代初期的政治体制改革方面，主要表现为从原始部落民主制向封建等级制的转变，而其转变的模式，是以自隋唐创立的三省六部制为主体的。这种模式辽朝在南面官制中是加以承袭的，而宋朝也没有大的改变。海陵王却在正隆元年（1156年）打破原有模式，罢废中书、门下二省，仅留下尚书省作为中央的政务机构。这种做法不仅为金朝的政治制度创造了一个更加合理的格式，而且也为此后元朝政治制度的建立奠定了较为坚实的基础。

综上所述，金海陵王完颜亮在弑杀金熙宗的宫廷政变中，只是一位参与者，而不是什么主谋。因为主谋者完颜秉德等人并没有篡夺皇权的野心，才使得完颜亮成为了这次政变的最大受益者。他在即位后，仍然坚持了政治改革的大方向，仍然采取了一系列过激行为来铲除女真贵族对皇权的威胁。同时，他在行政体制改革方面也取得了显著的成效，废除了三省制，而仅留尚书省主持中央政务。当然，完颜亮的抱负太大了，他建造了当时北方地区最宏伟的都城，兴修了堪与汉唐统治者们媲美的皇陵，还想要一统天下，因此而打破了与南宋的和局，大举南伐。从他即位，一直到他兵败被弑，始终没有闲暇过。在海陵王死后，许多非难之辞都落到了他的头上，但是笔者认为，就政治史研究的角度而言，金海陵王是一位可以给予基本肯定的政治家，他既有功绩，也有"暴行"，如果对其功过加以评价的话，应该是四六开，六分功，四分过。

三、金朝统治中心的南迁与中都城的建设

如果说金海陵王最重要的政治功绩之一是中央官制的改革，那么他的另一项重要政治功绩就是都城的南迁。关于金朝统治中心的南迁，以往的许多专著和论文都有涉及，但是这个问题仍然有进一步探讨的必要。

首先，是海陵王决定南迁的原因。可以分为以下几项：第一，都城定位的政治因素。金朝最初的都城是金上京（今黑龙江阿城县境），这里是女真族，或者说是生女真部落长期生活的地方。因此从金太祖到金熙宗，都认为这里是"最安全"的地方，政治上的安全感当然是设置都城的首选因素之一。从金太宗占有中原地区，到金熙宗与南宋订立和约，中原地区开始变得越来越安全。也就是说，迁都的政治因素变得越来越成熟，这是一个具有普遍性的因素。另一个政治原因，则是金海陵王的个人因素。由于他在金上京参与了弑杀金熙宗的宫廷政变，所以他生活在这个带有强烈血腥气味的环境中是很不舒服的，而把都城南迁，正是尽快脱离这个环境

的最好办法，这是一个偶然性的因素。(14)

第二，统治需求的政治因素。也可以分为两个方面，一方面，是金上京作为统治中心的时候，为了便于对中原地区的统治，金太宗曾经先后扶持过两个傀儡政权，但统治效绩并不理想，金熙宗时不得不废弃。但是，金上京偏在东北一隅，对中原地区的统治确实有许多不方便的地方，只有迁都到中原地区，才能够解决这个问题。另一方面，则与金朝政治体制改革有着直接的关系。在金代初年，官僚机构较为简略，政府中的各类专职人员还不多，行政事务也较少，都城设置在什么地方都不会有影响。但是经过金熙宗和金海陵王的政治体制改革，中央政府和地方政府的各级机构日益完备，政府官员人数不断增加，行政事务日趋繁琐，偏处一隅的都城显然影响到了统治需求及其效率，(15)因此必须重新选择新的统治中心，才能够适应官僚机构日益完备的统治需求。

第三，巨大负担的经济因素。金朝在立国之初，统治者们的生活相对而言比较朴素，官简事少，故而皇家与政府的财政支出也较少。金上京偏在东北一隅，供应都城消费的工作还不算太重。随着历史的不断发展，金朝占据的疆域越来越大，掠获的社会财富越来越多，统治者们的生活消费越来越奢侈，上京的官员数量也是越来越多，整个金朝的财政收入和支出都在急速增长，这就给政府带来了巨大的经济负担。一方面，是如何把掠获的巨额财富运回到上京城来，在这个问题上，当时人也感到了极大的压力，所谓"供馈困于转输，使命苦于驿顿"。(16)另一方面，则是政府官员来往于金上京和全国各地之间的费用极大。金熙宗初定官制，凡官员的考核、选调，都要到上京来完成，称之为"省选"。"凡省选之制，自熙宗皇统八年以上京僻远，始命诣燕京拟注，岁以为常。"(17)这些来往于金上京和全国各地之间的官员们的差旅费，当然是由政府负担，故而金熙宗不得不在皇统八年（1148 年）把省选的地点从金上京移到了燕京城。

其次，是海陵王南迁的举措。在这个问题上，海陵王完颜亮是做了充分准备的。第一，是进行了舆论宣传，充分肯定了燕京作为新都城的必要性。海陵王下诏宣称"眷惟旧京邈在东土，四方之政不能周知，百姓之冤艰于赴愬。况观风俗之美恶，察官吏之惰勤，必宅所居庶便于治，顾此析津之分，实惟舆地之中。参稽师言，肇建都邑。乃严宗庙之奉，乃相宫室之宜，遂正畿封以作民极"。迁都完全是为了祖宗、社稷和天下百姓。并且宣称："燕本列国之名，今为京师，不当以为称号。燕京可为中都，仍改永安析津府为大兴府。上京、东京、西京依旧外，汴京为南京，中京为北京。"[18]在确定金中都作为金朝首都的同时，又把全国的都城体系加以调整，在金中都的四周设置了四处（上京被毁除外）重要的区域中心。

第二，是大举调动人力物力，建造了一座十分辉煌的新都城。金朝在太祖、太宗时，都城会宁府十分简陋，只称"皇帝寨"、"国相寨"，[19]直到金熙宗时，才在天眷元年（1138年）下令："以京师为上京，府曰会宁，旧上京为北京"。并且命主持上京宫殿营建工程的大臣卢彦伦"止从俭素"。[20]因此连当时的宋朝人都认为金上京的建筑太简陋了。金海陵王在兴建中都城的时候显然注意到了这一点。为了不被宋朝人耻笑，为了表现出大国风范，人力物力的投入是十分必要的，故而他宣称："将因宫庙而创官府之署，广阡陌以展西南之城，勿惮暂时之艰，以就得中之制。所贵两京一体，保宗社于万年。四海一家，安黎元于九府。咨尔中外，体予至怀。"[21]他是这么说的，也是这么做的。旧燕京城的西面和南面各被扩展出三里地，经过扩展的都城，城市面积几乎增加了一倍。

第三，是完善了都城的各项重要政治设施。其一，是都城的核心建筑宫殿、苑囿的建造。"乃遣左右丞相张浩、张通古，左丞蔡松年调诸路夫匠筑燕京宫室，皇城周九里三十步，其东为太庙，西为尚书省。宫之正中曰皇帝正位，后曰皇后正位，位之东曰内省，西曰十六位，妃嫔居之。又西曰同乐园，瑶池、蓬瀛、柳庄、杏村皆在焉。"[22]其二，是举行各种祭祀仪式的坛庙建筑的修造。金海陵王在建造宫殿之时，即在皇城东面兴建了太庙，符合古人"左祖右社"的营都理念。但是却没有建造社稷坛[23]。除了建有太庙，又建有原庙，[24]由此可见金海陵王对祭祀祖先是十分重视的。此后金朝官员又在丰宜门外建有郊坛，用以祭祀天神地祇；在景风门外建有高禖坛，在景风门和端礼门外建有风雨雷师坛，等等。其三，是安葬、祭祀祖先的皇陵的营建。金海陵王在决定迁都的同时，决定把祖先的陵寝也一同迁到金中都来。于是，他在中都命风水先生四处勘察，最终选定了京城西面的大房山作为营建皇陵的地点。并且在皇陵附近又营建有后妃和诸宗王的陵墓。其四，是官僚衙署的建造。由于金海陵王将中央机构从三省精简为一省，故而只需在京城建造尚书省衙署即可。这处尚书省衙署位于皇城的西面。

第四，是对全城格局的调整。在辽代的燕京城，皇城位于全城的西南隅，是利用唐后期幽州节度使旧衙署改造而成。及海陵王扩建金中都城时，因为东面和北面的民居较多，故而专门扩展了南面和西面的城墙，使皇城无形之中转移到了全城的核心位置。这个扩建工程的设计者是十分聪明的，既仿照了宋朝汴京的都城模式，又最大限度保留了燕京旧城的城市建筑。就实际操作的角度而言，改造和充分利用一座旧城市，比重新建造一座新城市要难得多。在海陵王被弑杀之后，许多人都攻击他滥用人力物力来建造一座奢侈的皇宫。但是就当时的情况而言，金中都城市格局的调整应该是一个建筑范例。只是他后来又大兴土木营造汴京城的做法，才是劳民伤财的"暴政"。

四、金海陵王南伐的政治得失

金海陵王即位后的第三项重大政治举措，就是发动了企图统一天下的大规模南侵活动。自金太祖、太宗攻灭辽朝和北宋之后，女真贵族们又多次进行了大规模的南侵活动，但是，在长江天险和南宋军民的顽强抵抗之下，金朝军队屡屡受挫，双方进入军事上的均衡状态。在这种情况下，双方统治者根据各自利益的考虑，最终达成了"和约"，南宋统治者以每年五十万两匹银绢的"岁贡"代价，换来了暂时的和平。但是与南宋统治者委屈求和的低姿态形成鲜明对比，金朝主张达成"和约"的女真贵族们却受到更多"主战"权贵们的挑战，最终成为政治斗争的牺牲品。正是在这种历史背景下，金海陵王夺得了皇权，对于这位想要"立马吴山第一峰"[25]的政治家而言，每年五十万的"岁贡"只是区区小数目。

为了一统天下，海陵王做了最充分的准备。首先，把都城从中都迁到南京（即宋朝的汴京）。对于这项土木工程而言，不仅民众怨声载道，就连政府中的许多官员也表示反对。金朝的军事力量虽然较为强大，但是，其经济建设能力却是有限的。在这种情况下，刚刚大兴土木营造完金中都城，百姓还没有喘气的机会，就又去营造南京城，其经济负担之重，是当时金朝的国力无法承受的。特别是当金海陵王竭尽全力营建南京城之后不久，却遭到了意外的天灾，"海陵欲伐宋，将幸汴，而汴京大内失火，于是使浩与敬嗣晖营建南京宫室。浩从容奏曰：'往岁营治中都，天下乐然趋之。今民力未复，而重劳之，恐不似前时之易成也。'不听"[26]张浩是主持金中都营建工程的主要大臣之一，连他也感受到民众在营建中都与南京问题上的不同立场。

其次，是征调全国民众从军南伐。金海陵王深深感到统一江南战争的重要意义，必须调集全国的军队，倾巢出动，才有可能取得胜利。为此他也是尽了最大的努力，把能够征调的民众都编入军队，"六年，南伐，立三道都统制府及左右领军大都督，将三十二军，以神策、神威、神捷、神锐、神毅、神翼、神勇、神果、神略、神锋、武胜、武定、武威、武安、武捷、武平、武成、武毅、武锐、武扬、武翼、武震、威定、威信、威胜、威捷、威烈、威毅、威震、威略、威果、威勇为名，军置都总管、副总管及巡察使、副各一员"。[27]但是这支人数庞大的军队却毫无斗志，"将士自军中亡归者相属于道。曷苏馆猛安福寿、东京谋克金住等始授甲于大名，即举部亡归，从者众至万余"。[28]不仅汉军、契丹军士反对海陵王南伐，就连他最亲信的女真猛安谋克军队，也公开反抗。

金海陵王的所作所为带来的结果是众叛亲离，各地百姓的反抗也纷纷而起，后方的社会处于极不稳定的状态。而这时的女真贵族完颜雍却乘机在东北发动政变，更是给海陵王雪上加霜，制造了另一个政敌。而此时海陵王面对的南宋王朝，军民的斗志空前高涨，江南水师的战斗力又显然比金军强许多。在这种情况下，金海陵王前有长江天险的阻隔，后有女真贵族的政变，已经陷入了绝境。这个绝境，实际上是海陵王自己一手造成的。而海陵王对于自己的处境并没有清醒的认识，还在督促手下的军队强攻江南。于是逼得手下军帅完颜元宜等人发动叛乱，正隆六年（1161年）"十月乙未黎明，元宜、王祥与武胜军都总管徒单守素、猛安唐括乌野、谋克斡卢保、娄薛、温都长寿等率众犯御营"。[29]遂将海陵王弑杀。曾经弑杀金熙宗的完颜亮，也落得同样的下场。

金海陵王死后，即位的金世宗完颜雍出于政治斗争的需要，夸大了海陵王暴政的负面效应，把他的荒淫无耻、奸诈虚伪、好大喜功的缺点加以突出，换言之，金世宗是把海陵王作为反面的政治样板来对待的。古人所谓的"杀父之仇，夺妻之恨"不共戴天，金世宗却对海陵王的"夺妻之恨"一直隐忍未发，直到海陵王南伐受挫，才发动政变，夺得皇位。但是这时的海陵王已经被弑，金世宗的报复也就只能是"口诛笔伐"了。在元朝人纂修的《金史》中，对海陵王的评价是："比昵群小，官赏无度，左右有旷僚者，人或以名呼之，即授以显阶。常置黄金裥褥间，有喜之者，令自取之。而淫嬖不择骨肉，刑杀不问有罪。至营南京宫殿，运一木之费至二千万，牵一车之力至五百人。宫殿之饰，遍傅黄金而后间以五采，金屑飞空如落雪。一殿之费以亿万计，成而复毁，务极华丽。其南征造战舰江上，毁民庐舍以为材，煮死人膏以为油，殚民力如马牛，费财用如土苴，空国以图人国，遂至于败。"[30]这个评价，显然不够公允。

就个人品质而言，金海陵王确实存在着许多值得贬斥的地方，如荒淫好色，乱伦宗室，奸诈虚伪，陷害他人，好大喜功，挥霍民财，喜怒无常，滥杀无辜，等等。每一项都是封建的礼法社会所无法容忍的，因此可以称之为是一个十恶不赦的恶人。然而我们若是从金朝政治发展的轨迹来看，海陵王的许多重大政治决策则是正确的，如上文提及的中央政治体制改革、全国政治中心的迁移，以及在许多具体细节方面的处理方面，都有值得肯定的东西。就连他率军大举南伐，进行统一战争的失败做法，从金朝政治发展的角度而言，也不能完全予以否定。海陵王的个人品行的恶劣表现，与他在政治大局方面的正确决断，形成了一个极大的反差，也就是极大的矛盾，即个人品行的否定评价与政治行为的肯定评价。既有肯定，又有否定，往往是一个失败的政治家所能够得到的最终报酬。

注释：

（1）据《大金国志》卷二《太祖武元皇帝下》记载："帝用杨朴议，始合祭天地于南北郊。及禘享太庙，颁赐酋汉羣臣以下有差。"

（2）据《金史》卷三《太宗纪》记载，天会元年（年）九月，金太宗即位，"告祀天地"。又据《金史》卷二十八《祭祀志》记载："金之郊祀，本于其俗有拜天之礼。其后，太宗即位，乃告祀天地，盖设位而祭也。"

（3）见《辽史拾遗》卷十二所引杨循吉《金小史》。文中"金主旻"即指金太祖。

（4）金太宗最初确定的皇位继承人是皇弟完颜杲，"天会八年，谙班勃极烈杲薨，太宗意久未决"。（见《金史》卷四《熙宗纪》）最后是在完颜宗翰、完颜宗辅、完颜宗干和完颜希尹等女真贵族的一再教促下才决定立金熙宗为皇位继承人。

（5）《建炎以来系年要录》卷八十四所引苗耀《神麓记》。

（6）（7）（9）（20）（28）（30）《金史》卷五《海陵纪》。

（8）见《大金国志》卷十二《熙宗孝成皇帝四》。据《金史·熙宗纪》记载，"杀北京留守胙王元及弟安武军节度使查剌、左卫将军特思"。可知《大金国志》中的"塔斯"即是《金史》中的"特思"，译字不同。

（10）《金史》卷一百三十二《完颜秉德传》。

（11）《金史》卷七十六《完颜宗本传》。

（12）《金史》卷七十六《完颜宗义传》。

（13）《金史》卷五十五《百官志》。

（14）关于这一点，历史文献没有直接的描述，但是，我们可以通过金海陵王的行为找到一些踪迹。据《金史》卷二十四《地理志》记载，金海陵王在"正隆二年，命吏部郎中萧彦良尽毁宫殿、宗庙、诸大族邸第及储庆寺，夷其趾，耕垦之"。金朝迁都以后，上京的宫殿完全可以保存起来，以备岁时巡幸之用。但是，却被金海陵王彻底毁灭了。他想在毁灭上京宫殿的同时，也销毁人们对他弑杀金熙宗的记忆。

（15）关于这一点，当时人们就有了清醒的认识。完颜亮在《议都燕京诏》中就指出："既而人拘道路之遥，事有岁时之滞，凡申欸而待报，乃欲速而愈迟。今既庶政惟和，四方无侮，用并尚书之亚省，会归机政于朝廷。又以京师粤在一隅，而方疆广于万里，以北则民清而事简，以南则地遂而事繁，深虑州府申陈，或至半年而往复，闾阎疾苦，何由期月而周知。"见《建炎以来系年要录》卷一百六十二。

（16）金海陵王完颜亮《议都燕京诏》。

（17）《金史》卷五十四《选举志》。

（18）《建炎以来系年要录》卷一百六十四。

（19）《大金国志》卷三十三。

（21）金海陵王完颜亮《议都燕京诏》。

（22）《大金国志》卷十三。

（23）据相关文献记载，"贞元元年闰十二月，有司奏建社稷坛于上京"。见《金史》卷三十四《礼志》。到金世宗的时候才在中都城设置了社稷坛。

（24）据金朝的礼官们上奏："检讨到三代已前，并无原庙。至汉惠帝时，叔孙通始建议置原庙于长安渭北，曾荐时果。其后又置原庙于丰沛，别不该曾行享荐之礼。又汉已后历代亦无原庙。两都告享之礼，禀定只于燕京建原庙（内宫曰衍殿曰圣武门曰同合曰崇圣），准备行荐享之礼。"见《大金集礼》卷二十《原庙上》。

（25）据《三朝北盟会编》卷二百四十二《炎兴下帙》记载，海陵王曾命手下画匠绘有宋都临安（今浙江杭州）的山水城郭，并绘其像于山顶，画上有翰林修撰蔡珪所作诗曰："万里车书已混同，江南岂有大江封？提兵百万西湖侧，立马吴山第一峰。"《大金国志》卷十四《海陵炀王中》亦录有该诗，词句虽略有不同，却都显示出了海陵王的勃勃野心。

（26）《金史》卷八十三《张浩传》。

（27）《金史》卷四十四《兵志》。

（29）《金史》卷一百三十二《完颜元宜传》。

第三章　金代鼎盛时期的中都

　　经过金海陵王营建的中都城，开始成为整个北方地区最重要的大都会，正是在这个基础上，金世宗通过政变顺利夺得了皇权。他把金朝的统治中心仍然设置在这里，并且针对金海陵王的暴政采取了一系列的补正措施。由于他在政治上采用了"守成"的方针，在军事上采用了"和议"的办法，在文化上采用了"传承"的态度，再加上他在位的时间比较长，因此这个时期遂成为整个金朝最为理想的"治世"。史称："当此之时，群臣守职，上下相安，家给人足，仓廪有余，刑部岁断死罪，或十七人，或二十人，号称'小尧舜'，此其效验也。"[1]自金太祖立国到金海陵王被弑的近半个世纪里，金朝与辽、宋之间的杀伐不断，与之相比，金世宗确实可以被史臣称之为"小尧舜"。

　　在金朝的统治中心从金上京迁移到金中都的几十年时间里，金朝统治者也发生了巨大的变化，这个变化，始于金熙宗，而完成于金世宗。其一，是个人好尚的变化。据《大金国志》卷九所描写的金熙宗，"亶幼而聪达，贯综经业。喜文辞，威仪早有大成之量，太宗深所爱重。所与游处，尽文墨之士，有未居显位者，咸被荐擢，执射赋诗，各尽其所长以为娱"。该书卷十三所描写的金海陵王，"幼时名孛烈，汉言其貌类汉儿。好读书，学弈象戏、点茶，延接儒生，谈论有成人器。既长，风度端严，神情闲远，外若宽和，而城府深密，人莫测其际"。通过描述可以看出，这些重要的女真贵族们在即位之前，已经对中华民族的儒家文化产生了极大的兴趣，受到了很深的熏陶。

　　其二，是政治素养的变化。金熙宗"贯综经业"，"所与游处，尽文墨之士"。而金海陵王"延接儒生，谈论有成人器"。金世宗则是"性仁孝，沉静明达"[2]。所谓的"贯综经业"，就是对儒家的政治学说十分熟悉，而他们日常所交游的人物，也多是深精儒家学说的"文墨之士"及"儒生"。而政治素养变化的结果，则是"风度端严，神情闲远"及"性仁孝，沉静明达"。换言之也就是许多学者所常提到的"汉化"过程。这个"汉化"过程，不仅是几位女真统治者个人的行为过程，而且是进入中原地区的一大批女真贵族们的集体行为过程，真正能够保持女真初兴阶段少数民族文化特色的人们已经是寥寥无几了。大定年间金世宗回到东北上京老家，就深切感受到女真族民众对旧俗的淡忘，他对大臣说道："会宁乃国家兴王之地，自海陵迁都永安，女直人浸忘旧风。朕时尝见女直风俗，迄今不忘。今之燕饮音乐，皆习汉风，盖以备礼也，非朕心所好。"[3]就连金上京的女真文化都逐渐消失了，作为政治和文化中心的金中都更是儒家文化占据了主导地位。

一、金朝中兴与世宗的政治举措

金世宗的即位，可以说是一个偶然的政治事件。如果金海陵王的南伐战争十分顺利，南宋王朝很快覆灭，将会出现一统天下的局面，金世宗的即位不会长久。如果南伐的将领们不发动叛乱、弑杀金海陵王，海陵王必会回师与金世宗争夺皇位，其结果乃是一个未知数。但是历史的发展没有"如果"，金世宗在没有任何竞争对手以情况下得到了皇权。对于他而言，面临的主要问题不是要打击潜在的政敌，因为这些政敌——主要是女真贵族已经被金熙宗和金海陵王杀戮殆尽了。也不是采用何种方法来治理国家，因为经过金熙宗和金海陵王的政治制度改革，从中央到地方的各级官僚制度已经较为完备了。他的当务之急，就是要妥善处理与南宋政权的战和关系。是时金、宋之间经过几十年的军事对抗，大致趋于平衡状态，金朝略强，多取攻势，宋朝较弱，多取守势，这也就为双方的和议奠定了大致的基础。和议无非三件事，[4]第一件是双方的名分，是君臣，还是叔侄或是兄弟。宋朝在形势最恶劣的时候曾经对金朝称过"臣"，而在如今趋于平衡的状态下提出要称兄弟，也就是要求政治上的平等。第二件是双方的疆界，到底应该划分到哪里。双方经过多年的争夺，争战的范围大致处于黄河与江淮之间，故而其疆界也大致处于这个地带。第三件是宋朝给金朝的"岁币"，其数量是多少。在这个问题上，金朝希望多一些，宋朝希望少一些。双方互派使臣多次往还，争论的结果是基本上维持了原来金、宋和议的各项条款。[5]

金世宗即位后急于要做的另一件事，则是要稳定国内的混乱局面，剿灭各种叛乱。在金海陵王执政时期，由于大兴土木营建金中都和汴京，又大动干戈调集军队征伐南宋，导致民不聊生，叛乱纷起。金世宗在东京发动政变，也是借助了这些叛乱的影响。[6]但是他在即位之后，特别是在金海陵王被弑杀、他的统治地位逐渐巩固之后，就开始调动金朝军队对各股较大的叛乱势力加以剿灭。在叛乱的各股势力中，最具威胁性的是契丹首领移剌窝斡，他是因为反对海陵王征调契丹军队南伐而发动叛乱的。金世宗即位后，曾派人劝其归降，却被他几次杀掉使臣，于是金世宗不得不调动金朝军队，前来镇压叛乱。经过一年多的征战，移剌窝斡战败，被部下出卖，被俘后送至金中都，惨遭杀害。"完颜思敬献俘于京师，窝斡枭首于市，磔其手足，分悬诸京府。其母徐辇及妻子皆戮之。"[7]

金世宗在统治巩固之后，一方面采取了大兴礼制的举措，因为他深切认识到中原儒家传统政治学说在治理国家时所能够产生的巨大作用。为此他命手下文臣纂修了《金太宗实录》和《金睿宗实录》，又命手下画工在太庙庙中为20位开国功臣绘有画像，以模仿汉唐典故。又提倡文化教肯，于大定十六年（1176年）四月，"诏京府设学养士，及定宗室、宰相子程试等第"。[8]并且命手下大臣将《易经》、《尚书》、《论语》、《孟子》、《孝经》等儒家经典和《资治通鉴》、《新唐书》等史著翻译成女真文字，命女真族民众阅读学习。另一方面，他又怕女真族百姓在学习儒家文化之后被"同化"，而失去女真族自己的少数民族文化，因此大力提倡女真族文化。他教导女真族子弟曰："女直旧风最为纯直，虽不知书，然其祭天地，敬亲戚，尊耆老，接宾客，信朋友，礼意款曲，皆出自然，其善与古书所载无异。汝辈当习学之，旧风不可忘也！"[9]为此他曾特别下令，"禁女直人不得改称汉姓、学南人衣装，犯者抵罪"。[10]这种文化上的矛盾心理，既要接受儒家学说，又要抵制"汉化"的进程以保存女真少数民族文化，在社会实践中是不可能的。

金世宗治理国家的大政采用宽简为主的方针。在这个问题上，他充分吸收了金熙宗和海陵王的历史教训。金熙宗在执政初期颇有章法，除了杀戮那些直接威胁到皇权的女真贵族之外，政治举措没有留下惹人非议的把柄。但是自从皇太子早夭受到刺激之后，疑心渐重，性情愈加暴躁，连皇后及皇弟皆遭杀戮，遂使金海陵王有机可乘，篡夺了皇权。金海陵王即位后，所有政治举措大刀阔斧，做事急于求成，特别是驭下十分严厉，也同样使身边的人们提心吊胆，惶惶不可终日，最后引来杀身之祸。金世宗即位后，同样面临着政治局势不稳定的状况，于是以前两位帝王的事例为借鉴，金世宗的治民国策遂以宽简为主。大定七年（1167 年）"五月丙午，大兴府狱空，诏赐钱三百贯为宴乐之用，以劳之"。[11]也是在这一年，全国被定为死罪的仅有 20 人。金世宗的宽简治国策略，在当时确实缓和了社会矛盾，起到了稳固统治的重要作用。

金世宗在经济方面也采取了一些举措。其一，是"通检推排法"。金朝的赋税征收办法，始定于金太宗时，是以田地和财产、劳力为基础进行征收的，历金熙宗、海陵王，没有变更。金世宗即位后，认为经过多年动乱，民众的财产变化较大，要重新加以统计，以使赋税"平均"。这项重新统计财产的工作始于大定四年（1164 年）十一月，是以金中都路为中心展开的，此后多次进行统计，地方官员不是本着"均税"的原则，而往往采用横征暴敛的办法以增加税收。其二，是重新开通与南宋的贸易活动。金、宋之间的相互贸易行用"榷场"制度，始设于金熙宗时，金海陵王为伐宋而禁止之。及金世宗即位后，又重新设置"榷场"，加强了与宋朝的贸易往来。但是金朝政府对"榷场"的管理十分严密，有的官员因为经营"违禁"商品而被处死。

金世宗最值得称道的是他的节俭生活作风。作为一位封建帝王，有着比普通百姓优越得多的生活条件，因此历代封建帝王的个人生活大都很奢侈，很少有人能够在提倡节俭的同时，自己的生活也很节俭。金世宗则是在千百个古代帝王中很罕见的人物之一，既要求臣下节俭，自己也很节俭。他曾经向主持宫殿修造工作的户部和工部官员下诏书，禁止他们在宫殿装饰工程中使用黄金。他的日常饮食也很节俭，刚即位的时候，按照惯例每顿饭有四五十道菜，经过他的要求，后来的日常餐饮，每顿饭只有四五道菜。他曾经向朝中的大臣说："女直官多谓朕食用太俭，朕谓不然。夫一食多费，岂为美事。况朕年高，不欲屠宰物命。贵为天子，能自节约，亦不恶也。朕服御或旧，常使浣濯，至于破碎，方始更易。向时帐幕常用涂金为饰，今则不尔，但令足用，何必事纷华也。"[12]处于乱世的帝王们受到自然条件供给困难的限制，生活有时不得不节俭，但是，处于盛世的金世宗在自然条件供给十分充足的情况下，仍然能够保持节俭，确实是极为难能可贵的。

金世宗在他的晚年曾经对自己的几十年执政经历有过回顾，是比较公允的，他说："朕方前古明君，固不可及。至于不纳近臣谗言，不受戚里私谒，亦无愧矣！朕尝自思，岂能无过，所患过而不改，过而能改，庶几无咎。省朕之过，颇喜兴土木之工，自今不复作矣。"[13] 公开承认自己的执政经历有过错，在历代帝王中是很少见的。而同时提出对过错的处理办法，是"过而能改"，堪称古代政治家的典范。金世宗在政治上的开拓建树，虽然比不上金熙宗和海陵王，但是，在"守成"这个重要的政治大局方面，特别是身体力行的政治实践方面，他却可以无愧于"明君"的评价。

二、金朝统治机能的衰弱

金世宗死后，金章宗即位。他的即位使金朝的政治进一步向着"汉化"的方向发展。如果说金太祖、太宗这一代人所习惯的乃是女真少数民族文化，那么，金熙宗、海陵王和金世宗这一代人就已经基本上完成了"汉化"的进程，但是仍然保留着浓厚的女真少数民族文化情结，而到金章宗即位后，就连这种女真少数民族的文化情结也已经淡漠了。对于长期生活在中原地区的金章宗而言，虽然从小也学会了几句女真话，但是我们通过他即位后的许多政治举措不难看出，他的"汉化"程度又超过了金世宗等人。首先，是在对待奴隶的问题上，金章宗采取了一系列改进的措施。大定二十九年（1189 年）二月，他在刚刚即位，就下令："诏宫籍监户旧系睿宗及大行皇帝、皇考之奴婢者，悉放为良。"把一大批奴隶解放为平民。此后不久，他又下令："制诸饥民卖身已赎放为良，复与奴生男女，并听为良。"[14] 女真贵族们役使大量百姓为奴隶的做法是十分野蛮落后的，金章宗的这项改革不能不说是一种历史的进步，当然也是"汉化"的结果。

其次，他进一步促进了民族之间的相互融合。自从金朝的政治势力进入中原地区以来，民族融合就已经开始了。及海陵王营建中都城之后，在把统治中心迁移到中原地区的同时，也把一大批长期生活在东北地区的女真族民众一起迁移到金中都等中原地区来，进一步促进了民族之间的相互融合。但是这些迁入中原的女真族民众往往以猛安谋克的组织形式聚居在一起，很少与中原民众相互往来。明昌二年（1191年）四月，"尚书省言：'齐民与屯田户往往不睦，若令递相婚姻，实国家长久安宁之计。'从之"。[15]显然，这些从东北地区迁入中原的女真族民众与当地的汉族民众之间是存在着某种隔阂的，如果让他们"递相婚姻"，有了密切的血缘关系，不仅会很快消除"不睦"的状态，而且会更加亲密。而在当时的环境中，女真族民众与汉族民众通婚是要经过金朝统治者认可的。

再次，他对于中原文化采取了大力提倡的做法。一方面，他把唐宋时期的许多著名学者的著作引进到京城来，"学士院新进唐杜甫、韩愈、刘禹锡、杜牧、贾岛、王建、宋王禹偁、欧阳修、王安石、苏轼、张耒、秦观等集二十六部"。[16]唐代的杜甫、韩愈，宋代的欧阳修、王安石、苏轼等人在中原地区乃是妇孺皆知的人物，他们的著作在汉族民众中流传是很广泛的。但是从辽、宋对峙到金、宋对峙的几百年间，政治上的对抗直接影响到了文化上的交流，故而这些唐宋大文豪的著作在辽金政区内的传播很少，金章宗对于引进这些名人著作显然是积极支持的。另一方面，他又采取多种途径收集各种汉文典籍。金章宗在明昌五年（1194年）二月下令："诏购求《崇文总目》内所阙书籍。"[17]他还在泰和元年（1201年）十月"敕有司：'购遗书宜尚其价，以广搜访。藏书之家有珍惜不愿送官者，官为誊写。毕复还之，仍量给其直之半'。"[18]这些举措说明，在金朝中后期，朝廷所收藏的汉文典籍数量还较少，同时也表明了金章宗提倡汉族传统文化的政治立场。

金章宗对治理国家也采取了一些重要的举措。例如，命诸宗王出镇各地，金章宗曾对诸王府的辅佐官员曰："朕分命诸王出镇，盖欲政事之暇，安便优逸，有以自适耳。然虑其举措之间或违于理，所以分置傅尉，使劝导弥缝，不入于过失而已。若公余游宴不至过度，亦复何害。今闻尔等或用意太过，凡王门细碎之事无妨公道者，一一干预，赞助之道，岂当如是？宜各思职分，事举其中，无失礼体。"[19]这种做法，有利也有弊，一方面加强了女真贵族们对各地的政治控制，另一方面却无法对诸宗王的活动加以控制，往往使这些女真贵族胡作非为，祸害一方。又如，金章宗自己的"汉化"程度在不断加深，却反对大多数女真族民众的"汉化"，他在泰和七年（1207年）九月明确下令："敕女直人不得改为汉姓及学南人装束。"[20]当然这个敕令并不是金章宗的创举，早在金世宗在位时期就有过类似的禁令。

金章宗在对政府官员的管理方面，也采取了一些相应的举措。

例如，在明昌元年（1190年），为登闻鼓院设置了专门的官员，负责审理百姓冤屈之事。又如，在大定二十九年（1189年）六月，"初置提刑司，分按九路，并兼劝农采访事，屯田、镇防诸军皆属焉"。[21]提刑司的主要职能，则是考察各地政府官员的政绩优劣及个人品行的贪廉，以决定其奖罚。再如，金朝的政府官员往往素质较低，不能胜任管理工作，有的政府官员建议："方今在仕者三万七千余员，而门荫补叙居三之二，诸司待阙，动至累年。盖以补荫猥多，流品混淆，本未相舛，至于进纳之人，既无劳绩，又非科第，而亦荫及子孙，无所分别，欲流之清，必澄其源。"[22]也得到金章宗的支持，从而颁行了《荫叙法》。

金章宗在位时期，又大兴文教，使金中都成为了当时整个北方地区的文化中心。一方面，金章宗十分尊崇孔子，曾向大臣询问各地兴建孔庙的状况，并且在泰和四年（1204年）二月，"诏刺史，州郡无宣圣庙学者并增修之"。[23]另一方面，他又注意兴办学校，为学生们提供了优厚的学习条件。他在即位不久，"诏京、府、节镇、防御州设学养士"。[24]此后，又"更定赡学养士法：生员，给民佃官田人六十亩，岁支粟三十石；国子生，人百八亩，岁给以所入，官为掌其数"。[25]这个待遇是十分优厚的。他还设置了应制及宏词科，更定了《科举法》，放宽了科举考试的限制，以便通过科举考试而得到更多的人才。

金章宗在位时期虽然是金朝统治的黄金时期，但是，也开始隐伏着越来越大的危机。一方面，是南面的宋朝经过多年的和平阶段，开始蠢蠢欲动，向金朝主动发起进攻。其结果是以宋朝的军事失败而告终。另一方面，北方游牧民族的侵扰越来越严重，金朝出动军队镇压，却往往遭受到挫败。当时的政府官员，已经有了种种危机感，有的政府官员直言政事得失，"应奉翰林文字陈载言四事：其一，边民苦于寇掠；其二，农民困于军须；其三，审决冤滞，一切从宽，苟纵有罪；其四，行省官员，例获厚赏，而沿边司县，曾不沾及，此亦干和气，致旱灾之所由也。上是之"。[26]金章宗对于存在的这些严重问题也是有所了解的，但是，却没有办法根本改变这种局面。金朝发展到最鼎盛时期，也就是其开始走向衰败的时期。

三、金中都的吏治概况

在金中都建立之前，金朝统治者已经把这里作为治理中原地区的政治中心，在金中都建立之后，这里更成为全国的统治中心，故而在这里任职的各级政府官员，都有着特别重要的政治地位。这一点，我们在《金史》中的许多记载里面都可以感受到。在金中都建立之前，任职的女真贵族都是权倾朝野的皇亲国戚；而任职的汉族官员，也都是女真统治者极为信任的要员，握有举足轻重的权力。在金中都建立之后，在这里任职的女真贵族往往是皇储；而其他汉族官员，也都很快由地方官员升任中央政府的权臣。此外，每当金朝统治者采取重要的政治和经济举措，如推排法、区田法等，也往往是从金中都开始的。

在金中都建立之前，也就是金代的燕京时期，许多重要的女真贵族都在这里有过任职经历。金朝在从宋朝手中复夺回燕京之后，曾把这里作为进攻宋朝的军事大本营，先是太祖之子完颜宗望为右副元帅，驻燕京以伐宋。及宗望死，金世宗之父完颜宗辅驻于燕京，主持伐宋诸事。宗辅死后，完颜宗弼又继驻燕京，主持伐宋战役。[27]此外，如完颜宗固、完颜宗强、完颜挞懒、完颜奭等，皆曾在燕京任职，主持政务。特别值得一提的，是海陵王完颜亮在篡位之前，也曾在皇统年间至燕京，任领行台尚书省事之职。[28]在金中都建立之后，这里仍然是最得宠的女真贵族主持政务的首选之地。如在天德年间，金世宗时为葛王，先后在上京、中京和燕京出任留守，其后又在西京和东京任留守。及金世宗即位后，又曾先后命其子完颜永中、完颜永成及皇太孙完颜璟等人在中都任留守或是大兴尹等职。[29]

在金代的政府官员中，凡是曾经在这里任职的人，往往会转到中央政府中出任要职。如在金海陵王执政时期的政府官员刘麟，其仕途经历为："授北京路都转运使，历中京、燕京路都转运使、参知政事、尚书左丞，复为兴平军节度使、上京路转运使、开府仪同三司，封韩国公。"[30]是时，金海陵王为南伐宋朝，举国迁往汴京，遂以亲信大臣萧玉留守中都，"继以司徒判大兴尹，玉固辞司徒。海陵曰：'朕将南巡，京师地重，非大臣不能镇抚，留卿居守，无为多让。'海陵至南京，以玉为尚书左丞相，进封吴国公"[31]。又如，在金章宗时以刚直著称的大臣孙铎，就曾两次出任中都路都转运使，第一次升为户部尚书，主持中央的财政工作，第二次升为参知政事，主持中央大政。[32]金章宗时又有大臣张万公，"明昌二年，知大兴府事，拜参知政事"[33]。由此可见，京官在历代政府中的地位皆很重要，而金代也不例外。

注释：

（1）（10）（13）见《金史》卷八《世宗纪》。

（2）（11）见《金史》卷六《世宗纪》。

（3）（8）（9）（12）见《金史》卷七《世宗纪》。

（4）据《宋史》卷三百八十五《魏杞传》曰："汤思退建和议，命杞为金通问使，孝宗面谕：'今遣使，一正名，二退师，三减岁币，四不发归附人。'杞条上十七事拟问对，上随事画可。"文中所云"正名"者，其结果是金、宋以叔侄相称，金帝为叔，宋帝为侄。宋孝宗面谕魏杞四事中，虽无疆界划分之事，但是在"十七事"中，必会逐一议及。

（5）据《金史》卷八十七《仆散忠义传》曰：在金世宗下诏"进师"的威胁之下，"宋遣试礼部尚书魏杞，崇信军、承宣使康湑，充通问国信使，取到宋主国书式，并国书副本，宋世为侄国，约岁币为二十万两、匹，国书仍书名再拜，不称'大'字。大定五年正月，魏杞、康湑入见，其书曰：'侄宋皇帝瓛谨再拜致书于叔大金圣明仁孝皇帝阙下'。"

（6）据《金史》卷八十六《独吉义传》记载，金世宗曾与独吉义分析当时的政治局势，"上谓义曰：'正隆率诸道兵伐宋，若反旆北指，则计将安出？'义曰：'正隆多行无道，杀其嫡母，阻兵虐众，必将自毙。陛下太祖之孙，即位此其时也。'上曰：'卿何以知之？'义曰：'陛下此举若太早，则正隆未渡淮，太迟则窝斡必太炽。今正隆已渡淮，窝斡未至太盛，将士在南，家属皆在此，惟早幸中都为便。'上嘉纳之"。

（7）《金史》卷一百三十三《移剌窝斡传》。

（14）见《金史》卷九《章宗纪》。据《金史》记载，仅金世宗自己的奴隶就多达万人，如果再加上睿宗等其他女真贵族所隶属的奴隶，其解放的奴隶数量十分可观。

（15）（16）（19）（21）（24）《金史》卷九《章宗纪》。

（17）《金史》卷十《章宗纪》。

（18）（22）（25）（26）《金史》卷十一《章宗纪》。

（20）《金史》卷十二《章宗纪》。据《金史》卷四十三《舆服志》记载："初，女直人不得改为汉姓及学南人装束，违者杖八十，编为永制。"

（23）《金史》卷十二《章宗纪》。

（27）如在天眷三年（1140年），"以都元帅宗弼领行台尚书省事"。（见《金史》卷四《熙宗纪》）

（28）如皇统九年（1149年）五月，"出太保、领三省事亮领行台尚书省事"。同年九月，"九月丙申，以领行台尚书省事亮复为平章政事"。（见《金史》卷四《熙宗纪》）

（29）见《金史》诸人传记。如《完颜永中传》曰："镐王永中，本名实鲁剌，又名万僧。大定元年，封许王。五年，判大兴尹。七年，进封越王。"又如《完颜永成传》曰："（大定）二十五年，世宗幸上京，命留守中都，判吏部尚书，进开府仪同三司，为御史大夫。"

（30）见《金史》卷七十七《刘麟传》。其由燕京路都转运使升任参知政事的时间是在天德元年（1149 年）十二月，见《金史》卷五《海陵纪》。

（31）《金史》卷七十六《萧玉传》。

（32）《金史》卷九十九《孙铎传》。

（33）《金史》卷九十五《张万公传》。

第四章　金代衰亡时期的中都

　　金章宗死后因无子嗣，遂由完颜永济（史称卫绍王）登上皇位。时逢多难之秋，北方大草原上蒙古势力开始向南扩张，朝中大臣或是无能，或是骄横，宫中后妃弄权，而卫绍王又是生性懦弱，遇事罕有决断，遂使朝政江河日下。在这种情况下，如何处理好与北方蒙古部落的关系，遂成为金朝后期的政治核心问题。而要处理好这个问题，第一，是要有强大的军事实力作为后盾，即便不能强于对方，也要与之保持大致的平衡。第二，是要有高明的外交手段，可以在精神上给对方一种威严而不可侵犯的震慑形象，使之不敢轻启事端。第三，是要有完备的防御手段，一旦对方发动侵扰，可以迅速采取有效的抵御方法，或是给对方以重创，使其得不偿失，两败俱伤。十分可惜的是，卫绍王在处理这个核心的政治问题时，充分表现出了他的无能，而无能的结果直接导致了他个人的悲剧，也使金朝走上了衰亡之路。

　　蒙古统治者对于卫绍王的懦弱无能是有所了解的，故而敢于对表面仍然很强大的金朝发动一次又一次的进攻，并且不断扩大自己的战果，从而确立了在军事上的明显优势。而金朝的臣民们对于卫绍王的懦弱也是深有体会的，于是有人敢于公开提出要卫绍王下台，另换明君。也有人利用其懦弱的缺陷，在对蒙古扩张势力的抵御军事行动失败后，不仅不受责罚，反而发动军事政变，将卫绍王杀死，另立新君。在这种政治局势极度混乱的情况下，金宣宗得到了皇位。他在即位后，仍然面临着如何处理好与蒙古的关系这个核心问题，但是他所面对的蒙古国这个强敌，已经越来越难以对付，金军事上的劣势变得更加明显，边境的军事防御体系已经四分五裂，很难发挥作用。于是他采取了一个极大的错误举措，把都城从金中都迁到了汴京。对于强大的敌手，示弱逃跑的结果只能是加速自己的灭亡。当金中都被蒙古军队攻占之后，金朝灭亡的大局就决定了，下面的问题只是灭亡的时间早晚而已。

一、蒙古军的侵袭与金朝统治中心的南迁

早在卫绍王即位之前，蒙古草原各部落在成吉思汗的兼并战争中形成了一股强大的力量，使得金世宗和金章宗都已经感受到了沉重的压力。及卫绍王即位之后，这种沉重的压力开始给金朝造成了现实的严酷打击。而卫绍王明懦弱，又使得手下的大将们骄横跋扈。为了抵御蒙古军队的进攻，金朝统治者在中都城北面的会河堡（今宣平西南）一带部署了重兵，但是在大安三年（1211年）夏天，当成吉思汗亲率大军强攻之下，金朝军队大败，使得蒙古军队的先锋直入居庸关，抵达中都城下。"千家奴、胡沙败绩于会河堡，居庸关失守。禁男子不得辄出中都城门。大元前军至中至都，中都戒严。"[1]蒙古军队第一次对金朝发动的大规模军事进攻就取得了辉煌的战绩。但是蒙古军队事先并没有准备要攻占金中都，故而随即撤军。

至宁元年（1213年）夏天，蒙古军队第二次向金朝发动了大规模的军事进攻。这一次卫绍王的防线进一步收缩，把重兵部署在了居庸关一带。这种军事部署应该说是比较合理的。但是蒙古军队在成吉思汗的指挥下，没有强攻居庸关，而是出奇兵绕道紫荆关，迂回到居庸关里边，采用两面夹攻的办法，"金鼓之声若自天下，金人犹睡未知也。比惊起，已莫能支吾，锋镝所及，流血被野。关既破，中都大震"。[2]彻底将金朝的防御主力军队消灭。随后，蒙古军队兵分三路，对中原地区进行大扫荡，然后再回师围困金中都城。就在这个国家危亡的关键时刻，握有金朝军队大权的胡沙虎（即纥石烈执中）又在翌年发动政变，"使宦者李思忠弑上于卫邸"，[3]扶立金宣宗。

金宣宗即位后，首先讨论的政治决策就是坚守中都城还是迁都的问题。多数的大臣是主张坚守中都城的，因为他们知道在这个安危不定的时期，迁都只会加速金朝的灭亡。但是也有一些大臣是贪生怕死的，他们没有抵抗蒙古，坚守都城的决心和勇气。他们讨论的只是迁都汴京还是关中的问题。金宣宗显然是支持逃跑主张的，

"上决意南迁，诏告国内。太学生赵昉等上章极论利害，以大计已定，不能中止，皆慰谕而遣之"。[4]当然金宣宗也是不愿意放弃中都城的，于是命皇太子完颜守忠留守中都城，而命大将完颜承晖主持防守之务。但是不久完颜守忠逃离中都城，许多守城将士也纷纷逃离。贞祐三年（1215年）五月，"中都破，尚书右丞相兼都元帅定国公承晖死之"。[5]金中都的陷落，标志着北京历史进入了一个新的发展阶段，也预示着金朝加速其灭亡的进程。

二、金朝的灭亡

金朝统治者在放弃中都城南逃之时，带走了一大批政府官员和军队兵将，使得中都城的城市人口突然大量减少，许多从四周逃到中都城来避难的百姓们也随之向南大量迁移。据当时人们的描述，"河阳三城至于淮泗，上下千余里，积流民数百万"[6]，都是想逃到黄河以南地区的百姓。金朝统治者贪生怕死，不顾百姓安危的做法失去了广大民众的信任，而大量城市人口的南迁，显然削弱了中都城的抵御能力，就连负责留守的皇太子完颜守忠都没有坚持抵抗，其他留守的金朝军队也就完全丧失了斗志。在这种情况下，蒙古军队没有受到顽强抵抗就占据了金中都城。

蒙古军队在攻占金中都城之前，就曾对中原地区进行了大规模的侵扰和掠夺，使中原广大民众遭受了一场浩劫，"人民杀戮几尽，金帛、子女、牛羊马畜，皆席卷而去。屋庐焚毁，城郭丘墟矣"。[7]而在攻占金中都城之后，蒙古军队又对这座曾经是华北地区最繁华的都会进行了大规模的掠夺，先是将金朝统治者南逃之时没能够带走的珍宝全都掠获，"遂命忽都忽那颜与雍古儿宝儿赤、阿儿海哈撒儿三人检视中都帑藏"，[8]尽数运回大草原去。蒙古军队又将中都城内外百姓的财物掠夺一空，例如受到元太祖宠信的大将镇海，在攻占金中都城之后，"太祖命于城中环射四箭，凡箭所至圆池邸舍之处，悉以赐之"。[9]

金朝统治者的南逃并没有改变其行将灭亡的命运，反而加速了灭亡。这时的金朝统治者已是四面楚歌，北面有蒙古大军的侵扰，南面有宋朝大军的攻击，而西北面的西夏王朝也趁火打劫，不断向金朝发动进攻。对于行将灭亡的金朝统治者，宋朝帝王仍然心怀畏惧，想要借助蒙古国的军事力量，于是双方达成协议，共同向金朝发动最后的进攻。三峰山（今河南禹州南）一战，金朝的残余军事力量全部被歼灭，金朝的末日也就来临了。金天兴三年（1234 年）正月，金哀宗作好了最后的准备，把皇位传给了末帝完颜承麟，希望他能够杀出重围，另谋生路，却仍然没有如愿，蔡州（今汝南）城很快被蒙、宋联军攻陷，金哀宗自杀，而"末帝为乱兵所害，金亡"。[10]

金朝自太祖立国，至哀宗亡国，历时 120 年，其崛起迅猛，灭辽败宋，占有半壁江山，只是未能逾越长江天堑，难以统一天下，金海陵王的大举南伐及其失败，应该是一个中国历史的转折点。金世宗即位后，不再有一统天下的政治抱负，而安于现状。经过世宗和章宗的和平发展，使金朝的社会经济臻于鼎盛。让蒙古大草原上的各个部落归于统一，应该说是金朝统治者的最大政治失误，这个失误，不仅导致了金朝的灭亡，还导致了西夏、南宋和西亚、中亚诸国的灭亡，使整个世界历史的发展都出现了巨大的变化。如果金世宗和金章宗能够对草原各部落继续采取分而治之的策略，金朝的统治也将会延长一段时期。可惜的是，历史不能假设，却可以重演，当宋朝与蒙古的统治者联手将金朝攻灭之后，宋朝的末日也就很快来临了。

注释：

（1）《金史》卷十三《卫绍王纪》。

（2）《元史》卷一百二十《札八儿火者传》。

（3）《金史》卷一百三十二《纥石烈执中传》。

（4）《金史》卷十四《宣宗纪》。

（5）《金史》卷十四《宣宗纪》。

（6）《陵川集》卷三十六《郝天挺墓铭》。

（7）《建炎以来朝野杂记》乙集卷十九《鞑靼款塞》。

（8）《圣武亲征录》。

（9）《元史》卷一百二十《镇海传》。

（10）《金史》卷十八《哀宗纪》。

元　代

　　元朝是从蒙古草原崛起的少数民族所建立的封建王朝。在其崛起之前，一直处于游牧部落制的原始状态中。成吉思汗在草原各部落之间的兼并战争中，初步建立了军政合一的游牧组织，并在此基础上不断扩张其势力范围。在蒙古草原统一之后，开始向中原地区扩张。在经过三次大规模军事进攻之后，占领了金中都城，并将其改称为燕京，作为进一步扩张的军事指挥中心。一个偶然的历史事件，改变了蒙古国的历史发展进程。由于花刺子模国将领的残暴与贪婪，导致了蒙古大军的西征报复，给了中亚及西亚的辉煌文明以毁灭性的打击。成吉思汗的生涯也随同西征而结束。

　　元太宗窝阔台即位后，蒙古国的版图仍然在不断扩大，更为重要的是，元太宗开始进一步完善蒙古国的政治制度，建立了都城，设置了简略的官制，逐步接受了中原地区已经存在很长时期的统治办法，也就是人们通常所说的"封建化"进程。这个进程较为缓慢，一直到元世祖忽必烈即位之后才得以完成。元王朝的建立，是其最主要的标志。与此同时，元朝的统治中心，也开始从漠北草原的和林城南迁到了漠南的开平府（今内蒙古正蓝旗境内），再南迁到大都城。大都城的营建，不仅是元朝历史发展的一个里程碑，而且也是北京历史发展的一个重要转折点。使之从一个割据政权的统治中心发展成为全国统一王朝的政治中心。

　　蒙古统治者在进入中原地区之后，一方面继承了前代封建政权的各项重要制度，形成了中书省掌管政务，枢密院掌管军事，御史台掌管监察的中央机构，另一方面，又设置有行省、行台等地方机构，和中央机构相为表里，以行使其各项政治职能。与此同时，蒙古统治者又保留了大量原来少数民族所特有的习俗制度，如"斡耳朵宫帐"、"怯薛侍卫军"、"断事官"等，这些制度的存在，使得元朝的政治制度呈现出明显的二元文化（即农耕文化与游牧文化）并存的特质。而这种并存局面，造成了元朝政治统治的混乱，是引起统治腐败的一个重要原因。

　　皇位继承制度是直接关系到统治是否稳定的重要典制。在这个问题上，元朝统治者始终没有能够解决好。一方面，从成吉思汗创立蒙古国开始，原始部落民主制的贵族大会——即忽里台制度就在皇位继承问题上产生着巨大影响。另一方面，蒙古习俗中由幼子继承家产的观点在众多贵族们的头脑中也是根深蒂固的。这两个方面的影响与中原王朝多年施行的嫡长子继承制有着较大的差异。因为元朝统治者没有很好解决这个重要的问题，故而多次引起统治阶级内部的矛盾冲突，甚至演变为大规模的军事厮杀，如元宪宗死后的忽必烈与阿里不哥之争，泰定帝死后的两都之战，等等，皆是如此。从蒙古国的建立到元朝的灭亡，在长达一个半世纪的历史进程中，皇位争夺的政治斗争一直是影响政局稳定的主要不利因素。

如何处理好民族关系问题，也是一个十分重要的问题。由于元王朝是由蒙古少数民族统治者建立的封建王朝，因此在处理民族关系问题上，少数民族统治者的相关政策与以往的汉族统治者是完全不同的。汉族统治者在处理民族关系时，往往采用大汉族主义，对少数民族民众加以歧视和压迫，导致民族矛盾的激化，引起民族冲突。而蒙古统治者在对待民族关系问题时，从一个极端走到了另一个极端，即从歧视少数民族变成了歧视大多数的汉族民众。四等人制度是元朝统治者处理民族关系的极中体现，对蒙古人和色目人的明显优待与对汉人和南人的明显歧视就是元朝民族政策的核心内容。对少数民族采取歧视政策是错误的，对汉族民众采取歧视政策也是错误的。

从蒙古国建立到元朝灭亡的整个历史时期中，北京一直占有着重要的地位，其表现形式则是从燕京上升到大都。在蒙古国时期的燕京，其重要的政治作用是整个中原地区的统治中心。在元王朝建立之后的大都，其重要的政治作用继续提升，成为整个统一王朝的政治中心。这个转变过程所带来的显著结果是，许多重要的政治机构——从中央到地方的政务、军事、监察职能部门都设置在这里；许多重大的历史事件都发生在这里；许多著名的历史人物，特别是著名的政治人物都生活在这里。由此可见，从燕京到大都，其在元代政治发展史上占有着举足轻重的地位。

第一章　蒙古国的崛起与
燕京行省的设置

　　12 世纪末年，在中国北方的大草原上，掀起了一股统一各个游牧部落的兼并战争。部落实力并不是最强大的铁木真凭借着敏锐的政治头脑将势力雄厚的对手一个又一个击败、征服，最终取得了大草原的统一。北方大草原的统一形成了一股极其强大的军事实力，对其周边地区构成了严重的威胁。金朝统治者首当其冲，因为在铁木真的眼睛里，金朝曾经对蒙古各部落的压迫一直是可怕的梦魇，从而积怨极深。在力量弱小时，无奈并怨恨着，一旦力量壮大起来，必然要报仇雪恨。从蒙古国的建立，到攻占金中都城，仅仅用了 10 年的时间。由此拉开了中国历史发展的一幅新篇章。

　　窝阔台即位后，整个蒙古国的版图在迅速扩展，从而形成了三个组成部分。第一个部分是蒙古大草原，这是蒙古国的"根本重地"，作为统治中心的都城就设置在这里。第二个部分是中原地区，也是蒙古国财政经济的主要来源，其统治中心则是设置在燕京。第三个部分乃是中亚、西亚等地新建立的几个蒙古汗国，这些汗国虽然各自为政，却都把蒙古国作为共同尊奉的统治中心。窝阔台汗基本上采用了辽金统治者们的做法，一国多制，即蒙古草原仍然行用军政合一的千户制度，中原地区采用军政分开的封建旧制，而西域诸汗国也沿用该地区的旧制。

　　窝阔台在位时期，重建中原地区封建秩序的政治家首推耶律楚材。他对于蒙古统治者的影响是很大的。早在成吉思汗攻占金中都城之时，他就开始受到重视，而在窝阔台汗即位之后，他更加受到重用，在中原地区实践其政治理想，并且取得了较好的社会效果。

及窝阔台汗死后，耶律楚材曾经受到排挤，抑郁而死。此后主持中原地区军政事务的官员，主要是少数民族的政治家。及蒙哥夺得皇权之后，任命皇弟忽必烈主持中原地区的军政事务，于是，再度大行"汉法"，刘秉忠、郝经等一批汉族政治家得以发挥政治才干。

但是忽必烈的做法并没有得到蒙哥汗（即元宪宗）的认同，反而受到一些蒙古权贵的疑忌，几乎引来不测之祸。又是在中原政治家们的帮助下，忽必烈度过了难关。因此，我们不难看出，在蒙古国时期的燕京城里，由蒙古统治者派出的断事官们拥有极大的权势，他们的政治活动直接影响到燕京地区政治局势的稳定，而作为皇弟的忽必烈，在任用中原政治家们治理社会时，也要受到断事官们的牵制。当政治见解不同时，蒙古统治者是支持那些断事官们的。在这种情况下，忽必烈能够认识到中原儒家政治学说的重要作用，并加以采纳和施行，确实是难能可贵的，他也因此而获益匪浅。

一、蒙古国的崛起及政治框架的建立

在蒙古大草原上，曾经先后崛起过一些强大的游牧部落联盟，对中国历史的发展产生了重要的影响，如秦汉时期的匈奴，隋唐时期的突厥，以及唐宋时期的契丹，等等。这些游牧部落联盟的出现，有一个明显的特点，就是拥有极为强大的军事攻击力量。如果与之对峙的中原王朝力量也十分强大，那么，游牧部落的势力就会受到阻滞，仍然活动在大草原上。如果与之对峙的中原王朝出现内乱，无力抵御游牧部落的侵扰，那么，游牧部落的势力就会扩张到中原地区来，唐代末年契丹部落对中原地区的扩张就是很好的证明。到了金朝末年，作为中原王朝之一的金朝在与宋朝多年和平相处的情况下，文治逐渐成熟，而武功却日趋衰弱。

与之相对应的蒙古各部落，却在相互兼并的战争中变得越来越骁勇善战，其中的铁木真，通过兼并战争，组织了一套简单的部落系统："成吉思做了皇帝，教孛斡儿出弟斡歌来，同合赤温、哲台、多豁勒忽四人带了弓箭，汪古儿、雪亦客秃、合答安答勒都儿罕三人管了饮膳，迭该管牧放羊只，古出沽儿管修造车辆，多歹总管家内人口。又教忽必来、赤勒古台、合儿孩脱忽剌温三人同弟合撒儿一处带刀。弟别勒古台与合剌勒歹脱忽剌温二人掌驭马，泰亦赤兀歹忽图、抹里赤、木惕合勒忽三人管牧养马群。又分付阿儿该合撒儿、塔孩、速客该、察兀儿罕四人如远箭近箭般做者。"[1]

这个系统，初步把游牧部落的各项功能划分出来，计有：1，带弓箭的；2，管饮膳的；3，管牧羊的；4，管修造车辆的；5，管家内人口的；6，带刀的；7，掌驭马的；8，管牧马的；9，管警卫的（即文中所云"如远箭近箭般做者"）。作为一位游牧部落的"皇帝"，成吉思汗正是依靠这个简陋的政治系统，完成了整个大草原的统一战争。通观这9项分工，虽然简陋，却都是游牧部落生活和生存必不可少的。其中3项与军事有直接关系（即带弓箭的、带刀的、做警卫的），2项与军事有间接关系（即驭马与牧马），4项与生活有关（即管饮膳与车辆、管牧羊与家内人口）。这个政治管理系统，完全是建立在游牧文化的基础之上，也只能适应游牧部落的日常需求。

当铁木真统一大草原的战争顺利完成，被草原各大部落共同推举为大汗（即成吉思汗）之后，他对蒙古国又进行了进一步的政治系统的完善工作。这一次的政治制度建设，仍然是以游牧文化作为基础。其一，是千户制度的创立。铁木真把全部归顺他的蒙古部落分为95个千户，在各个千户之下又设置有若干百户，这个制度，实际上是模仿的金朝"猛安谋克制度"。所不同的是他在95个千户之上，又设置有左、右手万户，分别由大将木华黎和博尔术担任。这些千户多以游牧部落为单位，平时游牧生活，战时组成军队。及蒙古国占有中原地区之后，曾经封归降的汉族军阀张柔、史天祥等8人为汉军万户，虽然名称相同，其政治地位却比木华黎等人有着极大的差距。

其二，是"怯薛"侍卫军的扩充。铁木真在进行草原兼并战争时，随身培养了一支侍卫亲军，称为"怯薛"，[2]当蒙古国建立之后，铁木真将这支侍卫亲军扩充到了一万人，其所职掌的任务也更加复杂，除了负责宫廷的警备之外，"其他预怯薛之职而居禁近者，分冠服、弓矢、食饮、文史、车马、庐帐、府库、医药、卜祝之事，悉世守之。虽以才能受任，使服官政，贵盛之极，然一日归至内庭，则执其事如故，至于子孙无改，非甚亲信，不得预也"。[3]这支"怯薛"军的人员皆为贵族子弟充任，一方面显示他们受到蒙古帝王的宠信，而另一方面，他们又成为蒙古国监控贵族们的人质，故而又被称为"质子军"。[4]一旦出镇四方的贵族背叛朝廷，他们的子弟首先就会遭殃。

其三，是"分封制"的实行。铁木真在统一草原各部落之后，就把整个草原当成他自己家族的私有财产，采取"分封制"的办法来瓜分土地与民众。受到分封的利益集团，主要是蒙古"黄金家族"、各草原部落的贵族首领和在统一草原的战争中为他立下巨大功绩的战将们。铁木真以他在斡难河畔的大本营为中心，把以东地区主要分封给他的兄弟们，时称东道诸王，而把以西地区则分封给他的儿子们，又称西道诸王。当蒙古国的疆域扩展到中原地区之后，分封制也随之推广到这里，许多蒙古宗王、后妃，以及其他少数民族贵族、功臣等，皆在中原占有面积大小不等的封地。此外，元世祖忽必烈在即位之后，又把自己的子孙分封到各地，建造王府，设置官员，以加强元朝政府在各地的统治。

在这三项主要政治制度之外，以前由蒙古贵族大会"忽里台"共同推举大汗（即皇帝）的政治习俗也仍然产生着巨大的影响。铁木真建立蒙古国之后，皇位的继承人虽然是由他来决定的，但是在表现形式上，却还需要召开"忽里台"大会予以确认。如在铁木真死后，太宗元年（1229年），"秋八月己未，诸王百官大会于怯绿连河曲雕阿兰之地，以太祖遗诏即皇帝位于库铁乌阿剌里"。[5]在这里记载的窝阔台即位的程序有两个关键处，其一，是"诸王百官大会"，即所谓的"忽里台"大会，这是蒙古大汗地位得到确认的必要程序。其二，是"太祖遗诏"，也就是前任皇帝来指定的皇位继承人，二者不可缺一。此后元世祖在与阿里不哥争夺皇权之时，也采用"忽里台"大会的形式，[6]来表示自己作为皇帝的合法性。

二、蒙古军攻占金中都与燕京行省的设置

元太祖铁木真在建立蒙古国之后，即着手进攻金朝的计划。一方面，他为巩固大草原的后方统治而继续肃清残余的反对势力。另一方面，他又出兵进攻西夏，以防止在全力进攻金朝时，西夏出兵支援金朝。在完成了这两项准备工作之后，铁木真率领蒙古军队向金朝发动了全面进攻。元太祖六年（1211年）夏秋之季，蒙古军队与金朝军队在野狐岭一带展开激战，经过拼死厮杀，金军大败，"其人马蹂躏死者不可胜计。……金人精锐，尽没于此"。[7]蒙古军队在攻占会合堡、宣德府等处之后回师。这次战役，虽然没有攻占金中都，仍可以说是蒙金战争的关键之战，蒙古国向中原地区扩张其势力的企图取得了一个良好的开端。

元太祖八年（1213年）秋，蒙古军队向金朝发动了第二次大

规模进攻。这一次金朝军队的重点防御线紧缩到了居庸关长城一带，"金人恃居庸之塞，冶铁锢关门，布铁蒺藜百余里，守以精锐"。[8]面对严密的防守，元太祖铁木真并没有采取强攻的打法，而是采用迂回包抄的策略，"上留怯台、蒲察顿兵拒守，遂将别众西行，由紫荆口出"。[9]绕到居庸关南面，对守关金军两面夹攻，遂顺利攻破居庸关，蒙古大军长驱至金中都城下。[10]面对防守严密的中都城，铁木真仍然没有采用强攻的办法，而是围而不攻，侵扰其他防御较弱的地方。

蒙古大军兵分三路，元太祖铁木真诸子为右军，沿太行山脉而南，攻掠河北、山西诸州县，"抵黄河，大掠平阳、太原而还"。铁木真诸兄弟为左军，攻掠山东、辽西诸州县，"沿海破洣、沂等城而还"。[11]而铁木真率幼子拖雷为中军，攻掠河北、河南、山东其他州县，"取雄、霸、莫、安、河间、沧、景、献、深、祁、蠡、冀、恩、濮、开、滑、博、济、泰安、济南、滨、棣、益都、淄、潍、登、莱、沂等郡"。经过这次侵扰，中原各地残破不堪。"是岁，河北郡县尽拔，唯中都、通、顺、真定、清、沃、大名、东平、德、邳、海州十一城不下。"[12]然后，三路大军会齐到金中都城下。

在蒙古军队大掠中原的同时，困守在金中都城里的金朝统治者内部发生叛乱，金卫绍王被杀，金宣宗即位。在对蒙古是拒战还是求和的问题上，金朝大臣之间又发生分歧。有的大臣认为蒙古军队在大掠中原之后，已经疲惫不堪，可以乘机出兵进攻。也有的大臣认为还是求和比较稳妥，而金章宗支持的是求和派，于是，"金主遂遣使求和，奉卫绍王女岐国公主及金帛、童男女五百、马三千以献，仍遣其丞相完颜福兴送帝出居庸"。[13]更加糟糕的是，金宣宗在蒙古军队撤走之后，没有组建新的防御体系，而是迁都南逃汴京，派皇太子留守中都城。但是不久皇太子也弃城而逃。在这种情况下，金朝统治者实际上是把金中都城拱手让给了元太祖铁木真。元太祖十年（1215年）五月，没有再经过激烈的战斗，蒙古军队就攻占了中都城。

蒙古国攻占金中都城之后，即把这里改称燕京，派遣官员加以统治。由于蒙古统治者对中原地区的农耕文化知之甚少，故而最初的统治机构也就十分简略。最早受命主持中原地区军政事务的是国王木华黎，"丁丑八月，诏封太师、国王、都行省承制行事，赐誓券、黄金印曰：'子孙传国，世世不绝。'分弘吉剌、亦乞烈思、兀鲁兀、忙兀等十军，及吾也而契丹、蕃、汉等军，并属麾下。且谕曰：'太行之北，朕自经略，太行以南，卿其勉之。'赐大驾所建九斿大旗，仍谕诸将曰：'木华黎建此旗以出号令，如朕亲临也。'乃建行省于云、燕，以图中原"。[14] 丁丑岁为元太祖十二年（1217年），是时，蒙古军队尚未攻占云中（即西京大同），故而所云"建行省于云、燕，以图中原"，则是指以燕京为大本营，而进一步在中原地区扩张其势力。

随着政局的不断变化，蒙古国派到中原地区来的官员也就越来越多。如元太宗六年（1234年），"秋七月，以胡土虎那颜为中州断事官"。[15] 又如元宪宗即位之初，"遂改更庶政：命皇弟忽必烈领治蒙古、汉地民户；遣塔儿、斡鲁不、察乞剌、赛典赤、赵璧等诣燕京，抚谕军民；以忙哥撒儿为断事官"。[16] 少数民族官员赛典赤赡思丁在元太宗时，"入为燕京断事官。宪宗即位，命同塔剌浑行六部事，迁燕京路总管，多惠政，擢采访使"。[17] 这是在太宗、宪宗诸朝皆在燕京主持政务的官员。又有汉族官员刘敏，也是长期在燕京任职，元太宗时，受命任燕京安抚使，"辛丑春，授行尚书省，诏曰：'卿之所行，有司不得与闻'。……丙午，定宗即位，诏敏与奥都剌同行省事。辛亥夏六月，宪宗即位，召赴行在所，仍命与牙鲁瓦赤同政。"[18]

这些在燕京任职的蒙古官员，所授予的官职称谓各不相同，如木华黎称"太师、国王、都行省承制行事"，胡土虎称"中州断事官"，赛典赤赡思丁称"燕京断事官"，刘敏称"行尚书省"，等等。这种情况，反映出了蒙古国初期政治制度的简略与混乱，所谓"元太祖起自朔土，统有其众，部落野处，非有城郭之制，国俗淳厚，非有庶事之繁，惟以万户统军旅，以断事官治政刑，任用者不过一二亲贵重臣耳。及取中原，太宗始立十路宣课司，选儒术用之。金人来归者，因其故官，若行省，若元帅，则以行省、元帅授之。草创之初，固未暇为经久之规矣"。[19] 由此可见，从元太祖到元太宗，蒙古政权对中原地区的统治还没有进入规范的阶段。

三、蒙古国时期的断事官们及其政迹

在蒙古国的势力进入中原之初，其主要的目标乃是进一步的军事扩张，因此，在这个时期派出的官员大多数都是武将，以木华黎为其代表。这时的中原地区正处于蒙古、金朝和南宋的纷争状态下，政局混乱不堪，特别是初入中原的蒙古军队，更是抢掠无度，对此，中原地区归降蒙古国的官员们是不满意的，"权知河北西路兵马事史天倪进言曰：'今中原粗定，而所过犹纵兵抄掠，非王者吊民之意也。'木华黎曰：'善。'下令禁无剽掠，所获老稚，悉遣还田里，军中肃然，吏民大悦"。[20]虽然主帅木华黎对蒙古军队有所约束，但是抢掠事件是很难杜绝的。

不仅如此，蒙古统治者派到燕京主持政务的许多官员皆胡作非为，而很少受到责罚。元太祖时，"燕多剧贼，未夕，辄曳牛车指富家，取其财物，不与则杀之。时睿宗以皇子监国，事闻，遣中使偕楚材往穷治之。楚材询察得其姓名，皆留后亲属及势家子，尽捕下狱。其家赂中使，将缓之，楚材示以祸福，中使惧，从其言，狱具，戮十六人于市，燕民始安"。[21]文中所云"剧贼"，不是强盗，而是蒙古国的断事官及其亲属（即文中所云"留后亲属及势家子"），这些人依仗特权，欺压百姓，更堪于抢掠的军队。

又如元宪宗时，"岁壬子，帝驻桓、抚间。宪宗令断事官牙鲁瓦赤与不只儿等总天下财赋于燕，视事一日，杀二十八人。其一人盗马者，杖而释之矣，偶有献环刀者，遂追还所杖者，手试刀斩之。帝责之曰：'凡死罪，必详谳而后行刑，今一日杀二十八人，必多非辜。既杖复斩，此何刑也？'不只儿错愕不能对"。[22]牙鲁瓦赤为西域人，因善于搜刮民财而受到蒙古统治者的重用。对于他的所作所为，许多汉地官员是十分鄙视的。如时任燕京行省官员的姚枢，"辛丑，赐金符，为燕京行台郎中。时牙鲁瓦赤行台，惟事货赂，以枢幕长，分及之。枢一切拒绝，因弃官去"。[23]既然不能同流合污，只得弃官而去。

除了这些胡作非为的政府官员之外，蒙古统治者的贪婪欲望也是无处不在的，"鞑主不时自草地差官出汉地，定差发。霆在燕京，见差胡丞相来，黩货更可畏，下至教学行、乞儿行亦银作差发。燕教学行有诗云：'教学行中要纳银，生徒寥落太清贫。金马玉堂卢景善，明月清风范子仁。李舍才容讲德子，张斋恰受舞雩人。相将共告胡丞相，免子之时捺杀因。'此可见其赋敛之法"。[24]就连南宋出使到蒙古国的大臣们，都深切感受到蒙古国对燕京地区的财富掠夺是很严重的。

当然，在燕京和中原其他地区的蒙古国官员中，也有许多懂得治理国家、安抚百姓的良吏，他们所发挥的政治作用对于巩固和扩大蒙古国在中原地区的统治是十分有益的。如在蒙古国攻占金中都时被任命为宣抚使的王檝，就发挥了有效的作用，"乙亥，中都降。檝进言曰：'国家以仁义取天下，不可失信于民，宜禁虏掠，以慰民望。'时城中绝粒，人相食，乃许军士给粮，入城转粜，故士得金帛，而民获粒食。又议：'田野久荒，而兵后无牛，宜差官泸沟桥索军回所驱牛，十取其一，以给农民。'用其说，得数千头，分给近县，民大悦，复业者众"。[25] 王檝是最早在燕京任职的汉族官员。

又如在元太祖、太宗两朝受到重用的中原大臣耶律楚材，为了减轻蒙古国在中原地区的无度掠夺，"乃奏立燕京等十路征收课税使，凡长贰悉用士人，如陈时可、赵昉等，皆宽厚长者，极天下之选，参佐皆用省部旧人。辛卯秋，帝至云中，十路咸进廪籍及金帛陈于廷中，帝笑谓楚材曰：'汝不去朕左右，而能使国用充足，南国之臣，复有如卿者乎？'对曰：'在彼者皆贤于臣，臣不才，故留燕，为陛下用。'帝嘉其谦，赐之酒。即日拜中书令，事无巨细，皆先白之"。[26] 十路征收课税使的设置，是蒙古国在中原地区政治制度建设规范化的开端，不论是在政治上，还是在经济上，都有重要的意义。

耶律楚材在元太宗时建立的赋税征收制度，随着元太宗和耶律楚材相继死后而一度遭到破坏。元定宗时，"诸王及各部又遣使于燕京迤南诸郡，征求货财、弓矢、鞍辔之物，或于西域回鹘索取珠玑，或于海东楼取鹰鹘，驲骑络绎，昼夜不绝，民力益困。然自壬寅以来，法度不一，内外离心，而太宗之政衰矣"。[27] 显然，是行用蒙古国的惯例，随时征掠百姓们的财富，还是行用"汉法"，按照赋税制度征收百姓财富，在这个问题上是存在较大分歧的。许多蒙古族和其他少数民族权贵（以牙鲁瓦赤为代表）出于自身经济利益的需求，希望掠夺的财富越多越好，而一些有见识的中原政治家们（以耶律楚材为代表）出于巩固蒙古国统治的需要，极力主张完善赋税征收制度，这种斗争一直延续到元世祖即位之后。

也有一些汉族及少数民族官员认同耶律楚材的执政方针，并且在他们的政治实践中加以贯彻。如少数民族大臣岳璘帖穆尔，"太祖即位，以中原多盗，选充大断事官。从斡真出镇顺天等路，布德化，宽征徭，盗遁奸革，州郡清宁"。[28] 又如少数民族大臣布鲁海牙在元太宗时，"辛卯，拜燕南诸路廉访使，佩金虎符，赐民户十。未几，授断事官，使职如故。时断事官得专生杀，多倚势作威，而布鲁海牙小心谨密，慎于用刑"。[29] 在元太祖时受到信任的汉族官员刘敏，任燕京安抚使时，亦颇多惠政。"初，耶律楚材总裁都邑，契丹人居多，其徒往往中夜挟弓矢掠民财，官不能禁，敏戮其渠魁，令诸市。又，豪民冒籍良民为奴者众，敏悉归之。"[30]值得注意的是，在政局纷乱之时，就连耶律楚材这样精明的官员，其手下仍有一些不法之徒在胡作非为，扰乱治安。

四、中原政治家们的社会实践及其影响

金元之际的中原地区，是政治局势动荡不安的地区，金朝统治者对于农耕文化的认同时间已经比较长，或者说是"汉化"的影响已经比较深入，与宋朝的文化差异越来越小。而新进入中原地区的蒙古统治者对于农耕文化基本上还没有认识，因此，其政治体制还处于较为简略的军政合一的部落原始民主政治的状态中，"国初，有征伐之役，分任军民之事，皆称行省，未有定制。"[31]在进入中原地区之后，蒙古统治者开始更多地接触到农耕文化的丰富内容，感受到了农耕文化较之游牧文化在许多方面都有其明显的优势，因此不得不加以学习和继承。在这个学习和继承的过程中，一批卓有见识的中原政治家发挥了重要的作用。

中原政治家们的重要影响之一，是向蒙古统治者宣传治国方略。在这方面，耶律楚材的表现尤为突出，他在元太祖时即受到宠信，但是直到元太宗即位后才开始受到重用，"且条便宜一十八事颁天下，其略言：'郡宜置长吏牧民，设万户总军，使势均力敌，以遏骄横。中原之地，财用所出，宜存恤其民，州县非奉上命，敢擅行科差者罪之。贸易借贷官物者罪之。蒙古、回鹘、河西诸人，种地不纳税者死。监主自盗官物者死。应犯死罪者，具由申奏待报，然后行刑。贡献礼物，为害非轻，深宜禁断。'帝悉从之，唯贡献一事不允……"[32]由此可知，蒙古国时中原地区政务与军事之权分立的制度，是由耶律楚材建议才得以实行的。

耶律楚材的政治主张是随时随事而发挥其作用的。如按照蒙古国的惯例，凡攻城掠地，遇到抵抗，即行"屠城"的暴行。蒙古军队在攻打金汴京时就遇到了顽强抵抗，"汴梁将下，大将速不台遣使来言：'金人抗拒持久，师多死伤，城下之日，宜屠之。'楚材驰入奏曰：'将士暴露数十年，所欲者土地人民耳。得地无民，将焉用之！'帝犹豫未决，楚材曰：'奇巧之工，厚藏之家，皆萃于此，若尽杀之，将无所获。'帝然之，诏罪止完颜氏，余皆勿问。时避

兵居汴者得百四十七万人"。由于耶律楚材的谏诤，使 147 万百姓得以幸存下来。

耶律楚材又曾向元太宗陈述治国大政方针，"楚材因陈时务十策，曰：信赏罚，正名分，给俸禄，官功臣，考殿最，均科差，选工匠，务农桑，定土贡，制漕运。皆切于时务，悉施行之"。几乎涉及政治、经济等各方面的重要内容。对于耶律楚材的巨大政治影响，蒙古统治者是深有体会的。"丙申春，诸王大集，帝亲执觞赐楚材曰：'朕之所以推诚任卿者，先帝之命也。非卿，则中原无今日。朕所以得安枕者，卿之力也'。"[33] 元太宗对耶律楚材的这个评价，是十分中肯的。正是由于蒙古统治者能够基本接受中原政治家的治国策略，并且加以施行，才能够逐渐巩固其在中原地区的统治，最终攻灭金朝。

蒙古政权在攻灭金朝之后，特别是在元宪宗即位，任命皇弟忽必烈主持中原地区军政诸事之后，忽必烈与中原地区的政治家们有了更加频繁的接触，受到中原政治家们更大的影响。其中，尤以姚枢、窦默、许衡等人的影响最为显著。如姚枢，史称："世祖在潜邸，遣赵璧召枢至，大喜，待以客礼。询及治道，乃为书数千言，首陈二帝三王之道，以治国平天下之大经，汇为八目，曰：修身，力学，尊贤，亲亲，畏天，爱民，好善，远佞。次及救时之弊，为条三十。"[34] 主要有：立省部，纲举纪张；辟才行，慎铨选；班俸禄，塞赃秽；定法律，审刑狱；设监司，明黜陟；修学校，崇经术；重农桑，宽赋税；周匮乏，恤鳏寡；布屯田，通漕运；广储蓄，立平准，等等。这些施政纲领，都是切实可行的举措。

又如窦默，忽必烈在受命主持中原军政诸事时，闻窦默之名，即招至幕下，"既至，问以治道，默首以三纲五常为对。世祖曰：'人道之端，孰大于此。失此，则无以立于世矣。'默又言：'帝王之道，在诚意正心，心既正，则朝廷远近莫敢不一于正。'一日凡三召与语，奏对皆称旨，自是敬待加礼，不令暂去左右。世祖问今之明治道者，默荐姚枢，即召用之"。[35] 窦默对忽必烈所讲述的治国之道，虽然没有姚枢的方略具体，却是中国传统儒家学说的精髓，是根本道理，故而同样受到忽必烈的重视。与姚枢、窦默一起研究儒家学说的许衡，在政治见解上与姚、窦二人是一致的，他曾"往来河、洛间，从柳城姚枢得伊洛程氏及新安朱氏书，益大有得。寻居苏门，与枢及窦默相讲习。凡经传、子史、礼乐、名物、星历、兵刑、食货、水利之类，无所不讲，而慨然以道为己任"。[36]

　　元世祖忽必烈在即位前主持中原地区军政诸务时的政治实践和对"汉法"的学习与继承，为他在取得皇位后的政治实践奠定了坚实的思想基础。忽必烈不仅自己主动接受中原地区的儒家政治学说，而且还让他的子孙和其他贵族子弟们也向许衡、王磐等名儒学习，从而加速了整个统治集团的"汉化"进程。当然，在蒙古国时期也有一批蒙古贵族对"汉法"存有偏见，如元宪宗和阿里不哥等人即是如此，因此，在元宪宗大举伐宋之前，他与忽必烈兄弟之间曾经产生过较大的误会。而在元宪宗死后，元世祖忽必烈与幼弟阿里不哥之间的皇位之争，就已经不是简单的个人恩怨，而是坚持蒙古旧俗与新行"汉法"的两大蒙古贵族集团之间的政治斗争。

　　注释：

　　（1）佚名撰《元朝秘史》卷四。

　　（2）《元史》卷九十九《兵志》记载："怯薛者，犹言番直宿卫也。"

　　（3）《元史》卷九十九《兵志》。

　　（4）关于"质子军"的记载，多散见于元人文集之中，如元人魏初的《青崖集》卷五《王汝明神道碑》记载其子王杰"以质子扈从一十九年"，即曾经担任了 19 年的"怯薛军"。又如元人姚燧的《牧庵集》卷十五《姚枢神道碑》记载，"李璮召其质子彦简窃归，反有迹矣"。由此可知，山东军阀李璮之子李彦简亦曾任"怯薛军"，后逃回济南，参加了李璮的叛乱。相类似的记载，在《元史》中也是随处可见。如《元史》卷一百二十一《速不台传》："速不台以质子事帝，为百户。"又如同书卷一百四十六《粘合重山传》："粘合重山，金源贵族也。国初为质子，知金将亡，遂委质焉。太祖赐畜马四百匹，使为宿卫官必阇赤。"在元代，又另有一支质子军，是与"怯薛"无关联者。

　　（5）（15）《元史》卷二《太宗纪》。

　　（6）据《元史》卷四《世祖纪》记载："中统元年春三月戊辰朔，车驾至开平。亲王合丹、阿只吉率西道诸王，塔察儿、也先哥、忽剌忽儿、爪都率东道诸王，皆来会，与诸大臣劝进。帝三让，诸王大臣固请。"于是，忽必烈才得以称帝。

　　（7）（9）（11）佚名撰《圣武亲征录》。

　　（8）《元史》卷一百二十《札八儿火者传》。

　　（10）据《札八儿火者传》的记载，与《圣武亲征录》有所不同。该传云："札八儿既还报，太祖遂进师，距关百里不能前，召札八儿问计。对曰：'从此而北，黑树林中有间道，骑行可一人，臣向尝过之。若勒兵衔枚以出，终夕可至。'太祖乃令札八儿轻骑前导。日暮入谷，黎明，诸军已在平地，疾趋南口，金鼓之声若自天下，金人犹睡未知也。"此处所云"黑树林"，显然不是紫荆关。笔者以《圣武亲征录》为是。

（12）（13）《元史》卷一《太祖纪》。

（14）《元史》卷一百一十九《木华黎传》。

（16）《元史》卷三《宪宗纪》。

（17）《元史》卷一百二十五《赛典赤赡思丁传》。

（18）《元史》卷一百五十三《刘敏传》。

（19）《元史》卷八十五《百官志》。

（20）《元史》卷一百一十九《木华黎传》。

（21）（32）（33）《元史》卷一百四十六《耶律楚材传》。

（22）《元史》卷四《世祖纪》。

（23）《元史》卷一百五十八《姚枢传》。辛丑岁，为元太宗十三年（1241年）。

（24）宋人彭大雅《黑鞑事略》。此处所云"鞑主"，指元太宗窝阔台，"胡丞相"，则是指的"中州断事官"胡土虎。

（25）《元史》卷一百五十三《王檝传》。《元史》卷一百四十六《耶律楚材传》。文中所云"辛卯秋"，为元太宗三年（1231年）。

（26）《元史》卷一百四十六《耶律楚材传》。文中所云"辛卯秋"，为元太宗三年（1231年）。

（27）《元史》卷二《定宗纪》。

（28）《元史》卷一百二十四《岳璘帖穆尔传》。

（29）《元史》卷一百二十五《布鲁海牙传》。

（30）《元史》卷一百五十三《刘敏传》。

（31）《元史》卷九十一《百官志》。

（34）《元史》卷一百五十八《姚枢传》。

（35）《元史》卷一百五十八《窦默传》。

（36）《元史》卷一百五十八《许衡传》。

第二章 元世祖的政治举措与
大都城的营建

重要历史人物在关键的历史转折时刻往往能够发挥出巨大的作用。元世祖正是在蒙古国向元王朝的转折时刻发挥出巨大历史作用的重要人物。蒙古国自从建立以来，就以非凡的速度不断向外扩张，先是攻占金中都城，然后是持续多年的大规模西征，其锋芒已横扫东欧，直抵北非边缘。随后，又进一步向中原地区地区扩张，攻灭金朝之后又与宋朝拼杀不休。这种大规模的迅速扩张，创造了人类历史上的一个奇迹，构建了一个横跨亚欧大陆的超级帝国。但是，在蒙古国的面积不断增长的同时，整个王朝的统治系统却处于极为混乱的状态中，或者说是处于一种较为原始的政治框架中。

在蒙古大草原上，人们仍然习惯于游牧文化的传统，遵守着元太祖铁木真制定的各项典制。在西域地区，蒙古统治者基本适应了伊斯兰文化的传统，任用当地人进行社会管理。而在中原地区，人们则处于新来的游牧文化与原有的农耕文化混杂的状态中，除了蒙古国派遣的大断事官们高高在上，操纵着百姓的生杀大权之外，中原地区的其他官员已经有了简略的政治分工，万户主管军队，州县官主管政务，课税官主管税收。但是，政务官员的体系仍然十分混乱，这从人们对政府官员的称谓即可看出。有的称为中书令，有的称为都行省承制行可、行尚书省，还有的称为宣抚使、宣慰使、留后长官、总管，等等。

如果用这样一种混杂的政治体制来统治如此庞大的帝国，其行政效能之低是可想而知的。要想长久维持其统治，唯一的办法就是对这种政治体制加以改进。但是，要想改变一种人们已经形成习惯的制度，特别是改变成一种完全陌生的制度，旁观者看起来很容易，对于大多数亲身处在其中的人们来说，就要困难得多。杰出的政治家比起大多数人来，能够清醒地认识到这一点，并且付诸实践，则是其高明之处。元世祖忽必烈正是较早认识到这一点，并且很快寻找到农耕文化的儒家政治学说作为统治庞大帝国执政方针的杰出政治家。他在不懂汉语的环境下，能够认识到儒家学说的巨大作用，更是难能可贵的。

作为一位杰出的政治家，仅有敏锐的政治眼光是不够的，还要有千载难逢的机遇，并且及时抓住这个机遇，才能够成就一番霸业。忽必烈在中原政治家们的熏陶下，培养出了雄浑的政治气魄，具备了治理一个庞大帝国的杰出才干。而元宪宗出兵伐宋，在蜀中阵亡的事变，对蒙古国而言是一次灾难，而对忽必烈而言，则是一次千载难逢的机遇。正是在中原政治家们的辅佐下，忽必烈抓住了这个机遇，通过一场骨肉相残的战争，夺得了政治上的最高话语权，这场战争的胜败，其政治意义的重要性，甚至超过了元太祖攻灭西夏、元太宗攻灭金朝，我们认为堪比一场改朝换代的战争。

这场战争的一个最显著的结果，就是蒙古国统治中心的南移，从而形成了大都——上都两位一体的独特都城制度。从政治地理学的角度来看，政治中心的南移，是与帝国的版图不断向南扩张的政治发展趋势一致的。从政治文化学的角度来看，蒙古帝国（包括此后的元王朝）的建立，正是农耕文化与游牧文化有机融合的结果，而大都与上都，分别代表农耕文化和游牧文化的两个中心也是比较恰当的。在中国历史上的少数民族领袖人物大致有两类截然不同的文化态度。一类人物，如北魏的鲜卑族统治者、金朝的女真族统治者、清朝的满族统治者等，他们在进入中原地区之后，很快就融合到农耕文化的大氛围之中。而另一类人物，如辽朝的契丹族统治者和元朝的蒙古族统治者等，在进入中原地区之后，却顽强地保留着少数民族文化习俗，拒绝融合到农耕文化之中来。

元世祖在位三十余年，在这个时期中，有几件重要的政治事件是值得关注的。其一，是其与皇弟阿里不哥争夺皇权的战争。通过这场战争，忽必烈夺得了整个帝国的统治权。其二，是平定山东军阀李璮的叛乱，通过这次事件，忽必烈进一步巩固了其在中原地区的统治。其三，是攻灭南宋，一统天下，这个事件的重大影响在此不必赘述。其四，是平定东北地区蒙古贵族乃颜的叛乱，与之遥相呼应的，又有西北地区蒙古贵族海都的叛乱，这是少数蒙古贵族对元世祖在政治上大行"汉法"的反抗，由于不得人心，故而没有产生太大的历史影响。在这个时期，还有两个小插曲，其一，是权臣阿合马的被刺杀，这是统治集团内部矛盾激化的必然结果。其二，是南宋大臣文天祥的英勇就义，这是民族矛盾激化的必然表现。这两个小插曲有许多值得人们思考的地方。

一、元世祖忽必烈初入中原的政治实践

在蒙古国成立之初，元太祖、元太宗等人都是采取往中原地区派遣亲信大臣作为断事官的方法，来进行统治。是时的中原大臣耶律楚材以中书令的身份来管理汉地政务，却仍然不如大断事官们的权力大。及元宪宗即位后，他在派遣亲信作为断事官来到燕京主持中原地区政务的同时，又特别派遣他的四弟忽必烈到中原地区来主持军政诸事。这个举措，是以前所没有的，一方面，是睿宗拖雷（即元宪宗之父）一系宗亲从太宗窝阔台一系手中刚刚夺得皇权，需要加强对各个地区的统治。另一方面，也表现出蒙古统治者们对中原地区的重视程度越来越大了。正是在这个蒙古统治集团内部出现巨大权力更替的关键时刻，忽必烈来到了中原地区。

忽必烈在治理中原地区的时期里，采取了几项卓有成效的政治措施。第一项，是设置了一处新的统治中心，时为元宪宗二年（1252年）。"岁壬子，帝驻桓、抚间"。随后，忽必烈受命远征云南，暂离中原，及回师之后，复驻于桓、抚二州之间。到元宪宗六年（1256年）三月，"命子聪卜地于桓州东、滦水北，城开平府，经营宫室"。[1]这个新的统治中心的营建，明显表示出忽必烈的政治大局观。其实忽必烈在选择这处统治中心之时，有两处可以作为他的驻地备选之地，一处是京兆府（今陕西西安），这里是他受分封的封邑，也是汉唐时期全国的政治和文化中心，应该是比较理想的统治中心。另一处是燕京，从辽金以来一直是中原地区的统治中心，也是蒙古国派遣的大断事官们的驻地。但是，忽必烈却选择了新建的开平府，而且是经过刘秉忠（即子聪）"卜地"之后，才选定的统治中心。这处新统治中心的营建，为今后整个元朝统治中心的南移奠定了一个坚实的基础。

第二项，是对他的封邑之地进行治理，取得了显著成效。是时，忽必烈正在千里之外的云南四处征讨，于是，他委派手下中原政治家姚枢等人设置了3处衙署，一处为京兆从宜府，负责当地的

屯田及漕运事务。另一处为京兆宣抚司，是忽必烈特遣姚枢设置的，"以孛兰及杨惟中为使，关陇大治"，得到了关陇民众的欢迎。还有一处为交钞提举司，"印钞以佐经用"。[2] 这些治理关陇的政治实践，是他在远征之时任命手下中原政治家们落实的，显然也是姚枢、杨惟中等人建议得到贯彻的结果。其中的屯田、漕运、钞法等政治举措不仅在当时的战乱时期发挥了巨大的作用，就是在元朝建立之后，也仍然发挥着巨大的作用。

但是，忽必烈在中原地区的政治实践所取得的成效，在一些蒙古贵族们的眼睛里却是一种"叛逆"的行为，从而使之遭遇到了一场严重的信任危机。这场危机如果处理不得当，将会葬送忽必烈的政治前程。"阿蓝答儿当国，惮世祖英武，谮于宪宗。遂以阿蓝答儿为陕西省左丞相，刘太平参知政事，钩校京兆钱谷，煅炼群狱，死者二十余人，众皆股栗。良弼力陈大义，词气恳款，二人卒不能诬，故宣抚司一无所坐。"[3] 在这里，史称危机的始作俑者是元宪宗的亲信大臣阿蓝答儿，但是，在阿蓝答儿的身后，有人以为似乎应该还有更深的背景。但遍查《元史》，并未见有蛛丝马迹。

然而据元人姚燧所撰写的《谭澄神道碑》可知，在这场政治危机的过程中，阿蓝答儿只不过是一个被人利用的工具。"岁丁巳，宗亲间之，遂解兵柄。他王遣阿蓝答儿至京兆，大集汴蜀兵、民之官，下及管库、征商之吏，皆入计局，为条百四十二，文致多方，且晓众曰：'惟刘万户、史万户两人罪请于朝（盖谓忠顺公、丞相忠武两公也），自余我到专杀。'虐焰薰天，多迫人于死。"[4] 文中所云"宗亲间之"，又云"他王遣阿蓝答儿至京兆"，虽无明言究竟是何人在挑拨离间，但是，挑拨的人是蒙古宗王已经明确指出。而在当时能够对元宪宗说话产生影响的宗王，当属元宪宗幼弟阿里不哥。

面对这场突如其来的政治危机，忽必烈的谋臣姚枢指出："帝，君也，兄也；大王为皇弟，臣也。事难与较，远将受祸。莫若尽王邸妃主自归朝廷，为久居谋，疑将自释。"[5] 这个建议被忽必烈所采纳，于是即刻派出使臣向元宪宗告以朝觐之意，元宪宗疑心未消，以为是忽必烈使诈。及忽必烈的使臣再至，元宪宗的疑虑才消除，"诏许驰二百乘传，弃辎重，先及见，天颜始霁。大会之次，上立酒尊前，帝酌之，拜退复坐。及再至，又酌之。三至，帝泫然，上亦泣下，竟不令有所白而止"。[6] 由此可见，其一，元宪宗身边的宗王和大臣们对忽必烈的大行"汉法"是极为不满的，其二，元宪宗对身边宗王的信任程度要超过远在中原地区的忽必烈。

通过这场政治危机，不难看出，在蒙古国时期，忽必烈要想在中原地区实现其政治抱负，会面临强大的反对势力。这股势力先是逼迫忽必烈交出了中原地区的军事指挥大权，又派遣亲信大臣到中原地区迫害众多的汉族官员，最后的结果，一是有二十多人被杀，二是忽必烈所设置的诸多行政机构全被废除，元宪宗在撤回阿蓝答儿等亲信大臣的同时，对忽必烈大行"汉法"的政治举措也加以全盘否定。我们可以说，忽必烈虽然安全度过了这场政治危机，却在政治斗争中成为了一个失败者。他的失败，不是政治实践的失败，而是政治实践成功之后的失败，是与顽固维护游牧文化、反对"汉法"的贵族集团权力较量的失败。

二、皇位的争夺与都城的南移

蒙古国的皇位继承制度，自元太祖铁木真立国以来就没有得到很好的解决。中原王朝的嫡长子继承制虽然有着明显的缺陷，但是，对于稳定封建王朝的政治统治却是产生了较大的作用。在这一点上，皇权的继承是与普通民众的家庭财产继承制一致的，并且得到了绝大多数百姓的认同。而在蒙古国中，能够在皇权继承方面有权发表意见的贵族们，却很少有人接受中原汉地的继承观念。在大多数蒙古族民众的观念中，嫡幼子才是继承家庭主要财产的首选。正是在这种观念的主导下，元太宗在继承皇位之时，虽然有了元太祖的"遗诏"，也还产生了由幼弟拖雷带来的阻碍。特别是，尽管皇权归属了元太宗，但是，作为大部分家产的军队却都是由幼弟拖雷继承下来。这使得皇权在元定宗死后又被拖雷的子孙们夺走了。

从元太祖到元宪宗，从拖雷到阿里不哥，在他们的头脑中，蒙古国的这种传统继承观念一直占据主导地位。因此，每当元太祖率军出征之时，往往任命拖雷驻守大本营，称之为"监国"。而当元宪宗率军出征之时，则命幼弟阿里不哥行使"监国"的权力。如果是在正常的情况下，元宪宗临死之前，一定会指定皇位继承人。然而元宪宗在伐宋之时，突然暴死在蜀中，没有留下"遗诏"，明确谁应该作为皇位继承人。于是，率军随同元宪宗伐宋的忽必烈与留守在都城的阿里不哥就都有了继承皇位的可能性。在这个关键的问题上，阿里不哥比忽必烈动手要早一些，"时先朝诸臣阿蓝答儿、浑都海、脱火思、脱里赤等谋立阿里不哥。阿里不哥者，睿宗第七子，帝之弟也。于是阿蓝答儿发兵于漠北诸部，脱里赤括兵于漠南诸州，而阿蓝答儿乘传调兵，去开平仅百余里"。[7]只是还没有举行登上皇位的仪式。

是时忽必烈正率军攻打鄂州（今湖北武汉），得到元宪宗阵亡的消息之后，还在犹豫如何处理这件突发变故。手下的汉族大臣们则一致劝说忽必烈即刻与南宋议和撤军，回师争夺皇位。郝经特别强调了忽必烈处境的危险，"且阿里不哥已行赦令，令脱里赤为断事官、行尚书省，据燕都，按图籍，号令诸道，行皇帝事矣。虽大王素有人望，且握重兵，独不见金世宗、海陵之事乎！若彼果决，称受遗诏，便正位号，下诏中原，行赦江上，欲归得乎"？[8]显然，阿里不哥的手下并没有杰出的政治人才，故而没有采取"果决"的手段，这就给了忽必烈转危为安、回师争夺皇位的一线机会。

按照郝经设计的方案，"遣一军逆蒙哥罕灵舆，收皇帝玺。遣使召旭烈、阿里不哥、摩哥及诸王驸马，会丧和林。差官于汴京、京兆、成都、西凉、东平、西京、北京，抚慰安辑，召真金太子镇燕都，示以形势。则大宝有归，而社稷安矣"。[9]但是，这个办法没有得到落实，就在忽必烈率军往回赶的时候，蜀中的蒙古军队已经将"蒙哥罕灵舆"运回到了蒙古大草原上的都城和林，要想"收皇帝玺"的关键措施落空了。显然，皇帝玺印已经到了阿里不哥的手中。在这种情况下，忽必烈如果还是回到都城和林去争夺皇权，就时机而言，已经落在了阿里不哥的后面。此外，阿里不哥在和林城驻守多年，得到阿蓝答儿、浑都海等一批蒙古权贵的支持，在这个方面，忽必烈也处于劣势。

为了避免处于劣势之中的皇位争夺，忽必烈采取了"果决"的办法。从鄂州回师之后，并没有赶往和林，而是在燕京过冬，并且将阿里不哥派到燕京的党羽脱里赤的活动加以制止，稳固了在中原地区的统治。翌年三月，忽必烈回到开平府，举行了一个形式上的"忽里台"大会，"亲王合丹、阿只吉率西道诸王，塔察儿、也先哥、忽剌忽儿、爪都率东道诸王，皆来会，与诸大臣劝进"。[10]于是，忽必烈称帝，向天下颁布《即位诏书》，又定年号为中统元年（1260年），表示自己是中原历代王朝的合法继承人。然后，迅速进行政治部署，命王文统、张文谦主持中央政务，以廉希宪、商挺等人主持川陕地区军政之务，以粘合南合、张启元等人主持西京（今山西大同）地区军政之务，全面控制了中原地区的局势。

此后不久，阿里不哥在和林城西也举行了"忽里台"大会，在一批拥护他的贵族们支持下，僭号称帝。蒙古国第一次出现了两个帝王并立的局面，阿里不哥占据了都城和林，握有"皇帝玺"，得到许多蒙古贵族的支持，据有更多的"合法性"；而忽必烈占有中原地区，得到了许多中原政治家和将领们的支持，在政治、军事、经济等各方面实力都有着明显的优势。由于互不相让，再加上元宪宗时的积怨，于是兄弟之争只能通过武装冲突来最后决定胜负。这时的蒙古国，不仅有两个皇帝，而且形成了两个政治中心，一个政治中心位于漠北草原上的都城和林，而另一个政治中心则是在漠南草原上的藩府开平城。谋臣刘秉忠为忽必烈"卜地"营建的开平府，不仅在统治中原地区时发挥了重要作用，而且在兄弟之间争夺皇权时发挥了更加重要的作用。

　　元世祖忽必烈与阿里不哥之间的争斗，最终以忽必烈的胜利结束。这就给忽必烈一个重新确定统治中心的选择，是以胜利者的姿态回到蒙古国的旧都城和林，还是留在新开创的统治中心开平府。忽必烈选择了后者，他在阿里不哥投降之后，取消了和林城作为统治中心的地位，在那里设置了行省。与此同时，忽必烈又选定了一处新都城——燕京城。至元元年（1264年）七月，阿里不哥投降。同年八月，忽必烈命将燕京改称中都。至元四年（1267年）正月，立提点宫城所，开始营建大都城。翌年十月，宫城主体建筑竣工。至元九年（1272年）二月，改中都为大都，确立了大都城在全国的统治中心地位。此后，皇城里面的建筑不断增加，一直到元朝末年顺帝即位后，仍然在增建各种殿宇。

　　大都城的营建，不仅仅是一座新的城市出现在华北平原之上，而且标志着一个新时代的到来。从蒙古国向元王朝的转变，表明元朝统治者开始从坚持游牧文化向学习农耕文化的转变，从崇尚武功向尊行儒家学说的转变，从以大草原为生活中心转变到以中原地区为生活中心。这诸多转变的标志，就是统治中心的南移。任何一个王朝的统治中心都是统治者认为最安全的地方，蒙古国的疆域在迅速扩张的时候，其统治者认为最安全的地方就是漠北大草原。忽必烈在与阿里不哥争夺皇权的过程，也就是他在中原地区巩固其统治的过程。及皇权夺到手之后，他感觉到上都城和大都城比和林城要安全，才会放弃和林，营建大都。另一方面，统治中心又是行使权力的中枢所在，就这一点而言，大都城不仅比和林城，而且也比上都城要优越得多。因此，元朝都城的南移，是一种历史发展的必然趋势。

三、元朝统治机构的逐渐完善

元世祖忽必烈在夺得皇权之后，开始正式在大都施展其治理天下的才华，统治机构的建立与完善是最重要的事情。辅佐元世祖完成这项重任的是谋臣刘秉忠与大儒许衡，"世祖即位，登用老成，大新制作，立朝仪，造都邑，遂命刘秉忠、许衡酌古今之宜，定内外之官。其总政务者曰中书省，秉兵柄者曰枢密院，司黜陟者曰御史台。体统既立，其次在内者，则有寺，有监，有卫，有府；在外者，则有行省，有行台，有宣慰司，有廉访司。其牧民者，则曰路，曰府，曰州，曰县"。[11]所谓的"大新制作"，实际上在许多方面都是继承了前代中原王朝的做法，只不过对于蒙古统治者而言确实是需要认真学习的新东西。

在蒙古国时期，中央政府的体制是十分混乱的，被称为中书令的耶律楚材并不是权倾朝野的宰相，而不过是蒙古帝王身边的一位高级参谋，他的建议之所以能够被蒙古帝王采纳，是因为会给统治者们带来巨大的物质利益。而真正握有大权的断事官们，却是打着蒙古帝王的旗号，各自为政。他们行使权力的标志，只不过是一块"金牌"，或者被称为"金符"。这种制度，一直沿用到元朝末年。据相关文献记载："万户、千户、百户分上中下。万户佩金虎符，符趺为伏虎形，首为明珠，而有三珠、二珠、一珠之别。千户金符，百户银符。"[12]由此可知，到了元代，"金符"已经变成军事将领所佩戴的物品。

但是，在蒙古国时期这种"金符"的使用范围相当广泛。其一，是使臣所用者，"定宗师事那摩，以斡脱赤佩金符，奉使省民瘼"。[13]其二，是少数民族部落首领，"杭忽思，阿速氏，主阿速国。太宗兵至其境，杭忽思率众来降，赐名拔都儿，锡以金符，命领其土民"。[14]其三，管理工匠的官员，如元太宗时，何实入觐，"遂锡宴，取金符亲赐之，授以汉字宣命，充御用局人匠达鲁花赤，子孙世其爵"。[15]其四，管理地方民众的官员，如元太宗时的田雄，"雄乃教民力田，京兆大治。事闻，赐金符"。[16]其五，即断事官，如岳璘帖穆尔，"太祖即位，以中原多盗，选充大断事官"。[17]就曾被赐以金虎符。由此可见，在蒙古国时期，金符乃是各种权力的代表。

元世祖即位后，正式设置中书省，[18]"以王文统为平章政事，张文谦为左丞"。[19]作为主管全国政务的中央机构,这时的中书省,只是搭了一个简单的框架。此后不久,元世祖又下令,"以燕京路宣慰使祃祃行中书省事,燕京路宣慰使赵璧平章政事,张启元参知政事"。[20]进一步充实中书省的官员,完善其职能。据元代人称:"中统始建中书省,以总国政。诸公在朝讲论为治之道,推明用人之法,立官府,修典章,斟酌古今,视察远迩,群策毕献,百废具修。奏禀施行,殆无虚日。"[21]由此可见,当时中央的大政方针,都是由中书省的官员们来制定并且逐步贯彻执行的。

在蒙古国时期,中央没有主管军事的专门机构,所有的军队皆被分为万户、千户及百户等单位,直接受蒙古统治者和诸宗王的调遣。中统四年(1263年)五月,"初立枢密院,以皇子燕王守中书令,兼判枢密院事"。[22]新设置的枢密院,也是承袭宋、金之制,其职掌为:"掌天下兵甲机密之务。凡宫禁宿卫,边庭军翼,征讨戍守,简阅差遣,举功转官,节制调度,无不由之。"[23]因为皇太子曾经兼任枢密院的主管官员,故而在此任职的其他官员最高只能任枢密副使。又元代初期征伐之事极为频繁,故而在枢密院任职的官员皆是蒙古统治者最信任的大臣。如曾经参加平定宗王乃颜叛乱的玉昔帖木儿,于至元二十九年(1292年),"加录军国重事、知枢密院事。宗王帅臣咸禀命焉。特赐步辇入内。位望之崇,廷臣无出其右"。[24]他的职务仅是"知枢密院事",就已经使宗王、将领"咸禀命焉"。

在蒙古国时期,各级政府和军队中设置的断事官们就有着监察政务和军事的职权,但是却不是中原王朝政治机制中的专职监察官员。元朝专职监察之责的机构御史台,设置的时间比中书省和枢密院要晚一些,是在至元五年(1268年)七月,"立御史台,以右丞相塔察儿为御史大夫,诏谕之曰:'台官职在直言,朕或有未当,其极言无隐,毋惮他人,朕当尔主。'仍以诏谕天下"。[25]从元世祖任命中书省右丞相塔察儿为御史台的负责人这一点即可看出,元世祖对这个监察机构是十分重视的。此外,御史台的所有监察官员都是经过元世祖亲自选定的,不必经过中书省吏部的任命。这些经过元世祖任命的御史们,确实起到了一定的监察作用。如元初到大都任职的官员王恽,"至元五年,建御史台,首拜监察御史,知无不言,论列凡百五十余章。时都水刘晟交结权势,任用颇专,陷没官粮四十余万石,恽劾之,暴其奸利,权贵侧目"。[26]

元代初年政务、军事、监察机构的分别设置,及其职能的进一步完善，极大提高了元王朝的政治效率，从而为其管理政府官员的行政业绩、提高军队的征伐机动性、弹劾权贵们的胡作非为，都起到了较大的积极作用。其他地方职官的设置与完善，也大致是在中统、至元年间完成的。如主管大都地区政务的大都路都总管府，是在至元二十一年（1284 年）设置的。[27] 专门负责管理民事和为中央提供服务的大都的左、右警巡二院，是在至元六年（1269 年）设置的。[28] 而主管大都地区治安、捕盗等工作的大都路兵马都指挥使司，则是在至元九年（1272 年）设置的。[29] 至于大都路下辖的府、州、县及坊里等各级地方机构，在设置之后，为巩固元朝都城地区的统治也都发挥了很大的积极作用。

四、大都城的营建与统一天下

元世祖在与阿里不哥争夺皇权的同时，又平定了山东军阀李璮的叛乱，稳定了中原地区的局势。在这种情况下，元世祖再次把目光放到了统一天下的大计上，开始调动全部兵力，大举南伐。早在元太宗攻灭金朝之后，蒙古国就对南宋发动持续不停的进攻，但是却很少奏效。其后，蒙古国内部在争夺皇权时产生严重内耗，直到元宪宗即位，这种内耗才告一段落。于是，元宪宗先是派遣忽必烈远征大理，企图从西南绕开长江天险，迂回攻灭南宋。虽然忽必烈的远征取得了胜利，但是从西南面进攻江南的交通并不顺畅，遂使这个军事策略失败了。接着，元宪宗亲率大军出征川蜀，其目的也是为了绕过长江天险，但是，宋军凭借着山势险峻，城堡坚固，在蜀中进行顽强抵抗，终于阻挡住了蒙古大军的进攻，并且使元宪宗身负重伤，临阵死亡。

自从蒙古国崛起之后，在屡次大规模的军事行动中，迂回战术都取得了很好的成效，从攻占金中都，到三峰山灭金，皆是如此。但是，在与南宋的交锋中，长江天险胜过了长城关隘，总是绕不过去。元世祖吸取了历史教训，又采纳了南宋降将刘整的建议，一方面，是操练一支强大的水军，足以和南宋的水军相互对抗；另一方面，把伐宋的主攻地点从川蜀地区转移到了长江中游的襄樊地区。这次重大战略调整颇见成效，在经过几年的持续强攻之下，襄阳和樊城都落到了元朝军队手中，于是，长江天险终于被突破，在主帅伯颜的指挥下，元朝大军水陆并进，势如破竹，很快就攻灭了腐败的南宋王朝，第一次由少数民族建立的政权统一天下。

元世祖在调动大军征伐南宋的同时，并没有停止对大都城的营建。在重要谋臣刘秉忠的主持下，元朝政府在金中都东北方破土动工，平地而起，兴建了一座全新的、规模宏大的都城。这座新都城的营建，在政治上和文化上都具有重大的意义。在政治上，大都城的营建，使元朝的统治中心从漠北向南面迁到了中原地区，这种明显的南移，是与统一全国的政治举措相一致的。这也进一步表明，元世祖对中原王朝的政治衣钵是一脉相承的。这种政治态度的明确转变，其进程远远超过了元太宗和元宪宗。当然，大都城在成为政治中心之后不久，又成为全国的文化中心。而大都城作为整个北方地区最繁盛的国际大都会，承载了当时世界各地的不同文化元素。

首先，是对中原传统儒家文化的承载。在新建的大都城里，有着众多的官僚衙署，如中书省、枢密院、御史台等。元世祖在中统年间设置中书省时，还没有兴建衙署，在燕京旧城，"中统二年九月，以囗都火宅为中书省"。[30]是以民宅暂代衙署。而在大都城的兴建过程中，就专门在皇城北面的凤池坊建造有中书省衙署。又如，在新建的大都城里，有着许多礼制建筑，如祭祀帝王祖先的太庙，最初是在中统四年（1263年）建于燕京旧城，及大都新城兴建之后，于至元十四年（1277年）八月，"诏建太庙于大都"。[31]表明农耕文化中的尊祖敬宗观念，已经得到蒙古统治者的认同。再如教育机构，早在元太祖攻占燕京城不久，宣抚使王檝就曾利用金朝旧衙署作为学校。[32]至元四年（1267年），营建大都城时，在皇城东北为孔庙及国子学预留了基址，一直没有动工。到元成宗即位后，从大德三年（1299年）开始兴工，到元武宗至大元年（1308年）冬竣工，孔庙及国子学共建殿宇及房舍六百四十余间，"于是崇宇峻陛，陈器服冕，圣师巍然，如在其上"。[33]此后国子学的房舍陆续仍有增建。

其次，是对各种宗教文化的承载。在新建的大都城里，遍布各种宗教建筑。如佛教的寺庙、道教的道观、伊斯兰教的清真寺以及基督教的教堂等不一而足。有的宗教建筑规模极为壮观，如在元世祖至元十六年（1279年）始建的大圣寿万安寺，到至元二十五年（1288年）才完工，"万安寺成，佛像及窗壁皆金饰之，凡费金五百四十两有奇、水银二百四十斤"。[34]寺中尤以尼泊尔工匠阿尼哥主持建造的大白佛塔最为著称，至今犹存。其他如道教的道观、伊斯兰教的清真寺、基督教的教堂，修建得也很华丽。如欧洲罗马教皇派到大都来的传教士孟特戈维诺就在这里修建了两座教堂，其中的一座距皇城仅有一街之隔。⁽³⁵⁾显然，不论是伊斯兰教还是基督教，带来的不仅仅是西方的宗教信仰，也还有大量的科技文化。

大都城的营建，又使这里成为全国的交通中心。早在金代，中都城就已经是整个北方地区的交通中心，及蒙古国占有中原地区之后，这里又变成了中原地区的交通中心，故而负责政务与司法的大断事官就驻扎在此。及大都城兴建完成，元朝又攻灭了南宋，这里遂成为全国的交通中心。陆路交通以四通八达的庞大驿站系统为网络，通往全国各地。水路交通则是以漕运与海运两套系统相联系，主要加强了大都城与江南地区的经济往来。南方海运起点之一的上海，由于有了海运，迅速发展起来，从一个小渔村而变成县城。北方海运终点的天津，也由于海运而变为最重要的港口之一。至于京杭大运河沿岸的许多城市，皆受到漕运的影响而繁荣起来。大都城这种无形的辐射所带来的巨大变化，是当时的人们很难全面了解的，只有在几百年之后才能够看得更清楚一些。

五、民族矛盾的激化与 "阿合马事件"

元朝的统一天下，是通过兼并战争来实现的。当蒙古军队进入中原地区之初，北方地区已经度过了辽、金少数民族政权统治的几百年时间，广大汉族民众并没有对新来的蒙古人感到诧异。换言之，辽金时期几百年的广泛民族融合，已经使汉族民众能够适应局势的变化。而江南地区自隋唐以来，甚至更早，自秦汉以来就一直是在汉族统治者建立的王朝管辖之下，自宋、辽对峙以来，长期的民族对抗使江南的人们对北方少数民族有了较为强烈的抵触情绪。在某些情况下，这种民族抵触情绪是与大汉族主义歧视少数民族的传统习俗密切相关的。元朝推翻了作为汉族政权正统形象的南宋王朝，使得许多崇尚气节的官僚士大夫们在心理上很难接受。文天祥与谢枋得，就是这样一大批人物的典型代表。

在元朝军队攻占江南地区之后，南宋统治者很快就投降了，而文天祥却继续组织抗元斗争，由于军事力量的悬殊，文天祥屡战屡败，最终被俘，自杀又未成功。当元朝统治者劝他投降时，他写下了"人生自古谁无死，留取丹心照汗青"的诗句，⁽³⁶⁾表现出了崇高的民族气节。在被押送到大都城之后，元朝统治者再次劝降，又派已经投降的南宋小皇帝劝其归顺，皆遭到了文天祥的拒绝。于是，在胜利者元朝君臣和失败者文天祥之间展开了一场特殊的较量：文天祥只求一死，英勇就义；而元朝君臣却把他关进牢狱，用长期囚禁来逼迫他投降。这场较量长达三年多，在一千多个日日夜夜里，文天祥被囚禁在环境恶劣的牢房之中，始终没有丧失民族气节，他又写下了脍炙人口的《正气歌》，他在这首诗的前面写道："予囚北庭，坐一土室，室广八尺，深可四寻，单扉低小，白间短窄，汙下而幽暗。当此夏日，诸气萃然，雨潦四集，浮动床几。时则为水气，涂泥半朝，蒸沤；时则为土气，乍晴暴热，风道四塞；时则为日气，簷阴薪爨，助长炎虐；时则为火气，仓腐寄顿，陈陈逼人……"[37]在这间小小的八尺牢笼之内，除了水气、土气、日气、火气之外，还有米气、人气、秽气，对此恶劣的"七气"，文天祥以浩然正气抵御之，仍然是无坚不摧。最后，元朝统治者在无奈之下，还是将文天祥杀害了。这场意志的较量，最终的胜利者是文天祥。

在当时的大都城，除了元朝统一江南而带来的汉族士大夫与蒙古统治者之间的尖锐矛盾之外，还有另一种矛盾，就色目官员与汉族民众之间的矛盾。早在蒙古国进入中原地区之初，就任命了一批色目官员来主持这里的财政、司法等工作。如元太宗十一年（1239年）十二月，"商人奥都剌合蛮买扑中原银课二万二千锭，以四万四千锭为额，从之"。翌年正月，"以奥都剌合蛮充提领诸路课税所官"。[38]这是用色目官员主持中原财政税收。又如色目官员牙鲁瓦赤，于元太宗十三年（1241年）"冬十月，命牙老（鲁）瓦赤主管汉民公事"。[39]及元宪宗即位后，牙鲁瓦赤仍然在中原地区主持政务及财务。[40]这些色目官员在中原地区往往胡作非为，给汉族百姓造成极大的伤害。

及元世祖即位之后，在手下的政府官员中也有许多色目人，这些色目官员基本上继承了奥都剌合蛮和牙鲁瓦赤的做法，其中最具有代表性的就是阿合马。阿合马受到元世祖的重用是在"李璮叛乱"事件之后，因为主持中央财政工作的大臣王文统参预叛乱被杀，[41]造成极大影响，一方面，元世祖对汉族大臣的信任程度大打折扣；另一方面，又不得不加大对色目官员的依赖。于是，阿合马先是以平章政事进入中书省，元世祖又在至元三年（1266年）正月"立制国用使司，以阿合马为使"。[42]主持中央政府财政。到至元七年（1270年）正月将制国用使司改为尚书省，命"制国用使阿合马平章尚书省事，同知制国用使司事张易同平章尚书省事，制国用使司副使张惠、签制国用使司事李尧咨、麦术丁并参知尚书省事"。[43]这个专门成立的尚书省，仍然是主持中央财政的机构。

由于阿合马十分擅长搜刮百姓钱财，供蒙古统治者们挥霍，故而特别受到青睐，"世祖尝谓淮西宣慰使昂吉儿曰：'夫宰相者，明天道，察地理，尽人事，兼此三者，乃为称职。阿里海牙、麦术丁等，亦未可为相，回回人中，阿合马才任宰相。'其为上所称道如此"。[44]阿合马依仗着元世祖的宠信，在为元朝政府搜刮百姓钱财的同时，也为自己攫取了大量钱财，此外，一方面，他在政府中安插自己的亲信，培植党羽；另一方面，又借征敛钱财的时机迫害那些反对他的政府官员，滥杀无辜。这些做法很快就激化了广大民众与色目官员的矛盾，也激化了政府官员中那些有正义感的人和阿合马及其党羽的矛盾，最终在大都城爆发了阿合马被刺杀的政治事件。

至元十九年（1282年）三月，有益都千户王著来到大都城，时元世祖巡幸上都，而阿合马负责留守大都城。趁着这个机会，王著率八十余人谎称皇太子真金回京，连夜召见阿合马，在阿合马慌乱赶来时，王著用特制的大铜锤将他杀死。阿合马被杀之后，元世祖闻讯大怒，将王著杀害，又将在这次事件中没有尽到防卫职责的枢密副使张易杀死。事后，元世祖在得知阿合马的种种罪行之后，又大怒，"乃命发墓剖棺，戮尸于通玄门外，纵犬啖其肉。百官士庶，聚观称快。子侄皆伏诛，没入其家属财产"。[45]阿合马被刺杀事件，充分暴露出了元朝在统一江南之后的政治斗争、民族矛盾和阶级矛盾不断激化。阿合马被杀，在一定程度上暂时缓和了各种不断激化的矛盾。但是，元朝统治者并没有通过这次事件来吸取应有的教训，而是继续搜刮百姓的钱财，使得民族矛盾和阶级矛盾没有从根本上得到解决，这是元朝统治短命的主要原因。

注释：

（1）（2）（7）（10）（19）《元史》卷四《世祖纪》。

（3）《元史》卷一百五十九《赵良弼传》。

（4）元人姚燧《牧庵集》卷二十四《谭澄神道碑》。文中云"丁巳岁"，为元宪宗七年（1257年）。

（5）《元史》卷一百五十八《姚枢传》。

（6）元人姚燧《牧庵集》卷十五《姚枢神道碑》。文中所云"上"指忽必烈，而"帝"指元宪宗。

（8）（9）《元史》卷一百五十七《郝经传》。

（11）《元史》卷八十五《百官志》。

（12）《元史》卷九十八《兵志》。又如后至元五年（1339 年）十月，"甲午，诏命伯颜为大丞相，加元德上辅功臣之号，赐七宝玉书龙虎金符"。（见《元史》卷四十《顺帝纪》）这种特制的金符，应该是调动军队的信物。

（13）《元史》卷一百二十五《铁哥传》。文中的"斡脱赤"为铁哥之父。

（14）《元史》卷一百三十二《杭忽思传》。

（15）《元史》卷一百五十《何实传》。

（16）《元史》卷一百五十一《田雄传》。又如"岁癸酉，太祖遣兵破紫荆关，柔以其众降，行省八札奏闻，以柔为涿、易二州长官，佩金符。"（见《元史》卷一百五十二《赵柔传》）

（17）《元史》卷一百二十四《岳璘帖穆尔传》。

（18）在此之前，据《元史》卷二《太宗纪》记载：太宗三年（1231 年）八月，"始立中书省，改侍从官名，以耶律楚材为中书令，粘合重山为左丞相，镇海为右丞相"。但是，笔者认为这只是一个级别较高的秘书班子，与中央机构的差距较大。

（20）《元史》卷四《世祖纪》。文中所云"行中书省事"，不是"行省"的全称，而是中书省的"分省"。当时元世祖设置中书省于元上都，随后又在燕京设行中书省，实际上是中书省在燕京另设办事的官员，与上都的官员具有同等的权力。

（21）（元）虞集《道园学古录》卷四十二《陈思济神道碑》。

（22）《元史》卷五《世祖纪》。《元史》卷八十六《百官志》。《元史》卷一百一十九《玉昔帖木儿传》。《元史》卷六《世祖纪》。

（23）《元史》卷八十六《百官志》。

（24）《元史》卷一百一十九《玉昔帖木儿传》。

（25）（42）《元史》卷六《世祖纪》。

（26）《元史》卷一百六十七《王恽传》。

（27）《元史》卷十三《世祖纪》。但是，在此之前的至元十三年（1276 年）正月，元朝统治者曾下令，"敕大都路总管府和顾和买，权豪与民均输"。（见《元史》卷九《世祖纪》）此外，至元十五年（1278 年）八月，"监察御史韩昺劾同知大都路总管府事舍里甫丁殴部民至死，诏杖之，免其官，仍籍没家赀十之二"。（见《元史》卷十《世祖纪》）由此可知，在至元二十一年（1284 年）之前，大都路总管府就已经存在了。

（28）《元史》卷九十《百官志》。其后，元成宗大德九年（1305 年），又增置大都警巡院。到元武宗至大三年（1310 年），又"增大都警巡院二，分治四隅"。（《元史》卷二十三《武宗纪》）

（29）《元史》卷九十《百官志》。

（30）《析津志辑佚》中的"朝堂公宇"门。据《元史》卷四《世祖纪》记载："诏以忽突花宅为中书省署。"由此可知，《析津志辑佚》中的"□都火宅"，即是《世祖纪》中的"忽突花宅"。

（31）《元史》卷七十四《祭祀志》。

（32）据《元史》卷一百五十三《王楫传》记载："时都城庙学，既毁于兵，楫取旧枢密院地复创立之，春秋率诸生行释菜礼，仍取旧岐阳石鼓列庑下。"

（33）（元）程钜夫《雪楼集》卷六《大元国学先圣庙碑》。

（34）《元史》卷十五《世祖纪》。又据《元一统志》记载："国朝建此大刹在都城内平则门里街北，精严壮丽，坐镇都邑。"（赵万里辑本）即今人俗称之白塔寺。

（35）［英］穆尔《一五五〇年前的中国基督教史》所引孟特戈维诺写给教皇的信（郝镇华译本）。

（36）.（宋）文天祥《文山集》卷十九《指南后录一》中的"过零丁洋"诗。

（37）（宋）文天祥《文山集》卷二十《指南后录三》。

（38）《元史》卷二《太宗纪》。

（39）《元史》卷二《太宗纪》。文中的"牙老瓦赤"即牙鲁瓦赤。《元史》卷一百五十三《刘敏传》记载，元太宗时，"俄而牙鲁瓦赤自西域回，奏与敏同治汉民，帝允其请"。

（40）据《元史》卷四《世祖纪》记载，"宪宗令断事官牙鲁瓦赤与不只儿等总天下财赋于燕，视事一日，杀二十八人"。

（41）据《元史》卷五《世祖纪》记载，中统三年（1262年）二月，"王文统坐与李璮同谋伏诛，仍诏谕中外"。

（43）《元史》卷七《世祖纪》。据《元史》记载，是"立尚书省，罢制国用使司"。其实制国用使司的官员都被改任尚书省的官员，也就是将制国用使司改为尚书省。

（44）（45）《元史》卷二百〇五《阿合马传》。

第三章 元代中期围绕
大都城的政治斗争

　　在中国古代，一个封建王朝的建立，是与一整套政治制度的陆续设置与逐渐完善密切相关的。如果这一套政治制度中的某一个环节出现问题，而这个问题又没有及时得到解决，积重难返，就会造成无穷祸患。中国古代的财产继承制度在政治上的直接反映，就是皇位的传承制度。北方少数民族统治者在这个问题上往往认识错误，造成极大的危害。例如在金代，金太祖死后，金太宗即位，是兄弟相传，由此而隐伏着此后金熙宗、金海陵王大肆杀戮女真宗室贵族的惨剧。蒙古国时期，也是因为皇位继承制度不完善，而导致元宪宗即位后对元太宗一系蒙古贵族的杀戮，以及元宪宗死后忽必烈与阿里不哥之间兄弟残杀的悲剧。这个悲剧并没有因为阿里不哥的投降而结束，在皇位继承问题没有得到彻底解决的情况下，到了元代中期遂爆发了一系列统治集团内部的矛盾斗争。先是元成宗死后的大都城出现了宫廷政变，元武宗、元仁宗兄弟相继占有皇位，然后是"南坡之变"，元英宗被杀，泰定帝即位。最后，在泰定帝死后又爆发了"两都之战"。这种统治集团内部无休止的相互残杀，其根源正是皇位继承制度没有得到完善。

　　在元代，宗教的发展处于相对自由的状态中，而大量边疆少数民族人士和域外传教士进入中原地区，又带来了一些新的宗教，如藏传佛教、伊斯兰教和基督教等皆是。在这种情况下，大都城成为当时世界各种主要宗教的汇聚地，也成为少数民族人士聚居最多的地方。于是，不同民族之间的冲突与文化融合，不同宗教之间的争斗与势力消长，就成为大都城的一道极具特色的风景线。旧的宗教派别消亡了，变化了，新的宗教传入了，发展了，而这些宗教派别的变化和发展，又是与当时的政治斗争密切结合在一起的。广大汉族民众信奉的主要是中原地区旧有的佛教与道教，而少数民族人士（即所谓的色目人）信奉的主要是新传入的伊斯兰教和基督教（包括景教）。而统治者的宗教信仰又对不同宗教的兴衰产生了巨大影响，藏传佛教因为受到蒙古帝王的尊崇而显赫一时，而道教——特别是全真教也由于元太祖的尊崇而盛极一时，又由于元世祖的压制而中衰。

在元代中期，蒙古统治者的更换十分频繁，是导致统治集团内部矛盾斗争激化的一个重要原因。元代前期世祖一朝统治时间为35年，元代后期顺帝一朝统治时间为36年，而元代中期历经成宗、武宗、仁宗、英宗、泰定帝、明宗、文宗、宁宗共8位帝王，统治时间才38年。在中国古代的封建社会中，帝王的政治影响是极大的，一位暴君的胡作非为，就会导致一个王朝的灭亡，而一位明主的有效治理，则会将混乱的社会改变成有序的盛世。在元代中期，既没有像秦始皇、隋炀帝那样的暴君，也没有像汉文帝、唐太宗那样的明主，整个社会的发展处于一种稳中有乱的状态，就在大乱、小乱不断发生的状态下，元朝的统治日趋腐败，这种恶性循环的状态一直延续到了元代后期。

一、皇位继承的关系混乱与宫廷斗争的频发

元世祖在位的三十余年，先后平定山东军阀李璮、东北宗王乃颜的叛乱，击败西北宗王海都的侵扰，又出大军攻灭南宋，东侵日本，南征安南，再加上调动大量民夫兴建大都城，他这一系列重大的政治、军事举措，对于巩固元朝的统治是发挥了积极作用的。但是，在中统年间册立的皇太子真金，却因为体弱多病，在一次政治风波中不幸夭亡，[1] 使得皇位失去了继承人。直到至元三十年（1293年）六月，才又正式确定接班人，"以皇太子宝授皇孙铁穆耳，总兵北边"。[2] 翌年元世祖死后，成宗在元上都即位，仍然举行了贵族大会"忽里台"，"帝至上都，左右部诸王毕会"。[3] 由此可见，在蒙古国建立八十多年之后，贵族们分享政治权力的习俗仍然有着很大的影响。

及元成宗死后，因为没有子嗣，又没有确定皇位继承人，遂使诸多蒙古贵族们在大都城展开了一场皇位争夺战。一方面，是元成

宗卜鲁罕皇后企图垂帘听政，于是，把安西王阿难答从陕西召到大都城，支持她的还有中书省左丞相阿忽台、平章政事八都马辛、中政院使怯烈等人，可以说在大都城里，这是一支争夺皇位实力最强的队伍。"大德十一年春，成宗崩，左丞相阿忽台等潜谋立安西王阿难答，而推皇后伯岳吾氏称制，中外汹汹。"[4]在这里安西王阿难答是被拥立者。另一种说法为："左丞相阿忽台，平章八都马辛，前中书平章伯颜，中政院使怯烈、道兴等潜谋推成宗皇后伯要真氏称制，阿难答辅之。"[5]在这里阿难答又变成了辅佐者。

争夺皇权的另一方面是海山兄弟。当时的海山被封为怀宁王，率重兵镇守在旧都和林，数度与来侵扰的西域宗王海都交战，互有胜负。而其弟爱育黎拔力八达被成宗皇后派驻怀州，在得到元成宗的死讯后，爱育黎拔力八达立即赶往大都城，得到了右丞相哈刺哈孙的支持，"时武宗总兵北边，右丞相答刺罕哈刺哈孙阴遣使报仁宗，与后奔还京师。后与仁宗入内哭，复出居旧邸，朝夕入奠"。[6]此后不久，经过与哈刺哈孙的谋议，"三月丙寅，帝率卫士入内，召阿忽台等责以乱祖宗家法，命执之，鞫问辞服，戊辰，伏诛"。[7]一方面，有漠北和林的海山掌握有大军；另一方面，有京城的右丞相哈刺哈孙大力支持，海山兄弟终于控制了局势。大德十一年（1307年）五月，海山率大军南至上都，"仁宗侍太后来会，左右部诸王毕至会议，乃废皇后伯要真氏，出居东安州，赐死；执安西王阿难答、诸王明里铁木儿至上都，亦皆赐死"。[8]海山对政敌采取了残酷的手段，斩尽杀绝。然后即位，是为武宗。

武宗兄弟在争夺皇位的斗争中虽然获得胜利，却也留下了隐患。因为海山之弟爱育黎拔力八达在大都城的宫廷斗争中立下大功，于是海山在即位之后，没有把自己的嫡子立为皇太子，而是把弟弟爱育黎拔力八达立为皇太子，这个做法，是与正常的皇位继承制度相违背的，也是武宗海山迫不得已的办法。此外，母后听信阴阳家的星象之说，希望把皇位传给幼子，也使武宗不得不把弟弟立为皇太子。但是，兄弟之间有个约定，当仁宗死后，应该把皇位归还给武宗之子。历史发展的进程表明，兄弟之间的这个约定是没有任何约束力的。及元仁宗即位后，就在延祐三年（1316年）十二月下令，"立皇子硕德八刺为皇太子，兼中书令、枢密使，授以金宝，告天地宗庙"。[9]在把自己的儿子立为皇太子的同时，元仁宗又把武宗长子和世㻋封为周王，命其"出镇云南"。

对于元仁宗的做法，和世㻋是不满意的，于是在出镇云南的途中，与随同的亲信秃忽鲁、教化及武宗旧臣厘日、沙不丁等商议，在关中发动叛乱。但是，这次叛乱很快就被镇压下去了，"帝遂西行，至北边金山。西北诸王察阿台等闻帝至，咸率众来附"。[10]也许赶走和世㻋的做法并不是元仁宗的本意，确实是手下奸臣所为，[11]因此他对于和世㻋的叛乱，并没有采取斩草除根的办法，而是任其在漠北自生自灭。及元仁宗死后，其子硕德八剌即位，是为英宗。在硕德八剌即位之前，元仁宗姑息皇太后身边的奸臣们胡作非为，朝政紊乱，无人能管。英宗即位后，任用大臣拜住整顿朝政，惩治奸臣，延祐七年（1320 年）五月，"有告岭北行省平章政事阿散、中书平章政事黑驴及御史大夫脱忒哈、徽政使失列门等与故要束谋妻亦列失八谋废立，拜住请鞫状，帝曰：'彼若借太皇太后为词，奈何？'命悉诛之，籍其家"。[12]

元英宗的过激做法直接威胁到了朝廷中诸多权贵们的利益，迫使他们联手推翻这个年仅 21 岁的帝王，至治三年（1323 年）八月，在从上都回大都的时候，御史大夫铁失、铁木迭儿之子锁南、枢密副使阿散、诸王按梯不花、孛罗、月鲁铁木儿等人发动叛乱，"以铁失所领阿速卫兵为外应，铁失、赤斤铁木儿杀丞相拜住，遂弑帝于行幄"。[13]史称"南坡之变"。铁失等人在准备弑杀英宗的时候，已经物色好了接班人，即率重兵镇守漠北草原的晋王也孙铁木儿。铁失等人在弑杀英宗之后，即刻派人迎立也孙铁木儿，九月初，也孙铁木儿在漠北没有召开"忽里台"贵族大会，就下诏书，大赦天下，即位称帝，是为泰定帝。元英宗的即位，已经有"不合法"的嫌疑，而泰定帝的即位就更是"不合法"。泰定帝在利用铁失等人弑杀英宗的机会而登上皇帝宝座，却在即位后派手下大臣把铁失等人逐一加以诛杀，并且把中央政府的大权归于晋王府的倒剌沙等旧臣。

自元世祖死后，成宗即位，到英宗被弑，泰定帝即位，三十年间，更替了 5 位帝王，发生了两次宫廷政变。其关键的症结，就是没有把皇位继承制度加以规范化。元成宗的即位，就很勉强，必须要用"皇太子宝"和"传国玉玺"来装饰门面。及武宗、仁宗兄弟则是从安西王阿难答手中硬抢皇位，没有任何"合法"的依据。泰定帝的上台，也是利用了叛臣的弑逆而更加不"合法"。在这些蒙古贵族们的眼睛里，皇帝是谁都可以来做的，"原始民主政治"的影响要远远大于嫡子继承制的影响。于是，谁握有重兵，谁对皇位继承的发言权就越有力。元成宗是从驻守的漠北草原继承皇位的，元武宗和泰定帝也是如此，其根源就是他们都掌握有镇守漠北草原的重兵。所谓的"原始民主政治"虽然含有"民主"的意义，但是最终的决定权却还是要靠实力，特别是军事实力。元代中期皇权争夺的史实充分证明了这一点。

二、民族关系与宗教因素的政治影响

在元代，民族关系是最为复杂的一种政治关系，汉族与各少数民族之间、各个少数民族相互之间，都长期存在着斗争与融合。特别是在统治集团内部，蒙古贵族、其他少数民族贵族、汉族官僚集团之间，为取得各级政府的控制权而明争暗斗。这种争斗，早在蒙古国进入中原地区之后就已经开始了。最典型的事例，就是耶律楚材与奥都剌合蛮、刘敏与牙鲁瓦赤之间的斗争。元太宗即位不久，任命耶律楚材为中书令，主持中原地区的税收工作。此后不久，西域大商人奥都剌合蛮提出可以增加税收，于是，元太宗又任命奥都剌合蛮为燕京行省官员，负责税收。及元太宗死后，太宗皇后摄政，奥都剌合蛮愈加受到重用，于是，在耶律楚材与奥都剌合蛮之间展开了激烈的斗争。"后以御宝空纸付奥都剌合蛮，使自书填行之。楚材曰：'天下者先帝之天下。朝廷自有宪章，今欲紊之，臣不敢奉诏。'事遂止。又有旨：'凡奥都剌合蛮所建白，令史不为书者，断其手。'楚材曰：'国之典故，先帝悉委老臣，令史何与焉？事若合理，自当奉行，如不可行，死且不避，况截手乎！'后不悦。楚材辨论不已，因大声曰：'老臣事太祖、太宗三十余年，无负于国，皇后亦岂能无罪杀臣也！'后虽憾之，亦以先朝旧勋，深敬惮焉。"[14]

刘敏与耶律楚材一样，也是在元太祖时就开始受到重用的汉族大臣，元太宗即位之后，又曾主持蒙古国第一座都城的营建和驿传的设置工作，然后被派到燕京，主持中原地区的政务，"授行尚书省，诏曰：'卿之所行，有司不得与闻。'俄而牙鲁瓦赤自西域回，奏与敏同治汉民，帝允其请。牙鲁瓦赤素刚尚气，耻不得自专，遂俾其属忙哥儿诬敏以流言，敏出手诏示之，乃已。帝闻之，命汉察火儿赤、中书左丞相粘合重山、奉御李简诘问得实，罢牙鲁瓦赤，仍令敏独任"。[15]在汉族大臣与少数民族大臣的争斗中，耶律楚材失败了，抑郁而死，刘敏胜利了，没有被流言所伤害。耶律楚材对奥都剌合蛮的斗争，完全是出于对中原百姓的爱护，在当时有着重大的现实意义。而刘敏面对牙鲁瓦赤的斗争，并没有实质问题，只是争夺权力的大小，刘敏没有退让，因为他有元太宗作为大靠山。

元世祖即位之后，在朝廷中任用的官员中，仍然存在着汉族大臣与少数民族大臣之间的矛盾。本书上文所述"阿合马事件"，就是这种矛盾斗争的典型事例。阿合马在得到元世祖宠信，主持全国的财政税收之后，任用的都是少数民族大臣，对此，少数民族大臣与汉族大臣的态度是不一样的。"阿合马擢用私人，不由部拟，不咨中书。丞相安童以为言，世祖令问阿合马。阿合马言：'事无大小，皆委之臣，所用之人，臣宜自择。'安童因请：'自今唯重刑及迁上路总管，始属之臣，余事并付阿合马，庶事体明白。'世祖俱从之。"与少数民族大臣安童的妥协形成鲜明对照的，是时任中书省左丞的汉族大臣崔斌，奏上阿合马任用其子抹速忽为杭州达鲁花赤为不妥，"又言：'阿合马先自陈乞免其子弟之任，乃今身为平章，而子若侄或为行省参政，或为礼部尚书、将作院达鲁花赤、领会同馆，一门悉处要津，自背前言，有亏公道。'有旨并罢黜之。然终不以是为阿合马罪"。[16]在权力之争的背后，往往有着利益集团的得失。

在元代，与政治斗争密切相关的，还有一个值得关注的现象，就是宗教势力的消长。因为在朝廷掌权的少数民族官员中，有许多是尊奉伊斯兰教的信徒。如元世祖时的阿合马、泰定帝时的倒剌沙等人皆是。这些少数民族大臣执掌朝廷大权的时候，伊斯兰教也就受到了较好的保护和发展；一旦这些信奉伊斯兰教的大臣们在政治斗争中失败了，伊斯兰教也会受到较大影响，有时甚至会受到迫害。如"阿合马事件"之后，一度出现对伊斯兰教徒十分不利的局面，元世祖公开表示对伊斯兰教的不满，"于是他召集了撒拉逊人（此指回教徒），禁止他们做他们的宗教视为合法的许多事情，责令他们依照鞑靼（此指蒙古族）的法律，规定他们的婚姻，禁止他们用切割咽喉的方法宰食动物，而必须按照鞑靼人的做法，剖开动物的肚肠"。[17]这种做法迫使许多伊斯兰教徒离开了大都城。

到了元代中期，伊斯兰教的发展仍然受到政局变化的极大影响。这个时期，有一位信奉伊斯兰教的少数民族大臣应该引起人们的足够重视，他就是合散（又被称为"阿散"）。因为合散在《元史》中无"传"，故而其祖先世系、历官简况皆不详，但是，据《元史》中的零星记载可知，他在元世祖至元末年已经任辽阳行省左丞，到了元武宗至大二年（1309 年），由辽阳行省平章政事进入中书省，任左丞相。到了元仁宗皇庆元年（1312 年），再次由中书省平章政事升任左丞相，到了延祐元年（1314 年），又升任中书省右丞相。[18] 由此可见，他在元武宗、仁宗两朝是权倾一时的权贵。而在这个时期，伊斯兰教文化的发展是较为明显的。

及元英宗即位后，与武宗、仁宗不同，对伊斯兰教采取了排斥的态度。他刚刚即位不久，就将回回国子监罢去，又下令，"课回回散居郡县者，户岁输包银二两"。免除了伊斯兰教徒的优惠待遇。随后，又将合散从中书省左丞相的位置上拿下，名义上给了一个岭北行省平章政事的职务，再派人告发合散与中书省的其他官员一起"谋废立"，在没有审讯的情况下就将合散等人处死。也许正是因为合散是以不明不白的罪名被处死的，故而没有在《元史》中设有专传。合散的被杀，显然是当时朝廷中政治斗争的结果，合散变成了牺牲品。到了至治元年（1321 年）五月，元英宗又下令，"毁上都回回寺，以其地营帝师殿"。[19] 他的这些过激做法必然会引起从中央政府到地方政府中信奉伊斯兰教的众多官员们的反对，"南坡之变"被弑，应该是与英宗这一系列做法有着直接的关系。

在南坡弑杀元英宗的权贵们之所以扶立晋王也孙铁木儿，是与晋手下大臣倒剌沙有密切关系的，因为倒剌沙也是信奉伊斯兰教的少数民族官员。"王府内史倒剌沙得幸于帝，常侦伺朝廷事机，以其子哈散事丞相拜住，且入宿卫。久之，哈散归，言御史大夫铁失与拜住意相忤，欲倾害之。至治三年三月，宣徽使探忒来王邸，为倒剌沙言：'主上将不容于晋王，汝盍思之。'于是倒剌沙与探忒深相要结。"[20] 据此可知，第一，晋王也孙铁木儿（即泰定帝）与英宗之间是有矛盾的，逆臣铁失等人就是利用了这个矛盾。第二，也孙铁木儿是知道铁失等人要行弑逆之事的，但是，却没有及时通报元英宗，而是借刀杀人，待到铁失等人杀死英宗之后，再把铁失等人除去，从而得到皇权。泰定帝的这条毒计是通过他手下的倒剌沙来实现的。因此，当泰定帝得到皇位之后，先是任命倒剌沙为中书省平章政事，随后，又任命他为中书省左丞相，这是除蒙古权贵之外的少数民族官员能够出任的最高官职。

三、两都之战的爆发及其产生的政治影响

泰定帝通过"南坡之变"而获得皇权，既没有按照蒙古旧俗召开"忽里台"贵族大会，也没有以前帝王的遗诏，因此，在蒙古黄

金家族的子孙们看来，他的"合法性"是最差的。而且他在夺得皇权之后，主要任用的都是晋王府的旧臣，特别是信奉伊斯兰教的倒剌沙，故而遭到了其他蒙古权贵和汉族大臣们的反对。反对势力的活动在泰定帝刚上台的时候还不明显，及泰定帝病重之后，才开始显现出来。而反对者们所要扶立的目标，则是元武宗的子嗣。元仁宗时，将武宗长子和世㻋遣往云南，迫使其逃往漠北。元英宗即位后，又将武宗幼子图帖睦尔遣往海南。及英宗被弑，泰定帝即位，遂将图帖睦尔接还京师，不久，又封其为怀王，出镇建康（今江苏南京）。

当致和元年（1328年）泰定帝出巡上都城的时候，他的病情已经很严重，一些元武宗的旧臣们开始策划发动政变，扶立元武宗的子嗣即位称帝。同年七月，泰定帝果然在元上都病逝，于是，又一场宫廷政变在两都同时展开。随同泰定帝去上都城的那些武宗旧臣们的叛乱计划被察觉，"诸王满秃、阿马剌台，宗正紥鲁忽赤阔阔出，前河南行平章政事买闾，集贤侍读学士兀鲁思不花，太常礼仪院使哈海赤等十八人，同谋援大都，事觉，倒剌沙杀之"。[21] 而在大都城留守的燕铁木儿得到泰定帝死讯，"由是与公主察吉儿、族党阿剌帖木儿及腹心之士李伦赤、剌剌等议，以八月甲午昧爽，率勇士纳只秃鲁等人兴圣宫，会集百官，执中书平章乌伯都剌、伯颜察儿，兵皆露刃，誓众曰：'祖宗正统属在武皇帝之子，敢有不顺者斩。'众皆溃散"。[22] 从而夺得了大都城的控制权。

由于元武宗长子和世㻋远在漠北，[23] 不可能及时回到大都城来，于是，燕铁木儿派遣明里董阿等人前往江陵，迎接武宗幼子图帖睦尔回大都。途中，又得到武宗旧臣伯颜的支持，"怀王至河南，伯颜属橐鞬，摆甲胄，与百官父老导入，咸俯伏称万岁，即上前叩头劝进。怀王解金铠、御服、宝刀及海东白鹘、文豹赐伯颜。明日扈从北行"。率领各地军队赶赴大都城，与燕铁木儿汇合，共同对抗在上都的倒剌沙。同年九月，倒剌沙在上都城扶立泰定帝之子阿速吉八为帝，改年号为"天顺"。不久，燕铁木儿等人扶立图帖睦尔为帝，是为元文宗，改年号为"天历"，并且下诏曰："谨俟大兄之至，以遂朕固让之心。"[24] 在元朝的历史上，又一次出现了两个帝王并立的局面。倒剌沙扶立的幼帝阿速吉八是泰定帝的合法继承人，而燕铁木儿扶立的图帖睦尔，则是发动政变篡位的皇帝。

倒剌沙在大都城发生政变之后，即率领上都城的军马赶回大都，来平定叛乱。但是，经过一个多月的准备，燕铁木儿与伯颜等元武宗的旧臣们已经做好了进行对抗的军事防御工作。不久，上都军队与大都军队在大都城周围地区展开激战，先是上都军马在大将王禅的率领下攻破居庸关，至大口，燕铁木儿率大都军马迎击于榆河，将王禅军队击退。"敌军复合，鏖战于白浮之野，周旋驰突，戈戟戛摩。燕铁木儿手毙七人。会日晡，对垒而宿。夜二鼓，遣阿剌帖木儿、孛伦赤、岳来吉将精锐百骑鼓噪射其营，敌众惊扰，互自相击，至旦始悟，人马死伤无数。"经此关键一战，上都军马败逃，大都的局势基本稳定。随后，又有两路上都军马攻到大都，一路由孛罗帖木儿、蒙古答失等人率领，攻破古北口，进逼京城，另一路由秃满迭儿、也先帖木儿等人率领，攻占通州。燕铁木儿立即率军赶往古北口，在石槽将上都军马击败，驱出古北口。又率军赶往通州，先后在潞河及檀子山两度将上都军马击败，"杀太平，死者蔽野，余兵宵溃"。[25]经过这三场激战，上都军马屡遭挫败，士气大受影响。

此后不久，上都军马又攻入紫荆关，直抵良乡，与大都军马对峙，燕铁木儿率军昼夜兼程，赶到卢沟河畔，上都军马闻讯溃逃。就在大都军马与上都军马在大都地区展开激战之时，有一支辽东军马在齐王月鲁帖木儿及东路蒙古元帅不花帖木儿的率领下，直趋上都城，这时上都军马都在围攻大都城，月鲁帖木儿乘虚而入，遂将留守在上都城的倒剌沙等人擒获，"倒剌沙等奉皇帝宝出降。梁王王禅遁，辽王脱脱为齐王月鲁帖木儿所杀，遂收上都诸王符印"。[26]元大都与元上都之间的皇位争夺战到此结束。元文宗在巩固统治之后，还要办好另一件事情，就是把在漠北的长兄和世瓎接回大都城，然后让出皇帝宝座。不管是元文宗是真心让出皇位，还是虚情假意的表演，却使得元朝的皇位继承问题变得更加复杂了。

因为元文宗的长兄和世瓎在漠北生活时身边有着一批亲信大臣，这些人如果随同和世瓎回到京城，必会被委以重任，掌握朝廷大权，而燕铁木儿、伯颜等拼死为元文宗夺得皇权的一批大臣就有可能失掉权势。而元文宗在坐上皇帝宝座之后，又要把它拱手相让，也是有不得已的苦衷，这两种因素合在一起，就产生了新的变故。就在元文宗前往迎接长兄和世瓎于王忽察都之地时，"明宗暴崩。燕铁木儿以皇后命奉皇帝玺宝授文宗，疾驱而还，昼则率宿卫士以扈从，夜则躬擐甲胄绕幄殿巡护。癸巳，达上都。遂与诸王大臣陈劝复正大位。己亥，文宗复即位于上都"。[27]显然，元明宗的突然死亡是与燕铁木儿有着直接的关系。是他，把皇权从泰定帝幼子的手中夺过来给了元文宗，也是他，又从元明宗的手中把皇权夺还给元文宗。

元大都与元上都之间的这场战争，史称"两都之战"，是元代中期最重大的政治事件。由于元朝的皇权继承制度没有得到确立，遂引发了一系列的政治斗争。先是元世祖死前确定的元成宗的皇位继承权，之后就是大都城的宫廷政变，成宗皇后与安西王的被杀。元武宗传位于元仁宗已经是迫不得已的事情，而元仁宗传位于元英宗又违背了与武宗的事先约定。此后，元英宗被弑，泰定帝的即位，就已经是朝廷中的权贵们操纵帝王废立的开始，及元文宗大都夺得皇权，与元明宗的"暴崩"，更使得朝中权贵把持皇权的表现达到了顶峰。皇权是一个国家最高政治权力的标志，其传承是否有序直接关系到政治大局的稳定，而在元代中期，几乎没有一位帝王的即位是合乎正常的程序，完全是依靠其手中所掌握的武力大小来决定的。而帝王的不断更替，又造成了朝中掌握大权的官员们的频繁更替，这种影响的结果是十分恶劣的。

注释：

（1）据《元史》卷一百一十五《裕宗传》记载：至元二十二年（1285年）"于是世祖春秋高，江南行台监察御史言事者请禅位于太子，太子闻之，惧。台臣寝其奏，不敢遽闻，而小人以台臣隐匿，乘间发之。世祖怒甚，太子愈益惧，未几，遂薨，寿四十有三"。

（2）《元史》卷十七《世祖纪》。《元史》卷十八《成宗纪》。《元史》卷一百一十七《秃剌传》。《元史》卷二十二《武宗纪》。《元史》卷一百一十六《显宗宣懿淑圣皇后传》。文中所云"仁宗"即爱育黎拔力八达，武宗死后即位为仁宗。

（3）《元史》卷十八《成宗纪》。

（4）《元史》卷一百一十七《秃剌传》。

（5）《元史》卷二十二《武宗纪》。

（6）《元史》卷一百一十六《显宗宣懿淑圣皇后传》。

（7）《元史》卷二十四《仁宗纪》。

（8）《元史》卷二十二《武宗纪》。文中所云"皇后伯要真氏"，即元成宗皇后。

（9）《元史》卷二十五《仁宗纪》。

（10）《元史》卷三十一《明宗纪》。文中所云"帝"即指明宗和世㻋。

（11）据《元史》卷一百一十六《显宗宣懿淑圣皇后传》记载，"太后见明宗少时有英气，而英宗稍柔懦，诸群小以立明宗必不利于己，遂拥立英宗"。

由此可见，元英宗被立为皇太子，是有着各种复杂因素的影响。

（12）（19）《元史》卷二十七《英宗纪》。

（13）《元史》卷二十八《英宗纪》。

（14）《元史》卷一百四十六《耶律楚材传》。

（15）《元史》卷一百五十三《刘敏传》。

（16）《元史》卷二百〇五《阿合马传》。

（17）《马可波罗游记》第二卷第二十三章。

（18）据《元史》卷二十五《仁宗纪》记载，这一年的二月，"以合散为中书右丞相，监修国史"。此后不久，"复以铁木迭儿为右丞相，合散为左丞相"。但是，到延祐四年（1317年）六月，"铁木迭儿罢，以左丞相合散为中书右丞相"。（见《元史》卷二十六《仁宗纪》）此后不久，合散再度辞去右丞相职务，复任左丞相。

（20）《元史》卷二十九《泰定帝纪》。文中所云"帝"，是指晋王也孙铁木儿，而"主上"则是指元英宗。

（21）（26）《元史》卷三十二《文宗纪》。

（22）（25）《元史》卷一百三十八《燕铁木儿传》。

（23）《元史》卷一百三十八《伯颜传》。文中所云"怀王"，即图帖睦尔，后世称其为元文宗。

（24）《元史》卷三十一《明宗纪》。

（27）《元史》卷一百三十八《燕铁木儿传》。文中"明宗"指和世㻋。

第四章　元代后期的大都政治
概况与元朝灭亡

　　在元代后期，元顺帝通过很偶然的机会得到了皇位，却成了统治时间最长的帝王，从他即位到逃亡漠北草原，在位 36 年，甚至超过了最有作为的元世祖。元顺帝在即位之前的经历就十分坎坷，及即位之初，境况也很不妙，先是燕铁木儿和伯颜的专权，其气焰之狂妄甚至超过了元顺帝。及燕铁木儿死后，元顺帝行韬晦之计，找到机会除去伯颜的权势，才占稳宝座。不久，又有皇后奇氏与皇太子爱猷识礼达腊相互勾结，企图从他手中再把皇权夺走，经过一番蒙古贵族之间的混战，皇太子一方虽未获胜，然而农民起义军的反抗已经如燎原烈火，遍及大江南北，元朝开始走向败亡。

　　元朝的败亡，可以说是由诸种因素合在一起而造成的。其一，是政治的腐败，不仅帝王的废立操纵在大臣手中，而且从中央政府到各级地方政府的官员都极其腐败，再加上宫廷内部的宦官专权，各统治集团之间、各民族之间的矛盾激化，使得元朝政府的统治机能在各种内耗中基本上处于瘫痪状态。其二，是自然灾害造成的巨大影响，至正年间的黄河泛滥十分严重，政府不得不召集大批民工修整河道，而大都城等处的大饥荒与大瘟疫，更是把民族矛盾和阶级矛盾迅速激化，促使农民起义军的力量不断发展壮大。一方面，是统治力量的越来越衰弱，另一方面，是反抗力量的越来越强大，在这种情况下，随着时间的推移，元朝统治只能是走向败亡。不论元顺帝是英明还是昏庸，都无法从根本上扭转这个局面。

　　元朝末年的农民起义军，首先是在黄河流域爆发的，逐渐向四周扩散。蒙古统治者长期实行的民族歧视政策一直影响恶劣，民众积怨已深，由于元朝武装力量的强势所压，敢怒而不敢言，一旦元朝武装力量在内讧中有所削弱，无法控制局势，这股怨气爆发出来，犹如火山喷射，其力量之强大，势不可挡。特别是中原地区的农民起义军很快切断了海运与漕运这两条经济大动脉，使得繁华一时的大都城失去了正常的经济供应，这才是致命的打击。就算农民起义军没有发动北伐战争，驻守在元大都的统治者们也很难维持其日常生活的各项开支，而不得不逃离这里。明太祖朱元璋在建立明朝之后，对元顺帝的评价也还算是公允。

一、元顺帝的政治得失及其影响

元顺帝的即位，是和许多此前的元朝帝王不一样的，此前的帝王的皇位是拼命争夺的战利品，从蒙古国时期的元太宗、元宪宗元世祖，到元朝中期的元武宗、仁宗兄弟，泰定帝和元明宗、文宗兄弟，皆是如此。而元顺帝的皇位，则是别人让给他的。如前文所述，元文宗在燕铁木儿等大臣的帮助下，从泰定帝幼子手中把皇位夺到手中，又是燕铁木儿害死元明宗，使得元文宗坐稳了皇位。但是，长兄元明宗的"暴崩"，在元文宗的心里却留下了不可磨灭的阴影，这个阴影直接影响到了皇位继承人的变动。至顺元年（1330年）八月，大臣们请元文宗以燕王（即文宗之子）为皇太子，被文宗拒绝。同年十月，大臣们再请以燕王为皇太子，又遭到拒绝，直到十二月，文宗才下令，"立燕王阿剌忒纳答剌为皇太子，诏天下"。[1]不久阿剌忒纳答剌因病夭折，又立燕帖古思为皇太子。及元文宗死，"燕铁木儿请文宗后立太子燕帖古思，后不从，而命立明宗次子懿璘只班，是为宁宗"。[2]但是元宁宗也是短命，即位仅43天也夭折了，文宗皇后还是没有扶立皇太子燕帖古思，而是将明宗长子妥懽帖睦尔扶上了皇位。

元顺帝就是在这种不可思议的左推右让的情况下登上皇位的。他在即位之后面临的境况并不理想，首先是燕铁木儿的专横跋扈，"燕铁木儿自秉大权以来，挟震主之威，肆意无忌。一宴或宰十三马，取泰定帝后为夫人，前后尚宗室之女四十人，或有交礼三日遽遣归者，而后房充斥不能尽识"。[3]这是历史遗留问题，元顺帝无力解决，幸亏燕铁木儿荒淫过度，很快死去。燕铁木儿在顺帝即位之初，就把自己的女儿答纳失里嫁给顺帝为皇后，又把自己的亲戚、部下安插到各个军政要害部门。顺帝即位后，为了肃清燕铁木儿势

力的影响，不得不寻求当时另一位实权人物伯颜的帮助。元统三年
（1335 年）六月，伯颜以燕铁木儿之子唐其势兄弟谋逆为名，将其
诛杀，牵连到顺帝皇后，"后兄御史大夫唐其势以谋逆诛，弟塔剌
海走匿后宫，后以衣蔽之，因迁后出宫，丞相伯颜鸩后于开平民
舍"。[4]燕铁木儿的势力被彻底清除了。

伯颜在帮助元顺帝清除了燕铁木儿的势力之后，势力迅速扩
张，成了第二个燕铁木儿，"然伯颜自诛唐其势之后，独秉国钧，
专权自恣，变乱祖宗成宪，虐害天下，渐有奸谋。帝患之"。但是，
伯颜的护卫又很严密，很难被下手除去，"伯颜自领诸卫精兵，以
燕者不花为屏蔽，导从之盛，填溢街衢。而帝侧仪卫反落落如晨
星。势焰熏灼，天下之人惟知有伯颜而已"。[5]这种局面的出现，是
元顺帝一手造成的，他如果利用唐其势的实力来和伯颜对抗，双方
都会有顾忌，尚可以保持一种平衡状态，而一旦唐其势被除去，就
没有人能够与伯颜相抗衡。于是，元顺帝又找到了伯颜的侄子脱
脱，希望他能够帮助除去伯颜的势力。

经过较长时期的准备，在后至元六年（1340 年）二月，当伯
颜请求元顺帝按照惯例去潭州柳林行宫春狩之时，顺帝推脱身体不
适，让伯颜带着皇太子去。当伯颜走后，脱脱"遂拘京城门钥，命
所亲信列布城门下。是夜，奉帝御玉德殿，召近臣汪家奴、沙剌班
及省院大臣先后入见，出五门听命。又召瑀及江西范汇入草诏，数
伯颜罪状。诏成，夜已四鼓，命中书平章政事只儿瓦歹赍赴柳
林"。[6]任命伯颜为河南行省左丞相，第二天伯颜回京，已经无法进
城，只得南下赴任。"道出真定，父老奉觞酒以进。伯颜问曰：'尔
曾见子杀父事耶？'父老曰：'不曾见子杀父，惟见臣杀君。'伯颜
俯首有惭色。"[7]通过这段对答可知，一方面，伯颜已经感觉到了情
况很不妙，所谓的"子杀父"，是指他被脱脱出卖了。另一方面，
天下百姓对于伯颜的所作所为已经很痛恨了。此后不久，伯颜果然
被发配，死于流放途中的驿舍中。

通过元顺帝除去燕铁木儿和伯颜的做法不难看出，在政治上，
顺帝是很有一些手段的，他处在一个"弱者"的地位，却能够找准
强大对手的要害，一击中的。虽然身为皇帝，但是身边皆是燕铁木
儿和伯颜的亲信爪牙，如果行事不够谨慎，计划不够周密，随时都
可能引来杀身之祸。然而，他却顺利完成了朝廷权力的转换，除去
了两个对皇权威胁最大的劲敌，重新树立了帝王的权威。随后，他
又遇到了来自另一个方面的挑战，即皇后奇氏与皇太子爱猷识理达

腊的联盟。至正十三年（1353年）六月，元顺帝"立皇子爱猷识理达腊为皇太子、中书令、枢密使，授以金宝，告祭天地、宗庙"。翌年十一月，顺帝又下令："中书省、枢密院、御史台，凡奏事先启皇太子。"[8]皇太子开始参与朝廷大事。此后不久，"时帝颇怠于政治，后与皇太子爱猷识理达腊遽谋内禅，遣朴不花谕意丞相太平，太平不答。复召太平至宫，举酒赐之，自申前请，太平依违而已，由是后与太子衔之。而帝亦知后意，怒而疏之，两月不见"。[9]双方矛盾逐渐公开化。

　　皇后奇氏与皇太子为了达到逼迫元顺帝"内禅"的目的，于是采取了剪除元顺帝羽翼的方法，他们首先要打击的对象就是老的沙和秃坚帖木儿，至正二十三年（1363年），"是岁，御史大夫老的沙与知枢密院事秃坚帖木儿，得罪于皇太子，皆奔大同，孛罗帖木儿匿之营中"。[10]在皇太子的压力之下，老的沙等人不得不逃出京城。但是，皇太子并没有就此罢手，翌年四月，皇太子以元顺帝的名义下令，命与孛罗帖木儿夙有仇怨的扩廓帖木儿出兵讨伐孛罗帖木儿，遂又迫使孛罗帖木儿不得不出兵攻向大都城。不久，秃坚帖木儿率军攻入居庸关，皇太子派大将不兰奚迎战，大败，卫兵护送皇太子逃出古北口。秃坚帖木儿入京师，受到元顺帝接见，恢复孛罗帖木儿、秃坚帖木儿等人官位，秃坚帖木儿乃率军返回大同。皇太子随后返回京城，并不罢休，再次命令扩廓帖木儿率军讨伐孛罗帖木儿。同年七月，"孛罗帖木儿率兵，与秃坚帖木儿、老的沙等复犯阙，京师震骇。"皇太子的抵抗仍然无力，只得再度出逃。而这次孛罗帖木儿等人也不再退兵，而是长期在京城驻扎下去了，元顺帝下令，"诏加孛罗帖木儿开府仪同三司、上柱国、录军国重事、太保、中书右丞相，节制天下军马。数月间，诛狎臣秃鲁帖木儿、波迪哇儿祃等，罢三宫不急造作，沙汰宦官，减省钱粮，禁西番僧人佛事。数遣使请皇太子还朝，使至太原，拘留不报"。[11]在这段时间里，孛罗帖木儿等人还是做了一些好事。

　　到至正二十五年（1365年）七月，元顺帝见皇后奇氏与皇太子的势力遭到极大打击，而孛罗帖木儿的利用价值已经不大，于是决定将孛罗帖木儿等人除去，"值秃坚帖木儿遣人来告上都之捷，孛罗帖木儿起入奏，行至延春阁李树下，伯颜达儿自众中奋出，斫孛罗帖木儿，中其脑，上都马及金那海等竞前斫死。老的沙伤额，趋出，得马，走其家，拥孛罗帖木儿母妻及其子天宝奴北遁。有旨令民间尽杀其部党。明日，遣使函孛罗帖木儿首级往太原，诏皇太子还朝"。[12]这场由于元顺帝与皇后奇氏、皇太子之间的夺权斗争，逐渐扩大为地方割据军阀之间的公开战争，原本对立的孛罗帖木儿与扩阔帖木儿，一方支持皇舅老的沙，也就是支持元顺帝，另一方则支持皇后与皇太子，争斗的结果乃是两败俱伤。而正是在这个阶段，农民起义军的发展已经形成了燎原之势。

二、自然灾害频发对政治局势的影响

在中国古代，农耕是主要生产方式，故而气候变化对农耕生产的影响极大。连年风调雨顺，粮食丰收，百姓殷实，社会就会处于安定祥和的状态；连年水旱频发，颗粒无收，百姓饥荒，社会就会处于动荡不安的状态。古代的封建政府对于自然灾害是十分重视的，采取各种方法来减少自然灾害的恶劣影响，一方面，是疏导河渠，减少水灾；兴建灌溉系统，减少旱灾。另一方面，则是在灾害发生之后，减少或免除赋税征收额，发放粮食供给饥民，等等。这些做法在农业生产中是颇见成效的，但是，其前提条件必须是要有一个政治比较开明的行政管理体系，能够长期有效地组织广大民众与自然灾害对抗，而个体小农经济是无法抵御严重的自然灾害侵袭的。元代大都地区的气候变化和历史进程就充分证明了这一点。

在元代的大都地区，自然灾害是经常发生的，主要有水灾、旱灾和虫灾、瘟疫。在元代，大都地区的水资源还是十分充沛的，卢沟河（又称浑河）水流湍急，被当时人称为"小黄河"。史称"卢沟河，其源出于代地，名曰小黄河，以流浊故也。自奉圣州界流入宛平县境，至都城四十里东麻谷，分为二派"。[13]因其水流湍急，故而经常引发水灾，史不绝书。如"至大二年十月，浑河水决左都威卫营西大堤，泛溢南流，没左右二翊及后卫屯田麦"。又如延祐三年（1316年）三月，中书省臣议修补卢沟河堤岸工程时曰："浑河决堤堰，没田禾，军民蒙害，既已奏闻。差官相视，上自石径山金口，下至武清县界旧堤，长计三百四十八里，中间因旧修筑者大小四十七处，涨水所害合修补者一十九处，无堤创修者八处，宜疏通者二处，计工三十八万一百，役军夫三万五千，九十六日可毕。如通筑则役大难成，就令分作三年为之，省院差官先发军民夫匠万人，兴工以修其要处。"[14]由此可见，元朝政府仅仅为了治理一条流经大都境内的河流，就要调集军卒和民夫三万余人，耗时三个月，才能够竣工。

在大都地区，水灾的危害最大，主要是受到大陆季风性气候的影响，降雨往往集中在夏季，暴雨连天，淹没庄稼。如在元代中期，暴雨连年不断，造成极为严重的灾害。至治元年（1321 年）六月，霸州发生大水灾，"被灾者二万三千三百户"。[15]同年七月，大都及下属的通州、顺州、蓟州及霸州等处皆发生水灾。至治三年（1323 年）五月，"东安州水，坏民田千五百六十顷"。同年六月，"易、安、沧、莫、霸、祁诸州及诸卫屯田水，坏田六千余顷"。同年七月，"漷州雨，水害屯田稼"。[16]泰定元年（1324 年）七月，"大都路固安州清河溢"，"龙庆州雨雹大如鸡子，平地深三尺"。[17]泰定二年（1325 年）五月，"大都路檀州大水，平地深丈有五尺"，同年六月，"通州三河县大雨，水丈余"。[18]仅在五年之间，就有四年发生了较为严重的水灾。

连天大雨易产生水灾，而连天不雨则会造成旱灾，这种情况在大都地区也是常见的。每逢旱灾发生之时，又往往伴随有蝗虫等虫灾。如至元二十三年（1286 年）五月，"辛卯，霸州、漷州螟生。……癸巳，京畿旱"。[19]又如延祐七年（1320 年）四月，"是月，左卫屯田旱、蝗，左翊屯田虫食麦苗"，[20]有的时候，虫灾十分严重，如至元十六年（1279 年）四月，"大都十六路蝗"。又如大德二年（1298 年）四月，"燕南、山东、两淮、江浙、燕南属县百五十处蝗"。[21]有的时候，旱灾之后，跟着又是水灾，如天历二年（1329 年），"大都之东安、蓟州、永清、益津、潞县，春夏旱，麦苗枯；六月壬子雨，至是日乃止，皆水灾"。[22]通过上述历史文献记载，大至上每年的四月左右，往往是大都地区旱灾最严重的时间段。

这些经常发生的自然灾害，对于农业生产较为落后的中国古代，其影响是很大的。例如在元成宗在位时期，他的统治能力还是较强的，却也受到了自然灾害的影响，史称："由是大德之治，几于至元。然旱暵霖雨之灾迭见，饥馑荐臻，民之流移失业者亦已多矣。"[23]又如元英宗在位时期，自然灾害也频繁发生，"自延祐末，水旱相仍，民不聊生"。[24]同样造成了十分恶劣的社会影响。而到了元朝末年，自然灾害的恶劣影响再加上政治局势的不断恶化，给整个社会都带来了巨大的灾难，当时有的大臣指出："今山东大饥，燕南亢旱，海潮为灾，天文示儆，地道失宁，京畿南北，蝗飞蔽天，正当圣主恤民之日。近侍之臣，不知虑此，奏禀承请，殆无虚日，甚至以府库百年所积之宝物，遍赐仆御阉寺之流、乳稚童孩之

子。帑藏或空，万一国有大事，人有大功，又将何以为赐乎！"(25)
燕南地区的大旱灾，连同京畿地区的严重蝗灾，再加上朝廷中权臣
们搜刮国库钱财，给统治者带来了巨大的危机，一旦发生重大变
故，封建统治者肯定是承受不起打击的。

在中国古代，区域性的严重自然灾害，其必然的结果是发生局
部性的大饥荒，而在发生大饥荒的同时，又往往伴随着残酷的瘟
疫，也就是我们现在所说的传染病。这种情况，在元代后期的大都
地区表现得十分突出，其中，又有两次是值得一提的。一次是在至
正十四年（1354 年）十二月，史称"京师大饥，加以疫疬，民有
父子相食者"。(26)另一次，是在至正十八年（1358 年），史称："至
正十八年，京师大饥疫，时河南北、山东郡县皆被兵，民之老幼男
女，避居聚京师，以故死者相枕藉。……至二十年四月，前后瘗者
二十万，用钞二万七千九十余锭、米五百六十余石。"(27)这些因
"大饥疫"而丧生者几乎占了当时大都人口的五分之一。由此可见，
在出现较为严重的自然灾害时，封建政府的统治功能会产生巨大的
影响。如果政府的统治能力较强，财政储备较为丰厚，对自然灾害
的抵抗能力也就较强，自然灾害所能产生的危害也就较轻。反之，
政府的统治能力较差，财政储备又很少，遇到严重的自然灾害，就
会产生很大的社会危害，产生统治危机，最终导致封建政府的垮台。

三、政治腐败与元末农民起义的爆发

在中国古代，政治的腐败往往是与帝王的腐败密切相关的，在
元朝末年，元顺帝的腐败，直接导致了中央政府统治能力的削弱，
最终导致了元朝的灭亡。顺帝即位之初，是想要有一番作为的，
"元统元年，顺帝即位，首诏在廷耆艾，访问治道，升条上时所宜
先者十事。寻兼经筵官，廷试进士，特命升读卷，事已，告省先
墓。帝赐金织文袍，以宠其归。明年，以奎章阁大学士、资善大
夫、知经筵事召，赐上尊，趣就职，升以疾辞"。(28)这是顺帝信任
汉族大臣的事例。又如，"顺帝即位之后，剪除权奸，思更治化。
巎巎侍经筵，日劝帝务学，帝辄就之习授，欲宠以师礼，巎巎力辞
不可。凡《四书》、《六经》所载治道，为帝绅绎而言，必使辞达
感动帝衷敷畅旨意而后已。……时科举既辍，巎巎从容为帝言：
'古昔取人材以济世用，必由科举，何可废也。'帝采其论，寻复旧
制"。(29)这是顺帝信任少数民族大臣的事例。

　　但是，元顺帝将燕铁木儿和伯颜等权臣除去之后，开始放纵自己的生活，其结果，是信任奸臣，挥霍民财，荒废政事。"初，哈麻尝阴进西天僧以运气术媚帝，帝习为之，号演揲儿法。演揲儿，华言大喜乐也。哈麻之妹婿集贤学士秃鲁帖木儿，故有宠于帝，与老的沙、八郎、答剌马吉的、波迪哇儿祸等十人，俱号倚纳。秃鲁帖木儿性奸狡，帝爱之，言听计从，亦荐西蕃僧伽璘真于帝。其僧善秘密法，谓帝曰：'陛下虽尊居万乘，富有四海，不过保有见世而已。人生能几何，当受此秘密大喜乐禅定。'帝又习之，其法亦名双修法。曰演揲儿，曰秘密，皆房中术也。帝乃诏以西天僧为司徒，西蕃僧为大元国师。其徒皆取良家女，或四人、或三人奉之，谓之供养。于是帝日从事于其法，广取女妇，惟淫戏是乐。"[30]元顺帝贪图淫乐，任用哈麻、秃鲁帖木儿、老的沙等人，遂使奸臣哈麻兄弟执掌了中央政府和监察机构的大权。

　　后人在评价元朝末年政治腐败的一个重要原因时指出："自庚申帝御极，太平王燕帖木儿为相，即用其弟买里古思为御史大夫。太平既败，继用秦王伯颜为相，即用其兄子脱脱为御史大夫。幸脱脱听其馆客吴行可之说，发其逆谋；秦王贬死，遂以功命脱脱为相，亦用其弟野先不花为御史大夫。及脱脱见贬，答麻矫诏酖之。遂以答麻为相，即用其弟雪雪为御史大夫，当时国事已去矣。嗟乎！世祖设是官，本以防权奸胶固党与盘结之患，使之有所防范，击刺以正国势；及其末世，台省要任，乃皆萃于一门，殊失养猫捕鼠、畜狗防奸之意。"[31]当中央政府和监察机构的大权都落入奸臣手中之后，他们就可以肆无忌惮的胡作非为，而不受到监察机构的弹劾。

　　元顺帝的个人婚姻对元朝后期政治局势的发展也产生了很重要的影响。他在即位之初，策立的第一位皇后是燕铁木儿之女答纳失里，这与燕铁木儿执掌朝廷大权有直接关系。及伯颜清除燕铁木儿的势力之时，亦将答纳失里皇后鸩杀。"后兄御史大夫唐其势以谋逆诛，弟塔剌海走匿后宫，后以衣蔽之，因迁后出宫，丞相伯颜鸩后于开平民舍。"[32]顺帝策立的第二位皇后是孛罗帖木儿之女伯颜忽都，她在嫁给顺帝时只是个十几岁的小女孩，却以贤惠俭朴著称。她在至正二十五年（1365 年）死后，"奇氏后见其所遗衣服弊坏，大笑曰：'正宫皇后，何至服此等衣耶！'其朴素可知"。[33]元顺帝的第三位皇后奇氏为高丽人，"初，徽政院使秃满迭儿进为宫女，主供茗饮，以事顺帝。后性颖黠，日见宠幸。后答纳失里皇后方骄妒，数箠辱之。答纳失里既遇害，帝欲立之，丞相伯颜争不可。伯颜罢相，沙剌班遂请立为第二皇后，居兴圣宫，改徽政院为资正院"。[34]由此可见，在这三位皇后中，元顺帝最喜爱的是皇后奇氏。

因为皇后奇氏受到宠爱，她从高丽带来的宦官们也就参与朝廷政事，其中，尤以朴不花的影响最为恶劣。元朝末年，"时帝益厌政，不花乘间用事，与搠思监相为表里，四方警报、将臣功状，皆抑而不闻，内外解体。然根株盘固，气焰薰灼，内外百官趋附之者十九。又宣政院使脱欢，与之同恶相济，为国大蠹"。[35]由此而挑起了至正二十四年（1364年）至二十五年的统治集团内部激烈斗争。最后，朴不花与搠思监都被孛罗帖木儿杀死，而皇后奇氏与皇太子终于控制了朝政。当时宦官干政的事情并没有引起人们足够的重视，直到明太祖夺得皇位之后，才在皇宫中竖立铁牌，明令禁止宦官专权。但是，明太祖的禁令却没有被后世所重视，明成祖在夺得皇位之后，就开始利用宦官为巩固其统治服务，最终导致宦官的祸害越来越严重。

元朝统治者们的政治腐败，已经削弱了其统治能力，再加上遇到了较大的自然灾害，民不聊生，遂在中原地区开始爆发了大规模的农民起义。元顺帝即位后不久，黄河就不断发生灾害，如元统元年（1333年）六月，"黄河大溢，河南水灾。两淮旱，民大饥"。[36]又如至正四年（1344年）五月，"是月，大霖雨，黄河溢，平地水二丈，决白茅堤、金堤，曹、濮、济、兖皆被灾"。[37]对于黄河的灾患，元朝政府在修治问题上的意见是比较矛盾的，直到至正十一年（1351年）四月，才做出决定，"诏开黄河故道，命贾鲁以工部尚书为总治河防使，发汴梁、大名十三路民十五万，庐州等戍十八翼军二万，自黄陵冈南达白茅，放于黄固、哈只等口，又自黄陵西至阳青村，合于故道，凡二百八十里有奇，仍命中书右丞玉枢虎儿吐华、同知枢密院事黑厮以兵镇之"。[38]但是，这种调集大批民众治理河道的工程，却给了民众群起反抗元朝腐败统治的极好机会。

这一年的五月，"颍州妖人刘福通为乱，以红巾为号，陷颍州。初，栾城人韩山童祖父，以白莲会烧香惑众，谪徙广平永年县。至山童，倡言天下大乱，弥勒佛下生，河南及江淮愚民皆翕然信之。福通与杜遵道、罗文素、盛文郁、王显忠、韩咬儿复鼓妖言，谓山童实宋徽宗八世孙，当为中国主。福通等杀白马、黑牛，誓告天地，欲同起兵为乱，事觉，县官捕之急，福通遂反。山童就擒，其妻杨氏，其子韩林儿，逃之武安"。元末农民大起义由此正式拉开了序幕。同年八月，"萧县李二及老彭、赵君用攻陷徐州。李二号芝麻李，与其党亦以烧香聚众而反。……蕲州罗田县人徐贞一，名寿辉，与黄州麻城人邹普胜等，以妖术阴谋聚众，遂举兵为乱，以红巾为号"。[39]农民起义军的势力不断壮大，已经能够攻陷像徐州这样的战略要地。元朝治理黄河的工程虽然获得一定成效，而其腐败统治的灭亡大局却是无法挽回的了。

四、大明军北伐与元朝的灭亡

在众多农民起义军的反抗斗争之中，尤以韩林儿、刘福通领导的红巾军对元朝政府的威胁最大。至正十五年（1355年）二月，"刘福通等自砀山夹河迎韩林儿至，立为皇帝，又号小明王，建都亳州，国号宋，改元龙凤"。[40]因为这支红巾军主要活动在中原地区，受到元朝军队的攻击也最多，到至正十七年（1357年）五月，开始转向外线作战，扭转了被动挨打的局面，"其军分三支，关先生、破头潘、冯长勇、沙刘二、王士诚入晋冀，田朔方攻上都，白不信、大力敖、李喜喜趋关中，毛贵兵合田丰趋大都"。[41]这次农民起义军的战略转变，使得双方的攻守关系也发生了很大变化，元朝政府对起义军的镇压活动变得越来越困难了。

在这三路北伐的红巾军之中，进攻上都的起义军取得了较大成效，他们在关先生、破头潘等率领下，一路转战，于至正十八年（1358年）十二月到达元上都，"关先生、破头潘等陷上都，焚宫阙，留七日，转略往辽阳，遂至高丽"。[42]这个打击对元朝统治者是巨大的，此后，元顺帝曾经想要修复上都城，却始终没有遂愿。自元世祖以来岁时不断的"两都巡幸"制度也就不得不废止了。进攻关陕一带的白不信、李喜喜等人的进展却不顺利，他们在地方军阀察罕帖木儿、李思齐等人的围攻之下，几经转战，却不得不败退到蜀中去，至正十七年（1357年）十月，"是月，白不信、大刀敖、李喜喜陷兴元，遂入凤翔，察罕帖木儿、李思齐屡击破之，其党走入蜀"。[43]对整个时局的影响并不大。而进攻大都的起义军在毛贵的率领下，取得了较大成效，特别值得关注。

毛贵最初是在山东组织的起义军，后与刘福通联合，进一步壮大了红巾军的力量。"中原红军初起时，旗上一联云：'虎贲三千，直抵幽燕之地。龙飞九五，重开大宋之天。'其后毛贵一贼横行山东，侵犯畿甸，驾幸滦京，贼势猖獗，无异唐末。"[44] 由此可见，毛贵在参加到刘福通起义军中，目标是十分明确的，其一是攻下元大都，灭亡元朝；其二是重建新政权，仍号"大宋"。而毛贵的主要目标，就是率军进攻大都城。毛贵的发展策略是正确的，他并没有急于出兵攻打大都城，而是首先在山东境内巩固农民起义军的力量。至正十七年（1357年）二月，毛贵率军攻占山东重镇胶州，杀死守城元朝将领脱欢。同年三月，又连续攻占了山东重镇莱州、益都、滨州、莒州等地，"自是山东郡邑皆陷"。[45] 同年六月，刘福通组织红巾军三路北伐，毛贵自然成为东路军的主力。

翌年二月，毛贵在山东的势力进一步壮大，先是攻占了清州、沧州和长芦镇，然后又攻占了山东最大的城市济南，"毛贵陷济南路，守将爱的战死。毛贵立宾兴院，选用故官，以姬宗周等分守诸路；又于莱州立三百六十屯田，每屯相去三十里，造大车百辆，以挽运粮储，官民田十止收二分，冬则陆运，夏则水运"。[46] 在发动军事进攻的同时，又组织农业生产，为进一步攻打大都城做经济上的储备。在做好充分准备的情况下，毛贵率领农民起义军向大都城发起进攻，"十七年，山东毛贵率其贼众，由河间趋直沽，遂犯漷州，至枣林。已而略柳林，逼畿甸，枢密副使达国珍战死，京师人心大骇。在廷之臣，或劝乘舆北巡以避之，或劝迁都关陕，众议纷然，独左丞相太平执不可。哈剌不花时为同知枢密院事，奉诏以兵拒之，与之战于柳林，大捷。贵众悉溃退，走据济南，京师遂安，哈剌不花之功居多"。[47] 毛贵的这次北伐，功败垂成，十分可惜。更可惜的是他在这次北伐战役失败之后，没有继续向大都城发动进攻，使得元朝的腐朽统治又苟延残喘了一段时间。

就在刘福通红巾军在中原地区与元朝统治者拼死厮杀的时候，各地农民起义军乘机不断发展自己的势力，其中，又以朱元璋率领的红巾军壮大的速度最快。朱元璋初从郭子兴起兵抗元，及郭子兴死后，又从郭子兴之子郭天叙参加了刘福通的红巾军，但是，朱元璋有着自己的政治抱负，对于刘福通授给他的左副元帅之职并不满意，"上初欲不受，曰：'大丈夫宁能受制于人耶？'后以诸将议，欲藉为声援，从之。纪年称龙凤，然事皆不禀其节制"。[48] 及郭天叙等人战死后，朱元璋独掌大权，更是不听刘福通的号令，而发展自己的势力。从至正十六年（1356年）七月开始，"诸将奉太祖为吴国公，得专征伐，因置前、后、左、右、中翼元帅府"。[49] 到至正二十四年（1364 年）正月，朱元璋的势力愈益壮大，"时群臣以太祖功德日隆，屡表劝进，太祖不许，群臣固请不已，乃即吴王位"。[50] 到至正二十七年（1367 年），朱元璋见刘福通、韩林儿的影响消亡殆尽，遂不再遵奉"龙凤"年号，自称"吴元年"，到至正二十八年（1368 年），"太祖即皇帝位于金陵，定有天下之号曰大明，建元洪武"。[51] 一个新的王朝正式诞生了。

明太祖在出兵北伐元朝之前，先对周围的异己势力加以肃清。吴元年（1367 年），明太祖在攻灭陈友谅之后，又劝降张士诚，遭到拒绝，遂发兵进讨，"秋，城破，士诚自经于家。兵入，尚未绝，解其缢，俘送京师，苏州平"。[52] 江南地区基本稳定之后，明太祖乃命大将徐达、常遇春等人率军北伐，攻打大都城。明太祖为北伐拟有檄文曰："古云：胡虏无百年之运，验之今日，信乎不谬！当此之时，天运循环，中原气盛，亿兆之中，当降生圣人，驱逐胡虏，恢复中华，立纲陈纪，救济斯民。"[53] 明确提出"驱逐胡虏，恢复中华"的口号，得到了众多百姓的支持。徐达、常遇春所率大明军队一路北上，进展十分顺利，洪武元年（1368 年）七月，"大明兵至通州。知枢密院事卜颜帖木儿力战，被擒死之。左丞相失列门传旨，令太常礼仪院使阿鲁浑等，奉太庙列室神主与皇太子同北行"。此后不久，"帝御清宁殿，集三宫后妃、皇太子、皇太子妃，同议避兵北行。失列门及知枢密院事黑厮、宦者赵伯颜不花等谏，以为不可行，不听。……至夜半，开健德门北奔。八月庚午，大明兵入京城，国亡"。[54] 从至正十一年（1351 年）刘福通率领红巾军起义抗元，到至正二十八年（1368 年）明朝军队攻占大都城，推翻元朝的腐朽统治，历时十八年的战乱，再加上大规模的饥荒和瘟疫，彻底摧毁了大都城的都市经济。而明太祖在攻占大都城后又下令拆毁元朝的宫殿建筑，更使得这座曾经繁华的国际大都会残破不堪。朝代更迭、都城变迁的巨大影响，在这里有明显的表现。

在元太祖建立蒙古国之后，直到元顺帝北逃的一个半世纪中，在位时间最长的是元世祖和元顺帝。元世祖的历史功绩是人们有目共睹的，而元顺帝作为亡国之君，却很少得到人们的褒扬。客观言之，元朝的灭亡，与顺帝的所作所为是有一些关系的，如后宫预政（也就是利用宦官操纵朝廷政务）、奸臣擅权、荒淫享乐，等等，但是，这些弊病从元朝一建立就存在着，并不是始于顺帝。而顺帝在权贵当朝的情况下，能够利用权贵之间的矛盾重新树立皇权的地位，是十分不易的。此外，他在修撰辽、金、宋"三史"、恢复科举考试等方面的作为，则是值得肯定的。在中国古代，许多亡国之君固然是昏庸、残暴的，却也有一些想要治理天下，而"回天乏力"的末路英雄。及新的朝代建立之后，又往往会对前朝的亡国之君加以丑化，这种人为的主观因素的影响是十分巨大的，直接产生了误导的作用。

注释：

（1）《元史》卷三十四《文宗纪》。

（2）（36）《元史》卷三十八《顺帝纪》。

（3）《元史》卷一百三十八《燕铁木儿传》。

（4）《元史》卷一百一十四《顺帝答纳失里皇后传》。

（5）（7）《元史》卷一百三十八《伯颜传》。

（6）《元史》卷一百三十八《脱脱传》。文中所云"玙"，即杨玙，为元顺帝当年王府旧臣，是时任奎章阁广成局副使。

（8）（26）《元史》卷四十三《顺帝纪》。

（9）（34）《元史》卷一百一十四《完者忽都皇后奇氏传》。

（10）《元史》卷四十六《顺帝纪》。

（11）（12）《元史》卷二百〇七《孛罗帖木儿传》。

（13）（14）《元史》卷六十四《河渠志》。

（15）《元史》卷二十七《英宗纪》。

（16）《元史》卷二十八《英宗纪》。文中的东安州、霸州、潞州（今北京通州区）及诸卫屯田，皆在大都路境内。

（17）《元史》卷二十九《泰定帝纪》。文中的固安州、龙庆州（今北京延庆县）皆在大都路境内。

（18）《元史》卷二十九《泰定帝纪》。文中的檀州（今北京密云县）在大都东北。

（19）《元史》卷十四《世祖纪》。文中"辛卯"与"癸巳"仅隔一天，当然不是蝻虫灾害和旱灾发生的准确时间，应是政府上报灾害的时间。因此，蝻虫灾害和旱灾应是同时发生的。

（20）《元史》卷二十七《英宗纪》。文中"左卫屯田"和"左翊屯田"都是在京畿地区。

（21）《元史》卷五十《五行志》。文中"大都十六路蝗"，应为大都等十六路蝗，大都路只是十六路中的一路。"路"在当时是一级地方政府行政机构。

（22）《元史》卷三十三《文宗纪》。文中所云"六月壬子"，为六月二十五日，"是日"为七月四日，也就是说在春夏大旱之后，六月底至七月初连续下了十天大雨，旱灾又变成水灾。

（23）《元史》卷九十三《食货志》。

（24）《元史》卷一百三十六《拜住传》。

（25）《元史》卷一百八十四《崔敬传》。

（27）《元史》卷二百四《朴不花传》。文中所云"用钞二万七千九十余锭、米五百六十余石"指的是安葬死者的费用。

（28）《元史》卷一百七十七《张升传》。

（29）《元史》卷一百四十三《嶐嶐传》。

（30）《元史》卷二百〇五《哈麻传》。

（31）明人叶子奇《草木子》卷三下《杂制篇》。文中所云"庚申帝"就是指元顺帝。

（32）《元史》卷一百一十四《答纳失里皇后传》。

（33）《元史》卷一百一十四《伯颜忽都皇后传》。

（35）《元史》卷二百四《朴不花传》。文中所云"搠思监"，是执掌中央政府大权的奸臣，阿附于皇后奇氏与皇太子。

（37）《元史》卷四十一《顺帝纪》。

（38）（39）《元史》卷四十二《顺帝纪》。

（40）《元史》卷四十四《顺帝纪》。

（41）元人权衡《庚中外史》卷下。又据《元史》卷四十五《顺帝纪》记载："是月，刘福通犯汴梁，其军分三道，关先生、破头潘、冯长舅、沙刘二、王士诚寇晋、冀，白不信、大刀敖、李喜喜趋关中，毛贵据山东，其势大振。"略有不同的是，《庚申外史》记载红巾军三路北伐之事是在这一年的五月，而《元史·顺帝纪》则是在六月。又：《庚申外史》指出毛贵率军"趋大都"，而《元史》只是云其"据山东"。又：《庚申外史》中的起义军首领有"冯长勇"，而《元史》中为"冯长舅"，查《国初群雄事略》卷一所引《庚申外史》，亦云"冯长舅"，当以"冯长舅"为是。

（42）（43）（45）（46）《元史》卷四十五《顺帝纪》。

（44）元人陶宗仪《南村辍耕录》卷二十七《旗联》。

（47）《元史》卷一百八十八《刘哈剌不花传》。

（48）明人钱谦益《国初群雄事略》卷一所引高岱《鸿猷录》。

（49）明人钱谦益《国初群雄事略》卷一所引《龙飞纪略》。文中所云"太祖"即指朱元璋。

（50）明人钱谦益《国初群雄事略》卷一所引《太祖实录》。据《明太祖实录》卷十四云："群臣固请不已，乃即吴王位，建百司官属，置中书省。"

（51）明人钱谦益《国初群雄事略》卷二。

（52）明佚名《皇明本纪》。

（53）明人吕惢《明朝小史》卷一《洪武纪》。

（54）《元史》卷四十七《顺帝纪》。文中所云"帝"，指元顺帝。

明 代

第一章 永乐迁都历程

一、明初北平府

自元世祖营建大都以后，北京才成为真正意义上的一统皇朝之都。这是一座由朝廷决策、投资，利用了金中都东北城外的宫苑遗产而创建的都城。元末十余年战乱，最终朱元璋脱颖而出，建立明朝，使北京的都城命运发生了小小挫折。

洪武正月初四日（1368 年 1 月 23 日），明太祖在南京即皇帝位，时大都未下，两雄并存。四月二十四日，太祖自金陵赴汴梁。六月一日谕徐达："北土平旷，利于骑战，不可无备。宜选裨将，提精兵为先锋，将军督水陆之师继其后，下山东之粟以给馈饷，由邺趋赵，转临清而北，直捣元都。"[1]七月四日，太祖亲画征进阵图赍授大将军，且令各卫粮船俱赴济宁馈运[2]。闰七月二日，大军自汴梁出发，攻取河北州县。[3]闰七月二十八日抵达通州城，指挥华云龙率军来会。大军压境，元顺帝闻讯，率后妃、太子北遁。八月二日，明军攻占了大都，随之向金陵发出捷报。十一日后送达御前。

八月十四日，诏改元大都路为北平府。[4]徐达占领大都，捷表送出之后，即对大都城垣进行了改造，由于事前没有利用旧都建都的政治设想，所以，对于大都广阔的城垣进行了必要的改造。一方面，出于城防便利，使城区变得紧凑，有必要舍弃北边空疏的城区，这样能够降低守卫与管理城市的成本；另一方面，可能是出于传统思维模式，要彻底破除元朝的王气，使大都无法与明金陵相颉颁。如果不是事先得到太祖的认可，徐达绝没有胆量私自对元故都进行拆改。因为攻克大都捷报八月十三日才抵达御前，而缩城工程于八月九日已经开始。缩城工程与稍后开始的毁元故宫工程，出自同样的政治立意。当皇帝与该城失去常住意义时，先朝的都城就要让它失去往日的风采，即使浪费了人力物力，新朝也在所不惜。

古代中国城市的诸种功能中，政治功能最为突出。驻城政府的等级往往决定了城市的规模。城市的繁荣程度建筑在政府与官僚集团的购买力和该城辖区的富裕程度的基础上，而不是单纯的经济因素决定的。因之，一座城市丧失了原有的政治行政等级，必然损害它的繁荣，反之，某城市提高了政治行政等级，必然增强它的活力。都城尤其如此，由于是皇帝的居留地，朝廷所在，而独贵于皇朝所有的城市之上，不管先朝旧都多么恢宏壮丽，只要新朝不再用作都城，就必然急剧走向没落。明以前的长安、洛阳、开封等历史都城，都没有逃脱如此的厄运。当人们故都重游，回首往事，已很难体会这些名城昔日的雄伟与气魄。所以会这样，一方面出于皇权独尊的政治原因，朝廷不愿意看到另外一座城市超过或相似自己所在的都城，人们相信，城防坚固、气度恢宏的城市，常常会激发某些人的野心，占据它来与朝廷抗衡；另一方面，旧都的经济基础随着皇朝政府的转移，不再拥有较强的经常性的政府和官僚集团的购买力，由于投资与消费量的流失，必定导致该城经济的萎缩。

缩城工程主要是废弃元大都北城墙，在其南面五里一线另筑新城墙，这样就将东西城墙北边的光熙、肃清两门，同北城墙一道置于新城之外。元大都原为土城，周六十里，设门十一。缩建工程由徐达指定指挥华云龙主持。新筑的城垣，南北取径直，东西长1890丈，周城四十里，除了北面是新筑外，东西南三面仍沿用大都旧城，只不过陆续增添了墙体外侧的砖包。外侧墙体砖包工程大约经历两三年时间方才完成。

明朝的北平府城平面呈近似正方形，新筑北城墙自德胜门起向西南稍斜与西城墙相接。设城门九座，南面三门：中为丽正门，左为文明门，右为顺承门；北面新建两门：左为安定门，右为德胜门；东面两门：南为齐化门，北为崇仁门；西边两门：南为平则门，北为和义门。各门仍建月城。城高，东、南、西三面各高三丈有余，顶收三丈，北面高四丈有余，顶收五丈。城外绕以护城河，深浅宽窄不同，最深处达一丈有余，最宽处十八丈有余。[5]

先朝的都城降为新朝行省中心城市。北平府城在洪武朝显示了巨大的政治军事功能，也为日后再次升为都城奠定了雄厚基础。其后，事态渐平，太祖又封燕王之藩于此。

北平因战略地位重要，驻扎了大量部队。这些部队保障了北平的城防，也为日后燕王朱棣起兵，提供了军事方便。朝廷的军队一旦不能为朝廷所用，转而变成朝廷的异己力量。当徐达初下元大都之际，朝廷于八月十四日置燕山等六卫，以守御北平[6]。旋又置大都督府分府于北平，以都督副使孙兴祖领府事，升指挥华云龙为分府都督佥事。其后陆续增置，到洪武二十二年（1389年）四月，兵部核审北平都指挥使司"编伍军士，凡十三万九千八百人"。[7]

中书右丞相魏国公徐达经常奉诏驻扎于北平，"操练军马，缮治城池"[8]，他作为明朝开国第一功臣，晚年与北平结下不解之缘，数度坐镇北平，经略北方，"每岁春出，冬暮召还，以为常"[9]。最后一次坐镇北平，生背疽之病，遂奉诏抱病返应天，第二年（洪武十八年）逝世，享年54岁。

北平除了作为明初朝廷经略北方的军事中心之外，同时也是皇朝的一个行政区。既然不再是都城，那么城市及其辖区管理就要按照皇朝行政体系的统属等级与地方行政管理方式来对待。改称北平府之初，曾隶属山东行省。[10]北平虽然重要，但民政统辖，不可能直属朝廷，故必须在府与朝廷之间，增加行省一级的统属机构来代管。山东行省代管北平府的时间很短，大约只有五个月。洪武二年（1369年）三月十九日，设置北平行省，以山东参政盛原辅为北平参政。[11]领府八、州三十七，县一百三十六。[12]同年八月，设立燕山都卫，与行省政府同治于北平城内。八年十月，改都卫为都指挥使司。九年六月，改北平行中书省为北平承宣布政使司。

北平府作为北平行省的首府，兼皇朝区域政治行政与军事中心。府治在北平城内的东北部，沿用元大都路总治旧署。[13]下辖宛平、大兴两县，管理城中民政事务。

二、元故宫与燕王府的兴建

太祖分封第四子朱棣于燕，是北京城市发展史上的大事。这一分封改变了明朝皇室的历史，成就了一位藩王的帝业，进而给北京的发展带来了无限的契机。

洪武三年（1370年）四月七日，太祖封建诸子。朱棣，太祖第四子，时年11岁。太祖"以燕旧京，择可以镇服者"，遂封朱棣为燕王。[14]十三年（1380年）三月十一日之国，时年21岁。

早在燕王分封之前，朝廷就已着手修整元故宫的部分建筑，以备封藩之国之用。洪武二年（1369年）十二月六日，改湖广行省参政赵耀为北平行省参政。上以耀尝从徐达取元都，习知其风土人情、边事缓急，改授北平，且俾守护王府宫室。耀因奏进工部尚书张允所取北平宫室图。上览之，令依元旧皇城基改造王府。[15]

及至太祖封建诸子，三月之后，令各地兴建王府。燕王府"用元旧内殿"。[16]既称"内殿"当属元故宫的内廷起居部分，而不包括前朝行政典礼之区。元故宫在徐达攻克大都以后不久，就应该被破坏了。当然这种破坏，并非全部毁坏，重点应是前朝部分。既然新朝不在此建都，又非龙潜之地，因而，那些主宰先朝一统事务的建筑象征，就决无存在的必要。旧都的皇权象征性建筑，乃是新朝的大忌，毁坏前朝的政治输出之所，意义远远超出宫殿被毁本身。其效果显示的是新朝统治的合法性与唯一性。

燕王府利用元内殿改造成王府，大约用了十年时间，亦可反映出元故宫被毁的程度。倘若像有些人认为的那样元宫未毁，燕王府总不至于要改造十年才能完工。今人立论，往往忽略历史现实中人的价值取向，只看到了元宫的宏伟富丽与修建的艰难，却看不到这种宏伟富丽对一位新朝之君统治心态的影响和由此可能发生的对新朝统治唯一性的危害。因之，新朝一定会不惜工本彻底毁坏那些极易唤起人们对旧朝政治记忆的宫廷主体建筑。新朝宗室王公可以利用其园囿起居之所，却不能继承它的皇权象征的殿堂。

燕王府利用的是元故宫太液池西岸的后苑故地，由光天门、光天殿、隆福宫等建筑群改造而来。洪武三年（1370年）兴工至洪武六年（1373年）三月，三年之中，工程进展缓慢。燕相府言：先尝奉诏，成土木之工，劳民动众，除修城池外，其余王府公厅造作可暂停罢。今社稷、山川坛、望殿未覆，王城门未甃，恐为雨所坏，乞以保定等府宥罪输作之人完之。上以社稷、山川、望殿严洁之地，用工匠为。命输作之人但甃城门。[17]

可见工程浩繁，所建者甚多，决非仅依元宫内殿，稍饰而已，征用北平布政司各府的工匠及宥罪输作之人甚多。直至洪武十二年（1379年）十一月，始告完工，绘图以进。其制：

> 社稷、山川二坛在王城南之右。王城四门，东曰体仁，西曰遵义，南曰端礼，北曰广智。门楼、廊庑二百七十二间。中曰承运殿，十一间。后为圆殿，次曰存心殿，各九间。承运殿

之两庑为左右二殿。自存心殿、承运（殿）周回两庑至承运门，为屋百三十八间。殿之后为前、中、后三宫，各九间。宫门两厢等室九十九间。王城之外，周垣四门，其南曰灵星，余三门同三城门名。周垣之内，堂库等室一百三十八间。凡为宫殿屋宇八百一十一间[18]。

改造后的燕王府拥有房屋811间，规模远逊于昔日元朝皇宫的规模。王府三大主体建筑似是由光天殿、隆福宫改造而来。燕王府虽然被允许占用元故宫的一部分，但这并不意味着就可以抛开王府应该遵守的制度。燕王府是朝廷主持的工程，而非燕王自己的工程，十年当中，未之国的燕王丝毫不能参与其事。用洪武四年（1372年）颁布的《王府规制》检验，绝没有明显的逾制现象。定制：" 宫城周围三里三百九步五寸，东西一百五十丈二寸五分，南北一百九十七丈二寸五分。宫殿廊庑库厅等共七百九十六间。墙门七十八处。周围砖径墙通长一千八十九丈。里外蜈蚣木筑土墙，共长一千三百一十五丈。"[19]自唐以后皆以1步等于5尺，两步为1丈，360步即180丈方合一里。[20]

比较的结果，燕王府811间房屋只比定制796间多出15间。房屋的间数确定之后，基本可以划定占地的面积。按照定制以承运殿、圆殿、存心殿为中轴线的宫城建设是紧凑的，不可能过于松散。因之，可以推定燕王府的宫城周长当在定制之内，没有超过四里。燕王府与元皇城故址无关，位于元萧墙内太液池西岸。砖径墙的正门灵星门大致位于今天西城灵境胡同的北侧，进门不远即宫城正门端礼门，宫城平面呈近似方形，南北略长。北门位于今天的西安门内大街以南，西面临近元代的萧墙，东面接近南海，面积相当于旧日元皇城的五分之三。

至于王府宫城外的砖径墙和其内外的蜈蚣木筑土墙，则是出于王府安全护卫的军事需要。这一定制设想，在现实分封建藩的过程中，究竟能否完全实现，还要看诸王之藩城市的现状。假如之藩城市人口稠密，房屋、街巷拥挤，这一制度设想就不可能完全依照定制执行。大量的拆迁王府外的居民，毁坏民居，极易激起民变，似乎也不是皇朝财政所能担负的。任何时代的当政者，一般不会因为所谓的定制而丝毫不向现实妥协，况且，王府安全的外屏障也不是非要搞得那样巨大不可，周长非要达到宫城的两倍不可。

不过燕王府的情况有所不同，它有可资利用的资源，而不必动用大量的人力物力搬迁拆改。如果按照定制，燕王府宫城外的砖径墙长为 1089 丈，以 180 丈折合 1 里计算则为 6.05 里，外蜈蚣木筑墙长为 1315 丈，折为 7.31 里。那么，正好在定制内使用元代萧墙南北西三面的遗产，只需在其东面再造一段城墙即可。将砖径墙与外蜈蚣木筑墙合二为一，达到制度允许的里程上限。事实上，燕王府在建造过程中并没有特意构筑木筑墙，这可以从成祖靖难起兵守卫王府时，得到证实。王府砖径墙的周长接近昔日萧墙的一半，南北西三面可能沿用元代萧墙之旧，东面靠近太液池，大致位于今天府右街以东。围挡面积大致相当于萧墙内区的四分之一左右。王宫城与砖径墙之间，东西南距离较近，惟有北面显得疏阔。砖径墙内外主要是护卫王府的军队。洪武十年（1377 年）正月辛卯，以羽林等卫军士益秦、晋、燕三府护卫，"燕府燕山护卫旧军一千三百六十四人，益以金吾左等卫军二千二百六十三人"。[21]

　　燕王府是洪武朝北平府城内最大的城市建设，因其利用元故宫内殿，似乎有超越王府定制的条件，然而依明太祖训令："凡诸王宫室，并依已完规格起造，不许犯分。燕府因元旧有，若子孙繁盛，小院宫室任从起造。"[22]大的框架决不容许更动。历史也没有等到燕府子孙繁盛扩造王府小院的那一天，而是燕王发兵靖难登上帝位的翻天覆地的变化。

　　燕王府在朱棣称帝之后，必然升格为皇宫，世间再无"燕王府"的称法。按照皇宫规制大规模拆改扩建需要时间，而立即可以做到的，莫过于对名称和装饰的改动。在营建北京工程完工以前，永乐皇帝经常来北京坐镇，"仍御旧宫"[23]，驻跸于昔日的王府内，毕竟燕王府是当时北京城内最辉煌壮丽的建筑。不过同样还是这座王府，主人身份发生了实质性变化，立即促成名称与内部装饰陈设的改变。行在一准京师的体制与观念，使昔日王城的四座城门，南面的端礼门要改称午门，北面的广智门要改称玄武门，东面的体仁门，西面的遵义门分别要改称东、西华门。王府正殿承运殿要改称奉天殿。宫殿门庑及城门楼，原来覆盖青色琉璃瓦，将会更换为黄琉璃瓦。名从主人的视点，对于研究永乐朝北京城市发展史极其重要，不然，容易引起混乱，往往发生把同一建筑分为两处叙述的错误。

　　燕王府的改扩建工程始自永乐十四年（1416 年）八月，十五年（1417 年）四月下旬完工。当时称"西宫"工程。这是永乐皇帝正式下令营建北京的第一期工程，所谓"西宫"，是针对计划中的二期城市中央区的皇宫工程而言的，其地位于规划建设皇宫的西面，故冠以"西宫"之称。

西宫主要的门禁宫殿依次为：承天门、午门、奉天门、奉天殿、后殿、凉殿、暖殿，以及仁寿、景福、万春、永寿、长春等宫，共有房屋 1630 余间。[24] 比昔日王府的 811 间，扩充了一倍。对照王府旧制，宫城外砖径墙正门的棂星门改造成承天门，端礼门改做成午门，废除了端礼门内左右原来的王宗庙和社稷、山川坛，而增建奉天门，承运殿改建奉天殿，中间的圆殿改建成后殿、后面的存心殿改建成凉殿。增扩的宫殿可能主要是暖殿，以及仁寿、景福、万春、永寿、长春等宫。这些宫殿本属于内廷，必与外朝分隔，列于宫廷的后半部。因此，推测工程占地一定整体向北延伸，平面图形呈东西窄南北长的长方形结构。旧时王府平面图基本上接近方形。

建文朝的北平府是燕王朱棣据此对抗朝廷，南征夺取帝位的发祥地，经过四年的靖难之役终于迎来了胜利。随后，北京迎来了再次走向京师的春天。

三、靖难之变与迁都北京

洪武三十一年（1398 年）闰五月初十日亥时，太祖在金陵逝世。皇太孙朱允炆即位，朝廷始有削藩之议。藩权与君权的冲突一直是个古老的政治命题。明太祖与历朝开国之君一样，为了皇室利益与树立个人权威的政治需要，采用大封自己的兄弟子孙，来抗衡从龙重臣的权力侵害或权力超额分享。一般而论，在诸姓结成的政治军事集团获得成功之际，奠定一姓独尊的局面就要靠牺牲布衣之交共同起事的将相利益来奠定，必要时就要牺牲这些人的生命。这种特定时期的政治现象，不一定都能从开国帝王人格、个性上加以解释，而是一位开国之君成长为神的过程中，所必须经历的。距离可以产生敬畏，年龄、经历、地位、历史背景的差别越大，对于制造君权神圣的形象的作用就越大。因之抛开那些布衣总角之交的人文环境，对于一位新君权威的树立极为重要。大封自己的子孙，布列全国要津之地，在短期内能够获得家族统治的优势，使全国朝向新君集中。然而历史总是变动的，一旦统治趋于稳定，随着开国之君带着满意而离去之后，承嗣之君便要承受分封的政治恶果。承嗣之君碰到的只是藩王权力膨胀的威胁，而决不能体会昔日分封促进一姓一统皇朝统治合法化的作用。

太祖封第四子朱棣为燕王之藩北平和燕王取得靖难之役的成功，为北平府再次上升为帝都创造了历史契机。如果建文帝削藩政策获得成功，那么明朝都城史将会是另一番情景。

建文元年（1398 年）闰五月，朝廷以谢贵任北平都指挥使，张昺为北平布政使。二人笼络燕王府官员，监视探听王府动静。六月，命令在城七卫并屯田部队包围王城外墙。又以木栅阻断端礼门四路。未几，削藩诏公布。七月五日，有醉卒磨刀于市，邻舍媪问曰："尔磨刀欲何？"醉卒厉声曰："杀王府人"。媪窃以告。都指挥张信得知，向燕王报告：谢贵等要攻打王府。朱能等燕王部属皆认为情况紧急，不能坐以待毙，必须先发制人。[25]燕王与朱能、张玉等人计议，遂决定起事反抗。这也许是北平城内历史上唯一一次由城中之城向外发起的战争，而不同通常的守城之战。此为北京城市发展史上的大事，初起之时，实为设计诱骗谢贵、张昺而擒之。于端礼门外埋伏壮士，遣人召贵、昺。久方至，卫从甚众。至王门，门者呵止之，惟贵、昺得入，至端礼门，壮士出擒之。时围王城军及列队于市者，惟听贵等指挥，及闻谢贵、张昺被擒，皆散去，惟守九门者力战不退。是夜攻门，黎明已克其八，惟西直门未下。上令唐云解甲骑马，导从如平时，过西直门，见斗者，呵之曰："汝众喧閧，欲何为者？谁令尔为此不义之举，是自取杀身耳。"众闻唐云言，皆散。乃尽克九门。[26]

燕王以谋略赚取北平行省的两位文武长官，进而攻克九门，控制了全城，遂开始了争夺帝位的战争。从计策实现的过程上看，燕王府确实存在着两重围墙，第一道砖径墙正门为棂星门，第二道宫城正门为端礼门。如果不是两重围墙，怎么也不能设伏兵于"端礼门外"，那样无异于将自己的军事布置暴露给来者，谢贵、张昺说什么也不会眼看着陷阱，非要往下跳不可。壮士埋伏于两城门之间，计策得手，则可擒住二人，不得手，尚可护住宫城作最终抵抗。

燕王通过四年靖难战争，于建文四年（1402 年）六月十三日，攻入金陵，六月十七日即皇帝位，七月初一日告祀天地于南郊，祝文称以是年为洪武三十五年，改明年为永乐元年，并免山东、北平、河南等地三年差税。永乐皇帝成功之日，立刻否认建文纪年，这与当初太祖毁元故宫出自同样的政治立意。不同的是，太祖摧毁的是元朝政务所出的宫殿，而成祖极力否认的则是建文帝的存在，企图通过取消纪年彻底抹去人们对建文历史的记忆，从而向世人表明自己的皇位直接来自太祖。两者贬损对象与方式虽殊，但都是为了统治的合法性与唯一性。

永乐帝即位后，中国发生了许多震撼世界的大事，其中一项就是迁都北京。回首太祖定鼎金陵之初，朝廷就曾为都城选址问题产生过争论。"国家定都金陵，本兴王之地，然江南形势，终不能控制西北。故高皇帝已有都汴（开封）、都关中（西安）之意。洪武元年诏曰：江左开基，立四海之家为本，中原图治，广一视同仁之心，其以金陵为南京，大梁（开封）为北京。方希古懿文太子挽诗曰：相宅图方献，还宫疾遽侵，关中诸父老，犹望翠华桥。"[27]可见太祖对开封、西安的重视。

太祖五位嫡子，除长子立为太子外，二子秦王封西安，三子晋王封太原，四子燕王封北平[28]，五子周王封开封。四座城市中除太原为区域性中心城市外，其余三座都曾是一统皇朝的都城。任何新生皇朝都不可能完全摆脱历史传统实现自己的统治，那些曾经是全国政治文化中心的都城城市，其凝重深厚的文化沉积所展现的吸引力，不仅仅是地理区位的优势，同时也是人文活动、文化运动过程的巨大载体。载体的历史创造了自身的价值，容纳着来自不同方向的信息与冲突，从而蓄积了巨大能量，可以为朝廷控制四方的提供便利，同时也可能成为反叛朝廷的据点。因之，新朝即使不再定都于此，也要对它另眼相待，关注超出一般性的区域中心城市。

现实与可以预期的未来之间的利益冲突，总要困扰政府的决策。太祖起兵于江淮，成事于江淮，因而舍江淮而从西安或开封或大都，显然不太现实，总不能刚刚登上皇位，就立即舍地缘政治优势而就一完全陌生的环境。因此，即使太祖本人出于战略控制的便利，产生迁都北方的意愿，也未必能够得到从龙集团的拥护。太祖曾在谨身殿对大臣发问："北平建都，可以控制胡虏，而运棹东南，比南京如何？众对曰：胡元起自朔漠，立国在燕，今已百年，地气已尽，不可因也。今东南兴王之地，宫阙已完，不可改图。传曰：在德不在险。於是遂止。"[29]导致太祖不能下决心迁都的原因，一方面源于群臣的反对，另一方面在于战争过后，经济凋敝，亟需休养生息。当时都金陵，号为南京，以开封为北京，"又遣懿文太子入秦相度地势，卒以漕运不便而止。寻又诏建凤阳为中都"。[30]凤阳是太祖故乡，只因个人的成功，该地由一般性县城上升为皇朝的中都。

永乐迁都北京是一个历史过程，期间经历了决策、营建、搬迁三个阶段：第一阶段：自永乐元年（1403 年）正月起至永乐四年（1406 年）七月，皇帝采纳礼部尚书李至刚的建议，立北平为京都并改称北京。在这一阶段内，北京政治升格，皇朝在此设立了只有都城才能拥有的机构。第二阶段：自永乐四年（1406 年）七月起至永乐十四年（1416 年）八月，皇帝谕令各官赴各地征用营建北京的物资，同时沿运河各地烧砖瓦以备开工之用。在这一阶段内，主要是为开工兴建北京做物资上的准备。第三阶段：自永乐十四年（1416 年）八月起至永乐十八年（1420 年）十二月，皇帝下诏正式开工营建北京。经过四年余的土木工程，终于完成西宫 1630 余楹，以及庙社、郊祀、坛场、宫殿、门阙、皇太孙宫、十王邸等房屋共 8350 楹，两者合计 9980 余楹。[31] 所谓"西宫"乃是由原燕王府翻建改造而来，本阶段两期工成之后，遂庄严宣布于十九年（1421 年）正月正式迁都，改北京为京师。

永乐迁都北京的历史，也不是一帆风顺，"成祖之营燕也，当日台谏交口以为不便，萧俊言之尤峻。成祖曰：北平之迁，我与大臣密计数月而后行，彼书生之见，乌足以达英雄之略哉"。[32] 正是成祖的雄才大略与坚定意志，终迎来了北京再次建都的城市辉煌。

在技术、通讯、交通落后的年代，如果没有区域之间的相互依赖性，就很难铸就异地之间民众的文化同一性；如果没有公共工程和社会流动性，就不能维系一个领土广袤的庞大帝国。北京由元以前的一座区域中心城市上升为华夏一统帝都是来自不同方向的冲突力量合成的历史运动结果。

追溯中华一统都城位移史，也许更能让问题变得清晰。自秦始皇统一中国以后，只有西安、洛阳、开封、北京、南京五座历史名城是华夏一统意义上的都城。五都循十字交叉往复迁移的轨迹。生动反映出历代皇朝控制、团聚社会，实现一统的文化历史。

从政府规模、财政状况和技术物力条件上看，皇朝政府不具备对每一地方局部皆实现实质控制的能力。一般来说，控制程度可以分为四级，依据里程远近、物产状况、人口稠稀、气候条件、人文水准、外部战争压力等综合产生的条件加以区分。皇朝趋从现实，居重御轻，竭力找到达到最佳的控制的方案。都城是皇朝政治地理的灵魂，以都城为中心的四级控制区应是直控区、次控区、疏控区与周边区。随着历史的发展，经济技术的进步，必然引起直控区的扩充，直控区一扩大，其他三区必随之而重新组合层层递进。

导致一统都城最终舍弃关中而迁至运河沿线并从此在运河沿线

南北移动的历史原因，不外是直控区的扩大和周边区战争冲突的压力方向改变促成的。隋唐以前，江南是次控区。关中直控区养育了长安，并可以支持它的繁荣。待到大运河开通以后，江南便上升为直控区，皇朝政府愈来愈依赖它的财富，进而依赖它的人才。兼之，西北周边区战争压力的减弱和中欧陆路交通的衰微，以及东北周边区战争压力的增强，使得皇朝政府不得不改变传统模式，最终放弃关中建都的选择。宋太祖都开封便是这一历史变化的结果。

华夏一统皇朝的中心控制区，早期诸朝处于关中至山东一线，渭水自西向东注入黄河东去入海。西东走向的控制轴线，凝聚了中原一统文化。通过政府行为，中原文化加快了向南北传播与辐射，同时也吸引激发了南北诸民族尤其北方周边区民族奢羡之心。在华夏文化扩延与民族一体化的进程中，北方是周边区民族南下的混一战争与中原文化北传的历史；南方则是中原移民开发与文化一体的过程。南北向的拓展延伸，促使皇朝的中心控制区扩充和都城的东移北上。

中国历史的都城位移迁徙的过程，呈现为趋从冲突焦点区的模式。由于区域间经济成长与文化差异、利益冲突、战争冲突，促使作为社会平衡力量的皇朝政府必须设在便于控制四方的要害区内，即使被选中的城市存在着诸多不利，也在所不惜，政府不能仅考虑自身的安全与便利而放弃应尽的职责。都城选址逼近冲突焦点区可以有效地克服交通、通讯带来的困难，增强政府的应变快速反应能力，通过政府行动保持区域间的均势与稳定。

明代北京是历代都城东移北上的终点，当明朝人决定继承元大都的都城遗产以后，这座城市就获得了其他任何皇朝城市无法比拟的长足发展。

注释：

（1）《明太祖实录》卷二十九。

（2）《太祖洪武实录》卷二十九，见赵其昌辑《明实录北京史料》（以下简称《史料》）第一册。

（3）《太祖洪武实录》卷二十九，《史料》第一册。

（4）《太祖洪武实录》卷三十，《史料》第一册。

（5）《光绪顺天府志》京师志一《城池》。

（6）《太祖洪武实录》卷三十，《史料》第一册。

（7）《太祖洪武实录》卷一九六，《史料》第一册。

（8）《太祖洪武实录》卷六十，《史料》第一册。

（9）《明史》卷三十一，《徐达传》。

（10）《太祖洪武实录》卷三十一，《史料》第一册。

（11）《太祖洪武实录》卷三十九，《史料》第一册。

（12）《明史》卷四十，《地理志》。

（13）《春明梦余录》卷四。

（14）谢贲：《后鉴录》卷下，《燕王起兵》，《明史资料丛刊》第一册。

（15）《太祖洪武实录》卷四十七，《史料》第一册。

（16）《太祖洪武实录》卷五十四，《史料》第一册。

（17）《太祖洪武实录》卷八十，《史料》第一册。

（18）《太祖洪武实录》卷一二七，《史料》第一册。

（19）付维鳞：《明书》卷八十四，《营建志》。

（20）梁方仲：《中国历代户口、田地、田赋统计》540、546页。

（21）《太祖洪武实录》卷一一一，《史料》第一册。

（22）单士元：《元宫毁于何时》，《京华古迹寻踪》11页。

（23）《太宗永乐实录》卷一〇五，《史料》第一册。

（24）《太宗永乐实录》卷一〇五，《史料》第一册。

（25）《奉天靖难记》卷一，见邓士龙辑《国朝典故》。

（26）《奉天靖难记》卷一。

（27）郑晓：《今言》卷三。

（28）关于明成祖的身世，有多种说法，本文从官方记载。

（29）陈霆：《两山墨谈》卷八。

（30）全祖望：《鲒琦亭集》外编，卷四十五。

（31）参阅拙文《明京师十王邸考》，《北京文博》2004年第3期。

（32）于敏中等纂修《日下旧闻考》卷二。

第二章 土木之变与南宫复辟

一、土木之变

正统十四年（1449 年）七月，蒙古瓦剌部也先率大军分四路挺进京师。英宗在宦官王振的怂恿下，企图效法成祖北征大漠成就一代帝王的文治武功，遂统大军亲征。八月十五日，在土木堡与瓦剌军遭遇，一战即溃，皇帝被俘，史称"土木之变"。消息传来，朝野震惊。京师的形势立刻变得紧迫危急。一方面，因部队在土木之战中，大量死伤，京师兵力减员不足十万，防守空虚。另一方面，皇帝陷入敌手，不但朝廷失去了权力决策中心，不能及时统一朝廷意见，迅速做出对策。如此更加重了也先手中政治筹码的分量，可以随意向朝廷开出天价。

俗语讲"小乱居城，大乱居乡"，遇到百年不遇的围攻京师的大乱，当时北京人的心情可想而知，拥有一定财富的人家纷纷出城避难。朝廷之上，群臣不能立即从惊恐中走出，商讨解决办法。倒是皇太后孙氏和皇后钱氏首先想到以财宝赎人之策，搜罗宫中珍宝，用八匹快马驮运迅速送往也先大营。然而，也先深知大明皇帝的价值，收下珍宝，仍然没有停止军事行动，更不用说放人了。

如何才能渡过眼前的政治军事灾难，朝议时，有人提出迁都南京，避其风头。侍讲徐珵托言星象有变，朝廷应当南迁。遭到兵部侍郎于谦的坚决反对："言南迁者，可斩也。京师天下根本，一动则大事去矣；独不见宋南渡事乎！"[1]这一提议得到金英、兴安与李永昌三位宦官和大学士陈循、吏部尚书王直、礼部尚书韩雍的支持，最终获得监国郕王朱祁钰和皇太后的首肯。因之决定固守京师。明初都金陵，永乐迁都北京，保留南京为陪都，遂形成两都之制。南迁的动议也非空穴来风，永乐皇帝逝世后，到正统朝以前，朝廷曾一度把北京称行在，南归金陵的意图十分明显。不过在事变的紧要关头，首先想到逃跑，似乎不应是政治家负责任的态度。如果选择了南迁，实际上不但放弃了皇帝，也放弃了华北。待到事平之后，在通过政治军事行动再行恢复，将增大成本，而且不见得一定成功。

于谦，字廷益，浙江钱塘人，生于洪武三十一年（1398 年），幼时就崭露头角。相传他七岁时，某位僧人曾断言此子必是将来的"救时宰相"。永乐十九年（1421 年），得中进士，时年二十四岁。宣德元年（1426 年），成祖四子汉王高煦叛乱，随宣宗亲征。汉王未战而降，于谦历数其罪。旋以兵部右侍郎衔巡抚河南、山西，有政绩。正统十三年（1448 年）应召入京。第二年就发生了土木之变，这一明史上的重大事件成就了他的历史青名，同时也让他搅进政治旋涡，献出了生命。

一旦朝廷做出决策，那么就要追究战争失败的责任，以便激励再战取胜的信心，尽管战争失败责任应该由那位做了俘虏的皇帝来负。但是传统的礼教伦理，不可能把矛头直指皇上，因此责任就落到极力主张亲征的王振头上。

王振是河北蔚县人，生年不详。早年事迹说法不一，[2] 曾读过书，参加过科举考试，任职某县教官，后因犯罪，为了躲避充军惩罚，在永乐晚期净身入宫，历事三朝，逐渐走到了宦官权力的顶点，执掌司礼监，自比周公。英宗对他十分倚重，呼之为"先生"，公侯勋戚称其为"翁父"。

正统七年（1442 年），他将太祖立的"内臣不得干预政事"的铁牌挪出宫中。亲信用事，提拔侄儿王山、王林为锦衣卫指挥事。排除异己，诬陷大臣，成为明代第一位专权的太监。

当瓦剌进犯，大同告危之际，王振主张皇帝亲征本不是什么大错，亲征与否最终还是由皇帝本人决定。

他的最大错误是不懂军事又自以为是，妄想以大军之威，吓退瓦剌军。可惜的是瓦剌首领也先不这样想，非但未退却，反而大举进攻。明军抵大同后，开源等处败报接连传来。王振不思对策，慌忙下令向他的家乡蔚州方向撤退，本想请英宗一同还乡，风光一番，又恐大军毁坏其家的田庄，因而途中变卦，改向宣府退却，师至狼山，与敌军前锋遭遇。这支仓促出征，粮草缺乏的部队，未与敌军交战，就全线崩溃。也先得知，迅速率两万铁骑越过边墙向明军扑来。在鸡鸣山下，恭顺伯吴客中、都督吴克勤率兵3万迎敌，一战即溃，吴氏兄弟阵亡。明军奔向怀来，行至土木堡时，王振发现一千多车财宝落在了后边，下令全军停止前进，就地驻扎等待。也先率军紧追不舍，分道自麻峪口入，明军奋力抵抗，战守终夜。宣府报至，遣成国公率兵五万迎之。勇而无谋，冒入鹞儿岭，胡寇于山两翼邀阻夹攻，杀之殆尽，遂乘胜至土木。明日巳时，合围大营，不敢行。八月十五日也，将午，人马一二日不饮水，渴极，掘井至二丈，深无泉。速传令台营南行就水，行未三四里，寇复围，四面击之，竟无一人与斗，俱解甲去衣以待死，或奔营中，积叠如山。幸而胡人贪得利，不专于杀，二十余万人中伤居半，死者三之一，骡马亦二十余万，衣甲兵器尽为胡人所得，满载而还。⁽³⁾以当时的形势来看，最好的选择就是立即撤进怀来固守。然而王振拒绝了类似的建议，仍然迟疑不动。也先也表现出了军事家的过人才智，一方面通过信使假意与明军言和；另一方面，调集部队迅速对明军实行合围。俗语讲兵者诡道也，王振的愚蠢就在于相信了也先言和的诚意，而忘记了明军的现实处境和找到防备虚假的对策。结果明军丧失了撤退的良机，被敌军团团围住，只能拼死一战，乱军之中，护卫军士樊忠一锤击毙王振⁽⁴⁾，企图保护英宗突围。然为时已晚，最终落得全军覆没，皇帝被俘。

王振死于乱军之中，可以说是死得其所，不然侥幸逃回京师也难逃严厉的惩罚。个人的历史铸就了青史秽名。不过，由于他的权力光环与佛教偏好，在北京城市发展史中留下显见的历史遗迹。正统八年（1443年），建智化寺；十三年（1448年）重建西城庆寿寺，大设法会时，英宗曾亲往。如今智化寺仍是北京重要的历史文化遗迹。"京城之东稍北，为顺天府黄华坊，振之私第在焉。境幽而雅，喧尘之所不至。"⁽⁵⁾至于智化寺是"振之私第"，还是比邻而居的两所建筑，历来存在两种说法，其一，土木之变后，"振族党为诛，第宅没官，改京为武学"。⁽⁶⁾武学位于智化寺西，可见宅与寺为两处。其二，寺为王振舍宅而建。⁽⁷⁾

不管朝廷选择怎样的对策，对王振的痛恨比较一致，战败消息传来，在左顺门朝议时，言官群情激奋，请族诛王振。王振死党锦衣卫指挥马顺斥责众臣。群臣义愤填膺，一拥而上，将马顺殴打致死。随后，又将王振余党宦官毛贵、王长随从内宫中要出，乱拳打死，悬尸于东安门外示众。监国郕王见状欲退，于谦阻止，请求他以监国的身份宣布马顺等人是罪有应得，而众臣杀之无罪。

朝廷要想渡过难关，首先要稳定人心和解决国家无君的政治危机。时英宗太子朱见深年仅三岁。于谦会同众臣请皇太后立郕王朱祁钰为帝。郕王是英宗的同母弟，英宗亲征之前任为监国，时年二十二岁。当郕王得知群臣吁请自己为帝的消息后，惊谢逊让再三。显然，这是顾忌与喜悦并存的心态表现。担心自己的名分与祖制之间的冲突，又对度过眼前的政治军事危机信心不足，同时也不能排除使用传统的三请三让的帝王登基的故智。倒是于谦真正贯彻了儒学的社稷比君主重要的思想原则，指出：“臣等诚忧国家，非为私计。”[8]正统十四年九月朱祁钰登基，年号景泰，史称景帝。任命于谦为兵部尚书，提督各营军马负责守卫京师。

于谦受命于危难之际，第二天，即奏请调南北两京及河南备操军、山东及南京沿海备倭军及运粮军入卫京师。通州既是京师卫城，又是朝廷的粮库。在两军交战中，一旦失守，粮草资敌的危险性极大。因此为安全起见必须迅速搬移到京仓。然而，遇到运输能力的阻碍，朝廷一时难以解决。于谦奏请皇帝批准了官军预支通州仓粮的临时政策，令官兵到通州自行领取，多运者奖励。很快通州的粮食就运入了城内。为供应大部队集中京师的粮食供应问题，提供了充足保障。

也先挟英宗破紫荆关长驱直入。守卫京师至少存在两种战略选择，一是凭坚城固守，二是主动出击与敌军会战。成山侯王通建议深挖城濠阻挡蒙古骑兵；武清伯石亨主张守城不出；于谦则认为坚守不出将会示弱于人。争论之后，最终朝廷决定出城迎敌。二十二万大军分列于京师九门之外：石亨列阵于德胜门，于谦身披甲胄于此督战；都督陶瑾布阵于安定门，广宁伯刘安列阵于东直门，武进伯朱瑛列阵于朝阳门，都督刘聚列阵于西直门，镇远侯顾兴祖列阵于阜成门，都指挥李端列阵于正阳门，都督刘得新列阵于崇文门，都指挥汤节列阵于宣武门。大军布阵完毕，九门关闭，通告军令：“临阵将不顾军先退者，斩其将；军不顾将先退者，后队斩前队。”[9]以示死战不退的决心。

也先挟英宗直抵北京城下后，遇到了与土木之战完全迥异的情景，本以为不堪一击的明军，现在竟然变成严阵以待。也先派遣数骑窥视德胜门。于谦设计事先埋伏，派小股骑兵与之交战，且战且退，引瓦剌骑兵进入伏击圈，神机营火炮、火铳齐发，同时伏兵四起，前后夹击，也先之弟亦中炮而亡。瓦剌大军死伤惨重。在其他几门瓦剌军也未能取得任何军事进展。经过五天的激战，也先屡屡挫败，又闻勤王部队即将到达，恐断了自己归路，遂连夜拔营北遁。京师守卫战取得最终胜利。胜利的历史意义是不言而喻的，不但避免了可能再次发生的类似宋朝南渡悲剧的重演，也保住了北京作为京师的地位，为朝廷赢得了北方和平近一百年。

拥立新君与京师守卫战成就了于谦的历史青名，却没有使他顺利地走完人生。八年（景泰八年1457年）过后，于谦命断刑场。这一切都源于明朝历史上一次有名的宫廷政变——"夺门之变"。

二、南宫复辟

也先败归以后，英宗的政治筹码价值变得越来越轻，遂将这快烫手的山芋，送归朝廷，明眼人都明白英宗归来意味着什么。景帝会诚心诚意地欢迎他吗？然而朝中迎归英宗的舆论却非常高涨。景帝不得不同意，于景泰元年（1450）八月派遣使臣迎接英宗还朝。尊为太上皇，居之于南宫。南宫即是永乐营建北京时，在东华门外为皇太孙修建的重华宫。在迎接英宗仪式规格的问题上，可以看出景帝的态度，当时拟定："太上皇帝车驾从安定门至东中门外，于东上北门南面坐，（景泰）皇帝出见，毕；文武百官行五拜三叩礼，毕。太上皇帝由东上南门入南城大内。"[10] 群臣以为这样接待太上皇的礼节过于简单，经过力争，方改为皇上到东安门内迎接，行叩首礼，然后与文武百官一道，恭送太上皇去南城。到南城后，太上皇在便殿升座，皇上行礼毕，文武百官再行礼。东中门位于东华门与东安门之间，靠近东华门。显然群臣对英宗的热情，给景帝留下了不可磨灭的印象，加重了疑虑之心。

急风暴雨的事件过后，景帝皇位的合法性变得十分敏感与棘手，特殊时期的非常做法似乎不能永固个人皇位，毕竟原来的皇帝已经归来，而且只比自己大一岁，时刻有替代的可能。为了走出困境，起码是为了减轻个人政治心理压力与向英宗表达政治意图，绝了他的念想，景帝决定更换太子。回首即位之初，皇太后同时册立英宗子见深为太子。决定本身已经明确了朱祁钰国君的临时性质，并非废英宗，彻底改换皇朝的统嗣。

景帝提出更换太子，立刻改变了他的形象，从而陷入宫廷政治斗争的旋涡，再不是保国利民的大事。提议最初并没有在朝廷上顺利通过。景帝双管齐下，一方面，用优厚奖赏换取大臣的支持。王文、杨善等人加太子太保衔，赐内阁大学士每人黄金五十两、白银百两。重臣受贿缄口，不再持有异议；另一方面，把黄竑"永固国本事疏"下发，命官员讨论。最终获得了通过。黄竑，广西浔州守备都指挥，因袭杀广西思明府知府而被捕入狱。为了尽快脱狱，揣摩景帝心理，派人心腹千户袁洪携万金来京师疏通关系，最重要的礼物就是奏请皇上更换太子，"永固国本"。[11]这一着果然奏效。正中景帝下怀，连连称赞"万里之外，乃有此忠臣！"不但赦免了其父子之罪，还在次年（1453 年）春，召之入京，加官前军都督同知。

朝廷官员拗不过皇上的意志，在有九十一位文武官员参加的讨论会上，大学士陈循首先署名，于是礼部尚书胡滢、都御史王文、吏部尚书何文渊、内阁学士商辂等诸大臣纷纷效法。唯有尚书王直、于谦和御史左鼎等少数官员迟疑不前，在陈循亲自濡笔力劝之下，才勉强同意。结果一致认定："陛下应受天命，中兴邦家，统续之传，宜归圣子。黄竑奏是。"[12]景泰三年（1452）五月初二日，景帝册立自己唯一的儿子朱见济为皇太子，改朱见深为沂王。赐阁臣陈循等六人各黄金五十两。加尚书胡滢、王直、俞士悦、武清侯石亨太子太师，于谦太子太傅，都御史王翱太子太保。凡加官者，皆支双俸，于谦上疏辞受，景帝不许。

也许是历史故意捉弄，仅过一年余，次年（1453 年）十一月，新太子病逝。而景帝又无余子，储位遂空。景泰五年（1454 年）五月，礼部郎中章纶、御史钟同奏请复立朱见深为太子，并建议善待英宗。景帝震怒，以为二人交结南宫暗通消息，遂捕二人入狱，不久钟同被杖毙。景帝热望再能生育男孩，解决眼前的诸位危机，然天不遂其愿。接连发生的储位事件，构成南宫复辟的诱因。景泰七年（1456 年）十二月，景帝病重。群臣请立太子以备不虞。朝廷官员包括于谦在内多数倾向复立朱见深，司礼监太监王诚则谋立襄王朱瞻墡之子。然而皆遭到景帝拒绝。

景帝病重与太子虚位创造了政变的良机。二十八日武清侯石亨得知景泰帝病危，与都督张𬴂、左都御史杨善、太监曹吉祥、太常卿许彬和左副都御史徐有贞等人结党密谋，决定拥戴英宗复辟。诸人之中，张𬴂掌管京营军；王骥守备南宫；曹吉祥曾任京营监军太监；杨善曾出使瓦剌迎归英宗，然而这样被满朝视为奇功的资本，却招致景帝的厌烦，没有得到加官晋爵的奖赏，因此他很容易与曹吉祥、石亨勾结。[13]景泰八年春正月壬午，昧爽，武清侯石亨，都督张軏、张軏，左都御史杨善，副都御史徐有贞，太监曹吉祥以兵迎帝于南宫，御奉天门复辟。徐有贞就是当初极力主张南迁避敌的徐珵。南迁之议被否定后，与于谦结怨，蹉跎官场难有作为。受大学士陈循的指点，改名有贞。他是吴县（今江苏吴县）人，字元玉。宣德八年（1433年）成进士，授编修。多智数，喜功名。凡天文、地理、兵法、水利、阴阳、方术之书，无所不通。[14]很快成为政变的智囊。石亨亦与于谦交恶，共同的仇恨使之与徐有贞一拍即合。景泰八年正月十四日，群臣疏奏请早立太子，未得谕允。帝谓"朕偶有寒疾，十七日当早朝"。十六日，王直、胡濙、于谦等复请立沂王为太子。[15]由商辂主草，疏成后已经日暮，还没有来得及上奏，"夺门"之变已经发生。

其实在十四日，石亨已经认定景帝病将不起，已和张軏、曹吉祥等决定，与其复立太子，还不如拥戴英宗复辟，更能邀功请赏。本日夜晚，诸人密聚有贞宅定计。十六日傍晚，诸人再次聚于徐宅，得到英宗首肯的回报，遂托名天象，当夜行动。是夜四鼓时分，石亨打开长安门，领军千余进入皇城，[16]急奔南宫，门锢不能打开，遂破门毁墙强行进入，石亨、张軏走在前面，英宗出殿，呼石亨、张軏之名。众人伏拜，高呼："请陛下登位。"立即簇拥英宗登辇，急奔皇宫，至东华门，禁军呵止，英宗亮出太上皇身份，禁军无法拦阻，遂顺利入宫，直奔奉天殿，扶英宗升座，钟鼓齐鸣，殿门洞开。时已是正月十七日清晨，正好是景帝预备上朝的日子。朝廷官员齐集朝房正在等候皇帝临朝。听到奉天殿上的呼噪声，都感奇怪。有贞大声宣布"太上皇帝复位矣"，惊魂未定的官员，来不及思索，就匆忙各就班列，高呼万岁。顷刻之间皇朝就换了皇上。英宗复辟获得成功。当日正午，传旨逮捕于谦、王文、大学士陈循、萧镃、商辂、尚书俞士悦、江渊、都督范广、太监王诚、舒良等人。二十一日废止景泰年号，改元天顺。英宗自从回到北京以后，虽然被尊为太上皇，却一直在南宫过着被软禁的生活。靖远伯王骥担任警戒之责，时刻阻断英宗与外界的交往，令景帝沮丧的是，这位他器重信任的伯爵竟然倒向了敌人。

复辟的成功就意味着于谦的政治生命就走到终点。至于是否处死，当初英宗十分犹豫，没有抹杀他的功劳。然而他的政敌决不放过他，必将置之于死地。以"不杀于谦，此举无名"之由煽惑，促使皇上下了决心。正月二十二日（1457年2月16日），以"欲意迎立外藩"的罪名处死,二十七日列名镂板榜示"于谦党"。二月初一日,以皇太后的名义,废景帝为郕王,幽杀于西宫。随着政治清算继续展开,斩都督范广。王竑、陈循、江渊、俞士悦等充军,年富、萧镃、商辂、王伟等革职。

于谦"被刑之日,阴霾翳天,京郊妇孺,无不洒泣"。指挥同知陈逵收其遗骸藏于城西土墙根下。天顺三年(一四五九年),于谦婿朱骥运灵柩南归[17],葬于西湖三台山麓。在株连的时代,犯官家属难脱灾难,于谦长子于冕遣戍龙门;少子于广逃往河南考城县隐匿民间。

于谦晚年的故宅在京师崇文门内裱背胡同,遭遇政治惩罚之际抄没充公。成化元年(公元1465年),于冕被赦,为父讼冤,获得诏雪,朝廷恢复于谦原官。弘治二年(1489年)于故宅建祠纪念,初名"旌功祠"。万历年间,于谦"肃愍"的谥号改为"忠肃",故以"于忠肃公祠"流行于世。当代的祠堂建筑是在清同治八年的基础上重修的。

在无情惩处政敌的同时,当然不能忘记对拥戴复辟的有功之臣的奖赏,最重要的就是加官晋爵。徐有贞以原官兼翰林学士,入阁预机务。不久封武功伯;太常寺卿许彬、大理寺卿薛瑄为礼部侍郎兼翰林学士,入阁预机务。陆续封石亨忠国公,张軏太平侯,张輗文安伯,杨善兴济伯,曹吉祥嗣子钦都督同知,孙镗怀宁伯,董兴海宁伯,钦天监正汤序礼部右侍郎,官舍旗军晋级者凡三千余人。三月复立长子见深为皇太子,封皇子见潾为德王,见澍秀王,见泽崇王,见浚吉王。

在尽情的快意恩仇中,英宗没有忘记带他走向灾难的王振。"诏复王振官,刻木为振形,招魂以葬。"并在智化寺北为他建旌忠祠。对于这位弄权误国的人,英宗难道丝毫没有认识,一点也不痛恨,想来不能如此。历来政治评价总是受制于现实政治利益的,因之显得漂移不定,今日的忠臣可能就是明日的奸臣,一时得失的评价不能等同历史的评价。尽管英宗切切实实地领受了王振给他带来的灾难,但是复辟就需要否定景帝的理由,就不能承认土木事件是他政治生涯中决策的败笔,不管人们怎样看,起码要拒绝认错,维护皇权绝对正确的权威。不管怎么说,王振毕竟已经阵亡,家产与亲属死党已经彻底铲除。只发给死人一个褒奖,借此向朝野表明自己的立场,提醒人们不要再对他经历的耻辱事件说三道四。

注释：

（1）《明史》卷一百七十《于谦传》。

（2）查继佐：《罪惟录》卷八。

（3）李贤《天顺日录》，见邓士龙辑《国朝典故》卷四十八。

（4）一说王振死于乱军之中。

（5）《刺赐智化寺之记》。

（6）《明史》卷三百零四，《王振传》。

（7）震钧《天咫偶闻》黄云眉《明史考证》也认为："智化寺即振旧宅。"营造学社创始人朱启钤在民国期间到此勘测，也以为寺为王振旧第。

（8）《明史》卷一百七十，《于谦传》。

（9）《明史》卷一百七十，《于谦传》。

（10）李实：《李侍郎使北录》，见《国朝典故》上册。

（11）《明史》卷一一九《怀献太子传》、卷三一八《广西土司传》。

（12）夏燮：《明通鉴》卷二十六。

（13）《明史》卷一七一《杨善传》。

（14）《明史》卷一七一《徐有贞传》。

（15）《明通鉴》卷二十七。

（16）另一说是第二天景帝将要临朝，长安门开得很早，因此得以顺利进入皇城。

（17）另一说是一年后，由养子于广秘密运灵柩回杭州，葬于祖坟三台山麓。

第三章　从永乐到嘉靖北京城垣建设的政治决策

一、永乐朝的城垣建设

据城必首重城墙的建设，人们用一道坚固的城墙及其周围的长河把城市与乡村隔开，城中集中了政府衙门与大量的财富物资。

明初徐达攻占大都之后，曾将大都北城墙向南缩了五里，但是，到了永乐迁都之际，城内空间又显局促，且南城墙逼近皇宫，所以又大兴土木，将旧大都的南城墙推平，向南拓展二里，另筑一道城墙，而形成基本四方的都城区。内城墙的建设，从徐达缩北城起，到正统年间城垣工程全部完成，经历了78年。

明初北平的南城垣仍利用元大都旧城而整修，成祖营建北京，以其逼近宫城，故将其拆除，城墙向南展二里许。元大都的南城墙原在今东西长安街南便道一线，南展的结果，就是现在的前三门大街一线。新筑的南城垣东西长1800余丈，东西两边自北向南各延伸一段城墙，两段共计将及900丈，合计2700余丈。展延后的南城垣，仍辟三门，中为丽正、东为文明、西为顺承。同时将东城垣北端的崇仁门改称东直门，西城垣北端的和义门改称西直门。并且再次对城垣外壁进行砖包。并创修马面。

马面又称墩台或城垛，是城垣墙体外侧突出的建筑。马面的建造，展现了先民的智慧，为了在战争中利于守城，减少敌军对城墙攻击的压力，每隔一定距离，城墙向外凸出建一方台，这样，就使得城墙在整体上减少了仅从正面迎敌的机会。攻城者一般很难攻击两墩台之间的凹处城墙，那样的话，将会招致正面与左右两面的三面夹击，从而使攻城者陷于困境与灾难。

自洪武元年八月至永乐十七年十一月的 52 年间，北京内城垣两经变迁，城址、格局终于确定。此后又经十余年，到正统朝又对城垣规制进一步完备。

永乐皇帝逝世后嗣君洪熙"决意复都南京"[1]，在洪熙元年三月二十八日，命朝廷各衙门悉加"行在"二字，复建北京行部及行后军都督府，然而天不假其年，两月之后，就抱着遗憾离开人世（五月辛巳，崩于钦安殿）。皇太子继位，以明年为宣德元年，仍守定他父皇的决策。终宣德朝 10 年，北京作为"行在"，称京城，南京称京师。

宣德十年（1435 年）正月，宣德皇帝过世，嗣君正统即位，时不过 9 岁，父祖返都南京之事，未能有人主持，如此仍二京并立。北京虽称行在，却是真正意义上的都城。在此期间，皇朝对北京的城垣、宫殿、衙署的兴工修建加大了投资与提高了速度。如果说永乐皇帝奠定了明代北京城、宫殿格局与大致规模，那么，正统朝则是北京迈向气宇恢宏的帝都景象的黄金时期，现在值得人们回味与纪念的都城文化遗存，很多都是那个时候最终兴建定型的。

正统元年（1436 年）十月到四年（1439 年）四月，历时三年半从洪武元年八月起，经洪武、永乐、正统三朝的改建、整修历 78 年，北京城垣建制方完备，从此至清末，虽有修补，但格局未动，一直沿用到城垣拆除。及至嘉靖朝又添置京师外城，这座方城始称为内城。

城垣门楼外增筑月城，也是出自军事防御安全的考虑，，它与相邻的左右马面形成凹处，使进入此处的敌军三面受攻，缩小受攻击的面。同时月城本身也为城内军队出击、回城提供了安全保障，防止奸细混出或混入。一般说来，出军时，先打开城门，部队进入月城，关闭城门，部队在月城内重新清点整队后，再开月城门出城；回军时，先开月城门，部队进入月城，关闭月城门，清点之后，再开城门入城。内城九门的月城建制基本一致，只是平面形状与面积大小略有不同。

四城角建箭楼，俗称角楼，为重檐歇山顶灰筒瓦绿剪边，角楼平面呈曲尺形，坐落在城角墩台上，城墙顶部，城砖漫铺，外侧置雉堞，内侧置女儿墙。砖城的建制彻底解决了土城雨水冲刷损坏墙体的问题，元大都时，"土城岁必衣苇以御雨"。[2]至今北京四城外多有苇子坑之地名，想必与当初制造苇帘有关。其实，苇衣是无法解决墙体雨水冲刷问题的，如不能有效及时排水，那么，苇衣承水饱和之后，必渗漏下去，从而形成对墙体顶部的浸泡。另外，苇衣挡水、水流向下，因土城的坡度较小，水不能直接流向地面，难免在苇衣与墙体之间形成暗流冲刷墙体或造成塌陷。比较而言，土城建筑的投资少，但维修保养的费用高，每年都需要修补，甚至一年就要兴工二、三次。元朝时，虽曾多次议论对墙体进行砖包，但终元之世，这一梦想也未实现。

砖城不但提高了城的防御能力，而且延长了使用寿命。砖城建成也不可能一劳永逸，只不过拉开了维修的间隔，减少了日常性的维修投资，可以做到几十年不大修。明代砖城顶部两侧设有水道与漏眼，由于顶部是城砖漫地，雨水能够很快流向漏眼，而减少渗漏，直接通过雉堞、女儿墙下部伸出的水道子流出，由于砖城与地面近于垂直，流水孔道离开墙体一定距离，从而减弱对墙体的冲刷。

城墙顶部几乎在每座墩台的后面都修建了铺舍，铺舍是城顶上的固定哨所，为储放军事物资和守城军士的休息聚积之所。

正统年间，北京城垣工程究竟投资如何，动用了多少工匠与军士，史无确载，仅能从一些史料中窥其一斑。九门月城及其城楼、箭楼等工程兴建之初，工部侍郎蔡信飏的估计是"非征用十八万民夫不可，材木诸费称是"。[3]但是，皇上没有批准这一计划，而是命太监阮安负责城垣修建工程，"取京师聚操之卒万余，停操而用之，厚其既廪，均其劳逸，材木诸费一由公府之所有，有司不预，百姓不知，而岁中告成"。[4]揆之情理，这种说法似乎不太令人相信，万余军士绝不可能在两年多的时间内将如此浩大的工程竣工。一般来说，军士只能担当搬运、土方等壮工工作，而不能胜任如木工、瓦工、油漆工等技术工作。正统朝的前十年是北京土木工程浩繁的十年，不但修整城垣，而且还在修建宫殿与衙署等巨型建筑，因此所需的工匠始终应维持一个比较多的数量，估计城内输班、坐班的工匠至少应在10万人以上。这一数字，源于对《明会典》相关制度记载的研究而得出，比较接近工部侍郎蔡信飏的说法。同时还可从当时的逃匠人数获得验证，九门月城工完毕之后的六年，又开工城垣砖包工程，开工当月，检点在京的工匠已"逃者万人"。[5]逃跑是要冒着被判重罪危险的，因而不可能成为政府组织的工程队伍中的主流，况且政府还有严密的监工制度，所以，按十人逃一的比率计算，那么，在京上工工匠至少也有十万人以上。本年十月工部奏：

> 近右侍郎王祐奏准，各处逃匠，令所司亲解赴京。然奸惰之徒，到工未久，随即逃去。请今后解匠官吏，俱留京管工，待工满一体放回，庶匠不敢逃，工程易完。上不允。但令今后匠有三次逃者，发充武功中卫军，仍令当匠。敢蹈前非，杀之不宥。[6]

在京工匠的劳作是极其辛苦而繁重的，而且待遇也不丰厚，属于国家征收赋税的力役租形式，如果待遇优厚或劳作轻松，断不会出现大量逃逸事件和反复逃跑屡禁不止的现象。政府的惩罚措施不能不谓之严厉，逃匠要冒充军匠乃至杀头的风险。逃跑之风虽谓严重，但也不可能过多，所以，逃跑率估计为十分之一，是一个比较适中的数字。

正统朝修建整理北京城垣之后，随着都市的发展，城围的空间自主产生外延的趋势。城外四边的关厢地区日渐繁华，尤其是正阳、崇文、宣武三门外，由于靠近皇宫，又是面朝之地，所以，发展比之其他三面城外关厢地区，更为迅速。元代漕运直通什刹海，明代漕船虽不再进城，但是漕粮与各种货物，仍可通过漕河达于崇文门外。外地商人、士子来京走水路，进京之初大都下榻于三门之外，这样进城亦方便。城外南部地区的优先发展源于历史传统，这一地区在元朝时就超过了其他三面。永乐迁都之初，就在正阳门外，修建了廊房以容纳来京商人及其所带货物。

城墙是隔不断城内外交流的，但城墙与护城河的修筑，却决定了城外繁华集市的落点与扩张走势，基本上是沿每座城门外的大街两侧延伸，同时向两侧腹地扩展。商业及人文活动自然而然地首选便利，不必经过论证与号召。避繁就简，趋利避害是人类的天性。繁华集市区一旦形成，就要扩张，它的无形资产比起那些缺乏地理优势的地区更具号召力，更容易引来投资和社会的关注。

城墙在战争期间的防御保护功能不言而喻，平日里就可能成为城内外交流的障碍。然而，在和平时期，城墙也并非一无是处，起码，它可以阻挡流民的大量涌入，便于检查出入城的可疑人员，最重要的是进城货物无法逃税，除非守城门官员徇私舞弊。另外，城墙还可以在雨季特大洪水出现时起到防洪作用。

二、嘉靖庚戌之变与增筑外城

随着四城外关厢地区的发展，就产生地区安全的问题。区域内社会安定、组织协调、社会治安和商业纠纷等等问题，可以由政府出面设置衙门专门管理和商人间的行会组织来协调商人之间的商业纠纷，但是，如何保障地区整体不受战争威胁和外部军事力量掠夺，人们自然而然地想到筑城。

筑外城不但可以有效地保护近城地区的繁荣，同时也可以为内城增加一道防御线。特别是经历了己巳、庚戌两次蒙古兵围都城的教训，筑外城的决策终于浮出水面。

永乐迁都北京后，未经营城之外郭，如果从皇宫的视角观察，皇城就是宫城的外郭。实际上，古人所讲的城、郭关系，时过境迁，后世的理解与赋予的内容已去原意很远，这是一个视点与立场的问题。北京经过了 70 余年的修建堆积，已经拥有三道重墙，从宫城的安全上讲，已有两道外郭皇城和都城，似乎不必再增筑外郭；如果从都城的立场上看，它的外部确实缺少一道有形的屏障，然而固国不在山川之险，靠修筑坚固工事以图安全，不可能一劳永逸，外城的外城也不可永远一道道地筑下去。

正统年间，北京城垣工程，已使财政不堪重负，故未再议筑罗城，一方面出于财政与民力问题，累年大兴土木工程，人民极需休养生息；另一方面，北京再次立为京师为时不久，四城外关厢地区的商业处于勃兴之初，筑城保护的需求尚在端倪，非为急务。况且正统十四年（1449 年）的土木之变，北京城经受了瓦剌侵犯的战争考验，城池坚固，有效地帮助朝廷守住了京城。

景泰、天顺朝之后，历史沉积出硕果，人们也在己巳之变及城外的发展中，想到筑外城的历史需要。成化十年（1474 年），定西侯蒋琬为筑京师外城上言：

> 太祖肇建南京，京城外复筑土城以卫居民，诚万世之业。今北京但有内城，己巳之变，敌骑长驱直薄城下，可以为鉴。今西北隅故址犹存，亟行劝募之令，济以功罚，成功不难。[7]

虽建言恳切，条理明晰，但朝廷并未就此决策增修外城。蒋琬只是从军事安全的视角，举己巳之变为依据，倡言京师增修外城，没有涉及对四城外商业发展的保护问题。可见，当时去正统整修城垣为时不远，城外商业的繁荣和人口的增长仍很缓慢，还不值得朝廷为此大动干戈。其实，筑外城将会给朝廷增添一项经常性的财政开支以及相应的军费。保护一座城市，决不是建成了一道外屏障，就可以高枕无忧了，必须经常维护和派兵看守。否则，城墙只是为自然界增添一道隆起物而已，岁月流逝，风吹雨打的自然损坏和人们的取土偷砖的行为，合为巨流，为时不久便衰败为人们凭吊的遗迹。中国的城墙太多了，一旦失去政府管理、投资和保护，无一不是很快地变作断壁残垣，景象不堪入目。

城墙作为巨型防御工事是否能发挥作用，取决于皇朝军事系统是否高效廉洁和皇朝能够经常投入的资金。假如经常性的财政支持不足，即使不被人偷盗，自然损坏也是无法避免的。因之，也就降低了城墙的防御能力，增加守城官军的压力，倘若军事系统再发生障碍，推诿、腐败，则城墙的作用几乎损失殆尽。

蒋琬的建议被搁置以后，经历了68年，才旧案重提，其时，蒙古大军南下的边警日急，四城外尤其正阳、崇文、宣武三门外关厢地区商业、人口已具规模，极需政府保护。嘉靖二十一年（1542年）七月初十日：

> 掌都察院事毛伯温等复言：古者城必有郭，城以卫君，郭以卫民。太祖高皇帝定鼎南京，既建内城，复设罗城于外。成祖文皇帝迁都金台，当时内城足居，所以外城未立。今城外之民殆倍城中，思患预防，岂容或缓。臣等以为宜筑外城便。疏入，上从之。敕未尽事宜，令会同户、工二部速议以闻。该部定议复请。上曰：筑城系利国益民大事，难以惜费，即择日兴工。民居、葬地给他地处之，毋令失所。

刑科给事中刘养直言：

> 诸臣议筑外罗城，虑非不远，但宜筑于无事之时，不可筑于多事之际。且庙工方兴，材木未备，畿辅民困于荒欠，府库财竭于输边。若并力筑城，恐官民俱匮。上从其言。诏候庙工完日举行。[8]

从城以卫君、郭以卫民的立意上看，都城就是宫城（紫禁城）的郭，只不过随着城市的发展，四方来会，人口增长，日趋繁华，原来城垣划定的城市容量已不能满足日渐高涨的城市社会人文的要求，必然冲破原来划定的界限，在城外四周九门之外的关厢地区形成比较集中的居住群落。从永乐迁都"内城足居"到"城外之民殆倍城中"的城市扩充，大约经历了121年。

朝廷决策修筑外城，但因"庙工方兴，材木未备"，兼之财政困难，所以，只能将决议束之高阁。所谓庙工，当指上年被火所毁的太庙、群庙的复修工程，这一年以前同时开工的朝廷工程还有诸皇陵工程、大高玄殿工程、泰享殿工程等，确实无暇顾及外城工程。只得等待民力复苏，财政有所宽余之时，再行修筑。然而，来自北方瓦剌的南下战争，并不给朝廷喘息的机会，像是惩罚又像是玩笑，正当朝廷君臣一致认为有必要修筑外城又不能立即修筑之际，瓦剌军就兵临城下。嘉靖二十九年（1550年）八月，京师戒严，瓦剌往南突乎，在城外及京畿地区任意掠夺。由于城门紧闭，内外隔绝，城中的供应出现紧张局面，"米价腾贵"[9]。至于留在城外的关厢人口稠密区的居民，"猝有警报，遽难敛避"，只能依靠巡捕参将等官率众，于"临郊街口，筑墙治濠，结立栅门，以遏冲突。门内伏勇敢善射者各数十人以待敌"。[10]用这种不得已的临时措置自保。

嘉靖二十九年（1550年），俺答率军入古北口，兵临城下。首辅严嵩，不准诸将出战。鞑靼军在京郊掠夺8日后撤兵。事后，严嵩包庇总兵仇鸾，杀兵部尚书以推卸责任。因岁在庚戌，故史称这次瓦剌军围北京的事件为"庚戌之变"。上距英宗朝"己巳之变"（1449年）恰是101年。一个世纪过后，朝廷再次蒙受耻辱。俺答军所过之处，"杀戮居民无数"，[11]本来此次俺答南下的目的就是志在财帛，当所掠过望，遂心满意足，"乃整辎重，从容趋白马口而去"。[12]俺答蹂躏京畿的残酷现实，促使朝廷立下投资开工修筑外城的决心。虽当年"财力已穷"，天坛圜丘修缮工程亦因之停止，[13]却在俺答军退去之后，于十月二十四日，开工修筑正阳、崇文、宣武三关厢外城。

但是，这种亡羊补牢的工程，未免显得过于急促，时值隆冬，天寒地冻，本不是大兴土木工程的季节，仅三月至来年二月，诏停止南关厢筑城工程。工程之所以仓促上马，源于居民宋良辅的主动请缨，愿意自出资金修筑外城，因此，朝廷才同意立即开工。然而居民捐助筑城，终究未定因素过多，难于让人安心。所以，嘉靖皇帝特地召见掌锦衣卫事陆炳，垂询相关事宜。陆炳陈述己见，认为正阳、崇文、宣武三门外关厢"居民稠密，财货所聚"，有必要筑城加以保护。"但财出于民分数有限，工役重大，一时未为卒举，宜遵前旨，俟来秋行之"。[14]皇上听后，同意了陆炳的建议，诏罢城工。

如此又过两年，嘉靖三十二年（1553年）三月，朝廷又议筑外城之事，兵科给事中朱伯辰向皇上报告了自己的议案：

> 臣窃见城外居民繁伙，无虑数十万户，又四方万国商旅，货贿所集，宜有以围之，矧今边报屡警，严天府以伐房谋，诚不可不及时以为之图者。

臣尝旅行四郊，咸有土城故址，环绕如规，可百二十余里。若仍其旧贯，增卑培薄，补缺续断，即可使事半而功倍矣。[15]

当时，通政使赵文华亦上内容相似的本奏，两臣之疏俱送往兵部会同户工两部讨论。三部一致同意修筑外城。与此同时，皇上在等待三部讨论结果时，又与大学士严嵩相商，最终决定择日开工。并任命以兵部尚书聂豹总其事，并会同平江伯陈珪、侍郎许论、锦衣卫掌卫事陆炳率领钦天监官员人等，"相度地势"做出规划与工程预算。四天过后，闰三月初十日，聂豹等人就将筑城方案回复给皇上，内中包括"城垣制度、合用军夫匠役、钱粮器具、兴工日期及提督工程巡视分理各官"，逐一开具，并附有罗城规制，画图贴说。本报告分五项叙述，主要内容包括：

一，外城基址。周围共计七十余里。内有旧址者约二十二里，无旧址应新筑者约四十八里。

二，外城规制。计划厚度二丈，顶收一丈二尺，高一丈八尺。上用砖为腰墙，垛口五尺，共高二丈三尺。共开城门十一座，设大小水关八座。

三，军民匠役。按照往年筑城事例，每城一丈用三百余工。征用或雇募匠夫。夫匠工食，查照节年结雇定银数支给。班军行粮之外，日给盐菜银二分。

四，钱粮器具。砖瓦木植及夯杵梯板等项，除工部现有者外，还需银六十万两。户、兵、工三部分摊，户部二十四万两，兵部、工部各十八万两。

五，督理官员。拟请差内官监官一员，兵、工二部堂上官各一员，掌锦衣卫事左都督陆炳、平江伯陈珪提督修筑。都察院、工科各派给事中、御史一员，负责巡视监察奸弊。兵、工两部堂上掌印官，每三日轮流一人前往工地巡视。户部、兵部、工部、锦衣卫、京营各派官员二到四人，负责掌管相关事项。工程务求坚久，但有修筑不如法，三年之内致有坍塌者，查提各催工人员及原筑工匠问罪，责令照依原分地方修理。[16]

报告上达皇上，立即得到批准，工程于闰三月十九日正式开工。仅过一月余，四月十一日，嘉靖皇帝就改变了主意，他对首辅严嵩等人说："建城一事固好，但不可罢力伤财，枉做一番故事。如下用土，上以砖石，必不堪久。须围垣以土坚筑，门楼以砖包而可承重，一二年定难完。朕闻西面最难用工者，兹经始不可不先思及之。"[17] 从工期、地基自然状况以及土城的坚固耐久性上看，嘉靖皇帝的疑问是敏锐的，人们不能不考虑财政负担的容量和土城的使用时间。倘若耗财用力费时筑就的土城，不能像计划的那样长久发挥效能，人们就不能从投资兴修中获得满足与实惠，必然引起民众的广泛不满和猜测，以及朝廷上对当初决策的声讨。

严嵩即刻将皇上的谕旨传示给督工各官。平江伯陈珪、都督陆炳、侍郎许论会商后决定向皇上建言：宜先建成南面，其后再由南转东、北、而西，依次推进，渐筑而成。但是，皇上仍然担心财政的支持，惟恐工费重大。因此，严嵩不得不亲往工所实地调查。当时的筑城工程仅在正南一面展开，东西绵延 20 余里，根据督工官员的汇报，可以清楚地知道，这一线的地质构造松软，且多流沙，故构筑地基十分困难，必须深掘越过沙层，触到实地方可，挖掘深度五六尺甚至七八尺，显然加大了工程量，并且影响工程进度。不过基础工程大都出于地面，其报告的高度不同，有筑一二板的，有筑四五板的，最高的达十一板。所以如此，盖因各地段的基础有深浅，取土有远近，因之，工程难易肥瘦不同。

严嵩实地调查后，提出三种方案，供皇上选择：一，且先做做看，然后决定是否做下去；二，先筑正南一面外城，待财力充裕时，再陆续修筑其他三面；三，仍然维持当初的设计，一气将外城按规划完成。严嵩素以圆通狡黠著称，他以三种选择方案来窥探皇上的意向，终于换来了"且做看，非建大事之思也"的批评。也许严嵩看准了皇上爱惜钱财，又希望外城有所成的心意，因此，再度与陈珪等人讨论方案选择时，毫不犹豫地最终认定了第二种方案，他们以为：

> 京城南面，民物繁阜，所宜卫护。今丁夫既集，板筑方兴，必取善土坚筑，务可持久。筑竣一面，总系支费多寡，其余三面，即可类推。前此度地画图，原为四周之制，所以南面横阔凡二十里，今既止筑一面，第用十二三里便当收结，庶不虚费财力。今拟将见筑正南一面城基东折转北，接城东南角，西折转北，接城西南角，并力坚筑，可以趁期完报。其东西北三面，俟再计度。[18]

这一方案很快得到皇上的批准，历时三年四个月的外城修而复止，止而复修的问题，终于画上句号。

为了尽早完工，便加快了速度，当月就截留了中都、河南、山东班军应往蓟镇驻守操练的军队，让这些军士一体参加筑城工程。[19]工程进展顺利，用时半年，于当年（1553年）的十月二十八日就完工了。

新筑的京师外城共设七门，除东西面北的两座便门外，其余五门由皇上赐名，南面正中为永定门，左为左安门，右为右安门，东面大通桥门为广渠，西面彰义街门为广宁。东西两便门不可能是后开的，只不过制度湫隘，非雄壮宽阔之门，未由皇帝命名罢了。

外城垣筑成十年之后，始修建七门月城及其门楼等。嘉靖四十二年（1563年）十二月初一日，工部尚书雷礼请增缮重城，完备规制，奏称："永定等七门当添筑瓮城，东西便门接都城止丈余。又垛口界隘，濠池浅狭，悉当崇骜深浚。"[20]建议得到皇上嘉许，随后在第二年（1564年）正月二十八日，永定门等七门瓮城工程开工。工程用时半年，于六月二十七日完工。每门各设单檐门楼一座，共七座。每门各筑月城，月城门与城门直对，门上无箭楼。城垣四角各设角楼一座。东便门东西、西便门东，各设一座水关，皆为三孔洞，每洞内外均有铁栅共三座。城垣周筑墩台64座，上顶筑铺舍43所，墙顶外侧建雉堞9487垛，内侧建女儿墙。便门城楼、角楼均设箭窗。外城垣周长约28里，内外壁皆为下石砖，土心夯实，高二丈，基厚二丈，顶收一四丈。雉堞四尺。南面二千四百五十四丈四尺七寸，东面一千八十五丈一尺，西墙一千九十三丈二尺[21]。无论高度、厚度、门楼、月城等建制配制均不及内城。

嘉靖四十三年十月是北京城垣构筑史的终结。当初待财力充裕时再修筑其他三面的设想，最终变成北京城垣罗城的历史梦想。城垣平面构图就从方形变为凸形，成为北京城的界限象征一直存留于上个世纪。此后直至清末，再没有出现巨大的增删改建工程。城垣平面四至走向铸就了人们对北京城的凸形平面构图的深刻印象。

注释：

（1）《仁宗洪熙实录》卷八，《史料》第一册。

（2）《元史》卷一六九，《王伯胜传》。

（3）（4）徐学聚：《国朝典汇》卷一八七，《都邑城池》。

（5）《英宗正统实录》卷一三一，《史料》第二册。

（6）《英宗正统实录》卷一三四，《史料》第二册。

（7）《明史》卷一五五，《蒋琬传》。

（8）《世宗嘉靖实录》卷二六四，《史料》第二册。

（9）（10）（11）《世宗嘉靖实录》卷三六四，《史料》第三册。

（12）谷应泰：《明史纪事本末》卷五十九，《庚戌之变》。

（13）《世宗嘉靖实录》卷三六一，《史料》第三册。

（14）《世宗嘉靖实录》卷三七十，《史料》第三册。

（15）《世宗嘉靖实录》卷三九五，《史料》第三册。

（16）《世宗嘉靖实录》卷三九六，《史料》第三册。

（17）（18）（19）《世宗嘉靖实录》卷三九七，《史料》第三册。

（20）《世宗嘉靖实录》卷五二八，《史料》第三册。

（21）《明会典》卷一八七，《营造》五。

第四章　嘉靖大礼仪与
坛庙兴建的热潮

一、武宗留下的皇位危机

正德十六年三月，武宗崩于豹房。这位"耽乐嬉游，昵近群小"的皇帝在位十六年，中国发了生许多大事。登极伊始，即宠信东宫时旧臣宦官刘瑾。正德元年（1506）十月，武宗任刘瑾掌司礼监，与另外七名得宠宦官，号称八虎。以丘聚、谷大用分管东厂、西厂。刘瑾掌权期间，引焦茅、刘宇等入阁结成阉党，把持朝政，滥设皇庄达300余处。正德三年刘瑾又加设内行厂，直接掌管。朝中趋附者多呼其"千岁"。"军国大柄，尽归其手"。[1]内外章奏，皆先行具红揭投瑾，人称"站皇帝"。在东厂、西厂之外，复设内行厂，侦探钳制朝廷官员。"见刘瑾而跪者十之八"，[2]可谓权势熏天。正德五年，宦官张永告发刘瑾谋反，刘被捕"入狱"。抄其家得金银几百万两，珠玉珍宝无数。被处死。刘瑾败后，"中官谷大用、魏彬、张雄，义子钱宁、江彬辈，恣横甚"。[3]武宗与江彬、钱宁、许泰等佞臣在豹房同卧起，游猎巡幸无时日。遂致朝政日非，内忧外患频生，刘六、刘七起于河北，蓝廷瑞、鄢本恕起于四川，安化王寘鐇反于宁夏，宁王宸濠反于江西。瓦剌亦不断骚扰。所幸这样严重的政治事件没有导致他的倒台，都在能臣的帮助下得到了解决。"武宗之季，君德日荒，嬖幸盘结左右。廷和为相，虽无能改于其德，然流贼炽而无土崩之虞，宗藩叛而无瓦解之患者，固赖庙堂有经济之远略也。"[4]

264

　　然而武宗的死，还留下了一个比上述事件都难处理的危机，这就是无嗣由谁接替皇位的问题。武宗父亲孝宗位下又无其他儿子，因之选择哪位朱氏子孙承继大统变得十分复杂棘手。

　　皇位空置期的政治形势从来是严峻而紧迫的。况且佞臣江彬握重兵，居于京师。江彬原为大同游击，正德七年，召之入京，以"机警，善迎人意"，得武宗青睐，"留侍左右，升左都督，冒国姓为义儿"[5]，封平虏伯，"诱导武宗离宫出游，恣情世间"。至正德末年，"改团营为威武团练，自提督军民，中外虑彬旦夕反"。爪牙党李琮劝其"乘间以其家众反，不胜则北走塞外"。[6] 旋武宗过世，大学士杨廷和与太监张永"启太后请旨勒彬。先传令军士，扈从南巡者就通州给赏，于是边兵尽出"。江彬失去羽翼难以举事，"顾瞻无人，遂就擒"。[7] 杨廷和是正德嘉靖两朝交替期的政治核心人物，字介夫，四川新都人。成化十四年（1478 年）进士，正德二年（1507 年）入阁，七年升首辅，嘉靖三年（1524 年）致仕。

　　至关紧要的是尽快选定继位人，既然孝宗没有其他皇子可立，皇太后懿旨廷议所当立者。杨廷和依据《皇明祖训》，提议迎兴献王长子继承皇位，在内阁一致通过。呈报太后获得批准。[8] 也许是紧迫的缘故，决定人选之后，就急忙派人前往湖北迎驾，而没有经过深思熟虑继承人以怎样名分进京，怎样登极以及怎样尊崇先帝等细节问题。就是这样的细节问题，在世宗抵达通州以后，奏起了"大礼仪"事件的序曲。

　　兴献王祐杬是明孝宗的弟弟，国安陆，正德十四年薨。朱厚熜是他唯一的儿子，时年十三岁，以世子理国事。十六年三月辛酉，未除服，特命袭封王爵。论血缘伦理关系是明武宗的堂弟，所以按照亲疏远近关系排序，幸运降临到他头上。但是，当朱厚熜到达北京城外的时候，进城的礼仪却成为了一个问题。

　　计划周详似乎没有问题，但是就在皇位继承人于四月二十二日到达郊外之际，却停止前进。究竟使用怎样的礼仪进城，成了继承人最关心的问题。朝廷拟订以皇太子的身份由东安门入居文华殿，择日登极。但是遭到朱厚熜的拒绝，武宗遗诏既然选择他做皇帝，身份就不是皇太子，所以一定要以皇帝身份进城。几经磋商，朝廷已经没有更换继承人的机会，不得不让步，先是群臣"劝进"，随之他以皇帝仪仗进大明门，遣官告宗庙社稷，谒大行皇帝几筵，朝皇太后，出御奉天殿，即皇帝位。以明年为嘉靖元年。

二、大礼仪的朝廷冲突

做了皇帝，如何处理过继与本家之间的名分关系，表面上看似乎简单，也许首辅杨廷和也是这样想的。遂在五月上奏，请皇上"称孝宗为皇考，改称兴献王为皇叔父兴献大王，兴献王妃为皇叔母兴献王妃"。由于兴献王没有其他的儿子，就有必要再为其立子以延香火，杨廷和建议将益王第二子过继兴献王名下。

世宗对这样的建议不以为然，对如此颠倒父母深感气愤，坚持"继统不继嗣"原则。此时皇上的母亲蒋氏自湖北安陆进京，知道了这一信息，愤然说道：自己的儿子怎么变成了别人的儿子，于是止銮不前，逗留通州，以示抗议。

皇帝母子否定态度鲜明，可是朝廷公议也没有退缩的意思，群上《崇祀兴献王典礼疏》，非要皇上改称生父为皇叔考。时在礼部观政的新科进士张璁看清了伦统与孝亲之间在理论上的冲突，同时也看准了皇上的心思，因而把住千载难逢的机遇，引经据典上书皇上应该崇奉自己的父亲，然而，皇上毕竟刚刚即位，虽然嘉许张璁，但势单力薄，还不能扭转被动局面，在一片反对声中，张璁被驱出京城。事也凑巧皇宫发生了火灾，这对于一向喜欢把灾害与政治行为联系的文官集团来说，真是天赐良机，把大火说成是上天对违反礼教行动的惩罚，不得已皇上只得暂时搁置此事。

火灾与火灾的后遗症很快过去，皇上没有忘记尊崇自己父亲的事情。有了张璁的提议与经典的理论支持，朝廷官员很快分成两派，反对者以首辅杨廷和为代表；拥护者以张璁为代表。两者相比，前者不但人数众多，而且大都是朝廷要员，后者人数较少，多是新进位低之员，最重要的是有皇帝支持。此时的张璁已经擢升为翰林学士。皇上为了尽快实现自己的意愿，首先把反对派的首领大学士杨廷和罢免。同时君臣争执不断升级，最终酿成了一件轰动朝野的大事。

皇上先尊本生父母为兴献帝与兴国太后。继又改称本生皇考恭穆献皇帝、本生圣母章圣皇太后。由此引发了朝廷冲突。嘉靖三年（1524年）七月乙亥（十二日），又更定章圣皇太后尊号，去本生之称。戊寅（十五日），经何孟春、徐文华和金献民三人倡议，自尚书至部郎与诸衙门现任官员共261人，集体跪于皇宫左顺门前请愿，呼喊着"太祖皇帝，孝宗皇帝"。坚决反对皇上将"本生皇考恭穆献皇帝和本生圣母章圣皇太后"中的"本生"两字去掉。在反对者看来，"本生"二字的意义至关重要，有这两个字，就表明恭穆献皇帝的皇帝身份缘于他的儿子，是父以子贵；去掉了这两个字，则表明恭穆献皇帝本人就是皇帝。皇上对于群臣的请愿，先是命司礼监中官谕其散，请愿诸人不从，非得明确顺从舆情的谕旨不可。帝益感愤怒，遂令锦衣卫执为首者一百三十四人入狱。第二天，再捕九十余人，同时做出廷杖决定。[9]

廷杖非正刑，不载朝廷正式刑罚法典，起源年代无法确定，有隋朝说，有辽代说。金元相传，使用的比较多。自明太祖起始成为皇上惩罚朝廷官员的惯用刑罚。俗谓"刑不上大夫"，当庭按倒官员打屁股，很是有辱人格的方式。起初在体罚时，不但不脱裤子，还要用毡子裹起来再打。武宗朝，太监刘瑾当道，创造扒下裤子露出臀部毒打的残酷方式。因此被打官员经常发生生命危险。

嘉靖三年（1524 年）七月二十日，在午门前，对哭谏大臣实行了廷杖惩罚。一时血肉横飞，呻吟、哭喊、号叫此起彼伏，次日再次杖打其中哭喊最凶的七人。共有十八人献出了生命。

同年九月，明世宗下诏改称明孝宗为皇伯考，尊兴献王为皇考。历时三年半的统嗣之争，以继统不继嗣而告终。嘉靖七年（1528 年）六月，编《明伦大典》作为"大礼议"终结，"诏定议礼诸臣罪"，没有放过四年前已经致仕的大学士杨廷和，虽然廷和选立拥戴有恩于这位皇上，但是仍以"定策国老自居，门生天子视朕"的罪名[10]，把他削职为民。第二年，杨廷和在寂寞中死去。嘉靖十七年（1538 年），定兴献王的庙号为"睿宗"，供奉于太庙，次位孝宗之下，武宗之上。至此，这场惊心动魄的"大礼仪"，以皇上的意愿完全实现而画上句号。

其实，嘉靖皇帝的做法，不过违背了当初继承的统嗣关系，将统与嗣区别对待，非要尊崇自己的生父母而已，按照严格的统嗣名誉评价，当然超出朝廷礼制的界限而造成对孝宗，武宗的不敬。但是，假如嘉靖皇帝不拥有足够的礼制理由，不仅不会得到一些希旨取容志在升迁的官员的支持，最终也不会赢得胜利。从孝的观点考察，尊崇本生父母并未逾越礼制的界限，嘉靖帝会同张璁、桂萼等人看准了礼制评价体系的固有缺陷，才义无反顾地行动起来。这样一件在今天看来无足轻重的举动竟然成为明朝 276 年历史中的一起惊天动地的大事。皇帝操持朝廷官员的生死大权，诤谏之臣具不顾生死的殉道勇气。嘉靖皇帝隆崇本生父母的政治胜利所付出的代价极为惨痛，经过这场血腥的洗礼，真实地体验到文官集团执著的礼制性情，从此，他变得安静了。

从大礼仪悲剧中，可以看出积极劝诫君主，实际上处于以两全心理临两难境地的冲突支点上，既要防止皇帝偏离礼制的行为，同时，又不能丝毫损伤君主的神圣形象，其间的尺度如何把握确实令人犯难。假如君臣之间是平等的，尺度是法律化的标准，事情决不至于弄到非流血的地步。以礼制的政治立意限定君主行为的操作程序，过分依赖礼制的说教和圣教权威的感化力，缺乏必要的层次性适用标准，因而，在礼制纠正君主行为的过程中，始终存在着理解的差异和是非判定的多向选择性，从而导致冲突双方各执一词皆援引经典立意互相攻讦不已的现象愈演愈烈，最终不得不牺牲生命来表明自己的礼制信念的坚定和价值取向的正确。

实际上，任何君臣间的冲突所引发的悲剧，都与文官集团内部派别利益冲突、官员个人谋求快速升迁的欲望相关。若没有文官集团内部始终存在的利益纠纷、政见冲突，历史上任何一位皇帝的罪恶或是体制内的变法改革，都不可能实现。在君臣认同一致的礼制政治体制内，朝廷官员和诸朋党集团皆想获得皇上的眷属。因之，对待皇帝的某些超乎寻常的议案，朝中决不会形成一致的否定意见，往往有人采取投机取巧、希旨取容或模棱两可方法。正是有一部分官员的支持，并给嘉靖皇帝输送了礼制根据，不然的话，他怎么也难敌文官集团的潮水般的阻挡力量。

张璁这位后来做到内阁首辅的人，正德十六年中进士时，已 47 岁。来自藩邸承继皇位的嘉靖皇帝，当时不过 14 岁，也许因为年少气盛，天生性格执著和藩邸生活的封闭，在骤然直面皇权眷属时，显得过分自信自尊，还不甚了解文官集团的礼制性格，刚刚登上皇位，立即行使皇权隆尊本生父母。因此引起在朝官员的普遍反对，人们不容许他如此地漠视孝宗、武宗的皇帝权利，粗暴地割裂变更统嗣秩序。从礼制意义上看，"重大宗者，降其小宗"，统治继承关系中应完全摒弃血缘上的亲疏，保护被继承皇帝的绝对权利，这一权利代表着继承人统治的合法性。

不管是出于固位，还是为了升迁或卖弄才智，文官集团内总有人不甘寂寞，对于命运的契机极为敏感，不但能揣测顺从君主的意愿，更具激发君主欲望的能力，可以轻易地将君主创意引向个人的目的。时在礼部观政的新科进士张璁，不过是一位初入政界的实习部员，却把握了升迁的机遇，将自己的命运押在了皇帝意愿实现上，是他机智地用自己丰富的经典知识和生活阅历找到孝道抗衡统绪的礼制根据，帮助嘉靖皇帝实现了宿愿。从而他和朝廷一些官员亦得以升迁，尽管形象不怎么光彩。"其议合，得大用者七人；以称大礼用者五人；言大礼用而不终者四人。"[11]然而，利禄仕途上的幸运者终归是少数，虽然捉住了机会倾注了心血，却未见大用者"其人尚多。正德十六年（1521年）十一月，山东历城县堰头巡检方浚建言欲考献王。其说与张璁同，此宜与张、桂偕受赏，竟不见登进，继之者为致仕训导陈云章、革退儒士张少连、教谕王价，亦不闻优擢"。类似情况不下二十余人。[12]

三、皇帝礼制兴趣与坛庙兴建的热潮

大礼仪之争，让嘉靖皇帝对礼典发生了浓厚兴趣，风波过后，京师迎来坛庙建设高潮。皇上要开创自己独立的帝系传承系统，因此就要在祭祀方面有所建树。都城历来被看作是一种强大的、集中的、具有绝对权力的实体。从朝廷建筑的使用性质上看，只有专为吉礼祀典而建的坛庙，性质比较单一，完全是为了敬天法祖和专门祭祀各类性质的神鬼而祈盼人间事事安康。所以投资坛庙，改动规范祀典程序，无疑将神化皇上作为开创者的神圣形象。

永乐营建北京时，主要放在宫殿与城垣上，而坛庙建设显得疏阔，只有天地坛、社稷坛、山川坛、先农坛、太庙、旗纛庙等。嘉靖四年（1535年）十月。在太庙东侧增建"世庙"供奉兴献皇帝。后神主移入太庙，而改称"玉芝宫"。

嘉靖九年到十一年间又陆续添置地坛、朝日坛、夕月坛、帝社帝稷坛、帝王庙、高禖台、崇雩坛等。坛庙形制毕备。

天 坛

永乐十八年（1420年）建，初制天地合祀，称为天地坛。嘉靖九年（1529年），从给事中夏言的建议，分祀天地。遂于大祀殿（即今天坛祈年殿）之南建圜丘，此时去永乐朝已一百余年。坛制三层。圜丘建成后，地处坛北的原天地坛大祀殿，在嘉靖二十二年（1543年）改名为大享殿，每年正月祀昊天上帝于大享殿，行祈谷礼，九月行大享礼。

崇雩坛

嘉靖九年创制圜丘之后，于第二年十月议修雩坛，选址圜丘外泰元门东南之区建造。坛制一层，围径五尺，高七尺五寸。十一年春天动工，不久完工。雩祀就是逢旱祈雨的仪式，通常在春末夏初举行。

地　坛

在安定门外路东，嘉靖九年建。明初永乐迁都后，行天地合祭之制，至此始分祀。

朝日坛

在朝阳门外以南，嘉靖九年建。坛制一层，方广五丈，高五尺九寸。

夕月坛

在阜成门外以南，嘉靖九年建。坛制一成，方广四丈，高四尺六寸。

帝社帝稷坛

在西苑豳风亭之西，嘉靖十年（1531年）二月建。坛高六尺，方广二丈五尺，小砖垒砌，实以净土。嘉靖皇帝这一复古行为，并没有被他的继承人坚持下去，随着他的离世，便被嗣皇隆庆帝废止。

帝王庙

在阜成门内大市街以西。永乐迁都北京之初，没有建帝王庙以奉祀历代明君贤臣。嘉靖十年（1531年）正月十二日，礼部就修建辟雍与帝王庙做出议案，并上报给皇上：

先是右中允廖道周请改大慈恩寺，兴辟雍以行养老之礼，撤灵济宫徐知证、徐知谔二神，改设历代帝王帝位，仍配以历代名臣。下礼部议，覆言：今国子监乃祖宗以来临幸之地，恐不必更葺梵宇旧址，重立辟雍，惟寺内欢喜佛系胡元旧制，败坏民俗，相应撤毁。灵济宫徐知证、知谔二神，其在当时已得罪名教，因宜撤去，但所在窄隘，恐不足以帝王寝庙，宜择地别建。

得旨：夷鬼淫像可便毁之。帝王庙，工部其相地卜日兴工。于是工部销毁淫像，会官相帝王庙地，因言阜成门内保安寺故址，旧为官地，改置神武后卫，而中官陈林鬻其余为私宅，地势整洁，且通西坛，可赎迁而鼎新之。奏入。报可。[13]

工程于本年三月十七日开工，在原保安寺故址上修建，至次年八月完成。庙正殿名景德崇圣殿，东西两庑，南砌二燎炉。殿后为祭器库，前为景德门。门外，东为神库、神厨、宰牲亭、钟楼。又前为庙街，门东西设两坊，额曰景德。立下马碑。

本庙供奉15帝，正殿中奉太昊伏羲氏、炎帝神农氏、黄帝轩辕氏（即三皇），东次间，奉安帝金天氏、帝高阳氏、帝高辛氏、帝陶唐氏、帝有虞氏（五帝），西次间奉安夏禹王、商汤王、周武王（三王），东进间奉安汉高祖皇帝、汉光武皇帝，西进间奉安唐太宗皇帝、宋太祖皇帝。从祀历代名臣32人，分列殿之两庑。

皇朝设立帝王庙供奉历代明君贤臣，表明了对统绪连续性和文化继承性的尊重，并没有因为本朝的建立，就竭力抹杀历史，贬损前代之君。历代帝王庙春秋两祭，每年二、八两月的上旬甲日或中旬望日举行。纪念历代帝王属于中祀中从优对待的祀典，由皇帝传制特遣大臣行礼，一般来说，皇帝很少亲临。

高禖台

嘉靖九年创制，专为祈祷皇帝生育繁盛而建。设木台于皇城东，永安门北。考其地应位于景山公园东门内以北。[14] 祭祀时，台上皇天上帝南向，献皇帝配，西向。高禖在台下西向。皇帝位坛下北向，后妃位于南数十丈外北向，设帷幕。坛下陈弓矢、弓韣如后妃嫔数。礼三献，祭毕。女官引导后妃至高禖前，跪取弓矢授后妃嫔，后妃接后装入弓韣。此礼，似乎仅在嘉靖朝举行过，其后诸帝未见继承。因而其台自然颓败，再难寻遗迹。

明代北京城的格局，建筑框架，经历了160年，始规制完备，其间大致可分为三个阶段。第一阶段的创制期，工程主要是城垣与宫殿；第二阶段的完备期，工程主要是城垣规制标准化和政府衙署；第三阶段细化期，工程主要是增加外城以及坛庙、西苑诸宫殿。

随着年龄的增长与帝位的磨炼，嘉靖皇帝似乎不再愿意接受某些官员的美意，他清楚这类美意背后隐藏着陷阱，不想引火烧身再次掉入君臣冲突的泥潭。嘉靖二十年四月初五日，太庙火灾，寻即鼎建。"时尚宝司丞桂舆首上议，请增建庙制伦次，绘图上之。其意在尊睿宗也。上不悦，下法司鞠之，拟以纳赎还职。上特命冠带闲住。輿即谀臣蕚之子，将窃父故智取宠，不意其遭斥也。"其后又有数人接连上书请尊兴献如太祖。然"上已洞悉其奸，斥逐不已"。(15)

嘉靖二十一年（1542 年）十月，发生了骇人听闻的"宫婢之变"，宫女杨金英带领十六名宫女，深夜趁嘉靖皇帝在曹妃宫中熟睡时，用黄绒绳索企图将其勒死。不想慌乱中，绳子结为死扣，无法勒紧。未能如愿，被赶来的方皇后救下，侥幸逃脱一命。结果可想而知，宫女一律处死，还牵扯了许多人。事关宫闱隐私，宫廷讳莫如深，千方百计遮掩，故其真相如何史籍并无记载，研究者各持其说，似乎也不能将其疑团解开。

嘉靖在以后的岁月里变得更加沉迷与炼丹方术，逃避与朝臣公开会见，君臣落得个相安无事亦是幸事。只不过给内阁权臣如严嵩之辈增添了弄权的机会。但是，文官集团毕竟拥有礼制执著精神，某些官员就不能容忍皇上这样的放任自流，必然祭起劝谏的武器，直接挑战皇上偏离礼制的行为。类似的奏疏在嘉靖皇帝躲入宫中修炼期间从未间断过，最后以海瑞上疏达于顶点。嘉靖四十五年（1566 年）二月，户部主事海瑞上疏，要求皇上"翻然悔悟，日视正朝，宰辅九卿，侍从谏议，相与讲求天下利害，洗数十年道君之误"。(16)

据说，皇上看到这篇措辞严厉的奏疏时，羞怒不已，连呼"可杀，可杀！"掷其奏章于地，"已而复取置御案，日再三读之，为感动叹息。留中，数月余。会上有疾，烦恚，遂下诏曰：海瑞詈主毁君不臣悖道。锦衣卫收讯。法司乃拟大辟。谳上狱词，竟留中不下"。(17)不久以后，嘉靖皇帝就背负着这样的骂名过世了。海瑞得以保全性命，因之名扬天下。现在人们无法弄清嘉靖皇帝在对待海瑞生命问题上的最终决心，是真的不想要他的命，还是因病情折磨，到弃世那天没有顾得上。

大礼仪成功所付出的惨痛代价，或许留给嘉靖皇帝一生难以磨灭的印象。他不可能总用这样沉重的代价换回自己提议的实现，因而文官集团的礼制传统力量，最终还是逼迫其就范，如果事情非弄到君臣关系破裂的地步，他的皇位也可能由此动摇。可见，改变一个集团的性格要比顺从它的意志难得多，而且伴随着自身安全的风险。一位被偶像化的君主生活在祖制阴影和文官集团包围中，所受到的约束要比寻常人严格繁密。为了在礼制压力与反叛心理之间寻找一块净土，嘉靖皇帝最终选择了疏远朝臣。

注释：

（1）（明）沈德符：《万历野获篇》卷六。

（2）王世贞：《觚不觚录》，光绪九年山阴刊本。

（3）（8）《明史》卷一九七，《杨廷和传》。

（4）《明史》卷一九七，《杨廷和传赞》。

（5）（6）《明史记事本末》《江彬奸佞》。

（7）焦竑：《玉堂从语》卷二《筹策》。

（9）《明史》卷一九一，《何孟春传》。

（10）《明史纪事本末》《大礼仪》。

（11）王世贞：《嘉靖以来首辅传》卷二。

（12）沈德符：《万历野获编》卷二。

（13）《明世宗实录》卷一二一。

（14）吴长元：《宸垣识略》卷三。

（15）《万历野获编》卷二。

（16）（17）徐学聚：《国朝典汇》卷三十，《朝政大观》《建言》。

第五章　张居正柄政

一、辅政大臣与权阉之间的冲突

　　万历皇帝的父亲穆宗只做了六年皇上，便抛下一大群心爱的女人和少年太子离开人世。隆庆六年（1572 年）上半年的内阁仅有三人，首辅高拱，张居正和高仪。五月二十五日，隆庆皇帝病势加剧，三人奉命来到乾清宫御榻前，接受了皇上临终付托的"顾命"重任，成为即将产生的新朝辅政大臣。这一年，神宗年方九岁。张居正四十八岁，从政已二十五年。

　　张居正是江陵人（今湖北省江陵县），字叔大。十六岁中举，二十三岁会试连捷，改庶吉士。嘉靖四十三年（1564 年）七月，他出任裕邸讲官，颇得裕王好感。这位裕王便是三年以后登极的隆庆皇帝。隆庆皇帝的个性不同于他的父亲嘉靖，显得有些柔弱、平庸、缺乏主见。同样是懒于朝政，他却比自己的父亲放任朝臣。张居正的伟大相业成就是在慵懒与孩童的两位皇上统治时实现的。主弱臣强，极易造就权臣的事业或权臣的罪恶。

　　首辅高拱是新郑人（今河南省新郑），字肃卿。比张居正长十三岁，受顾命时六十一。嘉靖二十年（1541 年）的翰林庶吉士，是张居正的翰林前辈。二人曾经是朋友[1]，又先后充任裕邸讲官。高拱入阁仅比居正早一年，嘉靖四十五年三月晋礼部尚书兼文渊阁大学士。这一年十二月，隆庆皇帝登极，改明年为隆庆元年，二月，加恩从藩邸诸臣，升礼部右侍郎张居正为吏部左侍郎兼东阁大学士，直内阁。两月后，又进居正礼部尚书兼武英殿大学士。

居正入阁之初，内阁六人，首辅徐阶（嘉靖三十一年三月入阁，四十二年为首辅），其次依序为李春芳（嘉靖四十四年四月入阁）、郭朴（嘉靖四十五年三月入阁）、高拱（与郭朴同时）、陈以勤（隆庆元年二月入阁）、张居正（与陈以勤同时）。六人之中，徐阶是居正的前辈。高拱是居正的相知，早在嘉靖三十九年（1560年），二人同事国子监时，就"相期以相业"。[2] 现在，两人的梦想果真成了现实。

首辅徐阶这位嘉靖朝扳倒权臣严嵩的人物，精于权略，处世老道。他援引居正入阁的真实目的，似乎不是纯粹的怜惜人才，还有令人不易察觉的用意，就是要利用居正对抗那位经常与他作对的高拱。历史证明他的心计权谋确实胜人一筹，不但蒙住了皇上、被荐人，甚至蒙骗了历史，谁也难于相信，援引政敌的朋友入阁是为了对付政敌的说法。不过稍加分析，其理由亦十分充分。徐阶入阁十五年，任首辅四年，未见其特别地照看居正，新皇一登极，忽然殷勤接引，虽说是为了邀宠，但是，内阁成员的现实关系状态，似乎不能让他再接引居正，重蹈当初援引高拱坐受其害的覆辙。他完全可以使居正升官而不入阁，从而求得邀宠和防止内阁政敌势力增强的两全之策。正当他与政敌高拱闹得不可开交之际，竟然诚心诚意地援引高拱的朋友入阁，如果没有其他目的，实在令人费解。

回首嘉靖四十五年（1566年），徐阶举荐高拱、郭朴入阁。不久，高拱就与徐阶交恶。[3] 穆宗即位。阶虽为首辅，而拱以帝旧臣，数与之抗，朴复助之。阶渐不能堪。而是时陈以勤与张居正皆入阁。

当时，阁中四人，除李春芳外，高拱与郭朴联合抗争徐阶，在此危难之际，徐阶即使不能引用亲信入阁，至少也应该推荐高拱的政敌或干脆维持现状不扩大阁员人数。如果这样做了，他就不再是史称"善容止，性颖敏，有权略，而阴重不泄"的徐阶。他的颖敏过人之处就在于十分清楚：在权力诱惑面前，任何朋友信义都是靠不住的，况且以他对张居正的志向、能力、性格的了解，决不会为了义气友谊和高拱合流。他的权略与深藏不露就在于敢把自己的判断做冒险的尝试。果然成功了，在随即发生的倒高行动中，张居正没有站到高拱的一边。隆庆即位，高拱看到首铺之位的曙光，他倚仗曾在裕王身边做过九年侍讲的特殊关系，联合同为河南人的郭朴，朝徐阶发起猛烈的攻势。本年恰好是六年一次的朝廷官员考核的京察之年，正可从中寻出徐阶及其亲信的纰漏，用作打击政敌的炮弹，迫使首辅下台。所有的朝廷官员都深知人事纠葛与道德名誉的重要性，如果在人事关系方面被人指证引用私人危及皇朝利益，比起贪恋美色金钱还让皇上不放心。由此道德美誉丧失殆尽。不管指证最后是否能够落实，本朝以气节自许的大臣往往都采取“乞休”的方式来避嫌。有的从此还就结束了自己的政治生涯。

隆庆元年，吏部尚书杨博主持京察。杨博是山西蒲州人，嘉靖八年进士。然而，“山西人无一被黜者”的结局不能不使人起疑。[4] 还是那位早些时候曾弹劾高拱的吏科给事中胡应嘉捉住这一疑点不放，上书弹劾杨博“庇其乡人”。顿使杨博有口难辩只得按惯例行事“连疏乞休”。也许胡应嘉太急于向皇上邀功了或受了什么人的指使，竟然忘记了自己曾经参与本次京察的全过程。这一疏漏给高拱提供了向徐阶发难的绝好机会，他紧绷的神经立刻捕捉到问题的实质，关键就在于胡应嘉是吏科给事中，曾会同杨博考核诸官员。假如考核真的有疑问，为什么不及时地指出，而非要待到事后再谴责？皇上也感到这位言官的行为抵梧，谕内阁拟旨惩罚。在内阁会议上，郭朴提议应将胡应嘉削职为民，逐出京师。徐阶有意维护又不好表态，他用期待的眼光望着高拱，但见高拱满面怒容，一副对胡严惩不贷的样子，不得已勉强听从了郭朴的提议。

高拱借机重罚胡应嘉，不仅报了昔日的一箭之仇，更希望将皇上的怒火引到徐阶的头上。徐、胡是同乡，胡的落职，至少可以让徐阶难堪并剪掉他在朝中的一位得力干将。然而，高拱也许太天真了，去了一位胡应嘉，徐阶的权力并未因此动摇。对于皇朝庞大的言官御史集团来说，徐阶远比高拱拥有号召力。高拱后进，仅凭勇气和与皇上的特殊关系，尚难与人事关系基础雄厚的徐阶分庭抗礼。

原以为除掉胡应嘉即可高枕无忧的高拱引来了更大的麻烦，言官群起指责他挟私怨放逐胡应嘉。弹劾章奏铺天盖地涌来。不得已，高拱只得上疏辨诬求去。徐阶立刻扭转了局势，以相度的宽怀替皇上拟旨“慰留”，但是，没有明确地谴责批评者的不实之辞。换了谁也不会接受这样的结果，假如批评者没有错误，那么高拱就必须承担挟怨报复的事实，这样一来，再安于相位岂不被人耻笑。

徐阶“慰留”的善意使高拱益感愤怒，二人在内阁发出激烈的争吵。御史齐康替高拱抱不平，上疏弹劾徐阶，却被贬职，与弹劾高拱者的遭遇形成鲜明对比。“于是言路论拱者无虚日。拱不自安”，终于在本年五月辞职还乡。[5] 徐阶从容体面地送走了这位不自量力的同事后进。而胡应嘉最终没有丢官，只是出京做了建宁府推官。

　　这一年九月，徐阶又赶走了郭朴，第二年七月，他在首辅位上风光了七年之后也乞休还乡了，阁中只留下李春芳、陈以勤和张居正。李春芳继徐阶为首辅，他的作风与徐、高迥异，只是维持不思作为，这样在徐、高两败俱伤之后的内阁沉寂期，积蓄已久的张居正把握了展露才识的良机。

　　隆庆三年（1569 年）十二月，离开内阁二年七个月的高拱，又被皇上召回京，入阁并且代替致仕的杨博为吏部尚书。他大权在握，行事果断，极力促成俺答孙把那汉吉纳款之事，为皇朝赢得北边的一时之安。将及三年的回乡休养，似乎没有改变他的性情，仍然傲然使气，与同列不相容。高拱的再次出现，使得靠近首辅位置的张居正又离目标远了些，二人同阁办公，关系决无破裂迹象，"及李春芳、陈以勤皆去，拱为首辅，居正肩随之。拱性直而傲，同官殷士儋（隆庆四年十一月入阁）辈不能堪，居正退然之下，拱不之察也"。[6] 张居正故意的谦恭蒙住了这位朋友的眼睛，他忍耐着，终于等来了机会，在高拱还未来得及怀疑他的时候果断地出卖了老朋友的秘密计划。

　　隆庆皇帝殡天之前虽然已指定高拱、张居正、高仪为顾命大臣，可是隆庆六年六月十日万历登基后，先帝遗诏中竟然又增添太监冯保参与其事。高拱无论如何也不愿接受这一事实，当新皇圣旨在内阁宣读的时候，旨意引用穆宗遗诏，升提督东厂太监冯保为司礼监掌印太监。高拱立刻表示怀疑，他不相信一位九岁的孩子能有这样的主见，也不想在他大权独揽之际，再加上一位令人生厌的宦官来分享。他与张居正、高仪会商取得共识，决意驱逐冯保，遂暗中煽动言官交章弹劾冯保。

　　高拱及其追随的科道之官，也许忽略了一项致命的程序问题，弹劾奏章是否能安全地送达御前？冯保已经是司礼监的领袖，很难想像他在司礼监看着这些辱骂他的奏章时，究竟是惶恐还是嘲笑，一方面是内阁，一方面是太后与幼皇，他居间联络，优势就在于能操纵内廷与外朝之间的交流。他可以拖延章奏不报或扼要上陈，即便不利于自己的弹章，经过在太后或御前的自责或暗示，引导太后嗣皇怀疑上奏者的居心，把目标转向皇位安全问题上，宫内不见天日的母子就不得不考虑这些人的动机，是否仅局限在冯保的身上。

　　历史上，凡是幼主临朝，内官与朝臣的冲突，内官十之八九会取得最终的胜利，它是幼皇的母亲唯一熟悉信赖并可供驱使的工具，历代只见逼宫篡位的权臣，而未有权阉登上皇位的，相比之下，历代皇朝君主只要把宦官引入到权力控制之中，就没有一个不是信宦官胜于信权臣的。尤其是幼皇的母亲，她与朝臣之间礼制鸿沟所造成的交流困难和文官集团生就的厌恶女人干政的传统，使之只有倚重内官一途别无选择。所以高拱愈是高谈"老臣谬膺托孤，不敢不竭股肱"。宫中的太后母子在冯保的煽惑下愈是不安。高拱的失败在于他当政多年还不了解君权体制的实质，正是因为嗣皇是儿童，所以必须有司礼监代表皇室利益与内阁合作，方能达到权力的制约平衡，内阁企图趁皇帝年幼包揽一切的天真想法，在一开始就处在权力体制上的劣势，决无取胜的希望。

世间决少有人不讨厌太监，但是讨厌并不等于一定拒绝太监的政治功能。作为君权附属物的太监对于朝廷官员具有相当大的吸引力，尤其在宦官干政已属合法之际，更让人趋之若鹜。张居正审时度势正视现实，一方面在内阁与高拱、高仪诚恳地共议驱逐冯保的方案；另一方面，却又将方案"阴泄之保，乃与保谋去拱"。[7]张、冯联合断送了高拱的政治生命。张居正出卖高拱的理由很简单，他如果追随高拱击败了冯保，那么还会有第二个冯保，只要司礼监存在一天，内阁就无法染指它的权力，而自己不会从胜利中得到丝毫好处，相反由于来自司礼监的压力有所减弱，使自己成为高拱揽权道路上的障碍，所以，他与冯保联合，高拱一败，首辅非他莫属，同时还可交好司礼监，使内阁与司礼监重新回到协作的状态。他在新皇即位之初，把握住契机，从此走上政治生涯的顶峰，开创了万历头十年的辉煌政绩。

或许是对历史名相人格的理想化，有人竭力为张居正辩诬，否定泄密于冯保事件。这与不原谅他当政后的奢侈腐化，出自同样的道德立意。人们似乎很乐于接受政绩与人品一致的观点，相信辉煌的政治业绩源于政治家的能力非凡和道德高尚。因而在逻辑推证中，把政治家的政绩创造过程当作纯粹的道德追求的过程。而对于侈奢腐败现象，又归结为道德丧失，针砭之余常常为之惋惜。其实，无论政治家之间的友谊，还是他们的道德价值观，都不同于世俗，不具心心相印的永久性和狭隘的然诺永久性。孟子早就说过"大人者，言不必信，行不必果，惟义所在"。[8]因之，大可不必因为处于敬重，就非要把他装扮成圣人不可。要知道张居正等待这样的机会已经六年了。政治抱负和年纪不容许他继续等待，因此才甘愿冒此风险。

隆庆六年（1572年）六月十六日，先皇逝去的第二十天，新皇登极的第七天，高拱直内阁，张居正请了病假，忽然有旨召诸大臣去会极门聚集，各官纷纷赶来，张居正一人独落在后面，屡促之，掖而入。这一细微的变化，未引起高拱的警觉，他还满怀信心地对居正说：

> 今日必因昨科道弹文。我且正对，必忤旨，公即处我。"居正佯惊曰："公何言也？"太监王蓁授旨。居正启之曰："皇帝圣旨、圣母皇太后懿旨、皇贵妃令旨：我大行皇帝宾天前一日，召阁臣御榻前、我母三人亲谕云：东宫尚幼，惟赖卿等辅佐。今高拱擅权，专制朝廷，我母子惊惧不宁。高拱即回籍闲住，不得迟留。尔等受国家厚恩，当思报国，何阿附权臣，蔑视幼主！姑不问。"诸臣愕然顿首谢。拱又顿首出。缇校迫逐，不及束装，立就道。[9]

高拱失败了，而且败得这样突然这样悲惨，还没来得及回味其间的疏漏，就被锦衣卫押解出京，仅做了二十天顾命大臣。风云突变以后，张居正没有得意忘形，仍与高仪上疏请留高拱。及至高拱病逝，他仍"请复其官与祭葬如例"。[10]可谓做到仁至义尽。然而，同样是政治家的高拱在九泉之下，也决不接受这样的厚意，他的《病榻遗言》表明了自己的心迹。

二、朝廷权力牵制格局的政治立意

在儿童皇帝不能亲自御政之际，宫府一体的要求总让皇上怀疑提倡者的居心，即使提倡者仅是为了皇室利益而别无他意，也不能真正抹平宫中后妃在权力结构的现实中产生的猜忌，谁都不想把社稷安危的赌注压在检验一位权臣是否忠心上。因而，宁可冤枉了大臣的忠心，也要防患于未然。

高拱只看到了皇上的年纪，完全视其为一个普通的孩子。但是，这位被太后、贵妃与太监包围的孩子是他永远无法随时接近与看护的。因此也就注定了他与冯保冲突一经发生即处于劣势的命运。无论当初朝中有多少支持他驱冯行动，但是，以皇帝名义发布的谕旨一公布，官僚集团便随皇上一道把高拱抛出政府之外。

张居正接替高拱任首辅以后，一改高拱的做法，奉承后宫，结纳权阉。可以说，万历头十年的张居正相业的辉煌是在敷衍、迁就权阉，乃至牺牲了大臣人格的基础上换取的。

明代宦官干政甚烈的各朝，大都是皇上年轻且又懒于政事铸就的，王振、刘瑾、魏忠贤的机遇都是如此。皇上年轻气盛极易受到蛊惑愚弄；懒于政事恰恰给司礼监拥有野心的高级宦官利用体制上的缺陷扩大个人权力的机会。这一看似仅为君主附庸的办事机构，所拥有的皇朝高层政治消息是最全面的，与生俱来潜伏着窃取代行君权的能力。

高拱去位，内阁与司礼监又重新坐到一起共同托起冲龄的皇帝。朝廷恢复了往日的平静，没有小皇帝的实际参与，皇朝照样在他的名义下运转着。皇位制度的刚性与政治文化传统之间是一种相互依赖的关系，君主专制就意味着信任制度化，它的功能就是增进君主与大臣和官员之间的互信感，如果缺少这种信任感，皇位制度与皇帝权力就难以继续。

一种行政体制一经确立行之有年，它的行政效率极限亦随之铸成，人们尽可在体制内寻求最大值，却决不能够超出体制容量获得更高的效率，要么更改体制，要么熄灭追求效率的欲望。企图守定传统体制而移植另外一体制的效率优势总是不现实的。

皇朝的政治行政体制的效能，在制度立意上比较依赖道德自律的水准。效能极致必须是在全体官员廉洁自律勤政爱民和衷共济的状态中才可望达到。然而，这样的状态也许永远不会出现。

皇朝的政治行政体制的效能，在制度立意上还要让位于体制的安全，君主宁可要效率低下的统治稳定，也不要效率提高导致的政治危险和人事关系的紧张。政府部门的设置，贯彻分权牵制而不是事权集中。因而，任何为了提高行政效率的部门裁并永远与君主利益相悖，同时也将遭到部门利益的坚决反对。

尽管行政效率不能如人所愿的提高，但是听任其恶化也不是体制的本愿，谁都明白丧失了行政效率就将丧失统治。历代亡国之君大都犯过相同的错误，面对吏治腐败行政效率极度下降时，不是束手无策就是回天乏力。所以，各朝著名政治家的变法，一般不是追求体制或谋求超过体制耐力的效率，而是采取实用方法恢复体制应有的效率，从而再造体制的信心。这类变法的效果被历史一再证明是暂时的，随着实权人物离去，立即烟消云散，紧接着就是对变法的清算。

朝廷官员对政治体制怀有理想的期望，却异常鄙视行政技术问题，以为一切皇朝的现实问题都可以通过道德自律和礼制训化解决。

道德沦丧用道德立意来振兴，在理论上进行逻辑演绎似乎可以行得通。儒学人人皆可成圣的善良断语，不过是圣人的一厢情愿。单纯的道德振兴已被历史实践证实是不会改变政治腐败与行政效率现实的。

张居正明了文官集团的实际情形，要革除因循，使行政效率提高，只有激发皇朝行政机制的活力，使官员勤于职守、注重实效，才可能改变皇朝的现状。比起前代的改革者，他所创立的新法最少。他明白多设衙门多发公文是打不倒官僚主义的。必须用"敦本务实"的精神配置相应的法规来整顿因循低效的行政。他是阳明心学风行于世时期的政治家，年轻求学时颇受禅宗的感染，中进士后的多年翰林生活，又曾研读过王艮著作，探索过泰州之学用于政治上的可能性。心学致良知的便捷，冲破程朱理学的繁琐教条的牢笼，启迪人的主观心智，崇尚实用和事功，给他留下不可磨灭的印象。

三、拯救行政效率的随事考成法

张居正深知依靠"科条美意"与反复"申令"，无法真正改变现实的行政状况，官员们积习已深，常常大言欺世，而不身体力行。如果找不到符合行政技术状况且又实用得方法对症下药，"虽日更制，而月易令"，也毫无用处。他精通皇朝典章制度，援引皇朝法典《大明会典》的条款作原则，加以技术上的修订增容，把自己的敦本务实的思想外化成现实。

皇朝设有与六部对应的六科，负稽察六部百司之责，章奏出入均必经其手，事有关系，抄发过部，附上参考意见，谓之"抄参"，部复回文采入正式文件中。张居正看准了这一机构的监察言事功能，把六科、内阁和行政部门结成一个相互监督的环体系统，创立"随事考成法"。万历元年（1573年）六月，上《请修实政疏》：

> 臣等窃见，近年以来，章奏繁多，各衙门题复，殆无虚日。然敷奏虽勤，而实效盖鲜。言官议建一法，朝廷曰可，置邮而传之四方，则言官之责已矣，不必其弊之果厘否也。某罪当提问矣，或碍于请托之私，概从延缓。某事当议处矣，或牵于可否之说，难于报闻。征发期会，动经岁月，催督稽验，取具空文。虽屡奉明旨，不曰著实举行，必曰该科记着。顾上之

督之者虽淳淳，下之听之者恒藐藐，鄙谚曰："姑口顽而妇耳顽"，今之从政者殆类于此。

查得《大明会典》内一款："凡六科每日收到各衙门题奏本状，奉圣旨者，各具奏目，送司礼监交收。又置文簿，陆续编号，开其本状，俱送监交收。"又一款："凡各衙门题奏过本状，俱附写文簿，后五日，各衙门具发落日期，赴科注销。过期稽缓者，参奏。"又一款："凡在外司府衙门，每年将完销过两京六科行移勘合，填写底簿，送各科收贮，以备查考。"

及查现行事例，在六科，则上下半年，仍具日缴本。在部院，则上下半月，仍具手本，赴科注销。以是知稽查章奏，自是祖宗成宪，第岁久因循，视为故事耳。

请自今伊始，申明旧章：凡六部、都察院遇各章奏，或题奉明旨，或复钦依，转行各该衙门，俱先酌量道里远近，事情缓急，立定程期，置立文簿存照。每月终注销。除通行章奏不必查考者，照常开具手本外，其有转行复勘，提问议处，催督查核等项，另造文册二本，各注紧关略节及原立程限。一本送科注销。一本送内阁查考。该科照册内前件，逐一附簿候查，下月陆续完销，通行注簿。每于上下半年缴本，类查簿内事件，有无违限未销，如有停阁稽迟，即开列具题候旨，下各衙门诘问，责令对状。次年春、夏季终缴本，仍通查上年未完者，如有规避重情，指实参奏。秋、冬二季亦照此行。又明年仍复挨查，必俟完销乃已。若各该抚、按官奏行事理，有稽迟延阁者，该部举之。各部院注销文册，有容隐其蔽者，科臣举之。六科缴本具奏，有容隐欺蔽者，臣等举之。如此，月有考，岁有稽，不惟使声必中实，事可责成，而参验综核之法严，即建言立法者，亦将虑其终之罔效，而不敢不慎其始矣。

奉圣旨：卿等说得是。所奏都依议行。其节年未完事件系紧要的，著该部院另立期限，责令完报。[11]

张居正以《大明会典》内的三项条款为依据，发明三册文簿制。他深知议法而不治行法之人只能继续公文旅行。对待皇朝的吏治弊端和行政低效问题，不能再走激烈抨击或发布文件申斥的老路，那样做的结果常常事倍功半，收效甚微。批评意见听得久了，人们反而习以为常了。比附从众的心理，有可能使批评、泄愤成为一种时尚，浮于事物的表层，似乎所有的官员都在批评，都在发泄对现实弊病的不满，但是，往往忘记了自己的职责，仿佛自己置身于局外，因此，吏治未见清明，反添玩世不恭病症。

三册文簿分在三个职能不同的机构：行政部门、六科、内阁。行政部门督促、稽查本部系统的工作实效；六科稽查行政部门的工作结果；内阁核验六科的稽查结果是否属实。尤其重要的是，张居正要行政部门送给六科与内阁的工作计划必须注明办事的日程表。六科按照该部门提供的完成日期来考核其工作的成果。按期求效是张居正的一大发明，实为拯救皇朝行政效率下降的良法。在一个落后的农业社会中，人们除了不误农时的观念极为明确外，极为缺乏精确的时间观念。把"程期"引入行政机制运行中，无疑增添了文官集团的压力。期限内的实效与否成为官员升降、赏罚判定的标准之一，令大小臣工有所求亦有所惧。从而使吏治的状况得以改观。

张居正以敦本务实的精神，靠着"考成法"取得令人鼓舞的政治成就。整顿吏治，提高效率；训养人才，严格员额；改革赋税制度，清丈田亩，推行一条鞭法，增加财政收入；整顿驿站，禁官员侵扰；和亲俺答等等不一而足。

四、江陵身后的毁誉

万历朝的第一个十年是令人鼓舞的。但是第十年（1582 年）的六月二十日，张居正逝世。此时，冲龄之君已长成为十九岁的青年，不久，他与群臣一道发起清算张居正的运动。皇朝的行政效率不可能永远地在一种紧张劳碌的状况中保持下去，千百年来形成的政治体制与儒学浇铸的中庸舒缓的官员性格，在权力强制下早已疲惫不堪。假如张居正没有离开人世，情形也许更为惨不忍睹，他就要承受所有的惩罚，弄个身败名裂的下场。他在皇上成年之际就魂归故里，未必就是一件坏事，起码他是抱着满足与成就感离去的，没有看到官荫、封赠被剥夺，抄家，子孙离散，有的还献出生命的悲惨景象。

张居正生前忽略了文官集团的双重性格，肩承圣人之教的同时也要过悠然自得的富裕生活，仅满足了富裕而不能保证慢条斯理从容不迫，同样会使人不满。实际上，从容不迫也是圣人的教导，在人类懒惰的天性中求得人际关系的均衡也许比功利心态下的刻意追求更符合皇朝的实际状况。因之，当行政效率被权力催逼急剧升高之际，不可避免造成行政系统内部的不安，压力超过承受限度，导致文官集团内部分裂。

任何实际问题不问大小皆可能转化为道德用心问题。因而，通过道德上的挑剔很容易罗织专权、腐化、结党营私等罪名。时过境迁，"后人毁誉不一，迄无定评，要其振作有为之功，与其威福自擅之罪，两俱不能相掩"。[12]不过，他生前早已看清身后之事，将毁誉荣辱置之度外，"念己既忘家殉国，遑恤其他，虽机阱在前，众镞攒体，孤不畏也"。[13]如此务实与献身精神不能不令人感佩。

江陵身后毁誉不能定评的另外一个重要原因就是他的生活腐化，即如万历六年（1578 年）三月十三日起程回乡葬父一事，行色铺张奢侈，惊扰地方，足让人侧目而视。三十二人特制的大轿，里面隔成卧房与厅堂，两侧书僮挥扇焚香，轿外由蓟镇总兵戚继光派来的全副武装的铳手、弓箭手所簇拥。沿途所过府县，巡抚、巡按及地方长官迎来送往，真是一件惊天动地的大事。

平日衣着华丽，饮食精美，营造宅邸不惜巨资，在家乡夺辽王府为第。大凡深具进取与事功之心的人，欲望总是强烈的。不但自为其乐，而且为子孙万世生活打算。抄没财产价值：在京庄房折银10670 两，江陵原住宅内，金 2400 余两，银器 107700 余两，银首饰 10000 余两。寄银他处 30 余万两。[14]这样的家产当然远不及嘉靖时代的严嵩，似乎也比不上他的前辈徐阶。然而，即是如此，比之合法的三十五年累积的俸禄和赏赐以及合法不合法之间的常例等项收入，不啻为天文数字。

张居正生活的腐化和辉煌的政治业绩，同样是毋庸置疑。如果按照道德与成就一致的观点苛求，他就算不上一个完人，留给历史太多的遗憾。张居正最终放弃了使自己成为政治完人的机会。盖棺定论的官方评价是严厉的，他的悲剧不能视为其个人的悲剧，而是政治行政体制的天生缺陷带来的。

注释：

（1）（3）（5）（6）（10）《明史》卷二一三，《高拱传》。

（2）《明史》卷二一三，《张居正传》。

（4）《明史》卷二一四，《杨博传》。

（7）谷应泰：《明史纪事本末》《江陵柄政》。

（8）《孟子》《离娄章下》。

（9）谈迁：《国榷》卷六八，穆宗隆庆六年六月条，中华书局 1958 年版。又参见《明神宗实录》卷二，隆庆六年六月庚午条。

（11）《请稽查章奏随事考成以修实政疏》，《张太岳集》卷三十八。

（12）《四库全书总目》卷一七七，《张太岳集提要》。

（13）《答河漕按院林云源言为事任怨》，《张太岳集》卷三十。

（14）文秉：《定陵注略》卷一，《江陵覆车》。

第六章　万历朝争国本事件与
嫡长子继承制度

一、群臣请立太子

明朝皇位继承采用历代相沿的嫡长子继承制度。社会既然已经接纳一姓统治的合法性，那么，任何皇朝内君主的再生，只能在先皇诸子中挑选，有时，先皇无子也只能扩大到近支王公。选择的范围如此狭窄，又缺少选贤考核机制和相应的技术能量与可用的资源，所以，抛开复杂的不确定因素过多的选贤继位方式，采取简单量化的立嫡长制度，确是历史的明智选择。有意思的是中国历史上一直存在着与立嫡长相对的选贤子的呼吁，却基本上没有被试验过，偶一为之所产生的政治恶果总让人心有余悸，皇朝没有因为同意选贤的道德立意而就使用这一方式。选贤引发的皇子攻杀和不能预见的后果，因其代价的昂贵而使人望而却步。因之，与其把智慧能量投在诸君道德选择上，不如严密皇位约束机制，便登上此位的人不论贤愚长幼都能依制行事，对皇朝安全和文官集团更具实际意义。

晚明朝野激烈的党争始于万历十四年（1586年）正月，群臣请立太子之事。时王皇后无子，王妃生长子常洛五岁。"而郑贵妃有宠，生皇三子常洵，颇萌夺嫡意。"[1]大学士申时行率同列一再请皇上立储，却被皇上一再拖延。君臣在胶着状态中，转眼过去了三年。十八年（1590年）十月十九日，上谕内阁，再次表明延期的态度：

朕览卿等所奏，固是。但皇子体脆质弱，再少候时日，朕自有旨。其于长幼之序岂有摇乱？内虽皇贵妃之尝赞言名分，以免疑议，朕前已面谕卿等知之。今卿等又来陈奏，朕岂不知？朕意必待朕自处，不喜于聒激耳。岂有谣言而惑朕哉？卿等可看两京大小文武自十四年至于今日，有一年一月一日之不聒激者？盖此辈心怀无父志欲求荣，不思君上之疾，但虑身家之望，固于此时欲激君上之加疾，以遂己之心志。朕度此辈欲离间父子之天性，以成己卖直图报之逆志耳。其安心甚远，其立意甚详，可见其沽名悖逆之甚。卿等可思，子乃朕子，岂有父子无亲之理，岂有越定序之理。朕又思，安有子不望于君父之旨而私结人心，以言激君父成者？孰理乎？孰否乎？而为臣也以言激之，其为忠乎？其求荣乎？欲朕之病剧乎？朕固于所陈奏一概留中不发者，朕怪其聒激渎扰，归过于上，要直于身，可非有别故。至于郑国泰之奏，朕欲留中，恐卿等不知故，与卿知之。又思我朝戚臣未敢有言于国政者，而国泰出位妄奏，甚非礼制。朕古且容之耳。其建储之事还候旨行，不必又有陈渎，徒费纸笔。卿等可安赞襄，协酗共治，不可学此辈以激言之事虚文塞责。[2]

虽然圣谕中使用了"激君加疾"、"卖直沽名"、"离间父子"等严厉措辞却没有吓退群臣呼吁立储的热情。不得已皇上只得以退为进，开出了条件："若明岁不复渎扰，当以后年册立。否则俟皇长子十五岁举行。"[3]第二年八月，工部主事张有德请具册立太子仪注，帝怒其言，又命延期一年。二十一年（1593 年）正月，王锡爵任首辅。原本决定本年春举行册立太子大典。临时皇上又改变主意，遣内侍以手诏示锡爵，说要等待嫡子出生。令元子（常洛）与两弟（常洵、常浩）并封为王。[4]于是举朝大哗，章日数上。皇帝迫于公议，不得不放弃三王并封的提议。

从万历十四年至二十一年的八年中，君臣围绕立储问题争论不休，弄得皇帝也灰心丧气，只能是拖延，听任群臣的聒激之声。直至二十九年（1601 年）十月十五日，最终没有等来嫡子降生，只得立皇长子常洛为太子，封诸子常洵福王，常浩瑞王，常润惠王，常瀛桂王。

整整十六年的立储之争，反映出皇位制度运行的特点，皇帝的权力如果超出礼制观念的界限，必然引起文官集团的一致反对，其实，万历皇帝从来没有公开提出过要立皇三子常洵为太子，群臣只不过对他迟迟不立皇长子和郑贵妃宠幸地位深表担忧。坚信郑贵妃所生之子常洵已构成对储位的威胁，因而，不管他怎样解释也无济于事，只要一天不立皇长子，皇朝就一天无宁日。

人们从接受一姓统治的那一天起，就不再承认君主有什么自己的家事，连对某位后妃的封号也要由廷臣拟进，派朝廷官员进宫宣布。更不必论立储这样的关系皇朝命运的大事了。

万历皇帝的内心可能是痛苦而烦闷的。一方面，他爱恋郑贵妃，萌生立其子常洵为储君的念头当属可能，然史无确证难下定论。至于贵妃方面谋立己子之心，论理应属必然，否则，她不会热心《闺范图说》的刊行。吕坤"按察山西时，尝撰《闺范图说》，内侍购入禁中。郑贵妃因加十二人。且为制序，属其伯父重刊之"。[5]因而，皇上不得不经常面对贵妃的攻势。即使他没有萌生废长立幼的念头，拖延本身也是对贵妃的一种宽慰；另一方面，面对群臣"建储"的压力，不管他萌生改变继承顺序与否，同样处于左右为难之中，如果发自内心就想废长立幼，那么，不但证实了群臣的猜疑而且把自己放到了礼制继承法则的火炉上煎熬，引起文官集团更猛烈的反对。如果拖延仅为了宽慰贵妃之心使其希望之火不熄，那么，这场游戏的代价只能由他一人担负，无法向人诉说，也无法找到倾诉苦衷的对象。

郑贵妃刊刻制序一部闺范之书，理应博得朝野的赞扬，毕竟闺范是用来管束女人的。然而，在群臣力劝皇帝尽早立储十几年未见成效之际，她忽然热衷起闺范之事，不能不让人怀疑，根据刊行书籍的内容来检查她的真实用意。二十六年（1598年）秋天，匿名之作《忧危竑议》（又称《闺范图说跋》）盛传京师，称《闺范》一书首篇即载汉明德马后由宫人进位皇后之事，即影指郑贵妃。"而妃之刊刻，实藉此为立己子之据"。[6]

细论起来，《闺范图说》的作者吕坤实在冤枉，这部在他按察山西时刊刻的著作和郑贵妃再次作序刊行之间决非出自同一目的。古往今来，借用他人之作表达自己意愿的事情太常见了。两者之间选择意向往往大相径庭，郑贵妃看重的是闺范行为的善果，宫人可以通过自己的努力升至皇后，也许，她刊行本书的目的就是为了宣传这一事例，而对其他事例不感兴趣。有了这一点就足以使她认定这是一部佳作。

假如郑贵妃利用《闺范图说》时，吕坤已经作古，这位理学名臣可能不会被搅进废长立幼的悬案而大受舆论挞伐。在皇朝的政治体制中，若想阻止可能发生的后妃干政，不制造耸人听闻的证据不足以让皇上惊醒。吕坤受到谴责，并不在于他印行了《闺范图说》，而在于他当时的刑部尚书身份，一位朝廷重臣与皇上宠幸不衰的贵妃之间的纠葛，其意义决非民间想像的偷情，而是政治上的勾结将侵害皇室的利益。明朝一立国就严禁后妃干政，朝臣交纳后宫更属大逆不道。因此，吏科给事中戴士衡弹劾吕坤奏疏用"因承恩（贵妃伯父）进书，结纳宫掖，包藏祸心"[7]这样直入政治大忌主题的断语。言官风闻言事语气严厉本不足奇，令人奇怪的是在这样危及皇朝命运的话题面前，万历皇帝的暧昧态度，竟未彻查，以归罪上书者结案。但是朝廷上由此促成的党争却毫无和缓的迹象，反而愈演愈烈，人们无暇辨别消息的真假，似乎也不再愿意为此徒费精力，只要有利于自己一方，便宁可相信消息传闻的真实。

二、争国本的政治阴影

二十九年立皇长子常洛为太子后，朝臣们仍未从争国本事件的兴奋中走出。三十一年（1603 年）十一月十二日清晨，京城内自朝房至勋戚大臣住宅门前，各发现一部匿名之作《续忧危竑议》。这部著作与其正篇出于同样的立意，只不过将郑贵妃谋夺储位改为了谋易储位，所牵扯的朝廷重臣更多罢了。万历皇帝闻知此事后，顿失上次的宽容风度，敕提督东厂太监陈矩及锦衣卫彻底清查，务必搜得"妖书"制造者。帝既把《续忧危竑议》视为妖书，可能出自倾向否定其书内容的态度，然而，该书在朝廷上广为散发，又使他恼怒之余连生疑问，非要弄个明白不可。不管怎样，如此荒诞不经的政治传单竟然出现在百官云集的朝房和大臣住宅门前，不能不让人感到事态的严重，至少有损于朝廷的政治形象。但是，朝臣的看法不一定与皇上一致，党争各派关心的是材料对谁有利，如何利用它掀翻政敌，而不是尽快查清事情的缘由平息风波。朝政局势愈发扑朔迷离：

> 时大狱猝发，辑校交错，都下以风影捕系，所株连甚重。（锦衣卫都督王）之祯欲陷锦衣指挥使周家庆；首辅沈一贯欲陷次辅沈鲤、侍郎郭正域。俱使人属矩。矩正色拒之。已而百户蒋臣捕瞰生光至。生光者，京师无赖人也，尝伪作富商包继志诗，有郑主乘黄屋之句，以胁（郑）国泰及继志金。故人疑而捕之。酷讯不承。陈矩心念生光即冤，然前罪已当死，且狱

无主名，上必怒甚，恐辗转攀累无已。礼部侍郎李廷机亦以生光前诗与妖书词合，乃具狱。生光坐凌迟死。鲤、正域、喜庆及株连者，皆赖矩得全。[8]

这位宦官陈矩可谓精于为官的中庸之道，用说得过去的理由把暾生光送上断头台，从而避免了朝廷的政治灾难。倘若他也像首辅沈一贯、锦衣卫都督王之桢那样，刻意借此打击政敌，真不知事情要闹到何等地步，又有多少人被株连冤死。万历皇帝也乐于接受这样的结果，未再深究，他毕竟明白宫规的威力，与自己朝夕相处的贵妃没有时间、胆量与能力越过宫墙的禁锢联络那样多的朝廷重臣。同时，宫中以皇帝为服务中心的太监系统又非皇妃所能操纵。万历朝的君臣冲突、党争激烈几乎都和郑贵妃结下不解之缘。皇位制度为皇帝安排了众多女人，只把这些女人当作纯粹的生育机器，全然不顾及她们的情感和人格权利，因之，只要后妃稍有越轨行为，一经传出，立刻就可惹来文官集团的指责。但是，无论文官集团拥有多大的能量和决心，也无法跨入后宫直接监视皇帝生活的细节。皇帝专宠生活愈经得住风雨，愈可能在随机历史因素交织碰撞中，促成一位有政治野心的后宫女人冲破懿范的罗网，在礼制与权力的缝隙中走上权力的顶峰，成为皇朝统治的实际操纵者。

郑贵妃的幸运同时也是她的不幸。她拥有其他后妃梦寐以求而难以得到的皇帝的宠幸不衰，却没有随之相伴的历史随机因素共同出现的机缘眷属。皇后王氏未育皇子，实是贵妃幸事，起码给皇三子常洵带来了继位的机会。然而，王皇后"性端谨，事孝定太后得其欢心。光宗在东宫，危疑者数矣，调护备至。郑贵妃专宠，后不较也。正位中宫者四十二年，以孝慈称。四十八年四月崩"。[9]同年七月，神宗亦过世，遗命封贵妃为皇后，终因嗣皇拒绝执行而化为泡影。就这样郑贵妃一生的心血都付诸东流了。平心而论万历皇帝对贵妃可谓痴情，在弥留之际仍没忘记给自己爱恋一生的女人以一个完满的报答。但是，他生前办不成的事情又怎么能指望在其身后成功。

其实，万历皇帝早年的缓立储以待嫡子的说法不一定是托辞。他与皇后王氏之间虽非情感甚笃，也未见夫妻反目的端倪。因此，若有嫡子，他可以同时给朝廷、皇后和郑贵妃一个圆满的交待。皇后无子，带给皇长子常洛的继承权力几乎就是绝对的，虽然他的母亲，原来只是慈宁宫中的一位宫女，地位低下难与郑贵妃抗礼，但是皇朝法定的嫡长子继承制度遭遇无嫡子情况时，只认皇子排列顺序，决不再计较诸子之母的名份差别。因此，郑贵妃不管能从皇上那里得到多少怜爱和许诺，想越过长幼之序的礼制门槛立常洵为太子，决不是仅靠打动皇上痛下决心就能达到的。郑贵妃所有的优势加起来也敌不过常洛皇长子的天赐身份。明太祖立法御后妃甚严，严禁她们参预政事。嫔妃地位低下，乃至有的皇子之母为谁，册典都不备载。内宫皇后而外嫔妃等级大致有：皇贵妃、贵妃、妃、嫔。"明初，无九嫔名，自后妃下，杂置诸宫嫔，而间以婕妤、昭仪、贵人、美人诸位号"。[10]

皇贵妃距皇后仅一步之遥，但这也许是世界上最难迈进的一步了。郑氏比常洛生母恭妃晋升这一名号早二十一年，二十一年漫长的皇贵妃名位没有帮助她成就自己的梦想。与她的情况类似的本朝宣宗孙贵妃母子俱荣的成功先例，似乎可以燃起她的希望，同时也可能使她愤恨不已，哀叹自己的命运不济。同样的美丽、聪慧、机警和善解人意，同样都得到各自皇上的专宠，宣德朝的孙贵妃成功了，而万历朝的郑贵妃却一败涂地。两者之间看似相同的状况，其间两点不同的致命因素断送了郑贵妃的美梦。首先，孙贵妃之子是皇长子，占据齿胄优势；其次，宣宗胡皇后无子且体弱多病，在宣德皇帝立太子之后不久，就劝其退位，没有引起朝廷上的太大非议。孙贵妃顺利地挟帝宠，母以子贵登上皇后宝座。其立储过程载在典籍：

> 宣德三年（1428年）二月戊午，立皇长子祁镇为皇太子。时胡皇后未有子，而孙贵妃有宠，阴取宫人子为己子。帝以长子生，大喜。甫八日，群臣上表请立太子。皇后亦屡表请早定国本。贵妃佯惊曰："后病痊自有子，吾子敢先后子耶？"帝不允，贵妃子遂立。[11]

被采入正史的"阴取宫人子为己子"之说，似乎难以让人信服。假如这一说法真的如其所说，那么，孙贵妃的胆量和能力也不免叫人惊诧之余顿生疑问，后宫严密的太监、女官系统和规范的门禁制度，怎么能使宫外男子进入，而且还有机会和宫女偷情，果真如此，这位宫女如何渡过怀胎十月的生活，若大的皇宫内，各宫之间的勾心斗角和众多的内侍宫婢的人事冲突，怎能只把皇帝一人蒙在鼓里。假如皇子来自宫外，如何能通过层层锁钥的高墙门禁？

这样的记录与其说是历史，倒不如说是一种道德立场，中国人一向鄙视皇帝的女人倚靠色相实现权欲的投机行为，因而，在编纂历史时，决不会忘记痛下贬抑，即使材料经不住推敲，只要利于证明投机女人的险恶与丑行，就不假思索地一并采用。至于民间传闻的宫闱秘事故事，更是脱离情景、情理的一种消遣行为。宫墙重绕、门禁森严、仆侍寸步不离的内宫生活，若想干些见不得人的事情，总不会像闾巷之家那样爬越墙头，传递消息或暗自行动那样容易。史事一定要放在情景中体会，符合其时社会情理，才具备真实的基础，不然，仅是一种演义满足人们的猎奇、爱憎之心。从社会心理的角度观察、道德愤怒的宣泄和阴暗卑微的自我反抗始终交织在一起。

郑贵妃的不幸就在于她虽拥有比孙贵妃更多的皇上宠爱，却没有孙贵妃那样天遂人愿的历史机遇。皇后性情宽容平和，身体健康，从不计较她抢夺皇上的献媚取宠行为。王皇后的智慧并不亚于郑贵妃，当她彻底明白了皇上的柔弱性格和情感专注的对象以后，没有使用统摄六宫之事的皇后权威和郑贵妃直接冲突，那样做无异于惹火烧身，于事无补还有可能丧失自己的身份地位。因此，皇后愈显得宽容大度，愈可能换来皇上的尊重和愧疚，愈使郑贵妃谋夺皇后之位无从下手。最终，王皇后的自全之计结出善果，与皇上相安无事地携手走过一生。她的聪睿就在大度之中固守礼制，多次保护皇长子使其免遭暗算。皇长子登上储位的成功，完全能够证实她的宽容中隐藏着对郑贵妃的敌视。

万历十四年（1586 年），群臣吁请皇上明立皇长子为太子时，神宗不过二十四岁，如果以今天的眼光判断，这样的年纪竟然就虑及身后之事，未免也太性急了。四百年前人类的平均寿命远比今日低得多，不过 30 岁左右。古人对寿命的值望值和死亡无定的认识远比今人冷静现实。明立嫡长制至少包含四层深意：首先，预防皇上突然死亡，因无合法继承人而发生宫廷内乱；其次，明立嗣君，可以减轻后宫诸妃争宠对皇上的压力，使非嫡长诸子在一降生就基本注定与皇位无缘；第三，文官集团可以名正言顺地对幼小储君进行严格的礼制教育，使之日后为君，能遵守皇位制度的契约；第四，嫡长子继承制是唯一简明的天生顺序标准，便于操作，比起贤能标准可以减去不少不确定因素的干扰。

储君选择的危机，大都发生在皇后无子，内有宠妃，皇子众多的情形中。人们普遍对嫡子继承毫无疑问，而对无嫡立长不免就要联想到他的生母，倘若生母地位低下，更容易使众子及各自身后的母亲意有不平，从而可能导致宫廷内乱。另外，还有一种性质不同的危机就是皇帝无子。

三、皇位继承制度遵循的原则

明朝十六帝中，由嫡长继承皇位的有：建文帝、仁宗、宣宗、武宗等四位皇帝；由庶出长子和事实上的长子继承皇位的有：英宗、宪宗、孝宗、穆宗、神宗、光宗、熹宗。由战争胜利夺得皇位的有成祖；以事变代行监国而登上皇位的有景泰帝，以藩王入承大统的有世宗；以兄终弟及而登上皇位的有庄烈帝。

皇帝具备极为优越的生育条件，只要不是他本人的原因，生育较多的男孩，似乎不成问题，然而，皇帝及其皇子的寿命却不像人们期待的那样天遂人愿，难以由人力控制死亡时间。

朝廷官员集体请求皇上及时立储，也是出于上述两方面原因考虑的。由于皇帝的寿命普遍偏低，有明一代没有发生过储君与皇上之间的权力冲突的事件，储君登极时的年纪一般都比较小，一般都在18岁以内，其中不乏10岁左右的儿童。这一生命较短的自然现象，掩盖了皇位与储位之间实际存在的政治危险因素的出现。因而，明立嫡长制在运行中，显得平稳安全。

明朝后宫嫔妃争宠，谋立己子的冲突，都是在无嫡子的情况下发生的。然而明立太子的结果，从来没有逾越长幼的次序。宣宗朝的孙贵妃得天独厚，随机历史因素交向眷属，最终如愿以偿。宪宗朝万贵妃受宠有余而时运不济。她四岁入宫，为孙太后宫女，成年之后服侍宪宗于东宫。35岁时被刚刚登极的18岁皇帝相中，纳为嫔妃，恩宠有加久而不衰。也许是自幼入宫，随侍孙太后左右耳濡目染启迪了她的女人智慧，日后行事颇得这位太后为贵妃时的衣钵，人极机警，善迎帝意。她以成熟的美丽与机敏和多少带有些母爱的眷恋深深吸住情窦初开的青年皇帝的注意力，并成为他的精神支柱。他为了贵妃可以毫不犹豫地将册立仅一月的皇后吴氏废黜，只因这位刚刚被立的皇后就动用了统摄六宫治内事的权威，把献媚取宠的万氏痛打了一顿。

历史眷属万贵妃的同时却好像又在制造戏弄她的悲剧，成化二年（1466年）正月，在帝妃热恋中，万氏生下第一子。未几日这位寄托着贵妃全部希望的皇子便离开了人世。短短的几日，贵妃从极度的兴奋中突然跌入失落的深渊，其痛苦、愁怅，哀怨可想而知。从第一子殇的那一刻起，万氏怎么也不会想到自己的生育历史就这样结束了，她盼望着再生，为占先和加大自己的机会，不但多方阻挠六宫粉黛的进御，同时，还想方设法让后宫有孕者堕胎。相比之下，万贵妃的堕她人之胎的诡计与当初孙贵妃阴夺宫人之子的做法之间，前者的可信度较高，毕竟在操作的时间、方式、秘密程度等方面，堕她人之胎更迅速，手法隐蔽而不露痕迹。万贵妃费尽心血为自己创造了充裕的生育空间，却不能迎来再次生子永年的喜悦，最终只得抱着遗憾走向暮年。

三朝三位皇帝专宠女人的命运结局，反射出礼制嫔妃制度的母以子贵的特征，不管皇上对哪位妃嫔怎样怜爱，帝妃之间从来不是平等的，情感消遣与政治权利始终是两码事。所有受宠女人平日面对的就是成群女人争夺唯一男人的战争风云，若要固宠，必须生子占得储位方能长久。所以，仅让女人献出柔情、美丽和服侍而不使其产生对政治权力的兴趣，总是一厢情愿的。实际上，专宠只是皇帝的侧重行为，而不是他的两性关系的全部行为，专宠期间，也没忘记恩泽后宫其他女人。历史上所有宠妃现象，大都是皇帝情感慰藉的需要促成的，超出了纯粹的生育目的，他们孤独，烦闷的内心通过善解人意的女人机智来抚平。他们占有了宠妃身体与情感的全部，却一向是俯视的。自幼的礼制教育和贵为一国之君的地位，看待这一切早已习以为常，难以平等之心感悟宠妃的内心世界和权利。在宠妃和礼制精神、文官集团意志之间，皇帝的天平自然倒向了后者，如果他依违其间企图倾向前者，文官集团的执著也能把他拉向自己的一边。明朝列帝还没有一位宠妃能够实现自己废长立幼的愿望。宣宗孙贵妃的成功的实质原因在于她拥有皇长子的绝对财富，与皇后无出的绝对机会。

明立嫡长子制度是一种经验制度，其合理性源于历史废长立幼的惨痛教训。从预防后妃争宠、皇族内乱和嗣君继承成本的角度出发，用节省投资的简明天序嫡长标准产生新君，无疑可达到事半功倍的效果，将皇位继承的标准程序公示于大庭广众之中，使人一目了然即能发现哪些谋立行为是违法的。比起其他诸如选贤任亲等方式所必然伴生的暗箱操作和欺诈行为，明立嫡长制确实省去许多不必要的麻烦。实际上，皇朝无论从财政还是行政技术能量上，都没有足够的能力应付一个比较复杂的皇位继承机制的运转。与其倾其技术能量仍无法克服黑暗中的罪恶，倒不如抛开道德贤愚、才能优劣和庶妃等第的争论，直接选用礼制的嫡庶长幼的宗法惯例，以不容置疑的天生事实从根本上斩断非嫡长皇子及其生母对皇位的妄想，更让人心安理得，使皇权延续方法更简明安全。

万历、泰昌两朝的争国本、三王并封、挺击、红丸诸要案皆与郑贵妃结下不解之缘。她三十余年的努力，最终没有把自己的儿子常洵推上皇位，也许她太相信皇帝的权力了，全然不理解礼制嫡长继承制度竟可以使文官集团那样固守原则，不做丝毫让步。郑贵妃的错误不在于她的柔情蜜意希旨取容，而在于把恃宠引向了政治权力。因而，引起文官集团的警觉，首先发难逼迫皇帝明立皇长子。争国本的初期，群臣不一定因为郑贵妃已有立己子的阴谋，而是因为她有这样的能力，所以才会在朝廷上形成防患未然的共识。此外，即使没有郑贵妃和常洵的存在，皇上迟迟不立太子也非群臣所能容忍。同样会出现劝立行动。郑贵妃的惨败反射出文官集团宗法礼制思维模式的厚重传统，在皇位继承顺序上决不让步。

注释：

（1）《明史》卷二一八，《申时行传》。
（2）《明神宗实录》卷二二八，第 56 册。
（3）《明史》卷二一八，《申时行传》。
（4）《明史》卷二一八，《王锡爵传》。
（5）《明史》卷二二六，《吕坤传》。
（6）《明史》卷一一四，《后妃传》。
（7）《明史》卷二二六，《吕坤传》。
（8）《明史》卷三五，《陈矩传》。
（9）《明史》卷一一四，《后妃传》。
（10）龙文彬：《明会要》卷二，《嫔妃》。
（11）龙文彬：《明会要》卷二，《嫔妃》。又见《明史·后妃传》。

第七章 "五年复辽"与
"己巳之变"

　　明万历四十四年（1616 年）。努尔哈赤称汗建元"天命"，国号金（史称后金，皇太极天聪十年［1636 年］改称"清"）。自此十年之内，明军在山海关外节节败退，辽东大小七十二城全归后金控制。

　　就在关外后金一步步坐大之际，明朝却越来越陷入党争与宦官专权的泥潭中。那位群臣用了十六年心血竭尽全力才为之争到储位的常洛，到了真正即位，只做了一个月皇帝，弥留前后发生了红丸与移宫两大政治案件。本两案与前期发生的梃击案构成天启朝党争的焦点。光宗卒，皇长子即位，是为熹宗，年号天启。这是一位十五岁迷恋木工，懒于过问政事的皇帝，因此促成明史以来最为严重的宦官专权。

　　魏忠贤肃宁人，万历时自宫，更名李进忠入宫，结交皇长孙乳媪客氏。熹宗即位封客氏奉圣夫人，擢进忠为司礼监秉笔太监，复魏姓，赐名忠贤，不久就在朝中形成阉党集团。天启四年（1624）六月，左副都御史杨涟疏劾魏忠贤二十四罪状。五年，魏忠贤逮杨涟、左光斗、魏大中等六人，并入熊廷弼案中一律处死。次年，又捕杀东林党人高攀龙、周起元等七人。同时命顾秉谦等修《三朝要典》，尽翻梃击、红丸、移宫三案，极力诋毁东林党人及正直朝臣。下令尽毁各地书院，禁止讲学议政。七年，22 岁的熹宗过世，其弟信王由检即位，是为思宗，年号崇祯。嘉兴贡生钱嘉徵劾忠贤十大罪状，皇上遂贬忠贤发往凤阳。忠贤行至阜城，闻逮治消息，遂畏罪自杀。

一、五年复辽的君臣协定

崇祯皇帝在剪除客氏魏忠贤阉党集团之后，着手解决关外问题。崇祯元年（1628 年）四月，起用闲居了九个月的故辽东巡抚袁崇焕。七月，崇焕至北京，十四日崇祯在平台召见咨以辽事方略：

> 廷推袁崇焕为宁锦督师。崇焕赴任陛见。上召问曰：建部（后金）跳梁，十载于兹，封疆沦陷，辽民涂炭。卿万里赴召，忠勇可嘉，所有平辽方略，可具实奏来。崇焕奏：所有方略，已具疏中。臣今受皇上特达之知，愿假以便宜，计五年而建部可平，全辽可复矣。上曰："五年复辽，便是方略，朕不吝封侯之赏，卿其努力，以解天下倒悬之苦，若卿子孙亦受其福。"
>
> 崇焕谢恩归班。上暂少息。给事许誉卿面叩五年之略。崇焕言："聊慰圣心耳。"誉卿言："上英甚，岂可浪对？异日按期责功，奈何？"崇焕抚然自失。顷之。上出。崇焕即奏："东建四十年蓄聚，此局原不易结，但皇上留心封疆，宵旰于上，臣何敢言难？此五年之中，须事事应手，首先钱粮。"上即谕户部署部事右侍郎王家祯："着力措办，毋致不充于用。"崇焕又请器械，谓："东建蓄谋已久，器械犀利，马匹调习，今后解边弓甲等项，亦须精利"。上即谕工部署部事左侍郎张维枢："今后所解各项，须铸定监造司官及匠作姓名，若有脆薄不堪者，候查究治。"崇焕又奏："五年之中，事变不一，必须吏、兵二部，俱应臣手，所当用之人，即与选授，所不当用者，勿致滥推。"上即召吏部尚书王永光、兵部尚书王在晋，谕以崇焕意。焕又奏："以臣之力，制全辽而有余，调众口而不足，一出国便成万里，忌功妒能，夫岂无人，即凛凛于皇上法度，不以权掣臣之手，亦能以意见乱臣之方略"。上起立，伫听者久之。寻谕："条对方略井井，不必谦逊。朕自有主持。"阁臣刘鸿训等俱奏，请假崇焕便宜（行事），赐之尚方（剑）以一事权。上深然之。[1]

不管崇焕出于何种缘故而面陈"五年复辽"之策，是他自信到了盲目的地步，还是清醒而不能面折青年皇帝的热切期望，或是为报圣明知遇不得不肩此重任而许以五年之期。这些对于一位新任的边关统师来说都是不过分的。崇祯皇帝也正需要这样的勇于任事、不计艰难的帅才。当然，在君权绝对的年代里，大臣们难免染上矫饰之习，不过，"五年复辽"虽在一开始就有着"聊慰圣心"的味道，但并非是人们通常理解的欺骗与取容。崇焕在天启年间守辽的历史，改变了明军的"遇敌而逃，弃城而遁"的状况，建起了与后金划地而守，对垒而战的决胜信心；并在宁远击退后金军，炮伤努尔哈赤。在他离开军政舞台的一年之后，雄心仍在，慨然以辽事为己任。而这种精神恰恰是明末一般官员所缺乏的。但是，任何人物的性格优点都不是绝对的。政治人物在其政治实践中经常出现思维上的理性与非理性、现实与超现实的冲突。他们的愿望的动机促进他们诉诸行动，而行动的结果却常常大谬于其初衷。信心、沮丧、悬念；疑虑、希望、侥幸等交织在一起。局势的发展有时会完全抛弃战略的设想者，使之丧失回旋的余地。

仓促而定的"五年复辽"方略在实施过程中遇到的困难、挫折，直至破产而导致君臣关系破裂。明朝不但彻底丧失了在辽东的利益，也无力自救败亡的命运。在这历史的紧要关头，决策与现实的冲突，注定了崇祯与袁崇焕之间的悲剧。不同的是，前者成了苛刻寡恩的亡国之君，后者成了含冤屈死的民族英雄。

崇焕的才干、个性之于崇祯是外在的，因之，崇祯在赋予重任之际，就要给予有效的节制和指导，使之扬长避短。也就是说崇祯作为一统之君应该在统筹全局、正视现实的基础上看待崇焕的才能与性格特点。在君主专制的岁月里，皇帝有选择大臣的余地，而百官很少有选择君主的可能。事关军政大计，君主有绝对的否决权、最终决策权；而大臣仅具建议权，照旨行事权而已。所以、崇焕提出自己的方略是顺理成章的。"五年复辽"虽带有较强的想象色彩，但决非是纯粹的幻想；袁是有着深厚的自身经验的。因而表现出更多的是自信心、进取心和矢志不渝的忠君报国之心。崇祯在陛见时上"五年复辽"方略是一回事，而崇祯不假思索地采纳之则是另外一回事。二者决不可等同视之。从国策选择的逻辑程序上看，崇祯皇帝至少应该做到在广泛地向相关部门咨询之后再定取舍。然而，自谓圣明的青年皇帝深深地被五年之期打动了，瞬间就认定了那个在事先未做周密论证的方略，而且对崇焕也是有求必应，当场命户部、工部、吏部、兵部全力支持。圣心欣慰时竟忘了政府机制失灵、吏治腐败、财政危机、经济凋敝的严酷现实，只是在想象中思慕着"五年复辽"的奇迹的发生。

崇祯元年七月十四日是袁崇焕政治生涯的重要时刻，也是决定崇祯皇帝成为中兴明主或亡国之君的紧要关头。就在这一天，粗糙的，未经细证的应对之作——"五年复辽"被"望治过殷"的皇上确定为国策。从一个简单的愿望范畴一跃而成具体的现实的政治军事方略。显然，这一方略在执行中破产，皇上应该负主要责任。君臣之间政见一致性中潜在着巨大的冲突，这就是辽事之于皇朝全局和全局中的辽事之间的关系。从两方面看，"五年复辽"都是不可能的。

"五年复辽"寄托于"事事应手"的条件之上。朝廷现实的吏治与财政状况无法满足这一条件。当崇焕至锦州连疏请饷时，户部尚书毕自严却向皇上报告说："户部缺乏，容当陆续措给"，[2] "时各边均以缺饷告，司农仰屋无计"。[3]农业经济积累的缓慢性与战争开支的急迫性之间的矛盾，在中枢政治黑暗、低效的情况下，更加恶化了战争形势和家庭自然经济。

事实上，皇上也未能履行诺言。崇焕军中严重缺饷。崇祯元年（1628 年）十一月，崇焕上疏言：关内兵马五万五千三百四十五名，关外七万八千三百四十名。马骡二万八千八百四十七匹。钱粮自八月初六日到任始，截算欠饷七十四万二千五百三十两。今又三月，该银六十九万三千六百两，收过七十四万九千一百二十二两，尚欠六十八万七千两。

崇焕到任已三月余，饷银拖欠竟达近七十万两，故崇祯帝有速与"凑发"之旨。"凑发"二字足证王朝的财政拮据，仓储空虚。

相比之下，崇焕对"五年复辽"方略的认识还是冷静得多。仅凭他自身的经验就不允许他过分乐观，深知复辽用兵，"征调累在九边，转的累在各省．必天下成其天下，而辽东方得载于天下之中"。[4]昔日守辽的经验历历在月，他不能不深思之，但又不能不为皇上的重托所打动，疑虑与希望混杂在一起，最终由于皇帝的绝对意志与事事许诺而使他的信心压倒了疑虑。

皇上的事事许诺虽能打消崇焕的疑虑，却容易助长崇焕固有的"每易言天下事"[5]的作风。且不论崇祯皇帝是否有足够的经济实力持久地支持崇焕，单就其草率地议定"五年复辽"，爽快地答应崇焕的种种请求而言，就足以使之误入歧途，使之更加看轻成事的困难。

崇祯皇帝五年复辽方略在其现实性上、颠倒了事物内外本末关系。任何国策、方略一定要在权力体系均衡的系统中推行。崇祯元年十月初七日，户科给事中瞿式耜上疏言："吏治、民生、夷情边备，并切圣怀。然臣以为夷情边备。病之变症也；灾治、民生，病之本症也。"[6]敦促皇上把政治重心放在整饬吏治和拯救民生上。当时阉党首恶虽已问罪，但吏治未见转机，正如上谕指出的"边备积弛、国用久困，臣工习俗相沿，牵于情面之故套；庶政奉行不实，但夸纸上空言"。[7]由于他的"宽严之用偶偏，任议之途太畸"的主观急躁与自谓圣明，更使得朝廷官员"拙者局蹐以避咎，巧者委蛇以取容。一奉诘责，则俯首不遑；一承改拟，则顺旨恐后"。[8]再加上门户之见的掣肘，政府的行政效率低得可怜。如果不首先改善吏治，那么"吏部用人，俱与边臣相呼应"就是一句空话。民生问题同样是严重的。

崇焕的再次出山表明他愿意从属这位最高的权威，皇上的礼遇之恩，化作了崇焕督师复辽五年必成的动力。"五年复辽"不仅仅是为着实现个人政治抱负而设想的，也是出于王朝和社会公共利益的需要。因此，必须依照普遍的观点、历史整体的观点来衡量君臣的活动。崇焕和作为社会共同利益的代表崇祯皇帝之间的关系，包含着臣民对君主的忠贞、严正的政治集团性和现实的人民性。

二、杀帅后的己巳之变

人类历史决不是善良、幸运相得益彰的坦途。在 1628—1630 年间，接连发生的三桩政治军事事件结束了一代名将的生命。它们是：南台开市粜米、杀毛文龙于双岛、后金兵围北京。事物的发展最终导致五年复辽的梦想破灭和君臣关系的破裂。后两事尤属重要。

复辽本是明朝追求的长期目标，而守辽固土才是眼前急务。自建州长驱开（原）铁（岭）至天启朝王化贞"一举荡平全辽"的破产，朝廷内的守辽、弃辽之争日益激化，即使守辽意见占了主导地位，也不过是主张"凭坚城用大炮"之策。当时，西学东渐已启朝中一些官员热衷科技之风。在火器上上明比后金有着绝对优势。"天启、崇祯间，东北用兵，数召澳中人入都，令将士学习"西洋重型大炮的使用方法。[9]在明军辽东败战史中，宁远、宁锦大捷却是例外，但也只是凭坚城用大炮的守城胜利，而非主动出击野战的大捷。

天启初年，光禄寺少卿李之藻就建议用西洋火器实边和备守京师，其优点在于"募兵之难，而此铳不须多兵；征购之难，而铳不须多响"，"似此火器，真所谓不调之军，不秼之马"。[10]西洋火器的运用就是因为能省兵节饷又可重创强敌。崇焕在天启朝守辽期间，也颇受其益。及至他再任辽东之初就明确地宣称制辽的原则是："守为正著，战为奇著，和为旁著。法在渐不在骤，在实不在虚。"[11]显然，这一原则与"五年全辽可复"相冲突。迫于五年期限和被助长的冲动情绪，崇焕企图在明、后金、朝鲜之间关系中，以奇、旁之术而求骤效。因而选择以东江作筹码，杀毛文龙行离合之计。

明末清初江南文人著作系统普遍认为崇焕杀毛文龙是因为"无以塞五年复辽之命，乃复为讲款计"[12]会后金"阴通款崇焕，求杀文龙，而崇焕中其计不觉也"。[13]如此断语无非是明末遗民孤忠抱着亡国之痛而对历史的误解。

崇焕再次镇辽，洞悉东江牵制之局的军事意义。文龙之诛，"不独全此数万岛人之命，而所以纾属国（朝鲜）"。他希望朝鲜能够"修军容而备之"与明军会师收复失地。但是事有出其意外者，朝鲜仁祖君臣在文龙死后，希望的是明"尽撤诸岛屯兵移镇他所"。而崇焕不应。朝鲜由是得出"受弊之患，犹未艾也"的结论，故对出兵伐后金一事报以"敝邦壤地偏小，材力绵薄"而谢绝之。[14]

作为东江牵制之局的开创者，毛文龙对朝鲜仁祖李棕有拥立之功。在东江开发的过程中，文龙建立了与朝鲜的特殊关系，树立了本身在东江的个人统治地位。

在东江内部未形成明显的否定力量时，崇焕又无全部替换驻军能力时，杀毛文龙纯属失策。杀其父而用其子，斩其帅而任其将，仅是一种表面上的整顿，实际上却是"岛中将卒闻其死皆哭"，"几于生变"。[15]崇焕宣布文龙的十二大罪状在很大程度上偏离了事实。清初史学家查继佐评论说："十二罪皆非不赦；且无不再勘一辞而定之理，致使难民走活登、莱，以酿后变。"[16]人们可以在崇焕布列的罪状书与后来毛承禄替父白冤疏的对照中，来认识毛文龙开镇东江的两重性，在那些起着牵制作用的活动中也生成着罪恶。利弊参差，更需要清醒、得当的权变之计兴利除弊，决不是草率地一杀了之。

崇焕斩毛文龙，联朝鲜的行动在事后得到了皇上的认可。崇祯二年六月十九日谕兵部：

> 岛帅毛文龙悬军海上，开镇有年，动以牵制为名，案验全无事实。崇焕目击危机，躬亲正法。据奏：责数十二罪状。死

当厥辜。大将重辟先闻，自是行军纪律。此则决策弭变，机事
猝图，原不中制。具疏待罪，已奉明纶，仍着安心任事。朝鲜
声援相联，亦与移谕。[17]

崇祯皇帝要移谕朝鲜，目的不外是向其表明崇焕在辽的事权与
地位和他本人对文龙之诛的赞同态度。但他也没忘记对崇焕露出一
些小小的不满。显而易见，皇上还对"五年复辽"充满着希望，因
此才能克制怒火等待着崇焕如期复辽。皇上的纵容，无疑是在继续
助长崇焕的"易言天下事"的作风，迫使他在危险的道路上走得更
远。

毛文龙事件是崇祯皇帝与袁崇焕君臣关系的转折点。在此皇上
的眷属已经达到了极限，甚至不惜转让了独握的生杀大权。这种居
高临下的恩赐，陷崇焕于完全被动的状态中。如果崇焕不能速建大
功以报隆恩，那么，优容与眷属就必将变成惩罚与仇恨。

遗憾的是事态正朝着复辽相反的方向发展着。崇祯二年冬十月
至次年五月，皇太极统大军由大安口长驱直入，包围北京，史称
"己巳之变"。后金军兵临城下彻底摧毁了"五年复辽"的梦想。
崇焕亦因之走到了生命的尽头。

"己巳之变"与"五年复辽"梦想之间巨大落差，让崇祯皇帝
陷入政治漩涡之中，圣心无论如何也受不住如此耻辱，一种被愚弄
的感觉，必然要迁怒于崇焕。因而，杀崇焕以澄清责任就成为皇上
对于"己巳之变"总结性的政治说明。阉党余孽正是利用了这一机
会，制造舆论而推波助澜。

其实，崇祯皇帝即位之初，留心边事，不但言兵、言饷、言
战、言守，同时亦在言法。所谓言法，就是对边臣的失职要"逮问
如律"。不言自明，崇焕在受任之初，命运就系在了"五年复辽"
的成败上。崇祯皇帝以严法待边臣的决心也可以从他对熊廷弼平反
的态度上看出。他关心的是成败，而不是成败原因。可以为天启朝
文臣冤案昭雪，却迟迟不为众所周知的边臣熊廷弼平反。显然是不
想给现任的边臣以任何退路。皇太极围北京，崇焕虽千里入援，却
无法改变北京被围的现实。皇上痛恨"崇焕身任督师，不先行侦
防，致使（胡骑）深入内地"。哀叹朝廷"竭天下财力培养训成"
的关宁兵将不能挡住后金军的入侵。[18]在严峻的现实面前，袁崇焕
纵然拥有自我辩护种种借口。但在皇上眼里，都是不屑一顾的，他
要追究的是"五年复辽"方略破产的责任，而不是探究怎样破产
的。崇祯二年（1629 年）十二月初一日，仍是在平台陛见，所不

同的是皇上没有了耐心与宽容，毫不犹豫把崇焕投进了锦衣卫狱。时京城正处在后金军包围之中。此后，崇焕系狱八月余，虽有重臣、布衣相救，而皇上皆岸然不动。"己巳之变"的重创与"五年复辽"憧憬之间的反差太大了，容不得他回心转意。崇祯三年八月十六日，袁崇焕押赴西市凌迟处死。

三、反间计的评价

袁崇焕的死，通常被认为是崇祯帝中了皇太极的反间计。反间计的记载是胜利者的神话历史，把历史生活演义化，无非是为了证明清开国者的雄才大略，反衬亡国之君的鼠目寸光，从而说明清代明的合理性与必然性。但是，检索明清交替时期的史料，很难确定反间计的存在。即便存在，从拟订的罪状上看，也很难说对崇焕的死起了什么作用。崇祯三年八月癸亥，上御暖阁。辅臣成基命等入对。久之，出御平台。文武诸臣俱入。谕曰："袁崇焕付托不效，专事欺隐；市粟谋款不战；散遣援兵，潜移喇嘛僧入城。"[19]并没有提到通敌献城问题。《崇祯长编》崇祯三年八月癸亥条记载大同小异："谕以袁崇焕付托不效专事欺隐；以市米则资盗；以谋款则斩帅；纵敌长驱顿兵不战；援军四集尽行遣散；及兵薄城下又潜携喇嘛坚请入城。"相反清朝官方著作却对此津津乐道，描述了设反间计的过程细节。

倘若把反间计置于崇焕死罪的首要因素，那么，这样类似于《三国演义》蒋干中计式的反间计是经不住八个多月的时间考验的。崇焕在狱中手书召回祖大寿便可以表明自己的清白。即使崇祯皇帝仍放心不下，也不必仅为一个悬而未定的通敌消息非杀掉自己的大臣不可，他尽可以将崇焕监禁以待事情的查清。历史过程决非如此简单，当后金军围北京的时候，崇焕的性命就已成为崇祯皇帝掌中的政治筹码，他用这个筹码来平息责难，均衡政局，推卸"五年复辽"失败的责任。崇焕之死并不取决于反间计存在与否。如果检讨"五年复辽"的建策到失败的责任，崇焕也难逃其咎，所以从责任意义上说，他的死也算不上冤枉。

人们一旦认定袁崇焕是忠贞的英雄时，必然要对连带的历史人物苛求。在褒扬、赞叹与惋惜时，往往忘记了他应负的责任，从而发生对历史的误解。崇祯皇帝的悲哀并不在于杀了一心替他分忧的袁崇焕，而在于选择了袁崇焕的"五年复辽"的方略。

注释：

（1）（2）文秉：《烈皇小识》卷一。

（3）《烈皇小识》卷二。

（4）《明熹宗实录》卷七十一，天启六年五月条。

（5）《明史》卷二百五十九，《袁崇焕传》。

（6）《瞿式耜集》卷一。

（7）《春明梦余录》卷九。

（8）《明史》卷二百七十六，《张国维传》。

（9）《明史》卷三百二十六，《外国传》七。

（10）《明经世文编》卷四八三。

（11）《明史》卷二百五十九，《袁崇焕传》。

（12）《明史纪事本末补遗》卷四。

（13）（18）谈迁：《国榷》卷九十。

（14）（15）《朝鲜李朝实录》《仁祖大王实录三》。

（16）《罪惟录》卷二十三。

（17）汪楫：《崇祯长编》卷二十三。

（19）《崇祯实录》怀宗端皇帝崇祯三年八月条。

第八章　甲申之变与追赃助饷

一、荆襄——西安——北京的战略决策的评价

明末的十几年是清军入塞与农民起义交替发生到同时并举的过程。明末人在论明亡时说："寇急则调边兵以征寇；东夷急又辍剿寇之兵将以防东夷。卒之两患益张，国力耗竭，而事不可为矣。"[1]晚明政局，事实上存在着三种主要政治势力。无论朝廷自救，还是清或农民军企图取而代之再造一统皇朝，都必须在战略上考虑如何利用另外两者的冲突，从中获得最大的利益。李自成忽视了关外的政治力量，未能深刻认识而加以利用。

崇祯十六年（1643 年）春天，李自成率领农民军"连陷荆、襄、郸、鄂，席卷河南，有众百万"，遂在襄阳自立为新顺王，亲信大师二十九人，分守所占据的郡县。遂在高层军政会议上决定了荆襄——西安——北京的战略路线。崇祯十七年（1644 年）二月，大顺军由西安兵分二路向北京进发。

相比之下，关外的满洲在战略选择上更胜一筹，懂得借力发力。就在大军出发的前一个月，崇祯十七年（1644 年）正月，清使向陕西发送了《清帝致西据明地诸帅书》。其书略曰："兹者致书，欲与诸公协谋同力，并取中原。"关外的清军精通和、战的权谋策略，懂得审时度势纵横捭阖，利用其他诸方的争战而消耗参战集团的实力。

朝廷得到大顺军挺进京师的消息之后，甲申（1644 年）二月，太常寺少卿吴麟徵"请弃关外宁远、前屯二卫地，徙总兵吴三桂入

关屯兵近郊以卫京师。廷议皆以失地非策，莫敢主其议"。[2] "及烽烟彻大内，帝始悔不用鳞微言，旨下（蓟辽总督）王永吉。永吉驰出关，徒宁远（今辽宁兴城）五十万众，日行数十里。（三月）十六日入（山海）关，二十日抵丰润，而京师已陷矣。"[3]

大顺军在不具备迎接第二次决战的力量便贸然进京，吸引了明廷的防边兵力，而把通向北京的东路让给了清。这样做的结果，是把本来可以为已所用的格局，变成了有害于已的现实。诚然，大顺军只要攻打北京，就势必要吸引明廷的防边部队。但是，大顺军尚不具备同时或顺序承担两次决战的力量与智能思想准备，只有政治军事基础扎实有战略思想清晰时，才能无惧于崇祯皇帝的任何抉择与清廷的任何攻势。从这一视角上看，大顺军不应急于进京。当初在襄阳战略会议上，杨永裕提出的据南京——北京比起取关中——北京更合乎历史现实的政治、军事格局。

崇祯末年，皇朝虽已病入膏肓，沉疴难挽，但初建的大顺政权的物质与精神力量还不足以胜任一统之业时，崇祯皇帝对大顺与大清都有着道统、军事等力量可言，所以在复杂的斗争中，才有让一统之君继续存在的必要。

事实上，正当大顺军自关中出发，横扫山西，挺进北京之际，朝廷内一些大臣正积极地策划南迁：

> 十七年（1644年）二月，左副都御史李邦华密疏请帝固守京师，太子监国南都（南京）。帝得疏意动，且读且叹，将行其言。会帝召对群臣，中允李明春疏言南迁便。给事中光时亨以倡言泄密纠之。帝曰："国君死社稷，正也。朕志定矣。"[4]

南迁之议虽未实行，但"南迁"却被当时及后来不少的人誉为救明的"权宜善计"。黄宗羲认为："当国危亡，曰守、曰避，择斯二者，择其形势。唐避再兴，宋守不坠，未尝执一以为正义。当日陪京（南京），原有深意。"[5]也就是说，崇祯皇帝如果南迁，就会如释重负，把清军的压力转给大顺，而将明室余力全部作用于大顺军的后方。这样，就形成了军政局势上的大顺与明廷易位的现象。

大顺军仓促进京，"成就"了处于穷途末路的崇祯皇帝殉国的"美名"，增加了对其同情的人数。虽说大都是士大夫阶层的人物，但在君父观念占统治地位的时代，再加皇上本人的个性表现，这种同情的范围就会更大。就连大顺军的讨伐檄文中不是也有"君非甚暗"之语吗？崇祯皇帝一死解脱困境，而攻占了皇宫的李自成却背上重负而未觉察，在欢乐的气氛中走向了政治灾难。

二、甲申之变

崇祯十七年（1644年）三月十六日，昌平失守。大顺军包围了北京。北京守军仅七八千疲卒。崇祯手持三眼枪，率数十名宦官企图出逃，但被城门守军挡回。三月十八日，大顺军攻广宁门（俗称彰义门）、西直门、阜成门（俗称平则门）、德胜门。傍晚；监军太监曹化淳献彰义门，引军齐攻内城。崇祯撞景阳钟召集群臣，无人上朝。眼见大势已去，遂安排太子和另外两子出宫藏匿，逼周皇后上吊，仗剑杀嫔妃数人，砍伤长平公主，而后与太监王承恩自缢身亡。

十九清晨，李自成入北京城。搜索宫中三日，于三月二十一日，发现崇祯与王承恩的尸体，用两块门板把两具尸体抬至东华门，以两具柳木棺装殓（仅值二十串铜钱）。四月初三日，埋葬于昌平州的田贵妃墓地。

本来，大顺是很有希望建立自己的统治的，但历史上演的却是悲剧，仅仅四十一天，大顺军就仓皇离京，彻底丧失了一统大业的主动权。

大顺军由关中经山西直捣北京，一帆风顺。进京之后，志得意满，泰然居于危机四伏之中：请看一件南明《塘报》的评论：

> 陈方策塘报曰：贼自入关以来，只经宁武、榆林，从兹已往望风溃附，错认无敌。其志多骄，骄可图也。陕西据险赖有河南为屏翰；京师居重赖有山东为咽喉。今河南残破，赤地千里；山东荒旱，寸土不毛。得其地不可食，得其人不可用，得其城不可守。燕、秦孤注，强卤为邻，唇亡齿寒，其势大虚，虚可图也。东南岁输粮米数百万、金银数百万以供京、边，动称不足。今我粮运、银运尽行南还，贼将恃仓之余粒、拷索之余金为源泉乎？[6]

这份《塘报》多少反映了大顺军在京所面临的困难。大凡人们做事，遇到顺境则容易骄，碰到逆境则容易馁。打下北京更助长了李自成及其决策集团的同事们的骄傲心理。崇祯皇帝是被打倒了，但李自成的败局也铸就了。大顺军占据北京无异于置身于火炉之上。

　　北京在战略位置上"可以控制胡虏，而运棹东南"。运棹东南必不可缺，但大顺军并未先占江南，因而粮源自断。北京被攻破后，那些明朝旧臣大都暗自庆幸，"江南财赋之地，子弟多豪，贼不见窥，而以贻我"。[7]皇朝旧有的力量朝向南京集中，不久成立了南明政权。

　　清兵不会放弃这一千载难逢的良机，为此已"等待"了多年，这不决定于是否有人去请。大顺军既克北京，与清接战犹如箭在弦上不得不发。对于大顺军来说，南北的威胁，造成了军事上的腹背受敌。北京已势同孤城，其周围府县及相邻省份又多灾荒，饱受战火摧残，不能及时地大量提供急需的战争物资。进京只数日，粮草供应已感拮据。"自成日给老本，米止数斛、马豆数升。众颇怨之。老本者，闯号老营为老本也。"[8]仓储有限，有出无进，如不能打通漕运，粮尽必得弃城。于这样的状态中，大顺军的招抚政策肯定是乏力的。

　　过去有人喜欢用吴梅村的"痛哭六军俱缟素，冲冠一怒为红颜"诗句来嘲讽为人唾弃的吴三桂。甚至企图用来解释明清交替之际清军入关这一重大的历史事件，这当然是难得要领的。仔细考察历史事实不难发现，在明末激烈复杂的战争中，吴三桂始终在窥测方向，以期保住个人的政治地位。他与清廷早已暗通关节。崇祯十七年三月四日，京师告急，皇上诏封他平西伯，命其率军入援京师时，他却敢"不奉诏"。显而易见，他不想与崇祯皇帝同归于尽，而要以军队为资本，随机应变，投靠新主。

　　吴三桂堪称中国历史上一个反复无常、追逐私利、不择手段之流的典型。从松山战役中临阵脱逃，到清兵入关前后的反叛行径，证明他只屈服于强权，同时又不怎么安分，而无所谓对谁忠信。大顺军即使用高官厚禄暂时地"抚"住了他，也不可能指望他担当起防清入关的重任，仍得派精锐部队去换防。

　　世界上的事情常是多种因素的犬牙交错。研究李自成之败，不能只限于其自身，而要研究他的对手，研究那些似乎与其不相关的东西。吴三桂的倒向，是大顺与清之间的外在关系的一种表现形式，吴投向哪一方固然就有利于那一方，然而这并不能在根本上影响双方中的任何一方的命运。双方皆可以不谋求吴的支持而自行其是，因为二者都是历史进程中不断积蓄起来的政治力量，只要各自的方略符合社会需求而又是健全的现实的，历史就会为它降临契机。吴三桂的降清，证明了李自成方略的失败。作为特定的军政集团的前途，在现实的政治、经济生活中，只凭臆想、直觉而为所欲为，不知道如何限制自己，如何以退为进就得不到历史给予的机会。残酷的现实及军政集团间的平衡遭到破坏，就会把那些美妙的幻想抛得一干二净；大顺军一进京就如箭上弦不得不发于清，但筹备这样的战争是需要时间与条件的，而不是入京之后才想起。

　　大顺于草创之际，选择"取关中，走京师"的方略而匆匆攻占了北京，已彻底失去了时间、空间上的主动权。放弃产粮区，舍南北贯通的大路是李自成根本方略上的大错，而入京后的骄奢、耽乐仅仅是小错。像后一类的错误对于任何军政集团在任何地点、任何时间都可能产生。如果根本方略正确，随时可以得到纠正而使集团事业顺利发展；反之，如根本方略不合乎现实，在方略实践的过程中，则必受到重挫，即使避免了一些具体小错，也决不能改变根本方略失当而招致失败的厄运。

三、追赃助饷

　　大顺军急忙攻占北京似乎没有长久之计，通过在京的政治活动可以看出此次军事行动的目的，一是夺得皇帝桂冠，二是获取巨额银饷，随后富贵还乡。认为十个燕京也比不上一个西安。所以进京后并不急于政权建设和防备关外的清军。而将主要任务放在搜刮饷银聚敛财富上。

　　大顺进京之初甄别录用了二十九名四品以下的官员。又开科取士，录取了五十名举人，分别量才授职。裁撤宦官衙门，驱逐宫中太监，改锦衣卫为龙衣卫。设铸钱局二十四所，发行永昌通宝。随即颁布《掠金令》追赃助饷，设立"比饷镇抚司"，由刘宗敏、李过主持。规定助饷额为"中堂十万，部院京堂锦衣七万或五万三万，科道吏部五万三万，翰林三万二万一万，部属而下则各以千计"。[9]为此，特地制作了五千具夹棍，"木皆生棱，用钉相连，以夹人无不骨碎"。[10]

　　自三月二十二日开始拷掠追赃，上至皇亲国戚、高官太监，下到商贾殷实之家皆不放过。如嘉定伯周奎，追赃七十万，籍其家时又抄出现银五十三万两，杂器匹缎车载；大学士陈演，追赃四万，后又抄出银数万、黄金三百六十两。"凡拷夹百官，大抵家资万金者，过逼二三万，数稍不满，再行严比，夹打炮烙，备极惨毒，不死不休"[11]，哭号哀鸣之声响彻街坊。对不能输足追赃银的官绅，则押至前门官店银号，立下借据，称为"贷赃"。

随着拷掠升级，金银财宝越来越多，军纪却越来越坏，初入城时，曾经规定：如有淫掠民间者，立行凌迟。居民脸贴"顺民"字条，箪食壶浆焚香夹道迎接大顺军进城；商贾营业，街市如常。可是好景不长，将士沿街肆意索要骡马。高级将领分居勋戚豪宅，中下级军官也抢占稍次的官邸或富民巨室，并占其妻妾。大军驻扎城内约有四十万之多，散居民宅之中，失去军营约束，为非作歹起来。

将领耽于享乐、沉湎酒色，不仅把宫中女子当作战利品瓜分，平日里还叫帘子胡同的小唱、娈童陪酒歌舞。喜则劳以大钱，怒即杀之。诸伶含泪而歌，或犯闯字，手斩其头，血流筵上。上行下效。士卒亦不甘落后，创入民宅，先曰"借锅，少焉，曰借床眠；顷之，曰借汝妻女姊妹作伴。藏匿者，押男子遍搜，不得不止。爱则搂置马上，不从则死，从而不当意者亦死；一人不堪众嬲者亦死。安福胡同一夜妇女死者三百七十余人。降官妻妾俱不能免"。

为了尽快得到更多的饷银，创造"告缗"之法，将昔日各衙门的衙役或长班集中审问，务必得到官绅金银藏匿之处，一经供出，即逮捕该人严刑拷打。又以长班及市井无赖为向导，查访官民藏蓄。顿时宵小之徒一时蜂聚，纷纷"告发"，或乘机报复，或持刀索财。乃至普通士兵"皆资掳掠，其囊中多者五六百金，少者亦二三百金"[12]。

四月十日，开始将掠到物资装载西运，车马相续绵延数十里。这一财宝起运时间，更能证实大顺攻占北京的目的。

四月十三日，在招抚吴三桂失败之后，李自成亲率大兵十万（一说六万），并携吴三桂之父吴襄和崇祯太子朱慈烺一同出征。时大顺将士已"腰缠既富，人多乡井之思，已无赴敌之气慨"。在山海关一片石之战中，不敌吴三桂、清摄政王多尔衮的联军，损兵折将，大败而归，二十六日退北京城后，军纪愈坏。二十九日称帝，翌日离京西撤，行前纵兵淫掠，放火焚烧京师九门与宫殿。

四、搜刮西运财富的数额

大顺军在北京究竟聚起多少财富，一说是三千七百万两，主要取自宫廷内库的藏银。亲历甲申之变的明朝被俘官员赵士锦说"贼载往陕西金银锭上有历年字号，闻之万历八年后，解内库银尚未动者。银尚存三千余万两，金一百五十万"。⁽¹³⁾另一位拥有同样经历的杨士聪说："内有镇库锭，五百两为一锭，铸有永乐年字，每驮二锭，无物包裹，黄白溢目。其寻常元宝则搭包口口。按贼入大内，括各库银共三千七百万两，金若干万。"⁽¹⁴⁾由于赵、杨两人亲历了甲申之变，所以后世史书诸如《明季北略》《渔樵纪闻》等书，皆以信史采用，同时还添枝加叶。即如《明季北略》谓："旧有镇库金积年不用者三千七百万锭，锭皆五百两，镌有永乐字。"如此金额扩大五百倍。当代学者以为过于离奇，遂五百换成五十两。即使如此缩小了十倍，也是天文数字达到十八亿五千万两。这决不是当时生产技术所能创造的财富。

实际上，赵、杨的说法很难经得住推敲。运送金银本是极其秘密的事，怎么可能"无物包裹，黄白溢目"地招摇过市，让人驻足观看。其实当初运送都在夜间。可见是为了遮人耳目。况且"熹宗在位七年，将神宗四十余年蓄积搜括无余，兵兴以来，帑藏空虚"。⁽¹⁵⁾假如宫廷库藏如此之巨，不可能决在紧急关头，京营已欠饷八个月之久，崇祯还握住内帑不放。有一种解释说，库藏是魏忠贤隐匿的不被崇祯皇帝所知。⁽¹⁶⁾这一说法不过是一种出于文人猜测而编得的故事，放到历史情境中考察，则漏洞百出。巨额金银，藏匿行动决不是几个人在短期内能够完成的，如果利用旧库，事后决无秘密而言，如果新建地下库房，动静更大，即使封锁消息，也会有相当多的人知道。崇祯登基以后，魏忠贤失势自杀，当初那些参与或了解藏匿行动的人怎么都会为一个死去罪臣守口如瓶，集体欺骗皇上，而非要在大顺军的拷打后才有人招供。揆诸常理，假如宫中存在如此巨额财富，知道情况的人，会争先恐后向皇上报告，这是一个绝佳的邀功受赏的机会。

另一说是主要来自拷掠追赃，"共得七千万。其中勋戚十之三，内侍十之三，百官十之二，商贾十之二"。⁽¹⁷⁾《国榷》《流寇志》等书记载类似。大顺军一进京将勋戚、文武官员八百余人，押赴刘宗敏、李过等营中追赃助饷。不久追缴范围扩大，追赃演变成勒索与打劫，前后共计一千余人被拷掠毙命⁽¹⁸⁾。从追赃设立最高十万两，最低一千两的标准上看。如果足额收缴，平均每人至少要出六万两。这对于朝廷侍郎以下的官员来说也是一个不小的数目。毕竟高官勋戚是极少数，像皇后之父如嘉定伯周奎，大学士陈演更是凤毛麟角。即使如此，历史记录陈演最后追赃的数额也没有达到十万⁽¹⁹⁾。因之，七千万两总数之说仍然留下不少疑问，似乎有必要放到当时的生产规模，金银流通，金银产量，官员实际收入等历史现实中做进一步考察。不过有一点不得不承认，中国人在使用数字时，并非完全是数学概念，往往表明的是一种爱憎分明的立场。

注释：

（1）夏允彝：《幸存录》卷上。

（2）《烈皇小识》卷八。

（3）《明史》卷二百六十六，《吴麟徵传》。

（4）《明史》卷二百六十五，《李邦华传》。

（5）黄宗羲：《南雷文约》卷一。

（6）李天根：《爝火录》卷二。

（7）计六奇：《明季北略》卷二十。

（8）《甲申传信录》卷六。

（9）杨士聪：《甲申核真略》。

（10）《甲申纪事》。

（11）《明季北略》卷二十。

（12）（14）《甲申核真略》。

（13）赵士锦《甲申纪事》。

（15）王世德：《崇祯遗录》。

（16）戴笠：《怀陵流寇始终录》卷十八：先帝诛魏忠贤时，内侍即怀恶意，掌祖宗库存者，虽国用至窘，皆不以告，至是尽为贼有。其他史籍如谈迁《国榷》、吴伟业《绥寇纪略》亦是如是之说。

（17）戴笠：《怀陵流寇始终录》卷十八。

（18）谈迁《枣林杂俎》记拷掠致死者一千六百余人。

（19）追赃四万，后又抄出银数万、黄金三百六十两。金银比价在1：10左右。所以核算不过十万。

第九章　京师朝廷与
地方的政府体制

假若没有经常性的社会冲突，政治制度就没有存在的必要；假若没有冲突各方的和解愿望，政治制度也不会产生。因而任何建起的政治制度一定可以兼容社会的各方面利益，愈是行之较久的政治制度，其兼容性力量可能愈大，反之，行之命短，其兼容量可能就愈小。制度典章就是对政治互动关系行为的一系列制约。可以由价值、规范与权威结构等三方面来说明，"价值起到对授权指导日常政策的事物予以广泛限制的作用，同时，又不至于触犯共同体重要成员的深厚感情；规范能使要求在提出和贯彻的过程中，把人们所期望和接受的程序具体化；权威结构指定正式的和非正式的模式，权力正是在这些模式中得到分配和组织，从而使政策的制定与落实权威化。权威结构也就是权威得以分配和使用的角色和权威之间的关系"。[1]制度典章的目标、规范与权威结构既限制政治行为又使之合法化，并以这一框架模式容纳了皇朝君臣以及政府与民众政治互动的过程与内容。任何制度典章都不可能完全漠视环境变迁的挑战而不做调整，但是行之越久的制度就越凝重保守，往往采用某些主观的臆想来应付变化，因之有时难免要付出沉重代价。

在复杂的大型社会中，维系一个政治共同体的长治久安，需要建立一个容纳和体现道德一致性和共同利益的政治制度。这就是君权一统与相应的政府体制。明朝制度内部的冲突给人留下深刻印象：一方面，这一制度努力通过政治活动建立、维持地域广袤的共同体，有意消除区域和人群之中的利欲膨胀，希望所有的臣民都能按照皇朝认定的政治标准生活；另一方面，却不得不放弃对家庭、家族、村社、部落等小型自然结合体的肢解、改造。在这些基层组织中，用不着刻意地努力就自然形成结合体。同一制度内两种截然相反的态度与操作方法，其间的冲突，通过礼制教化找到契合支点，如此一来，维系家族，村社的自治，赋予其上层如家长、族长、绅士特定的教化权力，使之带领村民和家属服从君主的统治。皇朝听任村社、家族内部秩序自然发展，决不想引入外力加以干涉，把统治施及每一人头上。废除村社家族的间接统治，普遍推行对个人的直接统治的企图与皇朝行政、司法技术能量的现实控制力相去甚远。因而，坚持个人通过家族为媒介实现自身价值的生活模式，确实为皇朝大一统局面的完成节省了财政支出。

统治需要付出成本，传统农业社会的有限财政收入，如果投向了统治到人方面，那么，在推行当中，就会由于投资不足半途而废，甚至引起政府灭亡。面对个人权利欲望日益增长时，政府规模和相应的法规、法律资源都必须依靠雄厚的资金方能扩充。即使统治到人的本意不是出自启迪个人权利，而是为了政治钳制使之绝对臣服，同样惹来投资短缺的麻烦。只要承认个人在社会中的独立地位，任何政治钳制就不能长久，个人权利实现的潮流会因政治高压变得愈来愈强烈，使原本出自政府统治安全用意的措施演变成政府的灾难。

如果按照制度的涵盖范围和程序化标准衡量，明朝的君主专制制度属于政治组织涵盖社会范围较小，而政治程序运作的制度化程度较高的一种。所谓范围，指的是政治组织和程序容纳社会活动的广度。如果只是一个较小的上层社会群体隶属于政治组织，并按其程序活动，那么这个范围便是很狭小的。反之，假如大多数民众能够有组织地按照同一政治程序活动，那么这种范围便是广大的。所谓制度，是指稳定的、受到尊重的和不断重现的行为模式。[2]制度化是组织与程序获得价值和稳定性的过程。任何政治体系制度化的程度，可用其组织和程序的适应性、复杂性、自立性和凝聚性来限定。君主专制制度的适应性来自环境的挑战和历史的考验，适应性是一种后天堆积形成的组织特性。[3]在悠久的民族聚合中，水患、灾荒、外患、内战和各种社会政治利益冲突不断，君主一统制度的政治行政组织和程序已经形成一整套有效解决这类问题的反映模式，这种类似于条件反射的统治能力，面对重复发生的难题涌来时，使其可以驾轻就熟地渡过难关，显得从容自如，所以没引起人们对这一制度隐含的缺陷的怀疑。人们可以从这一政治行政组织的悠久历史，大致估计出它的适应性强度与凝聚性的魅力。

君主专制政府不能成功地越过改制的障碍源于自身体制内部的缺陷。按照儒学礼制模式建起的皇朝政府只适应帝国表面上的统一和维持现状的需要，而不具备动员社会变革结构的能力，一个较小的政治行政组织与一个庞大的几乎处在自然状态的民众之间，依靠什么力量和方法，把民众纳入社会动员体系之中就是问题的关键。朝廷不乏极富先见之明的睿智官员，如万历时的徐光启、李之藻以及晚清的洋务派、变法派等诸名人物，他们引进现代文明的愿望不能不谓强烈，可是愿望动机外化触动现实时，所遇到的冷漠，阻力、体制束缚和技术能量的低下单一，常常事与愿违，投入巨大热情与期望换回的仅是失败教训或是事倍功半的微效。

一、朝廷政府体制

皇朝政治行政组织和程序实际情形究竟如何，还要从组织结构说起，就明朝而言：明初曾设左右丞相统属百官，洪武十三年（1380 年）正月，太祖因胡惟庸案而罢丞相一职。皇帝亲自执政，虽然避免了大权旁落，增强君主对朝廷的控制力，但是，在实际操作中，皇帝周围若没有经常可与之讨论的人，诸事全凭一人决策，事实上则行不通，皇帝的精力体力也经受不住。

一个集团的规模愈大，就愈不可能由领袖人物直接处理日常事务，必须挑选一部分人授予相应的权利与责任，让他们去推行自己的政策。因之，丞相的废除只能是一种职位名义和部分职权的丧失，绝对无法彻底抹去皇朝行政对该职权的功能需求，所以，丞相职位一废，先代之以"四辅官"辅政，不久又废，改为"以翰林、春坊详看诸司奏启，兼司平驳。大学士特侍左右，备顾问而已"。[4]翰林是清望官，春坊为东宫属官，品级偏下，平日并无实际的行政权力，为备顾问而设置的殿阁大学士也仅为正五品。可是品级与实际权力地位相比，品级从来是次要的，这些人一旦参预皇朝最高的决策活动，人们决不会再像往日那样看待他们的品级，而更看重他们的实际权力，只要随侍皇帝左右，原来的身份就完全失去意义。既然翰林春坊能够详看政府各机构报告和拟定处理意见，大学士可以在顾问之中帮助皇帝定夺，那么，这些人组成的机构实际代替了原来的中书省行使了相权。他们中的任何一位比起皇朝各衙门的首脑对皇朝综合事务更有发言权，因而，获得文官集团的俯从和接纳。

　　太祖以自己的宵衣旰食不辞劳苦担起了行政首脑的工作，换回削弱相权的一时成功。他可以做到神情警惕，不知疲倦地工作而毫无怨悔，却不能担保他的子孙完全如法炮制。即使他的子孙愿意仿效，幼君连接出现也不具备经验、年龄的条件。

　　实际上，相权是集中文官集团意见与君主共同决策行政的媒介性力量，不管采用什么名称或如何贬抑，实际存在的这一力量是不会消失的。文官集团需要有表达自己意志的机构和代表人物，借以造就文官集团的内部团结和集团与君主之间的均势。贬抑相权的极致做法，恐怕只是开国之君的专利，不能垂法于后世长此以往。明太祖这一自以为得计的办法，在他龙驭上宾以后，立刻结出了始料不及的恶果，他愈是为皇太孙着想，皇太孙却因之受尽了命运捉弄。当建文帝与他的叔父发生权力冲突时，由于文官集团的软弱与分散，不能肩起消弭宫廷战争的职责，只得听任事态发展。终于成就了一位藩王的帝业。黄宗羲说："有明无善治，自高皇帝罢丞相始。"[5]可谓一针见血。

　　成祖即位，特简解缙、黄淮入直文渊阁；胡广、杨荣、杨士奇、金幼孜、胡俨同入直，预机务，谓之内阁。内阁之名及参预机务，自此始。[6]其后内阁职权渐重，入阁诸官品级依兼职品级，大学士加三师，则为一品，加尚书为二品，加侍郎为三品；若未加升仍为正五品。宣德朝以前，内阁与外九卿为平交，执礼持法不相顾忌。宣德以后，三杨眷重，渐柄朝政。[7]英宗九岁登极，没有实际行使皇权的能力，凡事启奏太后，太后只得倚重内阁议行，遂成有明一代内阁条旨之制。

　　英宗是明代第一位儿童登极的皇帝，此时距太祖废丞相之始仅五十年。相权把握住历史的机运重新找回了自尊，内阁首辅虽无丞相之名，却基本拥有古代丞相之实，只不过没有完全恢复到唐代以前丞相权力的地步，明太祖的努力留给他的后代的印象极为深刻，始终不能从皇朝的政治记忆中彻底抹去。当君主不得不向文官集团和政治行政现实屈服的时候，便在恢复确认相权的同时，为相权行使设置了权力牵制的障碍——内官司礼监。从此，被明太祖严禁的宦官干政与朝廷的政治行政搅在一起，制造了无数的历史惨剧。

　　从皇朝政府体制上看，明朝没有试图划定政治与行政之间的界限，政府制度没有采用一部成文宪法作为自己坚固的形式，而是采用有史以来社会共认、经验证实适用的惯例作为法则构成自己的基础。行政从来都是从属政治的。政治的功能既然决定由君主来表达皇朝意志，那么，政府形式必然是以君主为中心的。形式上的以君主名义表达的意志，实际上是君主与内阁重臣会商的结果。立法与行政必须协调一致，统治方可实现，所以政治立法与行政执行，前者一定对后者实际控制。这种控制可能来源于正式的政府体制之内，也可能存在于这种体制之外。

虽然，皇朝的政治立法和行政同属于政府体制之内难以区分，但是，其间的细微差别仍清晰可辨。按照政治立法行政执行的职责性质、内容的区别，皇朝政治组织构造大致可分为十三类：

1. 同君主一道立法、决策的机构是内阁和经常举行的君主大臣会议。内阁兼具政治立法和行政总揆的双重功能。六部、六科、都察院、翰林院、通政司、内廷司礼监参与其间。

2. 礼制定则与礼制教化机构：礼部、翰林院、国子监、詹事府、鸿胪寺、太常寺、光禄寺。

3. 选任官员机构：吏部、礼部。

4. 财政基础机构：户部。

5. 国家工程机构：工部。

6. 行政监察机构：六科、都察院。

7. 司法行政机构：刑部、大理寺、都察院、锦衣卫、内廷东厂。

8. 宗室事务机构：宗人府、礼部。

9. 军政军令机构：兵部、大仆寺。

10. 行政办事机构：中书科、行人司。

11. 朝廷、内廷供给服务机构：光禄寺、上林苑监、太医院、教坊司、内廷诸衙门。

12. 宗教事务管理机构：僧道司。

13. 都城管理机构：五城兵马司、顺天府宛平、大兴两县。

君权绝对的政治功能与皇朝意志的表达和执行密不可分，与前者的关系尤为根本，与后者的关系稍显次之。这种君权绝对的政治功能实际上是在君主神化名义下的君主与文官集团代表人物一道根据祖制立法行政，平衡朝廷冲突，以及对皇朝中枢——地方政府的控制。君权绝对的政治功能如此复杂，绝不可能由君主个人或任何一个特定的专门机构单独行使。就立法而言，这种功能是由君主、内阁、六部、六科等机构共同担负的。在类似国家宪法原则三纲五常历代相沿不容置疑的情况下，皇朝的立法决策任务只是保护它免遭损害和依据礼制原则为皇朝新生的重大政治、行政难题拟定处理意见或规则。君主立法决策皇朝的一切政治行政事务，只是在有意制造君主神话，用来引导臣民的信仰，激发忠君热情和促进朝廷和社会的政治团结。而君主实际的政治权力和直接控制能力远没有想像的那样大，他经常可做到的就是对内阁预拟的决策意见画押同意，或用留中表示自己的不满，除此以外，很少提出自己的个人意见。

任何国家的管理模式，事实上都存在着三种不同性质的权力，只不过君主专制下的三权牵制不同于民治政府的三权分立。称得上相互牵制的权力结构，起码表明人们已经分清不同形式权力的性质与作用，因而，才能容忍其独立性而激发它对另外一种政治权力的制约力。三权分立并非西洋的发明专利。君主统属下的三权界限与各自拥有的独立，不像民治政府通过立宪分配的那样明确和均衡。三者同处于一个政府体制之中，以各自的职权实现功能上的实际牵制。君主故意制造三权牵制局面，实现了自己的绝对统治，同时也作茧自缚，让权力各方把这种牵制制约扩大到自己头上。皇朝开放言路的历史证明这是一种行之有效的方法，既可以减少君主的越轨行为，同时也可以抑制官员的专权腐化。

从行政的视角出发，不仅必须使皇朝政府极度地集中，而且君主也必须充分地维护他的完整神圣的形象。损害君主神圣形象的做法未必利于历史发展，但是，必须使在位皇帝对皇朝真正负责，对文官集团意志与皇位制度负责。文官集团有权否决皇上的旨意，限制他的行为。即使不能使他变得积极起来，至少要维持到因循平淡无奇的水准。

明代内阁是皇朝决策行政的必由之路，皇朝政府体制内的机构设置及其职权，不但满足社会管理的需要，而且体现了三权牵制维护体制安全的政治立意。内阁与君主在行政反馈系统中一道立法决策督促行政；六部等衙署行政，科道监察。在政治行政过程中，三方权力往往混合交叉，实现牵制目标，君主虽然凌驾其上，却很少拥有体制外的权力。体制抛向他的罗网比任何一位官员都要缜密。

内阁立法决策的功能行重于行政督导，"不得专制九卿事，九卿奏事亦不得相关白"。凡上所下：一曰诏，二曰诰，三曰制，四曰敕，五曰册文，六曰谕，七曰书，八曰符，九曰令，十曰檄。凡下所上：一曰题，二曰奏启，三曰表笺，四曰讲章，五曰书状，六曰册，七曰揭帖，八曰会议，九曰露布，十曰译。皆审署而调剂焉，平允仍行之。[8]

内阁成员是由皇朝高级官员以"廷推"的方式产生名单，再由皇帝圈定。内阁拥有的最大权力就是"条旨"，又称票拟，但它还不能作为皇朝正式文件下发，必经皇帝御准，由司礼监"拟红"之后，才算正式生效。粗看起来，司礼监的拟红不过是将内阁拟定经皇帝认可的草稿，用朱笔照抄一遍而已，从中似乎看不出有多大权力或者有多少做手脚的机会。假如皇帝是勤勉的，司礼监确实难与内阁抗衡，但是，一旦出现君主年幼不能履行职权或君主懒惰荒于朝政的情形，司礼监就可利用批红之机刁难内阁，谋求自身的特殊利益。万历登极时，内阁次辅张居正联合内廷司礼监太监冯保击败首辅高拱的历史事件，有助于人们在历史的动态中了解明代中枢政治行政的特点，了解其间的内阁内部的争权夺势、内阁与司礼监的冲突以及两者与君权的关系。

二、京师地方政府的构成

京师地方政府机构包括顺天府、宛平、大兴两县、五城兵马司、五城巡城御史。

府是品阶低于布政司一级的地方政府，但由于京师的特殊性，顺天府越过行省的管辖变成朝廷直属的地方政府。实际上，顺天府并不直接管理城市而是通过下辖的二个京县宛平、大兴来负其责。两京县也非纯粹的府属县，而更多的是直接听命于朝廷的指令。

永乐初改北平府为顺天府，府衙承洪武朝北平府之旧。十年设府尹，秩正三品。一般知府秩从四品。另有府丞一人，正四品；治中一人，正五品；通判六人，正六品，嘉靖以后裁革三人；推官一人，从六品；儒学教授一人，从九品，训导一人。所属行政部门：经历司，经历一人，从七品；知事一人，从八品；照磨所，照磨一人，从九品，检校一人；司狱司，司狱一人，从九品；都税司，大使一人，从九品，副使一人；宣课司四处，正阳外、正阳门、张家湾、卢沟桥；税课司二处，安定门外、安定门，各大使一人，从九品。税课分司二处，崇文门、德胜门，各副使一人；递运所、批验所各大使一人。

各官职权：

府尹负全责，宣化和人，劝农问俗，凡赋贡、徭役、祭祀、户口、纠治豪强、隐恤穷困、疏理狱讼、查验民情等事务，皆在其中。每年立春，行迎春进春仪式，祭先农之神。每月的朔望日，早朝奏老人坊厢听宣谕。每年的正月、十月，率其僚属行乡饮酒礼。都城内勋戚之家文引，积三月一奏。平抑市场物价。遇有内官监征派物料，虽有印信、揭帖，必须补上公文面奏皇上。每逢皇上于先农坛亲耕行三推礼之际，府尹则捧青箱播种于后。礼毕，率庶人终亩。

府丞协助府尹工作，兼管学校。

治中参理府事，协助府尹、府丞工作。

通判数人分理粮储、马政、军匠、薪炭、河渠、堤涂诸务。

推官负责司法事务，监察府属违法现象。

儒学教授、训导负责府学管理与教学事务。

经历司经历掌出纳公文文书。

照磨所照磨掌顺天乡试缮册弥封之事。

司狱司司狱掌刑部所送被判充军、流放、徒刑等罪犯的收系与发遣之事。

都税司大使掌商税收入与转发之事。

宣课司、税课司掌征税之事。

递运所大使负责飞报军情，递传军需，迎送公差人员等事项。自京师达于四方的水陆交通要道上，设立众多的水马驿和递运所。汇总于京师会同馆。馆隶属兵部。

批验所大使掌验茶盐引之事。茶盐过境需持引方可放行。

宛、大两县，同为京县，各知县一人，正六品；县丞二人，正七品；主簿无定员，正八品；典史一人。

五城兵马指挥司，各指挥一人，正六品；副指挥四人，正七品；吏目一人。负责巡捕盗贼，疏理街道沟渠及囚犯、火禁之事。五城划界而治，境内有游民及犯罪之人则逮治。逢皇上亲郊，则率夫里供事。北京兵马指挥司创立于永乐二年。五城兵马司在分别叙述时，惟独中城不带城字，称中兵马司。

五城巡城御史。京城设巡视御史始于正统朝，不置公署，巡视所至，遇有喧闹，当时审判决断，或暂借各卫公署听诉发落。景泰中，京师多盗，差御史十人专事捕治，事后留五人久任，建立公署，凡有奸弊诸事，准许受理送问。其差用试御史，三月一更换。

巡城御史为都察院监察御史外放的小差。其职责亦由城市的发展而加重。"巡视御史，故事不专为喧闹开设者。事有奸弊，依法送理，正统间例也；禁约赌博，缉捕盗贼，坐铺火夫，究问优免，成化间例也；查问九门官吏多勒客商财物，弘治间例也；访察参奏，打点馈送，嘉靖间例也。"[9]至于禁止科敛诈骗，裁抑豪强奸顽，安恤孤独良善，惩创奢侈游戏，举劾兵马司善恶，皆为其职权范围之事。拥有的权力，远远超出宛大二县与五城兵马司。

巡捕营，弘治末年创立，设参将、把总等官，专捕盗贼。兵额城内792人，城外1120人。

城市道路、沟渠的日常的维护，本是五城兵马司的职责，但朝廷又别立街道厅、街道房专司其事。街道厅属工部。街道房属锦衣卫。[10]

三、朝廷直接管理都城

在都城管理上，明代没有划定朝廷与地方的管理权限的界限。往往许多地方事务都由朝廷直接管理，地方衙门更像朝廷的一个仆役和财政出纳。从这一意义上说，皇城以外的都城区乃是宫廷的附庸。因之，京师的政治特殊性铸就了特殊的管理模式，也导致了管理的政出多门与管理成本的增加。直接参与京师事务的朝廷机构主要有工部、刑部、都察院、锦衣卫和内廷东厂等。

自永乐朝营建北京至明末，几乎所有的建设都是由朝廷决定，指派工部及相关衙门操作实施，而不委托顺天府负责。

街道设施维修养护事宜，亦由工部负责。万历十年（1582年）十一月，工部重新申明禁令，对于日常的洁净皇城四门、洒扫街道沟渠、保护河墙、保固城壕等事宜，专设经费钱粮，并且扩大了管理人员的事权与职责。[11]

锦衣卫对都城的治安管理权尤重。宛大两县与五城兵马司虽为名正言顺的地方机构，却也不得不俯首听命。这种管理体制的交叉，叠床架屋，由中央机构直接插手地方事务，也是都城功能的特殊性决定的。锦衣卫负责皇帝的安全，因而在皇帝居住的京城中，就必然不能放过任何影响皇帝安全的细节，锦衣卫的触角无所不在。

锦衣卫系由明初仪銮卫演变而来。洪武十五年，改置锦衣亲军指挥使司，下辖南北镇抚司十四。南镇抚司掌管本卫内司法刑法案件的审判及金捡军匠。北镇抚司专管皇帝下发的案件，即所谓的诏狱。成化十四年（1478年）始独立，可以直接与上下法司过往公事。掌锦衣卫的官员一直以都指挥、都督充任。所隶又有将军、力士、校尉等，分番护驾，直宿、巡察。凡大朝会，常驾出入，督设卤簿仪仗；凡皇城四门，日夜番值巡察；凡盗贼奸宄，街途沟渠，密缉而时省之；凡奉旨查办案件、审问囚犯，与三法司同理。

东厂是与锦衣卫性质相同的机构。只不过东厂由太监管理，在直达上颜，获得皇上眷属方面，比锦衣卫还要快捷优渥。东厂与锦衣卫合称厂卫，为明代一大弊政，对北京的危害比皇朝其他地方更为惨烈。在城市管理中，厂卫成为社会心理中的恶煞。

东厂隶属于司礼监。在以太监监视百官与刺探民事的做法上，历朝专权太监还曾创立过相似的机构，如西厂、内行厂等。西厂、内行厂的历史较短，只有东厂与明朝相始终。

事无巨细，锦衣卫与东厂皆得管理，由于权力空前、职权范围无限扩大，又缺乏必要的监督制约权力，遂使这一本来用于管理城市、协调社会、保障安全的权力，变成危害社会的因素。以至民间"以厂卫二字为破胆之霹雳"。[12]

注释：

（1）［美］戴维·伊斯顿：《政治生活的系统分析》中译本，226 页。

（2）［美］塞缪尔·亨廷顿：《变革社会中的政治秩序》中译本，12 页。

（3）［美］塞缪尔·亨廷顿：《变革社会中的政治秩序》，13 页。

（4）《明会要》卷二九，《职官》一。

（5）黄宗羲：《明夷待访录》，《置相》。

（6）龙文彬：《明会要》卷二九，《职官》。

（7）《春明梦余录》卷二三，《文渊典故》。

（8）《春明梦余录》卷二三，《内阁》一。

（9）万历二十一年十一月左都御史孙丕扬内台定规疏，见《春明梦余录》卷四十八。

（10）法式善：《陶庐杂记》卷一："锦衣卫有巡捕厅、街道房"。

（11）《神宗万历实录》卷一三〇，《史料》第四册。

（12）《春明梦余录》卷六十三。

清前期

第一章 清朝定都北京与
顺康时期的政治

一、清朝在北京统治的开始

明崇祯十七年（1644 年）四月三十日，明末农民起义军领袖李自成率部撤出北京，结束了农民军政权在北京城 41 天的统治。留在城内的原明朝御史曹溶集结部分旧王朝的官吏，组成一个临时机构，大肆杀害尚未出城的农民军。三天后，也就是五月初二日，清朝摄政王多尔衮率领清兵，一路浩荡，进入北京。在清兵进入北京之前，原明朝山海关总兵吴三桂发布消息，说是准备护送明太子朱慈烺进京，重新建立明朝的统治。当时北京的民众聚集在朝阳门，恭迎太子，没想到迎接来的却是清朝睿亲王多尔衮。多尔衮在群臣的拥簇下，登上了武英殿。

（一）清初的安民政策

多尔衮初入北京，制定相关政策。当时的北京城，刚刚经历战乱，一片狼藉，"远近田畴，尽为兵马所蹂躏"[1]，人民流离失所，生活困苦，社会秩序混乱。顺治元年五月（1644 年），摄政王多尔衮谕兵部："今本朝定鼎燕京，天下罹难军民，皆吾赤子出之水火而安全之。"[2]这是清朝统治者安定民心的措施，昭告天下百姓，新建王朝将以安民作为自己的重要任务，这对身居京师重地的北京民众，显得尤为重要。

为了尽快地稳定局势，清朝宣布原明朝的官员可以继续在政府部门任职，他们可以将原任官职开报，隐居山林的官员也可以开报，由国家斟酌给予官位。同时，国家也警告原明朝官员："我朝臣工不纳贿、不徇私、不修怨，违者必置重典。凡新服官民人等，如蹈此等罪犯，定治以国法不贷。"[3]这也体现出统治者恩威并施的一面。

为了笼络民心，多尔衮下令为明朝崇祯皇帝发丧三天，以示满洲贵族与李自成领导的农民军不同。在文告中，多尔衮将李自成称为"流贼"，指控其"纠集丑类，逼陷京城。弑主暴尸，括取诸王、公主、驸马、官民财货，酷刑肆虐。诚天人共愤，法不容诛者"。并进一步指出："我虽敌国，深用悯伤。今令官民人等为崇祯帝服丧三日，以展舆情。著礼部、太常寺备帝礼具葬。"[4]清朝的这一做法，得到很多百姓的拥护，官民大悦，称颂统治者仁义。

同时，政府还制定了乡试和会试的时间，举行开科考试，以笼络汉族知识分子。为缓和满汉矛盾，暂时放松了对汉人剃发易服的要求。为减轻人民负担，减免了明朝以来的苛捐杂税，宣布从顺治元年五月初一日，按亩征收赋税，清军经过地方减免半额，清军未经区域减免三分之一，此外，明末加派的辽饷、练饷、剿饷全免。通过这一系列的措施，清朝逐步缓解了北京城的紧张气氛，在一定程度上安定了民心，缓和了民族矛盾，稳定了北京的统治。

其时，清朝的幼主顺治皇帝福临尚在盛京（今辽宁沈阳），经过多方的商议，多尔衮上奏疏要求迁都北京，并派辅国公吞齐喀、和托、固山额真何洛会等回沈阳迎驾。他的奏疏是这样的："燕京势踞形胜，乃自古兴王之地，有明建都之所。令既蒙天界，皇上迁都于此，以定天下，则宅中图治，宇内朝宗，无不通达，可以慰天下仰望之心，可以锡四方和恒之福。"[5]沈阳方面讨论的结果是赞成迁都北京，经过一系列的准备，同年八月二十日，顺治帝从沈阳方面出发，九月十九日，从正阳门（今北京前门）进入紫禁城。十月初一日，顺治帝在天坛告祭天地，大赏群臣，宣布以北京作为清朝的都城。从此，清朝定鼎北京，开始了在中国268年的统治，而北京作为清朝的统治中心，开始在政治生活中发挥着重要的作用。

（二）清朝的民族压迫

尽管入关之初，清朝统治者努力地安定北京的政局，笼络北京的官员和百姓，但是深刻的民族矛盾仍是当时的一个严峻问题。满洲贵族颁布了剃发令、迁汉令、圈地令、逃人法等等，这些都是带有民族压迫性质的政策。

清军入关后，颁布了剃发令，要求北京官民梳长辫、穿满族衣裳，为的是削弱汉族的民族意识。这引起了京畿地区人民的反剃发斗争。为了避免引起北京城的骚乱，多尔衮采取了权宜之计，暂时允许官民不剃发易服，为的是尽快完成统一全国的战争，"向来薙头之制姑听自便者，欲俟天下大定也"(6)。等到清朝在全国统治逐渐稳定之后，北京的民众最终仍避免不了剃发易服的命运。

清朝迁都北京，带来大批的满洲贵族、八旗兵丁、家属等等，对这批人的安顿问题成为当务之急，为此清朝颁布了迁汉令。所谓迁汉令，顾名思义，就是将汉族人民进行迁徙。清军进入北京的第二天，多尔衮就下令居住北京内城的汉族人民三天内一律迁往外城（也叫南城），而内城用来安顿从龙入关的八旗官兵。这样，清朝统治者以强制的手段，将原来居住在北京内城的居民，强行迁至外城，这一迁移过程经历了大约五、六年。

为了弥补被迁移的汉人，清朝颁布了一些政策。顺治元年十月，谕旨："京都兵民分城居住，原取两便，实不得已。其东、中、西三城官民，已经迁徙者所有田地应纳租赋，不拘坐落何处，概准蠲免三年，以顺治三年十二月终为止。其南北二城虽未迁徙，而房屋被人分居者，所有田地应纳租赋，不拘坐落何处，准免一年，以顺治元年十二月终为止。"(7)在此条谕旨中，统治者将满汉分城说成是"实不得已"的事情，对被迫离家的汉人实行一些减免赋税的补偿。

顺治五年十一月，又颁布谕旨："北城及中、东、西三城，居住官民商贾，迁移南城，虽原房听其折卖，按房领给银两，然舍其故居别寻栖址，情殊可念。有地土者，准免赋税一年，无地土者，准免丁银一年。"(8)但对于那些饱受民族压迫的汉人来说，这些恩惠是无法弥补他们的损失的。

清朝实施的迁汉令，使得北京城的格局发生了深刻的变化，自此，内城成为满族人的居住地，也叫"满城"，而外城则成为"汉人城"，满汉分居。

就内城来说，政权机构多集中于此，积聚了王公贵族和八旗官兵。按照满洲八旗制度的原则，"以五行相胜为用，两黄旗位正北，取土胜水；两白旗位正东，取金胜木；两红旗位正西，取火胜金；两蓝旗位正南，取水胜火"(9)，将内城分为不同的八旗驻地：正黄旗居德胜门内，镶黄旗居安定门内，正白旗居东直门内，镶白旗居朝阳门内，正红旗居西直门内，镶红旗居阜城门内，正蓝旗居崇文门内，镶蓝旗居宣武门内。

就外城而言，主要集中了以汉人为主体的官僚士绅、商人、手工业者等各个阶层的民众。虽然同在外城，但不同的阶层居住的区域也有不同，素有"东富西贵"之说。《旧京琐记》记载："旧日，汉官非大臣有赐第或值枢廷者皆居外城，多在宣武门外，土著富室则多在崇文门外，故有'东富西贵'之说。士流题咏率署'宣南'，以此也。"[10]可见，外城的东部多是士绅商贾，西部多是官僚。

通过迁汉令，清朝统治者将八旗贵族和士兵安排在内城居住，为了供养这些人，政府又颁布了圈地令，在京畿和直隶大量圈占土地，俗称跑马占地。顺治元年十二月，多尔衮颁布了圈地令："我朝建都燕京，期于久远。凡近京各州县民人无主荒田及明国皇亲、驸马、公、侯、伯、太监等死于寇乱者，无主田地甚多，尔部可概行清查。若本主尚存或本主已死而子弟存者，量口给予。其余田地尽行分给东来诸王、勋臣、兵丁人等。此非利其地土，良以东来诸王、勋臣、兵丁人等无处安置，故不得不如此区画。然此等地土若满汉错处必争夺不止，可令各府州县乡村满汉分居，各理疆界，以杜异日争端。今年从东先来诸王、各官、兵丁及见在京各部院衙门官员，俱著先拨给田园。其后到者，再酌量照前与之。"[11]由此开始了清朝长达20多年的圈地。在这道圈地令中，明确说明圈地是为了安顿"东来诸王、勋臣、兵丁人等"，仍是不得已之举，但是其本质仍是剥夺了汉族人民的权益，满汉分居，其实是将很多汉族的土地强行圈给了满族人，被作为皇室庄田、诸王宗室庄田和八旗的旗丁地等。

清朝圈地的区域主要在北京附近，最远达到河北省。名义上是圈占无主土地，但实际情况并非如此。第一次大规模圈地主要在近京各州县，顺治二年九月，又扩大到河间、滦州、遵化等府州县。顺治四年，关外又有大批八旗兵丁入关，为了安顿这些人，清朝又掀起了大规模的圈地，是年正月，户部奏请："去年八旗圈地，止圈一面，内薄地甚多，以致秋成歉收。今年东来满洲又无地耕种，若以远处府州县屯卫故明勋戚等地拨给，又恐收获时，孤贫佃户无力运送应于近京府州县内，不论有主无主地土，拨换去年所圈薄地，并给今年东来满洲。"[12]根据《清世祖实录》，顺治四年这次圈地中，顺义、怀柔、密云、平谷四县共圈地60705垧；昌平、良乡、房山、易州、四州县共圈地 59860 晌；通州、三河、蓟州、遵化四州县共圈地 110228 晌。此外，今河北涿州、涞水、定兴、保定、文安五州县地被圈走 101490 晌，诸如此类。这些被圈占土地的地区基本上都属于京畿地区。

这种强制性的公开掠夺，给京畿百姓带来了灾难。在圈地的同时，很多失去土地的汉族百姓被迫投充到旗人家为奴，受到满洲贵族的剥削和奴役。有些不堪忍受的汉人，逃离主人家，清廷又制定了"逃人法"，对逃人和窝藏者都给予严厉的惩处。

清朝在北京推行的压迫汉族人民的政策，自然激起了他们的反抗。顺治朝，北京近郊的农民就发起了多次反抗清朝的起义。比如，顺治元年五月，昌平州红山口农民的反清起义，顺治二年近郊农民刘自什发动的起义。此外，一些秘密组织，如闻香教、白莲教等都组织反清的活动。这些农民起义虽然都被镇压了，但反映出北京民众对清朝奴役政策的反抗精神，在一定程度上给统治者以震慑作用，强迫他们适当调整一些政策，来缓和这种尖锐的民族对抗。

（三）北京城的城市管理

清朝建都北京以后，开始建立一套从中央到地方的官制。有清一代的政治制度是在继承明代制度的基础上发展而来的。在中央，设立吏、户、礼、兵、刑、工六部，各衙门的办公机构基本在原明朝的旧址。在地方，设立省、道、府、县等建制，总督、巡抚成为地方最高行政长官。当然，清朝的制度并非完全照搬明朝，是在继承中有发展的，此处不赘述。

北京作为清朝的都城，统治者非常重视其地方行政设施的建设。清朝对北京的地方行政管理机构主要有三个：顺天府、九门提督衙门、五城御史衙门，它们分别负责的是北京的民政、防卫和治安三个方面。

顺天府是沿袭明代的建置。明朝永乐帝迁都北京，改为顺天府，最高长官是府尹。清代沿袭明制，"国初定鼎燕京，设顺天府，定府尹一人、府丞一人、治中一人、通判三人、推官一人、经历、知事各一人、照磨、检校各一人，均汉员。所属宛平、大兴二县知县各一人、县丞、主簿、典史各一人、儒学汉教授一人、训导六人、京卫武学教授一人、训导二人、司狱一人、库大使一人、宣课司大使一人、副使一人"。[13] 此后，经过机构的调整，府尹下的属官有所调整。顺天府府衙设在地安门外鼓楼东大街，那里是原来明代顺天府的旧址。就官员品级而言，顺天府尹正三品，府丞正四品，治中正五品、通判正六品、经历从七品、照磨从九品、司狱从九品[14]。其中顺天府尹贵为三品大员，比地方的一般知府要高，往往迁升为巡抚、布政使等要职，与京堂同等待遇。顺天府的执掌主要是北京地区的"刑名钱谷"[15]等民政事务。

九门提督是负责北京城安全警卫的机构，其职位全称是"提督九门巡捕五营步军统领"，衙署设在地安门外。所谓九门，指的是北京内城的九门，包括德胜门、安定门、东直门、朝阳门、崇文门、正阳门、宣武门、阜成门和西直门，以"九门"来代表京城。九门提督由满族亲信大臣担任，正二品，下设左、右翼尉（正三品）、八旗协尉（正四品）、副尉（正五品）等。九门提督一人"率左右翼步军总尉、八旗步军尉等，统辖满洲、蒙古、汉军八旗步军，掌守卫巡警"[16]，分汛巡缉，此外，还有部分审判的职能。为了加强北京地区的警戒，顺治九年，清朝建筑了白塔（今北海公园白塔山），成为北京城的制高点。顺治十年十一月，兵部奏准："白塔山及九门，应各设炮五座。遇有警急，白塔鸣炮，则九门俱应之。各旗闻炮声，皆披甲。"[17]同时，规定了炮响之后，不同职位的人员应做何应对。步军统领要负责管理信炮，严格控制。

清初将北京城分为东、西、南、北、中五个区，称为五城，每城设满、汉御史各一人，共十人，隶属都察院，称巡视五城御史，简称五城御史。五城御史的职责是"厘剔奸弊，以资弹压"。所属由兵马司正指挥，汉人各一人，"掌巡捕盗贼、疏理街道及囚徒火禁之事"[18]；副指挥，汉人各一人；吏目，汉人各一人。可见，五城御史及其属下，主要负责的是京师的社会治安，预防人民的反抗，维护国家机构的稳定。此外，五城御史还有处理一些刑事案件的权力。康熙以后，五城分别设立司坊官，对百姓进行更加严格的管理。

顺天府、九门提督、五城御史是清朝北京城市管理的基本机构，这三个机构既各司所职，又互相配合，共同维护北京的安全和稳定。在一定历史时期内，这种管理体制发挥了较为积极的作用。

清朝建都北京以后，经历了多尔衮摄政、顺治亲政两个阶段，这段历史时期是清朝在北京实行统治的开始。清朝一方面实施了一些安民的政策，使经历战乱的北京人民暂时安定下来，同时，他们推行的民族压迫政策又给北京的汉人带来了灾难。在北京的城市管理方面，清朝建立了一套管理体制，各项制度初步定下来，这些都为后来北京地区的政治发展打下了基础。

二、康熙亲政与政策调整

顺治十八年（1661 年）正月初七日夜晚子时，年仅 24 岁的清世祖顺治皇帝在北京逝世，正月初九日，他 8 岁的儿子爱新觉罗·玄烨在紫禁城登上皇位，以明年为康熙元年。康熙是顺治的第三子，他之所以被选为继承者，一方面是因为他自小即显示出与其他兄弟不同之处，曾得到父皇的赞赏，而另一个原因是因为他曾经生过痘。顺治帝就是患天花去世的，俗称生痘，而生过一次痘的人则会有免疫力。康熙皇帝是清朝历史上的一位明君，他在位时期实行的一系列政策对清初北京政治的发展起了推动作用。

（一）四大臣辅政与康熙亲政

康熙朝与顺治朝一样，面临着一个幼主如何执政的问题。早在顺治时期，实行的是亲王摄政体制，由他的亲叔叔睿亲王多尔衮摄政。由于摄政王在顺治继位、清军入关等重大事件中都发挥了关键的作用，因此有很高的声望。但随着多尔衮权力的扩大，开始专断权威，危及皇权。顺治七年十二月，多尔衮死于出猎途中，被追谥为"诚敬义皇帝"。次年的二月，苏克萨哈、詹岱告发摄政王藏有"八补龙袍"、"共定谋逆"，后有谭泰、济尔哈朗、满达海等告睿亲王"独专威权"、"所用仪仗、音乐、卫从俱僭拟至尊，造府与宫阙无异"、"以朝廷自居"[19] 等，尔后，多尔衮被削爵，财产入官，墓葬被平。案件受牵连人员很多，多尔衮的亲信多被处死或贬革。谕旨中列举了八大理由，否定多尔衮在清朝开国初的功劳，而将重点放在批判他僭用明黄龙衮、纳肃王妃等事情上。可见，亲王摄政体制在顺治时期执行得并不理想。

为了避免再次出现摄政王专权的现象，在康熙的祖母即后人熟知的孝庄文皇后的主持下，改变旧制，实行异姓大臣辅政的体制。顺治帝在遗诏中，命索尼、苏克萨哈、遏必隆、鳌拜四大臣辅政，这四位大臣都不是宗室人员，并且都是反对多尔衮的。这份遗诏主要依照太后的意思，期待着通过四个异姓大臣群策群力，协助康熙主持朝政，同时由同姓的亲王贝勒监督四大臣。这种辅政体制的目的是几个大臣互相牵制，避免一人专权，这四个人在先帝遗体前发誓，其辞曰："先皇帝不以索尼、苏克萨哈、遏必隆、鳌拜等为庸劣，遗诏寄托，保翊冲主。索尼等誓协忠诚，共生死，辅佐政务。不私亲戚，不计怨仇，不听旁人及兄弟子侄教唆之言，不求无义之富贵，不私往来诸王贝勒等府受其馈遗，不结党羽，不受贿赂，惟以忠心仰报先皇帝大恩。若各为身谋，有违斯誓，上天殛罚，夺算凶诛。"[20]

然而，事情发展的结果却与预期的大相径庭。在这四个人中，索尼和苏克萨哈都属于忠臣，尽心辅佐小皇帝，但是索尼年老多病，苏克萨哈的资格和声望不够，另外一个辅臣遏必隆属于明哲保身之人，凡事保持沉默，无所作为，而四人中排名最后的鳌拜却是个专横跋扈之人，在没有挺进北京之前，就立有很多战功，赐号"巴图鲁"。四辅臣的权力平衡逐渐被打破，鳌拜专权的现象愈演愈烈了。

鳌拜在朝中势力很大，很多人都不敢违其意。对于事态的发展，其他三个辅臣都有觉察。索尼年老怕事，不敢和鳌拜对抗，在康熙六年（1667年）六月就病死了。遏必隆只知道自保，事实上更纵容了鳌拜。苏克萨哈是三人中唯一一个与鳌拜正面对抗的人。鳌拜是镶黄旗子弟，苏克萨哈则是正白旗，当时两个旗在河北地区都有一些圈地，鳌拜嫌自己的镶黄旗的土地不够肥沃，指出"镶黄旗不当处右翼之末，当与正白旗蓟、遵化、迁安诸州县分地相易。正白旗地不足，别圈民地补之"[21]。鳌拜的做法遭到了以苏克萨哈为首的很多大臣的反对，但他仍一意孤行。

康熙六年，康熙皇帝亲政，按道理，辅政大臣要交出权力，于是苏克萨哈请求去给先帝守陵。鳌拜及其党羽"诬以怨望，不欲归政，构罪状二十四款，以大逆论"[22]，将他打入天牢。康熙明白鳌拜的企图，因此不愿意治苏克萨哈的罪，但是鳌拜最终仍执意将苏克萨哈最后绞死。同时，鳌拜还迫害了许多与他对立的大臣，愈发专横。他平时在家里办公，政令出于己手，政令多与皇帝相左，根本没把皇帝放在眼里。

康熙虽然年纪不大，但城府颇深。他对鳌拜的所作所为非常不满，但却并没有明显地表现出来，也尽量避免与之冲突。但私底下，康熙开始准备铲除鳌拜。清人笔记《啸亭杂录》中记载了康熙谋划擒拿鳌拜的过程："以弈棋故，召索相国额图入谋划。数日后，伺鳌拜入见日，召诸羽林士卒入，因面问曰：'汝等皆朕股肱耆旧，然则畏朕欤，抑畏拜也？'众曰：'独畏皇上。'帝因谕鳌拜诸过恶，立命擒之。"[23]就这样，在没有任何防备的状况下，鳌拜这位久经沙场的满洲武将被康熙秘密训练的摔跤能手们按倒在地，活活被擒。随后，公布了鳌拜的三十大罪，包括欺君犯上、结党专权、残害忠良等等，朝议将其处死，但康熙念其"效力年久，不忍加诛，但褫职籍没"[24]，对其进行宽大处理，将之终身监禁，后来鳌拜死于禁所。同时，鳌拜集团中的几个核心人物也被处死了，包括他弟弟和侄子等。16 岁的康熙皇帝机智地铲除了鳌拜及其同党，由此真正地掌握了君权，成为名副其实的皇帝。

（二）康熙的政策调整

康熙亲政以后，逐步调整顺治时期、鳌拜专权时期的一些极端的政策，使得北京城的紧张政治气氛得到一定程度的缓解。

以圈地为例，顺治时期在北京地区大规模的圈地，给百姓带来了很大的灾难。此后的一段时间内，八旗驻扎在各自分配的区域，倒也相安无事。康熙五年，鳌拜制造了镶黄旗与正白旗换圈的事件，再次引起了百姓的恐慌。早在多尔衮摄政时期，曾将镶黄旗的土地换给正白旗，使得镶黄旗的土地位于右翼之末，位于保定、河间、滦州等处。鳌拜等镶黄旗大臣对此早有不满，要求换地。

这次大规模的圈换土地，其实质上与圈地是一样的。当时负责圈换的直隶总督朱昌祚、直隶巡抚王登联纷纷上疏请求停止这次圈换行动。在朱昌祚的奏疏中称："臣等履亩圈丈将及一月，而两旗官丁较量肥瘠，相持不决。且旧拨房地垂二十年，今换给新地，未必尽胜于旧。口虽不言，实不无安土重迁之意。至被圈夹空民地，百姓环愬失业，尤有不忍见闻者。若果出自庙谟，臣何敢越职陈奏，但目睹旗民交困之状，不敢不据实上闻。仰祈断自宸衷，即谕停止。"王登联在奏疏中也说道："旗民皆不愿圈换，自闻命后，旗地待换、民地待圈，皆抛弃不耕，荒凉极目，亟请停止。"[25]通过这两位主持圈换的地方大员的奏疏，我们可以看到，这种圈换，给旗民和汉民都带来了极大的不便，造成百姓失业、土地抛荒，这违背了当时百姓思安的心态，引起了百姓的不满。但是这两位官员的意见并没有被采纳，还因此被打入大牢。这次圈换土地，迁移壮丁六万余人，圈换土地 31 万晌，破坏了生产，激化了京畿地区的社会矛盾。

康熙对于清初开始实行的圈地有深刻的认识，认识到这种行为势必要激起百姓的反抗。在他亲政以后，康熙八年，下令北京附近"满兵有规占民间房地者，永行禁止，仍还诸民"。[26]这次政府下达的废除圈地的命令，具有重大的意义，有利于北京地区的稳定。康熙二十四年，再次重申，对于民间开垦田地，自后永远不许圈占。除此之外，康熙还颁布法令，限制投充，并且修改了逃人法。康熙三十八年十二月，下令裁撤兵部督捕衙门，自此清朝的逃人事件也基本画上了句号。这些政策，安抚了北京地区的百姓，促进了北京地区的社会安定。

三、杨起隆起义与京师地震

康熙亲政之后，在北京地区实施了一些安抚百姓的政策。当时清朝在地方最重要的问题是三藩割据。所谓三藩，指的是清初的三个汉族异姓王，他们是平西王吴三桂、平南王尚可喜、靖南王耿精忠，这三个人占据云南、贵州、广东、广西、福建等广大地区。三藩占据地方，拥有很大的权力，严重影响中央的统治。康熙十二年（1673 年）三月，平南王尚可喜请求归老辽东，七月，平西王吴三桂、靖南王耿精忠也先后上疏请求撤藩。康熙心里明白吴三桂蓄谋已久，"撤亦反，不撤亦反"[27]，最终他抵制住朝廷中的反对力量，做出了撤藩的重大决策。十一月，吴三桂杀了云南巡抚朱国治，打出反清复明的旗帜，福建、广东的耿精忠、尚之信先后造反，这就是著名的三藩之乱。就在吴三桂等发动叛乱的一个月之后，康熙十二年十二月，京城发生了杨起隆起义，起义的目的是趁清朝集中力量与三藩进行战争的时候，占领北京，杀死满洲贵族，推翻清朝的统治。这次起义，发生在京师重地，对清朝在北京的统治产生了巨大的冲击。

（一）杨起隆在北京起义

杨起隆者，自称是明朝的"朱三太子"。他提出"反清复明"的口号，在北京秘密联系了反抗清朝的汉族百姓以及八旗贵族家奴，准备举行起义。为了扩大影响，他们建年号曰"广德"，起义的成员称"中兴官兵"，他们"以白布裹头，红布披身为号"[28]，约定十二月十三日在京城内放火举事。

当时，参加起义的有满洲镶黄旗监生郎廷枢的家人黄裁缝（黄吉）、正黄旗承恩伯周全斌之子周公直的家人陈益等。为了方便行事，十二月十一日，黄吉、陈益召集了起义的人员三十余人秘密聚集在鼓楼西街周公直家，讨论起义的具体事宜。不料，他们的行迹被八旗主子郎廷枢、周公直发觉。郎廷枢捉拿了其家人黄裁缝等四人，周公直发现"有素不识面凶恶之徒三十余人在于伊家"[29]，遂报告正黄旗汉军都统祖永烈，可能会有叛乱。于是，祖永烈与正黄旗满洲都统图海、镶黄旗副都统纪哈里等人率兵包围鼓楼西街。在紧急关头，杨起隆宣布提前举行起义，起义军头裹白布、身披红衣，燃起火把，"披甲露刃"，与清军展开激烈的斗争。当时的战争非常激烈，"流矢如雨"[30]，起义军奋不顾身，英勇战斗，但终因寡不敌众而失败。清军擒获陈益等人，接着开始广为搜捕，逮捕了起义军的核心人物齐肩亲王焦三、护驾指挥朱尚贤、阁老张大、军师李柱、总督陈继志、提督史国宾、黄门官王镇邦等数百人，全部送三法司审理。这次起义就这样被镇压下去，被捕的起义军首领全部被杀害。为了避免引起更大的骚乱，康熙下诏"奸民作乱已平，勿株连，民勿惊避"[31]。在混乱中，起义军首领杨起隆得以逃脱，后逃往陕西，在当地继续组织反清的斗争。七年后，杨起隆被清朝逮捕，惨遭杀害。

杨起隆在北京举行的起义虽然失败了，但影响很大。他之所以打出"朱三太子"的旗号，这与当时北京民众怀念明朝、反抗清朝的情绪是分不开的。明朝被李自成起义军灭亡之后，原明朝的太子不知去向。早在顺治初年，原明朝外戚周奎家就出现了自称明太子者，当时清廷派原明朝的宫人及东宫官属等过去辨别真伪，结果发现不是真的。杨起隆起义的时候，宣布自己是明朝的三太子朱慈璊，也是为了激发民众"反清复明"的愿望。这次发生在北京的起义对全国都产生了影响，之后各地陆续出现汉族人民反清的斗争，并且很多起义都打着"朱三太子"的旗号。为了消除这种影响，清朝派官员在各地搜查真正的朱三太子和其他明皇子的下落。

康熙十八年，定远平寇大将军和硕安亲王岳乐疏报，擒获伪太子朱慈灿，上谕："朕曾以此事问之在内旧太监。据云，彼时朱慈灿年甚小，必不能逸出，今安得尚存，大约是假。"[32]命岳乐将其带到北京，由原明朝宫人辨别，证明是假的，将其处死。到康熙四十七年，清朝抓获朱三太子，亦将其处死，这是为了避免百姓继续思念明朝、反抗清朝所做的举动。到雍正时候，清朝找到了明太祖第十三子代简王的后裔朱之槤，将其封为延恩侯，世袭罔替，看守明朝王陵。

（二）京师地震与清除政治积弊

在中国古代，自然灾害往往被统治者视为上天示警的标志。康熙时期，北京发生过多次大小地震。根据《清圣祖实录》的记载，康熙四年三月、康熙七年五月、康熙八年九月、康熙十二年九月、康熙十八年七月、康熙二十一年九月、康熙二十六年九月、康熙三十六年十一月、康熙五十九年六月，京师都曾发生地震。就在杨起隆起义之前，北京刚刚发生一次地震，据《东华录》的记载，康熙十二年九月乙亥，"京师地震"[33]。而这次北京地区的起义就发生在这次地震后的三个月。如果按照古人迷信的说法，这次地震可能预示了这次发生在京城的起义。

康熙亲政以后，非常重视这种地震灾异，将其视为"天心垂异、以示警也"[34]，每当遇有地震，都进行自我反省，调整用人行政、统治百姓的相关政策。康熙十二年九月，杨起隆起义当年，北京地震后，康熙下旨："是变不虚生，地动示警，皆由政治未协。朕躬深为怵惕，力图修省，务期允当。大小臣工亦著洗心涤虑，省改前愆，恪共职业，共回天变。"[35]可见，康熙认识到当时政治上存在着一些不和谐的因素，影响了政治的安定，因此希望君臣能共同努力，渡过难关。但是，当时严重的满汉矛盾、民愤民怨，不是那么容易被平息的，杨起隆起义就是当时的社会矛盾的反映，也给予统治者很大的警示。

康熙十八年，京师又发生一次大地震，据估计，这次地震的震级是八级，震中烈度为十一。地震给北京地区造成了严重的灾难，"房屋倾坏，压毙人民"，以通州、三河、平谷三地受灾最重。地震发生后，康熙虔诚斋戒，亲自带领大小官员到天坛祈祷，对灾民进行抚恤。同时，借这次机会，整顿政治，命令在京、在外官员对国家应行、应革的政策进行评价，惩治政府机构中存在的大奸大恶之人。

针对当时国家政治生活中存在的问题，康熙概括了六个方面，归纳起来包括：第一，民生困苦已极，官员却日益富饶。贪官污吏，苛派百姓。第二，大臣中朋比、徇私者甚多。第三，对地方用兵之时，主将不思安民定难，只知道劫掠肥己，陷民众于水火之中也。第四，地方官对百姓的疾苦不上报中央，不推行中央政令，鱼肉百姓。第五，负责民间词讼的官员，不行速结，草率定案，衙役恐吓索诈，造成百姓家破人亡。第六，八旗包衣下人和诸王贝勒大臣家人，仗势欺人，压榨普通百姓。[36]康熙利用北京发生地震的事件，评论了当时的时政，揭示了政治上的黑暗面。对中央和地方官员严行戒饬，制定法令，力求去除积弊。同时，实行了一系列整顿吏治的措施，先后处理了明珠、索额图等一批权臣，这些都有利于国家政治的清明。

　　康熙时期，在政治上采取了一些有力的措施，一方面镇压了北京地区人民的反抗，另一方面对北京地区出现的地震等灾异现象进行反思，清除政治上的积弊，缓和社会矛盾，这些都对康熙后来清朝的发展兴盛起了重要作用。

注释：

（1）吴晗辑：《朝鲜李朝实录中的中国史料》上编，卷五十八。

（2）《清世祖实录》卷五，顺治元年五月庚寅。

（3）《清世祖实录》卷五，顺治元年五月庚寅。

（4）《清世祖实录》卷五，顺治元年五月辛卯。

（5）《清世祖实录》卷五，顺治元年六月丁卯。

（6）（清）蒋良骐：《东华录》卷五，顺治二年六月。

（7）《清世祖实录》卷九，顺治元年十月甲子。

（8）《清世祖实录》卷四一，顺治五年十一月辛未。

（9）《八旗通志》卷三十《旗分志三十》。

（10）（清）夏仁虎：《旧京琐记》卷八《城厢》。

（11）《清世祖实录》卷一二，顺治元年十二月丁丑。

（12）《清世祖实录》卷三〇，顺治四年正月辛亥。

（13）乾隆《钦定大清会典则例》卷三。

（14）（清）黄本骥：《历代职官表》卷三。

（15）光绪《大清会典事例》卷一千九十。

（16）《清朝文献通考》卷一百七十九。

（17）《清世祖实录》卷七九，顺治十年十一月庚戌。

（18）《清朝文献通考》卷八十二。

（19）《清国史》国史宗室王公传，卷二，《多尔衮》。

（20）《清史稿》卷二百四十九，《索尼传》。

（21）（24）《清史稿》卷二百四十九，《鳌拜传》。

（22）《清史稿》卷二百四十九，《苏克萨哈传》。

（23）（清）昭梿：《啸亭杂录》卷一，《圣祖拏鳌拜》。

（25）《清圣祖实录》卷二〇，康熙五年十一月丙申。

（26）《清史稿》卷六，《圣祖本纪一》。

（27）《清史稿》卷二百五十六，《明珠传》。

（28）（清）蒋良骐：《东华录》卷十，康熙十二年十二月。

〔29〕《清圣祖实录》卷四四，康熙十二年十二月丁巳。

（30）《清史稿》卷二百五十八，《鄂克逊传》。

（31）《清史稿》卷六，《圣祖本纪一》。

（32）《清圣祖实录》卷八七，康熙十八年十二月甲戌。

（33）（清）蒋良骐：《东华录》卷十，康熙十二年九月。

（34）《清圣祖实录》卷四三，康熙十二年九月乙亥。

（35）《清圣祖实录》卷四三，康熙十二年九月己卯。

（36）《清圣祖实录》卷八二，康熙十八年七月壬戌。

第二章　雍乾时期的政治风波与政策调整

一、雍正继位的政治风波

康熙时期，是清朝由乱达治的发展时期，是北京政治走向稳定的重要阶段。康熙是中国历史上少有的贤能君主，他在位时期的政策对清朝的发展有重大意义。不过，在选择皇位继承人这个问题上，康熙做得并不成功，诸皇子兄弟相残，最终，皇四子胤禛登上了皇位，是为雍正皇帝。雍正继位，是康、雍时期紫禁城内的重要政治事件，对当时的北京宫廷和民间都产生了很大影响。

康熙皇帝一生有 4 位皇后，42 位妃嫔，共有 35 个儿子，除掉出生后不久夭折的之外，有名字排序的共有 24 位，而真正长到成年的只有 20 位，其中较为著名的有皇二子胤礽（即皇太子）、皇四子胤禛（后来的雍正皇帝）、皇八子胤禩、皇十三子胤祥、皇十四子胤禵。在雍正继位后，为了避讳，这些皇子的名字中的"胤"统统改为"允"，因此后人称呼他们分别是允礽、允禩、允祥、允禵等。

（一）康熙一废太子及引发的储位之争

康熙十四年（1676 年），立刚满周岁的嫡子允礽为皇太子，他的母亲是四辅政大臣之一索尼的孙女——孝诚仁皇后赫舍里氏。康熙帝对太子自幼亲自调教，6 岁后，开始拜大学士张英、李光地为师，皇帝还派大学士熊赐履教授太子理学著作。太子十几岁的时候，又拜名儒汤斌、耿介、达哈塔为师，汤斌、耿介主要负责讲解书义，达哈塔则负责教导太子满洲礼法，以保证他不要沾染汉人的不良习气，在学习之余还要教授骑马、射箭。康熙对太子寄予厚望，"告以祖宗典型，守成当若何，用兵当若何。又教之以经史，凡往古成败、人心向背，事事精详指示"[1]。在康熙亲征噶尔丹的时候，让太子留守京师，处理重大的军政要务，让他得到实政的锻炼。

康熙为培养太子可谓用心良苦，年轻时候的太子还比较乖巧，但随着年龄的增长，允礽渐染恶习，自恃皇太子，肆恶虐众，暴戾淫乱，对皇父、皇兄弟很少仁爱。同时，在他的周围形成了一股势力颇强的太子党，其首领人物是太子的外祖父、大学士、领侍卫内大臣索额图。太子党的成员都急着帮助太子早日夺权，尤其是索额图，更是要助太子潜谋大事，在他的蛊惑下，太子所用的日常用品，全部使用黄色，与皇帝没有区别。在这种局势下，康熙处理了太子党，将索额图处死，于是在父子间形成了更深的隔阂，以致视若仇敌。康熙本来是想以此举让太子吸取教训，谁知太子却变本加厉，更加肆无忌惮地进行活动。最终，发生了废黜太子的事件。

康熙四十七年，康熙帝降旨，斥责允礽"不法祖德，不遵圣训，肆恶虐众，暴戾淫乱"，"戮辱廷臣，专擅威权，纠聚党羽，窥伺朕躬起居动作"，"邀截蒙古贡使，攘进御之马"，对待自己的兄弟"绝无友爱之意"。更为严重的是，允礽"每夜逼近布城，裂缝窥视"[2]，这让康熙很恐惧，不知道哪天会被自己的亲生儿子害死。康熙在上谕中沉痛地说道："今朕未卜今日被鸩，明日遇害，昼夜戒慎不宁。似此之人，岂可付以祖宗弘业？"[3]因此，下令废掉太子，这就是康熙第一次废太子事件。

为了防止出现皇子争夺储位的斗争，康熙宣布"诸阿哥中有钻营谋为皇太子者，即国之贼，法断不容"[4]。但这种警告并没有效果，诸皇子之间明争暗斗，觊觎储位。

最先表现出来想争夺储君位置的人是皇长子允禔。他的母亲惠妃来自叶赫那拉氏家族，他的舅舅是当时权倾一时的大学士明珠，虽然外祖父家的权势不小，但由于他是庶出，所以虽然是长子，但没有被立为太子。太子被废之后，允禔多次向康熙告发太子及其属下的不轨行径，甚至还指使喇嘛巴汉格隆等人暗中诅咒太子。为了掩饰自己想做太子的野心，允禔故意向康熙推荐八阿哥允禩为太子，并表示自己只想以大阿哥的身份辅佐八阿哥。同时，他还派出心腹太监、侍卫专门替他打探宫中的消息。最终，由于指使喇嘛诅咒太子的事情被告发，他被革去王爵，终身幽禁。

在太子之位悬缺的这段时间里，活动最激烈、也最有竞争力的候选人是八阿哥允禩。允禩是康熙的第八子，是良妃王氏所生。他为人谦和，礼贤下士，在宗室、权贵以及汉族官员中都有很好的声誉，诸皇子允祉、允禟、允䄉还有大臣阿灵阿、鄂伦岱等都依附他，形成一股较大的势力。太子被废之后，康熙命允禩管理内务府事务，允禩更是利用职权收买人心。康熙斥责允禩"柔奸性成，妄蓄大志，党羽相结，谋害允礽"[5]，将其拘拿，交议政处审理。同时被拘禁的还有皇三子允祉、皇四子胤禛、皇五子允祺。

康熙四十七年十一月十四日，皇帝在畅春园召集满汉大臣举行议储会议，令诸臣"于诸阿哥中举奏一人"[6]，并表示除了诅咒太子的大阿哥允禔之外，其他被推举的皇子都可以考虑为储君。当时，内阁大学士马齐、大学士张玉书，满大臣阿灵阿、鄂伦岱、揆叙、汉官尚书王鸿绪等人私下互通消息，一致推举允禩，康熙认为"未更事，且罹罪，其母亦微贱"[7]，下令推举他人，并将那些私下互通消息的大臣予以处分。

（二）康熙二废太子和雍正继位

在诸皇子争夺太子空缺的这段时间里，被废的太子允礽表现地较为良好，承认一切错误，并表示自己绝不记仇。康熙四十七年十一月，谕旨中指出"允禔行事颠倒、似为鬼物所凭"，又申明"一切暗中构煽悖乱行事，俱系索额图父子"[8]，这表明康熙对太子还是有所留恋的。这个月内，康熙在畅春园召集大臣讨论立储问题的时候，其实心有所属的，"上意在复立太子"[9]。在经过周密的考虑后，康熙四十八年三月，再次册立允礽为太子。未久，允礽故态复发，在朝中广植党羽，势力又增。康熙帝只得再次剪除其党羽兵部尚书耿额、刑部尚书齐世武等人，斥责允礽"不仁不孝"[10]，将其废黜，禁锢咸安宫。这就是康熙第二次废太子的事件。太子的两度立废，使康熙颇为无奈，从此不谈立太子之事。

太子再次被废黜，在朝中又产生了争夺储位的势力之争。皇四子胤禛和皇十四子允禵都是实力较强的人选。

四阿哥胤禛在太子之位的争夺中，始终深藏不露。在太子第一次被废黜的时候，由他负责看管，他对允礽很是关照，由此得到康熙的赞赏，认为他重视兄弟感情、深明大义。太子重新复位后，胤禛被封为雍亲王。太子再次被废之后，胤禛开始在暗中打听情报，积蓄力量。由于年岁较长，心机很深，胤禛有着丰富的政治经验，走每一步都很谨慎。在争夺储位的斗争中，他始终保持中立，与兄弟们友好相处。在日常生活中，他处处表现得很孝顺，在康熙生病期间，他无微不至地关怀。在处理政务的时候，他勤劳谨慎，尽量做到让康熙满意。康熙曾批评他脾气暴躁，喜怒无常，他便刻意约束自己，凡事忍三分。在这种复杂的政治斗争中，时刻保持谨慎的态度，是胤禛最终做上皇帝的一个重要保证。

十四阿哥允禵和胤禛是同母的兄弟，但两人却并不亲密。允禵年轻有为，得到了康熙的赏识，很多兄弟也支持他。康熙五十七年，准噶尔部首领策妄阿拉布坦入侵西藏，发动叛乱，康熙任命允禵为抚远大将军，前去讨伐。在出兵之前，康熙亲自授予大印，并命令使用正黄旗的旗帜，出兵的典礼很隆重。于是当时就有人猜测，康熙属意允禵，要为他谋求政绩，以便将来顺理成章地继承皇位。但直到康熙逝世，再也没有公开立过太子。

康熙六十一年十一月十三日，康熙皇帝病逝于北京西郊的畅春园，遗诏："皇四子胤禛人品贵重，深肖朕躬，必能克承大统。著继朕登基，即皇帝位。"[11]根据遗诏，胤禛继位，这就是后来的雍正皇帝。

雍正登基不久，从宫廷到民间的传言便沸沸扬扬，当时的野史、笔记中多有记载，后人也因此演绎出许多的故事。有关雍正继位的争论，从他做皇帝那天到现在都将近300年了，依然没有停止。

关于雍正继位有很多种传言，根据《大义觉迷录》[12]的记载，有以下几种说法：第一种说法：康熙本来是要传位给十四阿哥允禵，但是雍正的舅舅隆科多将"传位十四皇子"的遗诏改成了"传位于四皇子"。这种说法目前流传最广，影响也最大。第二种说法：康熙本来要传位给十四阿哥允禵，在他病重的时候，命隆科多召允禵回京，但隆科多隐瞒了圣旨不报，最终允禵没能赶得回来，结果被雍正抢先登基。第三种说法：康熙病重的时候，雍正给皇父喝了一碗参汤，康熙喝完之后就去世了，雍正登基。这种说法其实就是说雍正杀父篡位。第四种说法：年羹尧改了康熙的密诏。说是川陕总督年羹尧和雍正的母亲私通，生下了雍正，年羹尧帮助自己的私生子篡位。

有关这些传言，首先是从雍正时代传开的。由于康熙在经历两次废黜太子的事件后，一直坚决不立太子，所以关于他的继承人的问题一直是众人疑惑的问题。由于康熙生前并没有明确的表态，于是对雍正的怀疑自然而然地产生了。当时，八阿哥允禩府中的一些太监被发配边疆，据说最早的传言是从他们这些人开始的。

关于雍正继位之谜，作为一种传说，一直在民间被流传，直到民国时期，这个问题被列入学术研究的领域，被历史学家列为清初三大疑案之一。有关雍正继位问题的观点，不外乎两种，一种观点是雍正做皇帝是篡位而来的，另一种观点则完全相反，那就是雍正是正常继位的。支持第一种观点的有孟森、王钟翰等，支持第二种观点的有冯尔康、杨启樵等。

支持篡位说的学者认为雍正的皇位是篡夺而来的，一方面是因为当时的野史和笔记中有很多的记载，让人不得不生疑，另一方面也是因为当时官方所修的史书中破绽百出。他们有的认为是雍正篡改了康熙遗诏，将"传位十四子"改为"传位于四子"；有的认为康熙遗诏根本就是雍正伪造的，康熙在临死前并没有确定继承人。在康熙病危之际，步军统领隆科多帮助雍正伪造了康熙遗诏，变相软禁皇子们，篡取皇位，等等。支持合法继位说的学者坚持雍正是通过合法途径继承了皇位的，认为那些关于雍正篡位的种种传说，都有其漏洞之处，不能作为充分合理的证据。尽管有很多历史学家对这个问题进行了论证，但目前仍没有定论。

（三）雍正打击皇子党

康熙末年那一场残酷的皇位之争并没有随着圣祖玄烨的谢世而烟消云散。雍正即位后，为巩固皇位，继续打击皇子党。对于雍正继位，允禩集团的成员并不服气，他们四处散布谣言，说雍正是篡夺皇位的。雍正意识到这个集团对他的统治将造成反面作用，只有消灭了这个集团，才能巩固自己的统治，维护中央集权的统一。

雍正初政，任命八弟允禩、十三弟允祥、大学士马齐、理藩院尚书隆科多为总理事务大臣，帮助皇帝处理国家政务。雍正之所以表现出对允禩的重用，是因为他知道允禩在皇子们和大臣们中间有很高的威望，重用他，一方面可以拉拢那些支持允禩的力量，另一方面也是稳住允禩，以防有变。当大臣们纷纷庆贺允禩的时候，他的福晋乌雅氏这样说道："何贺为？虑不免首领耳！"[13]这表明了允禩和他妻子有着很强的危机感。

对允禩集团中的重要人物允禵，雍正也进行了安排。在康熙去世后，雍正害怕担任抚远大将军的允禵拥兵在外，为以防不测，他把允禵召回北京，同时将允禩集团的另外一个成员允禟调出去，接替允禵的位置。尽管允禵被召回，但雍正并不允许他进京，而是被安排到康熙的陵寝附近，不准入京。

雍正元年十月（1723 年），雍正点名批评允禩。第二年五月，他又批评允禩办案时候过于草率，八月，又批评允禩在康熙时期结党，十一月，再次批评允禩，说他为人狡诈，结党营私，新君即位后，他对政务百般阻挠，虽然多次训诫，但毫不悔改。除了批评允禩本人之外，雍正还批评了朝中党附允禩的大臣们，逐步清洗允禩在朝中的党羽，包括阿尔松阿、鄂伦岱、阿灵阿等等。

雍正三年，雍正开始打击与允禩关系亲密的皇子们。七月，雍正下令革去九阿哥允禟的贝子爵位，斥责允禟"结纳党援，不守本分，且品行庸劣，居心妄自尊大"[(14)]，并列举了他的一些劣迹。同年十二月，雍正又下令将允禵革去多罗郡王，改为固山贝子。第二年正月，雍正再次打击允禟，公布允禟的亏空公款等劣迹，并借此斥责允禩、允禟、允禵等"匪党固结，人所共知"[(15)]，同时处分了允禟的亲信毛太、佟保、六雅图、那丹珠、云敦、克什图等人。

在打击了允禩集团的诸多人物之后，雍正终于将矛头对准了允禩。就在公布允禟罪名的第二天，雍正在西暖阁召见诸王、贝勒、贝子、公、满汉文武大臣等，下了一道处分允禩的谕旨，斥责允禩"诡谲阴邪，狂妄悖乱，包藏祸心"[(16)]，下令将允禩剔出宗姓，同时，对依附于允禩的宗室苏努、吴尔占等也进行了处分。最终，允禩、允禟、苏努、吴尔占，被革去黄带子，从宗室中除名。允禩、允禟被圈进高墙，加以监禁。

由于允禩、允禟被宗室除名，雍正命令他们改名字，允禩改作"阿其那"，允禟改作"塞思黑"。允禩集团的其他成员也分别被处理了。鄂伦岱、阿尔松阿被处死，其他人有的被处死，有的被禁锢，有的被革职，允禩集团基本被瓦解了。

雍正四年六月，诸王大臣奉旨议允禩罪四十款、允禟罪二十八款、允禵罪十四款。所列举允禩的四十条罪，包括：有谋篡皇位的嫌疑、蓄意谋杀二阿哥、收买大臣、焚烧圣祖仁皇帝朱批摺子等等。允禟的二十八罪状包括：窥伺康熙的起居，意图不轨；妖言惑众，集结党羽；对雍正不行君臣礼，不服从命令等。允禵的罪状有十四款，主要是他与允禩等人勾结，聚党生事，对雍正毫无臣子之义等。最终，允禩、允禟被拘禁，死在禁所。

雍正继位，伴随着一场巨大的政治风波，政治局势瞬息万变，对当时的北京政局产生了深刻的影响。不同政治集团的斗争充斥着京城，最终雍正消灭了异己，加强了皇权，维护了社会的安定。

这场风波也带来了清朝皇位继承制度的改革。雍正吸取康熙朝的教训，非常重视建储一事，他认为"建储之事，乃宗庙社稷万世之业所关，天下苍生万民之命所系也"[17]。在他看来，确定继承人是一件非常慎重的事情，不能操之过急。在总结教训的前提下，他创立了"密诏建储"的制度，也被称为"秘密立储"。皇帝在世的时候，选择最符合继承条件的皇子，亲自书写密诏。密诏有两道，一道放在乾清宫的"正大光明"匾后面，另外一道由皇帝随身携带，等到皇帝去世之前，命令大臣宣读密诏，密诏中确定的皇位继承人立即登基。这种制度有一方面可以杜绝有关储位的纷争，另一方面可以绕开嫡、庶、长、幼的限制，以才能作为标准。雍正开创的秘密立储的皇位继承制度，被作为清朝的"祖宗之法"，世代遵循，在一定历史时期，发挥了较为积极的作用。

二、乾隆翻案与京师安定

雍正十三年（1735 年），乾隆即位，清朝进入百年发展的重要时期。与其父不同，乾隆一改雍正时期政治上的严苛作风，实行"宽严相济"的方针。刚继位不久，他就在北京掀起了一股翻案之风。

（一）乾隆翻案

乾隆之前，由于满洲贵族内部的纷争、满汉矛盾等因素，在政治上形成了大量的历史成案。当时影响较大的政治"成案"有宗室案、功臣案、文字案三类，而发生在北京地区的主要是前两类，即宗室案和功臣案。宗室案主要有多尔衮案、允礽案、允禩集团案等，功臣案主要有年羹尧案等。

雍正时期，在北京对宗室展开了一场大清洗，在宗室内部和社会上都造成了一种惴惴不安的局面。由于雍正对大臣的处理过于严厉，在大臣心中也潜伏着不满和紧张情绪。这些发生在雍正年间的大狱、大案，除当事人受打击外，受株连人员很多，受打击面很广，都为政治上造成了不稳定因素。乾隆即位后的首要任务是改变雍正年间的政治气氛，制造出新政的气象。为此，他选择了翻案这一政治措施，树立宽仁的形象，化解社会上的不满情绪。

乾隆翻案，一是平反错案，二是重新审定旧案。翻成案是由近及远，逐一展开的。

1. 宗室案

首先，乾隆重新处理了发生在宗室内部的政治案件。

雍正十三年十月初八日，乾隆发布一道上谕："阿其那、塞思黑存心悖乱，不孝不忠，获罪于我皇祖圣祖仁皇帝。我皇考即位之后，二人更心怀怨望，思乱宗社，是以皇考特降谕旨，削籍离宗。究之二人之罪，不止于此，此我皇考至仁至厚之宽典也。但阿其那、塞思黑孽由自作，万无可矜，而其将来子孙实圣祖仁皇帝之支派也，若俱屏除宗牒之外，则将来子孙与庶民无异。当初办理此事，乃诸王大臣再三固请，实非我皇考本意。其作何处理之处，著诸王满汉文武大臣、翰林科道各抒己见，确议具奏。其中若有两议三议者，亦准陈奏。"[18]这是向大臣们暗示，可以重审允禩集团案。这道上谕将当初对此案的处理推到大臣身上，"乃诸王大臣再三固请，实非我皇考本意"。这实际上是为雍正进行开脱，而又隐晦地表示了对此案的处理不甚苟同。

一个多月以后，十一月二十八日，乾隆再次发布谕旨，命"将阿其那、塞思黑之子孙给予红带，收入玉牒"[19]。这样，乾隆将允禩、允禟的子孙重新纳入宗室。对允禩、允禟子孙的宽容处理，成为乾隆朝翻案的前奏。他虽然未对允禩、允禟本人的处理做改变，但是这一开端毕竟是个先兆。

乾隆还对其他一些宗室案进行了再审核。十月初十日，他命令宗人府查清因罪革黜之宗室觉罗，附载玉牒。十月十二日，下令将锁禁高墙的宗室新德等人放出，使各自家居。十月二十四日，下旨封允礽为贝勒。

对于允禩集团中的允䄉、允禵，乾隆也进行了从宽处理，"念二人收禁已经数年，定知感皇考曲全之恩，悔己身从前之过。意欲酌量宽宥，予以自新"[20]。下令将二人放出禁所。此外，乾隆又将雍正时得罪的三阿哥弘时重新收入谱牒。

此外，乾隆将王公大臣宗戚如延信、苏努、阿灵阿的子孙恢复原来身份。阿灵阿、阿尔松阿父子因支持允禩继位，被雍正处罚，阿尔松阿被发配处死，阿灵阿的墓碑被刻成"不臣不弟暴悍贪庸阿灵阿之墓"[21]。乾隆元年（1736年）十月，下令恢复其名誉，谕旨称："阿灵阿之祖父原系宣力国家，著有劳绩之人，何得在其茔前立此碑耶。此皆伊族中之人办理错谬。此碑著不必立。"[22]

这一系列对宗室人员的重新处理，形成了乾隆即位初的一个政治热点。几个月之内，京城之内的大批宗室人员及子弟得到宽释。

乾隆以极快的速度迅速化解了雍正年间宗室内部结下的恩怨，给北京的政治带来了一种宽松的气氛。

乾隆对翻身后的宗室子弟采取了许多宽待政策。比如允䄉，在雍正十三年被放出禁所。乾隆二年四月，因其"为天潢一派，自加恩宽释以来，亦皆深知前非，自悔自艾，安分家居，未尝生事"[23]，加恩赐给公爵空衔，封辅国公。十二年，被封为贝勒。次年，被晋封为郡王。二十年，允䄉去世时，高宗亲临丧次赐奠。

根据案件的具体情况，乾隆选择适当的翻案时机。例如，他对允禩集团的中心人物允禩、允禟的处理，就颇谨慎。雍正十三年，他只是对二人的子孙进行重新处理，直到乾隆四十三年，才下谕旨将二人复原名，收入玉牒。

乾隆前期，所翻的宗室案主要是在雍正朝形成的。到他统治的中期，他开始触及顺治朝形成的案件，典型的如多尔衮案。乾隆认为顺治时期对多尔衮的处理是不公允的。乾隆三十八年二月，上谕为多尔衮修葺茔陵墓，认为他"是先率众入关，肃清京辇，檄定中原，前劳未可尽泯"，允许近支王公祭扫，"用昭朕笃念成功，瑕瑜不掩之至意"[24]。五年以后，乾隆再次下诏为多尔衮进行了彻底平反，还其封号，追谥为"忠"，其爵位世袭罔替。在谕旨中，乾隆列举了多尔衮在入关、拥立顺治、摄政等方面的功劳，用种种假设驳斥了有关多尔衮谋反的指控。在他看来，"假令当时王之逆迹稍有左验，削除之罪果出于我世祖圣裁，朕亦宁敢复翻成案"[25]。在对多尔衮进行平反的同时，受牵连的多铎、阿济格也得到了解脱。

乾隆对多尔衮案的驳正，纠正了清初政治中的偏失。无论对发生不久或者年代久远的宗室案，乾隆的态度都是宽容的，这缓解了宗室内部的对立疑忌，排除了宗室内部因皇位继承问题引起的对朝政的干扰。

2. 功臣案

同时，乾隆也对发生在大臣身上的一些政治案件进行再审视。

雍正时期，着力惩治贪官污吏，整顿吏治。虽然在当时颇有成效，但由于过于严酷，其负面影响是造成了不少受冤枉之辈，并牵连了大批人员。对于雍正处理功臣的做法，乾隆进行重新审视。

以年羹尧案为例。年羹尧是雍正时期的重臣，他是雍正继位的支持者，任抚远大将军，在平定青海罗卜藏丹津叛乱中立有大功。但由于功高震主，左右朝政，被雍正治罪。雍正三年十二月，议政王大臣会议和刑部罗列出年羹尧的罪状，即"大逆之罪五，欺罔之罪九，僭越之罪十六，狂悖之罪十三，专擅之罪六，忌刻之罪六，残忍之罪四，贪渎之罪十八，侵蚀之罪十五，凡九十二款，当大辟，亲属缘坐"[26]。雍正赐其自裁。此案牵涉面非常大，年羹尧的父兄夺官，其子年富被杀，诸子年十五以上皆戍边，门客许多被斩，亲属为奴，大批部属受株连、夺官或降职或入狱。

乾隆时期，受到年羹尧牵连的很多人员仍在狱中或流放地，也有被革职在家的。乾隆对年羹尧案的处理是从赦免受牵连人员着手的。雍正十三年十一月，乾隆谕吏部、兵部："年羹尧冒滥军功案内革职人员，实因当日年羹尧营私作弊，伊等遂萌侥幸之心，其罪尚有可原。此革职人员内，未必无年力精壮才具可用者，著行文该旗都统等秉公确查，文员自知县以上，武弁自守备以上若有可用之才保送，该部再加验看，拣选奏闻，朕候酌量降等录用。"[27]年羹尧被世宗定为九十二条大罪赐死，对于他本人，乾隆是很难进行重新审定的，但对案件的牵连人员进行再审定也是个不小的变化。

对于雍正朝其他一些得罪的大臣，乾隆也多从宽处理。岳钟琪因贻误军机加上受到满臣的排挤，被判"斩监候"。乾隆二年，将其释放。十三年，重新起用，充任大金川之役的主帅，立下战功。傅尔丹因贻误军机，蔡珽因朋党罪被处斩监候，乾隆亦将他们重新任用。御史谢济世因诽谤程朱被发配到军台，也被赦免。许多亏空钱粮、侵吞公产的官员也视其情节给予豁免。这在一定程度上缓和了雍正时期紧张的君臣关系，为乾隆新政收揽了大批人才。

总体来说，乾隆对前代获罪的大臣的处理是相对宽容的。但同时，乾隆对一些他认为处理得过轻的案件进行了加重处理。

譬如鳌拜，在辅政期间独断专行，最终被治罪，但康熙帝念其旧劳，"追赐一等阿思哈尼哈番"。雍正时，"赐祭葬，复一等公，予世袭，加封号曰超武"[28]。对于前朝处理鳌拜的做法，乾隆并不认同，乾隆四十三年十二月，发布了一道上谕："朕惟大臣为国宣勤，功铭钟鼎，尤当深自敛抑，律己奉公，以保全终始。况以辅臣躬承顾命，翊赞机务，更宜小心谦谨，不可稍涉纵恣。"他斥责鳌拜自恃权柄在握，擅权违法，邀结党羽，残害大臣，罪迹多端，"若不覆其功罪，明示创惩，在鳌拜一家之侥幸所关犹小，而后之秉钧执政者无复知所顾忌，将何以肃纲纪而杜奸邪乎？"[29]遂下令等现袭鳌拜公爵之德生出缺后，停袭其公爵，但仍法外施恩，给予一等男爵，世袭罔替，将鳌拜当时所残害冤枉的大臣，酌量加恩。从乾隆翻案的经过可以看出，在统治方法上他选择了宽与严结合的方式，对处理过严的政治案件从轻发落，而对于处理得较轻的案件则加重处理。

治道"宽"与"严"是相对而言的，历代的君主治国都有宽有严，只是在不同的时期表现的方面不同而已，乾隆之前的康熙朝以"宽"为主，雍正时期以"严"为主，乾隆初年的为政之道可概括为"宽严相济"。早在雍正十三年十月初九日，乾隆在上谕中就表达了自己的想法："治天下道，贵得其中，故宽则纠之以猛，猛则济之以宽，而记之一张一弛。为文武之道，凡以求协乎中，非可以矫枉过正也。"[30]乾隆元年三月，他又提到："天下之理，惟有一中。中者，无过不及，宽严互济之道也。"[31]乾隆所阐述的"中道"其实质是在"宽"、"严"之间达成和谐，不偏不倚。这种调整与雍正年间的酷严相比，给人一种"宽缓"的印象。同时，乾隆又一再强调自己的"宽"是"公正之宽，非荒废之宽。"[32]在乾隆翻案的过程中运用了"宽"、"严"两种手段，表明他并未放弃雍正"严"的治术，只是他在宽与严之间的平衡较之康、雍两朝要成功一些。

乾隆翻案，使得当时北京的很多满洲贵族和汉族大臣受益，整个社会风气不再那么紧张，被当时的人称誉为"千秋旷典"[33]、"实盛德事"[34]。这一政治举措，使得京城呈现一片安宁的景象，为乾隆时期国家兴盛创造了一个良好的政治环境。

（二）京师八旗建制的完善

乾隆时期被誉为清朝的"全盛"期，是"康乾盛世"的重要发展阶段。在政治上，这一时期国家对京师的行政管理制度进一步完善，有效地保障了京师地区的安定。以京师八旗为例，这一时期，京师八旗的各种机构建制基本定型。

京师八旗，负责守卫北京内城。名为八旗，实际是二十四旗，包括满洲八旗、蒙古八旗、汉军八旗。八旗中，有上三旗和下五旗之分，镶黄旗、正黄旗、正白旗为上三旗，正红旗、镶白旗、镶红旗、正蓝旗、镶蓝旗为下五旗。各旗的首领是八旗都统，每旗1人，从一品。下设副都统，每旗2人，正二品；参领，满洲旗、汉军旗各5人，蒙古旗各2人，正二品；副参领，与参领的人数相同，正四品；佐领，满洲八旗681人，蒙古八旗204人、汉军八旗266人，正四品；骁骑校，每佐领下1人，正六品[35]，等等。

八旗每旗又分左、右两翼，左翼包括镶黄旗、正白旗、镶白旗、正蓝旗，右翼包括正黄旗、正红旗、镶红旗、镶蓝旗四旗。满、蒙八旗每翼各有前锋统领一人，正二品，多以王公大臣兼领。由前锋统领统帅的八旗兵称为前锋营，是指战斗或出巡时在前锋的军队，满洲八旗、蒙古八旗每个佐领下都有 2 人，合计有 1700 多人。前锋统领之下，有前锋参领、前锋侍卫、前锋校等。

满、蒙八旗每旗又有护军统领一人，正二品，也多是王公大臣兼领。由护军统领统帅的八旗兵组成护军营，负责守护皇宫（上三旗负责守护紫禁城内，下五旗负责城外），遇到皇帝出巡，负责扈从。雍正八年，开始设立八旗护军统领左右翼衙署。到乾隆三十四年，规定每旗各自设立公所，各有印信，这样八旗护军统领各有衙门。

此外，乾隆时期，增设了步军统领衙门所属的兵额。该衙门是顺治时期设立的，负责北京内城的安全。康熙时期，由其兼管巡捕三营。乾隆四十六年，将巡捕三营扩大为巡捕五营，即中、南、北、左、右五营，中营负责防守圆明园一带，南营负责防守北京外城，北营负责北京北郊，左、右两营分别负责北京东、西两个方向。这样，八旗步军驻守北京内城，巡捕五营则保护外城和京郊，多方位加强了对北京地区的警卫。

从雍正二年开始，在北京增设了圆明园护军营，这与清朝皇帝经常到北京西郊活动有关。早在顺治时期，多尔衮就曾抱怨"京城建都年久，地污水咸，春、秋、冬三季，犹可居止，至于夏月，溽暑难堪"[36]。可见，北京内城的气候，并不适合从东北迁移过来的满洲贵族。而北京西郊，夏天的气候则相对凉快一些。从康熙、雍正时候开始，皇帝开始经常到北京西郊居住，办理朝政。康熙二十九年（1690 年），在西郊修建了畅春园，时常在畅春园料理朝政。雍正时候，开始在圆明园听政。圆明园建于康熙四十八年，是康熙赐给当时的皇四子胤禛的园林。胤禛继位后，开始增建圆明园。雍正三年（1725 年），"诏以是园为春、夏、秋临御听政之所"[37]。由此，在圆明园设立了护军营，负责保护周围安全。

乾隆时期，在香山又增设了香山健锐营。其组成人员是由前锋营和护军营中选择出来的善战官兵，他们使用云梯作战，被派往打大小金川，得胜回京后，被安排在香山，另外组成一营，负责守护静宜园。健锐营分为左右两翼，由王公大臣兼任总领。此外，乾隆时期还建设了蓝靛厂外火器营（火器营是指会操练火器的八旗兵，最早设立于康熙三十年）。

这样，从清朝入关到乾隆时期，基本完善了京师八旗的建制，增设了北京地区的八旗驻防，这从一个侧面反映了清朝京师管理机构和制度的成熟，也是当时清朝国家兴盛的体现。

注释：

（1）《清圣祖实录》卷二三四，康熙四十七年九月庚寅。

（2）（10）《清史稿》卷二百二十，《允礽传》。

（3）《清圣祖实录》卷二三四，康熙四十七年九月丁丑。

（4）《清圣祖实录》卷二三四，康熙四十七年九月壬寅。

（5）（7）（13）（16）《清史稿》卷二百二十，《允禩传》。

（6）《清圣祖实录》卷二三五，康熙四十七年十一月丙戌。

（8）《清圣祖实录》卷二百三十五，康熙四十七年十一月庚辰。

（9）《清史稿》卷二百八十七，《马齐传》。

（11）《清圣祖实录》卷三〇〇，康熙六十一年十一月甲午。

（12）《大义觉迷录》。

（14）《清世宗实录》卷三四，雍正三年七月癸亥。

（15）《清世宗实录》卷四〇，雍正四年正月丁酉。

（17）《清世宗实录》卷八三，雍正七年七月丙午。

（18）《清高宗实录》卷四，雍正十三年十月癸酉。

（19）《清高宗实录》卷七，雍正十三年十一月癸亥。

（20）《清高宗实录》卷五，雍正十三年十月己丑。

（21）《清史稿》卷二八七，《阿灵阿传》。

（22）《清高宗实录》卷二十九，乾隆元年十月癸未。

（23）《清高宗实录》卷四十一，乾隆二年四月丁丑。

（24）《乾隆朝上谕档》乾隆三十八年二月初二日。

（25）《清高宗实录》卷一〇四八，乾隆四十三年正月辛未。

（26）《清史稿》卷二百九十五，《年羹尧传》。

（27）《清高宗实录》卷七，雍正十三年十一月癸丑。

（28）《清史稿》卷二百四十九，《鳌拜传》。

（29）《清高宗实录》卷一一二〇，乾隆四十五年十二月庚戌。

（30）《清高宗实录》卷四，雍正十三年十月甲戌。

（31）《清高宗实录》卷一四，乾隆元年三月乙巳。

（32）《清高宗实录》卷一五，乾隆元年三月甲子。

（33）（清）陈其元：《庸闲斋笔记》卷十一。

（34）（清）昭梿：《啸亭杂录》卷一，《雪睿王冤》。

（35）（清）黄本骥：《历代职官表》卷四。

（36）《清世祖实录》卷四九，顺治七年七月乙卯。

（37）（清）吴振棫：《养吉斋丛录》卷十八。

第三章　乾嘉时期的政治腐败与京师起义

一、嘉庆清算和珅

清朝迁都北京以后，经过顺治、康熙、雍正时期的经营，民族矛盾和阶级矛盾都得到缓和，社会秩序相对稳定。到乾隆时期，各项政治制度基本完善，社会经济繁荣、边疆稳定、文化事业昌盛，清朝进入全盛的发展阶段。到乾隆统治中后期，"高宗倦勤"[1]，好大喜功，沉醉在盛世的光环中，挥霍享乐，劳民伤财，独断专行，对国家政治鲜有改革。官场腐败，社会矛盾尖锐，清朝开始出现衰败的迹象。嘉庆元年（1796年），乾隆禅位给嘉庆，仍以太上皇的名义主持朝政。同年，湖北爆发了白莲教起义，扩大到河南、陕西、四川等省，这是清朝由盛转衰的一个标志。就在这样一个特殊的历史发展阶段，在京师重地，出现了一位权倾朝野、富可敌国的大臣，他就是乾隆晚年的宠臣和珅。

（一）和珅其人其事

和珅，满洲钮祜禄氏，满洲正红旗人。他年少时考入咸安宫官学，承袭父亲的三等轻车都尉世职。乾隆三十七年（1772年），授三等侍卫，挑补黏杆处。乾隆四十年，被提拔为御前侍卫，兼副都统。次年，授户部侍郎，命为军机大臣兼内务府大臣。之后，又兼步军统领，充崇文门税务监督，总理行营事务。由于办事颇合乾隆的心意，和珅又陆续被提拔为户部尚书、议政大臣、御前大臣兼都统、领侍卫内大臣、四库全书馆正总裁兼理藩院尚书事、经筵讲官、国史馆正总裁、文渊阁提举阁事、清字经馆总裁、吏部尚书、协办大学士、文华殿大学士等等，涉及了用人、财政、司法、外交等方面的权力，"宠任冠朝列矣"[2]。不仅如此，他的家族还不断与皇族联姻，提高本家族的身份地位。他的长子丰绅殷德就娶了固伦和孝公主。

和珅把持朝政达二十多年，结党营私，倾轧异己。无论京官和外官，皆依附他，如果有人不愿阿附，和珅会想方设法对其陷害。对于那些纳贿的官员，如果犯有国法，和珅往往进行包庇。"大僚恃为奥援，剥削其下以供所欲。"[3]乾隆后期发生的一些著名的贪污大案，很多都与和珅有牵连，比如山东巡抚国泰案、福建巡抚伍拉纳案、浦霖案、两广总督富勒浑案、甘肃布政使王亶望案等。在朝廷追查国泰的案子中，和珅还想方设法替其开脱。和珅专权，造成了国家吏治的腐败。

同时，和珅担任负责财政的职务，利用职权为自己敛财，接受贿赂，侵贪公款，中饱私囊。为了迎合乾隆崇尚奢侈的作风，和珅经常向地方官员和商人索要钱财和奇珍异宝，名义上是进献给朝廷，实际上他本人从中渔利很多。就是通过这种损下益上的方法，他得到了皇帝的信任，却造成了地方的亏空。

和珅大兴土木，在京城有多处豪宅，包括：西直门内驴肉胡同（今礼路胡同）、德胜门内什刹海（今恭王府）、西华门附近会计司胡同、海淀十笏园（今北京大学未名湖一带）等等。其中，今北京恭王府是一座富丽堂皇的大宅院，分为左、中、右三路，后面是一座大花园，并从什刹海引水过来，其中还有仿照皇宫里的宁寿宫建筑的"安德堂"。位于北京西北海淀的十笏园也是名园，京师西北的园亭"以和相十笏园为最"[4]。在京城之外，比如承德避暑山庄等地也有和珅的私宅。日常生活奢侈，锦衣玉食，收藏了大量的奇珍异宝，"较之大内，多至数倍"[5]。

嘉庆即位，乾隆以太上皇的身份主持朝政，和珅依仗乾隆的信任，依然飞扬跋扈、我行我素，甚至没有把新君放在眼里。当时有人将和珅称作"二皇帝"，可见其气焰是何等嚣张。对于和珅的所作所为，嘉庆"自在潜邸知其奸，以高宗春秋高，不欲遽发，仍优容之"[6]，遂多般忍耐。据《啸亭杂录》的记载："丙辰元日上既受禅，和珅以拥戴自居，出入意颇狂傲。上待之甚厚，遇有奏纯庙者，托其代言，左右有非之者，上曰：'朕方倚相公理四海事，汝等何可轻也?'"[7]嘉庆的这种凡事依仗的态度让和珅更有恃无恐。和珅安排了他的老师吴省兰在嘉庆身边,观察其吟咏诗词中是否有什么不妥之处,实际上是监视嘉庆的活动。对于嘉庆亲信的大臣,也一再地排挤。比如嘉庆的老师朱珪,乾隆本来想让他做大学士,嘉庆很高兴,作诗庆贺,结果和珅将此密报乾隆,最后朱珪被改授安徽巡抚,从嘉庆身边被支开了。对此,新君嘉庆不露声色,韬光养晦,在一定程度上麻痹了和珅及其党羽,而私底下他已经做好了清算和珅的准备。

(二) 清算和珅及其影响

嘉庆四年正月初三日,乾隆皇帝驾崩。四天后,嘉庆下令革大学士和珅、户部尚书福长安职,下狱治罪。此后,公布和珅罪状,命其自裁,将和珅的党羽福长安、吴省钦、吴省兰、李云光及和珅的家人,分别治罪。乾隆一去世,嘉庆马上清算和珅,先是有大臣王念孙、广兴等弹劾,"上立命仆、成二王传旨逮珅,并命勇士阿兰保监以行。珅毫无所能为,控制上相,如缚庸奴,真非常之妙策"。[8]

嘉庆给和珅定了二十条大罪,主要包括以下几个方面:

第一,目无君上,僭妄不法。这主要是指和珅利用乾隆的宠幸而冲击皇权的无上地位,同时在日常生活中多行僭越之事。根据《清实录》[9]的记载,有如下几条:

> 朕于乾隆六十年九月初三日蒙皇考册封皇太子,尚未宣布谕旨,而和珅于初二日即在朕前先递如意,漏泄机密,居然以拥戴为功。其大罪一。
>
> 上年正月,皇考在圆明园召见和珅。伊竟骑马直进左门,过正大光明殿,至寿山口。无父无君,莫此为甚。其大罪二。
>
> 又因腿疾,乘坐椅轿抬入大内,肩舆出入神武门。众目共睹,毫无忌惮。其大罪三。
>
> 并将出宫女子娶为次妻,罔顾廉耻。其大罪四。
>
> 皇考圣躬不豫时,和珅毫无忧戚。每进见后,出向外廷人员叙说,谈笑如常,丧心病狂。其大罪六。
>
> 昨冬皇考力疾披章,批谕字画,间有未真之处。和珅胆敢口称不如撕去,竟另行拟旨。其大罪七。
>
> 皇考升遐后,朕谕令蒙古王公未出痘者,不必来京。和珅不遵谕旨,令已未出痘者,俱不必来京,全不顾国家抚绥外藩

之意，其居心实不可问。其大罪十。

　　昨将和珅家产查抄。所盖楠木房屋，僭侈踰制。其多宝阁及隔段式样，皆仿照宁寿宫制度。其园寓点缀，竟与圆明园蓬岛瑶台无异，不知是何肺肠。其大罪十三。

　　蓟州坟茔，居然设立享殿，开置隧道。附近居民有和陵之称。其大罪十四。

　　可见，和珅对于乾隆和嘉庆的一些旨意，都有不遵循之处，这是对于皇权的藐视。同时，依仗宠幸，不遵守臣子礼仪，有很多僭越的举动。他本人的庭院和坟墓，在建筑上也多有僭越。正可谓"和珅一日不除，则纲纪一日不肃"[10]。

　　第二，和珅贻误军国重务，弄权舞弊。这主要指和珅在处理军务方面的过失，及他利用职权徇私舞弊的行为。根据实录的记载，有如下几条：

　　自剿办教匪以来，皇考盼望军书，刻萦宵旰。乃和珅于各路军营递到奏报，任意延搁，有心欺蔽，以致军务日久未竣。其大罪五。

　　前奉皇考谕旨，令伊管理吏部刑部事务。嗣因军需销算，伊系熟手，是以又谕令兼理户部题奏报销事件。伊竟将户部事务一人把持，变更成例，不许部臣参议一字。其大罪八。

　　上年十二月内，奎舒奏报循化、贵德二厅贼番聚众千余，抢夺达赖喇嘛商人牛只，杀伤二命，在青海肆劫一案。和珅竟将原奏驳回，隐匿不办，全不以边务为事。其大罪九。

　　大学士苏凌阿两耳重听，衰迈难堪，因系伊弟和琳姻亲，竟隐匿不奏。侍郎吴省兰、李潢、太仆寺卿李光云，皆曾在伊家教读，并保列卿阶，兼任学政。其大罪十一。

　　军机处记名人员，和珅任意撤去。种种专擅，不可枚举。其大罪十二。

　　可见，在朝廷镇压农民军起义的军事行动中，和珅延误军机，并且多有欺瞒隐匿。在处理政务的时候，专权独断，依照个人喜好任用和罢黜官员，在朝中培植了大量的党羽。

　　第三，和珅贪得无厌，蠹国肥家。这主要指和珅的贪污罪。实录中有如下几条：

　　家内所藏珍宝，内珍珠手串竟有二百余串，较之大内多至数倍。并有大珠，较御用冠顶尤大。其大罪十五。

　　又宝石顶并非伊应戴之物，所藏真宝石顶有数十余个。而整块大宝石不计其数，且有内府所无者。其大罪十六。

家内银两及衣服等件，数逾千万。其大罪十七。

且有夹墙藏金二万六千余两，私库藏金六千余两，地窖内并有埋茂银两百余万。其大罪十八。

附近通州、蓟州地方，均有当铺、钱店。查计资本，又不下十余万。以首辅大臣，下与小民争利。其大罪十九。

伊家人刘全，不过下贱家奴，而查抄赀产，竟至二十余万并有大珠及珍珠手串。若非纵令需索，何得如此丰饶。其大罪二十。

从《清实录》中所列的和珅的财产可以看出，和珅利用职权之便，为自己谋取了大量的经济利益。连他的家人都资产雄厚。这些财产都是搜刮民脂民膏而来的。

关于和珅的财产究竟有多少，除了《清实录》等官书外，私人笔记中也多有记载。薛福成《庸庵笔记》笔记中抄录了一份嘉庆的上谕"前令十一王爷庆桂、盛柱等，查抄和珅家产，呈奉清单，朕已阅看，共计一百零九号，内有八十三号尚未估价，合算共计银二万二千三百八十九万五千一百六十两，着存户部外库，以为川、楚、陕、豫抚恤归农之用。……银唾壶六百余个，玉酒杯一百二十四个，金唾壶一百二十个，金元宝一千个，银元宝一千个，生沙金二百余万两，洋钱五万八千元，银号四十二座，赤金四百八十万两，白银九百四十万两，当铺七十座，古玩铺十五座，地亩八千余顷"。[11]徐珂的《清稗类钞》中记载，和珅的家产"所得凡值八百兆有奇，悉以输入内府。时人为之语曰：'和珅跌倒，嘉庆吃饱'。"[12]这两种记载，都比官书中的记载的财产数额要多，这与私家记载中很多听信民间传闻有关。在今人的研究中，有的认为和珅的家产，除了难于估价的珍宝之外，能作出价值的有四百万两左右。[13]有的认为除了珠宝不计价外，抄出的现金约有三万三千多两，现银约有三百多万两，房屋、土地、当铺、银号、车辆等本利及折价银约十万两。[14]尽管对和珅的财产记载不一，但和珅的确是一个大贪官。

嘉庆清算和珅是十八世纪后期北京城发生的重大政治事件，是嘉庆力图改革弊政、咸与维新的一个开端。通过惩办和珅，整肃了国家纲纪，对大臣给予严厉的警告，维护了皇权的权威。在和珅当政时期，"军营带兵各大员，皆以和珅为可恃，祇图迎合钻营，并不以军事为重，虚报功级，坐冒空粮"[15]，通过铲除和珅，也整肃了军队的纪律,加强了军队的战斗力。同时,国家惩办了大贪官,对北京乃至全国的老百姓都起了安抚的作用,安定了民心。

二、林清与天理教起义

乾隆中后期以来,清朝政治腐朽,土地高度集中,社会矛盾尖锐化。再加上各种天灾,民不聊生,各地民众反抗清朝的起义此起彼伏。当时的北京虽然是国家的都城,但由于统治者的剥削,老百姓的生活仍很贫困。京畿地区天灾人祸不断,农民破产,纷纷涌进北京城。这些流民露宿街头,以乞讨为生,由于天气寒冷,很多人在夜晚被冻死。

嘉庆清除和珅之后,打出咸与维新的口号,开始整顿朝政,广开言路,惩办贪官,杜绝欺瞒,体察民情,崇尚节俭,减轻人民负担。但这次改革并没有达到预期的效果。当时,利用秘密宗教来发动反清起义的斗争在全国此起彼伏,嘉庆初年的白莲教起义就是如此。对此,统治者一再告诫官员进行查办。嘉庆十七年五月,因为直隶滦州董太、董怀信父子传习金丹教、八卦教、发展信徒的事件,嘉庆帝对失察的官员分别予以降级处分,并要求各地官员随时查禁邪教。六月,嘉庆谕地方官员:"著该督抚各就该省情形,叙次简明告示,通行晓谕。使乡曲小民群知三纲五常之外,别无所谓教。天理王法之外,他无可求福。从正则吉,从邪则凶。"[16]由此可见,统治者希望百姓只信三纲五常,而不要相信民间的秘密宗教。但是,这种宣传并不能麻痹百姓的意志,各地的反抗斗争不断。

嘉庆十八年(1813年),北京发生了林清领导的天理教起义,起义军冲进皇宫,严重打击了清朝统治者,在北京地区造成很大的影响。

(一)林清其人其事

林清,北京大兴县宋家庄人,出生于普通家庭,做过学徒、更夫、差役等。嘉庆十一年,他加入天理教。由于受到五省白莲教起义的鼓舞,他开始利用民间秘密宗教进行宣传,发动反清起义。当时京畿地区有很多教派,天理教是白莲教的一个分支,按照八卦来编排组织,也有称之为八卦教。当时在北京地区主要是"龙华会",分为白阳教和红阳教两支。

从嘉庆初年开始，林清着手统一北京地区的这些教派。嘉庆五年、六年，他与青县白阳教结盟，嘉庆十一年，又合并了固安县白阳教，统一了白阳教。嘉庆十四年，他又加入坎卦教，成为教首。此后，林清又将北京附近的青阳教和红阳教的教徒吸收进来。由于他颇有能力，被教徒推为首领，称为"圣人"。

天理教信奉"无生老母"，以"真空家乡，无生父母"作为教派的真决。信仰者如果要加入教派，需要交纳一定的银两，作为活动的经费。教徒来自不同的阶层，包括农民、手工业者、小商贩、太监、奴仆等等，不仅是汉人，还有很多贫困的旗人。在当时的北京，天理教是劳动人民组成的一个重要的秘密组织。

除了在京畿地区发展力量之外，林清还提出八卦归一，联络直隶、山东、河南三省的八卦教。嘉庆十六年，林清到河南滑县会见了震卦首领李文成和离卦首领冯克善，制定起义的计划。其中的李文成在河南被称为是李自成转世，有很高的威望。三人制定的计划是这样的：林清负责攻打北京，李文成负责攻打河南，冯克善负责攻打山东，定于嘉庆十八年秋冬，三地同时起义，最终将满洲贵族赶回东北，推翻清朝，建立"大明天顺"政权，林清为天王，冯克善为地王，李文成为人王。

此后，林清回到北京，开始积极传教，召集弟子，秘密部署起义。他派人在直隶省固安县加紧打制武器，挑选强壮的教众，进行训练。同时联合宫里的太监，作为内应。当时大内太监多是河间诸县人，有刘金、刘得才、茶房太监杨进忠都是教徒，他们都是林清的支持者。同时，天理教还积极进行宣传，北京民间开始流传"若要白面贱，除非林清坐了殿"的歌谣。

按照计划，起义军于嘉庆十八年九月十五日举行起义。当时曾有人建议在九月十七日起事，因为那天嘉庆皇帝要驻跸白涧，诸王大臣等要前往迎驾，趁此空隙举行起义。但林清还是按原定计划在九月十五日起事。当时义军的骨干有祝现、屈五、刘第五、刘呈祥、支进财、陈爽、李五等，他们与宫内太监刘进财等约定于九月十五日午时进入紫禁城起事。汉军独石口都司曹伦与其子曹福昌为起义军在北京城做内应。起义军以"奉天开道"白旗作为标志，每人分发两块白布，一块缠在头上，一块系在腰间，白布上写"同心合我，永不分离"等字样。起义军分为东、西两路，东面从董村方向过来的教徒，以祝现、屈五为首，由东华门进入皇宫；西面从黄村方向过来的教徒，以李五、宋进财为首，约在菜市口集合，由西华门进入。

十五日，起义军兵分两路，攻打紫禁城。东路方面，祝现、陈爽等人，在太监刘得财、刘金的引导下，进入东华门。由于与卖煤者发生抢路，双方发生争执。一些起义军露出武器，这就惊动了守门官兵，紧急关闭大门。只有陈爽等数十人，得以进入。义军与清军在协和门附近展开战斗，礼部侍郎觉罗宝兴命人关闭景运门，入告皇次子旻宁（后来的道光皇帝），旻宁命令属下携带鸟枪迎战，并督促官兵迎战。太监刘得财等人在苍震门附近与官兵作战，被擒获。西路方面，当时守西华门的官兵仓促间来不及关上城门，起义军全队进入。由太监杨进忠和高广福接应。五六十人冲进西华门，关上城门，向养心殿出发。在太监高广福的引导下，起义军打到隆宗门一带。另一部分打到文颖馆、尚衣监等处。

当时，京城中的王公大臣得知紫禁城有变，纷纷赶来，包括庄亲王绵课、贝子奕绍、礼亲王昭槤，镇国公奕灏，往招火器营官兵千余人，开始和义军展开战斗。在双方力量悬殊的情况下，起义军仍英勇作战。高广福带领义军，手摇白旗，写着"大明天顺"、"顺天保民"的字样，不幸被射中。当年晚上，清军关闭紫禁城的各个大门，部分义军战士被困在城中。第二天，他们仍坚持战斗到晚上，但最终失败。

清军从被俘的起义者口中得知，这次起义的首领是林清，起义的大本营在宋家庄。十七日凌晨，清军在黄村逮捕了林清及其家属。但起义军骨干祝现、刘第五一直没有搜到。至此，北京地区的天理教起义基本结束。此后，清朝开始对李文成、冯克善领导的直、豫、鲁天理教起义进行镇压，这些起义都最终失败。

在林清起义发生的时候，嘉庆不在北京，而是驻跸承德。听到消息后，他马上回京，在途中发布罪己诏，在这道罪己诏中，嘉庆提到了白莲教起义和河南的天理教起义，虽然事件重大，但是终究是发生在千里之外。而林清起义则不同，"变生肘腋，祸起萧墙，天理教逆匪七十余众犯禁门，入大内，戕害兵役"。同时，他总结了这次变乱发生的原因，"然变起一时，祸积有日。当今大弊，在'因循怠玩'四字，实中外之所同。朕虽再三告诫。舌敝唇焦。奈诸臣未能领会，悠忽为政，以致酿成汉唐宋明未有之事"。[17] 在御制诗文集，嘉庆惊呼"从来未有事，竟出大清朝。"礼亲王昭槤在笔记中也感叹："林清一妄男子耳，焉有当此海内升平之日，聚数百不逞之徒，乃欲直禁阙，图谋不轨，洪荒以来，有此事乎?"[18]

可见，这次起义对满洲统治者造成了巨大的震惊。

嘉庆回京后，派兵继续追剿起义军残部。派超勇亲王拉旺多尔济帅军"往剿东董村及宋家庄诸处。贼已弃巢逃窜，超勇王遂聚火焚其室，终夜火光燎然"。[19]随后，嘉庆亲自对被捕的起义军首领林清等人进行审判，林清、刘得财、刘金等人被处死，其他300多人也分别被处死或者流放。对于没有被捕的起义军成员，清朝一直在各地进行搜捕。

（二）天理教起义暴露的政策问题

林清领导的北京天理教起义，其直接原因是农民的贫困。当时由于天灾，粮食歉收，而官员却不加抚恤，催科加派，使农民陷入水深火热之中。对此，嘉庆总结为"总因穷困而起，始则鼠窃狗偷，继以踰垣肆劫，终于谋反作乱，其心为救急度命耳"[20]。

这次起义是当时北京社会各种矛盾尖锐化的表现，同时也反映了清朝统治的没落。林清起义之前，北京城里曾有一些异常的现象，但王公大臣和各级官吏们却贪图安乐，麻痹大意，并没有予以重视。天理教起义军的骨干人物祝现，是豫王府的包衣，秘密谋划起义事宜。他的弟弟祝嵩庆"颇不善兄所为，知其反期已决，奔告豫王"[21]。但是豫王裕丰考虑到自己跟林清曾经有过交往，害怕牵连，对此隐匿不报。芦沟司巡检陈绍荣因为看到居民逃窜，查得林清起义的消息，上报宛平县，但各上级部门并未及时实施。在起义前，曾有人提醒步军统领吉伦情况有异，但他置之不理，还斥责道："近日太平乃尔，尔作此疯语耶？"[22]等到起义发生了，这些王公大臣们只能是"错愕无策"。对此，嘉庆很是痛心，"如此逆谋已三年之久，朕竟不能知，实深惭愧，实切痛心。国家设立王公文武大臣以及侍卫章京，不下千员，八旗步营将弁兵士，几及十余万人，竟无一人出首者。呜呼痛哉。"[23]

天理教起义也暴露了紫禁城的治安存在着漏洞。清制，"禁卫兵大类有二：曰郎卫，曰兵卫"[24]。所谓郎卫，清初，皇帝亲自从上三旗中挑选优秀的子弟充当侍卫，由勋戚大臣统领，为领侍卫内大臣，"镶黄、正黄、正白三旗，各一人，正一品"[25]。下属包括：内大臣6人，从一品；散秩大臣无定员，一品班次，从二品衔，三品俸；御前、乾清门侍卫无定员；一等侍卫60人，正三品；二等侍卫150人，正四品；三等侍卫270人，正五品；蓝翎侍卫90人，正六品；亲军校76人，正六品，等等。这些侍卫负责保护宫廷和皇帝的安全。所谓兵卫之制，是以上三旗的官兵来守卫紫禁城，由护军统领、参领、前锋统领统帅。

从乾隆后期开始，宫廷警卫日渐废弛，"有侍卫旷班，累日不至。每夏日当直宿者，长衫羽扇，喧哗嬉笑。至圆明园诸宫门，乃竟日裸体酣卧宫门之前"。[26]这些负责保护皇宫的侍卫们，毫无纪律可言。在天理教起义之前，嘉庆亲眼目睹了紫禁城门禁废弛的情况。嘉庆十五年，在谕旨中强调"禁城重地，咫尺辰垣，守卫不可不严，体制不可不肃。乃近来门禁废弛，各处直班官兵全不认真管辖，以致闲杂人等任意阑入，毫无稽考。即如前日查出膳房太监于进忠之侄得林、在外膳房居住两月，投井身死。该直班之文武大臣官员等均全然未知，可谓愤愤。迨一经惩治之后，则相率严紧，纷纷查办，专向各太监下处检察闲人，即以为认真查禁。不过数日之后，旋即因循怠玩。况禁城之内，如各王公大臣直班之处以及各馆内阁文华殿、中正殿各处，岂别无闲杂之人容留居住，何以不一律查办、概行清理乎？"[27]同时，嘉庆还提到很多王公大臣在进宫的时候，带了大量的随从，这也造成混乱。在午门之外，往往有市井闲人，穿走朝门，来往自如，对此无人过问。对于皇帝的警示，负责宫廷安全的官员仍然没有引起足够的重视。终于，在太监的协助下，天理教起义军直接冲进了王宫。

天理教起义也暴露了北京城治安的问题。嘉庆斥责道："步军统领、顺天府、五城，肃清辇下，是其专责。近日并未能自行访获案犯，以净余孽。又堕因循疲玩恶习，殊堪切齿愤恨。"[28]这反映出负责京师治安的这些机构，也并不能有效地工作。在林清起义之前，外省都有保甲制度，而京城却没有，政府缺乏对京城人口、户籍的了解，社会治安较为混乱。这次起义失败后，嘉庆帝下令在京城实行保甲，分别旗民，编查保甲。命王公大臣自查，一般的百姓，"一体编次，添设门牌，注明人品数目"[29]，进行登记，由此完成了北京地区的保甲编排。

林清领导的天理教起义虽然失败了，但它沉重打击了满洲贵族，给清朝中后期的统治者敲响了警钟，意义深远。

注释：

（1）（2）（3）《清史稿》卷三百一十九，《和珅传》。

（4）（清）昭梿：《啸亭杂录》卷九，《京师园亭》。

（5）《清仁宗实录》卷三七，嘉庆四年正月甲戌。

（6）.《清史稿》卷三百一十九，《和珅传》。

（7）（8）（清）昭梿：《啸亭杂录》卷一，《今上待和珅》。

（9）《清仁宗实录》卷三七，嘉庆四年正月甲戌。

（10）《清仁宗实录》卷四三，嘉庆四年四月癸丑。

（11）（清）薛福成：《庸庵笔记》卷三。

（12）（清）徐珂：《清稗类钞》第四册，讥讽类。

（13）商全：《清代大贪官和珅家产考实》，《北京大学学报》1989 年第 1 期。

（14）关文发：《关于"和珅跌倒，嘉庆吃饱"问题的质疑》，《华南师范大学学报》1992 年第 2 期。

（15）《清仁宗实录》卷三七，嘉庆四年正月戊辰。

（16）《清仁宗实录》卷二五八，嘉庆十七年六月甲寅。

（17）《清仁宗实录》卷二七四，嘉庆十八年九月庚辰。

（18）（19）（21）（22）［清］昭梿：《啸亭杂录》卷六《癸酉之变》。

（20）《清仁宗实录》卷二八一，嘉庆十八年十二月丁巳。

（23）《清仁宗实录》卷二八一，嘉庆十八年十二月丁巳。

（24）《清史稿》卷一百三十，《兵志一》。

（25）（清）黄本骥：《历代职官表》卷四。

（26）（清）昭梿：《啸亭杂录》卷四，《佟襄毅伯》。

（27）《清仁宗实录》卷二三一，嘉庆十五年六月辛亥。

（28）《清仁宗实录》卷二七七，嘉庆十八年十月癸丑。

（29）《清仁宗实录》卷二七七，嘉庆十八年十月己未。

清后期

第一章　京师烟毒泛滥与
禁烟舆论策源地

乾隆嘉庆以来，清王朝逐渐由盛转衰，尤其道光时期，皇权逐渐式微，鸦片走私日趋猖獗，不仅流毒全国，且严重侵染着清王朝的心脏——北京。道光中期，京师烟毒泛滥，北京因此成为禁烟的舆论策源地。而以北京为策源地的禁烟运动的夭折和鸦片战争的失败，则使清政府更加腐朽与虚弱。

一、嘉道时期皇权的式微

乾隆嘉庆以来，清王朝已由"盛"转衰，国内社会矛盾极其尖锐，政治上呈现出衰微景象。这种衰微主要表现在官僚制度因为大量的腐化贪污而丧失了道义和行政活力，行政官员中关心制度改革和国家防务事务者少之又少。这种衰落还表现为自乾隆末年以来中央皇权逐渐式微，而地方督抚权利的不断扩大，中央与地方之间的均势被打破，因此从政治上而言已不是真正意义上的一统状态，亦即统治集团中皇帝和官僚之间、中央与地方之间出现了离心离德、涣散无力的现象，这对于国家政治运作而言，尤其是皇权的施行而言，是致命的现象，会导致致命的危机。首先是官吏侵吞公款、谋取私利、贪得无能，必然会导致社会公众对于皇权及其下的官僚体系形成信任危机，这种信任危机必然导致政治危机。

这种危机从嘉庆初年即已开始，尽管嘉庆帝即位之后，迅速采取行动解决了最紧迫的乾隆朝遗留下来的和珅的影响，但是和珅所建立的羽翼庞大的庇护网却难以完全查清，即便查清也难以清除，因为和珅的势力和影响已经渗透到各省官僚政界之中，尤其是军事部门当中，具有从中央到地方的普及性，因此人数众多、牵涉面广，作为皇帝如果进行一场清洗运动，官僚机构则会陷于瘫痪，会使这些"误入歧途"跟随和珅的官僚为重新效忠皇帝而进行的努力前功尽弃，果真如此，一旦民众有变则无人辅佐皇帝加以治理了。因此，这些官吏被保存下来，但是已经缺失了政治活力和道义榜样的作用和意义。道光皇帝即位后，尽管存在着一个与和珅类似的官员穆彰阿，自1835年取代曹振镛而把持着道光时期的政治与财政，但这时的清帝对于一些想实现改革的官员给予信任，而这个时期的知识分子风气也十分开通，因而在和珅流毒之外产生了一件令官僚制度有了希望的事情，那就是和珅的倒台促使了另一批被他排斥的官僚尤其是汉族官僚重新返回政治舞台，得到嘉庆帝赏识重用，例如陶澍、林则徐、魏源等等，这些人务实肯干、注意西方思潮、注重河道防务。他们被认为是晚清被中央派系纷争和惰性弄得不能有所作为的政府机构中获得有限主动权的开通务实的力量，尽管他们常遭到京师地区满洲贵族和丧失道义和活力的地方官的抵制，但他们与晚清的内政、外交发生了重大牵连，直接影响着晚清政治变迁的轨迹。

鸦片战争前期，清朝对外贸易集中在广东，由广东商人组成公行组织，乾隆二十五年（1757年）正式认可为经理对外通商之机关，外人输入货物须由其评价及买卖。公行成员服从清廷委派的广州海关监督，清朝的广东巡抚和两广总督都可以向公行成员发号施令，对不服从者可以监禁或惩处。清朝的官员并不与驻广州的英国东印度公司监理委员会进行任何直接接触，而是通过公行向委员会传达命令，公行由此成为政府与外商间的传递机关，即如学者所指出的："中国在政治上是孤立的国家，从未加入所谓国际社会团体。在鸦片战争前，西方各国虽与中国有历史上相沿的通商传教的事实，但除俄国以外，都不曾与中国成立一种什么通商修好条约。"这直接造成了清朝政府与外国通商制度的不合理，表现为"第一，税则不可靠……第二，商埠的限制……第三，公行的专利。"[1]于是主管对外关系的官员从贸易中得到了好处，但表面上又看不到任何图谋私利的痕迹，海关监督在任期内所能做的一切就是逐渐把贸易所得款项变成了与外商或公行有关联的所有大小官吏的资财，这就造成了清朝海关监督日益贪污腐化、公行商人在外商中信用日益不稳定以及鸦片自由贸易的兴起。

"中国与世界各国的商业关系，以与英国为最密切，在 18 世纪的百年内，英国海上的势力已经凌驾各国，于是对于中国的通商，也渐次跃居第一位了。"[2]英国在对清朝贸易中之所以能居于首位，主要是由于它以较近中国的印度为贸易根据地。在鸦片战争前，英国图谋增进商业机会，中英交涉发生了三次（乾隆五十七年即 1792 年、嘉庆二十一年即 1816 年、道光十四年即 1834 年）。前两次是英国向清廷派遣特使所引起礼仪交涉，第三次则是派遣商务监督所引起的纠纷，这时距离鸦片战争的爆发只有六年时间。此间英国操纵对华贸易的东印度公司解散，另在广东设立一个英商的监督机关，负责与广东公行进行贸易，其中第一任主务监督是律劳卑。作为商务监督，他必须先向北京政府照会，或者俟总督奏请北京朝廷准许后才可进入广州，但是律劳卑没有顾及于此，1834 年 7 月 25 日，他由澳门直抵广州城外的英国商馆，由此滋生了不可解决的纠纷。9 月 2 日，广州总督卢绅正式宣布停止与英人通商贸易，引起广州英商不安。9 月 5 日，律劳卑下令随来的护卫舰两艘驶入虎门，与岸上跑台发生火力冲突，英舰强行至黄埔，但 9 月 21 日，律劳卑病重，下令护卫舰退出虎门。9 月 29 日，广州总督解除停止通商令，10 月 11 日，律劳卑于澳门病故，中英纠纷冲突告一段落，但却埋下了战争的隐患，只需一根导火线便会引发，这根导火线就是鸦片问题。

二、鸦片走私及京师烟毒泛滥

鸦片，别名罂粟，本属药材，其性能提神、止泄、辟瘴，明李时珍《本草纲目》谓之阿芙蓉，"京师售一粒金丹，云通治百病。""惟吸食既久，则食必应时，谓之上瘾，废时失业，相依为命。甚者气弱中乾，面灰齿黑，明知其害而不能已。诚不可不严加厉禁，以杜恶习也"。[3]1729 年清政府严禁鸦片输入，但葡萄牙人还是通过印度港口将鸦片输入中国，1773 年东印度公司在东印度设立垄断鸦片组织，向印度农民提供款项种植公班土。为了不影响与中国的茶叶垄断贸易，东印度公司把鸦片拍卖给英国散商，由他们通过港角贸易走私兜售，自 1819 年始，鸦片贸易兴旺起来，到 1810 年以后即嘉庆末年每年输入鸦片 1 万箱，1836 年已达 2 万多箱。吸烟成瘾者与日俱增，吸食鸦片恶习弥散全国，这时的"鸦片像黄金一样"，[4]随时可以卖出。

由于鸦片吸食需要闲暇时间和富裕资金，因此吸烟人最初多是富有绅士、中央大员、衙门胥吏、士兵，这造成政府官员吸烟而腐败，也造成白银外流而银价腾贵。而北京作为帝都，富甲天下，侍卫、官员、太监、旗丁等吸食鸦片，自然成为售卖黄金鸦片的销售地，当时由陆路走私到天津的大宗鸦片都销往北京，北京吸食鸦片者增多、烟毒泛滥。1820 年道光皇帝登基，对此感到警觉愤怒，1821 年他下了一道禁令，两广总督阮元据此将鸦片走私贩从澳门驱逐到伶仃岛、急水门及香港等处，但鸦片输入量却因禁止而大增，这是因为鸦片成为难求禁品，贵比黄金，大小官吏遂与商人勾结沆瀣一气，把鸦片作为财源所致。

京城烟馆遍地也说明鸦片在北京的销售量之大，吸食者之多。到鸦片战争前，京城吸食鸦片者有王公、宗室人员、顺天府地方官员、旗丁、吏胥、太监、商人、工匠，甚至妇女、僧尼等，这种烟毒甚至深入到了皇宫内院。宫中侍卫、内廷太监是皇帝最亲近的人，也吸食鸦片，致使道光皇帝甚为震惊。[5] 售卖鸦片的人包括京城内流动人口，以及熟悉京都情形的客店主伙，他们相互勾结，"房主利其重租，甘为徇隐，地方各官，颇难查拿"。[6] 京城鸦片多从天津、广州走私而来，道光十一年（1831 年）十月，步军统领在宣武门外客店、正阳门外粤东会馆拿获鸦片人犯焦四、店伙何得等人，起获烟袋、烟锅及熬土、食烟器具各数十件，他们"或称贩自天津海船，或称买于广货担上。"[7] 两种途径中，天津最剧，道光十一年（1831 年）十月查获的内务府掌仪司太监张进幅等八人吸食鸦片案，据张进幅供称，他吸食鸦片已有三十余年，因听说"天津海船到来，烟土较贱"，遂借钱 240 吊，买烟土 160 两，"事后回朝阳门，当被弋获"。还供出首领太监、掌仪司当差太监及回子贝勒克柯色布库等十余人，与此案有关。[8] 亲历鸦片战争的英国海军上尉宾汉在其所撰《英军在华作战记》中说："从许多严厉的上谕，可以看出宫中的宦官做着很大的鸦片生意，而在各口之中，以位于北京东南九十英哩的天津最易"。[9] 道光皇帝也承认："若果海口搜查净尽，则京师转贩亦少。"[10] 与天津不同，从广东走私进入京城的鸦片则主要由进京官员夹带而来，且人数很多，数量可观。嘉庆十九年（1814 年）九月，广东副都统萧昌年班进京，骁骑校兴亮跟随同行，兴亮借银 140 两购买 14 罐鸦片，计重 11 斤，藏于箱底，由流寓者段大偷带进城，行至小井地方被盘获，据刑部审查，段大"素日亦曾有包揽漏私情事，惟系往来过客，无所记忆姓名"。[11]

　　贩卖鸦片者如此之众，数量如此之大，吸食鸦片者范围如此之广，即便是屡次禁止、叠加惩罚也不能制止杜绝，[12]其危害即如太常寺少卿许乃济向道光帝上《鸦片烟例禁愈严流弊愈大亟请变通办理折》中所说："嘉庆初，食鸦片者罪止枷杖，今递加至徒、流、绞、监候各重典，而食者愈众，几遍天下。乾隆以前，鸦片入关纳税后，交付洋行兑换茶叶等货。今以功令森严，不敢公然易货，皆用银私售。嘉庆时每年约来数百箱，近年竟多至二万余箱，每箱百斤。乌土为上，每箱约价银洋八百圆；白皮次之，约价六百圆；红皮又次之，约价四百圆。岁售银一千数百万圆，每圆以库平七钱计算，岁耗银总在一千万两以上。夷商向携洋银至中国购货，沿海各省民用，颇资其利。近则夷商有私售鸦片价值，毋庸挟赀，洋银遂有出而无入矣。"[13]

三、北京——严禁鸦片舆论策源地

　　1830 年，道光皇帝因为江南银价上涨，于 1831 年下诏逮捕走私鸦片犯，以图遏制鸦片从广州流入内地，并恢复保甲制度和奖励告密制度，以图制止国内鸦片种植。[14]但是到了 1836 年（道光十六年），严厉的法律并不能遏制鸦片的传播。因此，面对鸦片大量输入、禁而不绝、愈禁愈增、烟毒泛滥、鸦片吸食成瘾、白银大量外流而银价有增无减、社会危机严重的严峻局势，是应该严禁，还是应该驰禁？北京作为朝廷政令发布地率先成为舆论策源地，并成为禁烟的决策地。

　　首次提出驰禁主张的是太常寺少卿的许乃济。他在道光十六年四月二十七日（1836 年 6 月 10 日）向道光帝呈递《鸦片烟例禁愈严流弊愈大亟请变通办理折》，指出久食鸦片必然上瘾，废时失业，必须严禁以防白银外流，"究之食鸦片者卒皆游惰无志，不足重轻之辈，亦有年逾耆艾而食此者，不尽促人寿命。海内生齿日众，断无减耗户口之虞！而岁竭中国之脂膏，则不可不大为之防，早为之计"。既然鸦片愈禁愈增，"今闭关不可，徒法不行"，不如"计惟仍用旧例，准令夷商将鸦片照药材纳税，入关交行后，只准以货易货，不得用银购买。夷人纳税之费，轻于行贿，在彼亦必乐从。洋银应照纹银一体禁其出洋，有犯被获者，鸦片销毁，银两充赏"。如此如何防范吸食鸦片泛滥？许乃济指出应该区别对待，"或效职从公，或储材备用，不得任令沾染恶习，致蹈废时失业之愆。惟用法过严，转致互相容隐。如有官员、士子、兵丁私食者，应请立予斥革，免其罪名，宽之正所以严之也。该管上司及保结统辖官，有知而故纵者，仍分别查议。其民间贩卖吸食者，一概勿论"。

许乃济弛禁主张实际上认为持续禁烟只能使官员贪污腐化，最好的办法是把握现实，用易货交易手法获得鸦片，然后将其置于海关监督控制之下，这样国家收入就会大量增加，这最后一点打动了道光皇帝，他在弛禁与严禁间犹疑不决，于是他将许乃济奏折交付朝臣议奏。许乃济弛禁主张立即遭到黄爵滋、林则徐等禁烟派的激烈反对和抨击，京师瞬间成为舆论策源地，出现"近日言者不一，或量为变通，或请仍严例禁"的局面。

八月，内阁学士兼礼部侍郎朱樽上《申严例禁以彰国法而除民害折》逐一驳斥许乃济之论：贪官污吏借禁烟而索贿不能作为反对禁烟理由；以货易货，而中国并无足够的茶叶、生丝等土特产易换如此之多的鸦片，最终还是要用白银；如果能堵住鸦片入口，那么白银自然不能外流；鸦片伤生伐性，若任民间百姓吸食，则损害了百姓健康，而民为邦本，民众染上了鸦片瘾，"民贫尚可变，民弱不可救药"，危害较白银外流严重得多。兵科给事中许球也在其《请禁鸦片疏》中指出："弛鸦片之禁，既不禁其售卖，又岂能禁人之吸食？若只禁官与兵，而官与兵皆从士民中出，又何以预为之地？况明知为毒人之物，而听其流行，复征其税课，堂堂天朝，无此政体。"鸦片必须严禁，"臣愚以为与其纷更法制，尽撤藩篱，曷若谨守旧章，严行整顿？自古制夷之法，详内而略外，先治己而后治人，必先严治罪条例，将贩卖之奸民，说和之行商，包买之窑口，护送之蟹艇，贿纵之兵役，严密查拿，尽法惩治，而后内地庶可肃清。若其坐地夷人，先择其分住各洋行，著名奸猾者，查拿拘守，告以定例，勒令具限，使寄泊零丁洋、金星门之趸船，尽行回国，并令寄信该国王，鸦片流毒内地，戕害民生，天朝已将内地贩卖奸民，从重究治，所有坐地各夷人，念系外洋，不忍加诛，如鸦片趸船不至再入中国，即行宽释，仍准照常互市，倘如前私贩，潜来勾诱，定将坐地夷人正法，一面停止互市。似此理直气壮，该夷不敢存轻视之心，庶无可施其伎俩"。[15]经过朱樽、许球的驳斥，北京朝廷中禁烟派实力明显战胜了弛禁派。

但是许乃济的主张也不乏支持者，广州的官员、士人便积极支持弛禁，广州学海堂书院的教官吴兰修曾写过《弭害论》的策论文，主张鸦片贸易合法化，它后来成为许乃济所上奏章的蓝本。经过激烈交锋，朱樽、许球二人奏折所论也深深打动了道光皇帝，他下令将二人奏折抄转邓廷桢等人，要求他们"必须体察情形，通盘筹划，行之久远无弊，方为妥善。"[16]邓廷桢等以"建言者倡论于局外，故抵掌较易敷陈；当事者肩任于局中，则措手宜有分寸"上奏，表明禁烟一事说起来容易，做起来很难，如果能按旧有禁例，杜绝白银外流，"又孰肯冒不韪而亟议更张"。[17]邓廷桢奏折显然反映了广州地方官员的弛禁倾向。

十月，江南道御史袁玉麟呈递《议开鸦片禁例有妨国计民生折》，再次掀起对弛禁论的驳斥高潮。他强调：如果只是禁止官员、士子、兵丁吸食而不禁小民吸食，窒碍难行，因为他们都来自民间，而且也破坏了政令的统一，遗患更大；若按旧例征收鸦片入口税，每年不过十至二十万两税银，于国税收入无补，是为见小利而伤大体；而纹银外流是因为禁烟不力，如果禁烟有力，那么鸦片吸食、纹银外流皆可杜绝。一旦弛禁，吸食者定会增多，随之鸦片进口需求亦多，则白银外流必然增多，因为采取以货易货方式，以茶叶、大黄等物与洋商进行的鸦片交易从数量上看难以实行，最后仍须用白银购买鸦片。如果允许栽种罂粟以供需求，必将导致小民弃农趋利，膏腴粮田化为鸦片之壤，现今人口增加，丰年犹恐粮食不足，如遇灾荒则难免发生饥馑，故许乃济奏折实际是"聊为苟且塞责，其弊遂至无穷"。鸦片祸国害民，必须禁绝。

鸦片弛禁和严禁之争持续了两年，京师一直是舆论的集散地，并最终成为禁烟决策地和禁烟行动始发地。道光十八年（1838 年）闰四月初十日，鸿胪寺卿黄爵滋向道光皇帝上《严塞漏卮以培国本折》，在奏折中列举近年来白银大量外流数字，而后指出："以中国有用之财，堵海外无穷之壑，易此害人之物，渐成病国之忧，日复一日，年复一年，臣不知伊于胡底"，既然"今天下皆知漏卮在鸦片"，则必须严禁。如何严禁，黄爵滋提出重治吸食者方法："夫耗银之多，由于贩烟之盛，由于食烟之众"，若"无吸食，自无兴贩，则外夷之烟，自不来矣。"因此"必先重治吸食"以堵塞白银外流。具体而言，他主张对吸食鸦片者，给予一年戒绝期限，限期不戒则"置之重刑"。[18]黄爵滋的"重治"奏章在京城内引起巨大反响，"中外传抄者如睹景星庆云，争延万颈"。[19]道光帝感受到了社会对禁烟的呼声，他当日即谕令全国各省督抚对黄爵滋所奏各抒己见，妥议章程，这是北京最高权力中心最高决策者禁烟倾向的风向标。

四、禁烟必先自京都始

禁烟势在必行，而且已经有了可行的办法，接下来是禁烟从哪里开始？道光十八年（1838年）五月二十八日，漕运总督周天爵提出了禁烟必先自京都开始的建议，他在"禁烟必先自盛京京都始惩犯必先惩官吏"的奏折中大声疾呼："鸦片之害天下，如人痛疽之害于其身，迨其毒已澈于遍体。善医者必先护其心络，而后散消其肢体，俾毒渐消渐减……此救病之法也……今天下盛京、京师，犹人之心络也……其受毒来自粤闽，可谓疽生于足，而毒延于腑脏也……臣以为禁烟，必先自盛京、京都始。禁之之法，尤必且九门始。"[20]

于是，京师掀起了禁烟运动。由于"京官十之一二，刑名钱谷之幕友十之五六，至长随吏胥更不可计数"，[21]道光皇帝遂下令在京城加紧查缉鸦片，严定禁令三条：合十人为一保，互相警戒，一人犯禁，十人受罚；家藏鸦片烟具者死；官吏受贿不报者削官，对违禁者严加惩处，对访缉查获鸦片有功者实行奖励。三月四日，"以查获鸦片烟出力，予直隶县丞周冕升用"。[22]六月初三日，又连颁数道上谕奖励拿获职官、吏目吸食、售卖鸦片人犯的京城官员。[23]七月，步军统领衙门查获职官吸食鸦片，道光帝立即命令"将该员革职，并将贩卖人等交刑部审讯"，并著在京城"一体认真访拿，有犯必惩，毋稍疏纵"。[24]这次禁烟运动再也不像从前那样"开馆应拟绞罪，律例早有明条，而历年未闻绞过一人，办过一案"，[25]人们感受到的是朝廷最高决策者对鸦片"必欲净绝根株，毋贻后患"的决心。到了九月，道光帝采取了更为严厉的措施，惩罚京师王公中沾染恶习，官民人等吸食鸦片者日甚一日的违禁现象。九月初四日，京师东直门外灵官庙揭露出庄亲王奕贲、辅国公溥喜等长期赴灵官庙食鸦片，此灵官庙为尼僧广真住持，时人称为广姑子。事发后，广姑子由刑部判罪发遣，庄襄亲王奕贲则因"身为王公"，竟"赴尼僧庙内吸食鸦片，实属藐法无耻，著交宗人府严加议处"，随后，被革爵，并各罚应得养瞻钱粮两年。[26]九月初九日又发布上谕："京师为首善之区，王公等亦复沾染恶习，此外官民人等吸食者谅亦不少，皆由平日查缉不严，以致日甚一日……著步军统领衙门、顺天府、五城各饬所属，严密访查，无论王公旗民，一体严拿。"[27]道光十八年九月十一日（1838年11月4日），许乃济因主张弛禁而被降为六品顶戴，"即行休致，以示惩儆"。[28] 十月宗人府查实宗室荣祥"竟敢私自藏匿鸦片烟具"，[29] 三等伯贵明、男爵特克慎、候补盐大使春令等均染有烟瘾。

道光十九年（1839年），京城出现了前所未有的扫荡烟毒的局面，"兴贩、吸食之犯，因查拿严禁，客店庙宇不敢容留，另觅僻静房屋居住"，一些望风逃窜到外地的烟贩和吸食者也不断被拿获归案，[30] 到年底，汇总上年以来查禁情况，京城内外各衙门拿获吸食、贩卖各犯，分别交刑部审讯严惩的，有数百起之多。[31] 受惩者中有贵族，如宗室瑞龄被发往军台效力；也有官员，如吏部笔帖式觉罗钟禧、蓝领侍卫普国安、武举肖开中等，被交刑部严办。房山县知县宋嘉玉、密云县知县冉学诗均因"有吸食鸦片之事"、[32] 良乡县县丞胡履震、宝坻县典史王心培均因"署内存有鸦片烟"被革职。[33] 对太监违禁吸食鸦片，嘉庆皇帝亲自制定治罪条例。[34] 一时，京城鸦片烟吸食者大大收敛。

由京师开始的禁烟运动扩展到鸦片走私源头广州，引发了震惊中外的林则徐虎门销烟事件。林则徐（1785年—1850年），字元抚，又字少穆。嘉庆十六年（1811年）二十七岁时中进士，选翰林院庶吉士，授编修。嘉庆二十五年（1820年），外放为杭嘉湖道，在任时修海塘、兴水利，官声甚好。道光三年（1823年），由江南淮海道升任江苏按察使，旋署布政使。以后又一度授职陕西按察使署布政使，道光十年（1830年）六月任湖北布政使，十一月调河南布政使，次年七月初又调任江宁布政使，不久即被擢任河东河道总督。在河督任上政绩斐然，道光皇帝朱批赞其才干道："向来河工查验料垛，从来未有如此认真者。"[35] 十二年（1832年）二月，他被调任江苏巡抚，后升湖广总督。道光十八年五月初七日（1838年6月28日）上《筹议严禁鸦片章程折》，拟具六条禁烟的具体办法，并附戒烟药方，建议颁行各省以资治疗。八月初二日（9月20日），他又上《钱票无甚关碍宜重禁吃烟以杜弊源片》，尖锐地指出鸦片泛滥对社会经济的严重破坏，若采取措施严禁，"若犹泄泄视之，是使数十年后，中原几无可以御敌之兵，且无可以充饷之银"。道光帝遂下决心严禁鸦片。道光十八年（1838年）十月，林则徐奉召赴京觐见道光帝，十一月初十日（1838年12月26日）抵京，在京十四天内，八次入宫面议禁烟事宜。[36] 十一月十五日（12月31日），道光皇帝谕令"湖广总督林则徐，著颁给钦差大臣关防，驰驿前往广州，查办海口事件；所有该省水师，悉归节制"。十一月二十三日（1839年1月8日）林则徐作为钦差大臣，被赋予赴广东查禁鸦片之全权，南行赴粤。禁烟运动由北京发展到全国，达到高潮。

五、鸦片战争爆发与北京朝廷妥协

道光十九年正月二十五日（1839年3月10日）林则徐抵达广州城，在两广总督邓廷桢、广东巡抚怡良、广东水师提督关天培等当地主要官吏的积极支持与密切配合下，查办了历年包庇鸦片走私贪污受贿的督标副将韩肇庆，严惩与外国鸦片贩狼狈为奸的行商，从四月二十二日至五月十五日（6月3日—25日），林则徐等在虎门海滩销毁缴获的英商鸦片二万余箱，禁烟运动取得了第一回合胜利。

虎门销烟以后，义律阻挠英国商船遵照林则徐的规定进行具结，并不时发动挑衅。林则徐针锋相对，采取了严密的防范措施，他在上道光帝的奏折中写道："臣等察看民情，所有沿海村庄，不但正士端人衔恨刺骨，即渔舟村店，亦俱恨其强梁，必能保身家，团练抵御。"[37]道光十九年下半年，中英双方关系日趋紧张，义律多次率英国兵船进行挑衅，由于林则徐、关天培作了周密的防备而未能得逞。七月二十七日（9月4日）对九龙水师挑衅遭到反击后，九月二十八日（11月3日），义律又以兵舰阻挡英国商船具结，挑起穿鼻洋之战，水师提督关天培奋勇督战，击中敌船头鼻，清师船亦中弹漏水。此后九天之内，英国兵舰向尖沙嘴以北官涌山的清军阵地发动六次进攻，都被击退。道光二十年正月十八日（1840年2月20日），英国政府为维护其鸦片贸易暴利，蓄意挑起侵华战争。6月，英国政府任命懿律和义律为侵华全权正副代表，由懿律率大小兵舰四十余艘于六月初抵达广东海面，封锁广州湾，并制定了继续北犯天津、封锁白河口以威胁北京，迫使清政府就范的作战方案。[38]由于广州防范严密，英舰无隙可乘，懿律与义律便率舰北上，于七月中到达大沽口外，向清政府进行威胁。

鸦片战争爆发后，最高决策者道光皇帝由于长居宫禁，"不明大势，徒知侈张中华，未睹寰瀛"，误认为英国出兵"不过是小试其技，阻挠禁令"的蛮夷"边衅"，凭借"天朝声威"就可以"慑服夷人"。当发现英军枪炮威力远远超过"不务技艺"的八旗官兵之后，道光立即由虚骄而变为恐惧。1840年7月5日，英军攻占定海的消息传到北京，朝中以穆彰阿为首的大臣"窥帝意移，乃赞和议"，[39]道光皇帝于是"战"与"抚"之间动摇起来。1840 年 7 月，英国兵船驶进白河口，京城讹言四起，盛传英军将要"直抵京师之谣"，[40]而卫戍京城的旗兵因吸食鸦片烟已萎靡颓废，"营制渐坏"，战斗力尽失。这令道光更感恐慌，他一方面谕令都察院堂官密饬五城御史加强京城防备，各就所属地面设法严查门牌户口，"断不容汉奸藏匿，致有探听信息，散造谣言之事"。[41]一方面派直隶总督琦善前往白河口与英军代表谈判，琦善向英方表示要重治林则徐之罪，为侵略者"代伸冤抑"。8 月 19 日，琦善向道光帝进呈英人"抗议书"，道光竟然把英军进犯看做是向他诉冤、乞恩，他答应惩办林则徐，作为英军退回广东的先决条件："大皇帝统驭寰瀛，薄海内外，无不一视同仁。凡外藩之来中国贸易者，稍有冤抑，立即查明惩办。"[42]9 月 17 日，派琦善为钦差大臣至广东"查办"林则徐，与此同时，懿律与义律率领英舰队南返。由于道光帝对林则徐"外而断绝通商，并未断绝，内而查拿犯法，亦不能净，无非空言搪塞，不但终无实济，反生出许多波澜"的严词斥责，林则徐不得不自请"从重治罪"。[43]9 月 24 日（八月二十九日），林则徐又上《密陈办理禁烟不能歇手片》，条陈"鸦片之为害，甚于洪水猛兽"，"天下万世之人亦断无以鸦片为不必禁之理"，对"夷兵之来系由禁烟而起"谬说加以驳斥，指出英国发动侵略战争是"试其恫吓"，是"以鸦片获利之重"，"冀得阴售其奸"，他请求道光帝让他"戴罪前赴浙省，随营效力。"而嘉庆帝此时则态度大变，他甚至在林则徐奏折中朱批道："无理，可恶！""一片胡言。"[44]10 月 3 日（九月初八日），林则徐和闽浙总督邓廷桢同时被革职查办。

林则徐所负禁烟任务极为艰巨，他遭遇了来自京城内外、朝廷上下的阻力，包括那些被触犯了借鸦片贸易牟取暴利的英国侵略者和中外鸦片贩子、从清朝中央以至地方借鸦片走私而营私舞弊受益的大小官吏及其附庸者、清朝满族亲贵和嫉妒林则徐声名的有权势人物。当林则徐受命为钦差大臣时，投降派首领穆彰阿"亦为之动色"，而"中外柄臣，有忌阻之者，京朝官、故人子弟，亦以边衅为公虑"。因此，在鸦片战争期间，道光皇帝在战与和之间由于受朝臣中投降派的影响，时有动摇，最终导致妥协、乞和派占了上风，导致对英战争中一败涂地，被迫签订了中国近代史上第一个不平等条约——南京条约。鸦片战争的失败，宣告了禁烟运动的夭折。其后，鸦片进口与日俱增，内地种植之风迅速蔓延。清末，京城内吸食者亦完全公开。京城地面,烟馆林立,鸦片战争的失败,使社会危机日益加重,终于导致了太平天国运动的爆发,从内部给腐朽的清帝国以沉重一击。

注释:

（1）（2）李剑农:《中国近百年政治史》,复旦大学出版社2002年。

（3）太常寺少卿许乃济1836年6月10日（道光十六年四月二十七日）呈道光帝《鸦片烟例禁愈严流弊愈大亟请变通办理折》。

（4）格林堡:《鸦片战争前中英通商史》。

（5）《清实录》第35册。

（6）（7）（11）（16）（17）（18）（20）（21）（23）（26）（29）（30）（34）《鸦片战争档案史料》第1册。

（8）故宫博物院明清档案部编:《鸦片战争档案史料》第1册。

（9）中国史学会主编:《中国近代史资料丛刊·鸦片战争》（以下简称《鸦片战争资料》）（五）。

（10）《鸦片战争资料》（一）。

（12）雍正七年（1729）,清廷首次颁布禁烟令,规定:"定兴贩鸦片者,照收买违禁货物例,枷号一月,发近边充军,私开鸦片烟馆引诱良家子弟者,照邪教惑众律,拟绞监候;为从,杖一百,流三千里;船户、地保、邻佑人等,俱杖一百,徒三年;兵役人等借端需索,计赃,照枉法律治罪;失察之汛口地方文武各官,并不行监察之海关监督,均交部严加议处。"（李圭:《鸦片事略》卷上,台北学生书局1973年）道光皇帝连续发布了申饬严格执行旧有禁烟条令的上谕,如:九年（1829）七月,颁定《严禁官银出洋及私货入口章程》。十年十二月（1831.1）,定《严禁内地种卖鸦片章程》。十一年（1831）六月,定《买食鸦片惩处例》。

（13）许乃济（1777—1839）,字叔舟,号青士,清钱塘人。历任山东道监察御史、两广盐运使兼署广东按察使、光禄寺少卿、太常寺少卿等。

（14）《〈清实录〉经济资料辑要》。

（15）《中国近代史资料丛刊·鸦片战争》第1册。

（19）齐思和等整理:《筹办夷务始末（道光朝）》第1册。

（22）《清实录》第37册。

（24）《清实录》第37册。

（25）《鸦片战争资料》（二）。

（27）《清实录》第37册。

（28）《筹办夷务始末》（道光朝）。

（31）《清实录》第37册。

（32）《清实录》第37册。

（33）《清实录》第 37 册。

（35）《林则徐集·奏稿》（上）。

（36）《林则徐集·日记》。

（37）（43）（44）《林则徐集·奏稿》，中册。

（38）严中平辑译：《英国鸦片贩子策划鸦片战争的幕后活动》，载中国社科院近代史研究所编《近代史资料》，1958 年第 4 期。

（39）《清史稿·穆彰阿传》第 38 册。

（40）《清实录》第 38 册。

（41）《清实录》第 38 册。

（42）《筹办夷务始末（道光朝)》第 1 册。

第二章　太平军北伐与京畿震恐

一、银荒与沉重赋税

鸦烟流毒"为中国三千年未有之祸"，它不仅败坏社会风尚，摧残人们身心健康，更使白银外流，导致银荒，其直接表现为银贵钱贱、赋税加重，人民生活负担加重，最终导致贫苦农民不堪忍受而奋起反抗。

鸦片战争之后，鸦片大量输入，使中国每年白银外流达600万两，造成严重"银荒"，财政枯竭，国库空虚。"银荒"导致银贵钱贱。"各省市肆银价愈昂，钱价愈贱"，道光十六年（1836年）至道光十八年（1838年），每两白银兑换制钱1300—1600文，到道光末年，每两易钱达2000文。京畿地区城市平民、旗民因"银荒"及银钱比价的不断变化而负担加重，生活维艰，人数众多的小商人、小手工业者等亦不胜其苦。银商居间，上下其手，"每遇银钱紧迫之时，倍抬高价"，导致物价上涨。清代，因制钱不便携带，各地均设有钱铺，商民将银子换成钱票，然后凭票到钱铺取银。鸦片战争后，京师钱铺不下千家，随着银价暴涨，钱商故意将"所出之票"倍于所易之银，诱使商民将现银兑换成银票。一旦现银到手，他们或转手放债取利，或将现银暗运他乡，待市民要求兑换，则将钱店提前关闭，并将存钱全部吞没。为遏止奸商设骗之风蔓延，稳定京师市面人心，清廷曾一再严定惩治章程，并制定五家互保之法，以期"奸商知所畏惧"，但积重难返，收效甚微。1840年（道光二十年）春夏之际，京师发一天之内京城六家大钱铺（西城的隆盛、聚隆、恒兴、四顺、增福、东城的信昌）同时关闭，百姓存款无着，濒于破产，在京城引起轩然大波，道光严令限期追还。但钱铺上人们却与刑部衙门串通，或闻风而逃，藏匿他处；或雇人冒名顶替，代为发配，自己则席卷巨款，逃之夭夭。

"银荒"更导致赋税加重。贪官污吏利用银钱比价的变化，增加对农民的"浮收勒折"，即"应交一石，浮收至两石之多，并有运米不收，勒折交银"，[1]近畿地主又利用"编放庄头之故，转令纷纷另议增租"，贫苦农民不堪负重，铤而走险，聚众抢粮。道光七年（1827年），通州民人王文弼等指控协办大学士英和增租扰累，向都察院呈递奏章。[2]道光十二年（1832年）六月二十一日，通州饥民聚众借粮，[3]同年七月十六日，大兴定福庄饥民拥抢粮食。[4]到道光二十八年（1848年），租额更由原来每亩一钱二分增加到一钱八、九分，几千家佃户因无力交纳租银而被夺佃、夺种土地达四千余顷，[5]京畿土地日益集中于官僚贵族手中，协办大学士、总理户部事务的英和家有田产5.7万亩，内务府四品衔郎中庆玉竟拥有田产3.3万亩。农民无以为生，难以度日，聚众滋事与"盗风"日炽，道光三十年（1850年），宝源局匠役因借工食银两，聚众喧闹，久久不散，[6]密云县贩羊回民聚众持械殴差，[7]咸丰元年（1851年）发生了京郊妇女抗粮案，[8]反映了社会矛盾的急剧恶化以及政府社会控制力的减弱。

最令统治者担忧的是作为帝王、朝廷所在地的畿辅地区的治安。京城内外"盗风日炽"，持械窃盗案件层见迭出，所抢对象多为旗人、官宦、富家，1851年（咸丰元年）5月31日深夜，镶红旗副参领丰盛额家，有"匪徒"十余人踹门入户，持刀恫吓，逼交银两，并将职官夫妇掷打成伤。[9]1852年（咸丰二年）6月，京城各仓发放饷米，有"棍徒"多人，聚集拦阻车辆，勒索钱文。[10]同年9月16日（八月初三日），海淀老虎洞"盗贼"一夜连劫两处钱铺，殴伤事主，扬长而去。老虎洞案发后三个月，案犯无一拿获。到12月，香山、四王府、圆明园、青龙桥一带，常有"骑马盗匪数十人，持械经过。更夫瞥见鸣锣，转被匪徒威吓，经兵役救护始散，"[11]更有捕役勾结盗贼，参与偷窃。

更为严重的是，京城地面的抢劫骚乱波及到了紫禁城内。太监们盗窃宫中财物案件屡见不鲜，1832年（道光十二年），查出养心殿首领太监窃运库贮绸缎案，[12]1842年（道光二十二年），銮驾内库皇太后仪銮驾金器8件被盗，查办数月一无所获。此后，更是屡禁屡犯，1852 年（咸丰二年），天坛祭器被窃，潜踪行窃盗贼乃是太监贾三等人。⁽¹³⁾太监出逃案件有增无减，1851 年（咸丰元年），内务府修订惩治条例，将"凡逃走五次，无论是被获，还是自行投回，俱永远枷号"的规定，改为不计次数，一律将逃走太监"就近枷示"。⁽¹⁴⁾不少太监或违禁聚赌，押宝，斗鹌鹑、斗蟋蟀，或开场诱赌，放风抽头，赌风愈禁愈烈。

以上发生的一切表明，京城内外已经陷入无序混乱的状态。随着太平天国革命军风暴在南方蔓延并进逼京畿地区，这个王朝重地更是险象环生。

二、太平军北伐与京畿震恐

太平天国建都天京之后，1853—1855 年（咸丰三年—五年），开始了以夺取北京为目标而进行的远征，亦称"太平军扫北"。

为了能够实现"疾趋燕都"、"捣穴犁巢"，太平军派兵北伐同时，不断派遣坐探到固安、通州，甚至潜入北京城，伺机收集军事情报，并组织攻城内应，仅据《清实录》所记的拿获案情，即可窥见一斑。北伐军出师前，已有密探潜入京师。1853 年（咸丰三年）3 月 14 日，步军统领衙门拿获"来京探听发兵信息可疑人犯"，供称"且有三五成群，陆续进京"⁽¹⁵⁾，3 月 24 日，盘获北伐军坐探"潜至京城白云观，挂单探听消息"。⁽¹⁶⁾北伐军出师不久，洪秀全等就曾函告京都刘六等三兄弟："吾等大兵不久到京，汝等宜速准备团练，以备接应。"⁽¹⁷⁾北伐军逼近京师后，派遣活动更为频繁，据《文瑞乌尔棍泰审录杨长儿供词折》记载，"十六日（11 月 16 日）行到郭县，高二将大衣剥去，叫先到通县，定于二十一日（12 月 21 日）在新城南关见面。前三日有一起人派到通州，内有薛姓、石姓、杨二、李喜儿等十数人。还有五百多人，陆续而来，约于二十四、五日齐到"。12 月 25 日（十一月十五日），在宣武门外菜市口被拿获的太平军密探供称："于十月初间同李四儿、王贵子由独流来京，进广安门到菜市口，找觅房间未得，仍回独流。二十六日复与崔五、艾三来京找房。"⁽¹⁸⁾1854 年（咸丰四年）1 月 9 日，太平军王二格等一行 15 人，扮作官人，"到固安县等处探听得官兵，并营盘的数目"，行至"王庆坨西南被清军发觉未成"。⁽¹⁹⁾祁州人王大，奉命到京师正阳门外租房，以备大司马陈初进京居住，以作内应。不料在广安门外被清军所获。⁽²⁰⁾据京师巡防处统计：自 1853

年 10 月 15 日起，到 1855 年 6 月 20 日止的二十个月内，清军在地安门、西直门、菜市口、白云观等处拿获了大量可疑"人犯"，其中经审理者共 355 案，涉及"人犯"779 人，太平军密探为数甚多。

虽然京城防守严密，北伐军的侦探人员屡遭逮捕，以致太平军的潜伏、内应计划难以实现，但频繁的派遣活动却给最高统治中枢造成了巨大震动，使京城人心惶惶，尤其是自 1852 年（咸丰二年）底以来，清军败绩、太平军进军长江流域，攻克武汉，直取南京，挥师北伐，逼近京师等消息不断传入京师，至 1853 年（咸丰三年）2 月以后京师更是警报纷至，人心惶恐，一片萧索景象，"往岁官车云集"的厂甸书摊如今"寥寥不过数人，不购一物，各有愁色"。二月初一日例定发放官员俸银之期，户部因银根短缺，骤然请旨展期发放官员薪俸，并连请"拟征收铺银"、"请按户输钱"、"请饬京师商贾均输"、"请酌收商税"，又派员宣示"因库存短绌，无法支放。至于何日支付，也尚未定"。官俸无法下发，又议定征收铺税，加之户部奏折随意发抄，致使"库储虚实，草野周知"，⁽²¹⁾引起京城哄动。市民疑惧银票落空，昼夜争往钱铺取兑。钱铺一时措办不及，数日间关闭数十家。其他商贾们纷纷秘密携资出都，⁽²²⁾一夜之间，二百余家钱铺关闭。

随着钱铺纷纷关闭，京城内外出现银价暴跌势头，从每两换制钱二千一百文，下跌至一千六、七百文，甚至一千余文。银贱钱贵，有银无处兑换制钱，而清军溃败消息更使"都下人情亦颇汹汹"。⁽²³⁾是年 3 月，京城"各项店铺歇业居多，又典铺多不收当"。⁽²⁴⁾市肆萧条，民生维艰，人心浮动。在西关县内巷口发现"某日民变"字帖，同时"京城内外，旗民官宅及住户人家门前墙上，多有书写字样"，⁽²⁵⁾人心益加惶恐，御史陈庆墉上奏折说道："京中食指无下数百万，嗷嗷待哺，惟钱是赖。万一罢市，宵小之徒，即刻生变，其祸有不忍言者。"⁽²⁶⁾

此外，官吏因俸禄不能按时发放已有微言，他们在朝房谈论太平军起义状况时更是忧虑重重。1853 年（咸丰三年）4、5 月间，太平军断绝各省解京粮道，引起京师震动，京官纷纷遣送家眷回乡，闲员学士散归大半，皆以抢先离京为"万幸"。9 月，太平军进入直隶，到达定州，京师戒严，内外城均设严防，众情益惶乱，"京官甚有不待请假即仓皇出城者"。⁽²⁷⁾10 月初，北伐军直逼保定以南张登镇，"炮声如雷，京师震动，都中大员家眷及官绅商民无不鸟兽散，正阳门外大市若荒郊无人迹"。[28]是年底，天津知府、知县迎击北伐军而阵亡，形势愈益紧张。咸丰皇帝急命僧格林沁、胜保将天津至北京水陆沿途及偏僻捷径绘图填明里数送呈，唯恐北伐军抄小道进京。北伐军陈兵静海、独流、杨柳青之后，京城上下一片惶恐，官员等逃离现象愈益严重，据1854年（咸丰四年）3月23日巡城御史凤保的报告记载："自今春以来，京官之告假出都，富民之挈家外徙，总计不下三万家矣。各街巷十室九空，户口日减，即如北城，向来烟户最繁，臣等查上年北城现户仅八千有余。一城如此，五城可知。"[29]商贾、京官纷纷逃离出京，留京的市民则因"米价八十余文一斤，油盐柴炭，贵不待言"，[30]而生计日绌。

三、军事逼近之患及京畿危局解除

1853年5月8日，林凤祥、李开芳率部两万余名北伐，至浦口与吉文元、朱锡锟部会集。北伐军自扬州北上，自皖入豫，后又挺进山西，9月东进直隶，10月前锋抵至距保定六十里的张登镇。北伐军由于一路所向披靡，素称劲旅的八旗官兵则组织涣散，战斗力极弱。[31]因此北伐军只用五个月时间便逼近京畿，震动清廷，并使京城局势岌岌可危。

咸丰皇帝紧急谕令京师各旗营兵勤加训练，并宣布京师戒严，谕令步军统领衙门（俗称九门提督衙门）、顺天府、五城御史等协同维护京师地面治安，在各城门外及官厅旁设立栅栏，严缉北伐军密探。同时征调察哈尔马队官兵4000名，马匹5000来京，又调哲里木、卓索图、昭乌达东三盟蒙古马队各1000名，赴热河围场听候调遣，再调盛京步兵3000名、吉林马队2000名各赴天津，重兵阻截北伐军，拱卫京师。[32]为加强京师治安防卫，1853年6月24日（咸丰三年五月十八日），咸丰帝派御前大臣科尔沁郡王僧格林沁、步军统领花沙纳、右翼总兵达洪阿，军机大臣内阁学士穆荫，专办京城巡防事宜，[33]25日又起用已革大学士赛尚阿襄办防务。巡防大臣立即着手制定巡防章程、增兵筹饷、调集军械、构筑工事、严密巡查，并侦探北伐军行踪。6月30日（咸丰三年五月二十四日），巡防王大臣僧格林沁等议定《京城巡防章程》，规定了十二条严密的防范措施：查获奸匪，以军法从事，容留者同罪，获犯弁兵升赏；住户铺户，五家互保，不得容留匪人；饬地方官驱逐娼赌；严缉私造火器火药，加等治罪；夜犯加重惩治；起更后不准售卖物件；严禁酗酒滋事；无赖之徒，讹诈抢夺，照棍徒律发遣；民人斗殴，加等科罪，弁兵参革；严禁米石出城；士宦商民，不得无故迁徙；谣言惑众，严拿治罪。[34]仅据文书档案记载，在两军对峙期间，巡防处审理的北伐军嫌疑犯案件就多达300起，监禁和被害的人达700余名。

　　10月9日（咸丰三年九月初七日），北伐军逼近京畿，咸丰皇帝又谕令惠亲王绵愉"总理巡防事宜"，[35]以惠亲王绵愉为首的巡防诸大臣坐镇京师，在天津、通州、宝坻、霸州、固安、良乡、卢沟桥、磨石口、马驹桥、密云等近畿地区层层设置重兵，以构筑保卫京城的全面防线。京师内外城安设大小铜炮1830尊，其中仅西直、广安两城门上，就设大小炮位258处，铝铁炮、抬枪、鸟枪、弹药不计其数。内城9门添设护军守卫。据巡防处档《守城兵丁数目》记载，东面的东直门、朝阳门，驻有兵丁3583名；南面的崇文门、正阳门、宣武门，驻有兵丁4067名；西面的西直门、阜成门，驻有兵丁3797名；北面的德胜门、安定门，驻有兵丁5708名。京城内城9门共驻兵17115名。紫禁城各门，以及各处街道，都增添了大量护军。外城7门，即东便门、广渠门、左安门、永定门、右安门、广安门、西便门，也配备了6600名兵丁把守。在层层设防、严密控制京师的同时，不断派出大量八旗和步军统领衙门官兵搜集情报，及时掌握了北伐军驻地、兵额、进军方向，指挥各路精兵对北伐军实行围追堵截。10月11日（咸丰三年九月初九日），授惠亲王绵愉为奉命大将军，科尔沁郡王僧格林沁为参赞大臣，[36]命"恭亲王奕䜣、定郡王载铨、内大臣壁昌会办巡防"。[37]11月5日（咸丰三年十月初五日），经绵愉等巡防大臣奏准，正式设立京师巡防处，督办京畿防务，指命原派巡防王大臣花沙纳、达洪阿、穆荫等专责办理，[38]一方面加强对京城治安和百姓的严密控制，另一方面有效组织对北伐军的抵御和进剿。

　　由于北方精兵陆续调集京畿，北伐军遂折而东走，循运河北进，10月20日直扑天津，10月30日前锋抵达杨柳青，距北京仅二百四十里。僧格林沁率部迎战太平军，在天津西南的独流镇，首战告捷。清军又决运河堤岸，太平军为水所阻，与清军暂成相持之势。1854年2月5日，太平军由于孤军深入，援兵难济，加之兵士不适应北方酷寒冬季而手足溃烂，经过三个月交战，太平军主动放弃静海，退往直隶东光县连镇。1855年3月7日（咸丰五年一月十九日），僧格林沁用水攻之策攻陷连镇，北伐军主将、靖胡侯林凤祥受重伤被俘，被解送北京，3 月 15 日在宣武门外被磔身亡。3 月 18 日（二月初一日）僧格林沁又乘胜围攻北伐军另一主将、定胡侯李开芳据守的山东高唐，接替了胜保军队。李开芳退至茌平县冯官屯。5 月 31 日僧格林沁再用水攻之术攻克冯官屯，李开芳投降，被解送京都，6 月 11 日被凌迟处死。北伐军至此覆没，京畿之患得以解除。

注释：

（1）南开大学历史系编：《清实录经济资料辑要》。

（2）《清实录》第 34 册。

（3）《清实录》第 36 册。

（4）《清实录》第 36 册。

（5）《王文勤公奏稿》卷三。

（6）（7）（8）（9）（10）（11）（13）（14）《清实录》第 40 册。

（12）《清实录》第 36 册。

（15）《清实录》第 41 册。

（16）《清实录》第 41 册。

（17）刘光华：《有关太平天国北伐新史料》，《文物》1980.2。

（18）《清实录》第 41 册。

（19）（20）中国第一历史档案馆编：《清代档案史料丛编》第 5 辑。

（21）《中国近代货币史资料》上册。

（22）中国人民银行总行参事室金融史料组编：《中国近代货币史资料》上册，中国金融出版社 1964 年。

（23）朱焘：《北窗呓语》，见《碧自得斋丛书》。

（24）《清实录》第 41 册。

（25）《清实录》第 41 册。

（26）《中国近代货币史资料》上册。

（27）《文忠公自编年谱》，清宣统二年排印本。

（28）邓文滨：《醒睡录》初集，卷三。

（29）《太平天国资料丛编简编》第 5 册。

（30）《太平天国资料》（三）。

（31）道、咸以来，军备废弛，八旗官兵养尊处优，虽号称"十四万九千有奇"，但实际"步营兵数多不足额，街道堆拨，往往雇夫充数，该管官巡查，明知不究。"（《清实录》第 41 册）1853 年春御史黎吉云即上奏《整顿步军统领衙门积弊疏》指其营私舞弊称："臣闻该营之弊，有'办事'名目，约二十四旗，每旗办事者五人，五人中又有一总兵，其五人皆出自召募，并非正身旗人。正身旗人注籍在营者，并不当差，但食甲米。饷银皆归于办事者之手。虚位缺额，不足十之一二。统领查点，预雇无赖之徒多人应卯。每次饷银由办事者冒领。各处均有陋规，殊难究诘。"

（32）《清实录》第 41 册。

（33）《清实录》第 41 册。

（34）《清实录》第 41 册。

（35）《清实录》第 41 册。

（36）《清实录》第 41 册。

（37）《清史稿·文宗本纪》。

（38）《剿平粤匪方略》。

第三章　第二次鸦片战争与
《北京条约》的签订

　　太平天国运动爆发后,清政府忙于在长江中下游与太平军作战,西方各国认为这是加紧侵略中国、扩大在华利益的大好时机,于是英、法、美三国在 1854 年和 1856 年两次提出修约要求,俄国会同响应,但遭到清政府的严词拒绝。1856 年春,克里米亚战争结束,英、法两国战胜沙俄,遂将侵略矛头再次转向中国,挑起侵华战争,史称第二次鸦片战争。1856 年英国借"亚罗号事件"侵入虎门,攻入广州,后被击退,1857 年法国以"马神甫事件"与英国合谋再次进占广州,之后继续北犯,1858 年(咸丰八年)攻占大沽、天津,逼迫清朝政府签订了《天津条约》,1860 年(咸丰十年)攻占北京,胁迫清政府签订了《北京条约》。英法联军攻陷北京和《北京条约》的签订,是北京政治史上最惨痛的一页,它标志着这个王朝帝都已逐步向半封建、半殖民地统治中心演变,并且愈陷愈深。

一、大沽作战与天津议和破裂

　　1958 年至 1960 年,英法联军三次进攻天津的门户大沽。清政府命科尔沁郡王僧格林沁加强大沽、天津防务,在大沽口南岸建炮台 3 座,北岸 1 座,安设大小炮 200 余门,以清军 3000 人防守。咸丰八年三月(1858 年),英、法联军舰船共 20 余艘抵大沽口外,四月初八,联军炮艇 6 艘袭击大沽炮台,陆战队千余人登陆。清军发炮还击,重创敌艇船多艘,联军伤亡近百人。当联军逼近炮台时，守军与之白刃格斗，但因后路援兵溃逃，炮台相继失守。四月十四日，联军炮艇沿海河驶抵天津城下，五月，英、法、美、俄公使威逼清廷签订了《天津条约》。

《天津条约》签订后，英法侵略者坚持进京换约，遂至战火重燃。1859年（咸丰九年五月），英法联军舰队再次驶抵大沽口外，被僧格林沁督率清军打败。此战获胜后，咸丰帝立即从大沽地区抽兵2000前往镇压捻军，他认为联军来华"实则以兵胁和"，无非是要求签订条约而已，遂谕令僧格林沁等"总以抚局为要"。而僧格林沁获胜后也盲目骄傲，只是加强了天津的守备，"附城一带，挑挖重壕，筑立土城，将四门关厢圈入重壕"。同时以北塘为通使议和地，仅筑南北炮台三座并主动撤防，以示信守，造成北塘、大沽间守备极其空虚。咸丰十年六月初十（1860年7月27日），英、法联军约1.7万人分乘舰船206艘抵大沽口外，六月十五日（8月1日）在防务空虚的北塘口登陆，占领北塘。直隶总督恒福遵照清廷"力保和局"的旨意，通过美使华若翰转致英法，望能遵守去年美使进京换约例。英法对此置之不理，于12日、14日击败清军马队，攻占新河、塘沽，联军可畅通无阻地直达天津。绕越天津，则可由杨村、河西务直到通州，或由香河、宝坻迳抵通州，至此，咸丰皇帝才意识到事态的严重性。

在塘沽被侵占的第二天（15日），咸丰帝密令驻守大沽南炮台的僧格林沁先行带兵退守天津，增援通州，保卫京师。七月初五，联军进攻大沽北岸炮台，直隶提督乐善指挥守军开炮拒敌，不幸阵亡，守军大部牺牲，北岸炮台相继失陷。南岸炮台虽有守军三千，但因直隶总督认为"与其为该夷攻占，不若即允退出，免至忧害民居（居民），并可稳住该夷"，遂自动弃守，逃回天津。[1]僧格林沁闻炮台陷落，因早已接奉皇帝朱谕，遂借口天津难以扼守，率亲南岸守军退守通州张家湾。[2]初十（8月24日），联军不战而据天津。自天津至通州水路只有三百余里，陆路不足二百里，又无险可扼，加之京津一带纷传联军"欲由陆路赴京"，京城告警，人心惶惶，不可终日。

侵略军逼近京师的严峻形势，引起最高权力中心朝臣们强烈的反响，然而相当一部分人多是愤愤不平、怒斥诅咒，即如监察御史尹耕云在《夷船逼近京师亟宜速剿折》中所云："英夷猖獗，神人共愤……该夷以数百犬羊之众，敢于深入，是直视畿辅如无人之境矣。"他建议咸丰帝"宣布哀痛诏书，声明逆夷罪状，以作万众敌忾同仇之气"而拿不出实际有效的抵抗措施。[3] 只有兵部左侍郎王茂荫等针对京城内"警报时传，人心已觉惊惶……年来百物腾贵，人心岌岌"的紧迫局面，提出"与其使人不知，而人心忧疑，不若使人知之而人心安静"，并奏陈"战而胜固善，即战不胜，退之城外，亦可以守"之策。[4] 6 月间，咸丰帝采纳王茂荫等臣工加强京城防守的建议，谕令步军统衙门、顺天府、五城御史，分段巡守，严查奸细。在塘沽被占第二天，密令驻守大沽南炮台的僧格林沁退守退至天津，扼守京师门户，谓"惟天下根本，不在海口，实在京师"。[5] 8 月 15 日，谕令大学士瑞麟亲统五千、尚书伊勒阿统领四千八旗官兵前往通州设防，[6] 命户部拨银十万两，由顺天府张祥河、董醇前往通州安设粮台以济军需，[7] 并派桑春荣为督办顺天、直隶团练大臣，赶办京东南团练。[8] 8 月 24 日，天津沦陷后，京师吃紧，通州防务更显重要，谕令僧格林沁退扎通州，并令各省派兵增援。

在加强京畿防卫同时，咸丰帝又准备与英法联军谈判。他命恒福与军机处多次照会英使额尔金、法使葛罗，表示清廷"已经钦派大臣在京，等候贵大臣商办"，[9] 并派文俊、恒祺往北塘海口带英、法两国使臣进京换约。[10] 英、法两国对清廷"恪守条约"、同意进京换约的许诺置若罔闻，不予回复。咸丰帝被迫于 8 月 31 日命桂良、恒福为钦差大臣，恒祺为帮办大臣，前往天津与英法侵略者议和。由于英法联军业已屯驻天津，气焰十分嚣张，英使额尔金以桂良没有携带《全权大臣便宜行事敕书谕旨》，拒绝会见，一切谈判事务全由翻译主任巴夏礼出面。谈判开始后，英、法两国公使便提出增开天津为商埠、赔偿兵费 200 万两、公使带兵进京、常驻京城四项苛刻条款，并以"前文内列各款立允概准，并津城海口，亦当即日开埠通商，方可照会各军，退驻大沽及山东登州等处，需俟赔偿银两全数给清，始令退出境界"为停止进攻京城的条件，以胁迫清廷就范。[11]

此时在京城仍有不少朝臣上疏请战："是即欲和，而断无不战而能和之理也"，应乘各路援兵云集之时"相机进讨"。[12] 而最高统治者咸丰帝则既害怕联军进抵京师，又不甘心全部接受联军提出的苛刻条款，他认为赔偿军费是"城下之盟，古之所耻，若再面见颜奉币，则中国尚有人耶？"而公使进京则更是"有损天朝尊严"。[13] 在这种虚骄而怯懦心理支配下，咸丰帝谕令桂良等钦差大臣既不许使谈判破裂，又不许随便应允赔偿军费和带兵进京换约。经过月余谈判，在英法联军威逼下，桂良等全盘接受英法提出的条款，这显然违背了咸丰帝的议和原则。咸丰帝得悉桂良等接受了赔偿军费和带兵进京换约条款后大怒，9月7日（七月二十二日）下谕严斥桂良等："以上二条，若桂良等丧心病狂，擅自应许，不惟违旨畏夷，是直举国家而奉之。朕即将该大臣等立真典刑，以饬纲纪，再与该夷决战。"(14)是日，英法公使见桂良等无权画押，要巴夏礼面告桂良、恒福等，联军将带兵迳向通州，到通州后再派便宜行事大臣前往，约定画押，天津议和破裂。

二、联军进逼通州与京师外围作战

1860年9月8日（七月二十三日），咸丰皇帝以"办理夷务未能妥协"为由，将桂良、恒福、恒祺三人革职，改派怡亲王载垣、兵部尚书穆荫为钦差大臣，前往通州议和。9月9日，英法侵略军从天津出发，举兵直逼通州。

北京城内因北塘、天津接连失陷，人心惶恐至极，王公、大臣、富户纷纷携带家眷外逃，街道店铺亦大半关闭，更有官僚为顾自保，竟摘去住宅门首的科第匾额、官衔门封。现联军骑兵直逼通州，京城内局势更加危急。9月9日，咸丰帝发出"亲征"谕旨："朕今亲统六师，直抵通州，以申天讨而张挞伐。"(15)咸丰因为寄望在通州设防的僧格林沁部队而宣布"亲征"，一则稳定鼓舞民心，因为当时情形是人们"闻和仍纷纭迁徙，闻战则鼓舞欢欣"。(16)二则他接受僧格林沁密折"请帝巡幸木兰"建议，暗令顺天府从大兴、宛平两县征车五百辆，为"北狩"做准备，而"亲征"正可掩人耳目。不料咸丰帝亲征以及顺天府征调车辆的消息很快传至京城，反致人心汹汹，也使清军斗志锐减。众大臣纷纷上书谏阻，他们激昂、率直地指出了咸丰出京的危害："恐銮舆一出，亿万人心土崩瓦解，势必至不可收拾，皇上如人民何？如宗庙社稷何？祖宗缔造维艰，一旦弃如敝屣，千载而下，尚论者将以陛下为何如主？"(17)他们甚至提出要咸丰帝"明降谕旨，下罪己之诏，求拨乱之才，纳谏诤之言，集战守之略，以回天命而收人心"。(18)两天之内，连衔上疏谏阻者竟达233人次。

9月10日，钦差大臣载垣、穆荫离京，过通州，抵马头，与英使额尔金、法使葛罗就是否退兵天津及议和地点进行会商。英法政府坚持进军，并提出通州为议和地点。法使葛罗给载垣、穆荫的

《照会》称："惟本大臣抵至通州，如有贵国全权大臣前来，诚允所定之章程，则军务得息，旧好能敦。而本大臣随带兵将护驾进京，互换天津和约。如贵国不识己益，转抗拒往通州之师，则军务复兴，而兵驰抵京师。然或兴干戈及其所关，或致安和于通州，皆由贵大臣等意择。"[19] 9 月 11 日，英法公使随军抵达杨村，军心、民心大乱，咸丰皇帝遂于同日再降"京北坐镇"朱谕称："即将巡幸之预备，作为亲征之举……马头、通州一带见仗，朕仍带劲旅，在京北坐镇。"[20] 13 日，联军前锋抵达河西务，载垣、穆荫亦由马头折回通州，是日咸丰帝发内帑 20 万两，普赏京城内外防堵巡防兵丁。[21] 14 日，英人巴夏礼、威妥玛带 23 名随从将抵通州，要求在东岳庙面见钦差大臣，咸丰帝下旨"将各（该）夷及随从人等羁留在通"。15 日，联军抵达通州张家湾，与清军僧格林沁所部清军 3 万余人对峙。17 日，英人巴夏礼偕法人巴士达、美理登带 40 余人抵达通州，再会载垣等于东岳庙。巴夏礼拿出照会，要求国书须亲呈清帝御览，载垣等答以事关国体，万难允许。18 日（八月初四日）清晨，巴夏礼复至载垣行寓，无理要求知照僧格林沁撤退张家湾防兵，载垣答以防兵可撤，国书不能亲递，巴夏礼则以"不递国书，即是中国不愿和好"为由掉头而去，通州议和谈判破裂。[22] 僧格林沁遂遵谕旨将巴夏礼等英法代表 39 人扣押软禁于西郊集贤院内（今海淀勺园旧址集贤院内）。时在圆明园的咸丰皇帝闻讯大喜，他认为巴夏礼是英法侵略军的"谋主"和"善于用兵"之人，"现在就获，夷心必乱，若更以民团截其后路，可望一鼓歼除"。[23] 他立即宣布与英法联军决战，关闭海口，断绝贸易，[24] 并谕令军民踊跃杀夷。

9 月 18 日中午，联军开始进攻驻守张家湾的僧格林沁大营，枪炮齐发，清军"绿营步卒，迎敌甚力，鏖战两时之久"，然而伤亡亦大，[25] 僧格林沁遂下令步兵撤下歇息，以蒙古骑兵继战。不料僧格林沁马队突遭联军密集火箭的袭击，马匹惊骇狂奔回跑，冲入八旗队中，互相践踏，死者枕藉，清军阵势大乱，在混战中，被联军"抄截奋击，死伤几尽"。至此，战势急转直下，僧格林沁败退通州以西八里桥地带。

八里桥是通州通往北京城的交通要道，因距通州城西八里而得名。9 月 19 日，咸丰帝命胜保赴瑞麟军营协同作战，20 日，胜保"仅集得旗兵四千名，圆明园八旗抬抢兵一千名，脯后仓卒启行，锣锅帐房全无"，[26] 驻扎在八里桥南之于家卫，与僧格林沁共阻英法联军进犯北京。21 日凌晨四时，英法联军分五股猛扑八里桥、咸户庄（今元狐庄）等处。隐藏在灌木丛中的战壕里的清军马、步队严阵以待，准备阻击联军。战斗伊始，清军采取迂回和包抄策略，步兵以大炮、火绳枪猛烈反击，骑兵则以长矛、弓箭作战，从四面八方向前冲去。但是当冲到离敌人射手仅 50 码的地方时，遭到联军密集精准的火力射击，步兵伤亡众多，骑兵阵势大乱，"中国的大炮也被贝茨曼上校所指挥的十二号榴弹炮所轰垮"。[27]清军被迫退，与联军展开桥头争夺战。

桥头阻击战中，清军英勇无畏，宁愿就地阵亡，亦寸步不退。胜保更是身先士卒，督率守军顽强抵抗，与联军相持两小时之久，后因"中鸟枪伤颏，血满胸前，犹带伤挥军胯，马倒人翻，又压伤左臂，昏迷不省。众兵抢护，送回都中养伤"。清军的勇猛抵抗给联军以重创，联军随军翻译官和军官在笔记、日志中记载道："中国人和以勇气和镇定著称的鞑靼人在战斗的最后阶段表现得尤为出色。一些皇帝的禁卫军，身着引人注目的黑边黄袍，在我们大炮的交叉火力下跑遍全桥，并且在枪林弹雨下挥舞着旗帜，以鼓舞中国步兵的斗志，他们中没有一个人后退，全都以身殉职。"[28]尽管如此，清军由于武器装备落后，英法侵略军的炮火很快压倒了清军的大炮、火绳、长矛、弓箭。瑞麟所部在联军炮弹飞坠桥北时，"瑞惧，命开炮，伤我兵无数"，主帅僧格林沁以马队实施正面反击，遭到据壕固守的联军枪炮火力大量杀伤，被迫后退。当联军攻占八里桥并分一部抄袭清军后路时，僧格林沁"于酣战之际，自乘骡车，撒队而逃"，[29]京东门户洞开。

三、咸丰帝北逃与联军攻占北京

八里桥战役后，英法联军驻扎通州一带，加紧进行休整，以图尽早向北京进攻。为预防即将到来的严寒，法军司令孟托班强令通州城供应 300 条牛及其他食物，并制作羊皮服装，等待一二日后天津的作战物资运到，即向北京进发。

清军败于八里桥，副统帅胜保临阵受伤、僧格林沁部队溃散于河西务至北京外城广渠门一线，消息传到北京，全城震动，居民惊惶不安，京城内外城门紧闭，仅留西直门以供出入。咸丰帝在惊恐之下，以"办理和局不善"，将载垣、穆荫革职。9 月 22 日，咸丰帝带领皇后、懿妃、惠王、端华、载垣、肃顺及军机大臣穆荫、匡源、杜翰等从圆明园仓皇逃往热河避暑山庄，一路上"所过地方官吏皆逃，全无供顿，内出黄金易制钱不可得"。[30]临逃前，咸丰帝委任恭亲王奕䜣代替载垣等为"钦差便宜行事全权大臣"专办和局，并交代如果"抚局难成，人所共晓，派汝出名与该夷照会，不过暂缓一步。将来往返面商，自有恒祺、蓝蔚雯等，汝不值与该夷见面。若抚仍不成，即在军营后路督剿；若实在不支，即全身而退，速赴行在"。[31]当日，奕䜣照会英法公使："本亲王奉命授为钦差便宜行事全权大臣，即派恒祺等前往面议和局。"他自己则"奉旨"居于圆明园如意门外的善缘庵内，不与外国公使见面。

原本"京北坐镇"的咸丰帝率后妃、大臣逃离京城的消息，很快传遍九城，京师处于一片混乱之中。城外虽有僧格林沁、瑞麟的军队驻扎在朝阳门、德胜门外，但自八里桥一战，僧格林沁已如惊弓之鸟，跋扈盛气，化为乌有，他"一退至东直门外，再退至安定门外矣"。竟使东郊数十里之内无一官一兵防守，时人叹道："自古两军对敌，未闻有玩寇如此之甚者。"[32]而城内防守也处于懈怠状态。虽然"前门上有旗帜，东长安门外帐房二十四座，堂子外帐房十六座"，[33]虽然驻守各门者，多为满洲一、二品大员，如大学士文祥任步军统领，会同左翼总兵西凌阿，负责维持治安守城。豫亲王义道、吏部尚书全庆等8名满族大员奉命驻守禁城，户部尚书周祖培等4人驻守外城，内务府大臣文丰负责照料圆明园，但九门守兵，不满万人，怠惰偷安，不知振作，形同虚设。守城器械残缺不全，士兵几天未有口粮而到处抢掠，城守行将瓦解，文祥、宝望力主开仓放米、开库放银，才勉强维持。为遏止日益蔓延的抢劫之风，顺天府尹董醇下令"传知所属及候补各员，非奉差遣，擅自出都门一步，即行严参"。文祥等传令五城巡防部队，拿获抢劫者立即正法。另有步军统领衙门笔帖式成林与右翼总兵存诚协助九门提督瑞常"安定地面"，[34]京城秩序稍安。

但是人心仍然不稳，人们担心联军攻入北京，城中蔬菜断绝，米面价格上涨一倍，京城居民"有闭门坐泣者，有彻夜不眠者，有打点行囊为宵遁计者"。王公大臣、殷富之家外徙远避，各铺商户席卷资金外逃，钱铺、当铺被抢者数十家，"是时，未关闭者只一西便门。拥挤纷纷，车马填塞，竟有候至终日，不能出城者……而守门之吏，忽而放行，忽而拦阻，需索银钱，尤为可恶"。[35]9月24日，联军向北京进犯，26日，进至朝阳门外。27日，联军火药、大炮从天津运抵通州。28日，英、法公使额尔金、葛罗照会恭亲王奕䜣称："若 29 日不送回被扣人员，将立即攻城。"30 日，联军主力进扎定福庄、慈云寺等处。10 月 3 日，英军 6000 人进抵张家营，绕至安定门外纵火、抢掠。5 日，法军增援部队到达八里桥，准备配合英军进攻德胜、安定两门。当英法联军兵临城下之际，"德胜门外禁旅尚万余人，诚能收烬，背城尚可一战，乃竟束手无策，延颈敌人，衮衮诸公，真全无心肝者矣"。[36]7 日，英法联军在德胜门外黑寺一带扎营，烧毁小关、太平营大部分民房，安定、德胜、西直、阜成四门外的村镇、民居亦尽遭洗劫。8 日，在恭亲王奕䜣的默许下，恒祺等人手执白旗到联军大营送被扣在张家湾的巴夏礼等 18 人，而英法方面却因被扣 39 人中只有 18 人生还而找到了大肆掠夺的借口。[37]从 6 日至 8 日，海淀、老虎洞、挂甲屯等处连日遭受焚掠。10 日，英法公使照会恭亲王奕䜣说，为了保证两国公使换约的安全，"定于 13 日，带兵把守安定门，如有官兵阻挠，立将京城攻开"。12 日，恒祺受命到联军营内告知巴夏礼等，13 日午刻将开放安定门，并与之商议英法公使入城议和时所带人数不得过百。13 日开城，恒祺带领红顶蓝顶官员 10 余人，出城迎接，"我兵跪迎"，英使额尔金、法使葛罗则率兵 600 名进安定门，随后又拥入数千人，昔日肃穆、宁静的京城一时洋兵充斥街巷，"城上竿挂大英、大法五色旗，将我大小炮位掀落城下，纳诸沟中，自于城楼里面，安设夷炮大小四十六位，炮口皆南向，城门听其启闭……唯巴酋号令是听而已"，[38]而"我朝诸大老，俯首帖耳，任其哕嗐，莫敢谁何"。[39]侵略者气势汹汹地要挟奕䜣赔偿因监禁而死的 21 名员弁恤银 50 万两，其中赔付英军 30 万两，法军 20 万两。15 日，各城守兵完全撤退，"东至角楼，西至德胜门，夷兵皆布满，城门把守，禁我国人出入"。[40]联军或三五结伙，或成百成群，各执刀枪，终日四处出游，在百货云集的珠宝市、大栅栏等处掳掠银钱衣物，宰食或牵卖牲畜。他们甚至强挟顺天府尹董醇"带往厚载门（地安门俗称），擅入咸阳宫，游景山，至太高殿，过神武门外桥而回。宫门禁地，任其往来"。[41]又逼令顺天府每天供给饷银八千两，"毡子千条，皮袄三千件，白米数千担"，[42]又"由户部发现银两五十万两，共计二百五十箱，夷人纷纷抬去"。[43]一些居民贪图小利，"夷兵所到，市人从之者甚多，悖任数枚，易银一饼"。驻地附近联军"又以洋钱易市钱，抛掷满地，贫妇乞儿等，纷纷逐拾，彼观之为乐"，[44]而市民"往看者，日不下千余人。前则畏其搏噬，窜避不遑，后则视为希奇，传说有味"。

与此同时，北京城散兵、溃勇、抢匪充斥，"两白旗营房，及居民妇女数百，藏盆窑内，汉奸贪利，引英夷至，少者娟好者尽掠去，余尽被污，极老极小者多被淫死。夷人淫凶固不足道，而汉奸之丧心自残，虽万剐不足蔽辜"。[45]京城内讹言四起，"探报纷传，茫无确耗，又间以土匪布散谣言，满城惶惶，去者大半。而出城被掠者尤多，竟至人财俱失。百货昂贵，街中苍凉，银价廿七吊一两"。悲哀、惊恐、凄苦的气氛弥漫在京城上空。

四、英法联军火烧圆明园

当英国军队临近北京的时候，为使清朝政府尽快屈服，他们筹划了一个罪恶的焚烧圆明园的计划，其政治目的即如英国公使额尔金所说："它（指毁园——引者注）可以用一些方法来表明，联军已经旗开得胜，耀武扬威地占据了北京，使得此事昭然显著，杜绝他日的争辩和疑问。"[46]

的确如英法侵略者所说，圆明园不仅是一座精美绝伦的皇家园林，而且是仅次于紫禁城的政治中心。它位于北京西北郊山清水秀的自然风景地带，原为明代戚园废墅，康熙四十八年（1709年）于此建园，赐予皇四子允禛，名曰"圆明园"。赐雍正即位后大兴土木，乾隆时又屡经拓展，到乾隆三十五年（1770年）基本完成，其后，嘉庆、道光、咸丰三朝，代代增修，历时共达150余年。园内建筑有楼、台、殿、阁、亭、榭、轩、馆达140余处，内有皇帝上朝听政的正大光明殿、后妃居住的天地一家春、祭祀祖先神灵的安佑宫、礼佛的舍卫城、收藏书画的文源阁。雍正三年（1725年）于园南起宫殿、设朝署值衙，其后历代清帝在元旦朝贺过后即出城居于圆明园，政府的机要文件也随之收藏在园中，据潘颐福《咸丰朝东华续录》记载："军机册档二分，一存方略馆，一存圆明园。"1855年咸丰帝居于圆明园，即在正大光明殿理政，当时参加焚掠圆明园的士兵便发现在咸丰私室内"堆积着去年颁布的上谕"以及"1858年额尔金爵士签订的条约及其他文书"。[47]

圆明园作为当时仅次于紫禁城的政治中心，焚毁它一定可以"给中国政府以直接的打击"。因此，10月6日晨，联军至德胜门、安定门，清军僧格林沁、瑞麟所部望风而逃。午间，联军跟踪清军至圆明园、翰林花园，占据园庭，火焚宫门，延及同乐堂、慎德堂等18处。住在园中的道光皇帝的常嫔因惊而逝，留守圆明园的总管文丰投福海自杀，清漪园员外郎泰清全家 16 口自焚死，善缘庵内的恭亲王奕䜣，南逃至卢沟桥，后移住长辛店。拥有"数百年之精华，亿万金之积贮"的圆明园落入英法侵略军的魔掌。首先遭到了疯狂抢劫，英法联军的官兵和士兵们打开丝库，抢走了成捆的珍贵丝绸；砸开藏有稀世珍宝的房间，抢走了各种宝石、古铜器、翡翠和珍珠。抢劫从 6 日持续到 9 日，明园里的珍宝文物荡然无存，宫殿建筑物也被烧毁了一部分。为使抢劫到的珍宝能够"平均"分配，英国统帅格兰特成立了一个"捕获品处理委员会"，以便统一拍卖赃物，价款归全军分配。10 月 11 日，拍卖开始，所得款项则分为三股：军官一股，士兵两股。一位目睹这次抢劫的英国翻译官记述道："大殿里挤满了大群的外国军人，御座地板上摆满了天朝皇帝精选的古董珍品，但已命定赠送给两个更值得尊敬的君主的礼品。'看这里'，孟托班将军指着它们说：'我把这些最华美精选的东西挑了一点，准备在大英女王和法国皇上之间加以摊分。'"(48)

但是，侵略军并不以此为满足，他们要留下"战胜国"惩罚"战败国"的深深痕迹——将圆明园夷为平地。在焚园暴行开始之前，英国全权公使额尔金明文通知恭亲王奕䜣"圆明园即须毁为平地"。与此同时，侵略军在驻地和圆明园附近的建筑物以及安定门等处墙上，张贴了许多中文告示，扬言："焚烧圆明园是为了惩罚清帝违反和约。"(49)10 月 17 日贴在安定门的告示内容如下："大英国钦命陆军大将军为剀切晓谕事，照得前以大英、法钦差大臣与大清国钦差大臣怡、穆，原定本国立派员将在通携带各事宜备办，该员准此，往返途间，尔军营只靠白旗为免战保全之据。讵于八月初四日（9 月 18 日），突被僧王伏兵将我员弁袭获，致我英、法两国用兵，将该军扫除四散。今兹进兵在京城外扎营，都城一门已为我军据守，旋因查出前所袭之员弁等，以暴虐相待，甚有数名处死，被害甚为惨烈，殊堪痛恨。此事毫不与民相涉，唯有中华官吏是问。因思交兵为使之吏，不应加害，而彼军获我员弁人等，首先处以酷虐，理合设法偿报。当令人将圆明园内宫廷殿宇立行拆毁外，更向大清国索要赔恤之项，以便分给遭害之家，或给被难之人，以示抚恤。尔中国官员果能照此速办，则京城内外居民，亦照津、通相待，均可照常安堵无虑。倘若其项在于限内措交，抑或不愿者，即日定约复知本将军，则亦断难保其不后悔也。为此，晓谕军民京城内外人等知悉，切切特示。"一个入侵者抢劫珍宝之后，还要烧毁园林，并且张贴告示让天下皆知，狂妄霸道至极，清朝统治者无能懦弱至极！

　　10月18日，侵略军出动三、四千人，在正大光明殿设立了临时指挥部，开始焚毁圆明园的罪恶暴行。焚烧一直延续到19日一整天，圆明园上空"仿佛大雾似的浓烟，顺着风势吹去，很像一个很宽大的黑色幔子，罩在全北京城上"。[50] 19日，又出动马队掠烧万寿山的大报恩寺、田字殿、五百罗汉堂及后山苏州河两岸的商店建筑，又烧玉泉山（静明园）16景，香山（静宜园）28景，及园内北部著名的昭庙81间铜殿（据传此殿的殿顶为铜瓦包赤金）。同时，畅春园及海淀镇也一并遭劫被焚。大火延烧了三天三夜，西郊一带地方浓烟蔽日，一片黑暗，令人窒息。戈登在日记中谈到参加劫毁圆明园暴行说："在那里先尽量抢掠，然后才把整个花园烧掉。我们就这样以最野蛮的方式摧毁了世界上最宝贵的财富。这财富即使花费四百万镑也难恢复……军中每个人都发狂地抢掠……离开圆明园时，军中每个人都获得值四、五十镑以上的掠夺品。"[51] 随军牧师马卡尔记下了这次暴行的详细经过："从圆明园开始，其次，转向西边的万寿山、静明园，最后轮到香山……命令发下之后，不久就看到重重烟雾，由树木中蜿蜒曲折，升腾上来……所有庙宇、宫殿、古远建筑，轮奂辉煌，举国仰为神圣庄严之物，和其中历代收藏的富有皇家风味、精美华丽、足资纪念的物品，都一齐付之一炬，化为劫灰了……当我们回来的时候，芬纳带着一两队骑兵，绕行一周，将我们进行时忽略过去的那些外面的建筑，也都一并架火燃烧……现在所仅存的，就是那座正大光明殿……因为军队们驻扎其中……时已三点，我们应该整队，开回北京，乃发布命令，一并焚毁……庄严华贵之区，且曾为高贵朝觐之殿，经此吞灭一切的火焰，都化为云烟了……于是园门和那些小屋，也一个不留，一间不留。这所算做世界上最宏伟最美丽的宫殿的圆明园，绝不存留下一点痕迹。至是我们已经完毕这件伟大的工作，便再回到北京去。"[52]

　　英法联军野蛮抢劫、焚毁圆明园，在世界文明史上造成无法估量的损失。劫后的圆明园，只残存大小不等的13处建筑物，至于园中保存的历代珍宝、文物，则毁散殆尽，"上方珍秘，散无子遗"。[53] 1861年，法国伟大文学家雨果在给朋友的信中愤怒地谴责英法联军在北京的野蛮暴行说："有一天，两个强盗闯进了夏宫（圆明园）。一个进行洗劫，另一个放火焚烧，胜利者原来可以成为强盗。胜利者把夏宫的全部财富盗窃一空，并把抢来的东西全部都瓜分掉……我们教堂的所有财富加起来也无法和这一东方巨大的、且又漂亮的博物馆相比较。在那里不仅藏有艺术珍品，而且还有极为丰富的金银制品。真是战功赫赫，且又横财发了一票！一个胜利者把腰包塞满，另一个赶紧效法把箱子全部装得饱鼓鼓；两个人手挽着手，心满意足地回到了欧洲。这就是两个强盗的历史。我们欧洲人总是把自己看作是文明人，对于我们说起来，中国人都是野蛮人。看！文明就是这样对待野蛮的。在历史的审判台前，一个强盗叫做法国，另一个则叫做英国。"[54] 强盗入侵清王朝的政治心脏，并且焚毁了它的另一个政治中心，而作为政治中心的最高统治者咸丰帝竟然离京外逃，清朝政治史上最耻辱的一页莫过如此，北京政治史上最屈辱的一页莫过如此。

五、《北京条约》的签订

自 10 月 14 日至 11 月 24 日，英法联军侵占北京一月有余。联军在北京城内、圆明园等处大肆劫掠焚烧，北京城一片混乱。为了力争英法联军早日退兵，结束都城被占状态，10 月 15 日，奕訢派恒祺持照会询问英、法何日进城换约。17 日，奕訢接到英使额尔金和法使葛罗照会，其中英国提出九项条款，法国提出十项条款。此时，俄使伊格那切也夫来京对奕訢诡称"完全承认各条件，则清朝之福也"。20 日，伊格那切也夫致函葛罗，告知恭亲王已承诺全部接受英法提出的条款。[55] 奕訢也明白俄使的用意，他在事后向咸丰帝奏明情况时说："臣等明知此事系俄夷怂恿，今为此言，何可尽信，然解铃系铃，究出一手，若不允其前往，难保不加倍作祟。因给予照复，令其前赴劝阻，设能如前所言，于抚局不无裨益，而伊酋事后如有要求，再作理论……臣等逐条筹思，虽诸多违碍，但关系大局，未便过于拘泥。因即允其叙入续约章程内。"[56] 咸丰帝此时亦无可奈何地说："业已入城，一经驳回，必致决裂，只可委曲将就，以期保全大局。"[57]

10 月 24 日至 25 日是议定的换约日期。换约前，英使额尔金一面主动将原议赔款 100 万两减改为 50 万两假意示好，一面又以"王若不来，即焚掠京师"危言恫吓。22 日，奕訢移住广安门内法源寺，支付英法联军恤银 50 万两，并责令顺天府尹董醇负责筹备在礼部换约的一切事宜。是日，英法两国使臣要求清政府提供进城换约所用公馆，法使直索肃亲王府，经恒祺劝说改定金鱼胡同贤良寺。顺天府尹董醇提出三处住所供英使选择，英方均不满意，直索怡亲王载垣府第，清方只得听从。23 日，奕䜣进入内城，率官员前往礼部预演和约赴会礼。24 日下午 2 时，奕䜣率领大学士贾祯、周祖培，尚书赵光、陈孚恩等先至礼部等候，为示诚意，只以胜保所部精兵 400 人护卫礼部。下午 4 时，英国公使额尔金乘 16 人抬绿围金顶肩舆，由鼓乐前导，率马、步队约千人，自安定门至交道口，经大佛寺、马市西口、丁字街、东长安牌楼、兵部街口，耀武扬威地来到礼部。

奕䜣率护卫及善扑营兵 20 名，迎额尔金于堂檐下。当奕䜣"走上前去迎接刚下轿的、身着华丽英国大臣礼服的额尔金勋爵。然而这位英国大使竟佯装没看见皇帝御弟的这一动作，径直走向签约大厅，甚至连头也没有回一下。接着又一句话也没有对这位中国亲王讲，就自顾自地坐到为他准备好的位子上去"。[58]额尔金的"傲慢、严厉和过分放肆"使奕䜣颇感"厌恶"和"异常激动不安"。[59]一个英国记者这样评述道"在额尔金勋爵对待恭亲王的态度上全有着一层政治含义，要使中国感到：英国所签订的不是一个和约，而是一个征服的条约"。[60]在这种冷淡气氛下，换约仪式很快结束，额尔金径赴安定门鸣炮致庆。25 日，法国公使葛罗带马步队千余人（一说约 3000 人），亦乘轿赴礼部与奕䜣换约。

因这些条约都是在北京签订的，故统称《北京条约》，主要内容有：增开天津为商埠；准许英、法两国派遣公使进驻北京；赔款英国银 1200 万两、法国银 600 万两，恤金英国 50 万两、法国 20 万两，付款由海关税收内扣缴；割让九龙司给英国；退还以前没收的天主教资产，奕䜣并承认法方擅自在中文约本上增加的"并任法国传教士在各省租买田地，建造自便"条文；准许英、法招募华工出国。10 月 28 日，咸丰皇帝批准并公布了中英、中法北京条约，饬令各省督抚按照办理。11 月 1 日，法军撤出北京，9 日，英军撤出北京。至此，自 1856 年至 1860 年的第二次鸦片战争以清政府与英、法等国签订了系列不平等条约而结束。

第二次鸦片战争中，英法联军之所以能够对清军了如指掌，对清廷态度了如指掌，与俄国公使为其提供情报有关。1859 年，当英法联军在大沽口发起进攻时，俄国乘机派使臣伊格那切也夫来京，胁迫清廷承认上年由俄国单方面提出的《瑷珲条约》。不料，清军在大沽口迎战取胜。因此，对俄使提出的边界问题，清廷代表肃顺等人严词拒绝，伊格那切也夫离京，但是以宗教组织形式出现的俄国驻京常设机构"东正士团"及其成员却仍然留在北京，而"他们所有人，从修道院长以下，全是熟练的语言学家，讲汉语如同当地人一样，而且还掌握满语和蒙语。他们与中国官员之间的关系，虽是平平淡淡的，却是友情深厚的"。从清廷官员到各省督抚"与任何外国人之间通信，不管是行政上的，皇朝政治方面的，或是公事上的权谋，很少能逃过俄国教会档案的记录"。[61]因此，当英法联军进攻北京，伊格那切也夫来京，与其使团成员成为联军进攻北京的帮凶。

英法联军进攻北京期间，俄国公使住在东交民巷徐泽醇故宅，并占用怡亲王府第，他以"调停者"身份骗取清廷信任，诱迫清廷就范，暗中却为联军进攻北京提供情报。联军由此了解到"公众舆论均强烈主战"、"北京正做着大规模的战争准备工作"等北京各阶层的思想动向；[62]了解到"自大沽炮台直至天津的白河两岸中国人所筑的全部防御工事"以及八里桥战役中国投入的战斗兵力"超过五万五千人，其中三万人为骑兵"等军事情报，[63]格兰特爵士还得到了由俄国传教士团受过专门训练的人绘制的、标明了北京城所有重要街道和住宅以及城防薄弱地点的北京地形图。联军依据这张地图选择了"最合适的攻击点——北城墙的德胜门和安定门。这里在一片平原和京城之间，没有任何阻碍"。英法联军还得到伊格那切也夫提出的某些符合俄国利益的作战部署的建议，如"战争一开始，就必须尽可能地坚决行动，而城墙和城门既被攻克以后"，就需要"暂停一下，而且不要进入城内，以避免巷战"。[64]因英法尚未获得外交使节常驻北京权利，所以伊格那切也夫提供的情报对于联军顺利占领北京起到至关重要的作用。

清廷与英法两国签订《北京条约》签订后，俄使借口对英法"斡旋有功"向恭亲王奕䜣提出订立条约，其中有割让大量领土作为要求。奕䜣虽已窥知俄人居心叵测，但碍于"该夷地接蒙古，距北路较近。万一衅起边隅，尤属不易措手"，而不得不速议办理。11月14日，奕䜣等前往俄罗斯南馆与俄使换约，是为《中俄北京续增条约》，即《中俄北京条约》，共十五款，除迫使清政府确认中俄《瑷珲条约》外，还承认黑龙江以北60多万平方公里的中国领土割让给俄国，同时把乌苏里江以东原属中国的约40万平方公里的土地也划归俄国；西部边界重新划定；增辟新疆的喀什噶尔为通商地点；俄国可在库伦，喀什噶尔设立领事馆；俄国商人可在恰克图贸易外，也可在库伦、张家口销售货物，并由此进出北京。

至此，由于中英、中法《北京条约》的签订，中外通商地点由东南沿海 5 口，扩展到沿海 7 省和长江内河共 13 处，外国传教士可到内地自由活动、传教和游历，外国船舶（包括兵船）及外国人可任意往来于各通商口岸，外国资本主义的侵略势力由此从东南沿海进入中国内地。其后三十年间，德意志、丹麦、西班牙、比利时、意大利、瑞典、挪威、奥地利、匈牙利、日本等国，继英、法、俄、美之后，接踵而至，相继在地处皇帝禁城之侧的东交民巷建立公使馆，俨然"国中之国"，中国社会进一步走向半殖民地化。而《中俄北京条约》签订，其影响正如马克思、恩格斯在《纽约论坛报》发表的《论东方问题》中所指出："英法联军对华作战，竟像只是为了俄国的利益。俄国乘机向中国攫夺面积等于英、法两国的领土，同时还狡狯地出来充当衰弱的中国的保护者。俄国这一利用的结果，使它由冰天雪地的西伯利亚进到温带。这样获得的战略阵地，对于亚洲之重要，正和波兰对于欧洲的重要一样。土耳其斯坦的占领，足以威胁印度，东三省的占领，足以威胁中国。有四万万五千万人口的中国和印度，现时是亚洲有决定意义的国家。"清廷面临着更大的内忧外患，王朝大厦岌岌可危。

六、北京政变与列强默许配合

1861 年（咸丰十一年）11 月，慈禧太后联合恭亲王奕䜣发动了旨在夺取最高权力的北京政变，因这一年是农历辛酉年，也称"辛酉政变"。这次政变是清王朝最高统治集团内部矛盾斗争的产物，并得到西方列强的默许与配合。

道光帝共有九子，其中皇四子奕詝与皇六子奕䜣最受钟爱，1849 年（道光二十九年），道光帝赐皇四子奕詝"锐捷宝刀"，并赐皇六子奕䜣"白虹宝刀"，以示同等对待。1850 年 2 月 15 日（道光三十年正月十四日），道光帝病重，于圆明园慎得堂公启立储锦匣，匣中竟有两道谕旨：一是谕立皇四子奕詝为皇太子，二是谕封皇六子奕䜣为恭亲王。不久，道光帝崩逝，奕詝以仁孝嫡长继位登基，是为咸丰帝。其后，咸丰帝与奕䜣之间嫌隙日深，康慈皇贵太妃逝世以后，二人失和。奕詝生母孝全成皇后早逝，奕䜣生母静贵妃总摄六宫，并抚奕詝，奕詝即位后，即上静贵妃尊号为"皇考康慈皇贵太妃"。1855 年（咸丰五年），太妃去世，咸丰皇帝减杀其丧葬礼仪规格，不升祔太庙，不称成皇后，移葬于道光帝慕陵之东，称慕东陵，而不合葬慕陵。又借口奕䜣办理丧仪"多有疏略"，将其逐出军机处，免去一切职务，令仍回上书房读书，"俾自知敬慎，勿再蹈愆尤"。其后咸丰皇帝重用载垣、端华、肃顺等人赞襄大计，奕䜣则成为一个闲散亲王。

1860年，英法联军直逼京师，咸丰帝惶惶然"直弃宗社臣民如敝屣"，仓皇出逃，为防止奕䜣与朝臣交结，扩张势力，咸丰帝让奕䜣留京"专办抚局"而不许插手其他事宜，并规定奕䜣居住圆明园善缘庵，不准随意挪动，不准入城居住，也不准与"夷人"会晤，甚至"京官联名启请恭邸入城"，亦未能获准。然而，奕䜣通过与被端华、肃顺等排挤而留守京城的王公大臣如翁心存、周祖培、许乃普、贾祯等磋商议和签约而结好，"遂擅社稷之功，声望压端华、肃顺之上"。[65]《北京条约》签订后，英、法相继撤军，奕䜣等人据此认为洋人"屡求驻京者，总谓外省大吏不肯将实情代奏。其意必欲中国以邻邦相待，不愿以属国自居，内则志在通商，外则力争体面。如果待以优礼，似觉渐形驯服"。[66]英、法等国为确保侵华利益，希望清政府改变传统的"御夷"政策，因此十分赏识奕䜣的态度，英国公使普鲁斯照会清政府说，他决不承认任何地方官吏有权办理外交，从今以后只认奕䜣为交涉对手，并且表达了对端华、肃顺等人的厌恶："只消朝廷不在北京，怡亲王、端华、肃顺继续掌权，我们就不能说中国人民已确实承受了条约，各省当局看到国家重臣，实际掌权的人是偏向于不友好的，他们也就形成和我们为难的倾向。"[67]随着议和条款的签订，京城人士均亦以恭亲王有"安社稷之功"，誉之为"磐石之宗，血脉之臣"。

奕䜣深知功高必然震主，必会招致嫌隙，因此自筹备签约之时起，即以塞外苦寒不利皇上健康、皇帝回銮可安定北京民心和天下民心等由，先后六次恳请咸丰帝回銮京师。[68]但咸丰帝则以不愿面对"夷狄不跪之臣"为由迟迟不肯回銮，事实上回銮已经成为咸丰与奕䜣、奕䜣等留京诸臣与肃顺等随銮诸臣的矛盾对立，因此奕䜣恳请皇帝回銮的奏折一一遭到热河廷寄驳斥。[69]本来京师"军民妇孺，群引领而待回銮之命"，[70]以"回銮在即，间巷欢然"，此时见咸丰帝"仍驻跸山庄，未免失望"。[71]奕䜣又提出赴热河行在请安，咸丰帝则以"相见徒增伤悲，不必来觐"为由而置之不理，却"饬令各衙门堂司官员，拣赴行在，无论大小官员，俱不准告假"，[72]又要求王公大臣于每月逢五、逢十之"公服赴内阁政事堂跪安，照常奏事，用驿递至行在"，[73]以消除奕䜣的影响。

咸丰皇帝久患虚痨，经常咯血，加上仓皇北逃，身体更弱。1861 年 2 月 11 日传谕：2 月 13 日回銮，临行前因病改期。其后，时病时愈，反复不定。6 月中旬病情加剧，8 月初旬稍愈，8 月 20 日病增，21 日晚膳后昏厥不起，22 日病逝于"烟波致爽殿"，遗诏立皇长子载淳为皇太子，派载垣、端华、景寿、肃顺、穆荫、匡源、杜翰、焦佑瀛等八大臣"尽心辅弼，赞襄一切政务"。[74]这更加剧了最高统治集团的矛盾，因为咸丰帝不顾端华、肃顺等人因宠信专擅已失人心的事实，而以端华、肃顺集团的八大臣辅政，将众望所归的奕䜣排斥在外，这加剧了肃顺等人与奕䜣的矛盾，使肃顺等人更加孤立，人们纷纷对遗诏的真实性产生怀疑，因为遗诏是咸丰帝昏厥后，手力已弱，不能执笔，由端华、肃顺等八大臣代为"承写"的："十一年七月，上疾大渐，召肃顺及御前大臣载垣、端华、景寿，军机大臣穆荫、匡源、杜翰、焦祐瀛入见，受顾命，上已不能御硃笔，诸臣承写焉。"[75]在这种矛盾激化情况下，端华、肃顺等人却仗恃遗诏而骄矜无忌，他们通令天下，一切奏章皆由"军机处赞襄政务王大臣"奉旨处理，肃顺甚至传谕，令奕䜣仍留京师，无庸赴行在恭理丧仪。[76]肃顺排斥奕䜣，但他未料到，奕䜣却与两宫皇太后迅速联合起来，史载："穆宗即位，肃顺等以赞襄政务多专擅，御史董元醇疏请皇太后垂帘听政。肃顺等梗其议，拟旨驳斥，非两宫意，抑不下，载垣、端华等负气不视事。相持逾日，卒如所拟，又屡阻回銮。恭亲王至行在，乃密定计"，[77]从而使形势急转直下。

西宫皇太后，叶赫那拉氏，1835 年 11 月 29 日（道光十五年十月初十日）生，1852 年（咸丰二年）被选入宫，封兰贵人。1854 年进封懿嫔，1856 年生皇长子载淳，晋封懿妃，次年，封懿贵妃。咸丰帝死后，懿贵妃从《敬事房日记档》"十七日（22 日）卯时，大行皇帝殡天，敬事房传各等处摘缨子，随传自今日起皇后写皇太后，皇太子写皇上"等记载上敏感地觉察到了肃顺等对自己的贬抑。她假借小皇帝名位和咸丰帝生前所赐"御赏"、"同道堂"印，迫使顾命八大臣由受遗诏辅政改为"垂帘兼辅政"，即顾命八大臣呈览奏章，须由两宫皇太后，上（慈安）用"御赏"宝，下（慈禧）用"同道堂"两印，以为凭信。[78]

8 月 30 日，载垣、肃顺自以为大权在握，允准奕䜣奔赴热河的再度奏请。9 月 5 日，奕䜣到达热河行宫，在咸丰帝梓宫前大放悲声，又谒见端华、肃顺，态度极为谦恭，又请与端华等一同晋见两·

宫皇太后，使端华、肃顺疏于防范，给予叔嫂"独对"一小时的机会。太后以夷务为问，奕䜣"力保无事"，并"坚请回銮，以安定人心"。11日，奕䜣与慈禧达成默契后即先行回京。13日，御史董元醇上疏，吁请两宫皇太后垂帘，载垣、肃顺等坚请发下董折，予以痛驳，而两宫皇太后却将该折留中。15日，两宫皇太后和顾命八大臣就董折展开争论，两宫皇太后以拒不钤印、不发批驳董折谕旨力争，载垣、肃顺等则以臣等系赞襄幼主，不能听命于太后，请太后看折亦系多余之事力争，又以"搁车"相要挟，双方相持，形成僵局，争辩二时许，不欢而散。两宫太后考虑到奕䜣尚在回京途中，事不得已，将八大臣具拟的驳斥董折、内有"我朝圣圣相承，向无皇太后垂帘之礼"等语的谕旨照抄下发。而端华、肃顺等则认为已挫败两宫，骄矜大意，准备回京。10月7日，两宫皇太后谕令端华调补工部尚书，并补步军统领，行在步军统领亦著端华暂行署理。端华受命后，即与肃顺等面谒太后，自陈"差务暂较繁忙"，请在回銮京师以前辞去兼差。其意本在于自彰功劳，并非真心请辞，但两宫皇太后则顺势立即应允载垣开去銮仪卫、上虞备用处事务，端华开去步军统领，肃顺开去理藩院并响导处事务之请，[79]而载垣、端华等并未怀疑。21日，醇亲王奕譞受慈禧密嘱，草拟载垣三人罪状诏旨，由醇亲王福晋（慈禧嫡妹）携带入宫交慈安太后密藏于内衣中，以备回京后宣示。

10月26日，咸丰帝梓宫启行回銮京师。两宫皇太后偕幼帝载淳先行，载垣、端华、景寿、穆荫、杜翰等随行，肃顺、奕譞等随从梓宫后发。而此时，奕䜣在京师则以两宫皇太后名义，命令步军统领仁寿、神机营都统德木楚克扎布、前锋护军统领存诚，以及恒祺、胜保等带兵迎驾，内阁大学士贾桢、周祖培，尚书沈兆霖、赵光等也联名上奏，请皇太后"亲操政权"、"以振纪纲"。[80]11月1日，两宫太后及幼帝抵京入宫，即密召恭亲王奕䜣。[81]2日，两宫太后正式召见恭亲王奕䜣及桂良、周祖培、贾桢、文祥等大臣，历数载垣等罪状，并将在热河拟就的密旨交恭亲王宣示，解除载垣、端华、肃顺的一切职务，令景寿、穆荫、匡源、杜翰、焦佑瀛五人退出军机处。正在宣旨之时，载垣、端华赶到，以"太后不应召见外臣"加以阻拦。太后大怒，遂令恭亲王传谕："前旨仅予解任，实不足以蔽辜。著恭亲王奕䜣、桂良、周祖培、文祥即行传旨：将载垣、端华、肃顺革去爵职拿问，交宗人府会同大学士、九卿、翰、詹、科、道严行议罪。"[82]载垣、端华高喊："我辈未入，诏从何来?"言语未毕,恭亲王预布的侍卫数人已趋前夺下二人冠带,拥出隆宗门,禁于宗人府。而"肃顺方护文宗梓宫在途,命睿亲王仁寿、醇郡王奕譞往逮,遇诸密云,夜就行馆捕之,咆哮不服,械系。下宗人府狱,见载垣、端华已先在,叱曰:'早从吾言,何至今日?'载垣咎肃顺曰:'吾罪皆听汝言成之也!'谳上,罪皆凌迟。诏谓:'擅政阻皇太后垂帘,三人同罪,而肃顺擅坐御位,进内廷出入自由,擅用行宫御用器物,传收应用物件,抗违不遵,并自请分见两宫皇太后,词气抑扬,意在构衅,其悖逆狂谬,较载垣、端华罪尤重。'赐载垣、端华自尽,斩肃顺於市。"[83] 至此,辅政八大臣全部落网,吁请垂帘的奏疏也已呈上,两宫皇太后遂命廷臣会议,讨论皇太后亲理大政和另简近支亲王辅政事宜。11 月 3 日,两宫皇太后懿旨授恭亲王奕䜣为议政王,在军机处行走,并领宗人府府令。翌日,又命奕䜣为总管内务府大臣。8 日,内阁会议拟定肃顺等人罪状如下:不能尽心和议,失信于各国;造作赞襄政务名目,诸事擅自主持;阻止回銮,致使先帝病死行在;抗拒垂帘,目无君上。判处肃顺斩立决,勒令载垣、端华自尽。当日,载垣、端华于宗人府自缢,肃顺于菜市口被斩,景寿、穆荫等五人革职遣戍。11 月 11 日(十月初九日),载淳于太和殿举行登极大典,废除辅政八大臣所定年号"祺祥",改明年(1862 年)为同治元年。12 月 2 日,两宫皇太后在养心殿垂帘听政。

从北京政变整个过程来看,宗室肃顺等人所竭力反对的是太后"垂帘听政",实际上并无"图谋不轨"之举。因此,北京政变太后垂帘听政的成功,可以说是恭亲王奕䜣和肃顺等一伙争权政治权力的结果。而这场清廷最高统治集团内部的宫廷政变中胜利一方,是有着外国势力的默许和支持背景的。奕䜣赴热河奔丧前夕,即派文祥去英国使馆向普鲁斯公使说明此行目的是向两宫皇太后解释英、法方面丝毫不存敌意,并努力削弱妨碍回銮的势力。普鲁斯公使则尽量"以温和协调的态度获得恭亲王及其同僚的信任,消除他们的惊恐","希望迟早总会发生变动,使最高权力落在他们手里",并明示奕䜣到热河可以坦然地用"力保无事"来消除慈禧对英法的疑惧,并力言要取得权力非早日回銮不可。[84] 两宫太后和幼帝载淳回京前一日,文祥与英国公使会谈,普鲁斯表示"为了顺从恭亲王的意思,并证明我们是准备帮他把皇帝从那样险恶的党徒手里救出来,我和我的同僚们曾注意防止外国人冒犯皇帝一行入京时的行列"。11 月 3 日,恒祺通知威妥玛咸丰帝灵柩将于 11 月 5 日进城，届时，不得让外国人进入一些地区，英国则答复"我们既然如此小心翼翼地避免中国人所反对的行径，无论事情如何地琐屑无关大体，我们都在约束自己"。[85] 12 月 2 日，紫禁城里举行两宫皇太后垂帘大典，各国驻华公使前往祝贺后，以兴奋心情向本国政府报告政变对于各该国的好处，其核心概如下文所说："在十二个月之内，建立了一个愿意并且相信友好交往的一个政治派系，并且有效地协助它获得政权。在北京建立了令人满意的关系，而且在某些方面成为在十八个月以前与我为交战国的顾问，绝不是一件小成就。"[86] 英国在京《北平捷报》亦云："在这个特别的关头，我们要比我们同中国发生联系的其他任何时期更有必要去支持帝国的现存政府。"自此，由于各国政府对于"现存帝国政府的支持"，清廷的政治走向了更加依赖外国势力的方向，中国政治与世界政治密切"联系"在一起。

注释：

（1）（2）（5）（7）（8）（9）（10）（11）（12）（14）（15）《筹办夷务始末（咸丰朝）》第 6 册。

（3）中国史学会编《中国近代史资料丛刊·第二次鸦片战争》（二）。

（4）《筹办夷务始末（咸丰朝）》第 3 册。

（6）《清实录》第 44 册。

（13）《清实录》第 44 册。

（16）（17）（18）（25）（26）（29）（30）（32）（33）（35）（36）（38）（39）（40）（41）（42）（43）（44）（45）（46）（47）（49）（50）（52）（53）（65）（70）（72）（73）《第二次鸦片战争资料》（二）。

（19）（20）（22）（23）（24）（31）（57）（66）（68）《筹办夷务始末（咸丰朝）》第 7 册。

（21）《清实录》第 44 册。

（27）（28）（48）（54）（55）（58）（59）（60）（61）（62）（63）（64）《第二次鸦片战争资料》（六）。

（34）崇彝：《道成以来朝野杂记》。

（37）英军被扣 26 人，巴夏礼、洛奇等人 13 人生还，其余 13 人被处死；法军被扣的 13 人，只有 5 人生还，另有 8 人被处死。见马士著《中华帝国对外关系史》（一），第 685—686 页。

（51）［英］贺翼河：《戈登在中国》，译文载《人物》，1987 年第 1 期。

（56）《第二次鸦片战争资料》（五）。

（67）《普鲁斯致罗素（1861 年 11 月 12 日）》，见《历史教学》1952 年，第 4 期。

（69）据《清史稿·列传》一百七十四记载：宗室肃顺，满洲镶蓝旗人，字雨亭，郑亲王乌尔恭阿第六子。道光中，考封三等辅国将军，授委散秩大臣、奉宸苑卿。文宗即位，擢内阁学士，兼副都统、护军统领、銮仪使。以其敢任事，渐乡用。咸丰四年，授御前侍卫，迁工部侍郎，历礼部、户部。七年，擢左都御史、理藩院尚书，兼都统。时寇乱方炽，外患日深，文宗忧勤，要政多下廷议。肃顺恃恩眷，其兄郑亲王端华及怡亲王载垣相为附和，挤排异己，廷臣咸侧目。八年，调礼部尚书，仍管理藩院事，又调户部。肃顺"日益骄横，睥睨一切，而喜延揽名流，朝士如郭嵩焘、尹耕云及举人王闿运、高心夔辈，皆出入其门，采取言论，密以上陈"。十年，英法联军又来犯，僧格林沁拒战屡失利，复遣桂良等议和。敌军进逼通州，乃改命怡亲王载垣、尚书穆荫往议，诱擒英官巴夏礼置之狱，而我军屡败之余不能战，车驾仓猝幸热河，廷臣争之不可。事多出肃顺所赞画，遂扈从。洎敌军入京师，恭亲王留京主和议，议即定，敌军渐退。留京王大臣吁请回銮，肃顺谓险情叵测，力阻而罢。肃顺先已授御前大臣、内务府大臣，至是以户部尚书协办大学士，署领侍卫内大臣，行在事一以委之。咸丰皇帝对肃顺信任久而益专，被视为"君权旁落"。

（71）张集馨：《道咸宦海见闻录》。

（74）（76）（78）（79）（80）（82）《清代档案史料丛编》第 1 辑。

（75）（77）《清史稿·列传》一百七十四。

（81）《清史稿·列传》一百七十四记载："九月，车驾还京，至即宣示肃顺、载垣、端华等不法状，下王大臣议罪。"

（83）《清史稿·列传》一百七十四。

（84）（85）（86）《普鲁斯致罗素（1861 年 11 月 12 日）》。

第四章　洋务运动与京师政治颓局

　　经过两次鸦片战争的打击，清政府第一次感到了生存危机，以恭亲王奕䜣、两江总督曾国藩、闽浙总督左宗棠、直隶总督李鸿章、湖广总督张之洞等为代表的洋务派打着自强、求富的旗号，主张以"中学为体，西学为用"、"师夷长技以制夷"，利用西洋先进技术，强兵富国，维护清朝统治。由于这些洋务派代表人物都握有军政大权，且慈禧也意识到必须借助西洋大炮来维护自己统治而默许了洋务派的提议。1861 年 1 月 24 日，奕䜣在《奏请八旗禁军训练片》中，提出"探源之策，在于自强，自强之术，必先练兵"，[1] 从而开始了包括军事、经济、内政、外交、文教诸方面的自强运动，亦即洋务运动。因洋务活动贯串同治、光绪两朝，史称"同光新政"。

一、总理各国事务衙门在京成立

　　第二次鸦片战争前，清政府视由"理藩院"处理与各藩属国的外交事务。《北京条约》签订后，西方列强不肯接受藩臣属国的待遇，为此，英使额尔金致书奕䜣，要求清廷设立一个主办外交的机构，以作为即将设立的公使馆办理事务的对等机构。1861 年 1 月 13 日，奕䜣、桂良、文祥在《统计全局酌拟章程六条呈览请议遵行折》中，分析了清政府面临的内外危机，提出对西方列强实行有别于以往"御夷"政策的"外敦信睦，隐示羁縻"的外交方针，[2] 并在六条章程中首列"京师请设立总理各国事务衙门，以专责成".[3] 1月20日，咸丰皇帝下旨在北京东城东堂子胡同旧铁钱局公所设立总理各国事务衙门，专办洋务（夷务）和外交。4月20日，清廷批准将旧铁钱局公所大门全行拆除，改建成衙门体制。1875年，又在西部院内建造房舍，作为出使各国大臣寓所，也是各部院大臣每年接见各国使臣的场所，称为"西所"。总理衙门官员分为大臣、章京两级，由亲王一人充任首席大臣，其余大臣由军机大臣、大学士、尚书、侍郎、京堂中指派兼任，总称总署大臣。首批由恭亲王奕訢、大学士桂良、户部左侍郎文祥三人担任，其后略有增加，七人、八人、十人不等。章京从内阁、部院、军机处司员中挑选。最初设满、汉章京各八人，以后各有增加。内设总办章京，满、汉各二，帮办章京，满、汉各一，综理日常事务。其余章京分掌内部各机构。

总理衙门的内部机构，分设五股、一厅、一房，即：英国股掌管英吉利、奥斯马加（奥地利）两国交涉往来之事，并掌办各国通商及关税事务。法国股掌管法兰西、荷兰、日斯巴尼亚（西班牙）、巴西等国交涉往来之事，并掌保护民教及各岛招用华工诸事。俄国股掌管俄罗斯、日本两国交涉往来之事，并掌办陆路通商、边防、疆界诸事。美国股掌管美利坚、德意志、秘鲁、意大利、瑞典、挪威、比利时、丹麦、葡萄牙等国交涉往来之事，并掌各国公会（赛奇会等）及保护华工诸事。海防股于1883年（光绪九年）增设，掌管长江水师、北洋海军、沿海炮台船厂购置轮船、枪炮、弹药、创办机器、电线、铁路及各省矿务。司务厅掌管来往文书及一切杂务。清档房于1864年增设，掌档案文件抄录、编辑、校勘。

总理衙门的设立，虽是清廷对外妥协的产物，但是近代中国真正意义的外交活动也自此从北京开始。

二、总税务司署迁设北京

1853年（咸丰三年），英、美、法三国乘小刀会起义之机，夺取了上海海关行政权。1854年，上海道吴健彰与英、法、美领事签订协定，组织海关税务委员会，由三国领事各指派一人为税务司，联合组成海关税务管理委员会征收关税。1859年改司税为正、副税务司，并以英、美人担任。1861年1月，（咸丰十年十二月），成立总税务司署，管理全国海关，属总事各国事务衙门统辖，《清会典·总理各国事务衙门》记载："总税务司为总理衙门所派，其各关税务司则由总税务司酌设，及各项办公外国人等均责成总税务司管理，凡关税由税务司经徵。"是年，总理衙门任英人李泰国（Horatio Nelsoa Lay，1832—1898）为总税务司，所属各海关、各置正、副税务司，亦完全由外人担任。不久，李泰国回国，由英人赫德代理。

1861 年 6 月 5 日，赫德经英国公使普鲁斯推荐，首次进京。他携带海关章则等文件前往总理衙门，受到恭亲王、文祥等大臣亲自接见，并面询一切。6 月 30 日赫德离京时，已取得恭亲王、文祥等的完全信任，英国公使普鲁斯就此事向伦敦报告说：这一事实具有非常重大的意义。因为三年前清廷以英人为夷狄，甚至半年前还不愿接见李泰国。如今议政王这样亲切礼遇为中国服务的英国人，对北京和各省官员都会发生影响。1863 年 11 月 30 日，总理衙门正式任命赫德为总税务司，此后直到 1908 年（光绪三十四年），赫德掌管中国海关大权，历经同治、光绪两朝。1864 年（同治三年）总理衙门拟定《海关募用外人帮办税务章程》，规定："各关所有外国帮办税务事宜，均由总税务司募请调派，其薪水如何增减，其调往各口以及应行撤退均由总税务司作主。"这意味着清廷将海关外籍人员任免权完全交给赫德，总税署雇员只对赫德一人负责，由赫德一人对总理衙门负责；海关内部一切事务由总税务司主政，各口海关统一由总税务司领导，赫德控制了总税务司署。1865 年（同治四年），原设在上海的总税务司署迁到北京东交民巷台基厂路西，给赫德提供了与清政府上层官员广泛接触的机会。赫德以清政府臣僚身份，谦恭、灵活地通过晤谈、条陈、建议等方式影响清政府上层官员，深得总理衙门大臣奕䜣、文祥的信任，被总理衙门视为国际事务顾问，实现了英国公使普鲁斯所说的"在北京建立令人满意的关系，在某种程度上，（我们）已成为这个政府的顾问"的政治目的，[4]西方列强由此得以在清朝的统治中枢就近掌控清政府。1866 年，总理衙门把递送各国使馆文件的任务交给总税务司赫德，赫德先后在北京、上海等地海关设立邮务办事处。[5]赫德的广泛活动也影响和诱导清政府推行近代化改革，他曾经说："我自从 1861 年首次到北京以来，就敦促总理衙门向着西方所理解的'进步'一词的方向前进。"[6]赫德对清政府的外交、军事直至地方行政用人均有很大的发言权，直接影响着晚清北京政治。

三、外国公使进驻皇朝政治中心

《北京条约》签订后，经奕䜣与英法两国交涉，公使驻京日期推延至 1861 年。此后英法两国忙于在京城选址建馆，1860 年 10 月，英国公使额尔金拒绝顺天府尹董醇提供的国子监、老君庙、马家厂三处馆址，自己带领八百人强行占住朝阳门东小街怡亲王府。[7]恭亲王奕䜣以所有王府均为皇帝所赐，不便照民间房屋议租为由，予以拒绝。经反复交涉，一再易地，最后英国选定位于东交民巷北侧、御河岸西的宗室奕梁的梁公府。11 月 5 日，英国参赞人员威妥玛、巴夏礼等前往踏勘，9 日，奕䜣照会英使，议定年租银 1000 两，按年付租，前二年租金抵作修缮费。1861 年 1 月 2 日，英国公使普鲁斯特派威妥玛驻京，负责修缮事宜。[8]法国公使葛罗曾指定肃王府为馆址，奕䜣以肃王府既未租给英国，也不便租与法国婉拒，并表示可将位于东交民巷路北的宗室景崇（已获罪）府第纯公府租给法国，法使以房屋大半塌损为由拒不接受。后经奕䜣许其自行修葺，并准许在府西花园空地，自建房舍，一切修缮费用，均在每年 1000 两租银内按实扣除，才勉强应允。1861 年 2 月，法国公使布尔布隆派遣参赞哥士耆进京主持修建事宜。1861 年 3 月，梁公府、纯公府修缮告竣，公使择日进京。在公使入京前夕，发生了狄妥玛违约出游案。依据《北京条约》规定，外国来华人员必须由所在国领事馆发给执照，经中国地方官同意、盖印后，方准到内地游历。而京师作为朝廷重地，绝对禁止外国人随便出入，加之北京非通商之地，使馆人员不得私带货物进京。然而，1861 年 3 月 22 日，英国公使尚未进京，先期到京的使馆官员狄妥玛，乘使馆参赞威妥玛离京之机，未领执照，自带随从，雇车前往昌平，自称此行目的是为拜谒昌平知州潘蔚，答谢去年被押期间照顾之情。在此之前，狄妥玛曾经要求宛平县知县刘秉琳备车一辆，马二匹，拟往居庸关狩猎，并到万里长城一游。经刘秉琳请示总理衙门，被奕䜣饬令拒绝。总理衙门为此派崇纶、恒祺前往英使馆交涉，指出狄妥玛此行系违约之举，严加阻止。但狄妥玛等置和约条款和清廷交涉于不顾，狩猎不成，便又借口探访昌平知州为由，依然违约出游。狄妥玛行经过圆明园善缘门，欲进门游玩，被圆明园总管太监和守卫官兵告以"此系禁地，外人不准擅入"。[9]23 日，狄妥玛由昌平行至南口岔道，次日，由南口小路绕至沙河，25 日回京，沿途在饭店住宿就餐，并未前往昌平州衙拜谒。此事引起清廷极度不满，参赞威妥玛由津返京后，亲自前往总理衙门致歉，重申愿意遵守和约，才平息了这场风波。由此可见公使驻京对皇权政治的冲击。

此时，京师人心浮动，谣言四起，讹传护送公使同来的有二、三千洋人武装，京师将遭不测之灾。为防止滋生事端，保证英、法两国公使安全进京，清政府在公使进京的道路两侧加强戒备，顺天府所管地面"即饬所过营汛地方，暨步弁营妥为镇压"。[10] 3 月 25 日，法国公使布尔布隆乘坐官轿，其夫人乘坐法国四轮大马车，由天津抵达北京，进驻纯公府法国使馆。3 月 26 日，英国公使普鲁斯亦乘官轿抵京，进驻梁公府英国使馆。[11] 3 月 28 日和 4 月 2 日，法国公使布尔布隆、英国公使普鲁斯先后前往总理衙门拜谒恭亲王奕䜣。[12]

英法公使先后驻京，引起了非条约国的羡慕。布鲁西亚（普鲁士）、荷兰、比利时等国，多次向清廷要求换约驻京，总理衙门以中国与英、法、俄、美立有条约，此外无约各国仍准照旧通商，但无庸进京加以拒绝。[13] 1861 年 6 月 22 日，普鲁士公使私遣数名官员闯入广渠门，虽经守城官兵拦阻，不服，即擅往前门外西河沿东庆丰店住下。次日，又进正阳门，直入英国使馆毗邻的辅国将军奕权空宅，强行占住，后经总理衙门照会普方，才全部遣回。[14] 到了 1873 年，总理衙门"以中国现在时势，实未暇与彼族争锋……时势至此，不得不暂从权宜"，[15] 允许俄、美、德、比、西、意、奥、日、荷等国在东交民巷先后设立使馆。

外国公使进京，设馆常驻，打破了北京城的封闭格局，控制了清政府的政治中心，正如英国阿思本所说："公使驻京实现以后，即可由清朝皇帝代替英国海陆军来执行警察任务，镇压中国人民的反抗，并惩罚那些对外国人不完全驯顺的官吏。"外国公使进驻北京，首先带来的是入觐礼仪之争。1873 年（同治十二年），同治皇帝即将亲政，入觐之事又提上议事日程。经过三个月的辩论，最后决定"此次在中国请觐，改为五鞠躬，以后各国使臣初次来中国均照此次五国大臣觐见礼节。"[16] 6 月 29 日（六月初五日），同治皇帝在中南海紫光阁，接见了英、法、俄、美、荷兰五国公使。以西方的鞠躬礼代替传统的跪拜礼，在英国公使威妥玛看来是"中华帝国在其历史上第一次打破了传统习惯，它不是那么兴高采烈的，但还是破除了旧的思想"。但在清廷大臣看来则是有辱皇权尊严，翰林院编修吴大澂即上书说到"朝廷之礼，列祖列宗所遗之制，非皇帝一人所得而私也。若殿陛之下，俨然有不跪之臣，不独国家无此政体，即在廷礼仪诸臣，心何以自安"。[17] 由此可见公使进京所带来礼仪之争对皇权政治的冲击，于是在接见地点上设了埋伏，总理衙门将觐见地点安排在先帝经常接见藩属国贡使的中南海紫光阁，且公使须从侧门出入，这令外国公使大失所望。次年，同治帝"驾崩"，慈禧太后再度垂帘听政。清政府又以皇太后摄政为由，拒绝外国公使觐见。1894 年 11 月 12 日（光绪二十年十月十五日），光绪皇帝才在紫禁城文华殿大厅以正式觐见礼仪接见外交使团，被法国使节 A. 施阿兰评价为"创设了北京清廷和驻京外交使团间符合我国政府尊严的制度"、"这是破天荒的第一遭让君主神圣不可接近和不可仰望的信条（直到那天为止中国礼仪使它带上偶像崇拜的性质——原书注），被纯粹的外交仪式所代替，标志着西方同中国关系史上的一个新纪元"。[18]

四、近代学校教育的萌发地——京师同文馆

明朝为培养外交翻译人员，设立四夷馆，专门负责四夷往来文书的翻译，并在此教习诸蕃语言文字。清政府也在北京设立"四夷馆"和"俄罗斯文馆"，但所造就翻译人员寥寥可数。在清政府与外国订立《南京条约》《天津条约》和《北京条约》时，连一个懂得外文的中国人都找不到，任凭侵略者欺蒙。总理各国事务衙门成立，任职官员亦无一人懂得西方语言文字，在全国通晓西语者也屈指可数。造就通晓外语的通事和译员，刻不容缓。1861 年 1 月，恭亲王奕訢奏请在总理衙门之下，设立一所专门学习外国语言的学校，培养外语人才和外交人才，1862 年他再次强调："欲悉各国情形，必先谙其语言文字，方不受人欺蒙。"[19] 8 月，同治帝正式批准在北京设立"京师同文馆"，聘请英国人包尔腾，法国人司默灵、毕利干，俄人柏林，美国人丁韪良、傅兰雅、海灵敦等教授学员学习外文，为中国造就了第一批懂得近代科学的知识分子以及外语和外交人才。同文馆不仅是北京、也是中国最早的一所近代学校，它使北京成为近代学校教育的萌发地。

五、清流洋务对立与京师政治腐败

"同光中兴"时期，京师一直是朝野舆论汇集与辐射的中心。

洋务派受到了与之对立的政治派别清流派（顽固派）的舆论攻击。[20]从同治年间到光绪初年，以军机大臣、协办大学士李鸿藻及理学大师倭仁为首领，张佩纶、张之洞（后来成为洋务派）、邓承修、陈宝琛等为主要成员的北京清流派势力极盛，他们以"维持名教为己任"，坚守"尊王攘夷"、"从来外夷臣服中国"的观念，"以不谈洋务为高尚，见有讲求西学者，则斥之曰'名教罪人'、'士林败类'"，锋芒直指以奕䜣为首的洋务派，对洋务派兴办的诸如声、光、化、电等西方科技，一概排斥和反对，甚至"一闻修造铁路、电报，痛心疾首，群起阻难，至有以见洋人机器为公愤者"。[21]慈禧太后一方面支持奕䜣等人开展洋务运动，另一方面又利用京城言官的清议牵制洋务派，即所谓的"以清议维持大局"，造成光绪初年清流派活跃于北京朝野上下。中日甲午战争前后，清流派人士常以宣武门外明代文人杨椒山故宅（松筠庵三谏草堂）为聚集地点，杜门拒客，起草章疏，弹劾权贵。当时京师人士呼李鸿藻为青牛（清流二字的谐音）头，张佩纶、张之洞青牛角，用以触人，陈宝琛为青牛尾，宝廷为青牛鞭，王懿荣为青牛肚，其余牛皮、牛毛甚多，成为一个颇能影响京师舆论的政治集团。

因此，"洋务于京，较之外省为尤难"。[22]1866年，奕䜣奏请于京师同文馆内增设算学馆，"延聘西人"教习天文、算学，并提出由"满汉举人及恩、拔、岁、副、优贡"正途人员投考入学。[23]此项建议遭到以倭仁为代表的顽固派的强烈反对，监察御史张盛藻率先上疏，认为重气节，讲礼义才是国家之本，"何必令其习为技巧，专明制造轮船、洋枪之理乎？"[24]候补知州杨廷熙请人代为转呈，痛陈同文馆十大罪状，指控"延聘西人在馆教习，此尤大伤风教"，甚至把京师当年"久旱不雨"、"御河之水源竭"、"都中之疫疠行"说成是"时政"有失而天意示警。虽然奕䜣等以"今不以不如人为耻，以学其人为耻。日本蕞尔国耳，尚知发奋为雄，独中国狃于因循积习，不思振作，耻孰甚焉"进行辩驳，坚持自强之道在于"识时务"、"采西学"、"制洋器"，但是顽固派在守旧气氛甚浓的京师有着广泛的社会基础，张盛藻奏折"都下一时传诵，以为至论"，"一般科第世家，犹以尊王攘夷套语，诩诩自鸣得意，绝不思取人之长，救己之短"。连普通市民也群起攻击同文馆，继而延及总理衙门和主办洋务运动的官员。北京人闲谈时说："方今有帝师、王佐、鬼使、神差四要地。"[25]街头巷尾，"口语籍籍，或粘纸于前门以俚语笑骂：胡闹、胡闹，叫人都从了天主教云云"；或作对句：

"未同而言，斯文将丧"，内射"同文"二字。有一副对联讽骂道："鬼计本多端，使小朝廷设同文之馆；军机无远略，诱佳子弟拜异类为师。"[26]最后，由于清廷允准奕䜣等人的奏请，算学馆才得以成立，可见，同光年间朝廷政治派系斗争激烈、洋务运动所遭遇的政治阻力之大。1895 年，中日甲午战争爆发，随着清廷战败，历经三十余年的洋务运动宣告终结，洋务派成了甲午战败的替罪羊。

而这时，京师已经出现严重的政治腐败与衰颓景象。首先表现为清廷因支付军费和赔款而入不敷出，又屡兴土木、钦工、皇差、廷工、陵差、园工，又无休止地举办"襄办大礼，"靡费惊人。根据《清实录》中记载，光绪皇帝大婚开支为白银二百万两，[27]计有：举办大婚礼仪处恭备大征礼物用金 200 两，赐皇后父母用金 100 两，妆奁金器用金 3833.2 两，朱漆龙凤箱匣十件用金 52.8 两，修理中和乐乐器用金 700.8 两，续修乐器用金 491.52 两，制皇后茶膳房金器用金 17.88 两，礼部铸造皇后金宝用金 511.35 两，工部办理皇太后徽号制造金宝箱、印池等项用金 395.2172 两，皇后金册镀金八件等项用金 621.37 两。总共用去黄金近 6924 两、白银 5507 两。[28]慈禧太后日常用度亦十分惊人，清廷规定，每年照例由国库中领取一定数额的款项作为皇太后个人的日常用度。计算方法，按太后尊号中的字数核定，每一个字核定白银 10 万两。她最初尊为"圣母皇太后"时，徽号只有"慈禧"二字，一年用费为 20 万两。其后，每逢大典增加两字，到她 60 岁生日的 1894 年（光绪二十年），尊号已达 16 个字，即"慈禧端佑康颐昭豫庄诚寿恭钦献崇熙"。从此，国库每年须支出 160 万两白银供她一人日常挥霍。这一数额，为当时岁拨京饷 700 万两的五分之一强。慈禧太后生活奢侈，一履之微，竟用去白银 70 万两。衣着头饰尤为讲究，"常御之服为黄锻袍，上绣粉红色大牡丹花"，外罩是缀有 3500 颗珍珠串成的网状大披肩。1894 年 11 月 7 日（光绪二十年十月初十日），是慈禧太后六旬大寿，清廷举办了极其铺张的庆典。1892 年设立庆典处，置办太后的龙袍、龙挂、氅衣、衬衣，以及各色蟒缎、大小卷绸缎等衣物、面料和皮件，即耗白银 23.2 万余两。工部查照乾隆崇庆皇太后六旬大寿所乘御金辇备办的慈禧乘御金辇，耗银 76913 两。原拟慈禧在颐和园接受百官朝贺，为此按照乾隆年间屡次举行庆典路线，分段点设景物。[29]全程共分为 60 段：城外自颐和园至西直门 32 段，城内西直门至西华门 28 段。凡慈禧由颐和园还宫所经过的"跸路"两旁，分设龙棚、龙楼、经棚、戏台、音乐楼、游廊、牌楼、彩幢、祝嘏牌等。每段景点需耗银4万两，共需240万两。因甲午战争爆发，都城危急，颐和园受贺被迫停止，所有庆辰典礼改在宫中举行，但仍挥霍白银1000余万两。此外，慈禧太后修建普陀峪陵寝耗资更巨。1873年（同治十二年）慈安、慈禧两陵同时兴工，到1879年（光绪五年）竣工，历时六年。慈安陵耗银227万两。[30] 1881年（光绪七年）慈安太后身故，下葬定东陵普祥峪。1895年（光绪二十一年），重建定东陵普陀峪慈禧太后"万年吉地"。慈禧下令先将原建三殿全部拆除，原材料丝毫不得迁就利用。这项工程一直持续了14年，直到慈禧死后入葬才算告成。重建后的普陀峪三殿，金碧辉煌，仅装修贴金一项，就耗费黄金4592.143两，[31] 其规格、工艺、用料均超过祖陵。慈禧死后，随葬珍宝价值连城，无法估量。仅以皇家随葬品入账者计算，即值5000万两白银，与清政府一年岁入相差无几。总管太监李莲英参与了葬宝仪式，据李莲英和他侄子所著《爱月轩笔记》记载：慈禧入棺前，先在棺底上铺上三层金丝镶珠宝锦褥和一层珍珠。其中仅底层锦褥，就镶有大小珍珠12604粒。头部上首放置一枝翡翠荷叶，重20.54两，满绿碧透，叶筋为天然长就，精致无比。脚部安放一朵粉红色碧玺大莲花，重36.8两。慈禧身穿多层寿衣，仅金丝串珠丝绣礼服和外罩绣花串珠挂两件，就用了大珍珠420粒，中珠1000粒，一分小珠4500粒，宝石1135块。头戴珠冠，冠上最大的一颗珍珠，大如鸡卵，为稀世珍宝。身旁放有用金、翠、玉、红宝石雕刻的佛像各27尊，共108尊。金佛每尊重8两，翠佛、玉佛各尊重6两，红宝石佛每尊重3.5两。还有用宝石制成的桃、杏、李、枣等果品200多个。为填补棺内空隙，又倒进4升珍珠和红、蓝宝石2200块。最后盖上的一层网珠被共用二分重的珠子6000粒。[32]

与此同时，上层社会沉湎安乐，竞尚奢华；八旗子弟游惰成风，腐化堕落。上行下效，致使京师"人士习染奢侈浮薄，深入骨髓"，[33] 奢风贪风日炽。对于同、光年间北京社会的奢侈风气，时人评述道："数年来在都门见隶卒倡优之徒，服饰艳丽；负贩市侩之伍，舆马赫奕；庶人之妻，珠玉炫耀，虽经禁约，全不遵行。"[34] 王公贵胄、豪绅巨贾"终日困顿车场酒食场中"，筵宴名目有同年公会、官员雅集、贺婚、吊丧、寿辰、满月、百日、洗尘接风、压惊、饯别、堂会、公宴、团拜等等。民间也竞相仿效，稍有盈余便讲究"吃庄子"、"吃馆子"，每席之费约十金，"寻常客至，仓卒作主人，亦非一金上下不办"。

顺天府所属各州县官吏们则贪婪残民，以饱私囊，1861 年（咸丰十一年），大兴县知县白维任内，积案二、三千件，概不审结，克扣监犯口粮，以致监毙、押毙犯人一百余名之多。[35] 1863 年（同治二年），通州知州叶增庆苛敛民财，奉旨免除地丁银两，并不张贴告示，仍一律满收，并加价勒索。[36] 同年，顺义县知县徐恩洽贪赃溺职，借清查地亩为名，"任令蠹役需索"，兵差过境，出票拉车，得银归己。[37] 1867 年（同治六年），怀柔县知县陈斯檠嗜食鸦片，白日不理公事，"民间诉讼，以行贿之多寡，判理之是非"。同年，怀柔灾荒歉收，饥民争食，陈氏一面"辄令兵役开枪轰击，毙命甚多"；一面又借均粮为名，"追出粮价，尽行入己"，对于这样残害百姓的酷吏，清廷竟以"业经身故，应毋庸议"不了了之。[38] 1874 年（同治十三年）房山县知县公然将城乡粮店全行封禁，旋即迫令"铺户出银一千两，许为撤回封条"。[39] 光绪年间，为抑制贪风势头，清廷允准直隶总督奏请，将顺天府尹每岁养廉银由 400 两增至 9000 两，[40] 但欲壑难填，无济于事。因为贪赃枉法的根本原因，不在于养廉银的多少，而在整个封建制度已腐朽透顶。大小官吏层层掠夺，大贪在上，倚仗权势勒索属员；属员或侵冒公项，或向民索取。吏治腐败也导致捕务废弛，各级值守官员虚应故事，致使盗贼横行，1863 年（同治二年），昌平土匪冒充顺天府承差，结伙 20 余人，抢掠讹诈。[41] 同年，通州张家湾一带，时有骑马"贼匪"，白昼抢劫，事主喊报，地方官置之不理。[42] 大兴、宛平、固安等县境内，"贼匪"纵横出没，肆行无忌，黄村地面竟有一日连劫 14 起之案。良乡县境有"贼匪"10 余人拦劫客商，并将该处团众戕杀数人。[43] 1866 年（同治五年），西单牌楼御史恩崇住宅被 20 余人持械闯入，劫去衣物首饰多件。此前五日，西单口袋胡同志宅，城隍庙街阿宅亦被劫，且事主均被刀伤。[44] 1872 年（同治十一年），端门楼库存军械，失窃腰刀 93 把，撒袋 8 分。1876 年（光绪二年），正阳门荷包巷永升鞋铺布匹银两等物被窃。1877 年（光绪三年），内阁大库内藏实录、圣训被窃。1883 年（光绪九年），西苑团城承光殿失去陈设。1877 年（光绪三年），宣武门外工部主事潘国祥寓所、西南囤户部员外郎张汝霖寓所被抢，失去衣物甚多。1883 年（光绪九年），山老胡同户部郎中奎顺住宅有 20 余人持刀越墙进院，抢走衣物首饰多件。[45] 1884 年（光绪十年），数十人持枪抢劫左安门外关厢长泰当铺，打死铺伙一名，抢去衣饰银两多件。[46]1888 年（光绪十四年），御河桥地面有数十人各持器械，施放洋枪，肆行抢夺，官兵莫敢近前。[47]1889 年（光绪十五年），广安门外松寿当铺被劫。1890 年（光绪十六年），中城煤市街地面杂货铺银两被抢，事主被刀伤。1893 年（光绪十九年），京北沙河地面有号称南霸天者，聚众数十人，执持洋枪刀械，勒索贩羊商人银两，枪毙人命。[48]1899 年（光绪二十五年），数十人伙抢南横街地面东和合钱铺银钱衣服。同年，又有五六人手持洋枪，抢劫花市福荣兴洋药局银两。[49]1902 年（光绪二十八年），匪徒公然在前门内以东夹道地方，拦路抢劫官方当差人员。[50]

以上种种，可见所谓"同光中兴"的京师局面，隐伏着深刻的社会危机，赵烈文在日记中记载道："都门气象甚恶，明火执杖之案时出，而市肆乞丐成群，甚至妇女亦裸身无衣。"他意识到："民穷财尽，恐有变异，奈何！"[51]

奈何？正是仁人志士思考的问题，答案是：只有改革维新才能挽救这座将倾的大厦。

注释：

（1）（2）（3）（9）（12）（13）（14）《筹办夷务始末（咸丰朝）》第 8 册。

（4）丁名楠著：《帝国主义侵华史》第 1 卷，人民出版社 1986 年，第 171 页。

（5）1876 年（光绪二年），赫德建议创设邮政，设送信官局。1878 年（光绪四年），北京设送信官局。1897 年（光绪二十三年），正式设立大清邮政局，仍由总税司署兼理。直到 1911 年（宣统三年），邮政脱离海关，由清政府的邮传部接管，前后经历了半个世纪，其中赫德的影响很大。

（6）陈诗启：《中国近代海关问题初探》，第 92 页。

（7）（8）（10）（11）《第二次鸦片战争资料》（五）。

（15）《近代京华史迹》，第 298 页。

（16）《筹办夷务始末（同治朝）》卷 89。

（17）《筹办事务始末（同治朝）》卷 89。

（18）［法］A. 施阿兰著《使华记 1893——1894 年》，第 39 页。

（19）《中国近代史资料丛刊·洋务运动》（以下简称《洋务运动资料》）。

（20）清流是封建时代对负有时望、不与权贵同流合污的士大夫的称呼。清末的清流，又称清流党或清流派，是统治中枢一支与洋务派相对立的政治力量。

（21）《筹办夷务始末（同治朝）》卷 63。

（22）《筹办夷务始末（同治朝）》卷 53。

（23）《筹办夷务始末（同治朝）》卷 40。

（24）《洋务运动资料》（二）。

（25）《郭嵩焘日记》，同治六年四月二十一日记。

（26）《翁文恭公日记》，同治六年二月十三日记。

（27）《清实录》第 55 册。

（28）丁进军《光绪大婚耗费》，载《故宫博物院院刊》1988 年第 3 期。

（29）《清实录》第 56 册。

（30）于善浦：《清东陵大观》，第 157 页。

（31）《清东陵大观》，第 164 页。

（32）《清东陵大观》，第 167 页。

（33）《第二次鸦片战争资料》（二）。

（34）李家瑞编：《北平风俗类征》下册。

（35）《清实录》第 45 册。

（36）《清实录》第 46 册。

（37）《清实录》第 46 册。

（38）《清实录》第 49 册。

（39）《清实录》第 51 册。

（40）《清实录》第 59 册。

（41）《清实录》第 46 册。

（42）《清实录》第 46 册。

（43）《清实录》第 46 册。

（44）《清实录》第 49 册。

（45）《清实录》第 54 册。

（46）《清实录》第 54 册。

（47）《清实录》第 55 册。

（48）《清实录》第 56 册。

（49）《清实录》第 57 册。

（50）《清实录》第 58 册。

（51）陈乃乾：《阳湖赵惠甫（烈文）先生年谱》，《近代中国史料丛刊续编》第九十九辑，文海出版社有限公司 1983 年。

第五章　京师维新运动与
戊戌变法

　　中国在甲午战争中的失败及丧权辱国的《马关条约》的签订，引起举国震惊。在京师，康有为等不失时机地发动公车上书，提出维新派筹战守、图自强的政治纲领，成为维新运动的起点。不久，康有为等维新派积极倡导维新变法，形成一股变法图强的热流。1898年为戊戌年，变法维新运动在北京形成高潮，史称"戊戌变法"或"百日维新"。戊戌政变发生后，六君子遇害，对当时的政局造成很大震动。

一、公车上书

　　1895年，北京发生了以反对《马关条约》为目标的救亡图存的"公车上书"，即近代北京知识分子第一次大请愿。

　　4月17日，中日签订《马关条约》的消息传到京师，此时适逢康有为等省举人进京参加会试。康有为说："吾先知消息，即令卓如（梁启超）鼓动各省，并先鼓动粤中公车，上折拒和议，湖南人和之。于二十八日（4月22日）粤楚同递，粤士八十余人，楚则全省矣。"[1]在维新派和京官们的鼓动下，各省举人纷纷联名向清政府上书请愿，反对可耻的《马关条约》。

　　4月22日，广东、湖南两省举人赶往都察院门前联名上书，其他各省举人也相继前往。请愿举人的车马摆满街头，长达四、五华里。旬日间，都察院门前挤满了愤怒的人群。康有为、梁启超等乘势展开活动，大声疾呼"国势危急"、"非变法无以自强"，把救亡图存的爱国运动不断推向高潮。18 省举人齐集宣武门外达智桥松筠庵三谏草堂，议决全体联名上书，并公推康有为起草书稿。4 月30 日和 5 月 1 日，各省举人再集三谏草堂，对万言书进行热烈讨论，拟于 5 月 2 日前往都察院呈递，签名者多达 1300 余人。

康有为的《上清帝第二书》，又称《公车上书》，全名是《为安危大计乞下明诏行大赏罚迁都练兵变通新法以塞和款而拒外夷保疆土而延国命》。《上书》提出了解决危机的四项办法。第一，下诏鼓天下之气。第二，迁都定天下之本。指出北京已无险可守，主张迁都陕西，以"扼守函、潼，奠定丰、镐"。[2] 这样，就粉碎了日本企图借京师来要挟的目的，然后言战言和的主动权便由我方掌握了。第三，练兵强天下之势。第四，变法成天下之治。康有为认为以上所陈，"皆权宜应敌之谋，非立国自强之策"[3]，只有变法才能成天下之治。变法着重在富国、养民、教民和改革内政外交四个方面。

《公车上书》中不仅提出了"拒和、迁都"的"权宜应敌之谋"，而且系统地阐明了"立国自强"的变法维新之策。请求皇帝"下明诏、行大赏罚，迁都练兵，变通新法，以塞和款，而拒外夷，保疆土而延国命"。

《公车上书》是在中日战争签订条约的特定历史条件下写成的，其前半部分表达了强烈的爱国精神，议论应该如何战守，下半部分则侧重论述只有变法才能强国。爱国——战守——变法——强国，是构筑此次上书的理论框架和思维逻辑，也是这次上书的一个特点。

以慈禧太后为首的守旧集团，对知识分子的请愿活动深恶痛绝，极力阻挠和破坏。主和的军机大臣孙毓汶，深恐举子们的上书将会影响皇帝批准和约，于是"阴布私人人松筠以惑众志，又编贴匿帖阻人联衔"。5 月 2 日，清廷批准和约的消息传来，"同人以成事不说，纷纷散去，且有数省取回知单者，议遂散"。[4] 康有为等精心组织的 18 省举人联合上书，在主和派的干扰下夭折了，《公车上书》未能向都察院呈递。

上书活动虽然受阻，但请愿举人的积愤一时难以平静，纷纷表示要同孙毓汶决死一争，甚至有人声言要杀死孙毓汶。在这种情况下，孙毓汶吓得不敢入朝，被迫于 7 月底假病奏请开缺。对主和派极为不满的光绪皇帝，断然瞒着慈禧，立即降旨允准孙毓汶的奏请。

公车上书虽然失败了，但其历史意义却很深远。它冲破了清政府规定的士人不可干政的藩篱，为以后的学生运动、反对不平等条约等示威游行活动开了先河。公车上书还标志着酝酿了几年的维新思潮，终于发展成为爱国的政治运动，从此，维新派作为资产阶级政治代表正式登上历史舞台。"万言书"作为资产阶级第一个政治纲领，引起各方面的关注，被人们辗转传抄，刊行全国。

二、各种变法爱国学会的建立

（一）康有为第三和第四次上书

公车上书被阻后，康有为等利用爱国运动给守旧派造成的政治压力，乘势推动了变法维新活动的开展。

公车上书后，康有为参加了朝考。5 月初，会试榜下，康有为中进士，授工部主事。未到任前，他为请求变法，于 1895 年 6 月 3 日《上清帝第三书》，全名《为安危大计，乞及时变法，富国养民，教士治兵，求人才而慎左右，通下情而图自强，以雪国耻而保疆国呈》。这次上书补充和发挥了公车上书中的内容，向光绪帝提出了自强雪耻的四大方案：富国、养民、教士、练兵。康有为就练兵一策还提出了六项措施："一曰汰冗兵而合营勇，二曰起民兵而立团练，三曰练旗兵而振满蒙，四曰募新制以精器械，五曰广学堂以练将才，六曰厚海军以威海外。"[5] 康有为认为，要实施上述四大方案，关键在于"求人才而擢不次，慎左右而广其选，通下情而合其力，三者而已"。[6]

几经转呈，康有为的这次上书终于到了光绪的手里，这是光绪读到的康有为的第一份奏折。"上览而喜之"，下令军机处抄录三份，一份存乾清宫，一份存勤政殿，一份存军机处，并下令抄发各省督抚将军会议复奏。足见光绪帝对此条陈的重视程度极高。它成了推动光绪下决心变法的重要契机。

6 月 30 日，即康有为上书后一个月，他又撰写了《为变通善后，讲求体要，乞速行乾断，以图自强呈》。此次上书主要"言变法次第之故"，"缓急先后之序"。康有为建议光绪，一是立科以励智学，奖励创新发明，使"国人踊跃，各竭心思，争求新法"。二是设议院以通下情。通下情的措施有五：一曰下诏求言，二曰开门集议，三曰辟论顾问，四曰设报达聪，五曰开府辟士。在《上清帝第四书》中，康有为第一次提出，要讲明国是，实行全面的根本性改革，"尽弃旧习，再立堂构"，反对"补漏缝缺"。

从 5 月 2 日至 6 月 30 日的两个月中，康有为连续三次上书，系统地提出了变法纲领，从而将维新变法运动推向了第一个高潮，康有为成为了人们公认的维新运动的领袖。

（二）《上清帝第五书》

1897 年 12 月，中国面临着帝国主义的瓜分狂潮，德国人强占了胶州湾。康有为写了《外衅危迫，分割洊至，急宜及时发愤，革旧图新，以少存国祥呈》。在第五次上清帝书中，康有为再次给光绪开具了救国良方："伏愿皇上因胶警之变，下发愤之诏，先罪己以励人心，次明耻以激士气；集群材咨问以广圣听，求天下上书以通下情；明定国是，与海内更始；自兹国事付国会议行；纡尊降贵，延见臣庶，尽革旧俗，一意维新；大召天下才俊，议筹款变法之方；采择万国律例，定宪法公私之分。"[7]至于变法模式，康有为为光绪提供了三种以供选择：上策是"择法俄日以定国是，愿皇上以俄国大彼得之心为心法，以日本明治之政为政法"。中策是"大集群才而谋变政"。下策是"听任疆臣各自变法"。在康有为看来，能行上策则国家可以强盛；能行中策则国家尚可维持积弱的局面；即使是行下策，中国也不至于亡国。如果皇上不采纳这些建议，则国家将会灭亡。

这次上书是康有为历次上书中所开列变法内容最详尽的一次。在第五书中，康有为第一次提出学习俄、日维新变法的经验，走日本明治维新的道路。在第五书中，还第一次提出制定宪法的主张，明确了实行君主立宪政治体制的轮廓。

（三）《上清帝第六书》

康有为不停地上书光绪，但能送达转呈的很少，大多数被扣下来了，看不出朝廷有采纳变法主张的迹象。康有为感到十分失望，打算离开京师回广州。光绪的老师翁同龢真诚地挽留了这位维新变法的领袖。与此同时，给事中高燮曾为他上了第一个正式奏荐折，请求圣上召见康有为。由于恭亲王等人的反对，光绪帝只好令总理衙门大臣接见康有为，"询问天下大计，变法之宜"。在总署西花厅，便出现了康有为舌战群臣的一幕。

1898 年 1 月 24 日下午，李鸿章、翁同龢、荣禄、廖寿恒等官员接见了康有为。接见气氛严肃而紧张。一开始，守旧派大臣荣禄就高谈祖宗之法不能变。康有为反驳说："祖宗之法，以治祖宗之地也。今祖宗之地不能守，何有于祖宗之法乎？"刑部尚书廖寿恒问道："变法当从何着手呢？"答曰："宜变法律，官制为先。"李鸿章马上就此质问道："然则六部尽撤，则例尽弃乎？"康有为回答说："今为列国并立之时，非复一统之世，今之法律官制，皆一统之法，弱亡中国，皆此物也，诚直尽撤，即一时不能尽去，亦当斟酌改定，新政乃可推行。"户部尚书翁同龢询问了如何筹款的问题。康有为主张，向世界先进国家学习，改革财税制度。"日本之银行纸币，法国印花，印度回税，以中国之大，若制度既变，可比今十倍。"[8]。

这次会见进行了三个小时。光绪听了会见汇报后，非常高兴，很想亲自召见，直接听听康有为的见解，无奈恭亲王等人仍以皇帝不见四品以下官吏为由加以阻挠，光绪只好传令康有为条陈所见，并进呈《日本变政考》和《俄彼得变政记》。这次会见的最大意义就在于，康有为取得了可直接上书皇帝的特权。《上清帝第六书》即是产生于这种背景之下。

1898 年 1 月 29 日，康有为写了著名的《应诏统筹全局折》，或曰《为外衅危迫，分割洊至，急宜及时发愤，大誓臣工，开制度新政局，革旧图新，以存国祥呈》。在这篇奏折中，康有为提出了"全变"思想。"观万国之势，能变则全，不变则亡，全变则强，小变仍亡。……夫方今之病，在笃守旧法而不知变，处列国竞争之世，而行一统垂裳之法。"[9]康有为列举了世界上固守旧制而亡国的国家，前车之辙，犹可鉴也。

康有为主张中国的变法仿效日本的维新制度，因为在世界各国中，日本的许多情况与中国近似。"考其维新之始，百度甚多，惟要义有三：一曰大誓群臣以定国是，二曰立对策所以征贤才，三曰开制度局而定宪法。"根据日本的经验，康有为建议光绪帝，若要变法，宜首先抓以下三件事：第一，大集群臣于天坛、太庙或乾清门，宣布变法维新，"诏定国是"。第二，"设上书处于午门，日轮派御史二人监收，许天下士民皆得上书"。所有官员的意见，允许直接反映，不得由堂官代表转达，有"称旨"的，召见察问，量才录用，这样才"下情咸通，群才辐辏矣"。第三，"设制度局于内廷，选天下通才十数人入直其中"，皇上每日亲临商榷，订立各种新章。按康有力的设想，"既立制度局总其纲，宜立十二局分其事"——法律局、度支局、学校局、农局、工局、商局、铁路局、邮政局、矿务局、游会局、陆军局、海军局。

这个奏折充分表达了维新法的改革主张和施政方针，成了后来指导"百日维新"的变法指南。光绪读后深受启发，推行维新变法的意志日益坚定了。

（四）《上清帝第七书》

1898 年 3 月 12 日，康有为第七次上书光绪帝——《译纂俄彼得变政记成书可考由弱致强之故折》。康有为鼓励光绪学习俄国。"惟俄国其君权最尊，体制崇严，与中国同。其始为瑞典削弱，为泰西摈鄙，亦与中国同。然其以君权变法，转弱为强，化衰为盛之速者，莫如俄前主大彼得，故中国变法莫如法俄，以君权变法莫如采法彼得。"这个折子的呈上，在催促光绪痛下决心立即变法方面，颇有作用。

（五）强学会

康有为上清帝第四书受阻后，深感"望朝廷变法，其事颇难"，于是以"唤起国民之议论，振刷国民之精神，使厚蓄其力，以为他日之用"为宗旨，积极筹办学会。为此，康有为等于 1895 年 8 月 17 日在宣武门外米市胡同南海会馆，创刊了我国第一家民办报纸，初名《万国公报》，后改称《中外纪闻》。每天随宫门抄遍赠"士夫贵人，使之'渐知新法之益'，'告以开会之故'"[10]。

经过一段时间的准备，在帝党翁同龢、文廷式的支持和参与下，9 月初，康有为等创组中国第一个学会——强学会（又称强学书局）。会址设在外城琉璃厂后孙公园。与会者数十人，除维新派外，还有一批中层官吏和大官僚子弟，成分相当复杂。强学会是中国资产阶级第一个具有鲜明政治性的团体，主要任务是译书办报、开办图书馆、每十日集会一次，每次必有宣传变法维新的讲演。1896 年 1 月 20 日，守旧派以"开处士横议之风"的罪名奏准封禁。不久，由于舆论的反对，清政府又允准恢复，并改名官书局，"专司选译各国新报及指授各种西学"[11]，声势和影响大不如前。

（六）保国会

胶州湾事变后，各省旅京人士纷纷倡设学会，掀起成立学会的热潮。这时已临近会试，康有为等认为："以公车咸集，欲遍见其英才，成一大会，以伸国愤。"[12]而御史李盛铎也想联合在京应试举子开会，于是，由康、李作为主要发起人，筹备和组织了保国会。

1898 年 4 月 17 日，保国会第一次会议在粤东会馆召开，到会的官僚士大夫和知识分子约有二三百人，康有为登台演讲。第二次会议于 4 月 22 日在宣南嵩云草堂举行，梁启超在会上做了演讲。第三次会议在贵州会馆举行（具体时间不可考）。保国会总共开过三次大会，便无形解散了。

保国会成立后，在北京又相继有保滇会、保浙会、保川会的成立。到"百日维新"开始前，北京已先后成立各种学会达十来个。其中保国会规模最大，影响更为深远。这些学会的成立及其活动，渐渐唤起人们觉醒，变法维新呼声日益高涨。

三、百日维新在京师的新政项目

光绪皇帝接受康有为等的变法维新主张，于 1898 年 6 月 11 日诏定国是，宣布变法，百日维新自此揭幕。

百日维新期间，光绪帝赫然发愤，在紫禁城养心殿召见臣工，筹划新政，夜以继日。在短短百日之内，接连颁布变法诏书，大约 200 余件。涉及政治、经济、文化、教育、军事等方方面面。

在京师实行的新政项目主要有：

1. 筹建京师大学堂。

京师大学堂的倡议者是刑部左侍郎李端棻。1896 年 6 月，李上呈《请推广学校折》，这是清廷官员第一次正式建议设立京师大学堂。1898 年初，康有为、王鹏运分别上折，请开办京师大学堂。百日维新光绪帝发上谕，强调首先举办京师大学堂。于是，总署命梁启超代草大学堂章程。规定办学方针有二：中学西学并用，不可偏废；学习西文是为了进一步学习西学，西文是学堂之一门，"不以西文为学堂之全体"。[13] 章程还规定，设管学大臣一人，统率全学堂之事；总教习一人，总管教学。并规定"各省学堂皆归大学堂统辖"。大学堂是全国最高学府，又是最高教育行政机构。7 月 4 日，光绪帝任命孙家鼐为管理大学堂事务大臣，将官书局与译书局均并入大学堂。经孙家鼐推荐，清政府任命黄绍箕为大学堂总办，朱祖谋、李家驹为提调；许景澄为中学总教习，原同文馆总教习美国传教士丁韪良为西学总教习。刘可毅、骆成骧等为教习。光绪帝派庆亲王奕劻和礼部尚书许应骙负责筹建校舍工程。奕劻等致电驻日大使裕庚，命其将日本大学堂的规制、学舍间数等，详细绘图说明，以备参酌。为了早日使大学堂在京师开课，于是上奏朝廷在京师地安门马神庙查到废府第一处，屋舍整齐，院落宏敞，稍加修缮，即可暂作京师大学堂的校址。[14] 经光绪帝允准后，这所大学堂便筹办起来。

2. 建立新的中央机构，裁撤闲散衙门。8 月 2 日和 8 月 21 日，先后降旨在京师创设矿务铁路总局和农工商总局等中央机构。8 月 30 日，降旨裁撤詹事府、通政司、光禄寺、鸿胪寺、太仆寺、大理寺等衙门。[15]

3. 起用维新志士，罢斥守旧大臣。起用康有为"在总理各国事务衙门章京上行走"，"赏举人梁启超六品衔，办理译书局事务"[16]。破格提拔杨锐、刘光第、林旭、谭嗣同等，"加四品卿衔，在军机章京上行走，参预新政事宜"[17]。

4. 广设邮政分局。

虽拟实施尚未落实的主要有：

（1）设立首善中学堂及小学堂等。

（2）置制度局于内廷，设侍诏所于午门。

（3）兴办畿辅水利。

（4）建造京西运煤铁路。

（5）仿西法修筑京师道路。

（6）采用西法训练京营。

四、戊戌政变

（一）光绪帝对变法的推动与迅速动摇

百日维新期间，改革派（以光绪帝为首的改革派官吏和维新派）与守旧派，围绕实施新政的一系列问题，不断产生矛盾，并展开了尖锐的斗争。

1898 年 4 月 17 日，康有为等组建保国会，顽固派及其爪牙群起而攻之。荣禄对人说：康有为"僭越妄为，非杀不可"，[18] 吏部主事洪嘉与代浙人孙灏撰文逐条批驳保国会章程，刊印二、三千份，遍送京师达官显宦，"诬言詈词，充斥纸端"。[19] 军机大臣刚毅还准备查究入会者。由于光绪皇帝的维护，保国会才有开展活动的合法地位。

1898 年 6 月 16 日，光绪召见康有为于颐和园，命其在总理衙门章京上行走，特许"专折奏事"。此举又遭守旧势力公开反对。许应骙劾康有为"建言既不可行，其居心尤不可问"，要求皇帝立予罢斥，"驱逐回籍"[20]。

由于守旧势力的阻挠和控制，变法维新运动进展艰难。为了冲破顽固派设置的重重障碍，光绪帝于9月上旬接连采取了四项果敢行动，即罢免礼部堂官、起用军机四卿、召见袁世凯、再度申言变法等。

9月4日，光绪帝降旨将礼部尚书怀塔布、许应骙、左侍郎堃岫、署左侍郎徐会沣，右侍郎溥颋，署右侍郎曾广汉等六堂官"即行革职"。次日，破格起用内阁侍读杨锐、刑部候补主事刘光第、内阁候补中书林旭、江苏候补道谭嗣同等四卿，"均著赏加四品卿衔，在军机章京上行走，参与新政事宜"。[21]

9月11日，康有为代徐致靖拟《边患日亟宜练重兵谨密保智勇忠诚之统兵大员折》，请光绪帝召见袁世凯，并提升其官职，待之以恩意，破格提拔，使其改授京堂，独当一面，增加新练之兵，以担负保卫疆圻之重任。[22]于是光绪帝电谕荣禄，命袁世凯来京陛见。16日，光绪帝在颐和园玉澜堂召见袁，"垂询军事甚详"，颁谕以侍郎候补，专办练兵事务，授予专折具奏的权力。

9月12日，光绪帝又颁布两个重要上谕：要求各省督抚将自明定国是诏以后所有关于新政的上谕，均迅速抄录刊印出来，令各州县教员详切宣讲，"务令家喻户晓"；并再次鼓励臣民们上书言事。目的是要"将变法之意，布告天下，使百姓咸喻朕心，共知其君可恃，上下同心，以成新政，以强中国"。[23]这一天，光绪帝还满怀信心地决定开懋勤殿，并命谭嗣同拟旨。

事隔两天，即9月14日，光绪前往颐和园向慈禧请开懋勤殿，遭到严厉斥责。至此，光绪的态度急剧转变，对变法维新运动发生动摇。

9月15日，光绪在颐和园召见杨锐，并交给他一份密诏："近来朕仰窥皇太后圣意，不愿将法尽变，亦不欲将此辈老谬昏庸之大臣罢黜，……今朕问汝，可有何良策，俾旧法可以全变，……而又不致有拂圣意。尔其与林旭、刘光第、谭嗣同及诸同志等妥速筹商，密缮封奏，由军机大臣代递。候朕熟思审处，再行办理。"[24]

杨锐得手诏，既未找谭嗣同等筹商，亦未与康有为切磋，而是单独上一个复奏折，其内容符合手诏要求，并建议光绪命康有为速去上海督办官报，以解慈禧之疑忌。9月17日，再次轮到杨锐入值时，便将复奏折呈上。光绪准奏，当日降明诏令康有为"迅速前往上海"，"督办官报局"，"毋得迁延观望"[25]。这是做给慈禧看的，向慈禧表白，他和康有为没有什么特殊关系，企图以此缓和日趋激化的矛盾。

9月18日晨，林旭带给康有为出京赴沪办报明诏。当晚，林旭又将杨锐抄录的手诏交给了谭嗣同。谭嗣同随即赶到康有为寓所，与康共同阅读。他们看到诏中主要内容是筹商一个变法维新的折中方案，又不提及康氏姓名，并明诏敦促康氏离京。这显然表明光绪帝对变法维新已经发生动摇，有意疏远维新派的领袖人物。于是，他们二人违背光绪意愿，连夜密商，最后考虑运用武力解决危机的方案。"说袁勤王，率死士数百扶上登午门而杀荣禄，除旧党。"[26]

9月18日深夜，谭嗣同密访袁世凯于东城法华寺袁氏寓所。两人相见后，谭嗣同陈说了当时的凶险形势，请袁调兵在天津诛杀荣禄，然后带兵进京，派一半围颐和园，一半守皇宫，由维新派人士前去拘捕慈禧。袁听后即藉词推诿。最后，在谭嗣同的再三催促下，袁世凯表示："九月即将巡幸天津，待至伊时军队咸集，皇上下一寸纸条，谁敢不遵，又何事不成？"[27]然而，当袁世凯9月20日请训回到天津，便迫不及待地向荣禄告密了。

（二）政变发生与六君子遇害

正当光绪帝采取果敢举动，准备再次推动变法维新之时，顽固派也着手调兵遣将，积极策动政变。9月中旬，慈禧支持许应骙、杨崇伊前往天津和荣禄密谋，拟于10月间慈禧和光绪同往天津阅兵时，发动政变，废弃光绪。9月16日，光绪帝召见袁世凯当天，荣禄命董福祥军由北门进入京城。第二天，又调聂士成军驻守天津。世铎、奕劻等守旧大臣，连日住宿颐和园与慈禧秘密策划。

9月18日，杨崇伊通过奕劻给慈禧上了一个《吁恳皇太后即日训政》密折。19日，慈禧进城回宫。9月21日，政变发生。是日，太监称奉太后之命，将光绪帝引入慈禧处。慈禧强令光绪下训政诏："现在国事艰难，庶务待理"，"因念宗社为重，再三吁恳慈恩训政"，"由今日始，在便殿办事"。[28]顽固派政变阴谋得逞。从此，光绪帝被囚于南海瀛台达十年之久，直至驾崩归天。

9月21日慈禧发动政变的当日，降旨逮捕康有为兄弟。[29]步军统领崇礼率领300名禁军包围宣武门外米市胡同康有为寓所南海会馆。因康有为先一日离京，只捉拿到康有为的弟弟康广仁。

9月22日，慈禧亲自召见步军统领崇礼，下达逮捕密令。3000名刀斧手遍布京师，白色恐怖笼罩全城。谭嗣同等寓京志士先后被捕。慈禧在荣禄的怂恿下，未经审讯，便于9月28日降旨将谭嗣同、林旭、杨锐、刘光第、杨深秀、康广仁等杀害于北京宣武门外菜市口刑场，史称"戊戌六君子"。

戊戌六君子中，除康广仁于9月21日，即政变发生的当日被清廷逮捕外，其余五人或不断展开活动，希望将新政继续推行下去，誓与变法改革共存亡；或仍然坚持留在京师静观变化。与或逃或匿的其他维新人士相较，他们的这种表现是难能可贵的。

注释：

（1）（12）（26）《康南海自编年谱》，见中国史学会主编：《中国近代史资料丛刊·戊戌变法》（四），上海人民出版社1957年版，第130，142—143，161页。

（2）（3）姜义华等编：《康有为全集》第二集，上海古籍出版社1990年版，第82，84页。

（4）徐勤：《南海先生四上书杂记》，见中国史学会主编：《中国近代史资料丛刊·戊戌变法》（三），第132页。

（5）（6）方裕谨：《康有为第三次上清帝书原本》，载中国第一历史档案馆编：《历史档案》1986年第1期，第47，48页。

（7）汤志钧编：《康有为政论集》上，中华书局1981年版，第207页。

（8）（10）（19）汤志钧：《戊戌变法人物传稿》（增订本）上册，中华书局1982年版，第13—14，10，15页。

（9）（15）（16）（17）（20）《中国近代史资料丛刊·戊戌变法》（二），上海人民出版社1957年版，第197—198，65，29，75，482页。

（11）汤志钧：《戊戌变法人物传稿》（增订本）下册，第799页。

（13）军机大臣、总理衙门《遵筹开办京师大学堂折》（附章程清单），见舒新城：《近代中国教育史料》第一册，上海书店1990年影印本，第138页。

（14）国家档案局明清档案馆：《戊戌变法档案史料》，中华书局1958年版，第266页。

（18）（27）中国史学会主编：《中国近代史资料丛刊·戊戌变法》（一），上海人民出版社1957年版，第350，552页。

（21）（23）（25）（28）（29）《清实录》第57册，中华书局、中国书店1986年版，第567—568，579—581，592，597—598，598页。

（22）国家档案局明清档案馆：《戊戌变法档案史料》，第165页。

（24）赵炳麟：《光绪大事汇鉴》卷九，见《赵柏岩集》（上），民国十一年（1922年）铅印本，第29页。

第六章 京师义和团运动

　　义和团运动，兴起于 19 世纪和 20 世纪交替之际。它以贫苦农民为主体，自发地形成了中国人民大规模地反对帝国主义的爱国运动。义和团首先在山东、直隶两省出现，以"反教"、"灭洋"为其斗争目标。1900 年春，直隶义和团运动由南向北迅猛发展，6 月在京津地区形成高潮。

一、北京义和团运动的兴起

　　当义和团运动在山东、直隶两省交界处初兴之时，北京地区也出现了义和团的活动踪迹。1897 年夏，因修津卢铁路，在永定门外马家堡掘出"预言碑"一方。碑文中的"天下红灯照"，"大清归大清，谁是谁的主"[1]等字句，明显反映了义和团的改朝换代要求。同年夏秋之际，北京开始出现居民传习义和拳。早晚在城内外僻静处街道练拳，"到处遍是，而无巾带形迹"[2]。

　　1900 年春夏间，当直隶义和团由南向北迅猛推进的时候，北京地区义和团也有相当规模的发展。不仅以传播碑文、张贴揭帖等形式宣传义和团运动宗旨，而且直接在京城铺坛传艺。郊区义和团亦来往于京城内外。

　　三月间，因近畿一带发现义和团活动，京师巡视五城御史发布严密查拿义和团告示。3 月 20 日告示称："二月二十日接奉稽查保甲大臣片称：本大臣风闻有义和拳教匪分遣党羽在山东、直隶各省煽诱愚民。近因直隶拿办严紧，潜来近畿一带传教惑众，行踪诡秘，日久恐滋蔓延。除饬本公所委员分路侦访外，相应片行贵城，即饬所属于该管地面严密查拿，毋使该匪党等得以窜京，以杜邪教，而安首善等因到城。查教匪聚众滋生事端，大干倒禁，况京畿辇毂之下，岂容此辈潜踪。合行出示晓谕。为此谕仰司坊官及练勇局哨弁等无分畛域，严紧访查，遇有此等教匪，即行严拿，从重惩办，以靖地方，而安良善。毋得视为具文，稍有疏懈，亦不得诬指平民为匪，致干重咎。"[3]

此后不久，义和团即在京师迅速发展起来。恽毓鼎《崇陵传信录》载："京师演拳，始于三月间"[4]。"每当夕阳既西，肩挑负贩者流，人人相引习拳。"[5] 4 月 5 日，御史李擢英上疏清廷严禁京师"赛会演说"。其理由是义和团"散布京城，潜通南宫、冀州一带，无知之辈，明目张胆，到处勾劝"。[6]

四月间，进入京师的义和团民在东单西裱褙胡同路北的于谦祠设立了北京城内的第一个坛口，集合了百余名团民，吸引着附近州县的零散团民。这些团民开始自发地打击在京的教会势力，攻击在京的教堂，清缴京师商家中的洋货，搜捕中外教民。团民还焚毁了北京西郊琉璃河、卢沟桥的铁路，断绝了京津之间的铁路交通。

四五月间，北京盛传在温泉山煤洞中掘出明代刘伯温预言碑一方。碑文主要内容为："庚子之春，日照重阴，君非桀纣，奈左非人。最恨和约一误。致皆党鬼殃民。上行下效兮，奸鬼道伸；中原忍绝兮，羽翼洋人；趋炎赴热兮，肆虐同群；红灯照夜兮，民不迷津；义和明教兮，不约同心。金鼠漂洋孽，时逢本名年。待当重九日，剪草自除根。"[7] 此碑文是义和团的主要文献。对当时中国社会认识比较深刻，指出帝国主义强加在中国人民头上的不平等条约是中华民族灾难的根源，揭示了清朝官吏的卖国行径，号召人民在义和团、红灯照的领导下开展反对帝国主义的斗争。

二、京师义和团运动的高涨

（一）义和团进占涿州威逼京师

涿州，地处卢保铁路中段，距北京城 70 公里，为畿南咽喉重地。1900 年初，北京房山义和团开始传入涿州，城内立即设坛练拳，并迅速发展到全县各村庄。5 月 25 日，在首领密熹和尚率领下，涿州、房山等地义和团数千人，聚集在涞水县陈家庄、石亭镇一带"亮队操演"[8]。5 月 27 日，涿州、房山等地义和团万余人，抗拒清朝政府军的剿捕，一举进占了涿州城。[9]

义和团进占涿州的胜利，推动北京地区义和团运动大发展。据城不久，城里的坛口很快发展到二三十处。与此同时，附近各州县义和团纷纷向涿州城聚集。从雄县开始，"则沿途皆有，或三五人，或十人八人、四五十人不等，皆腰束红带，首帕用红裹，亦有束黄带，用黄裹者。旗书义和团替天行道，扶清灭洋字样。领队之旗有坎字、乾字之分，中皆用刀矛，水行陆行皆向北进发"。[10]由于各州县义和团前来汇聚，使得涿州"城厢内外"的义和团，"其数几二、三万"。且时来时往，不断沿卢保铁路向北京的琉璃河、良乡、长辛店、卢沟桥、丰台方向发展。

义和团进占涿州，形成威逼京师的态势，引起西方列强的恐慌和清政府的震惊。义和团进占涿州的第二天，即5月28日，列强驻京公使团再次集会，决定"不失时机地调来卫队保护使馆"。会后，由西班牙公使照会清政府的总理衙门，并要求清政府为其调兵入京提供"运输便利"。[11]5月31日，列强始调卫队由津强行入京。6月10日，列强拼凑的首批八国联军由天津向北京进犯。

清廷除一再发布剿办义和团的谕旨外，还频繁调兵遣将，严防涿州义和团向京师蔓延。从5月27日开始，慈禧接连召见甘肃提督武卫后军统领董福祥。5月29日，慈禧亲自调兵二营保卫西郊颐和园，并命步军统领衙门派兵到京城使馆区昼夜巡守，保护使馆。大学士军机大臣荣禄前往丰台、马家堡巡阅，并派他亲自统领的武卫中军五营驰往丰台，马步三营赴马家堡，马步三营扎永定门。武卫前军统领聂士成奉命由天津调拨步队一营前往丰台。5月30日，慈禧命直隶总督裕禄饬聂士成专派队伍，将卢保、津卢铁路沿线电杆、道路"妥为保护"[12]6月1日，聂士成又加拨步队二营，保护津卢、卢保铁路。6月3日，荣禄调拨前路分统孙万林步队五营、马队三营，由卢沟桥移驻良乡、窦店一带，防堵义和团进入京城。

另一方面，在义和团迅猛发展，"遍地皆是"的形势下，清政府不得不酝酿对义和团策略的转变，接连派遣重臣出京"查访团情"，直到召开御前会议，就"剿"或"抚"进行公开争辩。5月30日，刑部上书兼顺天府尹赵舒翘、顺天府尹何乃莹联名上奏，指出"拳会蔓延，诛不胜诛，不如抚而用之，统以将帅，编入行伍，因其仇教之心，用作果敢之气，化私愤而为公义，缓急可恃，似亦因势利导之一法"。[13]此附片明确地提出了招抚义和团、控制义和团、利用义和团的问题。

（二）义和团的"反教灭洋"斗争

义和团进占涿州之后，随即在京城内外开展了空前规模的"反教灭洋"斗争，形成了北京地区义和团运动高潮阶段的几个基本标志。

其一，毁铁路，砍电杆。5 月 27 日义和团进占涿州的当天，为了阻止清军的剿捕，拆毁了卢保铁路线上涿州至琉璃河一段 10 余里的铁道，并砍断沿线电杆、电线。当晚，义和团焚烧了高碑店、涿州两个车站，以及拒马河上各桥桥梁、道木。[14] 5 月 28 日，团民在琉璃河至卢沟桥的铁路线上拆铁轨、砍电杆，并纵火焚烧了长辛店、卢沟桥两个车站、料厂，以及沿线桥梁、局所等。[15] 是日晚至次日晨，涿州义和团进至丰台，联合当地义和团千余人，焚烧丰台机器制造厂、库房、材料厂、车站、机车房，以及客车、机车、敞车等。[16] 6 月 3 日，义和团焚烧津卢铁路线上的黄村车站、旱桥和铁路沿线电杆数十根。[17] 旬日之间，义和团战斗在北京的两条运输动脉——津卢、卢保铁路线上，致使铁路运输瘫痪，通讯联络中断。

其二，抗击清军剿捕。义和团的"挑铁道、砍电杆"的斗争，引起清廷朝野震惊，不惜动用正规军，对义和团实行残酷剿捕。然而，义和团为消除"反教灭洋"的阻力，英勇无畏地被迫抗击清军的进剿。6 月 4 日，义和团百余人在津卢铁路线上的黄村车站，突破聂士成所部张继良军的包围，击毙、砍伤官兵 80 余人，迫使张继良率残部逃往廊坊。[18] 6 月 5 日，义和团在通州与清军发生武装冲突，清军"伤者七八十人"。[19] 6 月 6 日，聂士成亲自率领步队 300 人，从杨村乘车北上，行抵廊坊，遭义和团拦截，打死官兵八九人，迫使聂士成随车退至落垡。正当聂军官兵在落垡车站下车之际，数千义和团民从四面八方包裹而来，双方发生激战。清军伤亡数十人。义和团损失亦重，暂时退入落垡、马圈二村庄修整。聂军追入村中进行报复，疯狂烧杀，当场杀害义和团民 480 人。[20] 6 月 7 日，落垡附近义和团再次发起袭击，周围村庄民众也拒绝供给聂军粮草，聂军无法立足，被迫于 6 月 8 日退回杨村。

其三，焚烧京城教堂洋房。自赵舒翘、刚毅等先后前往涿州，清廷对于义和团的政策逐步酝酿转变。6 月 11 日，在清廷默许下，京郊大批义和团开始拥入京师，同城里的义和团相结合，连日展开焚烧教堂、洋房的斗争。

大批义和团开始涌入内城的第二天，即 6 月 12 日，首焚东华门外王府井大街天主教堂。[21] 6 月 13 日晚，"崇文门内路东奉真教堂火起，随时东堂子胡同施医院、椿树胡同堂子、沟栏胡同两教堂、米市路西天主堂所开铺户、四牌楼六条胡同赫德家、日本旧馆，同时八处皆烈煌飞腾，满天通红，付之丙丁矣"。[22] 6 月 14 日，"义和团焚烧顺治门（宣武门）大街耶稣堂。又烧同和当铺奉教之房；又焚烧顺治门内天主堂，并施医院两处，连四周群房约有三百余间俱皆烧尽，烧死教民不计其数。又焚烧西城根拴马桩、油房胡同、灯笼胡同、松树胡同教民居住之房数百间"。[23] 6 月 15 日，"午前，烧西单牌楼绒线胡同教堂。午后，烧西交民巷教民房屋"。[24] 下午七点多，1 万余名义和团包围西什库教堂（北堂），开始攻打。[25] 6 月 16 日，义和团焚烧前门外大栅栏老德记洋货铺和屈臣氏大药店。[26] 6 月 17 日，义和团焚烧京师电报局。6 月 20 日，义和团助清军开始围攻东交民巷使馆。

其四，狙击首批八国联军。正当北京城郊义和团在京城内外开展大规模的反教灭洋斗争之时，京东顺天府所辖文安县义和团在廊坊、落垡等地用战争这一最高斗争形式，英勇地狙击进犯北京的首批八国联军，迫使侵略军狼狈逃缩天津租界，取得了震惊中外的廊坊大捷。

6 月 10 日伊始，以英国海军中将西摩为统帅，美国海军上校麦卡加拉为副统帅的首批八国联军 2300 人，从天津乘火车陆续出发侵向北京。6 月 10 日上午 9 时，西摩亲自率领侵略军 500 名，乘坐第一列专车向北京进发。紧接着又有第二批侵略军 600 名，亦乘专车跟随其后。此后三天都有侵略军从天津陆续出动。

由于义和团的奋勇抵抗，西摩所乘第一列专车从上午 9 时出发到晚间，才缓慢而艰难地驶抵落垡附近（约行 30 公里）。第二天（6 月 11 日）上午，正当侵略军遵西摩之命在列车前面抢修铁路时，两三千名义和团民突然从四面八方包围而来，打得侵略军狼狈不堪。13 日上午，敌人军车试探性地向北进犯。行抵廊坊以东的东辛庄，又遭义和团袭击，战斗持续一小时，迫使敌人退回落垡。义和团伤亡五六十人。当晚，敌人分兵两路，一股留守落垡车站，一股侵往廊坊。14 日上午，突有义和团二三百人，"持军刀荷长枪，大声疾呼，进向（廊坊）车站攻击"[27]，5 名意大利侵略军毙命。义和团亦受损失，牺牲约 80 人。同日下午，义和团袭击留守

落垡的侵略军，西摩从廊坊调兵回援，经过激战，义和团牺牲 100
人。由于义和团连日狙击，到 6 月 16 日，西摩联军还困滞在廊坊
车站，弹乏粮缺，无法前进，只好派出一列火车回天津搬运给养。
火车行至杨村，又因铁路严重破坏，无法驶入天津。西摩无可奈何
地作出决定，退回杨村，再由水路乘船溯运河北上。当西摩率队乘
车驶往杨村后，等候在廊坊车站的侵略军又于 6 月 18 日下午，遭
3000 名义和团和 2000 名董福祥甘军围攻。双方激战数小时。6 名
侵略军被击毙，受伤 48 人。义和团和清军亦有伤亡。落垡附近义
和团于 19 日凌晨包围杨村车站，打得侵略军措手不及，死伤近 40
人。西摩眼见水路进京无望，只好决定逃命天津。26 日，在紫竹
林租界派出的几千名侵略军接应下，狼狈逃窜天津租界。

义和团廊坊大捷，暂时阻止了大股联军进犯北京，是中国近代
史上反侵略战争所取得的少有的胜利之一，历史意义深远。

三、京师义和团运动走向低潮

促使北京地区义和团运动走向低潮的重要事件是围攻东交民巷
使馆。1900 年 6 月 20 日下午 3 点 49 分，义和团助清军包围东交民
巷使馆，开始进攻。从此，时打时停，一直到 8 月 14 日，总共 56
天，久攻不克。到 7 月 20 日，据《庚子使馆被围记》载："六十六
名法军中死伤四十二人，五十四名德军中死伤三十人，六十名日军
中死伤四十五人，共一百一十七人。"[28] 而中国方面，据估计，荣
禄的武卫中军和董福祥的武卫后军"死者无虑四千人"[29]，义和团
的伤亡更大。

显然，围攻东交民巷使馆事件，是中国人民反抗西方列强频频
入侵的反映。从北京地区义和团运动发展过程来看，公使带领"护
馆卫队"，直接公开地枪杀义和团民和无辜市民，以及使馆"卫
兵"超越护馆范围，侵我主权，游行街市，并擅自圈定使馆禁区，
在路口张贴侮辱性告示，禁止中国居民通行的种种暴行，足以激起
义和团和爱国官兵的反抗。在这种复杂的背景下，被激怒的义和团
和爱国官兵，在反抗列强入侵暴行的斗争中，发生一些偏激的过火
行动，是不难理解的。义和团不畏强暴，英勇冲杀的自我牺牲精
神，也是可歌可泣的。

然而，作为执掌权柄的清朝政府，公开降旨对外宣战，并包围
使馆达 56 天之久，不能不说是愚蠢的举动。慈禧等人为了攻打使

馆，把拱卫京师、驻守近畿的比较有战斗力的七支部队（武卫中军、武卫后军、武卫前军、武卫左军、武卫右军、神机营、虎神营）中的四支（武卫中军、武卫后军、神机营、虎神营）放在京城城郊，以对付使馆区的战斗。设防于天津一带的只有聂士成的武卫前军，宋庆、马玉昆的武卫左军后至。形成大沽炮台守军薄弱，天津一带后备兵力不足，其战争败局已可窥见。当侵略军攻占大沽炮台，等于打开了京师门户，很快夺取天津，然后长驱直入，攻取北京。清朝政府处于被动挨打地位，各路防军节节溃败，以致京城不守。

围攻东交民巷使馆这一事件发生后，清政府主流派立即对义和团实行了有效的控制、利用和破坏，致使北京地区义和团运动走入困境，从高峰跌落下来。

四、八国联军侵占北京与义和团的继续反抗

（一）联军侵占北京

8月12日，八国联军攻占通州，并在通州举行联军各国司令官会议，决定在通州休整一日，14日进军北京城郊，15日正式攻城。8月13日，俄军企图"攫取先入北京所带来的一切荣誉"，单独乘夜间提前向北京进军，其他各国侵略军闻讯后，亦争先恐后地连夜拔队出发。8月14日，八国联军对北京发起总攻。凌晨，俄军攻东直门，日本攻朝阳门，两处皆受守城清军顽强抵抗，坚持整日未破。美军攻东便门，因防守薄弱，于上午11点破城而入外城。英军后至，中午到达北京，于下午2时许破广渠门入。至晚9时，俄军和日军亦攻克东直、朝阳两门。

是日，八国联军向内城及紫禁城进攻。北京沦陷。义和团和清军坚持巷战，英勇抗击侵略军。"华兵因联军已解使署之围，乃坚守皇城，及满（内）城大半之处，并在各街道，与联军迎战"。"联军在满（内）城中与华兵交战一日，彼此均不甘休"[30]。8月16日，部分清军和义和团在京城各处继续展开激烈巷战，顽强抵抗侵略者。在皇宫，中国守军拼死抗击，美军发快枪"如连珠"，"中国枪弹亦甚猛烈"[31]。"街上防垒甚多，皆以米袋为之"。团民和清军据此抗击。除义和团与屋内之官兵不计外，仅"街上驻守之官兵其数至少也达一千五百，皆持快枪"[32]，"早七下二刻钟，日

法两国兵，来救北堂，入西安门与华兵战"。经过三小时激战，中国清兵和义和团战死 800 人。直至晚间，内城各段才落入敌手。[33]

联军攻占内城后，立即召开各国司令官会议，决定将北京分为若干区域，由各国分别派兵占领。"前门外大街以东归英国管；大街以西归美国管；前门内大清门以东至东单牌楼英国管；大清门以西至西单牌楼美国管；崇文门以东法国管；宣武门以西英国管；东单牌楼至四牌楼俄国管；西单牌楼至四牌楼意国管；东华门外意国管；西华门外法国管；东四牌楼以北日本管，西四牌楼以北法国管；后门内以东口国管；以西口国管。外城各门以外亦分国分界管辖"[34]。联军统帅部，先设于外城天坛，后设于中南海慈禧寝宫仪銮殿。

（二）联军的暴行

北京城沦陷之日，法国步兵前队，路遇一团中国人，内有团民、兵丁、平民。法国兵竟以机关枪向之，逼至一条死胡同，开枪"轰击于陷井之中，约击十分钟，或十五分钟，直至不留一人而已"[35]。侵略军包围焚烧庄亲王载勋住宅时，当场烧死 1700 余人。[36]

侵略军分段占领北京之后，不断派兵出城窜扰，大肆屠杀义和团，或屠其城，或袭其村[37]，连日不绝。9 月 6 日，侵略军派兵 4000，镇压距京城 17 英里之义和团。9 月 11 日，侵略军出动 1700 余人，攻打京郊良乡县城，义和团和清军顽强抵抗，阵亡 250 余人。城破后，联军大肆屠杀，被害义和团和群众，"计死四千余人"[38]。9 月 15 日，俄国兵出彰仪门，袭击义和团于城西之 70 里处，俄兵战败，德军往援，义和团受挫。9 月 16 日，侵略军组织马、步、炮"征讨队"，前往西山八大处一带剿杀义和团，团民 25 人被害。灵光寺等两处寺庙被毁，千年宝塔化为灰烬。9 月 18 日，日本侵略军一队，出城前往大兴县庞各庄一带剿杀义和团，团民 24 人被害。9 月 19 日，侵略军前往西山观音村屠杀义和团，团民被害 100 余人。到是年 10 月上旬，近畿义和团汇聚处几乎摧毁殆尽。

在残酷镇压义和团的同时，侵略军还大肆焚烧劫掠。8 月 11 日，联军攻占张家湾，日军纵火，全镇火光触天。8 月 12 日，侵略军攻占通州，"洋人先纵火焚烧，由钟鼓楼起，前后左右四条大街并为灰烬。"然后"四出挨门搜掳财物，淫污妇女"[39]。北京城破后，火光冲天达三昼夜，"地安门桥以南烧尽，西四至西单烧尽，朝阳门楼、前门楼均烧化为乌有"[40]。

联军入京后，"曾特许军队公开抢劫三日"，"其后更继以私人抢劫，北京居民所受之物质损失甚大"[41]。各国侵略军"纷纷扰掠，俱以捕拿义和团、搜查军械为名。三五成群，身跨洋枪，手持利刃，在各街巷挨户踹门而入。卧房密室，无处不至，翻箱倒柜，无处不搜。凡银钱钟表细软值钱之物，劫掳一空，谓之扰城"[42]。

日军抢走户部存银 300 万两，并纵火焚烧房屋。[43]法军统帅佛尔雷一人抢劫的珍贵财物，就有四十箱之多，运往欧洲。侵略军占领各衙门，将各处存款抢走"约计六千万两"，并"将内外银库所贮银两，及钱法堂存贮新铸制钱数百万串，禄米等仓存贮米石，均皆搬运一空"[44]。

不仅官府、衙署、民宅被抢，连清王朝的皇宫、禁苑也遭浩劫。皇宫中"最大部分可以移动之贵重物件，皆被抢去"。颐和园，"历朝宝物，皆贮其中"，侵略军"括其所有用骆驼运往天津，累月不尽"[45]。

（三）义和团的继续反抗

八国联军侵占北京后，英勇无畏的义和团民则用继续战斗，回敬侵略者的暴行。

8 月 15 日，宣武门内天主教南堂董神父，洋洋得意地骑着毛驴，带领教徒前往西什库教堂途中，在西四牌楼被义和团擒获处死。[46]在侵略军公开抢劫，大肆屠杀的日子里，义和团民经常出其不意地袭击侵略者。一天，日、俄两国侵略军在东城某地行劫杀人，"死尸遍地"，义和团民忽然从一屋中开枪，击中侵略军多名。[47]在使馆附近一胡同内，擒获法军多人，有的当场打死，有的打断手足，抛入巷中。[48]在离使馆不远的某处，几百名义和团民"改变装饰，杂于市民之中"，一队法国兵前来行劫，义和团突从巷中冲出，一时号角声大作，枪声四起，迫使侵略军狼狈逃窜。[49]到 8 月 19 日，北京"内城西南各处尚巷战不已"。各国陆续增派军队开进北京。在小胡同械击洋人，以及抛掷砖石瓦砾袭扰洋人营房和汉奸住宅事件屡有发生。[50]9 月 26 日，一名日本兵赴太平庄采买粮食，被庄民所杀。[51]1901 年 4 月 12 日，几十名义和团手持洋枪，在西直门外五里处追杀一队德国侵略军，当场击毙一名德国军官。[52]

联军侵占北京之后，北京郊区义和团的规模还相当大，坚持斗争的时间也相当长。

9月初，黄村、大红门一带的义和团"聚众复仇"，与洋兵开仗，"杀死洋兵数名"[53]。在南苑地方，义和团与联军马队"短兵相接，混战一阵"，敌军马队被冲散，"坠马者数人"[54]。哄传，这一带义和团常"聚众数万"，有时能同侵略者数百人、乃至上千人开战，打死打伤敌军数十名，大败敌军，打得敌军"拖泥带水，形甚狼狈"[55]。京西、京南的良乡、固安，京北的延庆等地，义和团依然聚集一起，经常打击前来镇压的侵略军。10月14日，顺天府尹王培佑在一份奏折中称："现据平谷、怀柔等县禀报，伏莽尚多，势仍岌岌可虑"[56]。11月中旬，密云、牛郎山一带义和团攻破县城，杀死为侵略军效劳的县令，打开监狱，释放囚犯。[57]是月，德、意两国侵略军由北京进犯张家口，中途遭义和团迎击，统帅约克被击毙。[58]

注释：

（1）中国社会科学院近代所《近代史资料》编辑组编：《义和团史料》上册，中国社会科学出版社1982年版，第12—13页。

（2）中国史学会主编：《中国近代史资料丛刊·义和团》（一），上海人民出版社1957年版，第347页。

（3）中国社会科学院近代所《近代史资料》编辑组编：《义和团史料》下册，第700页。

（4）中国史学会主编：《中国近代史资料丛刊·义和团》（一），第47页。

（5）中国史学会主编：《中国近代史资料丛刊·义和团》（三），第471页。

（6）故宫博物院明清档案部编：《义和团档案史料》上册，中华书局1959年版，第71页。

（7）中国社会科学院近代所《近代史资料》编辑组编：《义和团史料》上册，第7—8页。

（8）中国史学会主编：《中国近代史资料丛刊·义和团》（四），378页。

（9）中国史学会主编：《中国近代史资料丛刊·义和团》（四），第342—378页。

（10）中国史学会主编：《中国近代史资料丛刊·义和团》（一），第250页。

（11）胡滨译：《英国蓝皮书有关义和团运动资料选译》，中华书局1980年版，第78—79页。

（12）《清实录》第 58 册，第 64 页。

（13）故宫博物院明清档案部编：《义和团档案史料》上册，中华书局 1959 年版，第 110 页。

（14）义和团运动研究会编：《义和团运动史论文集》，中华书局 1984 年版，第 309 页。

（15）故宫博物院明清档案部编：《义和团档案史料》上册，第 103 页。

（16）故宫博物院明清档案部编：《义和团档案史料》上册，第 117 页。

（17）故宫博物院明清档案部编：《义和团档案史料》上册，第 119 页。

（18）故宫博物院明清档案部编：《义和团档案史料》上册，第 119 页。

（19）中国社会科学院近代史研究所《近代史资料》编辑室编：《庚子记事》，中华书局 1978 年版，第 248 页。

（20）中国史学会主编：《中国近代史资料丛刊·义和团》（一），第 121 页。

（21）李文海等编著：《义和团运动史事要录》，齐鲁书社 1986 年版，第 145 页。

（22）李文海等编著：《义和团运动史事要录》，第 149 页。

（23）中国社会科学院近代史研究所《近代史资料》编辑室编：《庚子记事》，中华书局 1978 年版，第 13 页。

（24）中国史学会主编：《中国近代史资料丛刊·义和团》（二），第 186 页。

（25）李文海等编著：《义和团运动史事要录》，第 157 页。

（26）李文海等编著：《义和团运动史事要录》，第 164 页。

（27）中国史学会主编：《中国近代史资料丛刊·义和团》（三），第 282 页。

（28）中国史学会主编：《中国近代史资料丛刊·义和团》（二），第 301 页。

（29）中国史学会主编：《中国近代史资料丛刊·义和团》（二），第 16 页。

（30）中国史学会主编：《中国近代史资料丛刊·义和团》（三），上海人民出版社 1957 年版，第 309 页。

（31）中国史学会主编：《中国近代史资料丛刊·义和团》（二），第 334 页。

（32）中国社会科学院近代史所《近代史资料》编辑组编：《义和团史料》下册，中国社会科学出版社 1982 年版，第 594 页。

（33）中国史学会主编：《中国近代史资料丛刊·义和团》（三），第 310 页。

（34）中国社会科学院近代史研究所《近代史资料》编辑室编：《庚子记事》，中华书局 1978 年版，第 34 页。

（35）中国史学会主编：《中国近代史资料丛刊·义和团》（二），第 358

页。

（36）中国社会科学院近代史研究所《近代史资料》编辑室编：《庚子记事》，第 177 页。

（37）中国社会科学院近代史研究所《近代史资料》编辑室编：《庚子记事》，第 184 页。

（38）李文海等编著：《义和团运动史事要录》，齐鲁书社 1986 年版，第 422 页。

（39）中国社会科学院近代史研究所《近代史资料》编辑室编：《庚子记事》，第 69 页。

（40）中国社会科学院近代史所《近代史资料》编辑组编：《义和团史料》上册，第 379 页。

（41）中国史学会主编：《中国近代史资料丛刊·义和团》（三），第 31—32 页。

（42）中国社会科学院近代史研究所《近代史资料》编辑室编：《庚子记事》，第 35 页。

（43）中国史学会主编：《中国近代史资料丛刊·义和团》（二），第 360 页。

（44）中国史学会主编：《中国近代史资料丛刊·义和团》（一），第 199、214 页。

（45）中国史学会主编：《中国近代史资料丛刊·义和团》（二），第 510 页。

（46）中国社会科学院近代史研究所《近代史资料》编辑室编：《庚子记事》，第 142 页。

（47）中国史学会主编：《中国近代史资料丛刊·义和团》（二），第 354 页。

（48）中国史学会主编：《中国近代史资料丛刊·义和团》（二），第 357 页。

（49）中国史学会主编：《中国近代史资料丛刊·义和团》（二），第 359—360 页。

（50）中国社会科学院近代史研究所《近代史资料》编辑室编：《庚子记事》，第 57 页。

（51）中国史学会主编：《中国近代史资料丛刊·义和团》（二），第 465 页。

（52）中国社会科学院近代史研究所《近代史资料》编辑室编：《庚子记事》，第 236 页。

（53）中国社会科学院近代史研究所《近代史资料》编辑室编：《庚子记事》，第 39 页。

（54）中国史学会主编：《中国近代史资料丛刊·义和团》（二），第 387—388 页。

（55）中国社会科学院近代史研究所《近代史资料》编辑室编：《庚子记事》，第41、43页。

（56）故宫博物院明清档案部编：《义和团档案史料》下册，中华书局1959年版，第674页。

（57）中国史学会主编：《中国近代史资料丛刊·义和团》（一），第212页。

（58）中国史学会主编：《中国近代史资料丛刊·义和团》（一），第227页。

第七章　辛亥革命在北京

一、武昌首义对北京的冲击

　　1911 年 10 月 10 日晚，湖北武昌的革命党人发动了武昌首义，当天占领了全城。10 月 11 日，武昌首义告捷消息传到北京，朝野上下惊恐万状。京城市面大起恐慌，清政府阵脚大乱。

　　武昌首义后，京城连日以来，"有言已由邮传部预备火车者，有言热河已修行宫者，有言密云已修道路者，又有言见洋文报纸谓将往奉天者。不经之言，已是骇人听闻"。"人言至此，闻之心悸。"[1]京官请假离京而去，"每次火车均挤不能容"，仅逃避天津之京官就"日以千计"。[2]"各王公大臣府第，亟于自保财产，纷纷向银行提取现银，积存私宅，且有转存外国银行及收买黄金金镑者。耳目昭彰，人心愈加慌恐。"[3]"京城居民均向大清、交通各银行持票争取银洋，至于塞途。以下商号更不待言。"[4]人心浮动，银根吃紧，金融混乱，物价飞涨，京城处处呈现清王朝濒临崩溃的景象。

　　为了维持大清王朝的统治，清朝最高统治者采取一些措施以应对危局。

　　一是连日更换统兵大臣。10 月 13 日，清廷降旨命陆军大臣荫昌督率第一军（由陆军第四镇、混成第三协、混成第十一协组成）前往武汉 "及时扑灭" 革命，"所有湖北各军及赴援军队，均归节制调遣。"[5]10 月 15 日，清廷又委任袁世凯为湖广总督，督军进剿。[6]袁世凯记恨当年免职之事，又不满于总督之职，即假言疾病未愈，拖延赴任。参战的北洋新军冯国璋等部不服从陆军大臣荫昌的调遣，湖北多处被民军占领。10 月 27 日，朝廷只得调回荫昌，加任袁世凯为钦差大臣，不久又授予内阁总理大臣。袁世凯上台后，一面利用蓬勃发展的革命形势继续向清廷施加压力，一面调动北洋军冯国璋和段祺瑞部积极攻打武昌民军。

二是加紧立宪以抵制革命。远离战场的北京是清王朝统治中心，是封建专制的堡垒。革命党的势力还相当弱小，立宪派却有相当的规模，并且与清政府、与外地立宪派保持着联系。10 月底，面临危机的朝廷企图加紧立宪以抵制革命，极力拉拢在京的立宪派人物，在 10 月 22 日召开第二届资政院会议。会上，一些民选议员提出标本兼治，挽救王朝于危亡的议案。10 月 26 日，载沣采纳了议员的建议，发出上谕将主持铁路国有化的邮传大臣盛宣怀革职，将阁员那桐、徐世昌等人交资政院议处。10 月 30 日，载沣被迫下诏罪己，承认三年来用人无方，施治寡术，致使人心动摇，政局动荡。

三是立即停止永平（今河北省卢龙县）秋操，仓皇将参加会操的禁卫军调回北京，驻防皇城四周。又命贝勒载涛督率第三军（由禁卫军和陆军第一镇组成）"驻守近畿，专司巡护"[7]。

四是疑忌汉兵，仇视汉民。镶蓝旗护军统领希璋奏请用八旗兵取代新军守卫京城。[8] 署民政部大臣桂春（满族）"密令内外城巡警总厅，将汉族之充警察者，查点人数，秘造名册，预备一律撤出；一面密调城外之圆明园、外火器营、健锐营旗兵二千人进城分住，俟将汉族警察撤除，全以旗兵顶补，即拟于某日夜间同时动手，屠杀京城之汉人（其对象尤其是南方人）"[9]。此言一出，"人心益恐，几酿巨变"。后经制止，撤桂春，起用赵秉钧，人心稍定。

二、北京的起义与暗杀活动

武昌起义后，北京的革命党人，为配合南方革命军的行动，策划了北京起义、东华门之役和红罗厂事件三次有重要影响的起义和暗杀活动。

（一）北京起义

1911 年 11 月 27 日，湖北的清军攻入汉阳，革命军退守武昌。在战争局势危急的状态下，由陈雄和高新华领导的北京革命党人议定迅即在京城发动起义。这时，因参加谋刺清朝摄政王而入狱的汪精卫，已有袁世凯保释。他在京、津一带活动，窃取了北方地区革命活动的部分领导权。袁世凯从汪精卫处得悉革命党人准备在京起义，就拿出五千二百元来交与汪精卫，作为配合起义的活动经费，约定于29日晚10时鸣炮为号，由袁的长子袁克定率兵响应起义。革命党人中，虽然有人不相信汪精卫的策划，但也未深加怀疑。他们商定29日晚的起义计划，先由革命党人鸣炮，从前门、崇文门、宣武门各处一齐发难，并由袁世凯手下的禁卫军第四标从西直门进攻西华门，袁世凯之子袁克定率兵三千攻东华门。年方二十六岁的革命志士陈雄担任了敢死队长，直接担负进攻清廷的责任。

陈雄带领敢死队潜伏于北京内城东南一所大宅院附近。按计划于10时鸣炮，发出起义信号。只见过来一队人马，原以为是相约的袁克定所属响应起义的军队，哪知却是来抓他们的。起义军敢死队当即被清军包围。陈雄这时才明白是中了袁世凯与汪精卫设下的圈套。他仰望苍天，满腔悲愤，掏出了手枪自杀，为民主共和事业贡献了自己的青春。

29日晚上，另一部分敢死队员由高新华率领，隐匿在东北角安定门附近。晚10时，他听到起义炮声一响，首先把炸弹掷向驻安定门的清军卫戍营，率敢死队员登上城门楼，将安定门占领。但起义已遭到袁世凯和汪精卫的破坏，他们占领安定门后完全失去了支援，终于失败。

北京起义虽然失败了，但殉难的烈士们为实现共和而洒下的鲜血，激励着革命人民继续进行斗争。

（二）东华门之役

北京起义失败后，袁世凯大耍两面手法。他企图借革命的力量，迫使清帝退位，又利用清廷授予他的军权压制革命军，从而达到他窃取国家最高权力的目的。12月26日下午，袁世凯在清朝内阁总理官署接见了汪精卫，秘密授予汪"议和代表参赞顾问"的职务，要汪为他到南方奔走，促使临时革命政府把权力让给他。当晚，汪精卫又由袁的长子袁克定陪同进入其私宅，"室中预设盛筵以俟之"，"世凯南面坐"，汪精卫与袁克定"北向立"，二人向袁世凯四叩首，结拜为异姓兄弟。[10]汪精卫在北方窃踞了同盟会京津保支部长的职位，竭力为袁世凯效劳。他往来南北，耍弄权术，大搞投降妥协活动。那时候，坚决主张革命到底的志士，反对妥协，急欲除掉元凶巨憝袁世凯。革命党人黄之萌在北京起义前夕就曾面问汪精卫："巨憝不除，革命鲜有完成之理，世凯今日不忠于清，他日岂能忠于革命乎?"[11]北京起义的失败，使黄之萌进一步认清了头号大骗子袁世凯，决心把他除掉。

行刺袁世凯的人物，除黄之萌外，还有杨禹昌、张先培和严伯勋等人。下手之前作了周密调查和部署。探知袁世凯每日入宫议事，须途径东华门、东安门和丁字街（今王府井八面槽）。他们分析从东华门至东安门，属于皇城范围，禁卫森严，很难下手除袁。而东安门外至丁字街一段，两侧店铺栉比，遂决定在这一带设伏截击。

1月16日上午，严伯勋持弹隐蔽在东华门大街路南一家茶叶店附近，黄之萌、张先培二人埋伏于丁字街临街一座酒楼上，杨禹昌匿身于东安市场。其余人等散布各处，以便侧应。到上午十一点三刻，袁世凯退朝乘车出东华门，严伯勋迅速而准确地将炸弹投掷于袁氏车下，因车行过快，爆炸时车已驶过，只击杀了车后卫兵。袁世凯见势不妙，急令调车钻入路南一条胡同，绕道而逃。杨禹昌不知袁世凯的座车已经改道，闻声持弹而出，准备迎面拦击，不料因行迹暴露而被军警捕拿。埋伏在酒楼上的黄之萌、张先培开窗持弹等候袁世凯的车辆，被军警发觉，亦遭逮捕。严伯勋投掷炸弹后，乘人声鼎沸，军警慌乱之时，敏捷地退入茶叶店，将手枪插入茶叶桶中，从容出门而逃。事发后，又有七人被捕。张先培、杨禹昌、黄之萌三人被害殉难。

（三）红罗厂事件

1912年1月26日，北京城里发生革命党人彭家珍在红罗厂投弹击宗社党魁良弼事件。

1月中旬，政治局势骤变，隆裕皇太后无可奈何地接受民军要求，表示了清帝逊位意向。此举遭到清廷权贵极力反对。其中良弼最为嚣张，与溥伟、铁良等组织宗社党，反对清帝逊位，反对与民军议和，并自请督师南下，与民军决一雌雄。良弼已成为顽固派元凶。"此人不除，共和必难成立。"

彭家珍自告奋勇，决定冒充良弼亲信崇恭名义求见良弼，见机行事。事前，彭家珍作了自我牺牲的充分准备。1月25日夜，他写下留给诸同志兄弟姐妹的"绝命书"，写明他"自入同盟会以来，不敢不稍尽责任"，但"未见大效"，目前"除良弼之心已决，只待时机发动", "共和成, 虽死亦荣, 共和不成, 虽生亦辱, 与其受辱, 不如死得荣!"[12]

1月26日晚, 彭家珍身着标统制服, 腰佩军刀, 只身驱车前往大红罗厂良弼住宅, 其他敢死队员散布左近, 暗中准备接应。彭家珍将崇恭名片交与门卫, 求见良弼。不巧, 良弼外出, 久候不归。家珍心急如焚, 乃离良宅往他处寻觅。出门不远, 遇良弼乘车而归, 家珍迅速退回良宅。良弼下车, 门卫呈上崇恭名片。良弼眼见来人并非崇恭, 自知有变。良弼正诧异间, 彭家珍当即从口袋中取出炸弹猛地一掷。良弼左腿被炸断, 两天后医治无效而死亡。彭家珍因炸弹返回击中头部而当场牺牲。同时被炸殒命的, 还有良宅卫兵数人, 马弁一人。[13]

彭家珍炸死良弼, 宗社党立即土崩瓦解。清廷权贵更加惶恐, 纷纷逃出北京, 半个月后, 清朝末代皇帝宣布退位。两千多年的君主专制制度, 终于结束。1912年3月, 南京临时政府陆军部发出通电, 纪念殉难烈士, 并下令营建烈士墓于北京西郊"万牲园"(今北京动物园熊猫馆之后, 现已不存)。

三、袁世凯窃取革命政权

1911年11月1日, 清廷允准原内阁总理大臣庆亲王奕劻等解职, 授袁世凯为"内阁总理大臣", 命其"即行来京组织完全内阁, 迅即筹划改良政治一切事宜。"11月16日, 袁世凯接任内阁总理, 组织起他早已安排好的完全内阁。[14]

袁世凯入京组阁, 夺取清王室全部军政大权后, 立即与西方列强狼狈为奸, 设置"和谈"骗局, 诱迫革命党人交出政权。11月26日, 袁世凯与英国驻京公使朱尔典密谋: 先由朱尔典指示英国驻汉口总领事葛福出面, 以非正式的口头传话方式, 再次向武昌军政府提出"和谈"建议。在放出"和谈"空气的同时, 由袁世凯下令冯国璋猛攻汉阳, 造成大张挞伐之势, 以此向革命方面表示, 如不接受"和谈", 即可用武力一举而扑灭之。11月27日, 北洋军猛攻汉阳, 战斗异常激烈, 双方死伤数万人, 革命军难以支持, 汉阳失守, 武昌危急。北洋军攻占汉阳后, 袁世凯下令停攻武昌, 以免激起革命军全力反攻, 招致"和谈"有利条件的丧失。软弱的革命党人非但未能识破敌人的阴谋诡计, 反而为敌人一时一地的暂时得势所慑服, 同意首先在武汉实行停战, 并着手准备全面"和谈"。当时在武汉召开的南方各省代表会议还确定了"和谈"条件，并对"袁世凯倒戈，公推为临时大总统"的意向作了默许。

经过一系列阴谋策划后，1911 年 12 月 7 日以清廷上谕形式，委任袁世凯为全权大臣，遣使赴南方与民军"议和"。[15]袁世凯委任唐绍仪为议和全权代表，严修、杨士琦为参赞。12 月 18 日，北方代表唐绍仪与民军代表伍廷芳在上海英租界议事厅开始和谈。

在谈判过程中，孙中山于 12 月底回国。1912 年 1 月 1 日，孙中山在南京宣誓就任中华民国临时大总统。他反对向袁世凯妥协，于 1 月 29 日在报纸上宣布了袁世凯破坏和议的罪行，斥责他是"民国之蠹"，并说："此次停战之期届满，民国万不允再行展期"，"举国军民，均欲灭袁氏而后朝食。"[16]孙中山的正确主张，遭到了各方面的反对和围攻。在革命紧要关头，同盟会内部呈现出分裂危险。在一片妥协声中，革命党人对袁世凯作了廉价的、毫无原则的让步：只要清帝逊位，袁世凯赞成共和，孙中山自动解职，荐袁世凯为临时大总统。

袁世凯取得民军切实许诺后，便加紧胁迫清帝逊位。他来到紫禁城养心殿，向隆裕太后提出清帝自行退位、拥护共和的奏章。袁世凯陈述了全国革命形势，劝说隆裕太后顺从民心，接受民国的优待条件，不然被武力推翻则身家性命难以保全。隆裕太后随即召集御前会议，请来满族宗亲大臣商讨对策。奕劻等主张自行退位，尽可能保存满清贵族的既得利益。良弼、载泽、铁良、溥伟等坚决反对，声称"我朝天下决不能断送汉人"。这些顽固派成立了君主立宪维持会，拉起宗社党，企图重新集结军队，督师南下讨伐，与民军较量一番。

宗社党的威胁成为袁世凯的心腹之患。经过一番谋划，袁世凯采取了三项逼宫措施：一是以通电各军"整备再战"为名，暗调驻防滦州的曹锟所部第三镇入卫京师。1 月 27 日曹军进驻天坛，袁世凯加强了对北京城的控制。二是指使段祺瑞、王士珍等北洋将领于 1 月 26 日通电逼迫清廷明降谕旨，宣示中外，立定共和政体。三是指使段祺瑞于 2 月 3 日电陈：如亲贵尚怀疑惧，或以共和为不利，祺瑞当代全队入京，与各亲贵剖陈利害。

袁世凯的逼宫措施，使得清廷感到大有"武力解决"之势。加上良弼遇刺身亡，宗社党土崩瓦解，清廷无所倚恃。时局至此，只得无可奈何地接受优待皇室的条件。1912 年 2 月 12 日，隆裕太后颁布了《退位诏书》。2 月 13 日，袁世凯通电赞成共和。15 日，孙中山向参议院辞职，荐袁世凯为临时大总统。是日，参议院 17 省代表一致推选袁世凯为临时大总统。袁世凯利用辛亥革命的力量，逼迫清帝退位，结束了封建制度，以此换取了革命党的信任和妥协。

注释：

（1）（3）（4）（7）（8）中国史学会主编：《中国近代史资料丛刊·辛亥革命》（五），上海人民出版社 1957 年版，第 482，479，413，293，412 页。

（2）陈旭麓等主编：《辛亥革命前后——盛宣怀档案资料选辑之一》，上海人民出版社 1981 年版，第 225 页。

（5）（6）（14）（15）《清实录》第 60 册，第 1096，1100，1160，1224 页。

（9）中国史学会主编：《中国近代史资料丛刊·辛亥革命》（八），第 487 页。

（10）（11）胡鄂公：《辛亥革命北方实录》，（上海）中华书局 1948 年版，第 103 页。

（12）四川省政协、省志编辑委员会编：《四川文史资料选辑》第一辑，四川人民出版社 1979 年版，第 187—188 页。

（13）林克光等主编：《近代京华史迹》，中国人民大学出版社 1985 年版，第 230 页。

（16）白蕉：《袁世凯与中华民国》，见中国史学会主编：《中国近代史资料丛刊·辛亥革命》（八），第 135 页。

民国时期

第一章　北京政府时期的政治

孙中山先生是中国民主革命的先驱，是领导人民推翻帝制、创立民主共和制度的卓越领袖。孙中山在充满坎坷与艰难的革命一生中，曾三次来北京。孙中山三次来北京，正值清末民初。其间，中央政权更迭不断，政治斗争异常尖锐。孙中山每次来北京，都处于中国社会变化的关键时刻。

1911 年，孙中山领导的辛亥革命结束了清王朝的统治，建立了资本主义共和政体的中华民国，但是，革命并不彻底。在帝国主义的支持下，袁世凯、段祺瑞等北洋军阀首领最终成为辛亥革命的最大受益者。北京政府时期，北洋军阀各派系如走马灯般频繁更替。先有袁世凯的改制与复辟；继之府院之争与张勋复辟，段祺瑞独揽北京的中央政权，直系、奉系军阀操纵北京政权，北京成为北洋军阀的统治中心；随后是北洋军阀统治的衰败与终结。

一、北京政府时期的政治局势

（一）孙中山三次到北京

孙中山第一次到北京，正值中日甲午战争前夕。1894 年六七月间，孙中山偕陆皓东北上抵达天津，上书李鸿章，陈述"富国强兵之道"。但未被采纳。于是孙中山第一次来到北京，亲自调查了解"清廷之虚实"[1]。晚清宫庭的腐败与不久传来的甲午战败之讯，使孙中山很快得出："最后至北京，则见满清政治下之龌龊，更百倍于广州"[2]。此后，孙中山决心建立革命组织，发动武装起义，推翻清朝政府，建立一个民主共和国。孙中山首次莅京，促使他在思想上发生了革命性的转变。

孙中山第二次来北京，正值北京政坛处于极其复杂、动荡的时期。辛亥革命推翻帝制，建立了中华民国。孙中山为调和南北，巩固共和制度，应袁世凯之邀，于 1912 年 8 月 24 日来到北京，被接往东单石大人胡同的总统办公处。此处原为清工部宝源局，清末改造为接待外使的迎宾馆。次日，孙中山在虎坊桥湖广会馆主持成立国民党大会并被推举为该党理事长。孙中山在京期间，与袁世凯会谈十三次，同时接受袁世凯委托"筹划全国铁路全权"，出席官方和社会各界欢迎会二十余次，接见中外记者九次，还接待了十三个国家的使节，并视察了京张铁路和清河织呢厂等。9 月 17 日孙中山离开北京。孙中山二次莅京，是他政治生涯中的重要一页。

1924 年底，孙中山第三次到北京，并最终在北京逝世。

1924 年 10 月，冯玉祥等发动北京政变，推翻曹锟政府。孙中山接受冯玉祥等人的邀请，决定北上，共商国是。11 月 10 日发表《北上宣言》，主张召开国民会议，以求中国之统一与建设，并重申反对帝国主义，废除一切不平等条约的立场。12 月 31 日，孙中山抱病由津入京。北京社会各界十余万人到前门车站迎接。当时外交官顾维钧在铁狮子胡同的私宅正在闲置，段祺瑞把孙中山行馆安排到这里。但孙中山念及自己的身体状况，先住到王府井南边的北京饭店，约请附近协和医院的外国医生诊治病情。1925 年 3 月，孙中山病情恶化，不幸于 12 日去世；临终留下遗言"革命尚未成功，同志仍须努力"。19 日，灵柩移殡中央公园稷坛，先后有七十多万人前往致祭。4 月 2 日，于右任等国民党人将孙中山灵柩移置于香山碧云寺的金刚宝塔内。孙中山的革命生涯是在北京终结的。

（二）北京政府统治的确立

1912 年 2 月 15 日，孙中山辞去中华民国临时大总统一职，让位于北洋军阀首领袁世凯，但要求民国首都设在南京、袁世凯南下就职。他派遣蔡元培、宋教仁、汪精卫等作为专使，率团前往北京迎袁南下。

2 月 27 日，临时政府专使到达北京。在公开场合，袁世凯一再表示愿意随使团南下。暗地里，他先指使部下劝说专使放弃定都南京，不成后又策划曹锟等部下发动兵变，以实现其既定方略。

2 月 29 日晚，驻扎在朝阳门外的北洋第三镇第九标炮营，涌入城内抢劫。接着，城内驻军闻声而起，分队自东向西，肆意焚掠，一时东城及前门一带"火光烛天"，"枪声动地"，"凡金店、银钱店、蜡店、首饰楼、钟表店、饭馆、洋货铺及各行商铺，十去八九"。[3]一队士兵直赴南方使团驻地，"毁门而入"，将"行李文件等，掳掠一空"。[4]次日晚，兵变再起于西城，烧杀抢掠更甚。两日来，北京商民损失"数千万"，"内城被掠者四千余家，外城六百余家"。[5]

兵变之后，宋教仁等慌忙避难于使馆区内的六国饭店。北京商务总会等政团力阻国都南迁，指责南京临时政府"争执都会地点"，"酿此大变"。[6]段祺瑞等北洋军阀联名致电孙中山，危言恫吓，向南京革命党人施加压力。英法等国扬言要从天津调兵入京，自保使馆。为安定时局，南京方面不久便同意袁世凯在京就职。

3月10日，袁世凯在北京东城铁狮子胡同原海军部大楼前宣誓就任临时大总统。3月15日，袁派遣唐绍仪赴南京就任临时政府总理。19日，唐绍仪向临时参议院提出责任内阁名单。外交、陆军、内务、海军等部总长由北洋人物担任，教育、司法、农工商等部总长让与革命党和改良派人物。名单得到国会通过，责任内阁在30日任命，4月1日到北京就职。4月5日，临时国会参众两会议员亦来到北京，筹办正式国会。第一届国务院设在东城铁狮子胡同，临时国会设在宣武门内的象来街（国会街）。

根据《中华民国临时约法》，8月初，北京临时参议院审议通过了国会组织法与参、众两院选举法。该法案规定实行限制选举制，除财产和教育限制外，还否决了女子选举权。选民仅占总人口的十分之一。尽管如此，它比清末谘议局选举人数仍增加了二十四倍以上。这表明辛亥革命后，共和已经渗入国家的政治制度里。

1912年12月至次年3月，北京政府进行国会选举。1913年4月8日，中华民国第一届国会正式成立。出席此届国会的参议员179人，众议员503人，其中国民党人占压倒多数。10月6日，国会召开总统选举会。这一天，袁世凯命令京师警察厅和拱卫军联合派出军警，"保卫"会场。此外，千余军警改穿便服，自称"公民团"，将国会团团围住。在紧张的气氛中，议员们接连投票两轮，袁世凯都未能获得法定当选票数。在"公民团"的威胁下，议员们只能放弃消极抵制。第三轮决选，袁世凯以507票当选。不久，袁世凯将总统府迁入中南海，将南海的宝月楼改造为新华门，将中海西北的集灵囿改建为国务院。从此，中南海即成为民国政府所在地。政府下设外交部、内务部、农工商部、财政部、教育部、司法部、陆军部、海军部等机构，分设于北京内城各处。

（三） 北洋军阀的政治纷争

1. 袁世凯的改制与称帝

在北京临时政府的组建过程中，袁世凯为首的北洋军阀势力，占有明显的优势，实权已为其所控。它的建立标志着北洋军阀统治的开始。然而，资产阶级革命党人在这个政府中还掌握着部分行政权和立法权，并力图利用责任内阁和临时参议院，对袁世凯专制独裁势力加以制约。因此，北洋势力在联合政府中实质上占据主导地位。

1913 年双十节，袁世凯在故宫太和殿举行了就职仪式。刚一登上正式大总统宝座，他便借口"增修约法"，向国会发难。11 月 4 日，他悍然下令解散国民党，取消国民党议员资格。1914 年 1 月 10 日，袁世凯公然宣布停止两院议员职务，饬令回原籍。5 月 1 日，袁世凯废除《临时约法》，颁布《中华民国约法》，将孙中山确立的责任内阁制改为总统制，极端"隆大总统之权"，取消一切对总统制的制约，独揽军政大权。他于同日撤销国务院，改在总统府内设政事堂，任命徐世昌为国务卿。国务卿协助总统处理政务，取消其副署权。至此，辛亥革命建立的资产阶级政治制度破坏殆尽，制约总统权力的国会和内阁都被取消。

在个人权力方面，大总统职位仍不能令袁世凯满足，他的目标是实行君主立宪，登上皇帝的宝座。为此，在舆论上，袁世凯于 1913 年 6 月 22 日发布尊孔令，称其学说"放之四海而皆准"[7]。1914 年 9 月 25 日，他又颁布祭孔令，公开恢复前清的祀孔规定，还亲抵孔庙，仿照皇帝的样子祭孔。12 月 20 日，袁世凯下令恢复前清的祭天制度，23 日，他亲登天坛，顶礼膜拜，一切礼仪完全模仿封建帝王，企图借神权震慑民心。

1915 年夏秋，袁世凯独裁称帝的活动日益嚣张。在袁暗中授意下，8 月 23 日，杨度在石驸马大街宣布设立"筹安会"。他执笔撰写的《君宪救国论》，被袁钦定为帝制派的纲领。10 月份，袁世凯自行圈定了各省议会代表，在全国各地对"君主立宪"进行记名投票。截止 11 月 20 日，收回的 1993 张选票自然是全部赞成实行君主立宪。12 月 11 日，这些圈定的各省"国民代表"向袁世凯上推戴书，劝其登上中华帝国皇帝之位。袁世凯假惺惺地推辞一番后，于次日在中南海居仁堂举行仪式,宣布废除共和,恢复帝制,从1916 年开始洪宪年号。虽在表面上北京有百官朝贺,然而在其嫡系部属中间,尚明事理的段祺瑞和冯国璋都称病不到,表示出对袁氏复辟的不满。北洋军阀内部由此出现了分化以至分裂。

复辟帝制立刻激起国民的反抗。12 月 25 日,蔡锷将军率先在云南宣布独立,兴兵讨袁,开始了护国战争。在中华革命党人的推动下,全国掀起反对帝制的怒潮。连先前假意支持的日本也看出其复辟可能导致的危险后果,便联合英、俄等国发出声明,公开反对袁世凯称帝。在内外交困和举国讨伐声中,袁世凯不得不于1916 年 3 月 23 日明令取消帝制,恢复共和体制,恢复自己的总统职务。即便如此,全国倒袁运动依然不能平息。袁氏嫡系四川的陈宧、湖南的汤芗铭相继宣布与袁断绝关系,袁的部分家人也声明与其脱离关系。6 月 6 日,袁世凯在北京抑郁而亡,终年 57 岁。

袁世凯死后,北洋军阀各派势力割据称雄,兴兵称霸。北京政府成为实力派军阀觊觎的中心目标。

2. 府院之争与张勋复辟

袁世凯称帝败亡后,黎元洪继任总统,6 月 7 日,黎在东厂胡同的私宅就职。皖系军阀首领段祺瑞任国务总理,掌握着北京政府的实权。8 月 1 日,国会在北京正式复会,恢复《中华民国临时约法》,为黎元洪补行大总统就职宣誓。10 月 30 日,选举直系首领冯国璋出任副总统。这样,政局暂时稳定,北京政府从袁世凯时代进入皖系时代。

1917 年初,黎元洪与段祺瑞在民国是否对德宣战的问题上各执一词,互不相让,形成了震动政局的“府院之争”,引发一场复辟与反复辟的斗争。

府院之争的起点是中国对德宣战,但是否参战只是表面问题。其实质是段祺瑞企图以参战扩充皖系的军政实力,积累政治资本。日本欲利用欧美列强无暇东顾之机谋求在华势力。英美等国发现了日本的意图,鼓动黎元洪反对参战,限制日本的扩张。黎元洪也不愿看到皖系势力的发展,在美国公使“允为后盾”的支持下[8],凭借国会优势,消极抵制。段祺瑞组织“公民团”,围攻议会,激起众怒。社会舆论公开揭露段祺瑞与日本勾结,出卖国家主权,换取日本借款的行为,国民反段的情绪日益高涨。5 月 21 日,北洋督军团在京聚议,联名具呈黎元洪,声称宪法导致议会专制,陷内阁于“颠危之地”,要求“参众两院即日解散”[9]。23 日,黎元洪下令免去段祺瑞的国务院总理职务，任命伍廷芳代理内阁。段负气出走天津，策划督军团解散国会，驱逐总统黎元洪。黎段矛盾白热化，在段祺瑞的煽动下，北洋各省督军纷纷独立。黎元洪进退维谷，只好电请张勋入京，"调停国事"。

6月7日，张勋率领辫子军步、马、炮兵十营五千人，由徐州赴京。途中，张勋要挟黎元洪，限其三天之内下令解散国会。黎被迫无奈，于13日颁布国会解散令。14日，张勋到京，当即通电各省，要求取消独立。随后，他潜入清宫，"朝谒"溥仪。27日，康有为化装入京，为张勋复辟出谋划策。30日，张勋网罗封建余孽，召开"御前会议"，决定发动政变。

7月1日，张勋身穿前清朝服，率文武官员三百余人，涌入紫禁城，跪请复辟称："仅代表二十二省军民真意，恭请我皇上收回政权。"[10]十二岁的溥仪颁布复辟诏，内称："收回大权，与民更始，自今以往，以纲常名教为精神之宪法，以礼义廉耻收溃决之人心。"[11]复辟王朝宣布即日起将民国六年7月1日，改为宣统九年五月十三日，易民国的五族共和旗为大清龙旗，封张勋为忠勇亲王，总揽军政大权。张勋下令北京城内官府民户悬挂龙旗，有些市民只好用纸糊龙旗，应付事变。[12]许多人翻出前清服装，晃着马尾制作的假发辫招摇过市。一时间市面上朝服、官靴价格暴涨。

张勋的倒行逆施，遭到民众的强烈反对。北京十几家报刊"一律停刊，表示抗议"[13]。其他出版者亦"无恭维复辟之辞"，"至血性健儿，多有不避鼎镬，执笔痛斥者"。[14]有些民众拒挂龙旗，"扯碎弃于当途"[15]。

复辟清廷派人劝说黎元洪和平地交出权力，被黎严词拒绝。黎元洪以民国大总统名义通电全国，请求出兵讨伐张勋，并特别任命段祺瑞来总理国事，之后避居日本使馆。段祺瑞看到出山时机已到，便打起"护国"大旗，组织5万余人的"讨逆军"。7月3日，段祺瑞在天津马厂誓师讨伐张勋。讨逆军沿京汉、津浦铁路进击，一举攻占丰台，12日包围了北京城，从永定门开始攻城。张勋的3000余人竭力顽抗。在德国、荷兰等国公使调停下，张勋同意停火，自己从南河沿住宅逃入荷兰使馆，辫子军挂起五色旗投降。这次复辟闹剧，仅仅维持了十二天，便以失败告终。

3. 北洋军阀的派系纷争

袁世凯统治时期，北洋军阀内部虽然出现了派系之别，依然可以维持相当的完整统一。袁死后，北洋军阀分化为皖系、直系、奉系三大派系，开始了争权夺利的斗争。自 1916 年起，皖系、直系、奉系曾分别控制了北京政府。1928 年 6 月，国民革命军打败张作霖的安国军，占领北洋政府所在地北京，结束了北洋军阀在中国的统治。

（1）皖系军阀的统治

袁世凯复辟失败之后，段祺瑞出任国务总理兼陆军总长，控制了北京政府和一部分北洋军。张勋复辟结束后，段祺瑞以"再造民国"的功臣自居，再次组阁。他公开声明："一不要约法，二不要国会，三不要旧总统。"[16]

直系军阀首领冯国璋接任代理大总统后，极力与段争权。段祺瑞坚持"武力统一"，兴兵征讨西南军阀。冯国璋则主张"和平统一"，暗中拉拢南方各派，酝酿议和。皖系联合奉系，策划征南驱冯。双方勾心斗角，内阁数次更迭。皖系势力一度控制了政局，以冯国璋为首的直系处于次要地位。

掌握着北洋实权的段祺瑞，决定策动政潮，"合法倒冯"。1918 年春，皖系王揖堂、曾毓隽等人组建安福俱乐部（因会址在西单安福胡同而得名）。安福系政客以"买票与官宪干涉"并举，导演国会选举。

京兆地区众议员选举，由安福系党魁一手包办，丑闻迭出，甚至伪造选民册，以谋求选票。宛平县选民原为二万四千人，捏造虚名竟增至六万五千人。[17] 8 月 12 日，安福系一手操办的国会在象坊桥众议院开幕，史称安福国会。皖系当局宣布对国会议员实行永远津贴，每人每月付现洋支票三百元。议员"皆欣欣有喜色"[18]，"贪饵人毂，其状如鱼"[19]。选举结果，安福系首领王揖堂任众议院议长，与安福系结盟的交通系要人梁士诒任参议院议长。安福国会成为皖系军阀的御用工具。

9 月 4 日，安福国会参众两院召开联合选举委员会，冯国璋总统之职被徐世昌取代。直系中的曹锟和吴佩孚成为其首领人物。直系倾向以和谈方式解决南北对立，对中央政权又有觊觎之意，抓住皖系"武力统一"的口号攻击不止。

1919 年的五四运动加剧了北京政局的动荡。直皖矛盾日益激化，终于导致在京畿地区兵戎相见。皖系作战失利，由它控制的北京政府随之垮台。

皖系军阀在五四运动中声名狼藉，成为众矢之的。反之，直系政治声望日增。此后，吴佩孚与南方军事将领密签和约，于 1920

年春自湖南撤防北归。段祺瑞为阻止直军主力北上，密谋以皖系主干吴光新接替赵倜任河南督军。赵倜不甘心被逐，放弃中立，加入北方七省反皖同盟，直皖矛盾加剧。6 月，奉系首领张作霖进京与皖系徐树铮等调解不成，矛盾进一步激化。

7 月初，皖系首先胁迫总统徐世昌罢免曹锟、吴佩孚的军职，企图强行解决直系势力。7 月 12 日，直系各部将领联名发表讨皖通电，谴责段祺瑞"为全国之公敌"，"惟有秣马厉兵"，"以靖国难"[20]。14 日，直皖战争正式爆发。双方激战于涿州、琉璃河、高碑店、杨村等地。16 日夜，吴佩孚调军迂回奇袭松林店，直捣皖军司令部。直军乘势占领涿州，进击长辛店，西线皖军崩溃。在东线战场，奉军入关参战，助直军反击，皖军全线溃退。徐树铮狼狈逃回北京。20 日，"边防督军"段祺瑞通电去职，逃离北京。北京政府下令查办徐树铮、段芝贵等皖系军阀，解散安福俱乐部和安福国会。23 日，直奉军开进北京城，结束了四年的皖系统治，开始直系统治的时代。

（2）直系军阀控制北京政权

直皖战争后，直奉军阀联合执掌北京政权。不久，直奉关系急剧恶化。在皖系统治地盘大致瓜分以后，双方在北京政府组阁问题上互不相让。1920 年秋，直系率先占据安徽督军一职。其后，直系将领齐燮元出任江苏督军。1921 年夏，吴佩孚乘武昌兵变，取代王占元为两湖巡阅使，任命部将为湖北督军。直系军阀在长江流域连连得手，使奉系军阀耿耿于怀。1921 年底，北京内阁出现危机。张作霖入京，支持梁士诒出任内阁总理。

梁氏内阁上任后，下令赦免皖系要人，重新起用曹汝霖、陆宗舆等交通系旧人。奉系受到更多的关照，直系军队则备受冷落。吴佩孚更是心中不满，寻机倒阁。1922 年 1 月，美国华盛顿会议讨论山东胶济铁路问题时，日本提出无理要求，要中国向日本借款赎回胶济铁路，对该铁路依然实行中日共管。梁士诒竟指令中国代表签字同意。此举立即遭到国会、外交界以及国内民众的强烈反对。1 月 20 日，"北京国民外交联合会"等四十余团体联合通电，宣布梁氏十大罪状。吴佩孚抓住这个机会，痛责梁氏媚日卖国。梁士诒被迫托病出京。直奉关系破裂。

1922 年 4 月 19 日，张作霖通电宣布率兵入关，"以武力为统一之后盾"[21]。直奉双方电报战升级。吴佩孚声称："张作霖不死，大盗不止。"[22]奉系痛斥吴佩孚："狡黠性成，殃民祸国。"[23]4 月

28 日晚，第一次直奉战争爆发。两军在长辛店、固安、马厂等地，兵分三路同时开火。其中，长辛店至琉璃河一带，战火最为激烈。5 月 3 日晚，吴佩孚反守为攻。他令一部发动正面强攻，另派精兵强将迂回作战。4 日，直军直扑奉军后方卢沟桥，西线奉军腹背受敌。5 日，直军增援部队杀到丰台。奉系收编的皖系部队临阵倒戈，导致奉军全线失利。张作霖被迫下令退却，率残部退出关外。

直系军阀控制京畿地区后，吴佩孚等人声言要为中华民国"重建法统"。首先恢复 1917 年张勋复辟时被解散的国会，6 月 2 日驱逐安福国会选举的大总统徐世昌，迎请黎元洪复总统之位。为了建立自己的统治形象，直系吴佩孚等人甚至提出"劳工神圣"的进步口号，主动与南方的孙中山联系。李大钊也曾到保定与吴佩孚会谈，沟通了共产国际与吴佩孚的联系。在作出种种民主爱国的姿态以后，吴佩孚的威望日见上升。手无寸铁的黎元洪无力施政，军政实权掌握在曹锟、吴佩孚手中。

直系内部矛盾重重，曹锟与吴佩孚貌合神离，裂痕加深。曹锟及亲信为争夺权力，策划了先驱逐黎，后贿选的计谋，以攫取总统宝座。1923 年 6 月 8 日，曹锟雇佣流氓，组成"公民团"，在天安门集会，要求黎元洪"即日退位，以让贤路"。9 日，他唆使冯玉祥等率领所部军官 300 余名（每人发铜元三十枚），到黎宅索要军饷。6 月 9 日至 12 日，京师军警与曹锟雇佣的"市民请愿团"连续包围黎宅，切断其水电供应。13 日，黎元洪被迫出走天津。

急于当选总统的曹锟，使用种种卑劣手段。1923 年初，曹锟就开始未雨绸缪，向国会议员发放数千元津贴，收买人心。逼黎下台后，他以每票五千元至万余元的高价，贿买国会议员。收买议长的贿金竟达四十万元。同时设立"暗察处"，密派探员日夜分班，跟踪监视，强迫议员出席会议。[24] 不足法定人数，便冒名顶替，捏造出席人数。9 月 10 日，召开预选会，川、鄂、浙、闽、粤、豫、晋等省议员均未出席，但签到者竟达 436 人。10 月 5 日，国会正式选举总统。军警宪兵戒备森严，一面监视拉拢国会议员，一面现场按价给钱。结果，曹锟以 480 票"当选"为大总统[25]。10 日，曹锟就职，颁布《中华民国宪法》。

曹锟贿选与"制宪"，严重践踏了民国共和制度，激起全国人民的强烈愤慨。孙中山在广州大元帅府下令讨伐曹锟，通缉贿选议员，宣告中外："曹锟之选举为僭窃叛逆之行为，必予以抗拒而惩伐之。"[26] 国内各派政治势力纷纷奔走串联，酝酿联合反直。

1924 年 9 月，直系军阀、江苏督军齐燮元与倾向奉系的浙江督军卢永祥之间爆发了苏浙战争，引发新一轮军阀混战。9 月 4 日，奉系军阀张作霖借机兴兵入关，分三路南下，大举讨伐直系。17日，曹锟发布对张作霖的讨伐令，任命吴佩孚为总司令，分三路北上迎战。吴佩孚从河南赶到北京，亲自指挥第一路部队，在山海关和京奉线上布置。第二路由王怀庆指挥，北出喜峰口迎敌。第三路由冯玉祥指挥，计划出古北口袭击热河，偷袭奉系的后方。10 月中旬，奉军在山海关一带发动猛攻，连克数阵，17 日进军长城。冯玉祥闻讯决心倒戈。10 月 19 日，冯玉祥率部由古北口兼程回师。23 日凌晨进入北京，占据交通要道、重要的政府机关，囚禁总统曹锟，接管北京全城。这就是震动一时的北京政变。

稳定北京以后，冯玉祥又率部向东出兵，配合奉军切断了吴佩孚的后路。直军顿时军心大乱，迅速溃败。10 月 24 日，曹锟被迫下令停战，数日之后宣告退位。四年的直系统治到此结束。

政变之后，北京城内人心浮动，少数前清遗老遗少又开始复辟预谋。为了结束逊清帝室留驻紫禁城的不正常状态，从根本上打击保皇势力，冯玉祥决定将末代皇帝溥仪驱逐出宫。11 月 4 日，摄政内阁会议通过《修正逊清皇室优待条件》，废除了逊清宣统皇帝的称号。次日，京畿警备司令鹿钟麟限令溥仪即日出宫，移居什刹海畔的醇亲王府。为了表示对南方革命的响应，冯玉祥把队伍改名为国民军。鹿钟麟还担任了京都市政公所督办和京师警察总监，撤销前清遗留的内务府和依然管理京郊治安的步军统领衙门，将近代警政市政推广到四郊。1925 年，由执政府内务部主持，神秘的紫禁城向民众开放，改造为故宫博物院。

（3）段祺瑞出任临时执政

北京政变后，北洋军阀的内部矛盾更趋复杂，为平衡局势，建立了由段祺瑞为首的临时执政府。

发动北京政变前，冯玉祥曾与奉军达成协议，事成后奉军退出关外，由冯玉祥独自控制京津和华北。张作霖并不遵守约定，继续将大批人马开进关内，占据北京城，继而扩展至山东，江苏，再次问鼎中原。奉系极力勾结皖系残余势力，以排斥国民军。继续在长江流域称雄的直系军阀，为抵制北方军阀向南扩张，联名通电请段祺瑞出山。冯玉祥迫于形势的压力，只能同意由段祺瑞主持政局。冯玉祥提出电请孙中山北上北京，共商国是。

1924 年 11 月 12 日，段祺瑞入京。24 日，他宣布就任临时执政，地址暂设在东城吉兆胡同的段祺瑞私宅。段祺瑞声称："忝膺执政，誓固共和，内谋更新，外崇国信。"[27]同时，发布临时政府组织条例及人选。

段祺瑞重掌政权后，为了使临时执政府合法化，积极筹备善后会议。会议条例宣称以"解决时局纠纷，筹议建设方案"为宗旨。[28]他希图由善后会议产生出国民会议，制定新宪法，再授权他组成合法的政府。段祺瑞邀集的会议代表，除孙中山和黎元洪等知名人物外，主要为各地实力军阀、官僚、政客和御用文人。

1925年1月17日，孙中山复电段祺瑞，提出修正意见：一，应兼纳人民团体代表；二，国家大政的最后决定权应属于国民会议，"令人民回复主人之地位"。[29]29日，段祺瑞回电婉言拒绝，仅以聘请各省议会、商会等团代表为专门委员相敷衍。31日，孙中山决定国民党人拒绝出席善后会议。

2月1日，段祺瑞正式召开善后会议。黎元洪、唐绍仪、章炳麟、梁启超等知名人物也拒绝到场。结果安排166名代表的会议仅出席86人。后经段祺瑞多方拉拢，才形成百余人的规模。2月13日，善后会议才召开第一次会议，4月21日宣告闭幕。期间，各派军阀政客争权夺利，吵闹不休。会议通过的《国民代表会议条例》等议案，毫无法律约束力。

1925年10月，在日益高涨的国民反帝运动的推动下，段祺瑞政府召集英、法、美、日等国公使召开关税特别会议，要求列强在中国关税问题上有所让步，为其临时执政府提供财政支持。在召开关税会议的时候，冯玉祥与张作霖之间矛盾激化，一度造成临时执政府的统治危机。直系吴佩孚、孙传芳在江浙一带发动反奉战争。11月23日，郭松龄兴兵反奉。1926年初，奉系与直系再次联合，将矛头一致指向冯玉祥，要把国民军赶出京津，赶出华北。1月11日，张作霖通电发兵，19日进入关内向国民军进攻。吴佩孚联合张宗昌由南向北进攻，逐步逼近天津、北京。国民军节节败退，主力鹿钟麟部从天津退回北京，4月9日率兵包围了临时政府，段祺瑞及皖系政客逃匿东交民巷。国民军向吴佩孚提出联直反奉的计划，没有响应，只得向南口撤退。段祺瑞立即卷土重来，通电复职。然而，一纸空文的回光返照，仅仅维持了数日。4月18日，吴佩孚电令拘捕安福系政客，监视段祺瑞。张作霖也无意再扶植这个空头人物。20日，段祺瑞只好通电下野，后退居天津，临时政府名存实亡。皖系军阀插足北京政权的局面，至此告终。

（4）张作霖建立安国军政府

1926 年 4 月 18 日，奉直联军开进北京城，控制了京畿地区。张作霖提出恢复民初约法，召集新国会，选举大总统，组建由其控制的新内阁。吴佩孚则主张恢复曹锟颁布的宪法及其任命的颜惠庆内阁。双方在法统上产生护法和护宪之争。25 日，奉系代表张学良、张宗昌与直系代表齐燮元、王怀庆在京会谈未果。5 月 5 日，北京治安维持会首领王士珍出面斡旋，建议暂时搁置宪法、总统之争，由颜惠庆组阁，摄行临时执政职务。奉方勉强同意。

5 月 13 日，颜惠庆提出组阁名单。阁员们对军阀干政顾虑重重，却步不前。颜惠庆组阁失败，改由海军总长杜锡珪组阁，吴佩孚支持颜阁摄政的计划成为泡影。

随着奉系与直系军阀势力的消长，北京政府内阁政潮迭起。1926 年 7 月，国民革命军从广东誓师北伐，势如破竹，迅速占领吴佩孚控制的湖广地区和孙传芳控制的江西，消灭了直系主力。为吴佩孚支撑政局的杜锡珪内阁岌岌可危。9 月 18 日，京畿宪兵司令王琦率领大批军警围住执政府索饷，直至全体阁员"被困于内阁会议室，饮食俱无"。[30]结果，财政部刚收罗的现洋被索去大半，内阁连京官度日费用都难以支付，逼得杜锡珪立即提出辞职。

10 月 1 日，由长期办理外交的顾维钧代理国务总理，组织临时内阁。在军阀的强权干预下，此时的北京政府于内政外交都已难有作为了。

为入主北洋中央政权，实力雄厚的奉系步步紧逼。11 月中旬，张作霖在天津召集会议，商议北洋各派联合抗拒北伐军的战略部署。30 日，由孙传芳领衔，奉鲁军及东南各省直系将领联名通电，推戴张作霖为安国军总司令[31]，以军政取代行政，挽救北洋军阀统治的危局。12 月 1 日，张作霖通电就职。27 日，他将设在沈阳的奉军司令部迁到北京，在西城顺承郡王府设立安国军司令部，下设外交、政治、财政讨论会，与设在东城的执政府形成平行的权力机构，控制着北洋政局。

1927 年初夏，在残存各派军阀的喧嚣声中，奉系军阀首领在北京组建安国军政府，拉开了北洋政权历史上的最后一幕。

春夏之交，在国民革命军的锐利打击下，直鲁联军败北江南，奉系精锐受挫中原。北洋军阀战略全局被迫由进攻转入防御。为商议对策，6 月 14 日，张作霖在顺承王府召集会议，军阀上层出现意见分歧。奉系元老张作相等反对南北议和，主张退守关外，保存实力。非嫡系将领张宗昌、孙传芳担心成为南北议和谈判的筹码，表示要以奉系为主力，愿与国民革命军决一死战。少帅张学良等提出南北议和，划区而治。16日，决策会议继续进行。各派将领一致赞同，由孙传芳领衔推戴，吁请张作霖就任"海陆军大元帅"[32]。

6月18日，张作霖在怀仁堂举行就职典礼，同时，公布《中华民国军政府组织令》。军政府以大元帅总揽陆海军全权，并"代表中华民国行使统治权"[33]。最后一届北京政府的产生已经失去了任何法律依据和共和制基础，完全是残余军阀势力的共同推举。没有形式上的选举，张作霖也未敢自称总统，只是觉得大元帅之名威武响亮，更切合军事独裁统治。

安国军政府自成立之日起，就陷入内外交困的危局。财政危机是其致命的内伤。为解燃眉之急，张作霖请梁士诒出面向银行借款。各银行见安国军政府危如累卵，纷纷以闭门歇业来应付。开源无路，只好设法节流。潘复就任内阁总理后便宣布裁员。大批被裁减的官员群起而攻之，吓得潘复每日赴国务院办公，要派"宪兵净街警卫"。[34]节省靡费的措施收效甚微，反而加剧了北洋政局分崩离析的趋势。

危机四起的安国军政府难以继续作战，以和谈求生存成为施政中心。然而，随着时局变迁，宁奉和谈已成明日黄花。南京政府与国民革命军达成协议，协力北伐，并催促晋方迅速出兵讨奉。安国军政府陷入四面楚歌之中。

当北伐军日益逼近京津地区时，日本帝国主义者公然出面干涉中国内政。5月初，日军首先制造济南惨案，企图遏制北伐攻势。5月18日，日本外交官分别照会国民政府和安国军政府，声称："如祸乱波及满洲时，帝国政府为维持满洲治安，将不得不采取适当而有效的措施。"[35]对此，安国军政府反映强烈。25日，安国军政府外交部正式照会日本，郑重声明："东三省及京津地方均为中国领土，主权所在，不容漠视。"[36]日奉矛盾趋于激化。

相形之下，南京政府与国民革命军却采取了谨慎的外交政策，回避日本的锋芒。蒋介石收到照会，即开始策划政治手段，调动各种关系，准备和平解散安国军，由阎锡山和平接受京津地区。

5月30日，在张学良、杨宇霆的极力劝说下，张作霖发布了全军退却令。奉军先行退至琉璃河、长辛店一线。随后，分批向东北撤退。6月3日，张作霖乘专列出京，列车行至沈阳皇姑屯车站附近被日本军方炸毁。张作霖身受重伤，不治而亡。张学良闻讯化装离京，回东北继任东北军统帅，命令奉军加紧撤退。

6月4日，南京国民政府委任阎锡山为京津卫戍司令。5日，北京治安维持会派人与晋军接洽。8日，阎锡山属下前敌总指挥商震率部自广安门入城，和平接管一切军政机关。6月15日，南京国民政府发表宣言，声称"中国统一告成"。[37] 从此，国民党组建的南京政府，取代了安国军政府，开始行使对国家的统治权。

二、爱国运动在北京

（一）五四运动在北京

五四学生爱国运动在北京爆发，一方面是由于受帝国主义加紧侵略和北洋政府丧权辱国的刺激，另一方面是由于俄国十月革命的胜利和北京新文化运动的勃兴唤醒了一批思想敏锐的知识分子。五四运动的直接动因，则是巴黎和会上中国外交的失败。

1919年初，出席巴黎和会的中国代表，在国内舆论的压力下，向和会提出了废弃帝国主义在华特权、取消"二十一条"和收回山东主权等议案，遭到列强拒绝。会议最终决定由日本接管德国在山东的一切权利及附属设施。这样，中国不仅没有收回丧失的权益，而且受到一次莫大的侮辱。中国以战胜国的资格参加会议，得到的是战败国的待遇。对这样的决定，北洋政府竟然准备签字承认。4月30日，外交失败的消息传到北京，打破了许多人对帝国主义的幻想，激起了北京人民的愤怒。

5月1日下午，北大《国民》杂志社等一些进步学生召开紧急会议，决定5月3日晚在北河沿北大法科大礼堂召开全体学生大会，各校都派代表参加。[38] 5月3日下午，北京一些政界人物提出在5月7日国耻纪念日召开国民大会。晚上，北京各校学生集合于北河沿大礼堂。大会请来北京新闻界知名人士（也是北大新闻研究会的导师）报告了巴黎和会中国外交失败的原委。许多学生发表了激昂慷慨的演说，他们义愤填膺，声泪俱下。有一个法科学生将中指咬破，裂断衣襟，血书"还我青岛"四字。[39] 当血书揭示在大家面前的时候，会场情绪达到了沸点。有的学生竟拿起菜刀，要当场自杀，企图以此来激励国人。[40] 大会议决了下列事项："（一）联合各界一致力争；（二）通电巴黎专使坚持不签字；（三）通电各省于五月七日国耻纪念举行游行示威运动；（四）定于星期日（即四日）齐集天安门举行学界之大示威。"[41]大会还提议声讨曹汝霖等人的卖国罪行。

5月4日，北京大学、高等师范等大专院校学生三千余人赴天安门集会。他们手持小旗，书写着"保我主权"、"还我青岛"、"取消二十一条"等标语，高呼"外争国权，内惩国贼"、"拒绝和约签字"等口号。北大学生代表宣读了《北京学生界宣言》，散发了白话文的《北京学界全体宣言》的传单，表达了爱国学生外争主权、内除国贼的坚定决心。北京政府派出教育次长与步军统领李长太、京师警察总监吴炳湘等人前来软硬兼施，干涉学生游行，受到学生们的严正斥责。

天安门前的集会演讲之后，学生队伍向东交民巷使馆区进发。在使馆区西门，学生们受到中国守卫警察和外国巡捕的阻拦。愤怒的人群转向东城赵家楼，冲进曹汝霖住宅。曹汝霖匆忙躲避起来，学生们追寻曹汝霖不见，将在场的章宗祥痛殴了一顿。北京政府派军警前往镇压，逮捕学生32名。当晚，国务总理钱能训即召集内阁会议，商议对策。

5月5日上午，北京中等以上学校学生联合罢课，通电全国各界，要求政府当局对内要释放被捕学生，罢免曹、陆、章等卖国贼，对外要在山东问题据理力争。以蔡元培先生为首，北京14所高校的校长组成的校长团，要求政府立即释放被捕学生。5月6日，警察总监吴炳湘与蔡元培就释放学生达成妥协，校方同意在7日复课，学生以后不组织示威行动。7日上午，北大19名被捕学生顺利返校。学生运动暂时告一段落。

五四运动爆发后，北京教育界成为反动势力攻击的主要对象。5月9日，北大校长蔡元培被迫离京出走。蔡元培辞职引起北大学生和教职员的极大关注，因为校长之去留不是个人问题，而是学生运动的是非性质问题。北大学生与教师联合起来向政府教育部发出质询，迫使徐世昌以大总统名义正式挽留蔡元培。然而北京政府同时又命令军警继续限制和镇压学生运动，压制学生不得干预政治。5月15日，教育总长傅增湘因同情蔡元培而被政府解职，由一个安福系官僚继任。此举激起广大学生和教师的愤慨。5月19日，北京中等以上学校学生联合会全体总罢课。20日，北京总商会宣布成立国货维持会，与学联密切配合，共同开展抵制日货运动。

爱国运动的深入发展，使北京政府十分恐慌。5月24日，京师警察厅派出大批警察包围北大，逮捕了数名学生运动积极分子。25

日，大总统徐世昌下令查禁学运，宣布"其不制止者，应即依法逮办，以遏乱萌"。(42)同日，教育部下令各校校长会同教职员于三日内"督率"学生一律上课。

在北京政府的镇压和分化下，北京的学生运动一度转入低潮，一部分学生退出了运动。当时报载："各校暗潮又起，数日以来，争持颇烈。北京农业、法政等校，本年暑假皆有一二班卒业，卒业人数约占各校三分之一，此中分子以切身利害关系，益以父兄师友之相诏，皆极端希望如期卒业，现在罢课风潮稳定，遂向各校长积极怂恿举行考试，于是遂与多数主张罢课者渐渐分携。"(43)

6月1日，北京政府分别发布文告，继续为曹汝霖等卖国贼辩护解脱，再次命令取缔学生运动，禁止学生和市民"纠众滋事"。爱国有罪，卖国有功，这种荒谬的逻辑激起学生们更大的愤怒，表面平静了的局势再度掀起热潮。6月3日、4日、5日，爱国学生连续上街演讲，谴责政府的无理言论，激发市民的爱国热情。京师军警奉令实行特别戒严，先后拘捕爱国学生数千名。

北京军警逮捕学生的暴行，激怒了全国各阶层民众。在天津、上海、武汉、长沙、济南等重要的工商业城市，广大市民为响应北京学生也掀起大规模的爱国运动。特别是上海，掀起了工人罢工、学生罢课、商人罢市的反帝爱国浪潮。上海燃起的"三罢"斗争烈火，迅速烧遍全国一百五十余座大中小城市。在全国人民的强大压力下北京政府被迫释放全部被捕学生，于10日决定"舍车保帅"，罢免曹、陆、章。(44)6月28日，中国代表拒绝在巴黎和约上签字。(45)五四爱国运动的直接目标胜利实现。

五四运动以爱国民众从未有过的不妥协的反帝精神震撼了北京，深刻影响了中国历史的进程。这场运动标志着中国革命由资产阶级旧民主主义革命进步到无产阶级新民主主义阶段，工人阶级在政治舞台上崭露头角，开始引起社会各界的重视。

（二）五卅运动在北京

1925年5月15日，上海的日本第七纱厂的资本家对罢工工人残酷报复，枪杀了工人顾正红，激起上海民众大规模的反帝运动。5月30日，数万群众进行大游行的时候，英国巡捕先是在南京路上拘捕了百余名学生，以后公然开枪，打死打伤数十名手无寸铁的示威群众，造成"五卅惨案"。为声援上海人民的反帝斗争，北京地区的爱国反帝运动再次掀起高潮。

　　五卅惨案的消息传到北京，爱国学生闻风而动。6 月 3 日，北京各校学生联合罢课，有 3 万余人走上街头游行示威。学生们首先来到东交民巷使馆区，高呼反帝口号，随后在天安门前召开大会，声讨英、日帝国主义者的暴行。同一天，学生组织联系了京师总商会，鼓动民间工商行业起来罢市，投身反帝爱国运动。6 月 5 日，教育、工商、新闻界四百多个团体代表，在中央公园召开雪耻大会，反对英、日帝国主义惨杀上海同胞。会后设立执委会，负责组织民众运动。7 日，英华教育用品公司率先罢市，各行各业纷纷响应。工人、农民相继投入运动。

　　6 月 10 日，20 万北京市民汇集天安门，召开国民大会。到会团体共 157 个，包括总商会、京兆区省议会、八校教职员联席会、国民党北京市党部、各业工会、京郊农会等组织。大会由国民党人李石曾、共产党人刘清扬主持，京师警备司令、市政督办鹿钟麟也派代表出席。刘清扬发表演说，慷慨激昂，号召各界同胞"誓雪国耻"[46]。中华教育改进社代表陈潜夫登台演说，抽刀断指，血书"誓死救国"四个大字。大会通过《北京国民大会宣言》，宣告中国国民决不承认一切不平等条约，并决议开展抵制英、日货运动。

　　6 月 25 日，是声援上海反帝斗争的全国总示威日。北京各界民众 30 万人在天安门前集会。大会主席于右任报告沪案惨景，群情激奋。会后进行了规模空前的示威游行，把北京的五卅运动推向高潮。

　　北京声势浩大的民众运动，促进了反帝革命高潮在全国蓬勃兴起。

三、北京地区党、团组织的建立与活动

（一）北京党团组织的建立及活动

　　五四运动以后，共产主义运动在北京地区迅速发展，由社会思潮发展为政治实体。

　　1920 年 2 月，新文化运动的精英陈独秀与李大钊开始商讨组建中国共产党。3 月，在李大钊的倡导下，北京大学学生邓中夏、高君宇等人发起组织马克思学说研究会，为建立共产党组织作思想上和干部上的准备。这是中国最早研究宣传马克思主义的社团之一。4 月，共产国际代表维经斯基、秘书马马耶夫来到北京，会见了李

大钊和先进青年邓中夏、刘仁静等人。维经斯基经李大钊介绍赴上海与陈独秀联络，在上海发展了中国共产党的第一个小组。秘书马马耶夫留在北京，帮助李大钊开展建党工作。

这时，李大钊开始认识到，在中国仅仅建立马克思学说已远远不够了，必须筹建无产阶级政党。不久，他在《曙光》杂志上发表《团体的训练与革新的事业》一文，表达了这一思想。1920 年 5 月 1 日，李大钊、邓中夏等人组织集会、游行，纪念国际劳动节。这是北京民众第一次庆祝工人阶级的节日，《北京大学学生周刊》、北京《晨报》，都出版了纪念国际劳动节专号。7、8 月份，陈独秀与北京学生联合会总干事张国焘商谈建党计划，建议李大钊等人"从速在北方发动，先组织北京小组"[47]。对此，李大钊深表赞同。10 月，北京共产主义小组在北大成立，第一批成员大都是北大教师和学生。11 月底，北京共产主义小组举行会议，决定命名为中国共产党北京支部。李大钊被推选为书记，张国焘负责组织工作，罗章龙负责宣传工作。支部建立后，陆续发展党员，到党的"一大"召开前北京党组织成员有李大钊、张国焘、邓中夏、罗章龙、刘仁静、高君宇、何孟雄、缪伯英、范鸿劼、李骏及张太雷等 11 人。11 月初，北京社会主义青年团宣告成立，北大学生会主席高君宇担任第一任书记。北京社会主义青年团成立以后的主要工作，是联络和组织进步青年和宣传马克思主义，发展团员并筹备参加国际性的会议。为了纯洁组织，1921 年 5 月，北京共产主义小组曾一度决定解散青年团，直到同年 11 月才重新组建。

北京共产主义小组组建后，出现了马克思主义与无政府主义的严重分歧。小组成员在宣传马克思主义的过程中，还在组内同无政府主义者进行了激烈的辩论。在一次小组会议上，刘仁静特别强调无产阶级专政是马克思主义的精髓，如果不承认这一点，就无法一致进行宣传工作。经过一番争论，无政府主义者全部退出了党组织。李大钊等执笔撰文，登台宣讲，热情传播马克思主义学说，吸引了一批青年学子，抑制了无政府主义的流行。

与此同时，北京共产主义小组开始将重心转向劳工阶层。1920 年 11 月出版了《劳动音》周刊，作为共产党北京支部机关刊物。发刊词指出，以往"只向智识阶级作学理宣传，而不向无产阶级作实际的运动"，今后要"改弦易辙"，"积极从事于实际的运动，即教育与组织工人（的）工作"[48]。《劳动音》出版后，很快就在长辛店等处工人中间流传开来。北京共产主义小组还出版了《工人周刊》、《工人的胜利》、《五月一日》以及庆祝节日的小册子和传单。罗章龙主编的《工人周刊》，销售量一度达两万份左右。

1920 年 12 月，党组织委派邓中夏、张国焘等人，到长辛店筹办劳动补习学校。1921 年 1 月 1 日，劳动补习学校正式成立。在北京共产主义小组的感召下，长辛店地区工人千余人组织起来，于 5 月 1 日宣布成立工人俱乐部。这是中国最早的现代工会之一，也是我党领导的最早的工会组织。长辛店工人俱乐部的成立，为我党开展北方工人运动打下了良好的基础。

北京共产主义小组组建后，经常派人到各地帮助工作，建立党团组织。李大钊、张太雷、张国焘等人，曾前往天津、唐山、山西太原、山东济南等地，出版革命报刊，传播马克思主义，筹建党团、工会，成为北方革命运动的中心。

1921 年 7 月 23 日，中国共产党第一次全国代表大会在上海举行。北京共产主义小组选派张国焘和刘仁静出席会议。张国焘主持了会议。大会选举陈独秀、张国焘组成中央局。会议期间，张国焘代表北京共产主义小组向大会汇报了工作。这个工作汇报后来形成书面材料送交共产国际。1922 年 7 月，北京党组织派邓中夏、张国焘赴沪，出席党的第二次全国代表大会。

在党中央的统一领导下，北京党的工作得到迅速开展起来。1922 年 7 月，中共北京区委（兼北京地委工作）成立。李大钊任书记，下设东城、西城两个支部。

五卅运动以后，北京党组织有了很大发展。1924 年 3 月仅有党员 46 人，其中工人党员只有 1 人，经过五卅运动，工人党员增加到 31 人。青年团组织也有很大发展，到 1925 年底，北京已有团支部 26 个，团员 334 人。随着党团组织的扩大，为适应革命形势的需要，党组织对党团骨干进行了马克思主义教育。原北京地委机关刊物《政治生活》（1924 年 4 月 27 日创刊），在宣传马列主义和党的方针政策上起了很好的作用。1925 年 10 月北方区委成立，《政治生活》改为区委机关刊物。

为了提高党员的马列主义水平，北方区委根据上级指示于 1925 年 9 月在北京东城府学胡同创办了北方第一个党校。罗亦农担任校长，赵世炎、陈乔年担任教员。学员 100 余人，来自北京及外省市各地。北京地委所派学员有尹才一、陶承立、唐从周和邓鹤皋等。这些人都是北京各院校学生和党的积极分子，参加党校学习后，都离开原来学校，专门从事党团和群众工作。

（二）中国劳动组合书记部的活动

中国共产党成立后，立即组建了中国劳动组合书记部，作为党领导工人运动的公开机关。书记部在北京设立了分部，主要负责人有罗章龙、王尽美等人。北京分部负责的地区很广，工作重点是开展京汉铁路工人运动。

北京党组织首先在西直门车站、前门车站、永定门车站等始发站发展党员，组建支部，开辟了铁路工运的基础。1922 年春，北京政局的变化为发展工运创造了有利时机。1922 年 4、5 月间，直奉两系军阀开战。奉系军阀张作霖败退，原交通系内阁倒台，直系军阀吴佩孚控制了北京中央政权。交通系内阁虽然倒台，但交通系长期把持中国铁路、航运事业的旧势力仍然存在。北京党组织充分估计了吴佩孚与交通系的矛盾，利用了吴佩孚通电"劳工神圣"的口号，由李大钊出面与直系军阀上层人物联系，议定将工运干部派往各线铁路。工人运动迅猛发展起来。不到半年，仅京汉铁路沿线就组建工人俱乐部 16 个，会员达 3 万多人。8 月，根据劳动组合书记部提出的《劳动法大纲》，长辛店地区 3000 多名铁路工人举行罢工，向当局提出增加工资等八项要求。这次罢工斗争的胜利，推动了京汉铁路工人运动的进一步高涨。

在长辛店罢工胜利的影响下，京汉铁路各站纷纷成立工会，并且开展斗争。京汉铁路工人还迫切要求成立全路总工会，以便统一领导和指挥全路性的活动。1923 年 2 月 1 日，各路工会代表聚会郑州，召开总工会成立大会，遭到军阀吴佩孚的粗暴干涉。当晚，总工会秘密集会，决议"4 日午刻宣布京汉路全体总同盟罢工"。

2 月 3 日，长辛店分会委员长史文彬由郑州返回长辛店，连夜召开紧急会议，传达罢工命令。4 日早晨，3000 余工人集会，"呼声动天地，均愿为自由而战"[49]。会后罢工开始。

2 月 5 日，军警进驻长辛店，宣布戒严。6 日，当局企图以增加工资，引诱工人复工，遭到拒绝。当晚，武力镇压开始，军警绑架了共产党员史文彬等 11 名工会干部。次日晨，工人闻讯后，成群结队涌向火神庙警察局，抗议示威。3000 余工人一致高呼："还我们的工友"，"还我们自由"。军警开枪镇压，"一时弹如雨下，刀剑飞扬，并继以马队践踏，可怜数千人中，中弹受创者纷纷倒地"。[50]工人纠察队长葛树贵等 5 人当场牺牲，重伤 28 人，被捕 32 人。当天下午，当局派遣军警在江岸、郑州等地镇压工人运动，林祥谦、施洋等革命者惨遭杀害。这就是闻名中外的"二七"惨案。

为了保存与积蓄革命力量，中国劳动组合书记部由京迁沪。长辛店工会组织在反动当局的高压下，遭到严重摧残，北方工人运动暂时转入低潮。

（三）北京郊区的农民组织与活动

共产党组织在加强对工人运动领导的同时，注意深入到农民群众中开展工作。

1921 年上半年，北京农业大学（1922 年前为农业专科学校）的社会主义小组成员，深入西郊农村，向民众进行马克思主义启蒙宣传。农大党支部建立前，是以农专社会主义小组和青年团支部为核心开展农民工作的。1922 年秋，农大社会主义青年团支部决定组织农业革新社，这是一个以改革农村为宗旨的群众性公开团体。农大团员又以"农业革新社"的名义，先后在罗道庄、公主坟、大瓦窑等地创办农民夜校。

农大党支部建立后，大力发展农村党员。西郊先后成立了公主坟支部、大瓦窑支部和罗道庄支部，共有党员 10 余人。农村支部在每次游行示威和群众集会中，都起到了组织领导的作用。

1924 年，中共北京地委正式成立专门领导农运的机构——北京地委农民运动委员会。农委由李大钊直接领导，乐天宇负责日常工作。到 1925 年下半年，由李怀才担任农委书记。农委直接通过基层党的组织开展工作。

在农民觉悟提高的基础上，西郊自罗道庄至卢沟桥一带几十个村庄还建立起外交后援会。外交后援会总部设在城里翠花胡同国民党市党部里，西郊总部设在农大。1925 年底，公主坟、大瓦窑、大井、小井等村庄，纷纷建立了农民协会，并代替外交后援会的工作。以后，农民协会又发展到南苑、黄土岗以及通县至京东各县。

注释：

（1）孙中山：《建国方略·有志竟成》，载中山大学历史系孙中山研究室等编：《孙中山全集》第 6 卷，中华书局 1985 年版。

（2）孙中山：《在香港大学的演说》（1923 年 2 月 19 日），载中山大学历史系孙中山研究室等编：《孙中山全集》第 7 卷，中华书局 1985 年版。

（3）（4）（5）国事新闻社编：《北京兵变始末记》，北京国事新闻社 1912 年版，第 10，27—28，27—28 页。

（6）《大公报》1912年3月3日。

（7）《政府公报》1913年6月23日。

（8）《张勋藏札》，载《近代史资料》总第35号，第51页。

（9）《民国日报》1917年5月22日。

（10）《张勋等奏请复辟折》，载《内阁官报》第2号。

（11）《复辟诏》，载《内阁官报》第1号。

（12）溥仪：《复辟的形形色色》，载《文史资料选辑》第26辑，文史资料出版社1980年版，第17页。

（13）《京报》（英文）1917年7月3日。

（14）张慧鑫：《复辟详志》，1917年版，第140页。

（15）许指严：《复辟半月记》，上海交通图书馆1917年版，第66页。

（16）觉民：《天津通讯》，载《民国大新闻报》1917年7月22日。

（17）《京兆之选举诉讼》，载《晨钟报》1918年6月20日。

（18）《安福部欢迎议员》，载《晨钟报》1918年8月19日。

（19）南海胤子：《安福祸国记》中篇，神州国光社1920年版，第155页。

（20）《曹、张、王、李等通电》，载《时事新报》1920年7月14日。

（21）《北洋政府步军统领衙门档案》，中国第二历史档案馆藏。

（22）（23）《北洋政府陆军档案》，中国第二历史档案馆藏。

（24）（25）《北洋政府直鲁巡阅使档案》，中国第二历史档案馆藏。

（26）《民国日报》1923年10月14日。

（27）《晨报》1924年11月24日。

（28）《善后会议条例》，载《善后会议档案》，中国第二历史档案馆藏。

（29）孙中山：《复段祺瑞电》（1925年1月17日），载《孙中山全集》第11卷，中华书局1986年版，第526页。

（30）《顾维钧回忆录》第一分册，中华书局1983年版，第291页。

（31）《晨报》1926年12月2日。

（32）《晨报》1927年6月18日。

（33）《中华民国军政府组织令》，载《政府公报》第4008号，1927年6月19日。

（34）《申报》1927年6月24日。

（35）［日］外务省编：《日本外交年表与主要文书》（下），东京1978年版，第116页。

（36）《国闻周报》第5卷，第20期。

（37）《国民政府对外宣言》（1928年6月15日），载《申报》1928年6月16日。

（38）（40）许德珩：《五四回忆》，载《五四运动回忆录》，中华书局1959年版，第29页。

（39）《救国日报》，1919年5月8日。

（41）蔡晓舟、杨景工：《五四》，载《近代史资料》1955年第2期，第

48 页。

（42）《政府公报》1919 年 5 月 26 日。

（43）《时报》1919 年 6 月 5 日。

（44）《政府公报》1919 年 6 月 11 日。

（45）中国社科院近代史研究所《近代史资料》编辑室编：《秘笈录存》，中国社会科学出版社 1984 年版，第 223 页。

（46）《晨报》1925 年 6 月 11 日。

（47）张国焘：《我的回忆》第一册，东方出版社 1998 年版，第 98 页。

（48）《劳动运动的新生命》，载《劳动音》第 1 期，1920 年 11 月。

（49）《晨报》1923 年 2 月 5 日。

（50）《晨报》1923 年 2 月 7 日。

第二章　国民政府统治
时期的北平

　　1927 年大革命失败后，以北京为中心的广大北方地区成为各派军阀互相角逐和厮杀的战场。1928 年 4 月，蒋介石与冯玉祥、阎锡山、白崇禧结成军事联盟，向盘踞河北的奉系及残余军阀开战。1928 年 4—6 月，国民党先后进占保定、天津和北京，开始了对北方的统治。北京城结束了被北洋政府统治的历史，也结束了作为民国国都的历史。

一、北平市的建置与国民党的派系之争

（一）北平市的建置

　　1914 年 10 月 4 日，北京政府改称顺天府为"京兆地方"，简称"京兆"，为特别行政区，直隶中央政府，下辖 20 个县。北部到长城沿线以内。南部达河北北部地区。一直相沿至 1928 年不改。但在其间，1917 年开始，北京还有一个名称"京都市"，但此名流布不广。

　　京津地区易帜之后，从政坛到文坛展开了国都之争。蒋介石授意南京政府组织一批文人学者论证国都设在南京的道理，大谈南京是中山先生生前指定的首都，总理遗训不能违背。阎锡山也拉出一些学子论述作为元明清以来中国传统首都的人杰地灵。建都之争关系权利之争。蒋介石集团的统治根基在江浙，当然不愿迁都于北方实力派控制的地区。

1928 年 6 月 8 日，国民党军队进占北京。6 月 28 日，南京国民政府明令，改北京为北平，设立特别市，直隶南京国民政府行政院。北平特别市的辖区包括北京内城、外城以及附近郊区，其范围东至东坝，西至香山、北至清河，南至北大红门，面积七万余平方公里。6 月 25 日，国民党中央决定，成立北平政治分会，以李石曾为主席，冯玉祥、阎锡山、李宗仁、白崇禧等为委员。同时，任命冯玉祥的幕僚何其巩出任北平市市长，以此削弱阎锡山对北平的控制权。

（二）裁军之争

北平失去了首都的地位，但仍不失为北方的政治和军事中心。蒋介石为稳固全国的政局，不时北上。

1928 年 7 月 6 日，蒋介石召集国民革命军四个集团军的总司令、海军司令以及各路总指挥赶至北平，到西山碧云寺孙中山灵前举行"北伐完成祭告典礼"。蒋介石主祭，奏哀乐，施礼，开棺盖，瞻仰总理遗容。蒋力图以嫡传之尊，加强自己作为国家军政领袖的资本。

当晚，在碧云寺旁召开谈话会，蒋介石提出《军事善后意见书》，建议全国划分为十二个军区，整编裁军。四个集团军各占一区，其余八个军区为中央控制。这项裁兵主张遭到了桂、阎、冯系等各实力派的抵制。冯玉祥提出"统一军权"，整编精兵的方案。[1]

7 月 11 日，在汤山会议上，蒋介石采纳冯案的条文，又提出军事整理问题案，由中央择各集团军中精锐者，统一整编，分期调训。[2]这些决定，对蒋介石有利而对其他各派不利，当然会引起桂、阎、冯系的强烈不满。该议案成为一纸空文。裁军之争由北平转向南京。

1929 年 1 月，蒋介石在南京召开"编遣会议"，决定将现有的84 个军，计 272 个师，裁减为 65 个师，60 万人。蒋介石以中央政府的名义强调"统一"和"集中"，要求全国军队的一切权力收归中央，各军原地静候改编，各集团军无权自行调动与任免军官等。对于蒋介石削弱异己的做法，各实力派都表示强烈不满。

为进一步加强对北平、天津的控制，1929 年 1 月，蒋介石派宋子文到北平，将平、津地区的主要税收划归国有。阎锡山只得将平、津税务机关的晋方人员全部撤回。作为交换条件，阎向宋提出，平津卫戍部队的军饷应由中央财政部发给。事后，宋子文只签发了一个月的军饷，便断绝供给。阎锡山又提出发行公债三千万垫付军费，蒋介石拒不批准。对此，阎锡山耿耿于怀。

当时，平、津、唐地区的驻军，除晋系外，还有白崇禧统帅的桂系。这支部队原为唐生智的湘军。蒋介石派唐携巨款，重返旧部策反。白崇禧见势不妙，化装潜逃。3 月 21 日，唐生智在北平顺承王府设立司令部，宣布就任第五路军总指挥。蒋介石不费一兵一卒，便分化瓦解了桂系在北方的势力。

1929 年 6 月 17 日，原北平市长何其巩被迫离职，由晋军将领张荫梧出任市长兼公安局长，第一届市政府被改组。国民政府取消了北平特别市的建置，将其划归河北省，北平市政治地位受到削弱。

1929 年 8 月，军队编遣实施会议召开，各实力派纷纷抵制。冯、阎、李等均未参加。编遣军队的事没有任何结果，相反蒋介石与各实力派之间的矛盾加剧，很快发展为不断的战争。

（三）北平成为反蒋势力的中心

1929 年起，冯玉祥、阎锡山、李宗仁等实力派的反蒋活动愈演愈烈，他们来到远离南京的北平，依靠阎锡山的武装力量和冯玉祥等人的声望，建立起反蒋同盟，反对蒋介石把持中央大权。1930 年，北平一度成为反蒋势力云集的中心。

1930 年 3 月 15 日，反蒋联盟在北平推举阎锡山为中华民国陆海空军总司令，冯玉祥、李宗仁、张学良为副总司令。3 月 18 日，蒋介石驻北平行营卫队被晋军缴械。国民党中央在平的宣传机关被查封，由南京政府控制的铁路、邮电、企业、财政一一被晋军接管。

4 月初，南京国民政府下令罢免阎锡山，5 月份，阎锡山、冯玉祥开始策划军事行动，将各自的兵力布置到陇海、平汉、津浦等交通干线。5 月 9 日，蒋介石的主力在徐州、归德首先进击，与阎锡山、冯玉祥展开百万人规模的中原大战。在长达四个月的激战中，伤亡超过二十万。

在中原大战之际，各派反蒋政客角逐北平，策动政治倒蒋。4 月 3 日，陈公博、王法勤等改组派人士，在晋系的资助下，建立中国国民党各省市党部海外总支部平津执行部，创立机关报《民主报》。邹鲁、谢持等西山派与昔日政敌改组派合谋，四处奔走。5 月 13 日，国民党改组派与西山派在什刹海召开谈话会，讨论汪精卫在香港起草的党务宣言，赞同各派反蒋势力联合起来，召开中国国民党中央党部扩大会议，但双方因宣言署名先后顺序发生激烈争执。后经阎锡山等人极力斡旋，才勉强达成妥协方案。双方同意以汪精卫为首，阎锡山居次，其余以长幼为序。7月13日，扩大会议预备会在中南海举行。宣言签名发表，内称："蒋中正背叛党国，篡窃政权"，"同人痛心疾首，誓为本党去此败类"，"克日成立中央党部扩大会议，以树立中枢"。(3)

7月下旬，汪精卫等国民党反蒋首要人物抵达北平。8月7日，他们召开中国国民党中央党部扩大会议，自认是国民党最高临时权力机构。9月1日，扩大会议通过《国民政府组织法大纲》，推举阎锡山为北平国民政府主席，汪精卫、冯玉祥、李宗仁等七人为政府委员。1930年9月9日9时9分是阎锡山选定的黄道吉日，这一天国民政府主席的就职典礼在中南海怀仁堂举行。由于战局吃紧，阎锡山当晚即返回石家庄指挥作战。

9月18日，张学良通电支持蒋介石的"和平统一"，出动东北军入关助蒋。阎锡山、冯玉祥等前后受敌，中原战线全部崩溃。反蒋人物纷纷逃离北平，国民党改组派自动解散。20日，汪精卫等从北平辗转至太原。9月22日，东北军进驻北平。26日，张学良任命鲍毓麟为北平市公安局长，次日任命于学忠为平津卫戍司令，平津地区的政权，全部被张学良统率的东北军所接受。至此，国民党北平扩大会议派的反蒋联盟完全失败，国民政府恢复了对北平市的统治，将北平改设为行政院直辖市，从河北省分离出来。

（四）张学良控制下的北平

拉拢张学良出兵援助时，蒋介石许诺，胜利后任其为国民革命军陆海空军副总司令，将华北及北平、天津等重要城市划入东北军势力范围，由张学良指派平津等地的地方长官。平息了反蒋联盟以后，这些许诺基本兑现，东北军控制了北平地区。1930年10月3日，张学良委派王韬担任北平第三任市长。1931年4月中旬，张学良亲临北平城，在西城顺承郡王府设立陆海空军副总司令行营，成为支持蒋介石集团统治的北方重镇。

1931年5月下旬，反蒋势力在广州召开非常会议，自立政府，采用政治、军事两手向南京发难。7月下旬，在粤方的策动下，冯玉祥余部石友三起兵反蒋，向北平、天津进发。张学良从东北抽调4个旅分别增援平津，战事结束后仍原地留守。东北军大部兵力驻扎关内，自然削弱了东北的守备力量。

1931 年 9 月 18 日夜，日本军国主义者制造柳条沟事件，袭击东北军在沈阳的北大营，发动了侵华战争。当时，张学良正在北平广和剧院观看京剧大师梅兰芳的演出，闻讯后立即赶回行营，召集紧急军事会议商讨对策，会后速报南京政府请示对策。当时蒋介石正重兵围剿江西红军，他电令张学良"力避冲突，以免事态扩大"[4]。张学良执行蒋介石的不抵抗命令，东北军不战而退。数月之间，日本关东军就轻而易举地占领了东北全境。东北大学等重要机构暂时落户北平，大批东北难民流亡到北平。

在国民党政府内部，蒋介石与张学良有共同的利害关系。1931年 12 月，蒋介石被逼下野，张学良亦辞陆海空军副总司令，争取主动。后军事委员会设立北平绥靖公署，张学良任主任，名义变换，实际军权未动。1932 年 8 月 17 日，国民党中央政治会议决定裁撤北平绥靖公署，改设军委会北平分会，军事委员会委员长兼任分会委员长。[5]张学良未列名北平军分会，而由蒋命其以委员长之全权代表，代为处理一切。至日军进攻山海关，1933 年 1 月 5 日，蒋介石决定任张学良为北平军分会常委，兼代委员长，统筹华北军事[6]。

1933 年初，榆关失守，热河危急，张学良要求蒋氏北上指挥作战。但是，蒋介石因担心与东北军的关系而不愿北上。当时，在华北，东北军处于优势地位。按照蒋的看法，只有张学良决心亲自赴热指挥，抗日作战才可能有成效。虽然张学良对热河抗战作出了部署，但日军 2 月下旬向热河发起进攻，3 月 4 日，日本关东军攻占热河省会承德，旬日间，热河全省沦陷。

热河失守后，华北和平津地区面临着严重危机，全国震惊，各界人士纷纷谴责蒋介石、张学良和国民党政府执行的"攘外必先安内"的反动政策。为平众怒和民愤，蒋介石被迫从江西"剿共"前线北上，3 月 9 日，在保定约见张学良，准其辞职。[7]11 日，张学良正式通电下野。12 日，南京政府下令委任何应钦代理军委会北平分会委员长之职，布置长城一线防务。

二、长城抗战与《塘沽协定》

（一）长城抗战

自古以来，长城便是汉族抵抗北方少数民族入主中原的屏障。

其中华北一线的长城，是沿太行山支脉燕山和军都山山脊建造的，形势险要，地形复杂，许多关口如古北口、喜峰口、冷口等凭借险峻的山势和坚固的城墙，易守难攻，是东北、内蒙通往华北平原和平津两市的咽喉要道。

日军占领承德后，关东军第 6 师团、第 8 师团、混成第 14 旅团和混成第 33 旅团分成几路直逼长城，向各口发动了猛烈的进攻。中国守军扼守关口，奋勇抵抗，打响了振奋全国的长城抗战。

中国军队当时担任长城一线正面防务的部队主要有东北军王以哲、万福麟、何柱国的 3 个军，晋军商震部，西北军宋哲元部和中央军徐庭瑶部等。这几支部队的实际状况有所不同：战斗力较强的是宋哲元、徐庭瑶两部，其他部队都比较弱。

长城抗战开始后，驻防古北口一带的东北军王以哲部在日军的攻击下节节败退，企图固守古北口，等待中央军徐庭瑶部的增援。但徐庭瑶军先头部队关麟征部第 25 师在 3 月 10 日夜到达古北口时，王以哲部已被日军击败，并在 11 日把古北口关口丢了。关率所部力图夺回古北口，但未能达到目的，只得据守南天门阵地。接着，黄杰所部第 2 师开到，古北口方面一时形成敌我对峙的局面。

当古北口正在激战时，日军混成第 14 旅团先遣队于 3 月 4 日已经占领了冷口，担任冷口防务的商震所部于 3 月 7 日反攻夺回冷口，此后双方反复争夺，苦战至 4 月 11 日冷口失守。3 月 16 日，日军开始攻击界岭口，遭中国守军坚决抵抗，并利用界岭口两侧长城上的敌楼，阻止日军进攻。

在长城抗战中，喜峰口抗战影响最大。宋哲元的 29 军担任喜峰口一带的防御。3 月 9 日，日军攻占喜峰口第一道关门。宋哲元部先头部队在当天黄昏到达喜峰口。宋部装备差，火力弱，但军队的士气很高。宋部冯治安师于 10 日夜乘敌不备进行偷袭，挥舞大刀，肉搏冲锋。这场夜战杀死杀伤不少日军，把喜峰口夺了回来。这是长城抗战以来取得的第一个重大胜利。日军遭到这次意外的挫折后，重新部署进攻，但未得手。喜峰口方面也形成对峙的状态。

日军在古北口和喜峰口两处的进攻受挫后，便在长城沿线寻找突破口。这时日军一面进扰察东、占领多伦，一面由榆关进攻冀东，攻陷石门寨、秦皇岛、昌黎等地，4 月 11 日攻占冷口，遂后占领迁安。日军采取向纵深发展的策略，使喜峰口的 29 军腹背受敌，前后夹击，造成势孤不支，不得不撤出阵地，向滦西后撤。从 4 月 20 日开始，日军反复攻打南天门，守卫在南天门的第 2 师、第 83

师经几天激战后伤亡严重，最后南天门被日军占领。

长城抗战虽然失败了，但它是"九·一八"事变后，中国军队在华北地区第一次较具规模的抗击战役，给日军以沉重的打击，鼓舞了全国人民的抗日热情。

长城抗战爆发后，战局不断逆转。除错综复杂的国内外因素外，中国军队统帅采取的消极抗战方针至关重要。何应钦代理北平军分会委员长之后，秉承蒋介石"一面抵抗，一面交涉"的既定政策，运筹帷幄。此时国民党的总方针是"攘外必先安内"，"剿共"重于抗日。长城抗战不过是争取和谈妥协的权宜之计。3月24日，蒋介石在北平对华北高级将领说："要以现有兵力竭力抵抗，不能希望再增加援军。"[8]在喜峰口等地抗击战役之后，蒋介石与汪精卫会商决定，对内加强"剿共"，对日谋求停战。4月下旬，蒋介石密电何应钦："连日苦战不停，……殊属不宜，似应相当隔离，俾便得暂整理。"[9]何应钦立即下令南天门守军撤至九松山一带。

国民政府消极抗战的方针，为日军扩大侵略提供了可乘之机。5月上旬，日军再次越过长城，从东、西两线向关内冀东发动大规模进攻。西线日军第6师在滦东、滦西发动攻击，相继占领平谷等县。东县日军第8师向新开岭中国第17军发起攻击。该军第83师、第2师轮番与日军激战。13日，第17军奉命经密云向怀柔、顺义以西撤退。日军尾追而至，于19日占领密云城。正当日军向怀柔、顺义追击时，中国第59军傅作义部，由昌平侧击日军未果，退守怀柔、顺义以北地区。

日军为逼迫北平当局缔结城下之盟，5月20日决定加紧追击。22日，中国守军奉命退至平津城郊组织防御。23、24日，日军相继突破怀柔等地，逼近通县、顺义，对北平形成三面包围之势，北平危在旦夕。日机在北平上空低飞，北平军分会准备撤退保定。此时，日本政府认为有利时机已到，提出停战，举行谈判。国民政府被迫屈辱求和。

总之，长城抗战是中华民族反抗日本帝国主义侵略的一场重要战役。国民党政府在这次战役中多少改变了"九一八"以来在北方不抵抗的政策。中国军队在喜峰口、古北口的战斗中曾给予侵略者以沉重打击，大大鼓舞了全国人民的抗日斗志。但这时不同于七七事变后实行全民族抗战，在"一面抵抗，一面交涉"的错误方针指导下，最后仍以被迫签订《塘沽协定》而告失败。

（二）《塘沽协定》

国民政府在进行局部抵抗的同时，也在秘密谋求通过交涉达成对日妥协。早在 4 月中旬，中日之间的秘密谈判就已开始。19 日，黄郛在上海与日本驻沪代办根本博进行了会谈。5 月 3 日，南京国民政府明令设立行政院北平政务整理委员会，并指派黄郛为委员长，负责对日交涉停战。根据黄郛的建议，北平何应钦指派参谋本部厅长熊斌，与日本驻北平陆军助理武官永津佐比重接触，双方在停战线上讨价还价。5 月 18 日，东京参谋本部下达《停战善后处理方案》。22 日夜，日军密邀黄郛到日本大使馆进行会晤，双方谈判至 23 日凌晨。依据日方条件，草拟停战备忘录。当日，何应钦将此项议案电告南京。汪精卫立即复电声称："弟决同负责，请坚决进行为要。"[10]24 日，蒋介石回电表示："事已至此，委曲求全，原非得已，中正自当负责。唯停战而形诸文字，总以为不妥。"[11]同日，南京国防会议决定："与对方商洽停战，以不用文字为原则。如万不得已，只可作为军事协定，不涉政治。"[12]

5 月 25 日，北平军分会上校参谋徐燕谋一行，前往密云日本关东军司令部正式请求停战，并在备忘录签字。30 日，中日双方军事代表会于塘沽，中方为华北军代表、北平军分会总参议熊斌，日方首席代表为关东军副参谋长冈村宁次。31 日正式会谈，冈村提出停战协定案，声明此为关东军最后案，一字不容变更，中国代表应于一个半小时内即午前 11 时作可否之答复。熊斌提出书面声明：撤兵区内，如出现扰乱治安之武力组织，中国军队自得为必要之处置，望日方不生误会。冈村表示，停战协定案，中国只有"诺"与"否"之答复，一切声明，须待停战案签字以后再行商谈，双方相持至 10 时 50 分，熊斌屈辱地在草案上签了字，这就是《塘沽协定》。

该协定规定："（一）中国军队即撤退至延庆、昌平、高丽营、顺义、通州、香河、宝坻、林亭口、宁河、芦台所连之线以西、以南地区。尔后不越该线而前进，又不行一切挑战扰乱之行为。（二）日本军为确认第一项之实行情形，随时用飞机及其他方法，以行视察，中国方面对之应加保护及与以各种便利。（三）日本军如确认第一项所示规定，中国军业已遵守时，即不再越该线追击，且自动归还于长城之线。（四）长城线以南，及第一项所示之线以北、以东地域内之治安维持，以中国警察机关任之。右述警察机关不可用

刺激日本感情之武力团体。"(13)

《塘沽协定》是日本以武力迫使中国订立的城下之盟,是丧权辱国的协定。其一,它承认了长城一线为日军占领线,等于承认了日本对东北三省和热河的非法占领;其二,由于长城线和中国撤军线之间作为停战区,使冀东至北平间22县成为非武装区,这就使日军可以非武装区为据点,对华北施加政治和军事压力,(14)为日军进一步向华北扩张打开了方便之门。《塘沽协定》签订后,日本华北驻屯军增加了兵力,驻屯军与关东军密切配合,威胁着冀东和平、津安全,为日本侵略扩张埋下了更大隐患。

三、北平各界的抗日救亡运动

(一) 北平学生的爱国运动

九一八事变爆发后,北平学生迅速投入到抗日反蒋的运动中。9月20日,北京大学学生会发出抗日救亡通电,指出日寇侵占东北,直逼平津,国亡无日,"为今计,唯有速息内战,一致抗日。"(15)各校陆续开始罢课,组成宣传队、歌咏队、话剧队深入大街小巷,抗日呼声遍及全城。9月24日,北平学生抗日救国联合会组建。9月27日,北平学生抗日救国会发表了《为东三省事件告全国民众书》,明确提出"全国工农兵学商联合起来,打倒日本帝国主义及其走狗"等口号。9月28日,北平各界召开抗日救国大会,二百五十余团体发起,二十多万人参加,会后举行声势浩大的示威游行,要求南京政府对日宣战,呼吁"全国拥护国民政府统一军权,集中武力准备对日"(16)。10月1日,北平学生抗日救国会向南京政府提出九项抗日要求,主张立即实行对日宣战,反对妥协让步及签订任何秘密条约。各校学生还组织长途宣传队赴远郊进行宣传,工学院宣传队30多人赴涿州一带;师大学生到石家庄、南口、唐山一带;东北留平学生抗日会还组织了去绥远的宣传队。

11月初,北平学生代表南下请愿,各地学生继起响应,蒋介石被迫接见学生代表,敷衍搪塞。12月5日,北京大学南下示威团三百余人在南京街头举行示威游行,三十余名学生被打伤,185名学生遭逮捕。这一事件激起全国各地学生的强烈反响,纷纷改请愿为示威,掀起更大规模的救亡高潮。在北平学生南下示威团的带领下,各地学生代表联合行动,于10、15、17日组织了三次大规模的游行示威。

12 月 17 日，浩浩荡荡的游行队伍三万多人，与前来镇压的军警展开了英勇的搏斗，一名学生被开枪打死，几十人受伤，五六百人被捕。次日黎明，南京政府派军队将学生代表押送到车站，强行驱回北平。北平学生南下示威团的活动，对发动民众，宣传抗日，揭露南京政府"攘外必先安内"的政策，起了积极的作用。

南下示威归来后，北大又立即组织了非常学生会，办理抗日会的日常事务，并创办了《北大新闻》，利用这一刊物宣传北大同学的抗日活动和其他斗争。

1932 年 1 月 28 日晚，日军攻击上海中国军队，十九路军英勇抵抗，淞沪会战爆发。北平学生闻讯立即积极行动起来，声援上海军民抗战。2 月 29 日，北平学生抗日救国联合会举办筹款义演，募捐慰劳一二八抗战将士。3 月 4 日，清华大学教职员大会决定每月捐薪五千元，资助协和医院医护人员赴沪组织伤兵救护医院。11 日，燕京大学举行公祭抗日烈士大会，张学良派代表参加。淞沪会战激发了全民族抗击日本侵略者的斗志。

长城抗战爆发后，战火逼近平津，北平学生积极行动起来，以实际行动支援抗战。1933 年 3 月 11 日，北平学生抗日救国会召开执委会，决定组织战地服务团，内设通信、输送、救护、宣传、慰劳五大队，分赴前线。北大抗日救国会立即组织了前线慰问团到古北口慰问。清华大学学生百余人自动组成修路队，支援前线，并发起募捐万件雨衣。燕京大学学生四处奔走，集资一万三千余元，购置钢盔万顶，送往战场。商学院师生联合抗日会发起募捐万双鞋袜，分赠前方将士。中小学界为购买飞机捐款五万余元。

1935 年下半年，日本帝国主义发动华北事变，进一步控制察哈尔，并指使汉奸殷汝耕在冀东成立傀儡政权。国民党政府继续坚持不抵抗政策，竟准备于 12 月成立冀察政务委员会，以适应日本帝国主义提出的华北政权特殊化要求。失地丧权，亡国灭种的大祸迫在眉睫。12 月 9 日，在中共北平临时工作委员会的领导下，北平爱国学生 6000 余人举行了声势浩大的抗日救国示威游行。

北平警察当局事先得知学生要请愿游行，清晨即下达戒严令，在一些街道要冲严密设置岗哨。清华大学、燕京大学等城外学生被军警阻拦，在西直门同军警发生冲突。上午 10 时许，城内学生数千人冲破军警的阻拦，汇集到新华门前。请愿学生代表向何应钦提出六项要求：（一）反对所谓的自治运动；（二）要求宣布交涉经过；（三）不得任意捕人；（四）保障地方安全；（五）停止一切内战；（六）准许言论、集会、结社自由。[17]中午，何应钦派代表在新华门接见学生，该代表答复学生质问时，发言荒谬，引起民愤。几千名学生高呼"停止内战，一致对外"、"打倒日本帝国主义"、"反对华北自治"等口号，涌向长安街，请愿游行转为示威斗争。游行队伍由新华门出发，经西单、西四，然后奔向沙滩、东单，再到天安门举行学生大会。沿途，北京大学、中法大学、辅仁大学、市立十七中、温泉中学等大中学校的学生加入游行行列，人数扩大到四五千人。行进中，手无寸铁的青年学生，与手执大刀、木棍、皮鞭、水龙的军警展开英勇的搏斗。数十名学生被捕，百余人受伤。游行队伍被打散。12 月 10 日，北平各大中学校发表联合宣言，宣布自即日起举行总罢课，抗议当局的暴行。

得知国民政府计划在 12 月 16 日成立"冀察政务委员会"，这天清晨，在北平学联的号召下，北平大中学校学生万余人，发动了更大规模的示威游行。北平各校学生分为 4 个大队，分别由东北大学、中国大学、北京大学和清华大学率领。他们冲破军警的重重阻挠，分路汇集于天桥，举行市民大会。游行指挥部负责人黄敬站在一辆电车上，慷慨激昂地发表演说。大会通过了反对冀察政务委员会，反对华北任何傀儡组织，要求停止内战、一致对外，收复东北失地，争取抗日和爱国自由等八个决议案。会后，游行队伍奔向冀察政务委员会预定成立的地点——东交民巷口的外交大楼举行总示威。队伍走到前门，遭到大批警察和保安队的拦截。经学生代表反复交涉，军警才让游行队伍分批分别由前门和宣武门进入内城。在宣武门，爱国学生遭到上千名军警的血腥镇压，"血染通衢"[18]。被捕学生有二十二人，受伤者达二百多人。北平学生的抗日救国示威游行，沉重地打击了国民党政府的卖国活动，迫使冀察政务委员会不得不延期成立。

北平学生的爱国壮举，迅速波及全国。天津、上海、南京、武汉、广州、杭州、长沙、重庆等城市的爱国学生举行请愿集会、示威游行，或发表宣言、通电，声援北平学生的救国行动。北平、上海的文化界分别成立救国会，发表宣言，支持学生的抗日救亡活动。12 月 18 日，中华全国总工会发表《为援助北平学生救国运动告工友书》，号召全国各业、各厂的男女工友起来召集群众会议，发表宣言和通电，抗议汉奸卖国贼出卖华北与屠杀、逮捕爱国学生。

青年学生在斗争中进一步组织起来，于 12 月 26 日成立了平津学生联合会。1936 年 1 月，平津学联共同组织了"平津学生南下扩大宣传团"。约有五百名学生，分为四个团，沿京汉线南下，深入农村，向民众宣传抗日救国的道理。政府派军警进行围追堵截，宣传团被迫受束工作，返回平津。2 月 1 日，由扩大宣传团的骨干发起，中华民族解放先锋队在北平师范大学宣告成立。它宣布以"团结全国青年，实现民族独立、民权自由、民生幸福的三民主义，促成中华民族的彻底解放"为宗旨。[19]

一二九学生爱国运动公开揭露了日本帝国主义侵略中国，吞并华北的阴谋，打击了国民党政府的妥协投降政策，推动了抗日救亡高潮的兴起，促成了抗日民族统一战线的形成。

（二）北平社会民众的抗日救亡活动

九一八事变后，北平各界民众纷纷组织起来，投身抗日洪流。9 月 28 日，北平各界召开抗日救国大会，二百五十余团体发起，二十多万人参加，会后举行声势浩大的示威游行，要求南京政府对日宣战，呼吁"全国拥护国民政府统一军权，集中武力准备对日"。[20] 9 月底，北平邮电工人组织了抗日救国会和邮工义勇队、邮工宣传队、进行抗日活动。

10 月 18 日，北平市各界抗日救国联合会成立，决议与日"经济绝交"，"组织工人义勇军"。其后，该会推举代表赴南京请愿，以二十万工人的名义致函蒋介石，要求"对日开战"，"愿作前驱"。[21] 10 月 20 日，北平西郊农民抗日救国联合会，建议实行征兵。东郊农会积极组织农民义勇军。与此同时，市内商人代表集会，组织北平商民救国会，查禁日货，发起募捐。

长城抗战爆发后，北平商会召开全体大会，决定每人捐款一元，集资十五万元，订购飞机一架命名为北平号。为抵制日货，北平市政府规定，公务人员必须"服用国货"[22]。北平社会民众声援长城抗战的爱国热情，深深地激励了前线将士的斗志。

（三）抗日同盟军在平郊的战斗

1932 年底到 1933 年初，热河华北局势急剧恶化，察哈尔省受到日本侵略者的严重威胁，部分国民党将领决定集合抗日力量，组织抗日同盟军，相机发动察省抗战。

1933 年 5 月 26 日，冯玉祥联合方振武、吉鸿昌等，在张家口发出通电，宣告成立察哈尔民众抗日同盟军。冯玉祥任同盟军总司令，佟麟阁暂代察哈尔省主席，吉鸿昌为察哈尔警备司令。冯玉祥宣告："率领志同道合之战士及民众，结成抗日战线，武装保卫察省，进而收复失地，求取中国之独立自由。"[23] 抗日同盟军由多种武装力量联合组成，包括察省的地方武装、原驻守长城关口的爱国军队、原西北军旧部、方振武组织的抗日救国军和从东北撤退的义勇军等。冯玉祥组建这支抗日武装，得到共产党人的积极支持与合作。北平、天津等地的学生踊跃参军，抗日同盟军迅速发展到十余万人。6月22日到7月1日，同盟军将士向日本侵略军展开积极进攻，相继收复康保、沽源、宝昌，又乘胜发起收复多伦的战斗。多伦之役结束后，察东四县全部收复。冯玉祥通电南京北平当局，表示将"自率十万饥疲之士，进而为规复四省之谋"。[24]

但是，国民党政府当局将同盟军的抗日行动视为"攘外必先安内"的妥协政策的对立物，千方百计破坏同盟军。蒋介石从江西密电汪精卫，称冯玉祥"为共产荧惑"，"实行赤化组织"，"赤色旗帜日益鲜明"，要求行政院"速筹军事之彻底解决办法"。[25] 国民政府任命庞炳勋为"察哈尔剿匪总司令"。到7月下旬，参加"围剿"的部队已增至十五万人。7月28日，蒋介石汪精卫联合通电，指责冯玉祥"擅立各种军政名义"、"妨害中央边防计划"、"滥收散军土匪"、"引用共匪头目"，对其施加政治压力。[26] 与此同时，蒋介石派遣特务用金钱、匕首收买暗杀，分化瓦解同盟军将领。最终，冯玉祥为了避免内战，保存抗日力量，被迫于8月5日通电全国，"忍痛收束军事"[27]。9日，撤销抗日同盟军总部，辞职下野，转赴泰山休养。同盟军大部被宋哲元第二十九军收编，只有方振武、吉鸿昌率领的余部继续转战长城内外。

9月10日，方振武邀请吉鸿昌到赤城商议军机，决定打起"讨贼联军"的旗帜，推方振武为总司令，并作出兵分两路，打进北平过中秋的决策。方振武部在长城线以西，经云州沿白河向东南发展。吉鸿昌部在长城以东，绕道丰宁，经四海，向南推进。同盟军在南征途中，不断遭到国民党军队和日伪军的围追堵截。指战员们冒着枪林弹雨，奋勇杀敌，于9月中下旬先后攻占丰宁、怀柔、密云等县城，并进占顺义的高丽营及板桥村。10月上旬，方吉两部会合于大小汤山地区后，遭到日伪蒋军重兵包围，联合夹击。经连日苦战，同盟军伤亡惨重，最后仅剩四五百人，已弹尽粮绝，方振武、吉鸿昌被迫接受北平慈善团体的调停，于10月16日离开部队。其后，方、吉二人由商震部下护送赴北平。途中，方、吉寻机潜逃。所余各部均被蒋介石军队缴械。抗日同盟军终告失败。

同盟军失利后，冯玉祥继续与共产党合作，进行反蒋抗日斗争，方振武流亡香港。吉鸿昌在天津从事抗日活动，于 1934 年 11 月 9 日被国民党特务逮捕，2 月 4 日在北平英勇就义。

察哈尔抗战是冯玉祥等爱国官兵响应中国共产党团结抗日号召，举起武装抗日旗帜，进行联合抗日的一次伟大尝试，得到了全国主张抗日的各派政治势力及广大民众的支持和称赞，对揭露南京政府对日妥协政策的错误起到了积极作用。尽管由于日伪蒋的联合进攻，这一爱国壮举最终归于失败，但是它在中华民族危亡关头，对全国抗日救亡运动所起到的鼓舞和推动作用则是不可估量的，也体现了在国民党内部，同样存在着相当强烈的抗日御侮的愿望和要求。

（四）冀察政务委员会走向抗日

冀察政务委员会是南京国民政府为满足日本"华北特殊化"要求而设立的行政机关。它在成立初期，主要倾向是对日妥协。其后，在日本不断侵略扩张，全国抗日运动日益高涨的形势下，它逐渐走向抗日。

在北平爱国学生运动的冲击下，原定于 1935 年 12 月 16 日举行的冀察政务委员会成立大会，被迫延至 18 日召开。是日，"晨起，外交部街及东单牌楼一带，加紧戒备，军警林立……开会时间，事先并未发表，开会时，仅到有少数来宾，及该会职员与新闻记者等 30 余人"，二十分钟后就宣布散会。[28]

1936 年 1 月 17 日，国民政府公布了《冀察政务委员会组织大纲》，规定设委员 17 至 21 人。冀察政务委员会的人选形式上由国民政府特派，实际上必须由日方同意后方可。委员会下设秘书、经济、交通等"特种委员会"，多由亲日分子把持。在冀察政务委员会的各种重要机构中，都有日方派遣的顾问。日军参谋部认为，冀察政务委员会的成立，"在明朗化方面总是进了一步"，它将"成为华北五省政治上脱离南京政府而独立的阶梯"。[29]

冀察政务委员会是特殊历史条件下的产物，它既不同于国民党政府的一般行政区域，又不同于当时在日军卵翼下的冀东伪组织。一方面，冀察政务委员会虽然在名义上仍然隶属于南京国民政府，但用人权、财税权等均掌握在宋哲元手里，因此，对南京政府来说，它实际上处于半独立状态。另一方面，冀察政务委员会虽然与日军联系密切，且得到日军某种程度上的支持，但又较多地表现出不妥协的一面。宋哲元多次拒绝日方提出的与冀东伪政权合流的提议，任命"被日军认为是排日元凶"的 37 师师长冯治安，担任河北省主席，所部驻防北平、保定，更是对日军的威胁。

由于宋哲元拒绝与汉奸政权合流，日方感到希望落空，开始策动"驱逐宋哲元"。日本驻上海武官矶谷廉介视察华北后，致电川岛陆声称："宋哲元唯听从南京之威命，完全不能行使我方之自治工作"，"事态诚可寒心"。为"压迫宋哲元"，有向华北"增兵之必要"。(30) 5 月，日本政府大规模增兵华北，驻屯军由两千余人增至一万人。日本报纸以《警告宋哲元》为题相威胁，"二十九军即将南调"的谣言越传越盛。宋哲元欲在日蒋之间左右逢源，在华北发展势力的愿望，难以实现。

为了揭露日本的侵华阴谋，争取二十九军抗日，当时，中共北方局在刘少奇的领导下，及时提出了"反对日本增兵华北"，"反对二十九军南调"等口号。各阶层民众纷纷响应。北平学联组织学生到二十九军驻地进行抗日宣传。中共的抗日政策促进了宋哲元的转变。

1936 年 5 月 30 日，宋哲元发表谈话，强调"华北外交刻所争者，为保全我国主权问题"。(31) 当晚，宋哲元在北平武衣库私宅，召集冀察军政负责人研究华北对策。与会者决议："全体对当前环境下之时局，一切事项均应下最大决心，以彻底保全我国主权为前提，向前努力奋斗。"(32) 对于学生爱国运动，冀察当局也由一二九时期的镇压改为同情。6 月 2 日，二十九军代表在接见北平请愿学生时，"对学生爱国行动深为赞许"，并"向学生表示决不撤退，二十九军将士于必要时决不会辜负民众的期望"。(33) 日军在北平逮捕的学生，经当局的交涉而释放。

1936 年初冬，日天津驻军司令田代曾邀约宋哲元进行过一次会谈。会谈中，田代曾说："我认为现在救亡的办法，第一是'倒蒋'，第二是'反共'。委员长和二十九军官兵，若能上下一心，脱离南京国民政府，宣布'冀察独立'进而组成'冀察防共自治政府'，那么，我日本国就可以与委员长签订'日中合作'、'共同防共'的协定。这不仅可以保持你的原有势力，还可以支援你扩大势力范围。"(34) 但宋哲元未予明确答复，因而日军策动"冀察独立"的阴谋迟迟未有进展。(35)

日军在策动"冀察独立"阴谋的同时，曾试图通过冀察当局实行经济侵略。对日军的经济压迫，宋哲元主要采取以下几种对策：一是拖延。如开辟航空线路问题，经过长期磋商，宋哲元才派人负责筹备工作，直至"七七事变"爆发，航空公司还未开张。二是抵制。如日军试图在华北低价收购棉花，宋哲元接受天津商检局的建议，向棉农大量发放贷款，以抵制日人的贱价收购及垄断政策。三是请示。如长芦余盐出口问题，就是向南京政府请示，并经中央财政部批准，藉以减轻自己的责任。四是躲避。如"经济提携"条款问题。1937年3月，日军向宋哲元书面提出包括修路、开矿、关税、通航和收购棉花等问题的"经济提携"条款，宋哲元为环境所迫，被迫在条款上签字。但又不敢履行条款，在日军的一再催逼下，宋哲元干脆避往老家，一躲了事。[36]

面对日军在军事上的步步进逼，冀察当局态度日益强硬。1937年1月20日，宋哲元代表冀察当局发表声明宣告："侵犯我土地，侮辱我人民，即是我们的敌人，"[37]明确表示抗日决心。当时二十九军虽然兵员众多，并分驻于冀察两省和平津两市，但遭到日军的日渐包围，军事态势日益严峻。宋哲元先后作了一些抗战准备工作：一是加强抗日思想教育，如在军事教导团内加强国际时事教育和抗日思想教育；二是加强情报工作，及时了解敌人的动向；三是争取伪军反正；[38]四是扩军备战，宋的二十九军在1933年时仅有二万余人，冀察政务委员会成立后扩充到五万余人。"七七事变"前夕，二十九军已有十万之众，[39]并不时进行军事演练。这些措施抵制了日军吞并华北的阴谋。

冀察政务委员会逐步走向抗日，使日本在华北建立第二个"满洲国"的梦想最后破产。

注释：

（1）《蒋冯阎告祭孙灵记》，载《国闻周报》第5卷，第27期。

（2）《蒋阎冯李商定军事整理案》，载《国闻周报》第5卷，第28期。

（3）《汪精卫、阎锡山等通电》（1930年7月13日），载《国闻周报》第7卷，第23期。

（4）《蒋介石致张学良的不抵抗电令》（1931年9月），载中国社科院现代史研究室编：《西安事变资料》第一辑，人民出版社1980年版，第1页。

（5）秦孝仪：《总统蒋公大事长编初稿》（卷二），国民党中央委员会党史委员会编印，1978年版，第218—219页。

（6）秦孝仪：《中华民国重要史料初编——对日抗战时期》（绪论一），国民党中央委员会党史委员会编印，1981 年版，第 573 页。

（7）中国人民政治协商会议文史资料研究委员会编：《从九一八到七七事变（原国民党将领抗日战争亲历记)》，中国文史出版社 1987 年版，第 387—388 页。

（8）全国政协文史资料委员会编：《文史资料选辑》第 14 辑，中华书局 1961 年版，第 12 页。

（9）蒋介石致黄绍竑、何应钦密电，1933 年 5 月 6 日。

（10）汪精卫致何应钦、黄绍竑电，1933 年 5 月 24 日。

（11）蒋介石致何应钦、黄绍竑、黄郛电，1933 年 5 月 24 日。

（12）汪精卫致何应钦、黄郛电，1933 年 5 月 24 日。

（13）王铁崖：《中外旧约章汇编》第 3 册，三联书店 1962 年版，第 940—941 页。

（14）［日］井上清：《天皇的战争责任》，吉林大学日本研究所译，1983 年版，第 80 页。

（15）《北京大学日刊》1931 年 9 月 20 日。

（16）《北平晨报》1931 年 9 月 29 日。

（17）《北平市学生运动调查报告》，载《南京国民政府监察院档案》，中国第二历史档案馆藏。

（18）《北平大学工学院全体教职员通电》（1935 年 12 月 20 日），北京市档案馆编：《七七事变前后北京地区抗日活动》，北京燕山出版社 1987 年版，第 67 页。

（19）《民族解放先锋队宣言》（1936 年 2 月 16 日），载《北大旬刊》第 2、3、4 期合刊（1936 年 4 月 10 日）。

（20）《北平晨报》1931 年 9 月 29 日。

（21）《北平晨报》1931 年 12 月 2 日。

（22）《北平晨报》1933 年 5 月 13 日。

（23）《冯玉祥就任民众抗日同盟军总司令通电》，载《国闻周报》第 10 卷，第 22 期。

（24）《冯玉祥克服多伦致京平当局电》，载《国闻周报》第 4 卷，第 22 期。

（25）《蒋介石致汪精卫电》（1933 年 7 月 3 日），中国第二历史档案馆藏。

（26）《蒋介石汪精卫联合通电》（1933 年 7 月 28 日），赵谨三：《察哈尔抗日实录》第 3 编，上海军学社 1933 年版，第 28 页。

（27）《冯玉祥通电》（1933 年 8 月 5 日），载《申报》1933 年 8 月 6 日。

（28）《国闻周报》第 12 卷，第 50 期。

（29）［日］《现代史资料》（8），《中日战争》（1），美龄书房 1982 年版，第 128、133 页。

（30）李云汉：《宋哲元与七七抗战》，台北：传记文学出版社 1973 年版，第 146 页。

（31）（32）《国闻周报》第 13 卷，第 22 期。

（33）［法］《救国时报》第 40 期，1936 年 6 月 8 日。

（34）（35）《天津文史资料选辑》第二辑，天津人民出版社 1979 年版，第 62—63，65 页。

（36）《文史资料选辑》第一辑，中华书局 1960 年版，第 11—12 页。

（37）《北平晨报》1937 年 1 月 21 日。

（38）（39）《文史资料选辑》第一辑，第 16—17，39—41 页。

第三章　八年沦陷期的北平

一、卢沟桥事变与北平失陷

1937 年 7 月 7 日夜，在卢沟桥附近进行军事演习的日军，以寻找一名失踪士兵为借口，要求进入宛平城搜查，遭中国守军拒绝。日军遂向中国守军开枪射杀，炮轰宛平城，中国守军奋起反抗，震惊中外的卢沟桥事变爆发。

（一）卢沟桥事变的背景

卢沟桥事变的发生，是日本扩大侵华战争，企图灭亡中国的重要步骤，也是日本军国主义长期推行"大陆政策"的必然结果。

1936 年日军增兵华北，进占丰台，直逼北平城下。此时的北平已处在日伪三面包围之中：东面是日本扶植的伪"冀东防共自治政府"，北面是已并入伪"满洲国"的热河省，西北是日军收买支持的李守信、王英土匪武装。只有西南面的宛平县还在二十九军手中。此时，由宛平县城（今卢沟桥镇）控制的平汉铁路成为北平通向内地的唯一要道，是北平的生命线，其战略地位至关重要。

日本最初的目标是拉拢、胁迫地方实力派宋哲元搞华北五省"自治"。1936 年 1 月，日本政府给其华北驻屯军发出下述指令："自治地区应以华北五省为目标，首先稳步实现冀察二省及平津二市自治，进而使其他三省自行与之合并。对冀察政务委员会的领导，当前应通过宋哲元进行之。"[1]他们同意宋哲元出任冀察政务委员会主任，然后采取各种手段频繁地向宋提出摆脱国民政府"干涉",单独与日本搞"华北经济提携"的方案。宋哲元拒绝签署任何协定,使日本原来设想的通过宋哲元控制华北的计划完全落空,成为所谓"悬案"。

1937年春开始,日本政府和军部纷纷派人到华北考察了解情况。这些人一致认为日中间的"悬案"只有通过武力才能解决。日教育总监本部长香月清司中将到中国东北、华北考察一个半月,6月5日他就华北状况报告说:"华北形势相当紧张。因此,中国驻屯军增强兵力很有必要。"[2]此时另一个在华北搞调查的日陆军省军务课长柴山兼四郎也报告说:"用了几天时间在北平、天津会见了中日要人,征求他们的意见和感想。结果都认为中日双方很紧张,颇有一触即发之感。"[3]与柴山一起来华的日参谋本部第七课长永津佐比重在6月8日的报告中更明白地说:"担心华北不一定什么时候,或什么样的事件要爆发。"[4]而当时日本华北驻屯军"大多数的意见认为,对中国打击一下就能改变局势"。[5]这时在东京政界传出这样的消息:"七夕的晚上,华北将重演柳条湖一样的事件。"[6]这些情况表明,华北日军策划卢沟桥事变的阴谋已经形成。

(二)卢沟桥抗战

1.7月6日,危险的前兆

从1937年5月开始,驻丰台日军每天都进行军事演习。演习的地点选在贴近中国军队严密防守的宛平城以北约一公里的沙石场和与之相对的永定河西岸一块荒地,平汉铁路桥就在这块荒地上通过。日军演习是有特殊计划和特定目标的。这些战斗演习"不分昼夜进行"[7],演习时日军多次故意要从宛平县城通过,又经常派官兵到中国军队警戒区铁路桥及回龙庙堤坝一带活动。6月25日以后,天津日军司令部和北平旅团司令部的大小军官轮番到卢沟桥、沙岗(日军称"一文字山",在宛平城东门外仅300米)、回龙庙"视察"情况,检阅演习[8],夜间的实弹演习更加紧张,演习的枪弹经常打在宛平城墙上[9]。这一切表明日军采取武力驱逐宋哲元的准备工作已经全部就绪。

7月6日清晨,驻丰台的一队日军到宛平县城东门口,要求从城中通过到长辛店去演习。中国驻军不许,相持达10余小时,至晚日军始退去。[10]

2.7月7日,诡秘的夜晚

7月7日午后,日本华北驻屯军第一联队第三大队第八中队,在中队长清水节郎的带领下，全副武装去宛平城北回龙庙进行军事演习。日军的异常现象引起二十九军的警觉，金振中营长即向旅长何基沣报告："日军今日出外演习，枪炮配备弹药，与往日情况不同。"[11]何又向正在保定的37师师长冯治安报告，冯接报告立即返回北平。

第八中队下午4时30分左右到达演习地点，但看到永定河堤上有200多名穿白衬衣的中国士兵在挖战壕，就等到7时30分才开始演习。演习内容是从龙王庙（即回龙庙）附近到东面的大瓦窑，向敌人的主要阵地前进，利用夜幕接近敌人，然后黎明时进行突击。遂后日军部分官兵作为假想敌到东边活动。夜幕降临后，清水节郎带领600人开始向东边的假想敌移动，从回龙庙至大瓦窑约千米左右，回龙庙、大瓦窑距宛平城亦千米左右，回龙庙驻有二十九军守卫部队。华北驻屯军几乎是在二十九军守卫地段进行夜间军事演习的，具有极大的挑衅性。

这天晚上，除第八中队外，还有第七中队在宛平城东演习。他们同属日本华北驻屯军第一联队第三大队。大队长一木清直参加第七中队的演习。晚10时半演习结束。一木没有按常规作演习总结，他"心绪不佳"，说了以下另有含意的话："今晚是七夕。你们的家乡可能正在过七夕节。我们在这里为国家效劳，局势不知什么时候发生变化，也不知明年七夕是否能见到大家及家乡的父兄。"并勉励大家"努力作战"。[12]与此同时，第八中队也结束了前段训练，准备野营休息到次日天亮。清水节郎命令各小队长、假想敌司令中止演习，传令集合。

以下发生的事在整个卢沟桥事变研究中至关重要。晚10时40分，突然在城北日本华北驻屯军演习的方向响起了枪声，不一会儿几名日兵跑到宛平城下，声称丢失一名士兵，要求到宛平城内搜寻。许多日本人（包括一些历史学者）在记述这一过程时随心所欲地增删、改篡、颠倒原来的内容或顺序，使争论愈发纷乱。这里引述清水节郎在战后发表的《笔记》。这是关于事变发端唯一最原始的资料，所谓"第一枪"的唯一证人。尽管我们对其真实性并不完全相信，但仍可作为研究的主要依据。我们正是从《清水节郎笔记》自相矛盾和众多漏洞的记述中看出事件的"谋略"性的。《清水节郎笔记》这样写道："我站着观察集合情况，看到假想敌的轻机枪还在射击。他们不知道部队演习中止，看见传令兵而射击。突然我直感到从后方射来数发步枪子弹。可是我方假想敌好像没有注意到这情况，继续空弹射击。我命令身旁号手吹紧急集合号时，又受到从右后方铁道桥附近堤坝方向十数发的射击。在这前后，我回头看卢沟桥城墙和堤坝上手电筒一明一灭（好像是什么信号）。中队长逐次集合各小队准备应战，得到一名士兵去向不明的报告。立即开始搜索，并把这一情况报告给丰台的大队长，等待他的指示。"[13]

清水把两名传令兵派去丰台后，那位"失踪"的士兵志村菊次郎自己归队了。从发现"失踪"到志村归队前后只有20分钟。清水没有再派人去报告志村归队这一重大情况，而是把中队带到宛平城东5华里的五里店待命。

午夜时分，两名传令兵到达丰台，向大队长一木清直报告："刚才中队在龙王庙（即回龙庙）附近遭到中国军队射击，我部演习停止了。清查后发现缺少一名士兵。因此中队长让我火速向您报告，并命令中队搜索该士兵和准备战斗。"一木认为："仅仅开枪问题还不大，少了一名士兵我觉得事态严重。因此马上命令部队进入战备状态。"并打电话向第一联队联队长牟田口廉也请示。牟田口廉也命令："驻丰台部队马上出动，占领'一文字山'，以战斗姿态同中方交涉。"[14]

牟田口廉也还把此事通知日军北平特务机关长松井太久郎。松井立即打电话给冀察外交专员林耕宇，声称："有日本陆军一中队，顷间在卢沟桥演习，仿佛听见由驻宛平城内之军队发枪数响，致演习部队一时呈混乱现象，失落日兵一名，要求进入宛平县城搜索。"[15]

至此为止，日军现地负责人重视的都是"一士兵失踪"事件，向中方交涉的也是"进城搜索失踪士兵"，其气势都是肯定那名士兵已被中国军队捉去或被杀害。而实际情形却是那名"失踪"的士兵不仅未被中国军队捉去，甚至他未见到中国兵。他在20分钟里做什么去了？几十年来成为一个真正的谜。（答案有"大便"说、躲在一旁睡觉说、掉进枯井说及迷路说等等）日本方面不愿对此做认真研究，使卢沟桥事变的真相终难揭开。

7月7日夜晚的诡秘之处不仅在于这"一士兵失踪"本身，还在于由此引起的一连串奇怪的反应。8日凌晨2时，一木清直率日军大队到达五里店，与撤到这里的第八中队会合。这时一木听到"失踪"士兵已平安归队的消息。一木既未追查士兵志村菊次郎"失踪"的原因，也未追究清水节郎隐瞒不报重要情况的严重责任，而是决定先占领"一文字山"，包围宛平城东门，然后向中方"郑重交涉"。

在一木清直到五里店以前半小时，1 时 30 分，在天津的日驻屯军司令部由参谋长桥本群（司令官田代皖一郎中将生病）主持召开幕僚会议，决定立即派和知鹰二和铃木京两参谋去卢沟桥现场联络，同时命令在天津的各部队于凌晨 3 时前做好出动准备，"于 7 时 30 分，下达了出动命令"。[16]这时他们对"一士兵失踪"情况完全不了解，但却已决定同中国军队开战。

8 日凌晨 2 时，即一木到达五里店的几乎同时，牟田口廉也派联队副森田彻到卢沟桥现场指挥。指示他："必要时可以作断然处置的姿态进行交涉。为此，适当地派步兵一个中队、机枪一个小队与冀察方面调停委员同时进入卢沟桥东门内。第三大队主力则集结于卢沟桥火车站西南方附近，做好随时可开始战斗的姿态。"[17]

日军一再提出与中方"交涉"，甚至要武装进城"交涉"，既然"失踪"士兵已经归队，还交涉什么呢？原来日军已悄悄地改变了交涉内容。交涉的理由已不是"一士兵失踪"，而是"非法射击是对皇军的最大侮辱"；交涉条件也由"进宛平城搜查"改为"中国军队撤退至永定河以西"，让出卢沟桥城了。理由变了，进占卢沟桥的目的未变。这一重大矛盾，数十年来日本史学家试图用种种"偶发"性来说明，但至今没有作出令人信服的解释。中国守军拒绝日军进入宛平城东门内，于是 7 月 8 日晨 5 时 30 分，牟田口廉也下令"开始战斗"[18]。日军先用迫击炮轰击宛平城内外，其中数发击中宛平县政府，房屋大部被毁，然后步兵大举进攻。日本蓄谋已久的全面侵华战争爆发了。

3.7 月 8 日以后中日双方的交战与交涉

7 月 8 日凌晨，中国军队为"正当防卫计，乃开始抵抗"。[19]二十九军军司令部命令前线官兵："保卫领土是军人的天职，对外战争是我军人的荣誉。务即晓谕全团官兵，牺牲奋斗，坚守阵地，即以宛平城与卢沟桥为吾军坟墓，一尺一寸国土，不可轻易让人！"[20]二十九军第 37 师吉星文团，奋勇还击。

日军开始进攻相当猛烈。他们先突破回龙庙防线，前进到永定河西岸，再回过头与东侧沙岗的日军夹击宛平城。日军"集中兵力向卢沟桥城猛攻，并用梯爬城"[21]，"卢沟桥铁桥上原驻我步兵一连防守，双方争夺铁桥，备极惨烈。曾被日军将铁桥南端占领，我军仍固守铁桥北端"[22]。中国守军营长金振中带伤指挥战斗，日军第三大队队长被击毙。日军第一次攻势受挫。中午，日军四百余人从北平赶来增援，在六辆装甲车和猛烈炮火的掩护下，日军再次攻城，仍未得手。下午 3 时，日军要求中国军队退到永定河西岸，被中方拒绝。日军于傍晚 6 时 30 分向宛平城发动第三次进攻。第四混成旅旅团长河边正三亲自督战，攻占龙王庙阵地。当晚，中国军队发动奇袭。冯治安师长令吉星文团长率部从长辛店向北，何基沣旅长率部从八宝山向南，两路夹击日军。爱国将士与日军展开白刃战，一举夺回了龙王庙阵地。

在日军进攻受到沉重打击的形势下，华北日军驻屯军认识到，单靠现地日军无法打败二十九军，不能实现占领平津的目的。于是，9 日晨，北平特务机关长松井向冀察当局表示："失踪"士兵业已归队，一场误会希望和平解决，要求与中方谈判停战。冀察当局本来极想维持现状，不愿事态扩大，就一面制止冯治安、何基沣等人攻击丰台日军的计划，一面派张自忠、张允荣等与日方谈判，让步地答应日方停战、撤兵、保安队接防等三项条件。

关于日军要求谈判停战的动机，今井武夫回忆说："这回，我之所以擅自决定在签字的同时保证日军主动撤退，其原因正如上述，即日军所处战略形势极为不利，且有危险。"[23] 日军所采用的正是缓兵之计。

实际上，日本关东军早已把独立混成第一、第十一旅团及空军一部陈兵在山海关长城一线。卢沟桥事件发生的当天早晨，即 7 月 8 日早，关东军即召开会议，发表声明，称："严重关注着事件的发展。"[24] 并决定派兵进关。日驻朝鲜军也派第二十师团出动。8 日深夜日陆相杉山元命令京都以西原定 7 月 10 日复员的三个师团延期复员，派往中国。从 7 月 9 日开始，华北日军一方面与冀察当局紧密谈判"停战"，另一方面则经由汉奸齐燮元控制的山海关至北平铁路大量向平津运兵。到 7 月 28 日，日军至少已向华北调集了 5 个师团。在陆空军联合进攻下，一举打败二十九军，轻而易举地达到驱逐二十九军、占领平津的目的。

4. 各界声援二十九军抗战

日军再次在华北点燃战火，中华民族生死危亡到了最后关头。全民族的抗战意识空前高涨。卢沟桥事变爆发后的第二天，中国共产党中央通电全国号召："全中国同胞、政府与军队团结起来，筑成民族统一战线的坚固长城，抵抗日寇的侵略！"[25] 同日，红军将领毛泽东、朱德等致电蒋介石要求"本三中全会御侮抗战之旨，实行全国总动员，保卫平津，保卫华北，规复失地"。(26) 这些通电，表明了中国共产党愿捐弃前嫌，与国民党携手抗日。

北平地区人民全力支援二十九军抗战。民先队、华北各界救国联合会、北平学联等 29 个抗日救亡团体成立抗敌后援会，发表宣言，组织群众支援前线。在支援抗战的热潮中，学联发起万条麻袋运动；茶商发起万包茶叶运动；小学生发起"一大枚"运动；长辛店工人收集铁轨、枕木，冒着枪林弹雨，帮助部队修筑工事；战地农民为军队修路、送饭、送情报、运送弹药物资。许多青年拿起武器，直接参加战斗，将热血洒在战场。

卢沟桥事变发生时，国民政府曾为避免事态扩大做过积极努力。蒋介石决心抵御日军的纵深入侵。7 月 9 日，他作出紧急军事部署，密令第 26 军、第 40 军由平汉线北上，向石家庄、保定集中。13 日，蒋介石致电宋哲元表示："决心运用全力抗战，宁为玉碎，不为瓦全"，令其"坚持到底，处处固守，时时严防，毫无退让余地"。(27) 17 日，蒋介石在庐山发表谈话，提出"任何解决决不得侵害中国主权与领土之完整"等四项原则(28)，向全国人民公开宣布了"准备抗战的方针"。与此同时，国民政府通过多种途径努力谋求事件和平解决。7 月 16 日，国民政府央请英国驻华大使许阁森向日政府提出主动停止调动军队北上、冲突军队各回原防的建议。但日本政府全然置之不理，一意孤行，日军对华战争步步升级。

（三）北平沦陷

日军制造卢沟桥事变，目的是要占领平津、控制华北，进而灭亡中国。7 月 12 日，日本新任中国驻屯军司令官香月清司抵达天津。为贯彻日本扩大对华北战争的既定方针，13 日，华北驻屯军作出了《中国驻屯军情况判断》的方案。依次判断，日本华北驻屯军不仅制定了扩大对平津的作战计划，还拟定了扩大战事到华北，分离二十九军与中央军，阻止中央军北上，并与之决战等内容的战略方案。具体部署是：河边旅团向丰台至通州间、北平城内和天津、警备北宁铁路集结；独立混成第 1 旅团向通州集结；航空队集结于通州及天津；第 20 师团向天津集结。预计 7 月 20 日左右集结完毕。华北驻屯军还制定了详细的作战计划，命令部队"作好适应全面对华作战的准备"(29)。7 月 14 日，日军代表向宋哲元提出七项苛刻条件，内容包括：（一）彻底镇压共产党的策动；（二）罢免排日要人；（三）在冀察范围内，取缔由其他各方面设置的机关中有排日色彩的职员；（四）撤去冀察的排日团体；（五）取缔排日言论及排日的宣传机构，以及学生、群众的排日活动；（六）取缔学校和军队的排日教育；（七）撤去北平的37师，北平由保安队担任警戒。[30]宋哲元表示为实现停战，愿意认可上述条件。随即，冀察当局下令拆除北平城内各要口准备巷战之防御设施，打开关闭多日的城门，对各地汇来的大批抗战劳军汇款，通电表示谢绝。然而，妥协退让未能阻止侵略者的步伐。7月11日，日本政府发表派兵华北的声明，16日，日本内阁又决定派陆军10万到华北，接着又动员40万日军以扩大侵华战争。这期间，日机多架轮番在北平和平汉路沿线进行侦察。20日，日本参谋本部决议，"使用武力""解决事变"。[31]战局开始急剧恶化。

7月21日，日军再次炮击宛平及长辛店一带的中国驻军。25日，日军攻占了廊坊等地，切断了北平与天津之间的交通。26日晚，满载日军的20余辆卡车，"由广安门强行入城，经我守兵阻拦，不服制止"[32]，发生战斗，日军受挫。当晚，日本华北驻屯军司令香月清司向宋哲元发出最后通牒，限令二十九军37师分别在27、28两日，撤出北平城区和市郊。

7月27日，日军在航空兵的支援下，对驻通县、团河和小汤山等地二十九军突然发动进攻。是日，蒋介石密电宋哲元："应固守北平、保定、宛平各城"[33]。宋哲元拒绝了日方的最后通牒，通电全国，指出日军"似此日日增兵，处处挑衅，我军为自卫守土，尽力防卫"。[34]

7月28日拂晓，日军从东南北三面向南苑发起了进攻。南苑在北平南郊，团河之北，是通往北平的必经之路，失之，日军便可长驱直入永定门，占领北平城。南苑为二十九军军部驻地，驻扎部队约7000余人。日军三千余人，在猛烈炮火的掩护下，向刚调至南苑的132师赵登禹部发动猛攻，中国守军被迫仓促应战。"南苑由于事先未构筑坚固的防御工事，仅以营围作掩体，在敌人空军的轰炸扫射之下，部队完全陷于不能活动的地步，且通讯设备又被炸毁，各部与指挥部之间的联络完全断绝，指挥失灵，秩序混乱。"在南苑经过5个多小时的激战，中国守军伤亡惨重。副军长佟麟阁不幸阵亡，师长赵登禹率部向北平城内撤退时，遭敌伏击，为国捐躯。28日下午，日军占领了南苑。

日军在向南苑进攻的同时，分别向北苑、西苑发起进攻。在丰台、廊坊和卢沟桥一带的 37 师和 38 师的一部也与日军激战。二十九军各部节节抵抗，不断后撤。北平岌岌可危。为在北平被围之前突围出去，宋哲元下令退守保定，由张自忠留守北平，代理冀察政务委员会委员长兼北平市市长，让何基沣旅断后掩护撤退。29 日，北平失守了。7 月 30 日，由日本侵略者一手操纵的汉奸组织——北平市地方维持会正式成立。8 月 19 日，汉奸江朝宗出任伪北平市市长。

北平沦陷后，日军主力纷纷向北平以北的沙河、昌平一带集中，企图夺取平绥路东段的重镇南口。南口是北平通往西北地区的门户，日军要进犯张家口，占领察哈尔，分兵晋绥，南口是必争之地。8 月 11 日，日军独立混成第 11 旅团主力，在飞机、大炮、坦克的支援下，向南口镇发起进攻。中国守军在南口地区与日军激战半个多月，伤亡惨重。26 日，蒋介石致电中方前敌总指挥汤恩伯："我军必须死守现地，切勿再退。"[35]但是，中方援军受阻，前线告危，汤恩伯只好下令全线撤退。

南口战役是卢沟桥事变后，中日两军第一次大规模的作战。此战打乱了日本侵略者的战略计划，粉碎了日军在 3 个月内灭亡中国的狂妄梦想。中共中央机关刊物《解放》在《南口的失守》一文中指出："这一页光荣的战史，将永远与长城各口抗战、淞沪两次战役鼎足而三，长久活在每一个中华儿女的心中。"[36]

在北平战事激烈之时，通县燃起抗日的烽火。28 日午夜，伪冀东自治政府的保安队宣布起义。起义部队包围了伪政府，活捉了汉奸殷汝耕（后逃脱），打死日本特务机关长细木繁，并向通州日军兵营发起进攻。激战至 29 日上午，除一部分日兵逃亡外，其余全被歼灭。因二十九军已经撤退，起义军孤立无援，在北平日军猛烈的反攻下，被迫撤往保定。待达保定时，起义的保安队 1 万人众只有 4000 余人了。

二、日伪统治下的北平

（一）傀儡政权的建立

1. 伪临时政府和新民会的组建

1937 年夏，日军攻占北平后，便着手搜罗汉奸、亲日政客，扶持傀儡政权，以期迅速建立殖民统治体系。

在北平沦陷的当天，日本驻华使馆武官今井武夫便诱使清代遗老江朝宗筹建维持会。8 月 1 日，江朝宗成立了"北平地方维持会"。9 日，江朝宗正式就任维持会会长，次日，又宣布出任北平市市长。维持会形式上是北平市地方政府，实际上只是日本统治北平的工具。

1937 年 12 月 14 日，在日本华北方面军的导演和操纵下，北平建立起伪"中华民国临时政府"，并由汉奸王克敏出任行政委员会的委员长。在伪临时政府建立之初，宣布"三权分立"、"定都北平"，并改北平为北京，沿用"中华民国"年号。伪临时政府一成立，就得到日本的正式承认。12 月 24 日，日本内阁决议："逐步扩大和加强这个政权，使它成为重建新中国的中心势力。"[37]伪临时政府成立初期，只下辖平津地区，随着侵华战争的发展，其管辖地域逐渐扩大至河北、河南、山东和山西部分地区。

日本华北方面军司令部为加强对伪临时政府的控制，于 1938 年 1 月 20 日由天津迁至北平，其司令官寺内寿一发表声明表示："余深愿援助新政府，协力其明德新民政治之实现。"[38]在日军的指导下，平、津地方维持会相继解散。2 月，伪冀东防共自治政府宣布取消，并入临时政府。4 月 8 日，日本派前内务次官汤泽三千另为伪临时政府的行政顾问。顾问实为太上皇，伪临时政府的政务不经顾问同意不得实施。4 月 17 日，华北日军司令寺内寿一与伪临时政府行政委员会委员长王克敏签订了向政府派遣日本顾问的《约定》。《约定》规定："日本军最高司令官令中央顾问及其所用之辅佐官协力援助中华民国之行政、法制、军事、治安及警务等事项；中华民国临时政府为推行及改善技术家、专门家之必要业务起见，所需专门技术官、教授、教官、教导官等，由日本最高指挥官之推荐，任用或聘请日本人充任之。"[39]

随着侵华战争的不断升级，日军相继在各地扶植汉奸势力，建立傀儡政权。1938 年 3 月，在日本一手操纵下，又建立了华中伪政权，即伪"中华民国维新政府"。此举遭到日本华北方面军及北平伪临时政府的强烈抵制。为自立中枢，临时政府于 4 月 17 日宣布，改北平为北京。国民政府始终未予承认。

为协调"临时"与"维新"北南两个伪政权的关系，1938 年 7 月 15 日，日本内阁五相会议通过《建立中国新中央政府的指导方针》，应当建立"真正的中央政府"，目前"尽快先使临时及维新两政府合作，建立联合委员会"。[40]依此精神，9 月 20 日，北南两伪政府在北平举行会议，经王克敏、梁鸿志等人磋商，22日宣告成立"中华民国政府联合委员会"。实际上，北南两个伪政权联而不合，依然由日军分而治之。

1937年12月24日，在日本华北方面军特务机关长喜多诚一的导演下，成立了汉奸组织"新民会"。会长由临时政府首脑王克敏兼任，副会长由东北汉奸组织协和会干将张燕卿担任。新民会一出笼，便将其触角伸向社会政治、经济、文化等各个领域，向华北沦陷区和北平人民进行欺骗性的宣传和奴化教育，让人民成为日本侵略者俯首帖耳的"顺民"。

新民会为使殖民统治深入社会基层，建立了庞杂的组织系统。它实行"政会合一"的体制，规定各级行政首脑是该级新民会的当然会长。1938年3月20日，在北平成立了新民会首都指导部，伪市长余晋和兼任会长，下设总务、组织、宣传、训练四科，城郊各区设办事处。同时设立各种职业分会。新民会组织外围群众团体，如妇女会、青年团、少年团等，并将其伸展至基层的各个角落，城区的坊巷组织、四郊的保甲、联庄会都成为新民会的基层组织。

日本华北方面军通过其一手扶植的伪临时政府和新民会，将各项殖民政策推行到北平城乡地区。伪临时政府颁布了一系列政令，加强行政管理。1938年11月3日，北平市公署警察局公布《北京四郊保甲法》，开始编制保甲，实行保甲连坐制度。同时，京畿的大兴、宛平、通县等地也开始推行保甲制度。至翌年3月，北平地区保甲编制完毕。为严密控制城区，警察局又发布城区街巷公益会规则，自3月28日起实施。内外城区每五户编为一邻，共建1095个公益会。每会设正、副会长各一人，每30户设一干事，各会设干事三至九人不等。8月底编制完毕。公益会成为日伪统治下北平街巷的基层行政机构。

2. 伪华北政务委员会的设立

1939年6月6日日本内阁五相会议通过《建立中国新中央政府方针》，提出了汪精卫的首席地位和临时、维新两伪府的加入，确定了"中央政府与地方政府之关系，以分治作为原则"。10月30日，日本制定的《临时政府和新中央政府之间关系的调整要领》中规定："鉴于华北地区与日满两国在国防上、经济上有加强合作的特殊性"，该地区作为局部地区处理。"临时政府改为华北政务委员会，并有处理军事之权。"华北政务委员会"在国民政府主席之下行施极高的自治行政权"。12月30日，日汪签订的《新关系调整要纲》中，汪接受了"华北与日满两国在国防上、经济上为强度结合地带之特殊性"，因而仅仅是"废止临时政府之名称，从新由华北政务委员会暂时继承既成事实"。

1940年3月30日，汪伪政权在南京粉墨登场。汪精卫宣布就任"国民政府代主席"兼"行政院院长"，伪"中华民国临时政府"取消，但又以全班人马成立了伪"华北政务委员会"。汪伪政权名义上管辖全国，实际上其影响力仅及原"维新政府"所辖区域。华北地区的政务，仍由日军控制的地方傀儡政权自行治理。

华北伪政权更名为"华北政务委员会"后，各部改称"总署"，伪治安部改为"绥靖总署"，仍由齐燮元任督办，伪治安军改为"绥靖军"，齐兼总司令。6月，王揖唐奉命接替王克敏，出任华北政务委员会委员长。10月，华北伪军扩军，又组建14个团。

伪华北政务委员会成立后，新民会随之进行调整。汪伪政权以国民党正统自居，原新民会纲领中，"剿共"与"灭党"并存，"新民主义"与"三民主义"相对抗，显然已不合时宜。遵照日军的指令，新民会的纲领修改为："发扬新民主义，以表现王道"，"实行反共，复兴文化，主张和平。"[41]这个政纲紧随日本侵华战略的调整，将打击的主要锋芒指向坚持敌后抗日游击战的中国共产党。新民会最猖獗的时期是1941年至1942年，此间它不仅用新民主义"教化"人民，为日本侵略者在北平的统治摇旗呐喊，更主要的是积极参加日伪发动的五次"治安强化运动"，配合日军扫荡抗日根据地，协助日军抓劳工，维持城市社会"治安"等，给北平人民造成了危害。

伪华北政务委员会这一傀儡政权形式，一直维持到日伪统治的崩溃。

（二）北平城区的抗日活动

日本侵略者占领北平后，国内两大政党中国共产党和国民党运用各种斗争方式，开展敌后抗日活动。各界爱国人士在逆境中坚持民族气节，拒绝与敌伪政权合作。

1. 平津唐点线工作委员会的成立和北平城委的工作

北平沦陷后，中共河北省委一分为二，为适应沦陷区城市斗争的需要，在原中共北平市委领导人大多撤离北平后，组建了中共北平城市工作委员会，并取消了区一级党组织，由城委委员分工直接领导基层党组织和党员。

1938 年 4 月，刘少奇急电中共河北省委书记马辉之到延安向中共中央汇报工作。马辉之于 5 月下旬抵延安，向张闻天、刘少奇等汇报了冀东暴动的准备工作。刘少奇除对冀东抗日武装起义作出具体部署外，还指示成立平津唐点线工作委员会，由吴德负责，归中共中央长江局领导。城市工作由点线委员会领导，党组织要短小精干，坚持秘密工作，利用各种渠道了解敌情，向根据地输送人员和物资，聚积力量，准备配合将来反攻，收复失地。7 月 13 日，马辉之返回天津，此时吴德已离开天津。河北省委决定，平津唐点线工作委员会改由葛琛负责。

1938 年 9 月，平津唐点线工作委员会正式成立，葛琛任书记，赵耕田任委员，顾磊任干事。点线委员会下辖北平、天津、唐山三个城市工作委员会和以北宁路为主，活动范围在南口、长辛店、德州、山海关间铁路线的党组织。

平津唐点线工作委员会成立后，由娄平担任北平城委书记，王家杰、岑铁衡任委员。城委之下仍不设区委，由城委领导成员分别直接领导党支部或个别党员。此时，北平城区地下党员和民先队员大部已经撤离，留下的人数很少。娄平直接领导的党支部是：师大附中党支部、仁立地毯厂女工党支部、北平市队部党团以及部分党员。王家杰领导白纸坊印刷厂党支部和部分党员。岑铁衡领导电车公司党支部和《世界日报》社地下工作人员。

平津唐点线工作委员会成立后，中共北平城委认真贯彻党在沦陷区城市秘密工作的方针，努力配合根据地的抗日游击战争，积极从各方面开展工作。

继续向抗日根据地输送党员、民先队员和大批青年知识分子。到 1938 年 12 月，北平城委向抗日根据地输送党员、民先队员数十人。有些青年在去根据地前还利用燕京大学的试验室和一些医院秘密学习了制造炸药和医疗救护技术，到根据地后发挥了很大作用。在输送进步青年去根据地的过程中，北平城委做了严密的组织工作，联系交通，筹措路费，安排住宿，直到把他们安全送到根据地。许多青年到根据地后表现出色，有些在抗日前线壮烈牺牲。

为抗日根据地收集、提供北平的社会政治和军事情报。北平城委把通过各种途径收集到的情报资料，如日军军用地图、北平城区日军部署图等，及时送交根据地，为八路军的作战行动提供依据。

从物资上支援抗日根据地。北平城委发动共产党员、民先队员参加织毛衣、刻蜡版等业余劳动，捐献所得收入，并通过上层统战工作开展募捐，用以购买医疗器材、药品、急救包等，采取各种隐蔽方式送往根据地，帮助抗日军民缓解物质上的困难。

开展宣传教育，发动群众参加抗日斗争。由北平地下党员发起组织的燕京大学"三一"读书会，经常举行文艺讨论会、学术报告会，联系进步同学。燕京剧社曾演出过《雷雨》、《日出》、《茶花女》等话剧，吸引、鼓舞和团结了许多进步群众。育英中学的"细流社"也曾团结一批同学出版过铅印刊物《细流》，还利用基督教"团契"，组织阅读进步报刊和小型时事讨论会，动员学生积极参加抗日活动。辅仁女中的读书会，通过阅读进步书刊、编印或抄录读书周刊、演出田汉的《猎虎之夜》等活动，团结和发动进步学生参加抗日斗争。

平津唐点线工作委员会成立之前，北平城委曾领导成立了北宁铁委，由叶克明任书记，统一领导北平至山海关间铁路地下党的秘密关系，加强冀西和平北、冀东之间的联系。铁委在丰台、长辛店、西直门和前门东、西站都有党的地下组织和党员。叶克明依靠前门站跑车的货物员建立了一条秘密交通线，为根据地输送药品等物资并掩护过往领导干部。这条秘密交通线对加强几个根据地之间的联系起到了很好的作用。1938 年秋，北宁地下铁委还秘密成立"北宁铁路职工抗日救国会"，出版不定期油印刊物《铁球》，宣传中共的抗日主张，会员发展到一百多人。平津唐点线工作委员会成立后，北宁线党的组织和党的工作由点线工委直接领导。

北平城委在抗日斗争中加强组织发展和巩固工作，这两个方面都取得了相当的成绩，为迎接即将到来的更加残酷的斗争做好准备。

2. 国民党和各阶层爱国人士的抗日活动

对于少数卖身投敌的汉奸政客，国民党先后多次派遣特务，组织暗杀活动。1938 年 3 月 28 日，北平伪政府首脑王克敏乘车外出，在米市大街遭到伏击受伤，同车的日本顾问山本荣治受重伤（一月后丧命）。日伪当局悬赏万元，缉捕刺客。9 月 17 日，伪中国联合准备银行总裁汪时璟，在住宅遇刺受伤。汉奸文人周作人也曾在家遭青年狙击。1939 年底，警察局特务侦破国民党蓝衣社铁血除奸团，使暗杀计划受阻。[42]

国民党还派遣精干遣入北平城内，袭击日军军官。1940 年 11 月 29 日，日本华北方面军司令部中佐参谋两人在东黄城根遭枪击，一死一伤，敌伪当局十分震惊。警察局悬赏五万元，缉拿"凶手"。[43]全城戒严，实行特殊警备措施。日伪警特便衣挨户搜查，市内一片恐慌。翌年初，日伪抓获国民党军事委员会北平区行动组长麻景贤等，于1月16日解除特别警戒，开放城门。

日军侵占北平后，积极推行"以华制华"的方针，培养汉奸势力。为增强傀儡政权的统治权威，日军特务机关出谋划策，千方百计威逼各界名流，加盟伪政权。这一阴谋遭到各阶层爱国人士的有力抵制。

除少数亲日文人外，文化艺术界的名儒巨匠纷纷拒绝与敌伪同流合污。1937年9月，国画大师张大千忧愤沦亡，拒绝出任"日本艺术画院"院长。著名历史学家辅仁大学校长陈垣坚贞爱国，传为佳话。1938年5月19日，日伪政权命令全城悬挂日伪国旗，游行庆祝日军攻占徐州，陈垣大义凛然，表示宁愿"舍身而取义"，决不能执行。[44]日伪成立"东亚文化协议会"时，以厚禄请陈垣出任副会长，遭到拒绝。京剧名角程砚秋拒不登台演出，隐居西郊青龙桥荷锄务农。

北洋著名将领吴佩孚一直是日本特务机关在平工作的重心。日方不惜重金，多方利诱，终未得逞。1939年1月30日，日方为吴佩孚出山组织绥靖委员会，举行新闻发布会。面对众多的中外记者，吴佩孚侃侃而谈，大讲其民族主义的理想与志向，令日本侵略者狼狈不堪。[45]同年底，日军下毒手谋害了这位爱国将领。

（三）平郊抗日根据地的创建与发展

卢沟桥抗战爆发后，中国共产党领导的抗日武装力量，相继创建了平西、平北、冀东抗日根据地。这三块根据地环绕日伪统治的中心北平，具有重要的战略意义。

1. 平西抗日根据地的创建

在1937年8月的洛川会议上，中共中央明确提出了在冀察边境开展游击战争，创建抗日根据地的方针。按照中共中央的部署，八路军在平郊首先开辟了平西根据地。

平西是指北平西面平绥路和平汉路之间，包括昌平、宛平、房山、良乡等县或一部的区域。这里，群山环绕，河川交错，战略地位十分重要，又有比较大的回旋余地。在此建立根据地，可直接威胁日伪统治中心北平和张家口，控制交通命脉平绥和平汉两线，并作为晋察冀边区的屏障和向冀东、平北发展的前进基地。

1938 年 1 月，根据第十八集团军朱德司令的指示，平西游击队改编晋察冀军区第 5 支队，战斗在宛平、昌平、房山一带。3 月，八路军邓华支队挺进平西，攻克门头沟等敌军据点，摧毁日伪政权，解放十余万人口，开辟了房山、良乡、宛平、昌平等根据地，建立了三个联合县政府，大部分区、村建立了农、青、妇抗日救国组织和自卫抗日武装，平西根据地初具规模。5 月，邓华支队奉命与宋时轮支队合编为八路军挺进纵队，插入冀东。9 月，日军围攻晋察冀边区，平西被敌人占领，受到很大损失。10 月，挺进纵队由冀东返回平西，先后收复了镇边城、军饷、青白口、杜家庄、东斋堂、西斋堂等重要村镇。1939 年 4 月，根据八路军总部的指示，确定开辟平西根据地为目前阶段的中心任务。6 月，日伪集中三千余人，分五路进攻平西。我军激战一周，粉碎"清剿"后，乘胜出击，开展永定河以北平原地区的工作。11 月，挺进军进行冬季扩军，并成立平西各县游击大队，武装力量达三万余人。与此同时，平西地委和平西专署宣告成立。1940 年 3 月，日伪九千余人，分十路向平西根据地发动大规模的扫荡。经过十四天的激战，根据地军民共歼敌八百余人，胜利粉碎了这次扫荡，巩固了平西根据地。

到 1940 年秋，平西根据地已发展成为包括宛平、房山、涞水的大部、涿县、良乡、宣化、涿鹿、怀来、昌平各一部，拥有 1100 个大小村庄、30 多万人口、1.2 万多兵力的大片根据地。

2. 平北抗日根据地的开辟

平北地区，是指北平以北、平（北平）承（承德）铁路以西、平（北平）张（张家口）铁路以北、长城内外的一片地区。它是伪满、华北和蒙疆三个伪政权的接合部。北部有广阔的草原，南部有富饶的平川，中部为崇山峻岭的燕山山脉。这里的部分地区早在卢沟桥事变前就落入日伪之手。日伪在这里建立了严密的统治秩序。

1938 年 6 月，八路军宋邓纵队挺进冀东，途经平北时留下伍晋南率第 36 大队在长城内外开展游击战争，一度成立了昌平、滦平、密云联合县政府，建立了一些抗日组织。但因力量较弱，36 大队坚持了三个月即随宋邓纵队主力撤回平西。1939 年夏，挺进军第 34 大队进入十三陵地区，坚持了一个月又撤回平西。这两次开辟根据地的活动，播下了革命的火种。1939 年 11 月，冀热察区党委确立了"巩固平西，坚持冀东、开辟平北"[46]的方针。挺进军再次派出一个连及一支游击队，进入平北开展游击战争，建立根据地。

到 1940 年 4 月，在白河东西，黑河以西，延庆以北地区，建立了六小块根据地。挺进军又派遣主力第 10 团进入平北，先后建立了平北工委，平北军分区等机构。平北根据地初具规模。

至 1941 年夏，平北抗日根据地的地域进一步扩大，人口已超过 50 万人，所辖区域不仅包括平北，而且延伸到了冀热察三省边界的广大区域。平北地区游击战争的发展，同平西一样，给侵占北平的日军造成了直接的威胁。日伪曾多次出动重兵扫荡，企图拔掉平西、平北这两颗"钉子"，但始终未能得逞。

3. 冀东抗日根据地的建立

北平以东地区，时称冀东。它以雾灵山为中心，包括南起乐亭、宁河海滨，北至兴隆、青龙，东至迁安、西到平谷、顺义、通县、蓟县的广大地区。这里是冀热辽的结合部，有绵延起伏的燕山山脉作依托，有北宁铁路贯穿其间，是沟通华北与东北的交通要道和可以直接威胁平津的战略要地。

1937 年 9 月，中共北方局书记刘少奇提出在冀东发动抗日武装起义，配合全国抗战，为在冀东建立抗日根据地创造条件。并对武装起义作了具体部署。

1938 年 5 月，八路军挺进纵队趁日军准备进攻武汉、敌后兵力空虚的大好时机，在宋时轮、邓华的率领下，挺进冀热边，配合冀东抗日暴动，创建抗日根据地。挺进纵队于 6 月初自平西根据地向冀热边地区进发，一路斩关夺隘，打昌平、攻兴隆、克平谷，主力于 6 月下旬进至蓟县的靠山集、将军关、下营一线，极大地振奋了冀热边地区人民的抗日情绪。

乘挺进纵队进入冀热边地区的大好形势，中共冀热边特委从 7 月初起，在各地发动了抗日武装大暴动。仅一个月，暴动就遍及冀东和兴隆、青龙等 21 个县和唐山矿区，有 20 万人参加，组成了 10 万人的抗日队伍。挺进纵队和暴动队伍先后攻克平谷、蓟县、迁安、卢龙、玉田、乐亭和宝坻等 7 座县城，一度攻入昌平、兴隆、丰润和宁河县城，摧毁了所有的乡镇伪政权，建立了 11 个抗日县政府。沉重地打击了日本侵略者在冀热边地区的殖民统治，打开了冀热边地区的抗日局面，奠定了创建根据地的基础，牵制了侵华日军，配合了全国抗战。

8 月中旬，挺进纵队与冀东抗日联军在遵化铁厂胜利会师。下旬，挺进纵队党委、冀热边特委和抗联各路负责人，在铁厂举行联席会议，研究解决创建抗日根据地和开展抗日游击战争的问题。会议决定成立冀察热宁军区，推举宋时轮为司令员，邓华为政委，李运昌、高志远、洪麟阁为副司令员，军区下设 5 个军分区；成立冀察热宁边区行政委员会；整训部队，建立、健全各县抗日政权。

但是，由于对当时的形势估计得过于严重，缺乏在冀热边坚持的信心，9 月中旬，挺进纵队党委决定：留下三个小游击队坚持，主力撤回平西根据地整训。由于起义部队成分复杂，未经过严格训练，结果 7 万人的抗联队伍，只有不足 2000 人挺进纵队到达平西根据地，大部于西撤途中，在日伪军围追堵截中溃散，部分人牺牲。抗联副司令洪麟阁在途中与敌交战中阵亡，余部 6000 余人被阻于白河东岸平谷境内。

挺进纵队和起义部队西撤后，冀东大暴动时所开辟的根据地和所建立的抗日政权受到严重损失，日伪军很快卷土重来。但主力部队西撤后留下的陈群支队、包森支队、单德贵支队，仍继续坚持在冀东开展游击战争，为创建冀热辽根据地进行着不懈的努力。

1939 年 6 月中旬，中共北方分局在唐县军城召开扩大会议。会议讨论了坚持冀东游击战争、创建抗日根据地问题。决定将冀东抗联武装和八路军三个游击支队，统一编为八路军，序列为冀热察挺进军第十三支队，任命李运昌为司令员，李楚离为政治委员，包森为副司令员。7 月，冀热察区党委决定组建以李楚离为书记的中共冀热察区党委冀东区分委（简称冀东区党分委）。

冀东游击武装整编后，积极开展游击活动，在冀东逐步建立了多块游击根据地。1939 年 10 月，冀东第一个抗日民主县政权——丰（润）滦（县）迁（安）联合县政府成立。同时，游击武装力量也逐步壮大。1939 年 8 月，冀东的游击武装扩编为 3 个团，游击部队恢复到 4000 余人。到 1940 年底，游击武装的活动范围已扩大到南起乐亭、宁河、北至兴隆、青龙，东至迁安，西至平谷、密云、蓟县的广大地区。冀东游击根据地已有七个抗日县政权、辖 3000 多个行政村、人口 110 万。在根据地和游击区内普遍建立了青年报国会、妇女报国会、教师报国会和儿童团等群众抗日团体，会员达 10 万余人。冀东抗日游击根据地已初具规模，成为后来冀热边抗日游击根据地的基本区。

4. 平郊抗日根据地的发展扩大

1944 年，日军在太平洋战场的形势日益恶化。1 月 1 日，中共中央北方局提出积蓄力量，准备反攻，迎接胜利的方针。[47] 平郊根据地抗日军民立即积极行动起来，将游击战争的烽火燃遍敌占区。

5月12日，中共中央晋察冀分局在《关于目前边区形势与工作方针的指示》中，要求平北、平西、第10军分区和冀热边区，相互配合，向北平近郊进逼，造成紧围北平的态势。

6月4日，平北地分委发出《目前平西形势与工作方针的指示》，确定平西、平北的工作方针是：用大力向敌后之敌后积极伸展。在步调一致、统一的意志下南北并进，以求真正走向紧围北平、张家口、宣化的形势。平西根据地军民频频出击，破路、袭击日军碉堡，逼迫日伪军退缩。

9月，日伪军集3000余人向大海坨中心根据地"扫荡"，根据地军民奋战5天，毙伤日伪军205人。平北武工队为钳制日伪军对根据地中心区的"扫荡"，频繁出击北平近郊，在北苑附近展开政治攻势，甚至把瓦解伪军和伪组织人员的布告张贴到安定门和德胜门城门。

由于平西、平北地区的有力配合，打破了被日伪军分割的局面，冀热边区根据地日益恢复、巩固、扩大。1944年6月，八路军袭击土门、熊儿寨两个据点，毙伤伪满军500多人，使冀热边西部地区得到巩固和发展。冀热边区的武工队伸入到通县至三河公路以南和武清、宝坻、宁河三角地区开辟游击根据地，与冀中区进入武清县的武工队胜利会合，一直逼近到平、津附近。至1944年9月，冀热边游击根据地已连接成片。

在平郊，1945年3月，冀察军区主力部队向边缘区和残留根据地内的日伪据点展开围攻。第11军分区于4月解放了被日伪占领达4年之久的斋堂川，使解放区向北平方向扩展了700余平方公里，直接威胁平西重镇门头沟。第12军分区部队一部在北平附近的小汤山、沙河镇一带突袭日伪据点，毙、伤、俘日伪军30多人。5月，冀察军区以6个团的兵力和部分县游击支队，在民兵配合下先后攻克怀安、涞源县城，直逼广灵城下，7月初将攻势转向平北和北平外围。第12军分区部队连续逼退永宁城、四海堡、黄花城、龙门所等16个据点之敌，歼灭了企图到龙门所重建据点的伪满军一个营，迫使从独石口到四海一线的伪满军全部退到长城以外。

为配合冀中军区部队在大清河北的攻势作战，大兴支队、涿良宛支队分别向天津、北平近郊活动，以钳制迷惑敌人。平西第11军分区部队向房山、涿县外围据点发起攻击，连续拔掉房山煤矿区花儿沟、红煤厂、半壁店、下庄等十几个据点，并攻进了房山县城。涿良宛支队和大兴支队活跃在北平近郊，攻克长神庙、西红门、马神庙等。

经过两个多月的攻势作战，冀察军区攻克县城 3 座，拔除据点 117 个，扩大解放区 3400 多平方公里。八路军直逼北平市郊，为北平地区迎接大反攻，创造了空前有利的条件。

注释：

（1）日本防卫厅防卫研究所战史室：《华北治安战》（上），天津人民出版社 1982 年版，第 8 页。

（2）日本防卫厅防卫研究所战史室：《中国事变陆军作战史》第 1 卷第 1 分册，中华书局 1979 年版，第 122 页。

（3）同上书，第 122 页。

（4）同上书，第 123 页。

（5）同上书，第 123 页。

（6）（9）（23）《今井武夫回忆录》，中国文史出版社 1987 年版，第 12，7，31 页。

（7）日军《第一联队战斗详报》第 1 号，译文见《北京档案史料》1990 年第 3 期，第 39 页。

（8）《第一联队战斗详报》第 1 号。

（10）（11）（15）何基沣等：《七七事变纪实》，见《七七事变——原国民党将领抗日战争亲历记》，中国文史出版社 1986 年版，第 47，47—48 页。

（12）一木清直在日本朝日新闻社召开的"卢沟桥事件一周年回顾座谈会"上的发言，译文见《北京档案史料》1990 年第 2 期。

（13）《清水节郎笔记》载秦郁彦《日中战争史》，此处引文见该书河出书房新社 1961 年版，第 165 页。

（14）一木清直在"卢沟桥事件一周年回顾座谈会"上的发言。

（16）（17）（18）（24）（29）（30）（31）日本防卫厅防卫研究所战史室编：《中国事变陆军作战史》第 1 卷第 1 分册，第 134，132，132，136，160，161—162，187 页。

（19）魏汝霖编：《抗日战史》，台北：国防研究院 1966 年版，第 21 页。

（20）（22）秦德纯：《七七卢沟桥事变经过》，见《七七事变——原国民党将领抗日战争亲历记》，第 14，15 页。

（21）宋哲元 1937 年 7 月 8 日向外交部《报告日军调整战线全力攻城我营长金振中督战受伤电》，中国国民党党史委员会编：《革命文献》第 106 辑，第 120 页。

（25）《中国共产党为日军进攻卢沟桥通电》（1937 年 7 月 8 日），载《解放周刊》第 1 卷第 10 期，1937 年 7 月 12 日。

（26）《红军将领为日寇进攻华北致蒋委员长电》（1937 年 7 月 8 日），载

《解放周刊》第 1 卷第 10 期。

（27）《蒋介石致宋哲元密电》（1937 年 7 月 13 日），中国第二历史档案馆藏。

（28）张其钧主编：《先总统蒋公全集》第 1 册，中国文化大学出版部 1984 年版，第 1064 页。

（32）《宋哲元致何应钦密电》（1937 年 7 月 26 日），中国第二历史档案馆藏。

（33）《蒋介石致宋哲元电》（1937 年 7 月 27 日），中国第二历史档案馆藏。

（34）上海《大公报》，1937 年 7 月 28 日。

（35）秦孝仪主编：《中华民国重要史料初编——对日抗战时期》第二编，作战经过（二），中国国民党中央委员会党史委员会编印，1981 年版，第 108 页。

（36）《解放》周刊，第 1 卷第 15 期。

（37）《处理中国事变纲要》，载复旦大学历史系编：《日本帝国主义对外侵略史料选编》（1931—1945 年），上海人民出版社 1975 年版，第 253 页。

（38）（北平）《新民报》1938 年 1 月 22 日。

（39）秦孝仪主编：《中华民国重要史料初编——对日抗战时期》第六编（三），第 129 页。

（40）[日]《关于建立新中央政府的指导方案》，日本外交档案，第 5491 号。

（41）《新民会纲领》，见北京市档案馆编：《日伪北京新民会》，光明日报出版社 1989 年版，第 328 页。

（42）《警察局关于破获蓝衣社情形的密折呈稿》（1939 年 11 月 3 日），见王国华编：《七七事变前后北京地区抗日活动》，北京燕山出版社 1987 年版，第 142—147 页。

（43）《警察局关于侦缉东皇城根枪击日军案犯的密谕》（1940 年 11 月 30 日），见王国华编：《七七事变前后北京地区抗日活动》，第 134 页。

（44）孙金铭：《坚持对日斗争的陈垣校长》，见北京市政协文史资料研究委员会编：《日伪统治下的北平》，北京出版社 1987 年版，第 72 页。

（45）《晨报》1939 年 1 月 31 日。

（46）萧克：《目前冀热察形势与我们几个工作任务》，见《北平抗日斗争史资料选集》下册，北京燕山出版社 1988 年版，第 497 页。

（47）太行革命根据地史编写组：《太行革命根据地大事记述》，中共山西省党史资料征集研究委员会编，1983 年，第 210—211 页。

第四章　国民党在北平
统治的覆灭

一、国民党专制统治的重新建立

（一）国民党抢夺北平

抗日战争胜利之际，北平已陷入晋察冀抗日根据地的包围之中。以蒋介石为首的国民政府企图垄断中国战区的受降权，千方百计地阻挠中共领导的武装力量参加受降。远在重庆的国民政府，借助国际国内各种反共军政力量，抢占战略要地，迅速接管了包括北平在内的大部分战略要地。

在反共方针的指导下，国民党公开以收编形式利用伪军。1945年8月17日，蒋介石电令伪华北绥靖军改编为国民政府河北先遣军，委任伪华北绥靖总督督办门致中为国民党第九路军总司令兼河北先遣军总司令。20日，伪华北宪兵总司令黄南鹏、伪北平市警察局长崔建初分别被蒋介石委任为国民政府北平宪警联合办事处的正副主任。22日，北平中日军警当局，在河北先遣军总司令部联合成立治安委员会，由国民党委派的宪兵司令黄南鹏和日本防卫司令官共同组成。北平开始实施非常警备，城郊进行大搜查，交通要道增设武装哨岗，重点保护核心机构。

与此同时，蒋介石命令国民党军第11战区司令长官孙连仲抢占平津地区。9月3日，蒋介石又宣布委任李宗仁为国民党军事委员会北平行营主任。国民党第92军、第94军、宪兵第19团及由伪军改编的新 9 路军等纷纷入驻北平。这样，北平被国民党完全控制，成为它统治华北的中心城市。

蒋介石的战略部署得到美国政府的全力支持。在美国空军的大力援助下，国民党军第 93 军于 9 月陆续抵达北平。10 月初，美国海军部队进驻北平。

国民党军占领北平后，于 10 月 10 日在故宫太和殿举行受降仪式。在孙连仲的主持下，日军华北方面军司令正式签署投降书。国民党集团在北平重新建立起庞大的行政统治机构，戴笠的特务系统也早在北平不断扩大组织，加强对北平进步力量和人民的迫害。

国民党抢占北平后，立即着手部署"剿共"战略。10 月 30 日，何应钦抵达北平，于 11 月 21 日召开华北"剿共"会议。12 月 13 日，蒋介石夫妇自重庆飞抵北平，主持筹划内战。为笼络人心，制造声势，蒋介石于 16 日在故宫太和殿前，向北平大中学生一万八千人发表演说，并亲自宣布向学生赠送救济面粉，以示德政。

国民党当局在加强政治控制的同时，不顾北平人民在沦陷八年中的困苦，假"接收"之名，行"劫收"之实，巧取豪夺，大发胜利财。紧随着国民党军队的进驻，国民党各部门的接收大员陆续飞抵北平，在北平成立机构，进行接收。一时间，北平接收机关林立，全市竟达 30 多个。一批批接收大员各自择肥而噬，中饱私囊。他们任意侵占民产，随意将民有企业、房屋指为敌产，加以没收霸占。北平查封的敌伪一万五千多所，其中不少是日伪抢占的民房，国民党官员接收后，拒不发还原主，据为己有。

国民政府的经济接收，使社会生产遭到严重破坏，大批工厂停工，商店停业，失业者流浪街头。物价飞涨，引起北平各阶层人民的强烈不满。当时北平流传着这样的民谣："盼中央，望中央，中央来了更遭殃"；"想老蒋，盼老蒋，老蒋来了米面涨。"负责经济接收的要员邵毓麟曾向蒋介石当面进言："像这样下去，我们虽已收复了国土，但我们将丧失人心。"[1]

（二）共产党争取和平民主的斗争

抗战胜利后，蒋介石为了消灭共产党，采取了反革命的两手策略：一面依靠美国的援助，积极抢夺抗战胜利果实，准备内战；一面又摆出"和平"姿态，欺骗人民和国内外舆论。1945 年 8 月，中共领袖毛泽东应国民党军事统帅蒋介石三次电邀，赴重庆进行和平谈判。10 月 10 日，两党签署了《双十协定》。然而《双十协定》签订后第三天，蒋介石就向各战区将领下达"剿匪"密令。[2]华北、东南、中原等地战火连绵不断。12 月 27 日，中共再次提出无条件停止内战的建议。美国政府也参与调解国共两党的争端。1946 年 1 月，国共双方签订了停战协定，并于 1 月 10 日，发布由张群和周恩来签署的停战令。根据停战协定，在北平设立由国民党、共产党和美国三方代表所组成的军事调处执行部，负责监督执行停战协定。执行部由郑介民、叶剑英、罗伯逊代表三方组成。

北平军调处的任务包括调处全国范围内的一切军事冲突，恢复一切交通，解除敌伪武装，遣送日俘日侨回国，监督实行整军方案。此外，还担负处理交换双方战俘，运送救济物资等。从 1946 年 1 月中旬开始，国、共、美三方委员就派遣执行小组赴各地执行军事调处和恢复交通等问题进行了磋商。

军调处的设立，使北平中共党组织可以利用合法地位，开展争取和平民主的斗争。叶剑英率军调部中共代表团抵平后，立即设立了新华社北平分社。2 月 22 日，中共在北平的第一个公开的机关报——北平《解放》三日刊（自第 27 期改为双日刊）问世，该报共出版 37 期。《解放》公开刊登中共对时局的历次重要声明，大量报道各阶层人民反对内战、反对独裁的斗争，在民众中产生了广泛的影响，有力地推动了大规模群众运动的开展。

在中共的推动下，一批民主报刊也相继在北平发行，影响较大的有《民主周刊》（民盟机关刊物）、《民主星期刊》北平航空版、《人言周刊》、《人民世纪》及《民主青年》等。中外出版社、民主出版社等公开印刷、出售《新民主主义论》等革命书刊。中共负责人还经常出席群众集会、记者招待会、各界人士座谈会，发表演说，深受欢迎。

中共及各民主党派在北平政治舞台上的日益活跃，引起国民党当局的惊恐不安，扬言要"肃清奸匪，维持治安"。4 月 3 日凌晨，北平当局军警数百人非法搜查《解放》报社、新华社北平分社及八路军驻北平办事处，强行逮捕四十余人。当天下午，中共代表叶剑英向北平市长熊斌、警察局长陈焯提出抗议，军警被迫释放了全部中共被捕人员。四三事件后，全国一百多家新闻机构发表通电，抗议北平当局的非法暴行。

接着，在中山公园音乐堂发生了国民党特务冲击"国大代表选举问题演讲会"的事件。这是国共两党关于国大代表选举发生的公开冲突。4 月 21 日，北平各界群众五千余人，按照北平国大代表选举协进会的安排，在中山公园音乐堂集会，听取著名教授陈瑾昆、江绍原等主讲"国大"代表选举问题。国民党特务混入会场，冲打群众，竟用石块击伤发表演说的陈瑾昆教授，警察却以维持秩序为名，掩护暴徒撤退，又以双方互斗为由，带走了大会主席。中山公园音乐堂事件，震惊了中外。事件发生后，中共北平地下党立即决定：利用报刊及壁报等各种形式报道事件真相，请社会名流出面仗义执言，请受伤者报告事件经过。同时以协进会名义在北海举行记者招待会，声讨特务的暴行，要求国民政府"严惩肇事凶手，追究主使责任、彻底取消特务组织、保障集会安全、执行政协决议、实现民主政治"。[3] 全国各界人士纷纷表示声援，支持北平群众和协进会的斗争。

中共北平党组织深入发动群众，逐步恢复和建立各阶层的进步群众组织。在学委的领导下，北平市专科以上校友联合会成立，拥有会员四千多人；在文委的领导下，由 29 个团体组成北平出版联合会，由三十多个团体组成北平戏剧团体联合会；在工委的领导下，门头沟煤矿、石景山钢铁厂等工矿企业的党支部，或夺取原官办工会的领导权，或建立地下党控制的工会。此外，市委还建立北平妇联筹备会等群众组织。

国民党抢占北平后，将某些汉奸政客作为反共功臣委以重任，而将在日伪统治区工作和学习的职工、学生，当作伪职工、伪学生，对他们强制实行甄审，企图以此排除异己，灌输服从独裁统治的思想。国民党政府侮辱、迫害式的甄审，激起北平人民的极大愤慨。许多大专院校的毕业生、企业职员和下级公务员直接面临着失业的严重威胁。中共北平地下党学委因势利导，开展了一场以反甄审斗争为主要内容的争取人民民主自由的群众运动。北平临大师大校友会和北平专科以上学校校友联合会，先后召开了 4 次反甄审大会，逐步把反甄审运动推向高潮。1946 年 5 月 26 日，第四次反甄审大会在北师大礼堂召开。大会组织了三百余人的队伍进行了游行示威。游行队伍直奔中南海，冲入新华门。第二天，各校代表到北平行辕请愿。北平的反甄审斗争从 1945 年 10 月开始，到 1946 年 6 月结束。在校生和毕业生们迫使当局步步退却，被动应付，最后不了了之，实际上取消了甄审。反甄审斗争是抗战胜利后中共北平地下党领导的群众革命运动的新起点。

在领导工人群众开展经济斗争过程中，北平地下党加强了在工人群众中的宣传教育工作和严密的组织工作。到 1946 年 2 月，门头沟煤矿中的工会会员发展到 380 余人，其他行业的工人也逐步组织起来。在工矿、铁路工作的地下党员，还发动工人群众掌握了一些官方工会的领导权。到 1946 年 3 月，在石景山、门头沟和城内各行业中共建立地下党支部 39 个，发展党员 130 多人。

在北平地下党的领导下，石景山发电厂、北平中央印刷分厂、燕京造纸厂、丰台桥梁厂、清河制呢厂、电车公司、电信局等行业的职工相继开展了增加工资、反对失业等不同形式和规模的斗争。

1946 年 5 月 7 日，丰台站铁路工人的大罢工，震动了北平当局的最高首脑。是日，国民党空军军官违反铁路规章，强令将一列油车开出，遭到工人拒绝，他竟当场将工人击伤。事件发生后，中共北平地下党铁委领导丰台站铁路工人全体罢工，表示强烈抗议。丰台站是北宁、平绥、平汉三条铁路的交会点，丰台站工人罢工后，进攻解放区的军事物资无法运出。李宗仁亲自下令火速解决。北平当局立即派出特务、军警到丰台站，企图威逼工人复工。但丰台站工人在地下党领导下坚持以惩办凶手、赔偿全部损失、空军当局公开向工人道歉以及保证今后不再发生类似事件为复工条件。国民党当局为避免事态继续扩大并急于恢复军事物资运转，被迫接受了全部条件。[4]丰台站工人罢工最终取得胜利。

二、爱国民主运动的高涨

（一）反美抗暴运动

抗日战争胜利后，大批美军进驻北平等战略要地。他们以占领者的姿态，横行霸道，滥施暴行。在北平，1946 年 9 月至 11 月，美军制造暴行 32 起，造成 15 人死亡、25 人受伤。10 月 8 日，北平当局与美国海军陆战队签订《中美警宪联合勤务协议书》，成立中美联合警宪联络室，规定美军肇事须由美国宪兵处理，中国只有旁听权。肇事美军在国民党当局的庇护下逍遥法外，北平广大民众的愤恨与日俱增。

1946 年 12 月底，以沈崇事件为导火索，在北平首先爆发反美游行，继而迅速形成全国范围的抗议驻华美军暴行的群众运动。12 月 24 日晚，北京大学先修班女生沈崇行至东单附近，被两名美国水兵劫住，强行奸污。25 日，北平民营亚光通讯社率先报道了这一事件。北平警察局长为封锁消息,通过国民党中央社下令禁止各报刊登。26 日,《世界日报》、《北平日报》、《新民报》等报不顾禁令,报道了这一事件。沈崇事件被披露后,在北平市民、学生中引起极大愤慨。北京大学、清华大学、燕京大学等在校学生纷纷要求罢课和游行,抗议美军暴行。

根据这种形势,中共北平地下党学委决定发动一场抗议美军暴行的学生运动。27 日,北京大学各系及各社团代表召开会议,与会者千余人以压倒多数,通过了三项决议:(一)严惩暴徒及其主管长官,肇事美军在北平由中美联合组成法庭公开审判;(二)驻华美军最高当局公开道歉,并保证在撤退前不得再有任何非法事件发生;(三)要求美军立即退出中国。会议宣布成立北京大学学生抗议暴行筹备会,以联络全市大中学生的抗暴运动。

北平当局闻讯后,指使国民党特务对爱国学生施加暴力。一伙暴徒闯入北大,强行占领各系代表大会的会场。他们假冒各校代表的名义,自称组成北平各大学学生正义联合会,通过了"誓作政府后盾"、"绝不采取罢课手段荒废学业"等决议。特务还撕毁了校内抗议美军暴行的大字报和标语,并持枪恫吓学生不准游行。特务的暴行激怒了广大学生,反美怒火越烧越旺。

12 月 30 日,北平城内爆发了声势浩大的爱国学生抗暴游行。下午一点三十分,游行队伍从沙滩出发。参加游行的队伍有北京大学、清华大学、燕京大学、辅仁大学、中法大学、北平师范学院铁道管理学院、贝满中学、育英中学等校的学生。由清华大学、燕京大学学生高举"抗议美军暴行大游行"的横幅为前导,北大学生殿后。这支五千余人的游行队伍,浩浩荡荡走上街头一路高呼"抗议美军暴行"、"严惩肇事美军"、"美军撤出中国"等口号。宣传队员不断向市民散发《告北平市同学书》、《告北平市父老书》、《一年来美军暴行录》。街道两侧的建筑物和马路上行驶的汽车都贴上了标语。游行队伍途经东黄城根、东华门大街、王府井大街,直抵北平军事调处执行部门口。

游行队伍在美军肇事地点东单广场举行抗议集会。下午四时左右,示威群众沿长安街西行,准备前往北平行辕请愿。当队伍行至南池子街口时,一群特务打着中国大学的校旗,擅自插入清华大学队伍之后,企图破坏秩序。指挥部果断决定推派代表去新华门行辕,递交请愿书。大队人马转道返回北大沙滩广场,各校队伍迅速疏散返校。

　　北平学生的抗暴斗争得到社会各界，特别是各大学教授们的同情和支持。12 月 30 日，清华大学校长梅贻琦、教务长吴泽霖，北京大学秘书长郑天挺、教务长郑华炽，燕京大学代校长陆志韦，都对学生抗暴斗争表示同情，对学生罢课游行均不干涉，并尽力采取措施保护学生安全。当天，北大 48 位知名教授致函美国驻华大使司徒雷登，要求惩办犯罪美军。马寅初、雷洁琼和美籍教授夏仁德亲自参加到示威者行列。夏仁德还捐款五万元作燕大抗暴会的经费。中国民主同盟北平支部、中华全国文艺协会分会、中国妇女联谊会分会、北平市戏剧团体联合会等民主党派和爱国团体均表示声援，要求美军立即撤出中国。

　　北平学生的抗暴斗争，获得了全国各地的声援。天津、上海、南京、杭州、武汉、开封、青岛、广州、重庆等地的学生相继组织抗暴会，举行示威游行。据统计，从 1946 年 12 月 30 日到 1947 年 1 月 10 日，抗暴斗争的烽火燃遍 14 省 26 城市。全国学生参加抗暴运动总数达 50 万人以上。

　　由北平学生发起的反美抗暴斗争，是全面内战爆发后，国民党统治区内第一次大规模的爱国民主运动。毛泽东指出，北平学生运动"标志着蒋管区人民斗争的新高涨"。[5]抗暴斗争后，以学生运动为主体的爱国民主运动不断发展，并且与工人斗争和全国各界反美反蒋斗争会合，逐步形成配合人民解放战争的第二条战线。

（二）反饥饿、反内战、反迫害运动

1. 反饥饿、反内战运动

　　1946 年 6 月以后，内战战火燃遍全国，耗费了无数的资财。在当时国民党政府的财政预算中，军费占了一大半，教育经费只占总支出的 3%，据说这其中还有相当一部分是用于学校三青团部的支出。内战爆发带来的一个直接后果，就是国统区原已恶化的经济状况日趋严重，恶性通货膨胀无可遏止。1947 年 2 月，国民党在战后实行的黄金买卖政策失败，被迫实行经济紧缩措施。宣布冻结职工的生活指数，公费学生的伙食费也被冻结，但物价仍飞速上涨。在这样的情形下，没有生活来源，全靠公费维持的大学生首先感到了饥饿的威胁。北大 4 月份一名学生的公费供给为 14 万元，而实际所需仅米饭费即要 16 万元以上。据当时的《燕京新闻》记载，北大三院"由于最近物价暴涨，自本月（即 5 月）五日起改食丝糕，白开水一碗，青菜一碟，完全素食。本期开学时，三院尚食米

饭，后改馒头，今则吃丝糕，可谓每况愈下，同学无不感惶恐"。[6]
清华大学食堂则出现开饭后十分钟内，饭菜便被一抢而光的现象，
后来者只有挨饿。连素有"贵族学校"之称的燕京大学，也开始供
应玉米面、黄豆面和小米。不仅学生如此，教授们也感到经济困
难，生活难以支持。北大教授180余人到5月初已透支薪金4亿元，
其中最高者透支了600万。饥饿困扰着师生，学界酝酿着新的风暴。

5月8日，清华大学讲师助教280人开会，联名致函校长梅贻
琦，申诉度日艰难，要求改善待遇。9日，北大红楼操场贴出"向
饥饿宣战！""向制造饥饿的人宣战！"等标语。11日，北大各膳食
团的负责人带领二百多名学生到教训处请愿，反对当局以官价计算
伙食费，要求按市价计算或配给实物。校园里贴出许多壁报，揭露
饥饿是国民党发动内战造成的。5月15日，清华大学学生自治会宣
布，17日为反饥饿、反内战罢课一天。学生自治会发表《反饥饿、
反内战罢课宣言》。宣言指出："一切的根源在于内战，……内战不
停，当局的武力统一政策不放弃，则饥饿将永远追随着人民。"[7]82
位清华教师签名支持学生的行动。5月16日，北京大学学生发出
《罢课宣言》。宣言提出六项要求：（一）立即停止内战，反对武力
统一；（二）恢复政协路线，组织民主联合政府；（三）停止征兵、
征实、征购；（四）清算豪门资本，彻底挽救经济危机；（五）实
行四项诺言，保障人权，保障自由；（六）提高教育经费，提高教
育界待遇。[8]

5月18日，北大、清华等校学生组织宣传队，分赴前门、西
单、东四、王府井四个区向市民宣传。下午，学生宣传队在西单、
中山公园等地遭到青年军军官的围攻毒打，十余名学生受重伤。这
一暴行激起学生的极大愤慨。当晚，北平各校及天津、唐山共13
所学校代表集会，决定成立"华北学生反饥饿反内战联合会"，决
议各校一致罢课。

5月20日，北平13所大学学生举行"华北学生北平区反饥饿
反内战大游行"，并提出："我们为了我们全国人民的生存，必须彻
底反对内战，反对饥饿，如果内战一天不停，饥饿也将一天比一天
扩大严重，内战不停，我们的反内战、反饥饿运动也一天不停
止。"[9]5月23日，北大院系联合会发出《告全国同学书》，直指国
民党当局为"内战罪魁"，"希望全国青年一致起来共同行动"，定
6月2日为"反内战日"。同时，北平各校还发出反饥饿反内战宣
传纲要，组织宣传队，开展寄信运动，声援各地学运，将北平学运

515

推向了高潮。

北平反饥饿、反内战的学生运动首先得到了各校教师的同情与支持。5月20日，北大、清华教授致函学生，表示："你们的努力，代表了每个中华男女的愿望！你们的声音，喊出全国人民衷心的控诉！"[10]5月22日，北大教授31人发表宣言，警告当局，对学运"推诿与压制，则结果适得其反"。[11]5月28日，平津各校教授603人联合签署的宣言公开发表，在全国引起很大反响。

由于北平行辕主任李宗仁于5月25日同意撤除特务对学生的监视，并对学潮中的肇事军警进行查办。同时，承诺不再随意逮捕学生，释放被捕学生，华北学联决定自5月26日起停止罢课。6月2日、16日，北平各校学生各罢课一日，抗议国民党军警的暴行后，北平学生反饥饿、反内战运动暂告一段落。

1948年8月19日，国民党为挽救每况愈下的经济形势，发布了《财政经济紧急处分令》，实行货币改革和管制经济的政策。其主要措施为：发行金元券取代已破产的法币；强制收兑黄金、白银、钱币和外汇；冻结存于国外的外汇资产；冻结物资和劳务价格。[12]该项政策的结果是：职工的物资被冻结了，物价非但没有被限制住，反而高速直线上升，金元券迅速贬值。北平物价至10月上涨了三倍，"所有粮食油盐店均室空如洗"，黑市面粉八十元一袋，香油五元一斤。[13]市民发起抢购物资的风潮，米店常被抢购一空。物价继续上涨，金元券信誉大跌，民怨沸腾，社会动荡不安。北平社会各阶层再次掀起反饥饿、争温饱运动。

北平各大学首先发难。10月13日，北大一年级300余名自费生成立膳食请援会，举行罢课，向校方提出争取公费待遇的要求。80余名教授、讲师联名致电校长胡适，要求增资、配面、发冬煤，并于25起停教三日。各校纷纷响应，清华、燕京、师院、中法五校学生自治会联合发表宣言。各校教职工停教、停工，学生举行罢课，慰问教职工。

反饥饿、争温饱运动逐步向全市中小学扩展。10月19日，全市234所小学280名代表集会，控诉国民党制造饥饿的罪行。代表们赶走了前来阻挠的教育局长和军警，决议发表宣言，组织请愿团，发动总请假。20日，全市小学教员总请假，发表《告家长书》和《请愿书》，并派代表团向市政府请愿。代表们抱怨："教员薪俸低薄"、"物价波动竟如脱缰之马，旬日来已上涨七、八倍"、"饥饿交迫，不堪忍受"，只得"请假四日以待命"[14]。10月27、

30 日，北平小学教师又接连召开第二、第三次代表大会，定于 11 月 1 至 6 日再请假一周。"各校学生同情师长饥寒痛苦，多三五成群至市内交通要道向路人募捐，学生劝募时声泪俱下，行人皆受感动"。(15)与此同时，北平各中学教师也展开反饥饿、争温饱的斗争。10 月 27 日，市立 16 所中学代表五十人举行紧急会议，决定全体市立中学教职员工总请假一天。各校代表组成粮荒求助委员会，向北平市教育局请愿。27 所私立中学教职员工也投入反饥饿的斗争。至 10 月底，北平中小学几乎陷于停顿之中。

反饥饿、争温饱运动从学校向工矿企业纵深发展。北平地下党组织提出"求生存，要工作，要饭吃，反对关门，反对工厂南迁，反对迫害"等口号，动员群众起来斗争。北平电信局、平汉铁路、长辛店机车车辆厂、门头沟煤矿、电业局、自来水厂、电车公司等工矿企业相继开展了各种形式的饿工斗争。其中 10 月 27 日电信局系统职工发动的饿工斗争，震动各界，造成全国性的政治影响。

10 月中旬，北平电信局开始酝酿饿工斗争。20 日，全系统工会小组长联席会议决定向当局提出三项要求：给每一员工发救济金 300 元；按限价给每一员工配售两袋面粉、一吨煤；保证员工所得薪金能按限价买到生活必需品。以上要求，必须于 26 日前实现，否则实行饿工。10 月 27 日零时，电信局 3000 名职工宣布饿工。北平通往全国的电报、长途电话和市内人工电话，除军政、气象、水位、赈灾、新闻报话外全部中断，市内自动电话和线路维修也全部停止，北平电信陷入瘫痪。电信局各营业处都张贴着"饿"、"真饿"、"要温饱、不妥协"等标语。局长的小汽车上也被贴上两个大大的"饿"字。电信局职工通电全国，发表《告同胞书》，申诉"生活逼人"的痛苦。(16)由于采取了有理、有利、有节的斗争策略，这次饿工斗争得到社会各界的广泛同情。当晚，局方被迫让步，在经济上满足了全局职工的基本要求，斗争基本取得了胜利。北平电信系统职工的饿工斗争，持续达 19 个多小时，这是第二条战线反饥饿、争生存斗争的深入发展。它显示北平地下党在职工群众中的影响进一步扩大，基础进一步牢固。

北平社会各界反饥饿、反内战运动，与南京、上海等地的运动遥相呼应，反对了国民党发动内战、实行独裁的反动统治，扩大了人民民主统一战线，促进了民主运动的高涨。

2. 反迫害运动

1947 年 6 月 30 日，蒋介石在国民党和国民政府中央联席会议上，作了《当前时局之检讨与本党重要之决策》的讲话，提出实行所谓"戡乱总动员"。国民党当局一面调整军事部署，加强与共产党军队的军事斗争，一面强化国统区的专制统治，加紧迫害民主进步力量。北平地区的各界民众同全国人民一起，掀起了反迫害、争生存的运动。这一运动在1948年4月形成高潮。

蒋介石的"戡乱总动员"令，遭到全国人民的强烈反对，到处爆发反战民主运动，国民党当局加紧镇压。秉承南京政府的命令，北平当局颁布了一系列政令，镇压中共北平地下党，迫害进步势力。1947年9月5日，《后方共党分子处置办法》在北平公布实行，随即开始大肆逮捕共产党人和革命群众。9月底，北平当局以"户口大检查"为名，在革命力量集中的北京大学、清华大学、燕京大学、贝满女子中学等校抓捕一批中共地下党员和进步群众。北大等4所大中学校于9月底至10月初先后罢课，抗议北平当局非法逮捕学生的罪行，并积极开展营救活动。10月2、12、13日，燕京大学、北京大学和清华大学学生分别成立了"人权保障委员会"。燕京大学学生自治会人权保障委员会发表了《告社会人士书》，清华大学于12日发行18开油印小报《保障人权快报》第1号。北大、清华学生在保障人权的口号下，提出了释放被捕学生、制止非法逮捕，确保师生自由和安全。各校学生纷纷响应，一些教授也发表宣言表示支持。慑于社会舆论的巨大压力，国民党北平当局将被捕学生先后释放。

在打击共产党的同时，国民党当局采取高压手段，迫害民主党派。10月27日，国民党当局悍然宣布中国民主同盟为非法团体。此举引起各界民主人士和革命群众的极大愤慨。在北平的九三学社和中国民主促进会领导人许德珩、雷洁琼等联络北平的教授47人，在《新民报》上联名发表《我们对于政府压迫民盟的看法》，指出："对于一个持异见的在野政团如民盟者横施压迫，强加摧残，这是不民主、不合理、而且不明智的举动。""一不合作，遽谓之'叛'，稍有批评，遽谓之'乱'，又且从而'戡'之，试问人民的权力何在？人民的自由何在？"[17]中国民主同盟、九三学社等民主党派的反迫害斗争，是中国共产党领导的爱国民主统一战线的重要组成部分，它与国统区的反美蒋群众运动互相呼应，互相支援，共同发展。

1947年10月底，浙江大学学生自治会主席于子三被国民党特务秘密逮捕杀害的消息传来，北平广大学生立即投入抗议斗争。11

月 3 日，北平地下党学委根据近期国民党当局迫害活动加剧，学生反抗情绪普遍高涨，广大教授也发表宣言支持学生要求保障人权的情况，作出了号召各校于 11 月 6 日举行总罢课一天，并召开追悼、示威大会进行抗议的决定。华北学联发表《反迫害、反屠杀、反诬蔑罢课宣言》，各校教授 163 人也发表宣言，支持学生的抗议行动。11 月 6 日，北大、清华、燕京等校学生约四千人聚集在北大民主广场举行追悼、示威大会。于子三烈士的遗像前，"还命于民" 大字装饰的花圈十分醒目。大会一致通过要求当局立即释放被捕学生的决议。会后，与会者列队绕民主广场游行，"为死者复仇，为生者争命" 的呼声，震撼人心。

1948 年 1 月 29 日，上海发生了震惊全国的 "同济血案"。2 月 3 日，北京大学、清华大学、辅仁大学的六名学生被捕。同济血案和北平学生又遭逮捕一事，再次激起北平广大学生的极大义愤。北京大学、清华大学、燕京大学、师范学院、中法大学等校学生自治会发表联合声明，呼吁全国学生共同起来争取学生自治的权利，并成立华北学生争取民主反迫害声援同济血案后援会，开展募捐等活动，支持上海学生的斗争。2 月 7 日，北平各校学生五千余人在北大民主广场举行控诉示威大会，得到各界的同情和支持。

为稳定统治秩序，北平警备司令部于 3 月 29 日，即南京政府 "行宪国民大会" 开幕的当天，以 "共匪策动" 为名，下令查禁华北学联。当天下午，北平学生三千余人在民主广场举行纪念黄花岗烈士讲演大会。五千名军警、特务及防护团分子包围了北大。装甲车来回巡逻，同学们不畏强暴。华北学联代表强烈谴责国民党当局查禁华北学联，呼吁同学们团结起来保卫学联。进步教授许德珩、袁翰青、樊弘应邀到会讲话。三位教授的讲演，鼓舞了同学们的斗志。

4 月 2 日，北大、清华、燕京、中法、师院、北洋、南开七校学生自治会代表到北平行辕请愿，递交了《平津七院校学生自治会为政府非法查禁华北学联抗议书》，要求收回查禁令。4 月 3 日，北大、清华等北平五所大学决定自即日起罢课三天，并发表了《北京大学等五大学校学生自治会为抗议非法学联罢课宣言》，呼吁广大学生联合起来，保卫华北学联，反饥饿、反迫害。各校罢课期间，成立了联防组织，分别召开了保卫学联控诉大会或座谈会，组织同学张贴标语，散发宣传品。

4 月 5 日，北大、清华、师院、燕京、中法、北洋、南开七校学生自治会联合发表了《华北七大学自治会反饥饿、反迫害罢课宣言》，向国民党政府提出四项严重抗议：（一）抗议政府非法查禁华北学联以及对学联的诬蔑；（二）抗议军警包围学校；（三）抗议政府一连串非法逮捕，严刑拷打摧残人民的暴行；（四）抗议政府为进行反人民战争而执行的饥饿政策。《宣言》还提出了六项严正要求。[18] 同日，各校代表宣布从 6 日起举行罢教、罢课、罢研、罢诊、罢工。各校学生从 6 日起延长罢课三天，支援教职员工的斗志。各校教职员工还举行记者招待会，发表《告社会人士书》和《罢教宣言》，要求政府合理改善待遇。

北平当局企图以各个击破的手段，扑灭反抗斗志的烈火。4 月 7 日，北平警备司令部下令逮捕北大柯在铄等 12 名学生自治会理事。北大学生闻讯后，将柯在铄等围护在校园里，表示"一人被捕，大家坐牢"[19]。在广大师生的坚决斗争下，当局被迫让步，由到校内逮捕学生改为由法院传讯。北大秘书长郑天挺教授表示，如要传讯，则全体师生同出席、同坐牢。10 日，北大师生实行总罢教、罢课、法院被迫终止传讯。

北平特务机关还将镇压学运的黑手伸向师范学院，4 月 9 日凌晨，百余名特务全副武装闯入师院学生宿舍，悍然用手枪、铁棍、木棒殴打睡梦中的学生。学生们被打得头破血流，重伤达十人。行凶之后，特务又强行逮捕了八名学生，还抢走收音机、留声机、唱片和一些现金。这就是毒打、绑架学生的四九血案。

血案发生后，师院全校师生非常愤怒。学生自治会立即召开紧急大会，教师和学生当即宣布无限期罢教、罢课。八时许，六百余名师院学生组成的请愿队伍，在"抗议四九血案请愿团"和"反迫害要生命"的大旗引导下，前往国民党北平行辕请愿。随后，北大、清华中法、燕京、朝阳等校支援队伍相继赶到。下午五时许，行辕前广场聚集了 6000 余人。六点半，各校教授讲师约二百人加入请愿队伍。会场上，"师生团结万岁"、"反饥饿、要吃饭"、"反迫害、要自由"、"反独裁、要民主"的口号响成一片。斗争坚持到深夜，当局被迫答应释放被捕学生等要求。师生们在行辕门前燃起"团结光明"的大灯笼，胜利返回学校。[20]

四月知识界反迫害运动的高涨，是第二条战线在北平的深入发展。它虽然没有"五二〇"运动那么大的规模，但在斗争中第一次出现了六罢合一（罢课、罢教、罢职、罢研、罢诊、罢工），共同向蒋介石抗议的局面。广大教职员工不再限于同情声援学生，而是直接投入到反饥饿、反迫害斗争行列中。这是国民党政府的饥饿与迫害政策产生的结果，更是党的统一战线的胜利。

四月风暴在北平社会各阶层产生了连锁反应。各界民众为争取生存权力，纷纷以各种方式展开斗争。其中，北平电信局职工要求合理待遇的"六八斗"斗争，对社会震动最大。

1948 年 4 月，南京政府交通部下令调整电信局职工待遇。当时，电信职工分为员、佐、差、役四等，按等领取固定工资和米贴。米贴部分按每月米价折算，在通货膨胀中成为职工生活的重要来源。职工依等级每月的米贴，分别为一石、八斗、六斗不等。按照新的调整办法，占职工总数 70% 的青年职工的收入大大减少。此方案一出，就引起电信职工的强烈不满。根据群众的要求，中共北平地下党市政工委以争取合理待遇、要求一石米贴为口号发动和领导群众展开了斗争，并确定了以"六斗"职工为主力，团结"八斗"，争取"一石"的斗争策略。这次斗争简称"六八斗"斗争。七局女话务员率先发起反对米贴新规定的签名运动，并选出代表与局方交涉。24 日，电信局歌咏团活动时，干事提议发起电信职工要求合理待遇的签名运动。26 日，五局四十余名职工秘密召开"六斗"职工积极分子会，商讨了斗争策略。28 日晚，在有 103 人参加的全局"争取合理待遇职工代表大会"上，选举 16 名总代表组成领导机构。中共党员徐欣当选为执行主席。代表会发表声明并通电全国，要求无论员、佐、差、役，一律领取一石米贴。受国民党控制的工会也不得不在表面上支持职工斗争，使斗争走向公开化、合法化。5 月初，响应反对米贴新规定签名运动的"六八斗"职工达 1200 余人最终迫使局方作出某些让步。"六八斗"斗争之后，北平电信地下党组织总结经验，加强基础工作，发动群众，成功地改组了官办工会，为进一步开展工运奠定了基础。

3. 反美扶日运动

第二次世界大战后，美国积极扶植日本侵略势力复活，企图把日本作为它的反苏反共基地。美国的这种远东战略，严重地危及中国的安全，引起了中国人民的警觉与愤怒。1948 年 4 月 30 日，中共中央发布五一劳动节号召，提出"全国工人阶级、全国人民团结起来，反对美帝国主义扶植日本侵略势力的复活"。这一号召得到全国人民的拥护，迅速掀起了一场声势浩大的全国性的反美扶日运动。

北平知识界成为反美扶日运动的中坚力量。5 月 20 日，华北学联以平、津、唐 13 所院校学生自治会的名义发表《"五二〇"周年纪念告同学书》，指出美国扶日的严重性和危害性，擂响了华北地区反美扶日运动的战鼓。北平各校以系级和社团为单位，普遍组织了座谈会、讲演会，举办图片资料展览和民意测验，提高了广大学生对反美扶日的认识。

5 月 30 日，华北学联在北大民主广场，有北平各院校和天津、唐山的学生代表二千余人参加。会上，成立了"华北学生反对美国扶植日本抢救民族危机联合会"，通过了《致美国国务院抗议电》、《致麦克阿瑟将军抗议电》、《致世界学联电》和《致美国人民、美国各通讯社、各人民团体电》，抗议美国扶日的政策。

广大学生反美扶日运动的兴起，使美国和国民党政府感到十分恐慌。6 月 4 日，美国驻中国大使司徒雷登发表声明，极力为美国的扶日政策辩解。国民党政府为讨好美国，也极力为美国辩护，宣称要严禁一切反美扶日的宣传和运动。6 月 6 日，平、津、唐 13 所院校的学生自治会联合发表抗议司徒雷登的声明。是日，北平各校二百余名教授联合发表宣言，声明学生的正义之举。6 月 8 日，华北学联决定自治会以签名方式通过罢课决议，同时决定次日举行反美扶日游行。

6 月 9 日上午，北平各校学生分为西路、中路、东路进行游行示威。西路由清华、燕京 1600 余名学生组成。中路由北大四院、工学院、农学院、医学院和北平师范学院、华北文法学院、铁道管理学院等校 2400 余名学生组成。东路由北大一、二、三院及中法大学、朝阳学院、辅仁大学等 1000 余名学生组成。北平政府命军警特务持枪阻截游行队伍。东路游行队伍行至东华门时，遭武装军警鸣枪威胁。西路队伍组织自行车队，抢行至西直门，强行打开城门，与中路队伍胜利会师，携手赶至东华门。三路游行队伍冲破军警的阻拦，在豪迈的歌声中会师。五千余人的游行队伍威武雄壮地返回北大民主广场，举行了"华北学生反对美国扶植日本，抢救民族危机大会"。

"六九"反美扶日大游行后，学生们继续罢课，并团结广大教职员工开展了抗议北平当局的暴行，拒绝美国"救济"的运动。6 月 12 日，北平各大学教授、讲师、助教 437 人联名致函司徒雷登，驳斥了司徒雷登的声明。19 日，北平 88 名教授发表拒绝美援声明。清华大学教授朱自清、张奚若、吴晗等 110 名教职员工联名发表拒领美国"救济品"的庄严声明："为反对美国政府的扶日政策""为了表示中国人民的尊严与气节，我们断然拒绝具有收买灵魂性质的一切施舍物资。"[21] 北大、中法等校的爱国学生和教职员工也纷纷签名，拒领美国的"救济品"。在各界民众中，反美反蒋情绪日益高涨。

反美扶日运动沉重地打击了美蒋反动派，使美国支持的南京国民政府更加走向孤立。

三、北平的和平解放

（一） 平津战役的战略决策

1. 北平解放前夕的局势

1948 年秋，人民解放战争进入夺取全国胜利的决定性阶段。中共中央科学地分析了全国的形势，及时抓住有利时机，在人民解放军总兵力还没有超过国民党军的情况下，当机立断，毅然决定进行战略决战，实现从根本上打倒国民党反动政权的总任务。

1948 年 9 月 16 日至 24 日的济南战役，揭开了战略决战的序幕。济南的解放，使华北、华东两大解放区完全连成一片。从 9 月 12 日开始，东北解放军发动辽沈战役。华北野战部队认真贯彻中共中央的战略部署，大部分主力开赴冀东、察绥等地破路攻城，积极配合东北战场作战，使北平傅作义集团难以抽调主力支援东北国民党军队。11 月 2 日，辽沈战役胜利结束，东北全境获得解放，百万东北野战军成为一支强大的战略后备队，为解放平津和华北创造了有利条件。

蒋介石鉴于东北失守，平津难保，徐州危急，江浙兵力单薄，指令傅作义率华北军队由海、陆两路南撤，增强江南防线。而傅作义对蒋介石心存疑忌，为自己预备退路，不断从外围收缩兵力，实行所谓暂守平津、保护海口，扩充实力、以观时变的方针。国民党华北集团所辖四个兵团十四个军近六十万人，收缩在以平津为中心，东起唐山，西至张家口一线，战线长达千里。

国民党政权看到华北的失败已成定局，企图在"保存文化"、"爱护师生"的名义下，阴谋将北平各大专院校特别是最重要的、最著名的一些大学，如北大、清华、师大、燕京等校师生迁到南方。当时他们在报纸上大肆鼓吹宣传，进行舆论准备。1948 年 11 月，国民党教育部督学专程来平，同北大、清华等校校长正式交换意见。一些学校的行政当局和教授中的少数人，考虑追随南迁，有的处于矛盾、观望的态度。而校行政会、教授中的一些反动分子按照反动政府的旨意，积极鼓吹响应，特别是一些特务分子和反动分子，更是以各种方式鼓噪策动南迁。为了迎接北平的解放，防止敌人败退前的破坏，北平地下党及时地布置了各学校党团组织和进步团体开展了一场反对南迁，保护学校，将人民的财产完整无损地保管好，以迎接北平解放的斗争。

1948 年 11 月初，中共华北局城工部长刘仁召学委书记佘涤清到泊镇，布置了有关准备迎接北平解放的工作。刘仁指出，解放军即将包围平津，要立足于武装解放平津，同时也要争取和平解放。北平地下党要为解放北平立即进行准备，主要任务不是搞武装起义，而是组织群众护厂、护校，保护文件、档案和物资财产。如果打，要给入城的解放军做向导。为了今后建设新北平，要争取留下尽可能多的知识分子、技术人员和其他有用人才。各大学的教授、专家、学者要争取全部留下来。为此要深入地做好群众的思想工作，使他们了解党的政策，欢迎解放军，积极起来做好护厂、护校和保护人民资财的工作。要做好各方面情况的调查研究，汇集资料，便于我们接管城市和今后的工作。要防止敌人的破坏等等。为了加强领导，更好地配合解放北平，根据中央决定，南系和北系学委合并，由佘涤清、袁永熙、杨伯箴、崔月犁、王汉斌同志组成，佘涤清任学委书记。

11 月 10 日，华北局城工部又向城内地下党组织发出《我们在平津的工作方针》的指示。进一步明确当前的工作方针是"积极准备迎接解放军"；工作中心是"以党员和赤色群众为骨干，带动职员、工人群众，保护工厂、学校、机关"。这些指示和措施，对于进一步统一城内地下党组织的认识和行动步骤，做好迎接北平解放的各项准备工作，起了重要作用。

北平地下党组织认真贯彻执行了上述指示。在 1948 年秋天以后，除了个别确因群众生活不下去而又得到社会同情、能够取得成功的经济斗争以外，没有再发动大规模的斗争。11 月以后，整个北平地下党组织全力投入了迎接北平解放的准备工作。同时，采取各种方法，向群众宣传党的方针、政策，有组织有计划地动员学生，特别是理、工、医、法、交通管理等学科的学生到解放区参加工作。在这一段时间，北平地下党学委除输送了一大批学生到解放区学习和参加工作外，还有组织地从城内撤出 400 余名党员和外围组织骨干到城工部学习，准备以后进城参加接管工作。

2. 平津战役的战略部署

1948 年 11 月中旬，中共中央军委指示东北野战军，在辽沈战役结束主力尽早秘密入关，"取捷径以最快速度行进"[22]，与华北野战军联合作战，以优势兵力，迅速分割包围平、津、塘、唐一线的华北国民党军。

按照中共中央军委的部署，平津战役提前于 11 月发动。参加平津战役的有东北野战军 80 万人，华北军区第二、三兵团 13 万人，以及东北、华北军区地方部队共约 100 万人。29 日，华北野战军第二、三兵团和东北野战军先遣兵团相继行动，对张家口实行包围作战。到 12 月上旬，歼灭平绥线上傅作义部 5 个师，将傅系主力分别包围在张家口、新保安地区，调动了津、唐的国民党军进到北平地区，拖住了傅作义集团。12 月 11 日，中共中央军委发出毛泽东起草的《关于平津战役的作战方针》的电报，指示平津前线我军"从本日起的两星期内（十二月十一日至十二月二十五日）基本原则是围而不打（例如对张家口、新保安），有些是隔而不围（即只作战略包围，隔断诸敌联系，而不作战役包围，例如对平、津、通州），以待部署完成之后再各个歼敌"，以免迫使南口以东诸敌迅速决策狂跑。在整个部署完成之后，"攻击次序大约是：第一塘芦区，第二新保安，第三唐山区、第四天津、张家口两区，最后北平区"。

从 12 月 12 日起，东北野战军主力兼程南下已展开于平、津、塘地区，实施战略包围和战役分割，截断其南逃西窜之路。13 日，东北野战军七纵、九纵攻克唐山，14 日追击占领汉沽，19 日进驻军粮城，切断了天津塘沽之间的联系。接着，东北野战军二纵、八纵连续奔袭作战，于 21 日完成了对天津、塘沽的合围，控制了国民党军队南撤的入海口，顺利实现了中央军委"控制海口于我手中，则全局胜算在望"的战略意图。[23]

与此同时，包围北平的军事部署进展十分顺利。12 月中旬，东北野战军第三、五、六、十纵队及华北野战军第七纵队联合行动，以 20 万兵力实施对北平城的最后包围。东线、南线的军事包围几乎未遇有力抵抗。14 日，十纵占领武清、廊坊，切断了平津路，冀东军区部队占领通县；16、17 日，三纵先后抵达永乐店、马头镇、张各庄一线。而西线、北线的军事包围，经历了激烈的战斗。12 日，五纵由平谷、蓟县出发，13 日，经圆明园，14 日攻占丰台及宛平城，25 日，击溃国民党第 92、94 军五个师的进攻，进入北平西南郊；七纵占领涿县、良乡；十一纵于 14 日占领香山、黄庄，歼敌一部，17 日占领门头沟、石景山，继而进驻万寿山、五塔寺，直逼西直门、德胜门。

至此，解放军全部完成对傅作义集团的战役分割与包围。敌军被围困于平、津、塘、新、张五个据点，其首尾不能相顾，南逃无路，西遁不成，为解放军逐次歼灭傅作义集团创造了有利条件。12 月下旬，解放军开始对华北国民党军队的歼灭作战。22 日，华北野战军对新保安发动强攻，经过十个小时的战斗，全歼傅作义王牌第 35 军。23 日拂晓，张家口守军主力向东北方向突围，次日被分割围歼。1949 年 1 月 15 日，解放军经过 29 小时激战，堡垒林立的天津被攻克，全歼守敌 13 万。新保安、张家口和天津战役的胜利结束，为和平解放北平创造了有利的时机。

（二）迎接北平的和平解放

为使北平这座闻名世界的文化古都免遭战火破坏，中共中央在积极指挥军事作战的同时，不断加强政治攻势，力争以和平方式解放北平。

1948 年初，中共晋察冀中央局城工部部长刘仁根据解放战争形势的发展，决定开展争取傅作义的工作。在近一年内，北平地下党通过各种方式，争取到傅的老师刘厚同、结义兄弟华北"剿总"副司令邓宝珊等的同情和支持，为进行和谈工作创造了有利的条件。

第一次试探性的正式接触在 11 月初。刘仁指示北平地下党学委书记佘涤清，派傅作义的女儿中共党员傅冬菊与傅对话。傅冬菊明确向父亲指出，解放战争的形势发展很快，希望他能放下武器，与共产党合作，和平解放北平。傅表示愿意考虑。11 月中下旬，傅作义通过符定一等人与中共中央联系。双方开始酝酿谈判。

和谈是按照中共中央军委和毛泽东确定的方针和原则，由林彪、罗荣桓、聂荣臻、刘亚楼与傅作义派出的代表进行的。双方正式接触和谈判共进行三次，经过曲折的斗争终于达成了和平解放北平的协议。

第一次和谈是在 12 月中下旬。这时，东北野战军与华北军区的部队已攻占了南口、海淀、丰台、黄村等地，完成了对北平的包围。此前北平地下党学委在安排傅冬菊和通过刘厚同做傅作义工作的同时，又布置在《平明日报》任采访部主任的地下党员李炳泉，通过他的堂兄、华北"剿总"总部联络处处长李腾九去做傅作义的工作。北平被围后，傅作义仍抱有不切实际的幻想，经傅冬菊、刘厚同等人劝说，才决定派其亲信、《平明日报》社社长崔载之为代表和共产党联系。17日，崔、李到达解放军平津前线司令部驻地附近。崔代表傅作义提出，要解放军停止一切攻击行动，两军后撤，通过谈判达到平、津、张、塘一线和平解决问题。他还提出，要解放军将被包围在新保安的傅系第35军放回北平城；傅作义通电全国，宣布北平实现和平解决；建立华北联合政府，傅的军队由联合政府指挥；等等。但中共谈判的基本原则为"争取敌人放下武器"。中央军委认为，解放军已兵临城下，傅作义提出的条件缺乏诚意，所派代表崔先生"态度很好"，但非其亲信，"只是一种试探性的行动"。[24]由于双方分歧很大，这次接触未获任何结果。

第二次和谈是1949年1月上旬。傅作义派周北峰为代表，并由燕京大学教授、中国民主同盟副主席张东荪陪同。7日，周、张抵达蓟县解放军平津前线司令部。8日，平津前线主要将领林彪、罗荣桓、聂荣臻、刘亚楼等同赴谈判桌。东北野战军政委罗荣桓表示，同意傅提出的建议，平、津、塘、绥一揽子谈，和谈的原则是"所有军队一律解放军化，所有地方一律解放军化"。[25]经过两次谈判，根据中共提出的整编华北国民党军队的方案，双方草签了由东北野战军参谋长刘亚楼执笔的《会谈纪要》，并写明1月14日为傅方答复的最后期限。

而傅作义仍犹豫不定，想拖延时间，讨价还价。在谈判期间，又在北平城内修建了天坛、东单两处临时机场，南京来的飞机起落频繁。在这种情况下，中共中央军委决定解放军于1月14日对天津国民党发起总攻，同时准备攻打北平。

第三次和谈是1949年1月中旬进行的。1月14日，傅作义的全权代表邓宝珊偕同周北峰，抵达通县解放军平津前线总部，同林彪、聂荣臻、罗荣桓进行正式谈判。从第二次谈判后到这次谈判，在短短的几天时间内，战争形势发生了决定性的变化。1月15日，解放军攻克天津，守敌被全部围歼。至此，北平成了一座孤城，二十多万守敌完全在解放军严密包围之中，傅作义已经没有什么讨价还价的筹码了。1月16日晚，解放军平津前线核心将领林彪、罗荣桓、聂荣臻等，会晤傅作义的谈判代表。林彪指出，解放军在战略全局上已取得明显优势，"死守北平是不可能的"，"为保障北平居民及城市不受损害"，中共中央"仍甚望和平解决，惟不可再拖时

间"，限傅作义部队于 21 日开始出城改编。邓宝珊当即表示"完全
可以照办"[26]，请解放军一起入城。同日，平津前线司令部向邓宝
珊面交了林彪、罗荣桓为敦促和平解放北平问题致傅作义的公函。

1 月 19 日，双方代表在北平城内根据在城外已达成协议的基本
精神，逐条具体化，最后形成了一个正文 18 条、附件 4 条，共计
22 条的《关于北平和平解决问题的协议书》。协议书报经中共中央
军委修改后，作为正式协议，于 21 日由东北野战军前线司令部代
表苏静和傅作义的代表王克俊、崔载之以"华北总部"的名义在协
议上签了字。21 日，傅作义召集高级军事将领开会，宣布和平改
编方案。22 日，傅作义在《关于北平和平解放问题的协议书》上
签字，并发表广播讲话。

自 1 月 22 日至 31 日，国民党军队的华北"剿总"总部，第 4、
第 9 兵团部及 8 个军部、24 个步兵师、1 个骑兵师，连同特种部队
及非正规军，总计 25 万人，全部开到城外指定地点，听候改编。1
月 31 日，东北野战军第 4 纵队进入北平接管防务，北平宣告和平
解放。

2 月 3 日，解放军举行了盛大的入城仪式。上午 10 时，入城仪
式开始。入城部队从永定门进入，沿着永定门大街、前门大街浩浩
荡荡、威武庄严地进入市区。北平市民、学生、工人倾城而出，手
执旗帜，高呼口号，热烈欢迎人民解放军入城。

北平的和平解放与和平接管的意义是巨大、深远的。它对当时
尚待解放的城市提供了可资借鉴的范例。当时把北平的和平解放称
作"北平方式"。在"北平方式"八个月后，出现了"绥远方式"。
原国民党绥远省政府主席董其武效仿傅作义将军的做法，通过双方
谈判达成和平协议，经过力排艰难和障碍，终于 1949 年 9 月 19 日
和平解放了绥远。"绥远方式"也是"北平方式"或是北平方式的
一种。之后，南方几个城市的解放也是效仿了"北平方式"。

注释：

（1）邵毓麟：《胜利前后》，台湾传记文学出版社 1976 年版，第 87 页。

（2）卓兆恒等编：《停战谈判资料选辑》，四川人民出版社 1981 年版，第
394 页。

（3）（北平）《解放》1946 年 4 月 24 日。

（4）《晨报》1946 年 5 月 8 日。

（5）毛泽东：《迎接中国革命的新高潮》（1947 年 2 月 1 日），载《毛泽

东选集》第四卷，人民出版社1991年版，第1412页。

（6）《反饥饿反内战运动资料汇编》，北京大学出版社1992年版，第96页。

（7）《为反饥饿反内战罢课宣言》，载《清华周刊》（复刊号）第13期。

（8）《反饥饿反内战运动资料汇编》，北京大学出版社1992年版，第134页。

（9）《反饥饿反内战运动资料汇编》，北京大学出版社1992年版，第217页。

（10）上海《文汇报》，1947年5月21日。

（11）上海《文汇报》1947年5月23日。

（12）《财政经济紧急处分令》（1948年8月19日），中国第二历史档案馆藏。

（13）《行政院新闻局北平办事处关于北平市场急趋严重变化的报告》（1948年10月），中国第二历史档案馆藏。

（14）《北平市国民学校全体教职员请愿书》，载《新民报》1948年10月21日。

（15）《新民报》1948年11月2日。

（16）《解放前北平电信工人的斗争》，载政协北京市委文献资料研究委员会编：《北平地下党斗争史料》，北京出版社1988年版，第152页。

（17）《新民报》1947年11月4日。

（18）北京市档案馆编：《解放战争时期北平学生运动》，光明日报出版社1991年版，第279页。

（19）《沸腾的沙滩》，载《北平地下党斗争史料》，北京出版社1988年版，第573页。

（20）《沸腾的沙滩》，载《北平地下党斗争史料》，第575页。

（21）《清华月刊》第11期。

（22）《中央军委致林（彪）、罗（荣桓）、刘（亚楼）电》（1948年11月18日），见北京市档案馆编：《北平和平解放前后》，北京出版社1988年版，第43页。

（23）《中央军委致林（彪）、罗（荣桓）、刘（亚楼）电》（1948年11月18日），见北京市档案馆编：《北平和平解放前后》，第46页。

（24）《中央军委致林（彪）、罗（荣桓）、刘（亚楼）电》（1948年12月16日），见北京市档案馆编：《北平和平解放前后》，第50页。

（25）周北峰：《北平和平解放》，载《傅作义生平》，文史资料出版社1985年版，第313页。

（26）《中央军委致林（彪）、罗（荣桓）、聂（荣臻）电》（1949年1月17日），见北京市档案馆编：《北平和平解放前后》，第66页。

主要参考文献

一、正史

（汉）司马迁：《史记》，中华书局标点本

（东汉）班固：《汉书》，中华书局标点本

（南朝宋）范晔：《后汉书》，中华书局标点本

（晋）陈寿：《三国志》，中华书局标点本

（唐）房玄龄等：《晋书》，中华书局标点本

（北齐）魏收：《魏书》，中华书局标点本

（唐）李百药：《北齐书》，中华书局标点本

（唐）令狐德棻：《周书》，中华书局标点本

（唐）李延寿：《北史》，中华书局标点本

（唐）魏征等：《隋书》，中华书局标点本

（后晋）刘昫等：《旧唐书》，中华书局标点本

（宋）欧阳修等：《新唐书》，中华书局标点本

（宋）薛居正等：《旧五代史》，中华书局标点本

（宋）欧阳修等：《新五代史》，中华书局标点本

（宋）司马光等：《资治通鉴》，中华书局标点本

（元）脱脱等：《辽史》，中华书局标点本

（元）脱脱等：《宋史》，中华书局标点本

（元）脱脱等：《金史》，中华书局标点本

（明）宋濂等：《元史》，中华书局标点本

赵尔巽等：《清史稿》，中华书局 1976 年版

《清国史》，中华书局 1993 年版

《清史列传》，中华书局 1981 年版

二、实录档案

《明实录》，中国书店影印本

《崇祯实录》，中国书店影印本

赵其昌辑：《明实录北京史料》，北京古籍出版社 1995 年版

《清实录》，中华书局 1985 年版

南开大学历史系编：《清实录经济资料辑要》，中华书局 1959 年版

中国第一历史档案馆编：《清代档案史料丛编》，中华书局 1980 年版

故宫博物院明清档案部编：《鸦片战争档案史料》，上海人民出版社 1987 年版

国家档案局明清档案馆：《戊戌变法档案史料》，中华书局 1958 年版

故宫博物院明清档案部编：《义和团档案史料》，中华书局 1959 年版

三、政书

（清）杨晨：《三国会要》，中华书局 1956 年版

（清）朱铭盘：《晋会要》，上海古籍出版社 1984 年版

（唐）李林甫等：《唐六典》，中华书局 1992 年版

（唐）杜佑：《通典》，王文锦等点校，中华书局 1988 年版

（宋）王溥：《唐会要》，上海古籍出版社 1991 年版

（宋）宋敏求：《唐大诏令集》，学林出版社 1992 年版

（元）马端临：《文献通考》，浙江古籍出版社十通影印本，1988 年版

（清）徐松：《宋会要辑稿·蕃夷》，中华书局影印本，1957 年版

金代官修《大金集礼》，四库全书本

元代官修《大元圣政国朝典章》，中国广播电视出版社影印本

元代官修《通制条格》，浙江古籍出版社点校本

《明会典》，中华书局1989年版

徐学聚：《国朝典汇》，书目文献出版社1996年影印本

龙文彬：《明会要》，中华书局1956年版

《清朝文献通考》，浙江古籍出版社2000年版

《八旗通志》，文渊阁四库全书版

《乾隆朝上谕档》，档案出版社1991年版

乾隆《钦定大清会典则例》，文渊阁四库全书版

光绪《大清会典事例》，北京大学图书馆善本室藏书

四、杂史野乘

《国语》，上海古籍出版社1988年版

（宋）叶隆礼：《契丹国志》，上海古籍出版社标点本，1985年版

（清）厉鹗：《辽史拾遗》，清光绪年间广雅书局本

（清）杨复吉：《辽史拾遗补》，清光绪年间广雅书局本

（宋）李焘：《续资治通鉴长编》，中华书局标点本，2004年版

（宋）李心传：《建炎以来系年要录》，四库全书本

（宋）李心传：《建炎以来朝野杂记》，四库全书本

（宋）徐梦莘：《三朝北盟会编》，清光绪四年本

（宋）陈均：《九朝编年备要》，四库全书本

（宋）宇文懋昭：《大金国志》，中华书局标点本，1986年版

（清）李有棠：《金史纪事本末》，中华书局标点本，1980年版

（元）佚名：《元朝秘史》，齐鲁书社2005年版

（元）佚名《圣武亲征录》，王国维校注本

（宋）孟珙：《蒙鞑备录》，王国维校注本

（宋）彭大雅：《黑鞑事略》，王国维校注本

（明）权衡：《庚申外史》（任崇岳笺证本）中州古籍出版社1991年版

（明）陈邦瞻：《元史纪事本末》，中华书局标点本

（民国）柯劭忞：《新元史》，中国书店1988年影印本

（元）苏天爵：《国朝名臣事略》，中华书局标点本

汪楫：《崇祯长编》，台湾中央研究院历史语言研究所1967年影印本

（明）谈迁：《国榷》，中华书局1958年版

《朝鲜李朝实录》，辽宁大学出版社 2001 年版

（明）付维鳞：《明书》，商务印书馆国学基本丛书本

（清）谷应泰：《明史纪事本末》，中华书局 1977 年标点本

黄鸿寿编：《清史纪事本末》，北京图书馆出版社 1921 年版

五、文集笔记

（宋）洪皓：《松漠纪闻》，国学文库第四编，1933 年版

（宋）李纲：《靖康传信录》，清末抱经楼汇抄本

（宋）曹勋：《北狩见闻录》，中华书局标点本，1985 年版

（宋）佚名：《大金吊伐录》，中华书局标点本，2001 年版

（宋）陈准原：《北风扬沙录》，吉林文史出版社 1990 年版

（宋）王称：《东都事略》，清乾隆刊本

（宋）邵伯温：《邵氏闻见录》，中华书局 1986 年版

（宋）文惟简：《虏廷事实》，吉林文史出版社 1990 年版

（宋）张汇：《金节要》，吉林文史出版社 1990 年版

（宋）张棣：《金图经》，吉林文史出版社 1990 年版

（宋）张棣：《正隆事迹》，吉林文史出版社 1990 年版

（宋）石茂良：《避戎夜话》，吉林文史出版社 1990 年版

（宋）李大谅：《炀王江上录》，吉林文史出版社 1990 年版

（宋）楼钥：《北行日录》，台湾广文书局 1968 年版

（宋）周煇：《北辕录》，北京线装书局 2003 年版

（宋）范成大：《揽辔录》，中华书局标点本，2002 年版

（金）元好问：《遗山先生文集》，四部丛刊本

（金）元好问：《中州集》，中华书局点校本

（元）周南瑞：《天下同文集》，四库全书本

（元）陶宗仪：《南村辍耕录》，中华书局点校本

（元）陶宗仪：《元氏掖庭记》，历代笔记小说集成本

（元）耶律楚材：《湛然居士文集》，中华书局点校本

（元）郝经：《陵川集》，四库全书本

（元）许衡：《许文正公遗书》，四库全书本

（元）王恽：《秋涧先生大全集》，四库全书本

（元）程钜夫：《雪楼集》，四库全书本

（元）赵孟𫖯：《松雪斋集》，四部丛刊本

（元）姚燧：《牧庵集》，四部丛刊本

（元）吴澄：《吴文正公文集》，四库全书本

（元）袁桷：《清容居士集》，四部丛刊本

（元）虞集：《道园学古录》，四部丛刊本

（元）黄溍：《金华黄先生文集》，四部丛刊本

（元）欧阳玄：《圭斋集》，四库全书本

（元）揭傒斯：《揭文安公全集》，四部丛刊本

（元）苏天爵：《滋溪文稿》，中华书局点校本

（元）许有壬：《至正集》，四库全书本

（明）叶子奇：《草木子》，中华书局点校本

（明）萧洵：《故宫遗录》，北京古籍出版社点校本

（明）佚名：《北平考》，北京古籍出版社点校本

（明）吕毖：《明朝小史》，国学丛书本

谢贲：《后鉴录》，江苏人民出版社 1981 年版

《奉天靖难记》，北京大学出版社 1993 年版

（明）李贤《天顺日录》，北京大学出版社 1993 年版

（明）李实：《李侍郎使北录》，北京大学出版社 1993 年版

（明）沈德符：《万历野获篇》，中华书局 1980 年版

（明）焦竑：《玉堂丛语》，中华书局 1990 年版

（明）王世贞：《觚不觚录》，光绪九年山阴刊本

（明）王世贞：《嘉靖以来首辅传》，清刊本

（明）钱谦益：《国初群雄事略》，国学丛书本

（清）钱𫒡：《甲申传信录》，北京古籍出版社 2002 年版

（清）杨士聪：《甲申核真略》，浙江古籍出版社 1985 年版

（清）赵士锦：《甲申纪事》，中华书局 1959 年版

（清）瞿式耜：《瞿式耜集》，中华书局 1982 年版

（清）夏允彝：《幸存录》，清刊本

（清）陈霆：《两山墨谈》，惜荫轩丛书本

（清）文秉：《定陵注略》，北京大学出版社影印传抄本

（清）文秉：《烈皇小识》，神州国光社 1951 年版

（清）黄宗羲：《南雷文约》，商务印书馆国学基本丛书本

（清）黄宗羲：《明夷待访录》，中华书局 1980 年版

（清）孙承泽：《春明梦余录》，北京古籍出版社 1992 年版

（清）全祖望：《鲒埼亭集》，清刊本

（清）李天根：《爝火录》，浙江古籍出版社 1986 年版

（清）查继佐：《罪惟录》，浙江古籍出版社 1980 年版

（清）计六奇：《明季北略》，中华书局 1984 年版

（清）王世德：《崇祯遗录》，中国书店 2007 年影印线装本

（清）戴笠：《怀陵流寇始终录》，浙江古籍出版社 1985 年版

（清）谈迁：《枣林杂俎》，中华书局 1959 年版

（清）法式善：《陶庐杂记》，中华书局 1959 年版

（清）吴长元：《宸垣识略》，北京古籍出版社 1981 年版

（清）震钧：《天咫偶闻》，北京古籍出版社 1987 年版

（清）雍正帝：《大义觉迷录》，中国城市出版社 1999 年版

（清）钱大昕：《辽金元三史拾遗》，商务印书馆 2005 年版

（清）钱大昕：《廿二史考异》，商务印书馆 1958 年版

《嘉定钱大昕全集》，陈文和主编，江苏古籍出版社 1997 年版

（清）赵翼：《廿二史札记》，中华书局点校本

（清）赵翼：《陔余丛考》，商务印书馆 1957 年版

（清）吴振棫：《养吉斋丛录》，北京古籍出版社 1983 年版

（清）崇彝：《道咸以来朝野杂记》，北京古籍出版社 1983 年版

（清）张集馨：《道咸宦海见闻录》，中华书局 1981 年版

（清）薛福成：《庸庵笔记》，江苏人民出版社 1983 年版

（清）林则徐：《林则徐集·奏稿》，中华书局 1965 年版

《康有为全集》，姜义华等编，上海古籍出版社 1987 年版

《康有为政论集》，汤志钧编，中华书局 1981 年版

（清）朱焘：《北窗呓语》，见《碧自得斋丛书》，清光绪十九年刻本

（清）徐珂：《清稗类钞》，中华书局 1984 年版

（清）夏仁虎：《旧京琐记》，北京古籍出版社 1986 年版

（清）陈其元：《庸闲斋笔记》，中华书局 1989 年版

（清）昭梿：《啸亭杂录》，中华书局 1997 年版

（清）陈宗蕃：《燕都丛考》，北京古籍出版社 2001 年版

《庚子记事》，中华书局 1978 年版

白曾炜：《庚辛提牢笔记》，京华印书局，1908 年铅印本

赵炳麟：《赵柏岩集》，民国十一年铅印本

六、方志

（唐）李泰等：《括地志辑校》，中华书局点校本

（唐）李吉甫：《元和郡县图志》，贺次君点校，中华书局 1983 年版

（宋）乐史：《太平寰宇记》，光绪八年金陵书局刻本

（元）孛兰肹等：《元一统志》（赵万里辑佚本），中华书局 1966 年版

（元）熊梦祥：《析津志辑佚》（北图善本部辑佚本），北京古籍出版社 1983 年版

（清）于敏中等：《钦定日下旧闻考》，北京古籍出版社 1981 年版

（清）周家楣、缪荃孙等：《光绪顺天府志》，北京古籍出版社 1987 年版

（民国）吴廷燮等：《北京市志稿》，北京燕山出版社 1998 年版

（清）顾祖禹：《读史方舆纪要》，中华书局 1955 年排印本

七、类书

（宋）王钦若等：《册府元龟》，中华书局影印本，1960 年版

八、译著

〔英〕崔瑞德、鲁惟一编：《剑桥中国秦汉史》，中国社会科学出版社 1992 年版

〔德〕傅海波、〔英〕崔瑞德编：《剑桥中国辽西夏金元史》，中国社会科学出版社 1998 年版

〔美〕牟复礼、〔英〕崔瑞德编：《剑桥中国明代史》，中国社会科学出版社 1992 年版

〔美〕费正清、刘广京编：《剑桥中国晚清史》，中国社会科学出版社 1985 年版

〔波斯〕拉施都丁著，余大钧等译：《史集》，商务印书馆 1983 年版

〔意〕马可波罗著，陈开俊等译：《马可波罗游记》，福建科学技术出版社 1981 年版

《多桑蒙古史》，上海书店出版社 2001 年版

〔英〕格林堡：《鸦片战争前中英通商史》，商务印书馆 1961

年版

[法] A. 施阿兰：《使华记 1893—1894 年》，商务印书馆 1989 年版

马士：《中华帝国对外关系史》（一），三联书店 1957 年版

[日] 石岛纪之著，郑玉纯、纪宏译：《中国抗日战争史》，吉林教育出版社 1990 年版

[美] 戴维·伊斯顿：《政治生活的系统分析》，华夏出版社 1999 年版

[美] 塞缪尔·亨廷顿：《变革社会中的政治秩序》，华夏出版社 1989 年版

九、今人著述

曹子西主编：《北京通史》，中国书店 1994 年版

北京大学历史系《北京史》编写组：《北京史》（增订版），北京出版社 1998 年版

曹子西主编：《北京历史纲要》，北京燕山出版社 1990 年版

谭新生、倪洁著：《北京通史简编》，南开大学出版社 2004 年版

罗哲文等著：《北京历史文化》，北京大学出版社 2004 年版

尹钧科：《北京历代建置沿革》，北京出版社 1994 年版

尹钧科等著：《古代北京城市管理》，同心出版社 2002 年版

齐心：《北京文物与考古》，北京燕山出版社 2002 年版

北京市文物研究所编：《琉璃河西周燕国墓地》，文物出版社 1995 年版

曹子西主编：《北京史研究资料丛书》，紫禁城出版社 1986 年版

贾兰坡、黄慰文：《周口店发掘记》，天津科学技术出版社 1984 年版

王彩梅：《燕国简史》，紫禁城出版社 2001 年版

陈平：《燕文化》，文物出版社 2006 年版

于杰等：《金中都》，北京出版社 1989 年版

陈高华：《元大都》，北京出版社 1982 年版

《京华古迹寻踪》，燕山出版社 1996 年版

林克光等主编：《近代京华史迹》，中国人民大学出版社 1985

年版

刘高：《北京戊戌变法史》，北京燕山出版社 2001 年版

张宗平：《浴血卢沟桥》，北京出版社 2000 年版

宋柏主编：《北京现代革命史》，中国人民大学出版社 1988 年版

王汝丰主编：《北平人民抗日斗争史稿》，北京大学出版社 1994 年版

中共天津市委党史资料征集委员会编：《平津唐点线委员会》，中共党史资料出版社 1988 年版

中共北京市委党史研究室：《中国共产党北京历史》（第一卷），北京出版社 2001 年版

北京大学历史系《北京大学学生运动史》编写组：《北京大学学生运动史》（修订本），北京大学出版社 1988 年版

北京市档案馆编：《解放战争时期北平学生运动》，光明日报出版社 1991 年版

蔡美彪主编：《中国通史》，人民出版社 2004 年版

白寿彝主编：《中国通史》，上海人民出版社 1999 年版

白钢主编：《中国政治制度通史》，人民出版社 1996 年版

白钢主编：《中国政治制度史》，天津人民出版社 2002 年版

萧公权：《中国政治思想史》，高等教育出版社 2005 年版

梁园东：《中国政治社会史》，群联出版社 1995 年版

吴宗国：《中国古代官僚政治制度研究》，北京大学出版社 2004 年版

韦庆远、柏桦：《中国政治制度史》，中国人民大学出版社 2005 年版

高奇等：《走进中国政治殿堂》，山东大学出版社 2005 年版

晁福林：《先秦社会形态研究》，北京师范大学出版社 2003 年版

李健民：《中国远古暨三代政治史》，人民出版社 1994 年版

杨升南：《中国春秋战国政治史》，人民出版社 1994 年版

佟建寅：《中国秦汉政治史》，人民出版社 1994 年版

何德章：《中国魏晋南北朝政治史》，人民出版社 1994 年版

李治安：《元代政治制度研究》，人民出版社 2003 年版

王开玺：《晚清政治新论》，商务印书馆 2006 年版

李剑农：《中国近百年政治史》，复旦大学出版社 2002 年版

辛田：《春秋战国时期社会转型研究》，陕西人民出版社 2006 年版

杨建华：《春秋战国时期中国北方文化带的形成》，文物出版社 2007 年版

刘炜：《春秋战国——争霸图强的时代》，商务印书馆（香港）有限公司 2001 年版

河北省博物馆编：《战国中山国史话》，（北京）地质出版社 1997 年版

李瑞兰：《春秋战国时代的历史变迁》，天津古籍出版社 1994 年版

丁祯彦：《春秋战国时期观念与思维方式变革》，湖南出版社 1993 年版

宋治民：《战国秦汉考古》，四川大学出版社 1993 年版

郁贤皓：《唐刺史考全编》，安徽大学出版社 2000 年版

陈寅恪：《唐代政治史述论稿》，上海古籍出版社 1997 年版

陈寅恪：《隋唐制度渊源略论稿》，上海古籍出版社 1997 年版

余衍福：《唐代藩镇之乱》，台湾联邦出版事业公司 1981 年版

章群：《唐代番将研究》，台湾联经事业出版公司 1986 年版

章群：《唐代番将研究》续编，台湾联经事业出版公司 1990 年版

《严耕望史学论文选集》，中华书局 2006 年版

严耕望：《唐史研究丛稿》，新亚研究所 1969 年版

王寿南：《唐代藩镇与中央关系之研究》，台北大化书局 1978 年版

张国刚：《唐代藩镇研究》，湖南教育出版社 1987 年版

田廷柱：《汉唐士族》，三秦出版社 1996 年版

谷霁光：《府兵制度考释》，上海人民出版社 1962 年版

李鸿宾：《唐朝朔方军研究》，吉林人民出版社 2000 年版

许倬云等：《中国历史论文集》，台湾商务印书馆 1987 年版

《晚唐社会与文化》论文集，台湾学生书局 1990 年版

台湾三军大学主编：《中国历代战争史》第八、九册，军事译文出版社 1983 年翻印

陈述：《契丹政治史述论稿》，人民出版社 1986 年版

陈述：《契丹经济史述论稿》，三联书店 1963 年版

张正明：《契丹史略》，中华书局 1979 年版

傅乐焕：《辽史丛考》，中华书局 1984 年版

金毓黻：《东北通史》，辽宁大学 1981 年翻印本

韩儒林主编：《元朝史》，人民出版社 2008 年版

黄云眉：《明史考证》，中华书局 1982 年版

孟森：《明清史讲义》，中华书局 1981 年版

肖一山：《清代通史》，台湾商务印书馆 1976 年版

戴逸主编：《简明清史》，中国人民大学出版社 2006 年版

朱诚如主编：《清朝通史》，紫禁城出版社 2003 年版

中国人民大学清史研究所：《清史编年》，中国人民大学出版社 2000 年版

李鹏年编：《清代中央国家机关概述》，黑龙江人民出版社 1983 年版

刘子扬：《清代地方官制考》，紫禁城出版社 1988 年版

李治亭：《清康乾盛世》，河南人民出版社 1998 年版

杨珍：《清朝皇位继承制度》，学苑出版社 2001 年版

郭松义、李新达、李尚英：《清朝典章制度》，吉林文史出版社 2001 年版

定宜庄：《清代八旗驻防研究》，辽宁民族出版社 2003 年版

成晓军：《曾国藩与近代中国文化》，重庆出版社 2006 年版

朱东安：《曾国藩集团与晚清政局》，华文出版社 2007 年版

楚双志：《晚清中央与地方关系演变史纲》，中共中央党校出版社 2006 年版

孔祥吉：《晚清史探微》，巴蜀书社 2001 年版

胡绳：《从鸦片战争到五四运动》，人民出版社 1981 年版

胡思庸、苑书义：《中国近代史新编》，人民出版社 1981 年版

陈旭麓：《近代中国社会的新陈代谢》，上海人民出版社 1992 年版

严中平主编：《中国近代经济史》，人民出版社 1989 年版

丁名楠：《帝国主义侵华史》第 1 卷，人民出版社 1961 年版

陈诗启：《中国近代海关问题初探》，中国展望出版社 1987 年版

汤志钧：《戊戌变法人物传稿》（增订本），中华书局 1982 年版

茅海建：《戊戌变法史事考》，生活·读书·新知三联书店 2005 年版

吴宣易编著：《庚子义和团运动始末》，正中书局 1941 年版

王独清辑录：《庚子国变记》，神州国光社 1946 年版

安东编著：《血溅菜市口》，中国和平出版社 1999 年版

义和团运动研究会编：《义和团运动史论文集》，中华书局 1984 年版

李文海等编著：《义和团运动史事要录》，齐鲁书社 1986 年版

胡鄂公：《辛亥革命北方实录》，（上海）中华书局 1948 年版

尚明轩：《孙中山传》，人民出版社 1979 年版

来新夏：《北洋军阀》，上海人民出版社 1989 年版

施惠群：《中国学生运动史》，上海人民出版社 1992 年版

张星烺：《中西交通史料汇编》，中华书局 1977 年版

十、其他

《四库全书总目》，中华书局 1976 年版

《二十五史补编》，二十五史刊行委员会编，中华书局 1955 年版

（清）吴廷燮：《唐方镇年表》，中华书局 1980 年版

《十三经注疏》，中华书局 1980 年版

（宋）李昉等：《文苑英华》，中华书局影印本，1966 年版

（清）董诰等：《全唐文》，中华书局 1983 年版

陈述辑：《全辽文》，中华书局 1982 年版

（清）张金吾：《金文最》，中华书局 1990 年版

（民国）陈衍：《金诗纪事》，上海古籍出版社 2003 年版

（元）苏天爵：《国朝文类》，四部丛刊本（又称《元朝文类》）

梁方仲：《中国历代户口、田地、田赋统计》，上海人民出版社 1980 年版

齐思和等整理：《筹办夷务始末》，中华书局 1964 年版

中国人民银行总行参事室金融史料组编：《中国近代货币史资料》，中华书局 1964 年版

中国史学会主编：《中国近代史资料丛刊·太平天国》，神州国光社 1954 年版

《太平天国资料丛编简编》，中华书局 1962 年版

中国史学会编：《中国近代史资料丛刊·第二次鸦片战争》，上海人民出版社 1978 年版

《中国近代史资料丛刊·洋务运动》，上海人民出版社 1961 年版

《中国近代史资料丛刊·戊戌变法》，神州国光社 1953 年版

中国史学会主编：《中国近代史资料丛刊·义和团》，上海人民出版社 1957 年版

《辛亥革命资料》，文史资料出版社 1961 年版

翦伯赞、郑天挺主编：《中国通史参考资料》（古代部分），中华书局 1982 年版

翦伯赞、郑天挺主编：《中国通史参考资料》（近代部分），中华书局 1980 年版

后　记

　　本书"前言"由王岗撰写，"先秦时期的燕蓟"由赵雅丽撰写，"秦汉魏晋北朝时期的幽州"由赵雅丽与许辉共同撰写，"隋唐时期的幽州"和"五代及辽代的燕京"由许辉撰写，"金代的中都"和"元代的大都"由王岗撰写，"明代的北京"由李宝臣撰写，"清前期的北京"由常越男撰写，"清后期的北京"由赵雅丽和章永俊撰写，"民国时期的北京（北平）"由章永俊撰写，最后由王岗和赵雅丽作了体例上的统一。本书的编辑出版得到人民出版社关宏女士的大力支持，提供了很好的修改意见，在此表示感谢。

　　在本书出版之际，作为课题特聘学术顾问的王钟翰先生因病辞世，我们谨代表社科院全体同仁对王先生的逝去深表追悼。

北京市社会科学院历史研究所

2008 年 8 月

图书在版编目 (CIP) 数据

北京政治史 / 王岗 主编.
–北京：人民出版社，2008 年 10 月
(《北京专史集成》/ 王岗 主编)
ISBN 978-7-01-007397-2

Ⅰ.北… Ⅱ.王… Ⅲ.政治制度—历史—北京市
Ⅳ.D69

中国版本图书馆 CIP 数据核字 (2008) 第 159177 号

北 京 政 治 史
BEIJING ZHENGZHISHI

主　　编：王　岗
出版策划：张秀平
责任编辑：关　宏
封扉设计：曹　春

人民出版社 出版发行

地　　址：北京朝阳门内大街 166 号
邮政编码：100706　www.peoplepress.net
经　　销：全国新华书店
印刷装订：北京昌平百善印刷厂
出版日期：2008 年 10 月第 1 版　2008 年 10 月第 1 次印刷
开　　本：730 毫米×970 毫米　1/16
印　　张：35.25
字　　数：550 千字
书　　号：ISBN 978-7-01-007397-2
定　　价：80.00 元